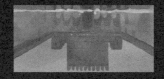

무어의 마지막 한숨

THE MOOR'S LAST SIGH
by Salman Rushdie

세계문학전집
222

Salman Rushdie : The Moor's Last Sigh

무어의 마지막 한숨

살만 루슈디 장편소설

김진준 옮김

문학동네

일러두기

1. 번역 대본으로는 *The Moor's Last Sigh*(Salman Rushdie, Vintage Books, 2006)
   를 사용했다.
2. 주석은 모두 옮긴이주다.
3. 본문 중 고딕체는 원서에서 이탤릭체로 강조한 부분이다.
4. 장편 문학작품은 『 』, 단편 문학작품과 시는 「 」, 연속간행물·영화·방송·음악·미술작
   품 등은 〈 〉로 구분했다.

차례

다 가마 – 조고이비 가계도   8

제1부 분열된 가족   9
제2부 말라바르 마살라   191
제3부 봄베이 중앙역   445
제4부 '무어의 마지막 한숨'   591

감사의 글   675
해설 | 혼종성의 세계, 그리고 덧칠한 그림
    _전수용(이화여대 명예교수·영문학)   677
살만 루슈디 연보   701

E. J. W.에게

다 가마-조고이비 가계도

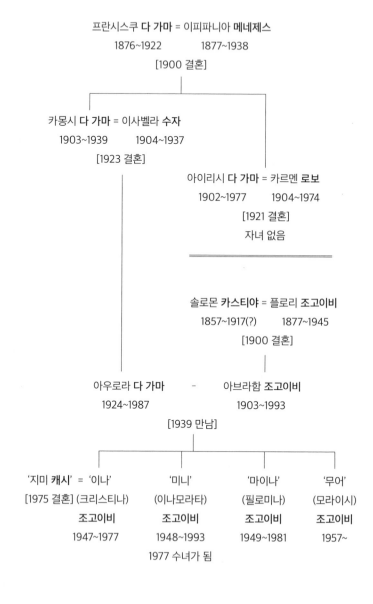

프란시스쿠 **다 가마** = 이피파니아 **메네제스**
1876~1922   1877~1938
[1900 결혼]

카몽시 **다 가마** = 이사벨라 **수자**
1903~1939   1904~1937
[1923 결혼]

아이리시 **다 가마** = 카르멘 **로보**
1902~1977   1904~1974
[1921 결혼]
자녀 없음

솔로몬 **카스티야** = 플로리 **조고이비**
1857~1917(?)   1877~1945
[1900 결혼]

아우로라 **다 가마**   -   아브라함 **조고이비**
1924~1987   1903~1993
[1939 만남]

'지미 캐시' = '이나'   '미니'   '마이나'   '무어'
[1975 결혼] (크리스티나)   (이나모라타)   (필로미나)   (모라이시)
조고이비   **조고이비**   **조고이비**   **조고이비**
1947~1977   1948~1993   1949~1981   1957~
                        1977 수녀가 됨

제1부

분열된 가족

1

안달루시아[1]의 산마을 베닝헬리, 바스쿠 미란다의 광기 가득한 성채, 그 참극의 현장을 빠져나온 후 며칠이 흘렀는지 모르겠다. 죽음을 면하려고 어둠을 틈타 도망칠 때 나는 그 집 대문에 못을 박아 메시지를 남겼다. 그때부터 굶주림과 더위로 몽롱해진 상태에서도 곳곳에 손으로 쓴 기록을 몇 장씩 남겼다. 망치를 휘두르며 2인치짜리 못으로 신랄한 느낌표를 찍었다. 내가 아직 풋내기이던 먼 옛날 연인이 다정하게 말했다. "아, 무어, 새까맣고 별스러운 사람, 머릿속에 웬 논제theses가 그렇게 많은지, 교회당 문짝에 내걸 일도 없을 텐데." (루터가 비텐베르크에서 교회를 비판한 사건을 빗댄 농담인데, 독실한 비기독교 신자를

---

1) 오늘날 스페인 남부지방. 8~15세기에는 무이족이 지배한 이베리아반도 전체를 가리켰다.

자처하던 그녀는 전혀 독실하지 않은 인도계 기독교인 애인을 그렇게 놀려댔다. 소문은 어찌나 빨리 퍼지는지, 어찌나 많은 사람의 입에 오르내리는지!) 불행하게도 어머니가 그 말을 엿듣고 독사처럼 민첩하게 쏘아붙였다. "머릿속에 똥물faeces만 들었다는 뜻이겠지." 그래요, 어머니는 그 문제에 대해 그렇게 결판을 내셨지요. 매사에 그랬으니.

누군가 두 사람을 '아프리카'와 '모스크바'라고 부른 적이 있는데, 내 어머니 아우로라와 내 사랑 우마를 두 초강대국에 비유한 별명이었다. 사람들은 그들이 많이 닮았다고 했지만 대체 어디가 닮았다는 건지 나는 전혀 납득할 수 없었다. 지금은 둘 다 세상을 떠났는데 둘 다 자연사가 아니었고, 나는 이렇게 그들의 이야기를 움켜쥐고 저승사자에게 쫓기며 여기저기 대문이나 울타리나 올리브나무에 못을 박는다. 내가 마지막 여행길에 띄엄띄엄 펼쳐놓은 이 이야기는 내가 있는 곳을 가리킨다. 도주 과정에서 이 세상을 해적의 보물지도로 바꿔놓은 셈인데, 이런저런 실마리를 따라가다보면 결국 X자로 표시한 위치에서 보물을 발견하듯 나를 만나게 되리라. 내 흔적을 추적하는 자들이 나를 찾아낼 때쯤이면 난 이미 마음의 준비를 끝내고 숨을 몰아쉬며 묵묵히 그들을 기다리리라. 제가 여기 섰나이다. 이럴 수밖에 없었나이다.[2]

(아니, 정확히 말하자면, 여기 앉았나이다. 이 어두컴컴한 숲속에서―더 설명하자면 이 올리브나무 동산에서, 몇 그루 나무로 둘러싸인 채 잡초만 우거진 작은 공동묘지에서, 기우뚱한 돌 십자가들이 놀란 듯이 쳐다보는 이곳에서, 울티모 수스피로[3] 주유소를 지난 후 오솔길을

[2] 종교재판 당시 마르틴 루터의 기도문.
[3] 스페인어로 '마지막 한숨'.

따라 조금 들어온 이곳에서, 베르길리우스[4]의 도움도 없고 필요하지도 않은 이곳에서, 내 인생길의 중간 기착지라야 마땅하건만 복잡한 사정 때문에 종착지가 되어버린 이곳에—나는 기진맥진해 쓰러지고 말았다.)

그렇다, 여인들이여, 온갖 것이 못박힌다. 예컨대 깃발이 돛대에 못박히기도 한다.[5] 그러나 그리 길지 않은(다만 지나치게 다채로운) 인생을 보내고 논제마저 방금 바닥이 났다. 인생이 십자가의 시련과 다름없구나.

⌒

이렇게 힘이 다 빠졌을 때, 생명을 지탱해주는 숨결마저 스러져갈때, 바로 이때가 고백의 시간이다. 증언이나 (정 원한다면) 유언이라고 해도 좋다. 인생의 '마지막 주막집'이랄까. 그래서 내가 여기-섰든-앉았든-간에 주변 곳곳에 내 삶에 대한 판결문을 못박아 남겼고, 주머니에는 붉은 요새의 열쇠가 있고, 이제 마지막 굴복의 순간을 기다린다.

그러므로 결말에 대해 노래하기는 지금이 딱 좋다. 이미 지나가버린 일, 다시는 없을 일에 대해, 무엇이 옳고 그른지에 대해. 잃어버린 세계를 아쉬워하는 마지막 한숨, 사라져버린 세계를 슬퍼하는 눈물 한 방울. 그러나 이것은 마지막 환호성이기도 하다. 최후의, 추잡스러운, 시끌벅적한 이야기 한마당(영상장치가 없으니 말로 때울 수밖에 없다),

---

4) 고대로마 시인. 여기서는 단테의 『신곡』에서 지옥과 연옥을 안내해준 일에 대한 언급.
5) '의지를 굽히지 않는다'는 의미의 숙어.

그리고 밤샘 조객들을 위한 떠들썩한 노래 몇 자락. 소음과 분노가 가득한 무어의 이야기. 들어보시려는가? 뭐, 듣기 싫어도 상관없지만. 그럼 우선 후추부터 건네주시고.

─무슨 소리야?─

나무들이 깜짝 놀라 말문을 연다. (여러분은 쓸쓸하고 절망스러울 때 벽을 향해, 멍청한 똥개를 향해, 허공을 향해 중얼거린 적이 한 번도 없단 말인가?)

다시 말하건대, 후추 좀 달라니까. 후추 열매가 없었다면 요즘 동양과 서양에서 끝나가는 그 일이 아예 시작되지도 않았으리라. 후추는 바스쿠 다 가마의 거대한 범선들을 바다 건너로, 리스본의 벨렝탑에서 말라바르해안으로 불러들였다. 처음에는 캘리컷, 그다음에는 환초環礁 항구가 있는 코친. 포르투갈인이 먼저 도착한 후 영국인과 프랑스인도 뒤따라 건너왔고, 그리하여 이른바 '인도 발견'의 시대에─그러나 실종된 적도 없는 인도를 어떻게 '발견'한단 말인가?─인도는 특출하신 우리 어머니 말씀마따나 '아대륙sub-continent'이 아니라 양념덩어리sub-condiment'였다. 어머니는 말했다. "전 세계가 이 지긋지긋한 인도에서 뭘 원하는지는 처음부터 아주 분명했지. 그놈들은 화끈한 맛을 보려고 왔어. 사내가 창녀를 찾듯."

〜

이 이야기는 명문가에서 태어난 혼혈아의 몰락에 대한 이야기다. 나, 모라이시 조고이비, 일명 '무어'는 코친의 명가 다 가마-조고이비 가문이 향신료 장사와 대기업 경영으로 벌어들인 막대한 재산의 유일한 남자 상속자로 일생의 대부분을 보냈는데, 어머니 아우로라 때문에 당연히 자기 몫으로 여기던 권리를 모두 빼앗기고 쫓겨났다. 다 가마 가※의 딸로 태어난 어머니는 오늘날 인도에서 가장 뛰어난 화가이며 굉장한 미인일 뿐 아니라 당대 최악의 독설가로 누구든 사정거리에 들기만 하면 가차없이 화끈한 맛을 보여줬다. 자식에게도 인정사정없었다. 어머니는 말했다. "우리처럼 묵주와 십자가를 품은 비트세대 여자들은 핏줄에 시뻘건 고춧물이 흐른단다. 혈육이라고 특별 대우를 해줄 리 없잖니! 얘들아, 우린 생살을 뜯어먹고 살아. 생피는 최고급 술과 다름없고."

내가 어렸을 때 고아 지방 출신 화가 V.(바스쿠의 약자) 미란다가 이런 말을 했다. "악마 아우로라의 자식으로 태어났으니 정말 현대판 루시퍼와 다름없지. 빌어먹을 아침의 아들[6] 말이야." 그 무렵 우리 가족은 봄베이로 이사했는데, 아우로라 조고이비의 전설적인 응접실, 그 '낙원'에서는 그런 말이 찬사로 통했다. 그러나 나는 그 말을 예언으로 여긴다. 내가 실제로 그 아름다운 동산에서 쫓겨나 아수라장으로 던져지는 날이 오고야 말았기 때문이다. (정상적인 삶을 빼앗겼으니 반대쪽을 선택할 수밖에? 이렇게 뒤죽박죽 얼크러진 시대에는 비정상이 유일한 대안이니까. 울타리 바깥으로 쫓겨났다면 누구라도 어둠을 밝히고 싶지 않으랴? 그렇고 말고! 자기 인생에서 추방당한 모라이시 조고이비도 그렇게 역사 속으로 굴러떨어졌다.)

---

6) 루시퍼의 별칭.

―모든 일이 후추통에서 시작됐다니!―

후추만이 아니다. 카르다몸, 캐슈너트, 계피, 생강, 피스타치오, 정향 등. 향신료와 견과류뿐 아니라 원두도 있고 소중한 찻잎도 있었다. 그래도 아우로라의 말이 옳다. "후추가 처음이고 으뜸이었어. 그래, 그래, 으뜸이라니까. 으뜸은 따로 있는데 버금을 왜 들먹여?" 역사 전체를 보더라도 옳은 말이지만 우리 집안의 운명만 봐도 그렇다. 귀중한 후추, 이른바 '말라바르의 검은 황금'은 어마어마하게 부유하던 우리 집안의 첫번째 장사 밑천이었다. 우리 가문은 향신료, 견과류, 원두, 찻잎 장사로 코친에서도 으뜸가는 재산을 모았고, 수세기 동안 구전된 이야기 말고는 아무 증거도 없건만 위대한 바스쿠 다 가마의 방계 후손을 자처했는데……

이제 비밀은 없다. 이미 모두 못질하여 내걸었으니.

2

우리 어머니 아우로라 다 가마는 열세 살 때 카브랄섬에 사는 조부모의 향기로운 대저택을 맨발로 돌아다녔다. 한동안 불면증에 시달리던 그녀는 밤마다 잠 못 이루고 집안을 배회하며 창문을 모조리 열어젖혔는데—우선 파리 모기 하루살이를 막으려고 미세한 그물을 친 방충망을 열고, 그다음에는 격자 유리창을 열고, 마지막으로 널빤지로 만든 덧문까지 활짝 열었다. 그래서 당시 예순 살이던 가모장 이피파니아 할머니는 아침마다 앙상하고 파르스름한 팔뚝이 너무 가려워 잠에서 깨기 일쑤였고—그녀가 오랫동안 사용한 모기장에는 비록 조그맣지만 심각한 구멍이 여기저기 수두룩했건만 근시안이라 못 봤거나 버리기 아까워 무시했으므로—하녀 테레자가 머리맡에 가져다놓은(그러고는 부리나케 달아나버렸지만) 쟁반 위의 찻잔과 달착지근한 비스

킷 주변에서 붕붕거리며 날아다니는 파리떼를 보고 가냘픈 비명을 지르기 일쑤였다. 이피파니아는 미친듯이 긁어대고 철썩철썩 때리며 유선형 배 모양의 티크나무에서 뒤척이다 무명 레이스 이불 혹은 높다란 주름 장식 목깃이 달린—한때는 백조처럼 우아했으나 지금은 주름살이 자글자글한 목을 잘 가려주는—새하얀 모슬린 잠옷에 차를 엎지르기 일쑤였다. 그리고 오른손으로는 파리채를 이리저리 휘둘러대고 손톱이 길게 자란 왼손으로는 모기 물린 곳을 찾으려 등을 북북 긁지만 도무지 닿지 않아 안간힘을 쓰다보면 어느덧 나이트캡이 훌렁 벗겨지고 뱀처럼 구불구불한 백발 사이로 이피파니아 다 가마의 얼룩덜룩한 두피가(아뿔싸!) 훤히 드러나기 마련이었다. 어린 아우로라는 문밖에서 가만히 엿듣다 밉살스러운 할머니의 분노가 절정에 이르렀다고 판단될 무렵(욕지거리, 도자기 깨지는 소리, 헛되이 철썩거리는 파리채 소리, 날벌레가 비웃듯 앵앵거리는 소리) 지극히 상냥한 미소를 머금고 가모장의 거처에 거침없이 들어가 명랑하게 아침인사를 건넸다. 코친에 사는 다 가마 가문의 웃어른이 어린 손녀에게 그토록 꼴사나운 장면을 들키면 화가 머리끝까지 치솟을 줄 알기에 일부러 그랬다. 이피파니아는 얼룩진 이불 위에 무릎을 꿇고 산발이 된 채 부러진 지휘봉처럼 너울거리는 파리채를 치켜들고 흔들면서 마치 운명의 여신 혹은 락샤사[7]나 밴시[8]처럼 울부짖으며 침입자 아우로라를 향해 울화통을 터뜨려 소녀에게 은밀한 기쁨을 안겨줬다.

"하이고, 십 년 감수했네. 네년 때문에 이 할미가 제명에 못 죽겠다야."

---

7) 인도신화에서 사람을 잡아먹는 악귀.

8) 아일랜드 민담에서 구슬픈 울음소리로 가족의 죽음을 예고하는 요정.

그렇게 희생자가 될 사람의 입에서 나온 말을 계기로 아우로라 다 가마는 할머니를 살해하려는 생각을 품게 되었다. 그때부터 흉계를 꾸미기 시작했는데, 뱀독이나 낭떠러지 등 점점 더 무시무시한 상상을 거듭했지만 현실적인 문제 때문에 번번이 무산되기 일쑤였다. 예컨대 코브라를 잡아 이피파니아의 이불 속에 집어넣기란 쉬운 일이 아니었고, 게다가 이 할망구가 '올라막길이든 내려막길이든' 험한 곳에는 안 간다고 딱 잘라 거절했기 때문이다. 물론 예리한 부엌칼을 어디서 손에 넣어야 하는지도 알고 당장이라도 맨손으로 이피파니아의 숨통을 끊을 힘은 충분하다 믿었지만 그런 대안도 결국 포기할 수밖에 없었다. 들킬 생각은 전혀 없지만 범행 수법이 너무 뻔하면 곤란한 질문을 피하기 어려우니까. 완벽한 범행 수법을 찾지 못한 아우로라는 변함없이 완벽한 손녀 행세를 하며 남몰래 궁리를 계속했다. 그러나 이렇게 음모를 꾸미는 자신이 이피파니아의 냉혹한 성격을 적잖이 물려받았다는 사실은 미처 깨닫지 못했다.

아우로라는 다짐했다. "참는 자에게 복이 있나니, 기회를 기다리자."

그러면서 습기로 눅눅한 밤마다 창을 열었고, 때때로 작고 값비싼 장식품을 창밖으로 내던졌다. 석호에 밀려들어 섬마을 저택 외벽을 때리는 조류를 타고 긴 코가 달린 나무 조각상이 둥실둥실 멀어져가고, 상아를 정교하게 깎아 만든 작품은 당연히 흔적도 없이 가라앉았다. 며칠간 식구들은 상황을 이해할 수 없어 전전긍긍했다. 이피파니아 다 가마의 두 아들, 즉 아우로라의 큰아버지(아이리시Irish라고—발음하는—아이르스Aires)와 아버지(콧소리를—섞어—카몽시Camonsh라고—발음하는—카몽이스Camoens)가 아침에 일어나보면 옷장에 걸어둔 부서져

츠[9]나 미결함에 넣어둔 서류가 짓궂은 밤바람에 날려 바닥에 떨어져 있기 일쑤였다. 손재주가 비상한 외풍은 향신료 견본자루까지 열어놓았다. 업무용 공간의 그늘진 복도를 따라 파수꾼처럼 줄줄이 늘어선 마대 자루에는 늘 크고 작은 카르다몸, 카리나무 잎, 캐슈너트 등이 가득했는데, 석회, 숯, 난백, 게다가 요즘은 안 쓰는 재료까지 두루 섞어 만든 닳아빠진 바닥에 호로파 씨앗이나 피스타치오 따위가 마구 쏟아지고 온갖 향신료 냄새가 무럭무럭 피어올라 가모장을 괴롭혔다. 가산의 원천인 향신료에 대한 알레르기가 해마다 심해진 탓이었다.

　방충망을 열면 파리가 날아들고 격자 유리창을 열면 고약한 돌풍이 들이치는 판국에 덧문까지 열어놨으니 못 들어오는 것이 없었다. 먼지, 코친항을 드나드는 배의 소음, 화물선 기적소리, 예인선이 칙칙거리는 소리, 어부들의 음담패설과 해파리에 쏘여 욱신거리는 그들의 통증, 칼날처럼 날카로운 햇살, 얼굴에 젖은 헝겊을 덮은 듯 숨이 턱턱 막히는 무더위, 장삿배 상인의 외침, 물 건너 마탄체리에서 퍼져오는 결혼 못한 유대인의 슬픔, 에메랄드 밀수꾼의 위협, 사업 경쟁자의 농간, 영국인이 사는 코친 요새에서 점점 커져가는 불안, 향신료산맥에서 현금을 요구하는 농장 노동자와 직원의 목소리, 공산주의자가 일으킨 말썽과 국민회의당 정책에 대한 이야기, 간디와 네루[10]라는 이름, 동부에는 기근이 들고 북부에서는 단식투쟁이 한창이라는 소문, 이야기꾼의 노랫소리와 북소리, 밀려오는 역사의 물결이 (카브랄섬의 부실한 잔교를

---

9) 주머니가 여러 개 달린 면 셔츠.
10) 인도 독립운동 지도자이자 초대 총리 자와할랄 네루의 아버지 모틸랄 네루(1861~1931).

후려갈기며) 일으키는 웅장한 소리. 큰아버지 아이리시가 각반에 모자까지 쓰고 아침 식탁에 앉아 한바탕 욕을 늘어놨다. "제기랄, 이 나라는 정말 후진국이야. 바깥세상도 충분히 더럽고 너절하잖아, 응, 응? 그런데 어느 염병할 잡년이, 어느 빌어먹을 후레자식이 이리 난장을 쳐? 여기가 점잖은 양갓집이야, 아니면 젠장, 아닌 말로 장바닥 뒷간이야?"

그날 아침 아우로라는 자기가 좀 심했음을 깨달았다. 사랑하는 아버지가, 화려한 부시셔츠를 입고 염소수염을 기르고 꼬챙이처럼 깡마른 카몽시가 벌써 자기보다 한 뼘이나 크게 자란 딸을 데리고 보잘것없는 잔교로 내려가더니 감격과 흥분을 가누지 못해 경중경중 뛰었기 때문이다. 터무니없이 아름답고 상거래로 북적거리는 석호에서 그의 모습은 마치 옛날이야기 속 존재 같았는데, 이를테면 숲속 빈터에서 춤추는 레프러콘[11]이랄까, 램프에서 빠져나온 착한 마신이랄까. 그는 가슴 벅찬 희소식을 은밀히 털어놨다. 시인[12]의 이름을 물려받아 몽상가 기질을 타고난(그러나 재능은 타고나지 못한) 카몽시가 조심스럽게 꺼낸 말은 아무래도 유령이 출몰하는 듯싶다는 얘기였다.

놀라서 말도 못하는 딸에게 그는 말했다. "아빠는 네 엄마가 우리 곁으로 돌아왔다고 믿어. 너도 알잖니. 네 엄마가 시원한 바람을 얼마나 좋아했는지, 그렇게 바람을 쐬다가 네 할머니랑 얼마나 옥신각신했는지. 그런데 요즘 마법처럼 창문이 저절로 열리잖아. 게다가 얘야, 뭐가 없어지는지 봐! 엄마가 싫어했던 것만 없어지잖니? 생전에 엄마는 늘 투덜거렸지. 아이리시 아주버님이 애지중지하는 코끼리 신상. 큰아빠가

---

11) 아일랜드 민담에 나오는 난쟁이 요정.

12) 포르투갈 시인 루이스 카몽이스(1524~1580).

수집한 가네샤[13] 상이 모조리 없어졌어. 신상뿐 아니라 상아까지."

어머님이 애지중지하는 코끼리 이빨. 이 집엔 코끼리가 너무 많다니까. 세상을 떠난 벨 다 가마는 언제나 자기 생각을 서슴없이 내뱉었다. 카 몽시는 간절한 표정으로 말을 이었다. "아빠는 오늘밤 안 자고 기다렸 다 그리운 엄마를 다시 만나고 싶구나. 네 생각은 어때? 네 엄마도 그 걸 바라는 게 분명해. 함께 기다리지 않을래? 우린 똑같은 신세잖니. 아 빠는 아내를 그리워하고, 너는 엄마 때문에 시무룩하고."

아우로라는 당황해 얼굴을 붉혔다. "그래도 유령 따윈 안 믿어!" 그 렇게 소리치고 집으로 달려갔다. 차마 아버지에게 진실을─죽은 어머 니의 유령은 바로 나라고, 내가 엄마처럼 행동하고 엄마처럼 말을 걸었 다고─고백할 수 없었다. 딸은 밤마다 배회하며 어머니를 이승에 붙잡 아두려 했고, 고인이 깃들도록 제 몸을 빌려줬고, 죽음에 집착하고 죽 음을 부정하며 사후에도 사랑은 변함없다는 생각을 고수했고─그리 하여 어머니에게 새로운 새벽을 열어줬고 어머니의 영혼을 육신에 담 았고 결국 두 여자는 일심동체가 되었다.

(긴 세월이 흐른 후 아우로라는 자택에 엘레판타라는 이름을 붙였다. 그렇게 코끼리는 유령과 함께 우리 가족사의 일부로 계속 남았다.)

⌒

당시는 벨이 세상을 떠난 지 두 달밖에 안 되었을 때였다. 악다구니

---

13) 인도신화에서 인간의 몸에 코끼리 머리를 한 지혜와 행운의 신.

22

벨. 아우로라의 큰아버지 아이리시는 벨을 그렇게 불렀다(그러나 그는 늘 사람들에게 별명을 붙여가며 자기만의 사고방식을 남에게 강요하는 버릇이 있었다). 이사벨라 시메나 다 가마, 내가 한 번도 뵙지 못한 외할머니. 그녀와 이피파니아는 만나자마자 전쟁을 벌였다. 마흔다섯 살에 지아비를 잃은 이피파니아가 처음부터 가모장으로서 위세를 부렸기 때문이다. 그녀는 아침마다 안마당 그늘을 즐겨 찾았는데, 피스타치오 한 무더기를 무릎 위에 쌓아두고 살랑살랑 부채질을 하며 요란하게 껍데기를 깨물어 부수는 인상적인 소리로 권세를 과시했다. 그러면서 인정사정없이 빽빽거리며 노래를 불렀다.

바보 샤프토가 바다로 갔네-헤
은빛 술병을 무릎에 달고-호……

까드득! 까드득! 입속에서 열매 껍데기가 부서졌다.

돌아오면 나를 묻어준다네-헤
말라깽이 바보 샤-프-토.

이피파니아의 생애를 통틀어 그녀를 두려워하지 않은 사람은 벨뿐이었다. 열아홉 새색시 이사벨라는 시집온 다음날부터 명랑한 목소리로 시어머니에게 핀잔을 놓았다. 못마땅한데도 마지못해 며느리로 받아줬건만. "네 군데나 틀리셨어요. 바보도 아니고, 술병도 아니고, 묻어준다네도 아니고, 말라깽이 바보도 아니에요. 그 연세에 사랑노래를 참

잘하시는 건 좋은데 가사가 틀려 앞뒤가 안 맞잖아요."

그러자 이피파니아가 무뚝뚝하게 말했다. "카몽시, 네 색시한테 수도꼭지 좀 잠그라고 해라야. 어디서 물 새는 소리가 들리는구나야." 그날부터 그녀는 날마다 지칠 줄 모르고 제멋대로 가사를 바꾼 뱃노래를 아예 메들리로 불러젖혔다. 쭈그렁이 재봉사를 어찌할까나? 새 며느리는 웃음을 감추려 하지 않았고, 이피파니아는 눈살을 찌푸리며 다음 노래로 넘어갔다. 저어라, 저어라, 노를 저어라, 가만가만히 사내를 타고. 여기까지는 아내로서의 본분을 다하라는 타이름이었는지 몰라도 그다음 노랫말은 다소 철학적인 꾸지람이었다. 얌전히, 얌전히, 얌전히, 얌전히…… 꽈드득!…… 여편네가 어디서 여왕 행세냐.

아, 코친의 다 가마가에서 벌어진 이 전설적인 대결! 나는 들은 대로 전한다. 입에서 입으로 전해지며 더러는 다듬어지고 더러는 신비로워진 이야기, 마치 오래된 유령이나 아련한 그림자 같은 이야기를 다 말해버리고 끝내겠다. 내게 남은 것이라곤 이야기뿐이니 이렇게 풀어주련다. 코친항에서 봄베이항까지, 말라바르해안에서 말라바르언덕까지. 우리가 모이고 흩어진 이야기를, 우리의 흥망성쇠를, 우리의 올라막길과 내려막길을. 그러고 나면 작별이다. 잘 있어라, 마탄체리야, 나는 간다, 머린 드라이브야…… 어쨌든 우리 어머니 아우로라가 손이 귀한 집안에서 태어나 키 크고 반항적인 열세 살 소녀로 자랄 무렵에는 전선이 더욱 뚜렷해졌다.

"계집애 키가 너무 크구면." 아우로라가 십대로 접어들었을 때 이피파니아는 손녀딸을 못마땅하게 바라봤다. "눈초리에 근심이 그득허면 맘속에 마귀가 들어앉았다는 뜻이지야. 게다가 남사스럽게 가슴은 저게 뭐냐. 너무 불룩해서리." 그러자 벨이 분통을 터뜨렸다. "그래서 어머님이 애지중지하는 아이리시 아주버님은 흠잡을 데 없는 손주를 안겨드렸나요? 다 가마가에 아이가 하나라도 태어나 저렇게 잘 자라니 고마운 줄 아시고 가슴에 대해선 이러쿵저러쿵하지 마세요. 아이리시 아주버님과 사하라 형님은 아이를 낳을 기미도 안 보이잖아요." 아이리시의 아내 이름은 카르멘이었지만 벨은 별명 짓기 좋아하는 시아주버니의 버릇을 흉내내 손윗동서에게 사막 이름을 붙여주었다. "형님은 모래밭처럼 메마르고 황량해서 아무리 쥐어짜도 물 한 방울 나오지 않을 테니까."

아이리시 다 가마의 숱 많고 곱슬곱슬한 백발은 포마드를 듬뿍 발라도 좀처럼 얌전해지지 않았다(나이보다 일찍 머리가 세는 현상은 우리 집안의 오랜 특징이다. 우리 어머니 아우로라는 스무 살 때 벌써 눈처럼 새하얀 백발이 되었는데, 머리에서 빙하가 굽이굽이 흘러내리는 듯한 모습이 그녀의 아름다움에 얼마나 환상적인 매력과 얼음장 같은 위엄을 더해주던가!). 외종조부 아이리시는 정말 겉멋을 부리기 좋아했다! 가로세로 2인치 크기의 조그마한 흑백사진 몇 장을 기억하는데, 빳빳한 목깃이 달린 최고급 개버딘 스리피스 정장에 외알 안경을 긴 꼬락서니가 어찌나 우스꽝스럽던지. 한 손에는 상아 손잡이가 달린 단장을 들고(칼날이 감춰진 지팡이였지, 우리 가족사의 속삭임이 귓가에 쟁쟁한데) 다른 손에는 긴 담뱃대를 들었다. 게다가 안타깝게도 각반을 차는 버릇이 있었다. 키가 조금만 더 컸다면, 그리고 돌돌 말린 콧수염만 길렀다면 희가극에 등장하는 악당 같은 모습이 완성됐으리라. 그러나 아이리시 다 가마는 동생처럼 왜소한 체구인데다 수염을 깨끗이 밀어버린 얼굴은 살짝 번질거렸고, 그래서 건달 흉내를 낸 차림새도 야유보다는 오히려 연민을 불러일으켰다.

기억 속 사진첩에서 다른 페이지를 펼쳐보면 구부정하게 선 사팔뜨기 외종조모 사하라의 모습도 있다. '오아시스 없는 사막' 사하라는 영락없이 낙타처럼 우물거리며 빈랑자[14]를 씹는데다 마치 등에 혹까지 달린 듯하다. 카르멘 다 가마는 아이리시의 이종사촌으로, 이피파니아의 언니 블리문다와 변변찮은 인쇄업자 로보가 남긴 유일한 혈육이었다. 양친이 말라리아에 걸려 세상을 떠나면서 카르멘의 결혼 전망은 영하로 뚝 떨어져 꽁꽁 얼어붙었다 해도 과언이 아니었는데, 어느 날 아이리시가 그녀와 결혼하겠다고 나서서 어머니를 놀라게 했다. 이피파니아는 아들에게 근사한 신붓감을 찾아주고 싶은 소망과 하루빨리 카르멘을 치워버려야 하는 다급한 상황 사이에서 결정을 못 내리고 일주일 내내 밤잠을 설치며 고민했다. 그러나 결국 죽은 언니에 대한 의무감이 아들에 대한 기대감을 앞질렀다.

카르멘은 한 번도 젊어 보인 적이 없었고, 끝내 아이를 낳지 못했고, 정당한 방법으로든 비열한 방법으로든 카몽시가 몫의 유산마저 가로챌 궁리를 했고, 자신의 첫날밤에 대해서는 아무에게도 이야기하지 않았다. 밤늦게 신방에 나타난 신랑은 침대에서 숫처녀답게 겁에 질려 떠는 젊고 앙상한 신부를 거들떠보지도 않은 채 차근차근 천천히 옷을 벗어 신부의 체구와 다를 바 없는 알몸을 드러냈고, 하녀가 두 사람의 합방을 상징하는 의미로 마네킹에 걸쳐놓은 웨딩드레스를 벗겨 역시

---

14) 빈랑나무 씨앗. 후춧잎에 이것을 싸서 씹으면 소화 및 구강청정 효과가 있다.

대단히 꼼꼼하게 차려입은 후 화장실 바깥문으로 빠져나갔다. 카르멘이 수면 너머로 날아드는 휘파람소리를 듣고 홑이불로 감싼 몸을 일으키는 순간, 미래에 대한 깨달음이 어깨를 무겁게 짓눌러 등이 확 구부러지고 말았다. 그녀는 달빛 아래 은은히 빛나는 웨딩드레스를 보았고, 그 옷을 입은 신랑을 배에 태우고 노를 저으며 멀어져가는 젊은 남자를 보았다. 그들처럼 기이한 사람들이 행복으로 여기는 무언가를 찾아 떠나는 모양이었다.

그리하여 외종조모 사하라는 차디찬 사막처럼 혈흔 한 점 없는 침대 위에 덩그러니 버려졌고, 그녀가 침묵을 지켰음에도 아이리시와 웨딩드레스에 얽힌 모험담은 결국 내게까지 전해졌다. 평범한 가문도 좀처럼 비밀을 지키지 못하지만 평범함과는 거리가 먼 우리 가문은 중대한 비밀을 아예 유화로 그려 갤러리 벽에 내걸기 일쑤였고…… 그러나 어쩌면 이 사건은 처음부터 끝까지 날조된 이야기일지도 모른다. 요컨대 아이리시가 동성애자였다는 사실을 조금은 덜 충격적으로, 조금은 듣기 좋게─색다를수록 아름다우니까─전달하려고 집안사람들이 적당히 각색한 게 아닐까? 왜냐하면 아우로라 다 가마가 성인이 되었을 때 그 이야기의 한 장면을 그린 건 사실이지만─캔버스 속 드레스 차림의 남자는 달빛 아래 다소곳이 앉아 건너편에서 웃통을 벗고 땀을 흘리는 노잡이의 상반신을 바라본다─두 남자를 묘사한 이 그림이 이른바 미풍양속에 어긋난다는 점 말고는 별다른 거부감을 주지 않는 까닭은 자유분방한 성격으로 유명한 그녀가 의도적으로 점잖게 그렸기 때문이라고 말할 수도 있을 테니까. 이 이야기와 그림은 아이리시의 남부끄러운 음란성에 예쁜 드레스를 입혀 남근과 항문과 피와 정액을 감춰버렸다고, 부두 노동자들 틈에서 건장한 사내를 유혹하려 했던 이 작달막한 멋쟁이의 용기와 결단과 두려움도, 돈으로 상대를 구할 때의 설렘과 근심도, 뒷골목이나 선술집에서 두툼한 손으로 어루만지는 하역부의 달콤한 애무도, 젊은 자전거 인력거꾼의 근육질 엉덩이와 굶주린 장터 개구쟁이의 입술을 향한 욕망도 모두 덮어버렸다고, 그리고 결혼식 날 밤에 노를 젓던 사내, 일찍이 아이리시가 '항해 왕자 헨리'[15]라는 애칭을 붙여준 그 사내와 오랫동안 나눈 광란의 사랑, 그러나 결코 충실하지만은 않았던 그 관계의 고달프고 힘겨운 현실도 깨끗이 무시했다고…… 결국 진실을 그럴싸하게 포장해 무대 밖으로 내보내고 짐짓 외면해버렸다고 주장할 수도 있을 테니까.

그러나 천만의 말씀. 그림의 권위를 부정할 수는 없다. 세 사람 사이에서 또 무슨 일이 벌어졌든 간에—가령 '헨리 왕자'와 카르멘 다 가마가 만년에 친해진 뜻밖의 상황에 대해서도 적당한 시기에 기록하겠지만—모든 일의 발단은 신랑 신부가 웨딩드레스 한 벌을 번갈아 입은 사건이었다.

빌려 입은 혼례복 속의 알몸, 면사포를 쓴 신랑의 얼굴. 이 남다른 인물에 대한 기억이 내 마음을 움직이는 것이다. 물론 못마땅한 부분도 많지만 내 고향에서라면(굳이 내 고향이 아니더라도) 대개 망신거리로 여길 만한 동성애자의 모습에서 나는 오히려 아이리시의 용기를, 더 나아가 위대한 일면을 본다.

그러나 외할머니의 거침없는 말버릇을 고스란히 물려받은 어머니는

---

15) 포르투갈 왕자 엔히크(1394~1460)의 별명.

사랑하지도 않는 아이리시 큰아버지와 함께 살던 시절을 이렇게 회상했다. "똥구멍에 박힌 좆까지는 아니더라도 확실히 눈엣가시였지."

⌒

여기까지 말한 김에, 우리 가문의 불화, 때 이른 죽음, 어긋난 사랑, 무모한 열정, 병약한 가슴, 권력과 금력, 더욱더 부도덕한 유혹, 그리고 예술에 얽힌 수수께끼를 뿌리까지 파헤치는 김에 이 모든 일의 발단이 누구였는지 기억해두고 넘어가자. 누가 처음으로 제명을 다하지 못하고 익사했는지, 누가 물에 빠져 죽어버리는 바람에 주춧돌이 흔들리고 수레바퀴가 돌기 시작했는지, 그리하여 우리 집안이 기나긴 몰락의 과정을 거치고 마침내 내가 이렇게 나락으로 굴러떨어졌는지 말이다. 바로 프란시스쿠 다 가마, 이피파니아의 죽은 남편 때문이었다.

그렇다, 이피파니아도 한때는 새색시였다. 망갈로르[16]의 유서 깊은 상인 가문이었으나 지금은 가세가 몹시 기울어버린 메네제스가의 딸이 캘리컷의 어느 결혼식장에서 최고의 신랑감을 우연히 만나 결국 결혼까지 이르렀을 때, 실망한 어머니들은 어처구니없는 일이라고 입을 모았다. 그토록 부유한 남자라면 마땅히 질색을 했어야지. 바닥난 은행 잔고, 모조 장신구, 싸구려 옷가지, 그렇게 몰락한 집안 꼬락서니만 봐도 돈을 노리는 여자가 분명하잖아. 그러나 결국 이피파니아는 20세기 벽두에 우리 외증조할아버지 프란시스쿠의 품에 안겨 카브랄섬으로 건너

---

16) 인도 남부 카르나타카주의 해안 도시.

왔는데, 바로 그곳이 이 이야기가 펼쳐질 무대—세상과 동떨어진, 밤이 출몰하는, 낙원인 동시에 지옥이던 네 개의 공간—가운데 첫번째였다. (우리 어머니가 군림하는 말라바르언덕의 살롱이 두번째, 아버지의 공중정원이 세번째, 그리고 바스쿠 미란다가 스페인의 베넹헬리에 지은 기괴한 성채 '리틀 알람브라'가 마지막이었고 마지막이고 마지막일 것이다.) 카브랄섬에서 그녀는 전통 양식의 웅장한 고택을 보았다. 흥미진진하게 이어지는 수많은 안뜰, 녹색 연못, 이끼 낀 분수대, 목각 장식이 즐비한 회랑, 그 너머에는 천장 높은 방이 미로처럼 얽힌 건물, 타일을 붙인 높다란 박공지붕. 한마디로 열대 숲으로 둘러싸인 부자의 낙원이었다. 이피파니아는 더 바랄 나위가 없다고 생각했다. 비록 어린 시절은 궁핍했지만 늘 자신에게는 화려한 삶이 어울린다고 믿었으니까.

그러나 두 아들을 낳고 몇 년이 지난 어느 날, 프란시스쿠 다 가마가 터무니없을 만큼 젊고 수상쩍을 만큼 매력적인 프랑스인을 집으로 데려왔는데, 나이는 겨우 스물이지만 천재 건축가를 자처하며 거들먹거리는 샤를 잔느레라는 자였다. 이피파니아가 미처 말리기도 전에 어리숙한 남편은 이 시건방진 젊은이에게 다짜고짜 일을 맡겨버렸다. 그녀가 애지중지하는 정원에 새 건물을 한 채도 아니고 두 채나 짓는 공사였다. 게다가 그렇게 지은 건물이 또 얼마나 꼴사나운지! 한 채는 괴상망측하게 각이 지고 네모반듯한 건물인데, 정원이 건물 내부를 완전히 관통하는 구조라 대체 집안인지 집밖인지 분간하기 어려울 때도 많고, 가구랍시고 들여놓은 것은 무슨 병원이나 기하학 강의실용으로 만든 물건 같아서 앉으려면 뾰족뾰족 튀어나온 모서리에 찔리기 일쑤였다. 다른 한 채는 나무와 종이로 지어 마치 카드를 쌓아 만든 것처럼 엉성하기 짝이 없는데―경악한 이피파니아에게 남편은 '일본풍'이라고 설명했다―벽마저 창호지를 바른 미닫이문으로 대신했으니 자칫하면 불이 나기 십상이고, 방안에 들어가도 편하게 앉지 못하고 무릎을 꿇어야 하는데다 밤에는 하인처럼 방바닥에 깔아놓은 깔개 위에서 나무토막을 베고 잠을 청해야 했다. 사생활은 아예 불가능한 터라 이피파니아는 투덜거렸다. "화장실 벽까지 휴지로 만들었으니 식구들 뱃속 사정은 훤히 알겠네."

엎친 데 덮친다더니 그렇게 어처구니없는 집이 완성되자마자 남편은 본래의 아름다운 저택에 자주 싫증을 냈는데, 아침에 손바닥으로 식탁을 탁 내리치며 "동쪽으로 가자!" 혹은 "서쪽으로 옮기자!" 하고 선언하기 일쑤였고, 그때마다 아무리 항의해도 막무가내라 결국 온 가족이 짐을 꾸려 프랑스인이 지은 두 별채 가운데 하나로 이사하는 수밖에 없었다. 그리고 몇 주가 지나면 다시 이사를 했다.

프란시스쿠 다 가마는 평범한 사람처럼 한 집에 정착해 살지 못할 뿐 아니라 예술 후원자로 나서기까지 해서 이피파니아에게 절망감을 안겼다. 태생부터 천하고 패션 감각도 역겨운 자들이 한참을 눌러앉아 럼과 위스키를 퍼마시고 대마초를 피웠다. 프랑스인이 지은 별채는 시끄러운 음악과 시 낭송 마라톤으로 늘 떠들썩했고, 벌거벗은 모델들이 들락거리고 마리화나 꽁초가 나뒹굴고 밤새도록 노름판이 벌어지는 등 온갖 추태가 끊이지 않았다. 외국 예술가도 더러 찾아왔는데, 그들은 바람결에 빙빙 도는 거대한 철제 옷걸이처럼 생긴 이상한 모빌, 두 눈이 얼굴 한쪽으로 몰린 여자 괴물을 그린 그림, 영락없이 실수로 물감을 엎지른 듯한 대형 캔버스 따위를 남기고 떠났고, 이피파니아는 소중한 자택의 벽면이나 안뜰 곳곳에 주렁주렁 걸린 그 흉물들을 날마다 바라봐야 했다. 무슨 대단한 작품이라고.

그녀는 남편에게 매섭게 쏘아붙였다. "저게 예술인지 뭔지, 너무 꼴사나워 눈이 멀어버리겠어." 그러나 아내의 독설에 이미 면역성이 생긴 남편은 대꾸했다. "아름다움도 옛것만으론 부족해. 낡은 궁전, 낡은 예절, 낡은 신神. 요즘은 온 세상에 의문이 가득한 시대야. 아름다움에도 변화가 생겼다고."

영웅 기질을 타고난 프란시스쿠는 평범한 삶에 만족하지 못하고 돈키호테처럼 온갖 의문과 탐구에 매달릴 운명이었다. 대단한 미남이지만 심성은 얼굴보다 훨씬 더 훌륭했고, 어린 시절 야자매트가 깔린 크리켓 구장에 설 때는 무시무시한 좌회전 변화구를 구사하는 투수인 동시에 남다른 4번 타자였다. 대학 때는 매우 우수한 물리학도였지만 일찍 부모를 여읜 후 심사숙고 끝에 학문의 길을 포기하고 가업을 물려받았다. 그리고 성장을 거듭해 향신료와 견과류를 황금으로 변화시키는 다 가마의 오랜 재능을 활짝 꽃피웠다. 바람결에 실린 돈냄새도 놓치지 않았으며 그날의 날씨만 보고도 이로울지 해로울지 정확히 알아차렸다. 그러나 그는 자선가이기도 했다. 고아원을 후원하고, 무료진료소를 세우고, 변두리 수로 일대의 마을에 학교를 지어주고, 야자나무마름병을 퇴치하기 위한 연구소를 설립하고, 자신의 향신료 농장 부근 산속에 코끼리 보호구역을 마련하는 계획을 주도하고, 해마다 오남꽃 축제[17]가 시작되면 경연대회를 열고 이 고장에서 으뜸가는 이야기

---

17) 인도 케랄라주의 힌두교 축제.

꾼을 뽑아 시상했다. 자선사업을 위해서라면 돈을 아끼지 않았다. "그렇게 밑천까지 퍼주다 우리 애들이 거렁뱅이가 되면 어쩌려고? 당신이 말하는 그 좌선사업인지 뭔지를 뜯어먹고 사나?" 이피파니아가 울부짖으며 한탄했지만 아무 소용도 없었다.

그녀는 사사건건 남편에게 대들었지만 마지막 한 번 말고는 번번이 패배했다. 모더니스트였던 프란시스쿠는 늘 미래를 지향했는데, 처음에는 버트런드 러셀을 열렬히 추종했고―『종교와 과학』이나 『자유인의 신앙』 같은 책을 성경처럼 떠받들었다―나중에는 애니 베전트 여사[18]의 신지학협회가 점점 더 뜨겁게 부르짖는 민족주의운동을 신봉했다. 여기서 주의할 점. 엄밀히 따지면 당시 코친, 트라방코르, 마이소르, 하이데라바드 등은 영국령 인도의 일부가 아니라 각각의 세습군주가 다스리는 토후국이었다. 그중에는 영국이 직접 통치하는 지역보다 오히려 교육 수준이 훨씬 더 높고 문맹률이 현저히 낮은―예컨대 코친 같은―곳도 있고, 네루의 말처럼 '완벽한 봉건주의'를 벗어나지 못한(하이데라바드 같은) 곳도 더러 있었다. 트라방코르는 국민회의당을 불법 단체로 규정할 정도였다. 그러나 겉모양과 실상을 혼동하지 말자(프란시스쿠도 혼동하지 않았다). 나뭇잎은 열매가 아니다. 네루가 마이소르에서 인도 국기를 게양했을 때 현지 정부는(인도인이면서도) 진짜 통치자들에게 불쾌감을 줄까 두려워 네루가 떠나자마자 깃발은 물론 깃대까지 없애버렸고…… 프란시스쿠의 서른여덟번째 생일에 세계대전이 터진 직후, 그의 내면에도 큰 변화가 생겼다.

---

18) 인도자치운동을 추진한 영국 사회개혁가(1847~1933).

"영국인이 떠나야 해." 유화 속 선조들이 정장을 입고 부츠를 신은 채 굽어보는 저녁 식탁에서 프란시스쿠가 엄숙히 선언했다.

"맙소사, 어디로 간대?" 말귀를 못 알아들은 이피파니아가 물었다. "요즘처럼 어려울 때 영국인이 떠나버리다니, 흉악한 카이저 빌[19]은 어떻게 감당하라고?"

"골칫거리는 그 인간만이 아니잖아!" 프란시스쿠가 분통을 터뜨렸다. 열두 살 아이리시와 열한 살 카몽시는 깜짝 놀라 꽁꽁 얼어붙었다. 프란시스쿠는 버럭버럭 호통을 쳤다. "세금이 두 배로 뛰었어! 우리 젊은이들은 영국 군복을 입고 죽어가! 자원은 수탈당하고! 정작 우리 백성은 굶주리는데 우리 밀, 쌀, 황마, 코코넛을 영국군들이 다 처먹어. 당장 나만 해도 물건을 원가 이하로 넘겨야 한단 말이야. 광산도 박박 긁어가지. 초석, 망간, 운모 등등. 그렇다니까! 봄베이 잡것들만 돈을 벌고 온 나라가 망해버릴 판국이라고."

"사기꾼이랑 어울리고 책만 들이파더니 웬 헛소리만 듣고 다녔나보네." 이피파니아가 반론을 제기했다. "우리도 대영제국의 신민이잖아? 영국은 우리한테 모든 걸 줬잖아, 안 그래? 문명, 법률, 질서, 일일이 말할 수도 없지. 온 집안에 냄새나 풍기는 당신 향신료도 너그러운 영국인이 사준 덕에 그나마 우리 애들이 헐벗고 굶주리는 신세는 면했고. 그런데 왜 그렇게 배은망덕한 소리를 하고 애들 앞에서 불경스러운 거짓부렁을 늘어놓는대?"

그날 이후 두 사람은 좀처럼 말을 섞지 않았다. 아이리시는 아버지

---

19) 독일 황제 빌헬름 2세(1859~1941)의 별칭.

에게 반기를 들고 어머니를 편들었다. 이피파니아와 아이리시는 영국, 하느님, 실리주의, 전통 방식, 평온한 삶 등을 지지했다. 프란시스쿠가 늘 활발하고 부지런했으므로 아이리시는 일부러 게으름을 피우며 한가롭게 빈둥거려 아버지를 화나게 했다. (이유는 좀 달랐지만 젊은 시절 나도 한동안 빈둥거렸다. 누군가를 화나게 할 의도는 없었고, 다만 시간이 너무 빨리 흘러가니 느림으로 맞서보겠다는 부질없는 생각 때문이었다. 이 문제도 적당한 시기에 다시 이야기하겠다.) 한편 프란시스쿠는 작은아들 카몽시를 아군으로 삼아 민족주의, 이성, 예술, 혁신, 그리고 그 시절 무엇보다 절실했던 항쟁의 중요성을 머릿속에 심었다. 프란시스쿠는 네루가 초기에 그랬듯 국민회의당을 경멸했고—"말장난이나 일삼는 잡놈들이지"—카몽시도 진지하게 찬성을 표시했다. 이피파니아는 카몽시를 꾸짖었다. "애니가 이랬다느니, 간디가 저랬다느니. 네루, 틸라크, 모두 북부 출신 불량배지. 그래, 엄마 말은 무시해라야! 계속 그렇게 해봐야! 그러다 부리나케 감옥으로 끌려갈 테니."

1916년에 프란시스쿠 다 가마는 애니 베전트와 발 강가다르 틸라크가[20]가 이끄는 인도자치동맹에 합류했고, 나라의 미래를 결정하는 인도 국회의 독립성을 요구하는 일에 운명을 걸었다. 베전트 여사는 그에게 자치동맹 코친 지부를 결성하라는 지시를 내렸고, 어처구니없게도 프란시스쿠는 내로라하는 유지뿐 아니라 부두 노동자, 찻잎 따는 삯꾼, 저잣거리 짐꾼, 자기가 부리는 일꾼에게도 가입을 권유해 이피파니아에게 큰 충격을 안겼다. "상전이랑 아랫것이 한자리에 모이는 단체라

20) 인도 수학자·철학자·독립운동가(1856~1920).

니! 남사스럽고 남부끄럽네! 저 사람이 완전히 돌아버렸어야." 이피파니아는 활랑활랑 부채질을 해대며 잔소리를 늘어놓더니 곧 입을 다물고 부루퉁하게 침묵을 지켰다.

지부가 결성되고 며칠이 지났을 때 부둣가에 있는 에르나쿨람 지구의 길거리에서 말썽이 생겼다. 유난히 투쟁적인 동맹원 몇십 명이 경무장 상태로 출동한 소규모 경찰 병력을 제압한 후 무기를 빼앗고 쫓아버렸다. 이튿날 자치동맹에 정식으로 금지령이 떨어졌고 발동선 한 대가 카브랄섬으로 달려와 프란시스쿠 다 가마를 체포했다.

그후 육 개월 동안 그는 감옥을 뻔질나게 드나들었다. 큰아들은 아버지를 경멸했고 작은아들은 더욱더 존경했다. 그렇다, 프란시스쿠는 정녕 영웅이었다. 감옥살이를 거듭하면서, 그리고 잠시 풀려나더라도 맹렬한 정치활동을 벌이고 틸라크의 지시대로 연행될 만한 일만 골라 하면서 차츰 차세대 지도자로서의 위상을 쌓아갔다. 주목할 만한 인물, 추종자를 거느린 인물. 한마디로 스타.

그러나 별도 떨어지고 영웅도 쓰러진다. 프란시스쿠 다 가마는 자기 운명대로 살지 못했다.

⌐

옥중에서 시작한 일이 파멸을 불렀다. 우리 외증조할아버지 프란시스쿠는 떠오르는 영웅에서 갑자기 온 국민의 웃음거리로 전락하고 말았는데, 대체 어쩌다가 그렇게 엉뚱하고 생뚱맞은 발상을 했는지, 대체 어디서 그렇게 터무니없는 과학이론을 얻었는지 아무도 알아내지 못했다. 어쨌든 그 시절 프란시스쿠는 이 과학이론에 점점 더 깊이 빠져들었고, 나중에는 민족주의운동 못지않게 소중히 여겼다. 어쩌면 왕년의 관심사였던 이론물리학과 최근의 열정이 마구 뒤섞인 결과였는지도 모른다. 예컨대 베전트 여사의 신지학, 한없이 다양하고 다채로운 인도 국민이 사실은 하나라는 마하트마의 주장, 그리고 모더니즘을 신봉하는 이 시대 인도 지식인이 영적인 삶을—굳이 고리타분한 표현을 빌리자면 '영혼'을—비종교적 관점에서 새롭게 이해하려던 경향 등등. 아무튼 1916년이 저물어갈 무렵 프란시스쿠는 자비로 논문을 출판하고 주요 언론사마다 빠짐없이 발송해 관심을 유도했다. 「양심 변동장 가설」이라는 논문에서 그는 우리 주위에 '자기장처럼 눈에 보이지 않는 정신적 에너지로 이뤄진 동적 네트워크'가 존재한다면서 이 '양심장'이야말로 인류의—현실적인 동시에 정신적인—기억 저장소와 다름없다고 주장했다. 그리고 실제로 최근(잡지 〈에고이스트〉에서) 조이스의 스티븐[21]이 자기 영혼의 대장간에서 벼려내고자 한다고 밝혔던 그것, 즉 인류에게 아직 존재하지 않는 양심이 바로 양심장이라고 했다.

이른바 양심장의 작용 가운데 최하 단계는 교육적 기능이었다. 지구상 어디서든 누군가 새로운 것을 배우면 그 즉시 남들도 그것을 배우기 쉬워진다. 그러나 최고 단계로 올라가면—물론 측정하기도 제일 어렵지만—양심장이 윤리적으로 작용하면서 우리의 도덕적 선택에 따라 변화하기도 하고 우리의 선택을 변화시키기도 한다. 다시 말해 양심장은 지구상의 누군가가 올바른 선택을 할 때마다 조금씩 강해지고, 반

---

21) 제임스 조이스의 소설 『젊은 예술가의 초상』의 주인공 스티븐 디딜러스.

대로 누군가 나쁜 짓을 할 때마다 조금씩 약해진다. 그러므로 이론상으로 악행이 너무 많으면 양심장이 돌이킬 수 없을 만큼 손상되고, '그때 인류는 형언할 수 없이 끔찍한 현실을 보게 될 것이다. 윤리는 지금까지 우리를 지켜준 안전망이라고 해도 과언이 아닌데, 윤리적 기반이 무너진 세계는 부도덕한 세계, 따라서 무의미한 세계이기 때문이다.'

사실 프란시스쿠의 논문이 조금이라도 단정적으로 말한 내용이 있다면 양심장의 하위 작용인 교육적 기능을 설명한 부분, 그리고 아직은 추측에 불과하다고 인정하면서 비교적 짤막한 문단을 덧붙여 윤리적 측면을 언급한 부분이 고작이었다. 그런데도 어마어마한 조롱이 빗발쳤다. 마드라스에서 발행되는 신문 〈더 힌두〉는 「선악의 날벼락」이라는 사설을 통해 그를 무자비하게 비웃었다. '우리의 윤리적 미래를 염려하는 다 가마 박사는 인간의 행동이 날씨를 좌우한다고 믿는 엉터리 기상학자나 다름없다. 가령 우리가 "따뜻하게" 행동하지 않으면 당장 폭풍이라도 몰려온단 말인가.' 〈봄베이 크로니클〉의 편집장 호니먼은 베전트 여사의 친구이며 민족주의운동 지지자로 일찍이 프란시스쿠의 논문 출판을 간곡히 말렸던 사람이지만 풍자 칼럼니스트 '말벌선생'은 아랑곳하지 않고 악의적인 질문을 던졌다. 저 유명한 양심장이 인간에게만 작용하는지, 아니면 다른 생물도—예컨대 바퀴벌레나 독사도— 함께 이용할 수 있는지, 혹은 종마다 별도의 양심장이 있어 지구 전체를 둘러싸고 소용돌이치는지? '혹시 양심장끼리 충돌하는 경우 우리 가치관이 오염되는—"가마 방사선"이라고나 할까—일은 없을까? 사마귀의 성 풍속, 원숭이나 고릴라의 심미안, 전갈의 정치 계략 따위가 우리 정신세계에 치명적인 악영향을 미치지는 않을까? 아니, 상상하기

도 싫지만 어쩌면…… 이미 벌어진 일인지도 모른다!'

프란시스쿠에게는 '가마선'이 결정타였다. 그는 웃음거리가 되고 말았다. 무서운 전쟁, 경제적 궁핍, 독립 투쟁 등을 잠시나마 잊게 해주는 가벼운 이야깃거리. 그러나 처음에는 기죽지 않고 오히려 지난번에 내놓은 간단한 가설을 입증해줄 실험 방법을 고안하는 일에 집요하게 몰두했다. 두번째 논문에서 그는 카타크[22] 강사들이 손 발 목의 동작을 지시할 때 쓰는 구령 '볼bol'을 실험에 이용하자고 제안했다. 우선 의미 없는 음절을 길게 나열한 구령 한 줄을(땃-땃-따아 드리게이-딴-딴 지이-지이-까따이 또오, 딸랑, 따까-딴-딴, 떼이! 땃 떼이! 등등) '기준'으로 삼고, 역시 무의미하고 쓸모없지만 처음 것과 똑같은 박자에 맞춰 암송할 수 있는 네 줄을 더 작성한다. 그다음에는 인도 무용의 교습 방식을 모르는 외국 학생들에게 이 구령 다섯 줄을 모두 외우게 한다. 프란시스쿠의 양심장 이론이 옳다면 무용 교습소의 횡설수설 헛소리를 암기하기가 훨씬 더 쉬워질 터였다.

이 실험은 끝내 실행하지 못했다. 그리고 활동이 금지된 자치동맹 측에서 머지않아 사퇴를 종용했고, 외증조할아버지는 편지 공세를 펼치며 날이 갈수록 애처롭게 호소했지만 지도부는—이 무렵 모탈랄 네루도 지도부의 일원이었다—대꾸조차 하지 않았다. 배를 타고 카브랄섬으로 몰려와 별채에서 흥청거리던 예술가 나부랭이, 종이로 만든 동쪽 별채에서 대마초를 피우고 뾰족뾰족한 서쪽 별채에서 위스키를 마시던 그들도 발길을 뚝 끊었다. 다만 그 프랑스인이 점점 유명해지자

---

22) 인도 전통춤.

요즘은 '르코르뷔지에'라는 그 젊은이의 이름을 대면서 프란시스쿠에게 인도 최초의 고객이 맞느냐고 묻는 사람은 간혹 있었다. 절망한 영웅은 그런 질문을 받을 때마다 쌀쌀맞게 대꾸했다. "처음 듣는 이름이오." 시간이 흐르면서 그렇게 묻는 사람도 없어졌다.

이피파니아는 의기양양했다. 프란시스쿠는 낙심해 시무룩하게 지냈고, 세상이 이유도 없이 자신을 몹시 부당하게 대우한다고 믿는 사람들이 흔히 그러듯 늘 찡그린 표정이었다. 이피파니아는 재빨리 남편의 목을 졸랐다. (결과적으로 남편을 죽인 셈이었다.) 나는 그녀가 불만을 억누르며 살아온 세월 동안 마음속에 살기등등한 분노가—분노, 내가 물려받은 진정한 유산!—자라났으리라 결론지었다. 그녀의 분노는 복수심 가득한 증오와 구별하기 어려울 때도 많았다. 그러나 누군가 그녀에게 남편을 사랑하느냐고 묻는다면 이피파니아는 그런 질문을 받았다는 사실에 경악했을 것이다. 라디오 말고는 낙이 없는 섬마을에서 한없이 길고 따분한 밤을 보낼 때 풀죽은 남편에게 말한 적이 있었다. "우린 연애결혼을 했잖아. 사랑하지 않았다면 내가 왜 당신 변덕을 다 받아줬겠어? 그런데 결국 어떻게 됐는지 봐. 당신도 나를 사랑한다면 이제 내 변덕을 받아줘야지."

이피파니아는 정원에 있는 지긋지긋한 별채를 꽁꽁 걸어잠갔다. 그리고 자기 앞에서는 두 번 다시 정치 이야기를 입에 담지 못하게 했다. 러시아혁명이 세상을 발칵 뒤집어놓았을 때도, 세계대전이 끝났을 때도, 그리고 북부로부터 '암리차르 학살사건'[23]에 대한 소식이 조금씩

---

23) 식민지 시절 영국군이 인도인 수백 명을 학살한 사건.

전해지면서 거의 모든 인도인의 마음속에서 영국에 대한 애정이 깨끗이 지워졌을 때도(노벨문학상 수상자 라빈드라나트 타고르도 기사 작위를 영국 왕실에 반납했다) 카브랄섬의 이피파니아 다 가마는 두 귀를 틀어막고 변함없이 영국을 믿었다. 영국인이야말로 전지전능하고 대자대비하다는 그녀의 믿음은 신성모독에 가까웠고 큰아들 아이리시도 마찬가지였다.

1921년 크리스마스, 열여덟 살이 된 작은아들 카몽시가 수줍어하며 열일곱 살 먹은 고아 소녀 이사벨라 시메나 수자를 데려와 부모에게 선보였다(이피파니아가 어디서 만났느냐고 묻자 카몽시는 수차례 얼굴을 붉히며 성프란시스교회에서 잠깐 만났다고 설명했는데, 자신의 과거에서 불리한 부분을 모조리 잊어버리는 재주가 탁월한 이피파니아는 한심하다는 듯 콧방귀를 뀌었다. "근본도 없는 계집애구먼!" 그러나 프란시스쿠는 소녀를 흔쾌히 받아들였고, 사실대로 말하자면 그리 푸짐하지 않은 식탁 너머로 지친 손을 내밀어 이사벨라 수자의 어여쁜 머리를 쓰다듬었다). 카몽시의 신붓감은 말을 가리지 않는 성격이었다. 흥분에 겨워 두 눈을 빛내면서 이사벨라는 이피파니아가 오 년 동안 강행한 금기를 단숨에 깨버렸다. 캘커타에서 영국 왕세자(미래의 에드워드 8세)의 인도 방문을 사실상 거부하고 봄베이에서도 대규모 시위가 벌어져 기쁘다고 말하기도 했고, 법정에서도 협력을 거부[24] 하다 결국 감옥에 들어간 네루 부자를 찬양하기도 했다. "이젠 총독도 어떤 상황인지 알아차렸겠죠. 모틸랄 네루처럼 영국을 사랑하는 분까지 감옥

---

24) 암리차르 학살 후 마하트마 간디가 주도한 비협력운동.

을 선택했으니 말예요."

그러자 프란시스쿠가 움찔거렸고 오래전 흐려진 두 눈에 예전의 총기가 어렴풋하게나마 되살아났다. 그러나 이피파니아가 먼저 입을 열고 딱딱거렸다. "우리집은 독실한 기독교 집안이고 이 집에선 예나 지금이나 영국이 으뜸이라는 사실을 명심해라, 이 말괄량이야. 혹시 우리 애한테 무슨 꿍꿍이가 있다면 고 조동아리 조심하라고. 붉은 살코기 먹을래, 흰 살코기 먹을래? 말해봐. 시원하고 맛좋은 수입산 당 와인 한 잔? 원하면 줄게. 푸딩은 어때? 얼마든지. 크리스마스에는 이런 대화를 나누는 거야. 속고명 더 줄까?"

나중에 잔교에서 벨은 역시 단도직입적으로 소감을 밝혔고 자신을 편들지 않은 카몽시를 호되게 나무랐다. "꼭 안개에 파묻힌 집 같더라." 결혼을 약속한 남자에게 벨이 말했다. "도무지 숨을 쉴 수가 없잖아? 누군가 당신과 가없은 아버님한테 마법을 걸어 생기를 다 빨아먹고 있어. 당신 형은 벌써 구제불능이라 어쩔 수 없어. 날 미워하든 말든 이 말은 꼭 해야겠는데, 저 집에서 뭔가 나쁜 일이 일어날 거야. 당신이 입고 있는, 미안하지만 정말 꼴사나운 그 부시셔츠 빛깔만큼이나 뚜렷한 사실이라고."

"그래서 다시는 안 오겠다고?" 카몽시가 시무룩하게 물었다.

벨은 대기중인 배에 올랐다. "멍청하긴. 당신은 다정하고 감동적인 사람이야. 당신 같은 사람은 알 리가 없지. 내가 사랑을 위해 뭘 할지 안 할지, 내가 어디에 올지 안 올지, 내가 누구와 싸울지 안 싸울지. 내가 마법의 힘으로 누군가의 마법을 풀어버릴지 말지."

그때부터 몇 달간 벨은 카몽시에게 세상에서 일어나는 일을 가르쳐주었다. 1922년 5월 네루의 장기 복역을 확정한 공판 당시 네루가 했던 진술을 암송해 들려주기도 했다. 정부는 협박과 폭력을 주요 수단으로 삼았습니다. 그렇게 해야 국민의 마음속에 사랑을 심어줄 수 있다고 믿는 걸까요? 애정과 충성심은 마음속에서 우러나야 합니다. 총칼을 들이대며 강요해봤자 아무 소용 없습니다. 이사벨라가 명랑하게 덧붙였다. "내가 보기엔 당신 부모님의 결혼생활도 그런 식이야." 이 아름답고 입심 좋은 소녀를 향한 사랑 때문에 민족주의적 열정이 다시 타오르기 시작한 카몽시는 얼굴을 붉힐 뿐이었다.

벨은 카몽시를 개조하는 일에 착수했다. 그 무렵 카몽시는 잠을 잘 이루지 못했고 천식 환자처럼 씨근거렸다. 벨이 말했다. "그게 다 공기가 나빠서야. 그래서라니까. 내가 다 가마가에서 적어도 한 명은 꼭 구해낼 테야."

벨은 이런저런 변화를 요구했다. 그녀의 지시에 따라 카몽시는 채식주의자가 되었고―이피파니아는 노발대발했다. "고 계집애가, 고 버르장머리 없는 계집애가 너한테 비렁뱅이 음식을 먹이려는 모양인데, 이 집에서 고기를 줄이다니 내 눈에 흙이 들어가기 전에는 어림도 없다야!"―물구나무서기를 배웠다. 그리고 거미줄로 뒤덮인 서쪽 별채 창틀을 부수고 스러져가는 아버지 서재에 남몰래 들어가 책벌레에게 질세라 허겁지겁 책을 뜯어먹었다. 아타르, 하이얌, 타고르, 칼라일, 러스킨, 웰스, 포, 셸리, 라자 람 모한 로이[25] 등등. 벨이 격려했다. "그것 봐. 당신도 할 수 있잖아. 꼴사나운 셔츠를 걸친 천덕꾸러기가 아니라 어엿

---

25) 인도 근대화의 선구자라 불리는 사회개혁가(1772~1833).

한 사람 구실을 해야지."

그들은 프란시스쿠를 구하지 못했다. 장마철이 끝나고 어느 밤, 프란시스쿠는 물속으로 뛰어들어 멀리 헤엄쳐갔다. 이 섬을 움켜쥔 마법의 영향권에서 벗어나 숨쉴 공기를 찾으려 했는지도 모른다. 이안류가 그를 데려갔다. 닷새 후 퉁퉁 불어버린 주검이 발견되는데, 녹슨 항구 부표에 걸려 흔들거리고 있었다. 프란시스쿠 다 가마는 독립운동, 온갖 선행, 진보주의 사상 등으로 길이 기억할 만한 인물이었지만 정작 후손에게 물려준 유산은 여러 해 동안 방치하다시피 해 풍전등화 같은 사업, 돌연사, 그리고 천식이 전부였다.

이피파니아는 남편이 죽었다는 소식을 듣고도 눈 하나 깜짝하지 않았다. 남편의 생명을 먹어치운 그녀는 남편의 죽음마저 먹어치우고 더 커졌다.

3

　　이피파니아의 침실로 올라가는 넓고 가파른 계단의 층계참에 가족 예배실이 있었는데, 예전에 프란시스쿠는 목이 터져라 반대하는 이피파니아를 무시하고 웬 '프랑스 잡놈'을 불러 실내장식을 바꿔버렸다. 금박을 입힌 제단 장식의 작은 삽화 속에서 야자수와 다원을 배경으로 기적을 행하는 예수도, 십이사도 도자기 인형도, 티크나무 받침대 위에서 자세를 잡고 나팔을 부는 황금빛 아기 천사도, 커다란 브랜디 술잔 모양의 유리그릇에 담긴 양초도, 제단 위에 깔았던 포르투갈산 레이스도, 심지어 십자가마저 치워버렸다. 이피파니아는 투덜거렸다. "저런 명품들을, 게다가 예수님과 성모님까지 골방에 처박아버리다니." 그렇게 신성모독을 저지르고도 부족했는지 이 괘씸한 인간은 예배실 전체를 병실처럼 하얗게 칠하고, 코친 전역에서 제일 불편한 나무의자를 들여놓고, 건물 안쪽이라 창문이 없는 예배실 벽에 종이를 큼직큼직하게 오려붙여 스테인드글라스 창을 흉내냈다. 이피파니아가 한탄했다. "창문을 달지 못할 형편이라면 모를까, 하느님의 집에 종이 창문을 붙이다니 얼마나 한심해 보일꼬." 더구나 그 창문에는 버젓한 그림도 없이 색종이를 덕지덕지 붙여 불규칙한 무늬를 그려놓았을 뿐이었다. 이피파니아는 콧방귀를 뀌었다. "애들 파티에나 쓰는 장식품 같잖아. 이런 방에 주님의 옥체와 보혈을 모시다니 말도 안 되지. 생일 케이크라면 또 모를까."

프란시스쿠는 실내장식가의 작업이 형태와 색채를 이용해 주제를 잘 살렸을 뿐 아니라 제대로 다루기만 하면 형태와 색채가 곧 주제일 수도 있음을 입증했다며 두둔하다 이피파니아에게 핀잔을 들었다. "그럼 예수그리스도도 필요 없겠네. 그냥 열십자 모양만 그려놓으면 되는데 왜 굳이 십자가에 못박혀 돌아가셨을까? 그 프랑스 잡놈이 얼마나 불경스러운 짓을 저질렀는지 보라고. 하느님의 아들이 우리 죄를 대속하신 일까지 생략해버리는 예배실이라니."

남편의 장례를 치른 다음날 이피파니아는 모든 물건을 끄집어내 태워버렸다. 그 대신 아기 천사, 레이스와 유리, 진홍색 비단을 씌운 푹신한 예배실 의자와 같은 빛깔의—그녀처럼 지체 높은 여인이 주님 앞에 우아하게 무릎을 꿇을 때 부끄럽지 않도록 가장자리에 금띠를 두른—방석을 도로 들여놓았다. 꼬치구이가 된 성자와 고기찜이 된 순교자를 수놓은 고풍스러운 이탈리아산 태피스트리도 다시 벽에 걸고 장식 주름을 잡은 휘장도 사방에 쳤다. 그리하여 머지않아 예배실은 익숙한 곰팡내를 풍기며 프랑스 잡놈의 삭막한 장난질에 얽힌 불쾌한 기억을 말끔히 씻어냈다. 남편을 갓 잃은 여인이 말했다. "하느님이 하늘에 계시니 태평성대가 따로 있을꼬."[26]

이피파니아는 결단을 내렸다. "이제부터 우리도 단순하게 살자야. '허리에 천 한 장 두른 말라깽이'와 그 패거리한테 구원을 기대하긴 글러먹었으니." 아닌 게 아니라 그녀가 원하는 단순한 삶은 간디의 방식과는 전혀 달랐다. 아침에는 느지막이 일어나 침대에서 진하고 달콤한 차를 즐기고, 손뼉으로 요리사를 불러 그날의 식사를 주문하고, 여전히 길지만 하루가 다르게 새치가 늘고 숱은 줄어드는 머리카락에 기름을 바르고 빗질하는 일도 하녀에게 맡겨버리고, 아침마다 빗살에 묻어나는 머리카락이 점점 많아지면 애꿎은 하녀를 닦달하는, 그런 단순한 삶. 새 옷을 집까지 배달해준 재단사에게 오전 내내 잔소리를 늘어놓고, 그러면 재단사는 한입 가득 옷핀을 문 채 그녀 앞에 꿇어앉아 이따금 옷핀을 꺼내고 아첨을 늘어놓는, 그런 단순한 삶. 오후에는 느긋하게 포목상을 돌아다니며 흰색 천이 깔린 바닥에 좌르르 펼쳐지는 화려한 비단을, 차례차례 짜릿하게 허공을 가르다 산맥처럼 굽이굽이 내려앉는 그 찬란한 아름다움을 마음껏 감상하는, 그런 단순한 삶. 지체가 비슷한 몇몇 친구와 한담을 나누고, 요새 일대에 사는 영국인의 '행사', 가령 일요일의 크리켓 시합이나 무도회 겸 다과회에 초대받고, 명절에는 더위에 지친 못생긴 영국 아이들의 노래도 들어주고, 왜냐하면 그들도 기독교인이니까, 성공회 소속이긴 하지만 무슨 상관이랴, 어차피 그녀는 영국인을 존경하니까, 물론 사랑하는 나라는 포르투갈이고, 그래

---

26) 로버트 브라우닝의 극시 「피파가 지나간다」를 인용했다.

서 언젠가 타호강이나 도루강 주변을 거닌다든지 어느 귀족과 팔짱을 끼고 리스본 거리를 활보할 날을 꿈꾸는, 그런 단순한 삶. 그녀의 온갖 요구를 들어주느라 두 며느리의 인생은 생지옥이 되어버리겠지만 돈이 필요할 때마다 두 아들이 아낌없이 내어주는, 그런 단순한 삶, 그야말로 더-바랄-나위도-없는-삶, 드디어 세상의 중심이 된 삶, 정상에 도달한 삶, 황금 무더기에 올라앉은 용처럼 빈둥거리다 이따금 마음이 동하면 무시무시한 불을 뿜어 모든 것을 태워버리는 삶. "어머님이 단순하게 살도록 해드리다 한재산 날리겠어." 벨 다 가마는 M.K. 간디에 대한 비판을 예견한 듯 남편에게 툴툴거렸다(그녀와 카몽시는 1923년 초에 결혼했다). "소원을 들어드리다 우리 청춘이 다 지나가게 생겼으니 이를 어쩔꼬."

그러나 이피파니아의 꿈이 무너져버린 이유는 프란시스쿠가 그녀에게 남긴 유산이 그녀가 가진 옷가지와 장신구, 그리고 약간의 용돈이 전부였기 때문이었다. 결국 두 아들에게 의지할 수밖에 없는 신세라는 사실을 알게 되었을 때 이피파니아는 노발대발했다. 두 아들이 전 재산을 반반씩 물려받았다. 다만 '사업상 불가피한 상황이 아니면' 가마무역상사를 분할하지 말아야 하며 아이리시와 카몽시는 '불화와 갈등으로 가산을 탕진하지 않도록 우애를 바탕으로 협력을 모색해야 한다'는 단서가 붙었다.

외증조할머니 이피파니아가 유언장 낭독을 듣고 울부짖었다. "그 인간은 죽어서도 내 뺨을 번갈아 후려갈기는구나."

이 또한 내가 물려받은 유산이었다. 죽음조차 매듭짓지 못하는 반목.

메네제스가 변호사를 총동원했지만 끝내 유언장에서 법적 허점을 찾아내지 못했다. 크게 낙담한 이피파니아는 엉엉 울고, 머리카락을 쥐어뜯고, 빈약한 가슴을 팡팡 때리고, 뿌드득 이를 갈아 무시무시한 고음을 냈다. 그러나 변호사들은 참을성 있게 설명했다. 코친, 트라방코르, 퀼론 등지는 모계제로 유명한 곳이니 재산 상속에 대한 결정권도 원래는 돌아가신 다 가마 박사가 아니라 이피파니아 여사에게 있다. 그러나 안타깝게도 모계제는 힌두교 전통이므로 법률을 아무리 확대해석해도 기독교 가정에는 적용할 수 없다.

전설에 의하면 이피파니아는—나중에 본인은 부인했지만—이렇게 외쳤다고 한다. "그럼 당장 시바 링감[27]이랑 물뿌리개를 가져다줘요! 나를 갠지스강에 데려다줘요. 순식간에 뛰어들 테니까. 헤 람![28]"

(여기서 한마디 덧붙여야겠는데, 이피파니아가 기꺼이 푸자[29]를 치르고 성지순례까지 나서겠다고 했다는 말은 설득력이 없어 곧이듣기 어렵다. 그러나 울부짖고 이를 갈고 머리카락을 쥐어뜯고 가슴을 때렸다는 말은 틀림없는 사실일 것이다.)

세상을 떠난 거물의 두 아들은 사업을 등한시했는데, 세상사에 한눈을 파는 때가 너무 많았기 때문이라는 사실을 인정할 수밖에 없다. 비록 내색은 안 했지만 아버지의 자살에 크게 상심한 아이리시 다 가마는 방탕한 생활에서 위안을 얻으려 편지 세례를 자초했는데, 값싼 종이에 알아보기도 어려운 글씨로 써내려간 서투른 편지였다. 연애편지, 욕망과 분노가 가득한 사연, 사랑하는 그대가 자꾸 고통을 주면 폭력도

---

27) 힌두교의 세 주신(主神) 중 시바를 상징하는 남근상.
28) 힌디어로 '러미 신이어!'
29) 신에게 꽃이나 음식을 바치는 의식.

불사하겠다는 으름장. 이렇게 번민에 찬 편지를 쓴 사람은 아이리시의 결혼식 날 밤에 노를 저었던 바로 그 젊은이, '항해 왕자 헨리'였다. 당신 무슨 짓 하고 다니는지 내 모를 거라 착각 마. 내게 마음 안 주면 그 심장 도려내버리겠어. 하늘과 땅 전부가 아닌 사랑은 아무것도 아니고 그런 사랑은 티끌만도 못하니까.

사랑은 전부가 아니면 아무것도 아니다. 그런 사고방식, 그리고 정반대 행동(즉 배신), 그 두 가지는 이 숨가쁜 이야기에서 해마다 어김없이 충돌을 일으킨다.

아이리시는 밤마다 짝을 찾아 헤매다 낮에는 곯아떨어져 대마초나 아편의 효력이 가실 때까지 쿨쿨 잘 때가 많았고 자잘한 상처를 치료해야 하는 일도 드물지 않았다. 카르멘은 일언반구도 없이 약을 발라주고 뜨거운 목욕물을 받아 피멍에 찜질을 해줬다. 깊디깊은 슬픔의 우물에서 길어올린 목욕물에서 아이리시가 코를 골며 잠들었을 때 남편의 머리통을 물속에 처박고 싶은 충동을 느꼈는지도 모르지만 카르멘은 끝내 그 유혹에 넘어가지 않았다. 머지않아 다른 방법으로 분노를 발산할 기회가 생길 터였다.

한편 카몽시는 소심하고 상냥했지만 역시 아버지를 닮은 아들이었다. 벨을 통해 젊은 급진파 민족주의자 무리와 어울리게 되었는데, 비폭력주의나 소극적 저항 같은 말을 참고 들어주지 못하는 이 젊은이들은 러시아에서 일어난 대사건에 열광했다. 카몽시도 '전진하자!' 또는 '테러: 목적이 수단을 정당화하는가?' 같은 제목이 붙은 좌담회에 참석하기 시작하더니 나중에는 연설까지 하게 되었다.

벨이 웃으며 말했다. "카몽시, 생쥐한테도 큰소리 한 번 못 치더니 이젠 거물급 빨갱이가 되려나보네."

가짜 울리야노프[30]에 대해 알아낸 사람도 카몽시 외할아버지였다. 1923년 말에 그는 벨과 친구들에게 소련에서 V.I. 레닌 역할을 전담하는 몇몇 일류 배우에 대해 말해줬다. 소련 인민에게 거룩한 혁명에 대해 이야기하는 특별 순회공연은 물론이고 공사다망하신 지도자 동지께서 일일이 참석할 수 없는 수천수만 가지 공식 행사에도 그들이 대신 참석한다는 얘기였다. 레닌 대역 배우는 위대한 영도자의 연설문을 달달 외워 발표하는데, 그들이 완벽한 분장과 의상을 갖추고 등장하면 청중은 마치 실물을 알현한 듯 함성을 지르고 환호하고 고개를 숙이고 부들부들 떤다. 카몽시는 들뜬 목소리로 덧붙였다. "그런데 이제 외국어를 쓰는 배우도 지원해보라고 하더라. 국내에서도 우리만의 레닌이 정식으로 인가를 받게 된 거야. 말라얄람어, 툴루어, 칸나다어[31], 뭐든 상관없다고."

벨은 자신의 배에 남편의 손을 끌어다 대고 말했다. "그러니까 소련 사람들이 영도자 복제품을 바바바 만들어낸다는 얘긴데, 여보, 여기 좀 바바바, 당신 복제품도 무럭무럭 자라고 있단 말이야."

이 일은 우리 집안의 우스꽝스러운—그렇다! 감히 말하건대—엉뚱하고 우스꽝스러운 외고집을 잘 보여주는 사례인데, 하필 온 나라뿐 아니라 전 세계가 그토록 중대한 상황에 처했을 때, 그리고 가업을 더욱더 세심하게 보살펴야 할 시기에—왜냐하면 프란시스쿠가 세상을 떠난 후 통솔력 부족 문제가 점점 심각해지면서 농장마다 불만이 싹트고

---

30) 블라디미르 레닌의 본명.
31) 전부 인도 각지의 언어.

에르나쿨람 지구[32]의 창고 두 채도 관리가 엉망인데다 가마상사의 오랜 단골까지 경쟁업체의 유혹에 넘어가기 시작했으므로—그리고 무엇보다 아내가 임신 사실을 밝혔건만, 그때는 몰랐지만 곧 태어날 아이는 그들의 첫 자식일 뿐 아니라 유일한 자식, 더 나아가 그 세대의 유일한 아이, 다 가마가의 마지막 후손, 바로 우리 어머니 아우로라였건만—외할아버지는 가짜 레닌 문제에 점점 더 깊이 빠져들었다. 연기력과 기억력을 겸비한 사람 중에서 자신의 계획에 관심을 보이는 사람을 찾느라 인근 지역을 얼마나 샅샅이 뒤졌는지! 빛나는 영도자의 최신 연설문을 입수하랴, 번역가를 수배하랴, 분장사와 의상 제작자를 섭외하랴, 아무튼 얼마나 열심히 뛰어다녔는지! 그렇게 어찌어찌 일곱 명을 모아 연습을 시작했는데, 벨은 평소처럼 가차없이 별명을 지어주었다. '키다리' 레닌, '난쟁이' 레닌, '뚱뚱이' 레닌, '말라깽이' 레닌, '절름발이' 레닌, '대머리' 레닌, 그리고 (이 불쌍한 친구는 아주 형편없는 치열교정기를 꼈으므로) '합죽이' 레닌…… 카몽시는 모스크바에 있는 연고자들과 편지를 주고받으며 회유와 설득에 열을 올렸고, 코친 시내의 유력인사도 피부색이 희든 검든 가리지 않고 설득하거나 회유했고, 그리하여 1924년 여름 마침내 결실을 거뒀다. 벨의 배가 터질 듯 부풀었을 때 레닌특별극단의 정식 단원 한 명이 코친에 도착했다. 신설된 코친 지부의 단원들을 승인하고 훈련시킬 권한을 가진 '일등급' 레닌이었다.

봄베이에서 배를 타고 건너온 그 사람이 배역에 어울리는 몸짓으로

---

32) 인도 코친시 중심부.

트랩을 내려올 때 부둣가에는 나지막한 탄성과 외마디 소리가 퍼져나 갔고, 그는 인자한 표정으로 고개를 숙이거나 손을 흔들어 답례했다. 카몽시는 레닌이 더위를 못 이겨 땀을 뻘뻘 흘리는 것을 보았다. 이마 와 목에 시꺼먼 염색약이 줄줄 녹아내려 끊임없이 닦아야 했다.

카몽시는 통역을 대동한 이 손님을 정중히 맞이하고 얼굴을 붉히며 물었다. "제가 뭐라고 불러드리면 좋을까요?"

그러자 통역이 대답했다. "격식은 필요 없소, 동무. 경칭도 필요 없 고! 그냥 편하게 블라디미르 일리치라고 불러도 좋소."

이때 부둣가에는 세계적 지도자의 도착 장면을 구경하려고 모여든 사람이 꽤 많았는데, 카몽시가 연극을 하듯 손뼉을 짝 치자 도착 승객 대기실 쪽에서 수염을 붙인 레닌 일곱 명이 나타났다. 그들은 부둣가에 서서 주뼛거리며 소련에서 온 동료 배우에게 밝은 미소를 던졌다. 그러 나 손님은 별안간 러시아어를 속사포처럼 퍼부었다.

점점 더 많은 사람이 모여드는 동안 통역이 카몽시에게 설명했다. "블라디미르 일리치께서 대체 저 꼬락서니가 다 뭐냐고 물으십니다. 저 사람들은 피부색도 시꺼멓고 생김새도 전혀 닮지 않았어요. 너무 크고, 너무 작고, 너무 뚱뚱하고, 너무 깡마르고, 너무 절뚝거리고, 머리가 홀 러덩 벗어지고, 게다가 저 사람은 이가 하나도 없잖아요."

카몽시는 시무룩한 표정으로 대답했다. "지도자 동지의 모습을 현지 상황에 맞게 조금씩 변경해도 된다고 들었는데요."

다시 러시아어가 소나기처럼 쏟아졌다. 통역이 말했다. "블라디미르 일리치께서 저건 조금 변경한 정도가 아니라 숫제 놀림감이랍니다. 이 건 모욕이고 수치란 말입니다. 보세요, 적어도 두 사람은 수염도 제대로 붙이지 못해 인민의 눈총을 받고 있잖아요. 이 사실을 상부에 보고해야겠어요. 선생이 추진한 일은 절대로 허락할 수 없습니다."

카몽시의 안색이 어두워졌다. 꿈이 산산이 부서져 금방이라도 울음을 터뜨릴 듯한 표정을 보고 배우들이—그의 단원들이—일제히 달려와 자기들이 맡은 배역을 얼마나 열심히 연습했는지 보여주려고 이런저런 자세를 취하며 저마다 열변을 토하기 시작했다. 말라얄람어, 칸나다어, 툴루어, 콩카니어, 타밀어, 텔루구어, 영어를 총동원해 혁명을 찬양하고, 권력 회복을 노리는 식민주의자 똥개와 피를 빨아먹는 제국주의자 바퀴벌레는 즉각 물러가라고 요구하고, 그래야 자원을 공유하고 해마다 쌀 생산량을 초과 달성할 수 있다고 주장했다. 배우들은 근엄하게 왼주먹을 허리춤에 얹고 오른쪽 집게손가락으로 저멀리 미래를 가리켰다. 이제 엄청나게 불어난 군중 앞에서 레닌들은 각자의 언어로 왁자지껄 소리쳤고, 더위를 못 이긴 수염이 떨어져 마구 덜렁거렸다. 사람들이 하나둘 웃기 시작하더니 곧 엄청난 폭소가 봇물처럼 터졌다.

블라디미르 일리치의 얼굴이 시뻘겋게 물들었다. 레닌주의자의 입에서 쏟아져나온 키릴문자 욕지거리가 허공을 맴돌았다. 이윽고 그는 홱 돌아서서 성큼성큼 트랩을 오르더니 이내 갑판 아래로 사라졌다.

카몽시는 러시아인 통역에게 쓸쓸히 물었다. "뭐라고 하셨나요?"

통역이 대답했다. "블라디미르 일리치께서 솔직히 이놈의 나라는 진절머리가 난다고 하셨어요."

신나게 웃어대는 인민 사이에서 조그마한 여자 하나가 빠져나왔다. 가엾은 카몽시 외할아버지의 눈에는 눈물이 글썽글썽했지만 아내의 하녀 마리아를 못 알아볼 정도는 아니었다. 인민의 웃음소리 너머로 그녀가 소리쳤다. "빨리 오세요, 나리! 마님께서 따님을 낳으셨어요."

⤻

    부둣가에서 망신을 당한 후 카몽시는 공산주의를 멀리했는데, 쓰라린 경험을 통해 공산주의는 '인도식'이 아니라는 사실을 깨달았다고 자주 말했다. 그는 국민회의당에 입당해 네루 지지자가 되어 몇 년 동안 벌어진 굵직굵직한 사건을 멀리서 지켜봤다. '멀리서'라고 말한 이유는 날마다 대부분의 일을 제쳐놓고 정치에 몰두해 많은 시간을 보내며 열심히 읽고 말하고 방대한 양의 글을 썼지만 다시는 정치활동에 적극적으로 참여하지도, 열정적으로 쓴 원고를 한 줄도 발표하지 않았기 때문인데…… 여기서 우리 외할아버지에 대해 잠시 생각해보자. 한낱 변덕쟁이로, 별 볼 일 없는 인물로, 어설픈 지식인으로 일축하기 딱 좋은 사람 아닌가! 마르크스주의를 가지고 잠시 놀아본 백만장자였다고, 몇몇 친구들 앞에서만 혹은 아무도 없는 서재에서만 혹은—프란시스쿠를 죽음으로 몰아간 조롱이 되풀이될까 두려웠는지—끝내 출판하지 못한 비밀문서 속에서만 혁명적 선동가 행세를 했던 겁쟁이라고 말이다. 그는 민족주의자를 자처하면서도 영국 시인만 좋아했고, 무신론자이며 합리주의자라고 공언하면서도 유령을 믿었고, 앤드루 마벌의 시「이슬 한 방울」전문을 깊은 감정을 담아 암송할 수 있는 사람이었다.

    영원한 날의 맑은 샘에서 떨어진

영혼, 물방울, 한줄기 빛,

육신의 꽃 속에 담겨서도

예전에 머물던 높은 곳을 기억하고,

푸른 잎과 싱그러운 꽃마저 마다하며

본연의 빛을 다시 모으면,

순수한 생각만 자꾸 맴돌아

작은 하늘 속에 큰 하늘을 담아보네.

누구보다 엄격하고 용서를 모르는 어머니 이피파니아는 카몽시를 어리벙벙한 바보로 여겼다. 그러나 벨과 아우로라를 거쳐 내게 전해진 애정어린 시선 덕에 나는 그를 달리 평가한다. 내게는 카몽시 외할아버지의 이중성이 오히려 아름다워 보인다. 자신의 내면에 상반된 욕구들의 공존을 기꺼이 허락하는 마음가짐이야말로 고결하고 원만한 인품의 원천이다. 예컨대 누군가 할아버지에게 당신의 평등사상과 현실 속 까마득히 높은 사회적 지위가 서로 모순되지 않느냐고 따졌다면 할아버지는 다 인정한다는 듯 웃으며 흔쾌히 고개를 끄덕였으리라. 외할아버지는 자주 말했다. "모두가 함께 잘살아야 해. 카브랄섬은 모두를 위한 곳이다. 그게 내 좌우명이지." 그는 영문학을 열렬히 사랑했고 코친의 수많은 영국인 가정과 깊은 우정을 나눴지만 영국의 식민 통치는 반드시 끝나야 하고 토후들의 전제정치도 함께 사라져야 한다는 믿음 또한 확고부동했는데, 그런 상반성에서 나는 죄는-미워하되-죄인은-사랑하는 미덕을 발견한다. 그런 역사적 관용이야말로 인도의 진정한 불가사의로 손꼽을 만하다. 대영제국의 태양이 저물었을 때도 우리는 옛 상전들을 학살하지 않고 오히려 서로에게 칼을 겨눴는데…… 그러나 카몽시는 그렇게 참혹한 상황을 상상조차 못했을 것이다. 그는 악행을 보면 당황하며 '비인간적'이라고 말했는데, 그를 사랑했던 벨마저 지적했듯 터무니없는 발상이었다. 다행인지 불행인지 그는 분리독립 당시 펀자브 지방에서 일어난 대학살을 목격할 만큼 오래 살지 못했다. (그러나 너무 일찍 돌아가시는 바람에 독립 이후 옛 코친-트라방코르-퀼론을 통합해 새로 만든 케랄라주에서 치른 선거를 못 보신 것은 안타깝다. 인도 아대륙 최초의 마르크스주의 정부가 탄생하면서 외할아버지의 좌절된 꿈이 실현됐기 때문이다.)

말썽이라면 외할아버지 생전에도 충분히 많았는데, 그때 벌써 온 집안이 무시무시한 분쟁에 휘말려 이른바 '친인척의 난'을 겪었기 때문이다. 웬만한 집안이라면 멸문을 당할 만한 상황이었고 우리 집안도 가산을 회복하기까지 십여 년이 걸렸다.

이제 여자들이 이 작은 무대의 중심부로 이동한다. 이피파니아, 카르멘, 벨, 그리고 갓 태어난 아우로라—남자들이 아니라 여자들이 싸움의 진짜 주역이었고 말썽대장은 단연 외증조할머니 이피파니아였다.

그녀는 프란시스쿠의 유언을 듣던 날 곧바로 전쟁을 선포했다. 우선 카르멘을 내실로 불러 밀담을 나눴다. "아들놈들이 둘 다 쓸모없는 건달이야." 이피파니아가 부채를 홱 내저으며 딱 잘라 말했다. "그러니 앞으로는 우리 여자들이 주도권을 잡아야겠다." 요컨대 이피파니아 자신은 총사령관이 될 테니 조카딸인 동시에 며느리인 카르멘은 부관 겸 잡역부 겸 졸병 노릇을 하라는 분부였다. "이 집안뿐 아니라 메네제스가를 위해서도 네가 지켜야 할 도리야. 내가 구해주지 않았으면 죽을 때까지 시집도 못 가고 혼자 썩을 처지였다는 걸 잊지 마라." 이피파니아의 첫 명령은 동서고금을 막론하고 모든 전제군주의 공통 소망이었다. 카르멘은 반드시 사내아이를 낳아야 했다. 왕세자가 태어나야 어미와 할미가 전권을 거머쥘 수 있을 테니까. 그러나 첫 하명을 따를 자신이 없던 카르멘은 괴롭고 당혹스러워 시선을 떨어뜨렸다. "알았어요, 이피파니아 이모. 시키는 대로 할게요." 그렇게 중얼거리고 부랴부랴 내실을 빠져나갔다.

(아우로라가 태어났을 때 의사들은 유감스럽게도 벨이 다시는 임신할 수 없다고 말했다. 그날 밤 이피파니아는 아이리시와 카르멘에게 호통을 쳤다. "벨이 뭘 내놨는지 봐라야! 그마저도 계집애인데다 다시는 애를 못 낳는다니 너희한테는 오히려 다행스러운 일이지만. 아무튼 분발해! 너희가 아들을 못 낳으면 이거나 저거나 모조리 그 계집애 차지가 돼. 전 재산을 빼앗긴다고.")

⌐

아우로라 다 가마의 열번째 생일날, 맞은편 항구에서 바지선 한 척이 우타르프라데시 출신으로 보이는 북부 사내를 태우고 카브랄섬으로 건너왔다. 사내는 널빤지를 산더미처럼 부려놓고 뚝딱뚝딱 조립해 거대한 바퀴 같은 것을 만들더니 열십자 모양 나무틀 끄트머리에 나무의자를 하나씩 고정했다. 이윽고 초록색 벨벳 상자에서 아코디언을 꺼내 흥겨운 축제음악을 연주하기 시작했다. 아코디언 연주자는 이 바퀴를 '회전목마'라고 불렀는데, 아우로라와 친구들도 그 위에 올라앉아 허공을 빙글빙글 돌며 실컷 놀았다. 그때 사내가 주홍색 망토를 걸치더니 소녀들의 입속에서 팔딱거리는 물고기를 꺼내고 치마 밑에서 꿈틀거리는 뱀을 끄집어냈다. 이피파니아는 기겁을 하고, 여전히 아이가 없는 카르멘과 아이리시는 연신 혀를 끌끌 차고, 벨과 카몽시는 깔깔거리며 즐거워했다. 북부 사내를 만난 후 아우로라는 인생에 가장 요긴한 것이 바로 전속 마법사라는 사실을 깨달았다. 어떤 소원이든 다 들어줄 수 있는 사람, 마법으로 할머니를 영영 사라지게 할 수도, 아이리시 큰아빠와 카르멘 큰엄마를 코브라에 물려 죽게 할 수도, 아버지 카몽시가 영원히 행복하게 살도록 해줄 수도 있는 사람. 왜냐하면 그때는 온 집안이 분열된 시기였기 때문이다. 바닥에는 분필로 국경선이 그려졌고, 안마당 곳곳에도 홍수를 막기 위한 둑이나 저격수의 흉탄을 막기 위한 방벽처럼 향신료 자루를 쌓아 만든 나지막한 벽이 있었다.

모두 이피파니아 때문에 벌어진 일이었다. 두 아들이 허튼짓에만 열중한다는 핑계로 친정 식구를 코친으로 불러들인 것이다. 기습 시기도 절묘하게 골랐다. 프란시스쿠가 죽은 후 아이리시가 방탕한 생활을 할 때, 카몽시가 레닌들을 찾느라 여념이 없을 때, 그리고 벨은 임신중일 때라 반발이 별로 없었다. 사실 누구보다 반대한 사람은 카르멘이었는데, 워낙 '외가붙이'에게 좋은 대접을 받아본 적도 없거니와 메네제스가 사람들이 너무 많이 몰려들자 친가인 로보가의 일원으로서 거부감을 느낀 탓이었다. 비록 더듬거리며 몹시 에둘러 표현했지만 어쨌든 카르멘이 반대 의견을 밝혔을 때 이피파니아는 일부러 매몰차게 대답했다. "아가야, 네 장래는 가랑이 사이에 있으니 남편의 관심을 그쪽으로 돌리는 데만 집중해라. 괜히 어른들 일에 끼어들지 말고."

메네제스가 남자들이 꿀-본-벌떼처럼 망갈로르에서 배를 타고 카브랄섬으로 몰려들었고 그들의 아내와 아이들도 속속 뒤따랐다. 버스 터미널에서 메네제스 떨거지가 우르르 쏟아져나오고, 기차로 오는 친척도 더러 있는 듯했지만 철도 운행이 엉망진창이라 지연되는 모양이었다. 아우로라를 낳은 벨이 산후조리를 마치고 카몽시도 레닌 사건의 충격에서 벗어날 무렵에는 이미 이피파니아의 친척이 사방에 우글거렸는데, 그들은 후추덩굴이 야자수를 휘감듯 가마무역상사를 칭칭 동여매고 농장 감독들을 윽박지르고 회계장부를 훔쳐보고 심지어 창고 업무까지 간섭했다. 명백한 침략 행위였지만 어차피 정복자는 사랑받기 어려운 법이다. 이피파니아는 권력을 장악했다고 확신하자마자 실수를 저지르기 시작했다. 첫번째 실수는 지나치게 잔머리를 굴린 탓이었다. 그녀는 아이리시를 편애했지만 유일한 후계자를 카몽시가 낳았다는 사실만은 부인할 수 없었고, 따라서 그를 완전히 무시할 수 없었다. 이피파니아는 어설프게나마 벨의 환심을 사려 했지만 벨이 호응해주지 않았고—수많은 메네제스 패거리의 행패에 점점 화가 치밀었기 때문이다—너무 노골적으로 벨을 회유하려 들다 카르멘과 상당히 멀어지고 말았다. 그러다 더 큰 실수를 저질렀다. 가산의 대들보나 다름 없는 향신료에 대한 알레르기가 자꾸 심해지는 바람에—그렇다, 후추까지, 아니, 후추가 최악이었다—이피파니아는 가마무역상사에서 향료사업을 시작할 예정이라고 발표했다. "그러니까 내 코를 미치도록 괴롭히는 저것을 하루빨리 고급 향수로 바꿔버리자는 계획이지야."

카르멘도 더는 참지 못하고 아이리시에게 마구 따졌다. "메네제스 패거리는 예나 지금이나 조무래기야. 어머님이 이런 대기업을 고작 냄새 장사로 전락시키려는데 그냥 내버려둘래?" 그러나 카르멘이 아무리 구슬려도 그 시절 욕망만 탐닉하느라 둔해진 아이리시 다 가마의 이성을 깨우기는 역부족이었다. 카르멘이 외쳤다. "이 집안에서 당신 몫을 지킬 생각이 없다면 차라리 로보가에 도와달라고 하자! 흰개미떼처럼 사방에서 바글바글 기어다니며 우리 돈을 다 갉아먹는 저 메네제스 떨거지 말고." 아이리시 외종조할아버지는 흔쾌히 허락했다. 속상하기는 벨도 마찬가지였지만 (일가친척이라고는 없으니) 별 도리가 없었다. 카몽시는 싸움꾼과는 거리가 멀었고, 자기는 어차피 사업에는 소질이 없으니 어머니를 방해할 수 없다고 말할 뿐이었다. 이윽고 로보 패거리가 속속 도착했다.

﹀

향수 때문에 시작된 일이 결국 엄청난 악취를 풍기며 끝나고…… 우리 내면에서 이따금 뭔가 터져나오는데, 그것은 우리 내면에 살면서 우리가 먹는 음식을 먹고 우리가 들이마시는 공기를 호흡하고 우리 눈으로 세상을 내다본다. 그러다 바깥으로 뛰쳐나오면 아무도 무사할 수 없다. 그것에 사로잡히면 살기를 드러내며 서로를 노려보고, 그것에 눈이 어두워지면 진짜 무기를 움켜쥐고, 그것에 쫓긴 이웃은 이웃에게, 그것에 몰린 사촌은 사촌에게, 형제는 형제에게, 아이들은 아이들에게 덤벼든다. 카르멘이 불러들인 로보가 향신료산맥의 다 가마 농장으로 향하면서부터 일이 벌어지기 시작했다.

지프를 타고 덜컹덜컹 삐걱삐걱 향신료산맥으로 달려가는 길은 우선 논을 지나고, 레드바나나 숲을 지나고, 붉고 푸른 양탄자처럼 도로 변에 말리려고 펼쳐놓은 고추 더미를 지나고, 캐슈너트와 빈랑 과수원을 지나고(퀼론은 캐슈너트 생산지, 코타얌은 고무 생산지다), 거기서 더더 위로 올라가면 카르다몸과 커민의 왕국이 나타나고, 꽃이 만발한 어린 커피나무 숲 그늘이 나타나고, 거대한 초록색 기와지붕 같은 계단식 다원이 나타나고, 제일 높은 곳에는 말라바르 후추의 제국이 있다. 이른아침에는 나이팅게일이 지저귀고, 일꾼이 부리는 코끼리가 온순하게 풀잎을 씹으며 어슬렁거리고, 하늘에는 독수리가 유유히 맴돈다. 자전거 탄 사람들이 트럭의 굉음에도 아랑곳없이 네 명씩 어깨동무를 하고 나란히 달려간다. 보라, 한 명은 아예 한쪽 발을 친구의 안장 뒤에 올려놓았다. 실로 목가적인 풍경 아닌가? 그러나 로보가가 도착한 후 며칠이 지나기도 전에 산맥에서 말썽이 생겼다는 소문이 줄을 이었다. 로보가와 메네제스가가 힘겨루기를 하느라 말다툼과 주먹다짐을 일삼는다는 소문이었다.

한편 카브랄섬의 저택도 미어터졌다. 계단은 로보가로 뒤덮여 발 디딜 틈도 없고 화장실은 모두 메네제스가가 차지했다. 로보가가 자기네 '구역'이라며 비켜주지 않고 화를 내서 메네제스가는 계단을 올라가지도 내려가지도 못했고, 메네제스가가 위생 시설을 독점하는 바람에 카르멘의 친척들은 가까운 비핀섬의 어촌이나 폐허가 된 포르투갈 요새에서도 빤히 보이는 야외에서 생리 현상을 해결할 수밖에 없었다(노를 저어 카브랄섬을 지나가던 어부들이 "오오, 와아!" 소리치면 얼굴이 새빨개진 로보가 여자들이 앞다퉈 수풀로 몸을 숨겼다). 그리 멀지 않은 군두섬의 야자매트공장 직공들도, 증기선을 타고 흥청망청 놀며 지나가는 몰락한 토후 일행도 모두 이 소동을 구경했다. 끼니때마다 길게 늘어선 줄에서 밀치락달치락 몸싸움이 벌어지고 레오그리프[33] 목상이 묵묵히 내려다보는 안마당에서는 악담이 바삐 오갔다.

싸움이 시작됐다. 인구 문제에 대처하느라 르코르뷔지에가 지은 두 별채를 개방했지만 별로 인기가 없었다. 본채에 묵는 쪽이 실세라는 믿음 때문에 어느 가문이 저택을 차지하느냐는 문제가 점점 더 심각해지면서 난투극까지 벌어졌다. 로보가 여자들은 메네제스가 여자들의 땋은 머리를 잡아당기고 메네제스가 아이들은 로보가 아이들의 인형을 빼앗아 갈기갈기 찢어버렸다. 다 가마가의 하인들은 친인척의 고자세와 욕지거리를 비롯한 모욕 때문에 자존심이 상한다고 투덜거렸다.

사태가 절정으로 치달았다. 어느 밤, 카브랄섬의 정원에서 메네제스가와 로보가의 십대들이 격돌했다. 팔이 부러지거나 머리가 터지거나 칼에 찔린 아이들이 속출했는데 두 명은 중상이었다. 두 패거리는 르코르뷔지에의 일본풍-동쪽-별채에서 종이 벽을 다 뜯어내고 목조 뼈대마저 크게 손상시켜 곧 건물을 헐어야 했다. 그들은 서쪽 별채에도 침입해 수많은 책과 가구를 파괴했다. 친인척의 패싸움이 벌어지던 그날 밤, 벨이 카몽시를 흔들어 깨웠다. "지금이라도 당신이 나서지 않으면 우린 모든 걸 잃어." 그 순간 바퀴벌레 한 마리가 날아들어 그녀의 얼굴에 부딪혔고 벨은 비명을 질렀다. 카몽시가 비명소리에 놀라 화들짝 정신을 차렸다. 곧바로 침대에서 뛰어내려 신문지를 말아쥐고 바퀴벌레를 때려죽였다. 그리고 창문을 닫으려다 바람결에 어떤 냄새를 맡고 정

---

33) 사자를 닮은 상상의 동물.

말 큰 사고가 났음을 알아차렸다. 틀림없이 향신료 타는 냄새였다. 커민 고수풀 심황, 붉은후추-검은후추, 붉은고추-푸른고추, 마늘 약간, 생강 약간, 계피 몇 토막. 마치 산속에 사는 거인이 거대한 프라이팬에 이 세상에서 제일 맵고 제일 양 많은 커리를 요리하는 듯했다.

카몽시가 말했다. "계속 이렇게 모두가 같이 살 수는 없어. 벨, 이러다 우리집이 다 타버리겠어."

그렇다, 향신료산맥에서 바닷가로 지독한 악취가 뭉클뭉클 밀려내려오는데, 이는 다 가마가의 친인척이 향신료 농장에 불을 질렀기 때문이고, 그날 밤 벨은 로보가에서 태어난 카르멘이 메네제스가에서 태어난 시어머니 이피파니아에게 난생처음 대드는 장면을 보았으니, 잠옷 바람에 산발이 되어 마녀 꼴을 한 고부간이 서로 으르렁거리며 비난을 퍼붓고, 농장이 타버린 재난에 대해 서로를 탓하고, 그 모습을 바라보던 벨은 대단히 침착하게 아우로라를 요람에 눕히고 찬물 한 바가지를 담아 달빛 가득한 안마당으로 내려가 그곳에서 왁자지껄 말다툼을 벌이는 이피파니아와 카르멘을 침착하게 겨냥해 물벼락을 끼얹었다. "두 분이 수작을 부리다 저런 사달이 났으니 불을 끄기 전에 먼저 물맛을 보셔야죠."

그날 이후 가문의 불명예와 추문이 더욱 심해졌다. 악의적인 불길이 불러들인 것은 소방대만이 아니었다. 경찰도 카브랄섬으로 건너오고, 그다음에는 군대가 출동하고, 아이리시와 카몽시 다 가마는 수갑을 차고 무장 병력의 호송을 받으며 연행됐다. 두 사람이 끌려간 곳은 구치소가 아니라 볼가티섬의 아름다운 볼가티궁전이었고, 그들은 서늘하고 천장이 높은 방에서 총부리에 떠밀려 맨바닥에 무릎을 꿇어야 했고,

크림색 정장 차림에 두툼한 안경을 끼고 팔자수염을 기른 대머리 영국인이 가볍게 뒷짐을 지고 창밖의 코친항을 내다보며 혼잣말처럼 중얼거렸다.

"제국을 다스린다는 게 어떤 일인지 샅샅이 아는 사람은 아무도 없어. 영국 정부도 잘 몰라. 본국에서 매년 새로운 사람을 뽑아 최전선으로 파견하는데, 공식 명칭은 인도 공무원이지. 그들은 과로 때문에 죽거나 자살하고, 아니면 죽도록 근심하고, 아니면 건강을 해치면서까지 이 나라를 죽음과 질병으로부터, 굶주림과 전쟁으로부터 지켜주려 하지. 언젠가는 자립하길 바라면서. 물론 이 나라가 자립할 가망은 전혀 없지만 그런 생각 자체는 가상하잖아. 다들 그걸 위해 죽을 각오까지 했고, 그래서 해마다 다그치고 달래고 꾸짖고 쓰다듬어가며 이 나라를 잘살게 만들려는 노력을 계속한다고. 그러다 진전이 좀 있으면 모든 공은 인도인에게 돌리고 영국인은 뒷전에 서서 땀에 젖은 이마를 닦을 뿐이지. 반면에 차질이 생기면 영국인이 나서서 덤터기를 쓰거든. 그렇게 과잉 친절을 베풀었더니 이젠 자기들끼리 이 나라를 다스릴 수 있다고 굳게 믿는 인도인이 많아졌고, 점잖은 영국인 중에도 그렇게 믿는 자가 꽤 많은 모양이야. 요즘 당색을 막론하고 아름다운 영어로 그런 주장을 내놓더라고."

"나리, 제가 진심으로 감사한다는 사실을 믿어주십시오." 아이리시가 말문을 열었지만 말라얄리족 세포이[34] 병사에게 따귀를 얻어맞고 입을 다물었다.

---

34) 영국군 소속의 인도 군인.

"당신이 뭐라고 하든 우리 나라는 우리 손으로 다스릴 거요!" 카몽시가 당당히 외쳤다. 그 역시 따귀를 맞았다. 한 대, 두 대, 세 대. 입가에서 피가 흘렀다.

영국인은 여전히 등을 돌린 채 창가에서 항구를 바라보며 말을 이었다. "자기들 방식대로 나라를 다스려보고 싶어하는 놈들이 또 있더군. 뻘건 물이 든 놈들 말이야. 인구가 삼억이니 그런 놈들도 더러 있을 만한데, 제대로 처리하지 않으면 보나마나 말썽을 부리겠지. 어쩌면 신문에서 잘 쓰는 표현대로 페샤와르와 코모린곶 사이[35]에 살아 숨쉬는 팍스 브리타니카[36]마저 우상으로 여겨 파괴하려 들지 몰라."

영국인이 돌아섰다. 형제가 잘 아는 사람이었다. 카몽시는 프랑스혁명에 대한 워즈워스의 견해, 콜리지의 시 「쿠빌라이 칸」, 인도적인 면과 영국적인 면이 마음속에서 싸움을 벌여 정신분열증을 보이는 듯한 키플링의 초기 단편 등에 대해 이 박식한 남자와 토론하기를 좋아했고, 아이리시는 윌링던섬의 말라바르클럽에서 그의 딸들과 함께 춤을 춘 사이였고, 이피파니아는 그를 만찬에 초대한 적이 있었다. 그러나 지금의 그는 이상하게 무표정했다.

남자가 말했다. "나 총독대리는, 적어도 이 영국인은 이런 상황에서 허물을 뒤집어쓰고 싶지 않다. 너희 일족은 방화, 폭동, 살인, 유혈 충돌 등의 죄를 지었고, 직접 가담하지는 않았다지만 내가 보기에는 너희도 유죄다. 우리는—물론 알다시피 여기서 이 말은 너희 고장의 당국을

---

35) 페샤와르는 오늘날 파키스탄 북부의 도시, 코모린은 인도 최남단의 곶으로, 즉 인도 아대륙 전체를 뜻한다.

36) 영국의 지배에 의한 평화.

뜻하는데—너희가 반드시 대가를 치르게 하고 말겠다. 앞으로 오랫동안 식구들 얼굴 보기 어려울 거다."

⌐

1925년 6월 다 가마 형제는 십오 년 금고형을 선고받았다. 유별나게 무거운 형량을 둘러싸고 이런저런 추측이 나돌았는데, 프란시스쿠가 자치운동에 참여했던 일에 대한 보복이라는 말도 있고 카몽시가 러시아혁명을 도입하려다 벌인 우스꽝스러운 소동 때문이라는 말도 있었지만 대부분의 사람들은 쓸데없는 억측이라고 생각하거나 아예 불쾌감을 표시했다. 향신료산맥의 가마무역상사 소유지에서 발견된 끔찍한 참상은 메네제스가와 로보가가 완전히 미쳐 날뛰었다는 확실한 증거였기 때문이다. 불타버린 캐슈너트 과수원에서 로보가의 농장 감독과 그 아내와 딸들의 주검이 발견됐는데 모두 가시철사로 나무에 꽁꽁 묶인 채 타죽었다. 마치 이교도를 말뚝에 묶어 화형에 처하듯이. 그리고 여전히 연기가 피어오르는, 기름진 카르다몸 밭에서는 메네제스가의 삼 형제가 역시 타버린 나무와 함께 새까맣게 탄 시체로 발견됐는데, 저마다 두 팔을 넓게 벌린 자세에다 손바닥 여섯 개 한복판에는 쇠못이 쾅쾅 박혀 있었다.

내가 이런 사실을 솔직히 털어놓는 이유는 치가 떨리도록 부끄럽기 때문이다.

우리 가족은 이런저런 고난을 많이 겪었다. 대체 이런 가족이 어디 있을까? 과연 정상일까? 인간은 다 그럴까?

인간은 원래 그렇다. 늘 그렇진 않지만 잠재적 가능성은 있다. 이 또한 우리의 참모습이다.

십오 년이라니. 이피파니아는 법정에서 기절해버리고 카르멘은 울음을 터뜨렸지만 벨은 결연한 표정으로 눈물 한 방울 흘리지 않았고 그녀의 품에 안긴 아우로라도 조용하고 심각했다. 메네제스가와 로보가의 남자와 여자 몇몇이 수감되거나 유죄판결을 받았고 나머지는 검댕이 묻은 채 뿔뿔이 흩어져 망갈로르로 돌아갔다. 그들이 사라지자 카브랄섬 저택은 몹시 고요해졌지만 최근에 떠난 자들이 남겨놓은 정전기 때문에 벽과 가구와 양탄자에서 이따금 따다닥 소리가 났다. 어떤 방은 정전기가 너무 심해 안에 들어서기만 해도 머리카락이 곤두섰다. 고택은 마치 불행한 일이 또 일어날까 걱정스럽다는 듯 폭도에 대한 기억을 천천히 아주 천천히 뿜어냈다. 그러나 결국 완전히 마음을 놓았다. 비로소 집안에 평화와 적막이 다시 찾아들었다.

벨은 질서를 되찾는 방안을 나름대로 구상하고 지체 없이 실행에 옮겼다. 아이리시와 카몽시가 수감되고 열흘이 지났을 때 당국이 뒤늦게 생각났다는 듯 이피파니아와 카르멘을 연행했지만 또 무슨 변덕인지 일주일 만에 풀어주었다. 그 이레 동안 벨은 카몽시의 친필 위임장을 들고—카몽시는 일급 수감자로 분류되어 날마다 집에서 보내주는 사식을 먹고 필기구, 책, 신문, 비누, 수건, 깨끗한 옷 등을 받고 빨랫감과 편지를 외부로 내보낼 수 있었으므로—가마무역상사의 변호사들을 만났다. 프란시스쿠 다 가마의 유언장 집행을 맡은 변호사들에게 벨은 즉시 회사를 둘로 나눠야 한다고 설득했다. "유언장에서 말한 상황이 바로 지금이에요. 아이리시의 하수인들이 사방에서 불화와 갈등을 일으켰잖아요. 직접이든 간접이든 별 차이가 없죠. 어쨌든 사업상 회사를 온전히 유지하기는 불가능한 상황이니까요. 가마상사를 지금처럼 한 덩어리로 놔뒀다가는 지난 참사로 얻은 오명 때문에 결국 망해버리고 말 거예요. 회사를 둘로 나누면 이 병마를 한쪽으로 몰아넣을 수 있을지도 몰라요. 따로따로 살길을 찾지 못하면 다 함께 죽는 수밖에 없죠."

변호사들이 가업을 양분할 계획을 짜느라 바삐 일하는 동안 카브랄섬으로 돌아온 벨은 웅장한 고택을 꼭대기부터 밑바닥까지 둘로 나누는 일에 착수했다. 대대로 물려받은 마직물, 식기류, 도자기 등을 가차없이 반반씩 나눴다. 티스푼 한 개, 베갯잇 한 장, 명함판 사진 한 장도 빠뜨리지 않았다. 돌배기 아우로라를 허리춤에 안고 하인들을 몸소 지휘했다. 옷장, 서랍장, 방석, 팔걸이가 긴 등의자, 모기장을 거는 대나무 장대, 여름철에 야외에서 자는 사람들을 위한 차포이[37], 타구, 요강, 해먹, 술잔까지 모두 이쪽저쪽으로 옮겨놓고 심지어 벽에 붙은 도마뱀까지 일일이 잡아 분수령 양쪽에 나눠 풀었다. 낡아 부스러져가는 설계도를 참조해 바닥 면적 창문 발코니 등을 꼼꼼히 확인한 후 저택과 살림살이와 안마당과 정원을 정확히 반반으로 나눴다. 그렇게 새로 정한 경계선을 따라 향신료 자루를 높이 쌓았고, 그런 방벽을 만들기 곤란한—예컨대 중앙 계단 같은—곳에는 하얀 금을 그어놓고 아무도 넘지 말라고 엄명했다. 부엌에서 쓰는 냄비와 프라이팬도 반씩 나누고 벽에는 부엌 사용시간을 요일별로 지정한 시간표를 붙였다. 하인도 양분했는데, 대부분이 그녀의 휘하에 남게 해달라고 애원했지만 벨은 한사코

---

37) 나무틀에 노끈 등을 엮어 만든 간이침대.

엄격하고 공정하게 분배했다. 휴전선 이쪽에 하녀 한 명이면 저쪽에도 한 명, 이쪽에 잔심부름꾼 한 명이면 저쪽에도 한 명. 이윽고 이피파니아와 카르멘이 집에 돌아와 이미 기정사실이 되어버린 격리된 세계를 보고 어리둥절할 때 벨이 말했다. "예배실이나 코끼리 이빨이나 가네샤 상은 두 분이 다 가지세요. 우린 코끼리를 모을 생각도 없고 기도할 생각도 없으니까요."

최근 여러 사건을 겪어 기진맥진한 이피파니아와 카르멘은 한창 의지에 불타는 벨에게 대항할 여력이 없었다. 벨이 그들에게 말했다. "두 분은 이 집에 지옥을 불러들였어요. 그 추악한 얼굴을 다시는 보고 싶지 않아요. 그러니 그쪽이 차지한 50퍼센트나 잘 지키세요! 직원이 필요하면 직접 고용하시고, 그쪽 회사를 통째로 말아먹든 다 팔아먹든 관심도 없어요! 저는 우리 카몽시 몫의 50퍼센트가 무사히 살아남아 번창하게 만드는 데만 신경쓸 테니까요."

이피파니아가 카르다몸 자루를 쌓아 만든 벽 너머에서 재채기를 하며 말했다. "넌 원래 근본 없는 계집애였어. 뛰어봤자 벼룩이지." 그러나 자신 없는 목소리였다. 벨이 훼손된 농장을 그쪽 몫으로 배당했다고 밝혔을 때도 이피파니아와 카르멘은 이의를 달지 못했고, 감옥살이를 하는 아이리시 다 가마도 패배를 인정하는 편지를 보내왔다. "그래요, 젠장, 쪼개버려요! 망할 놈의 집구석, 토막토막 자르든 말든."

그리하여 벨 다 가마는 스물한 살 나이에 수감중인 남편의 전 재산을 떠맡았다. 그때부터 여러 해 동안 우여곡절이 많았지만 결국 무사히 지켜냈다. 카몽시와 아이리시가 수감된 후 가마상사의 토지와 창고는 당국이 관리했다. 변호사들이 회사 분할을 위한 문서를 작성하는 동안 무장 세포이가 향신료산맥을 순찰하고 공무원이 사내 고위직을 차지한 게 현실이었다. 벨은 경영권을 되찾으려 몇 달 동안이나 열변과 감언이설과 뇌물과 애교를 총동원했다. 그때쯤에는 상당수 고객이 추문에 놀라 거래처를 바꾼 뒤였고, 나머지 고객도 웬 새파란 계집애가 사장 노릇을 한다는 소식을 듣고는 안 그래도 비틀거리는 재정 상태에 더욱더 부담을 주는 새로운 거래 조건을 요구했다. 실제 가치의 십분지일이나 기껏해야 팔분지일 가격에 회사를 인수하겠다는 제안도 많았다.

벨은 회사를 팔지 않았다. 남자처럼 흰색 면 셔츠와 바지를 입고 카몽시의 크림색 중절모를 썼다. 자신이 차지한 밭, 과수원, 농장을 하나하나 찾아다니며 겁먹은 고용인의 신뢰를 되찾았다. 그중에는 일전에 목숨을 건지려고 달아났던 사람도 많았다. 그녀는 믿음직한 관리자를 찾아냈다. 일꾼이 두려워하기보다 존경하며 따를 만한 사람들이었다. 은행을 구슬려 돈을 빌리고, 떠나버린 고객을 들볶아 돌아오게 하고, 빈틈없이 꼼꼼하게 거래했다. 그렇게 가마무역상사의 50퍼센트를 살려낸 대가로 존경어린 별명을 얻었다. 코친 요새의 상류사회에서 에르나쿨람 부둣가에 이르기까지, 유서 깊은 볼가티궁전의 총독대리 관저에서 향신료산맥에 이르기까지, '코친의 이사벨라 여왕'은 단 한 사람을 가리켰다. 벨은 이 별명을 좋아하지 않았지만 그 속에 담긴 찬탄의 의미를 자랑스러워했다. 그녀는 늘 말했다. "그냥 벨이라고 불러주세요. 벨이라는 평범한 이름으로 충분해요." 그러나 그녀는 결코 평범한 여자가 아니었다. 이 고장의 어느 왕녀 못지않은 위엄을 자기 힘으로 일궈냈다.

삼 년이 지났을 때 아이리시와 카르멘이 항복했다. 그들이 차지한 50퍼센트가 파산 지경에 이른 탓이었다. 벨이 헐값으로 인수할 수도 있었지만 카몽시가 형에게 차마 그럴 수 없다고 해서 결국 두 배 가격을 지불했다. 그때부터 몇 년 동안 벨은 자신의 50퍼센트를 살려낼 때처럼 아이리시 몫의 50퍼센트를 구하는 일에 열정적으로 몰두했다. 그러나 회사 이름은 바꿔버렸다. 가마무역상사는 영원히 사라졌다. 그리고 그 건물을 개축해 이른바 C-50, 즉 '카몽시 50퍼센트 (비공개) 유한책임회사'를 설립했다. 벨은 종종 말했다. "인생에서 50 더하기 50은 그냥 50이라는 뜻이죠." 이사벨라 여왕이 국토 수복에 성공해 사업체를 하나로 통합했지만 가족의 분열은 돌이킬 수 없다는 의미였다. 향신료 자루로 쌓은 벽은 여전히 그 자리에 있었다. 앞으로도 오랫동안 그 자리에 있을 터였다.

⌒

벨도 완벽하지는 않았다. 이제 그 사실을 밝힐 때가 되었다. 그녀는 늘씬하고 아름답고 총명하고 용감하고 부지런하고 유능해 승승장구했다. 그러나—신사숙녀 여러분—이사벨라 여왕도 천사는 아니었다. 날개나 후광도 없었다. 카몽시가 감옥살이를 하는 동안 그녀는 활화산처럼 담배를 피웠고, 점점 입버릇이 고약해져 한창 자라나는 딸 앞에서도 말조심할 줄 몰랐고, 이따금 술자리에 참석하면 인사불성이 되어 헤

폰 여자처럼 어느 변두리 선술집 돗자리에 널브러지기 일쑤였다. 그녀는 몹시 까다로운 사람이 되었고, 가끔은 납품업체, 하청업체, 경쟁업체 등을 상대로 약간의 위협이나 강압적인 사업 수단도 불사한다는 소문이 돌았다. 그리고 아무렇지도 않게, 뻔뻔하게, 무차별적으로, 거리낌 없이 바람을 피우는 일도 많았다. 근무복을 벗자마자 구슬 달린 플래퍼 드레스와 클로슈 모자[38] 차림으로 갈아입고 화장실 거울 앞에서 눈을 크게 뜨고 입술을 삐죽 내민 채 찰스턴[39]을 연습하다 아우로라를 유모에게 맡겨놓고 말라바르클럽으로 향하기 일쑤였다. 그럴 때면 담배 연기에 찌들어 걸걸한 목소리로 말했다. "나중에 보자, 꼬마 아가씨. 엄마는 호랑이 사냥하러 간다." 발꿈치를 번쩍 들고 기침을 심하게 하면서 이렇게 말하기도 했다. "잘 자라, 우리 딸. 엄마는 사자고기 좀 씹어야겠다."

먼 훗날 우리 어머니 아우로라 다 가마는 보헤미안 친구들에게 그 시절 이야기를 들려줬다. "나는 대여섯일고여덟 살 때 벌써 어엿한 어른 행세를 했지. 전화가 오면 수화기를 들고 말했어. '정말정말 죄송한데요, 아빠랑 아이리시 큰아빠는 둘 다 감옥에 있고요, 카르멘 큰엄마랑 할머니는 냄새 지독한 자루 건너편에 있는데 이쪽으로 넘어오면 안 되고요, 엄마는 밤새도록 호랑이 사냥을 다닐 텐데요, 제가 뭐라고 전해드릴까요?'"

벨이 흥청망청 노는 동안 어린 아우로라는, 하나뿐인 이 아이는 두 토막으로 쪼개져버린 초현실적인 집에서 혼자 지내다 고독의 선물, 즉

---

38) 1920년대 신여성이 즐겨 입던 미니 드레스와 종 모양의 모자.
39) 1920년대 미국에서 시작된 사교춤.

마음의 눈[40]을 떴다. 전설에 의하면 그때 자신의 재능을 발견했다고 한다. 아우로라가 자라서 숭배자를 거느리게 되었을 때 사람들은 넓은 저택에 홀로 남은 어린 소녀의 모습을 자주 떠올렸다. 그녀가 창문을 열어젖히자 급변하는 인도의 현실이 소녀의 영혼을 일깨운다. (보다시피 이 이미지에는 아우로라가 어렸을 때 일어난 두 사건이 융합돼 있다.) 사람들은 그녀가 어린 시절에도 유치한 그림을 그린 적은 한 번도 없고 인물이든 풍경이든 처음부터 성숙한 솜씨였다고 말하며 놀라워했다. 아우로라 자신도 그런 신화를 억누르려 하지 않았는데, 어쩌면 몇몇 작품의 제작 연도를 앞당기거나 초기 작품 일부를 없애버리는 등의 방법으로 오히려 부추겼는지도 모른다. 어쨌든 아우로라가 엄마 없이 많은 시간을 보내다 예술가로서 첫발을 내딛게 되었다는 말은 사실일 테고, 그림에 소질이 있고 색채감각도 뛰어나 전문가라면 한눈에 알아보았을 거라는 말도, 그리고 그녀가 새로운 취미에 열중하면서도 미술 도구와 작품을 감추는 등 철저히 비밀로 했기에 엄마 벨조차 죽을 때까지 알아차리지 못했다는 말도 아마 사실일 것이다.

아우로라는 주로 학교에서 그림 소재를 얻었고, 용돈을 남김없이 털어 크레용, 도화지, 캘리그래피용 펜, 먹물, 아동용 그림물감 등을 구입했고, 부엌에서 나온 목탄을 사용했다. 유모 조시는 모든 걸 알면서도 스케치북을 감춰주는 등 끝까지 비밀을 지켰다. 그러다 이피파니아가 아우로라를 가둬버렸을 때…… 아니, 내가 너무 앞서갔다. 아무튼 우리 어머니의 재능에 대해서는 나보다 더 잘 설명할 사람이 많고, 그녀

---

40) 윌리엄 워즈워스의 시 「수선화」의 인용.

가 이룩한 경지를 나보다 더 정확히 알아보는 안목을 지닌 사람도 많다. 어차피 이 작고 외로운 소녀가—불후의 명성을 얻은 어머니가 되기 전에, 나의 네메시스[41], 죽어도 용서할 수 없는 철천지원수가 되기 전에—남긴 잔상을 떠올릴 때마다 내 마음을 빼앗는 것은 따로 있는데, 그토록 외로웠음에도 그녀는 어린 시절 내내 감옥살이를 하느라 곁에 없던 아버지도, 낮에는 사업을 하고 밤에는 야생동물을 찾아다니던 어머니도 전혀 원망하지 않는 듯했다는 사실이다. 오히려 그들을 몹시 존경했고 자식인 나조차 두 분의 부모노릇에 대해 이러쿵저러쿵 비판하지 못하게 했다.

(그러나 그녀는 자신의 참모습을 부모에게 감췄다. 그런 진실이 늘 그렇듯 그녀의 비밀도 결국 드러나고 말았지만. 진실은 드러나기 마련이니까.)

⌒

이피파니아가 기도를 드리는데,

　　　　　　　　많이 늦었고, 왜냐하면 두 아들이 감옥에 갇힐 때 그녀는 마흔여덟 살이었지만 그들이 구 년을 복역하고 석방됐을 때는 이미 쉰일곱 살이었으니까, 세월이 유수처럼 흘렀나이다, 주님, 이렇게 허비할 시간이 없건만, 그녀는 죄책감과 하느님과 허영심과 말세가, 그리고 가증스러운 새것이 밀려와 옛것을 파괴하는 장면이

---

41) 그리스신화에 나오는 복수의 여신.

제1부 분열된 가족　75

뒤죽박죽 뒤섞인 일종의 무아경, 종말론적 광란에 빠져드는데, 어쩌다 이렇게 되었습니까, 주님, 제 집에서 자루 더미 너머로 쫓겨나다니, 저 미친년이 그어놓은 하얀 금을 넘어갈 수 없다니, 과거와 현재의 상처를 마구 긁으며, 주님, 제가 부리던 아랫것들이 저를 꼼짝도 못하게 합니다, 저는 감옥에 갇힌 몸이고 아랫것들은 저를 지키는 간수가 되었나이다, 품삯을 주는 년이 따로 있으니 저들을 내쫓을 수도 없고, 그년 그년 그년, 어디나 그년 언제나 그년, 그래도 저는 기다리겠습니다, 보소서, 참는 자에게 복이 있나니, 기회를 기다리겠나이다, 그렇게 기도하던 이피파니아는 종종 로보가 친척에게 천벌이 내리기를 비는데, 어찌하여 저를 이토록 괴롭히시나이까, 자비로우신 예수님, 성모마리아님, 어찌하여 그 빌어먹을 집안의 딸년을 저와 한집에 살게 하셨는지, 아이도 못 낳는 그것을 너그럽게 돌봐줬건만 그년이 어떻게 보답했는지 보소서, 인쇄공 떨거지들이 들이닥쳐 제 인생을 박살내고 말았습니다, 그러나 때로는 죽은 사람들에 대한 기억이 그녀를 비난하고, 주님, 제가 죄를 지었나이다, 뜨거운 기름에 데치고 차디찬 얼음에 비벼도 싼 죄인이옵니다, 성모님, 부디 자비를 베푸소서, 천하디천한 몸이오니 당신의 뜻이 그러하다면 이 끝없는 구렁텅이에서 구해주소서, 제 결정에 따라 제 이름을 앞세워 지상에서 실로 중대하고 흉악한 죄악이 자행됐사오니, 자기가 받을 형벌을 스스로 선택하기도 했는데, 주님, 저는 오늘부터 모기장 없이 자기로 마음먹었사오니 부디 모기떼의 독침으로 이 몸을 벌하소서, 밤새도록 저를 찌르고 피를 빨게 하소서, 주님, 부디 모기떼를 보내시어 이 몸이 열병에 시달리며 당신의 진노를 실감하게 하소서, 이윽고 두 아들이 풀려나고 그녀가 자신의 죄를 용서하고 다시 밤마다 이 안개 같은 보호막을 치기 시작한 뒤에도 고행은 계속됐는데, 왜냐하면 그녀는 막무가내로 부인했지만 사실 이 모기장은 원래도 구멍이 숭숭 뚫린데다 몇 년 동안이나 처박아두는 바람에 좀까지 슬어 더욱더 엉망진창이 되었기 때문이고, 주님, 제 머리가 자꾸 빠지나이다, 세상도 망조가 들었나이다, 주님, 그리고 저는 폭삭 늙어버렸나이다.

～

그리고 카르멘은 침대에 홀로 누워,

손가락으로 즐거움을 찾아 허리 아래로 내려가는데, 자신의 몸을 부둥켜안고 슬픔을 곱씹으며 기쁨이라 우겨보고, 자신의 사막을 거닐며 풍요롭다 우겨보고, 온 가족이 사용하는, 나무판으로 장식한 검은색-금색 라곤다 뒷좌석에서 가무잡잡한 뱃사람의 유혹을 받는 상상, 혹은 온 가족이 쓰는 이스파노-수이사를 타고 아이리시의 애인을 유혹하는 상상을 하다 몸이 잔뜩 달아올랐을 때, 맙소사 그 인간이 감옥에서 새로운 남자를 얼마나 많이 만났으며 만나고 있으며 만나게 될까 생각만 하면, 그래서 밤마다 잠 못 이루고 앙상한 몸뚱이를 어루만지는 사이 젊음은 시나브로 사라져버리고, 아이리시가 감옥에 갇힐 때 그녀는 스물한 살이었지만 그가 풀려났을 때는 이미 서른 살이었고, 아직 아무도 만져보지 못했으며 지금도 만지지 않으며 앞으로도 만지지 않을 이 몸, 그래도 내 손가락은 잘 알지, 오 알고말고 오오, 욕조에서 비눗물에 젖어 매끄러울 때, 장터에서 땀에 젖어 촉촉할 때, 그녀는 날마다 쾌락을 갈구하면서, 어쩌다 이렇게 되었을까, 내 남편 아이리시, 시어머니 이피파니아, 내 인생은 당연히 아름다워야 했는데, 주변은 온통 저렇게 아름다운데, 벨의 무궁무진한 힘, 미모를 무기로 휘두르는 온갖 변덕, 온갖 가능성, 그런데 나는, 나는, 나는 못생겼고, 이 집에서 아름다운 여자의 종노릇만 하다 깨달았지, 보세요, 신사 여러분, 저는 더러운 여자랍니다, 오호호, 신사숙녀 여러분, 정말 그렇다니까요, 불행에 찌든 두 눈을 질끈 감고 허리를 활처럼 휘며 혐오스러운 쾌락에 몸을 맡기고, 가죽을 벗겨줘 이 몸뚱이 살가죽을 홀라당 벗겨 처음부터 다시 시작하게 해줘 인종도 이름도 성별도 모두 없애줘 오 견과류 따위는 껍질째 모조리 썩어도 좋아 오오 향신료 따위는 햇볕 아래 모조리 시들어도 좋아 오 태워버려 오 태워버려 다 태워버려, 오오, 이윽고 기진맥진해 눈물을 흘리며 이불 속에서 몸을 웅크리고, 격분한 망자들이 그녀를 둘러싸고 울부짖거늘, 원한을 갚자.

～

열번째 생일을 맞은 아우로라 다 가마에게 회전목마와 아코디언과 우타르프라데시 사투리와 마술 재간을 지닌 북부 사내가 물었다. "이 세상에서 제일 간절히 원하는 게 뭐니?" 그녀가 미처 대답하기도 전에 소원이 이뤄졌다. 항구에 들어온 발동선 한 척이 사이렌을 울리더니 카브랄섬 잔교로 다가왔다. 갑판에는 형기를 육 년 남기고 가석방된 아이리시와 카몽시가 서 있었는데, 그들의 어머니가 기뻐하며 외쳤듯 뼈와-가죽만-남은-꼬락서니였다. 드디어 집에 돌아온 형제는 힘없이 손을 흔들며 똑같은 미소를 지었다. 방금 출감한 죄수 특유의 머뭇거리는 미소, 갈망이 가득한 미소였다.

카몽시 외할아버지와 벨 외할머니는 잔교 위에서 서로 부둥켜안았다. 벨이 말했다. "당신 옷 중에서 제일 꼴사나운 부시셔츠를 다려왔어. 당신이 생일선물이니 얼른 포장을 해야지. 생일을 맞은 딸내미가 저렇게 입이 찢어져라 웃잖아. 쟤 좀 봐, 벌써 바지랑대만큼 자라서 아빠 얼굴을 기억하려 애쓰네."

오랜 세월이 흘렀는데도 두 분의 사랑이 느껴진다. 그들이 얼마나 깊이 사랑했는지, 함께한 시간이 얼마나 짧았는지도. (그렇다, 비록 그녀가 서방질을 많이 했지만 나는 벨과 카몽시가 참된 사랑을 했다고 역설한다.) 카몽시를 아우로라에게 데려가면서 벨이 기침하는 소리가 들린다. 거칠고 고통스러운 기침이 내 가슴을 찢어버릴 듯 생생하다. 그녀가 간신히 말했다. "담배를 너무 많이 피워서 그래. 못된 버릇이지." 오랜만에 돌아온 남편을 걱정시키지 않으려 거짓말을 덧붙인다. "곧 끊을 거야."

카몽시의 조용한 부탁을 받고─"우리 가족은 너무 많은 고난을 겪었으니 이젠 화해할 때도 됐잖아"─벨은 이피파니아와 카르멘을 격리했던 장벽을 허물기로 했다. 방탕한 생활과 바람기도 카몽시를 위해 하루아침에 뚝 끊어버렸다. 카몽시의 부탁대로 아이리시를 가업의 경영진에 넣었다. 그러나 아이리시는 빈털터리였으므로 제 몫을 되찾는 문제를 거론할 형편이 아니었다. 나는 이렇게 생각, 아니, 희망한다. 벨과 카몽시는 정말 아름다운 연인이었다고, 소심하고 상냥한 카몽시와 관능적 욕구가 강한 벨은 천생연분이었다고, 그리고 카몽시가 풀려난 후 정말─짧은─너무─짧은 삼 년 동안 그들은 서로에게 만족감을 주고 밤마다 서로의 품속에서 행복하게 잠들었다고.

그러나 그 삼 년 동안에도 벨은 쉴새없이 기침을 했고, 재결합한 저택은 온갖 일을 겪은 여파로 줄곧 조심스러운 곳이었지만 성장해가는 딸은 겉모습에 속지 않았다. 어머니는 내게 말했다. "내가 기침소리를 듣고 벨의 죽음을 예감하기 전에도 그 여자들은, 그 마녀들은 벌써 다 알고 있었지. 난 그 지긋지긋한 여자들이 기회를 엿보고 있다는 걸 알았어. 한 번 분열된 가족은 영원히 분열된 가족이야. 그 집구석에선 모두 피투성이가 돼야 싸움이 끝나지."

형제가 돌아오고 얼마 지나지 않은 어느 저녁, 오랫동안 사용하지 않던 저택 연회실에 모처럼 온 가족이 모여 선조들의 초상화 아래에서 함께 식사를 했다. 카몽시의 요청으로 가족의 화합을 자축하려 마련한 자리였지만 벨의 허파 때문에 허사가 되었다. 벨이 기침을 하다 핏물 섞인 가래를 크롬 타구에 뱉어내자 검은색 레이스 만틸라[42]를 쓰고 상석에 앉은 이피파니아가 빈정거렸다. "돈을 다 차지했으니 이제 예절 따위는 안 지켜도 되는 모양이구나." 누군가는 반발하고, 누군가는 뛰쳐나가고, 그러다 다시 어색한 휴전 상태로 일단락됐지만 온 가족이 함께한 식사는 그날이 마지막이었다.

벨은 아침마다 기침 때문에 눈을 떴고 잠들 때까지 무시무시하게 기침을 했다. 기침 때문에 한밤중에 깨어나는 날도 많았고 그때마다 고택을 돌아다니며 창문을 열어젖혔는데…… 집에 돌아온 지 두 달이 지난 어느 날, 카몽시가 눈을 떠보니 벨이 고열에 시달리며 잠든 채 기침을

---

42) 머리와 어깨를 덮는 여성용 스카프.

하다 입가에 피를 흘렸다. 폐결핵이라는 진단이 나왔다. 양쪽 허파가
모두 감염됐는데, 폐결핵이 요즘보다 훨씬 더 심각한 병이던 시절이므
로 의사들은 힘겨운 싸움이 될 테니 업무량을 과감히 줄이라고 권했다.
벨이 으르렁거렸다. "젠장, 카몽시, 내가 안 죽기를 빌라고. 내가 간신히
살려놓은 사업을 당신이 말아먹으면 다시 살려내야 하니까." 그러자 착
한 카모엥시도 걱정스러워 어쩔 줄 모르며 뜨거운 사랑의 눈물을 쏟아
냈다.

　아이리시도 집에 돌아오자마자 아내의 변모를 실감했다. 아이리시
가 석방되던 날 밤, 카르멘이 남편의 침실에 들이닥치며 말했다. "아이
리시, 남사스럽고 남부끄러운 짓을 당장 그만두지 않으면 잠든 사이에
죽여버리겠어." 아이리시는 대답 대신 허리를 깊이 숙였고―왕정복고
시대의 멋쟁이처럼 오른손으로 멋들어지게 나선형을 그리며 오른발을
내밀고 날렵하게 발끝을 세웠다―카르멘은 나가버렸다. 그렇다고 아
이리시가 모험을 포기하지는 않았지만 예전에 비하면 신중하게 행동
했다. 에르나쿨람에 있는 아파트를 빌려 오후를 보냈는데, 천장에서 선
풍기가 천천히 돌고, 아무 장식도 없는 연파랑색 벽은 페인트가 벗겨
지고, 펌프식 샤워기와 재래식 변기가 딸린 화장실이 있고, 아이리시가
위생과 내구성을 감안해 끈만 갈아놓은 크고 나지막한 차포이가 있었
다. 대나무 발 틈새로 스며드는 가느다란 햇살이 아이리시와 상대의 몸
에 줄무늬를 그리고, 장터에서 들려오는 고함과 애인의 신음이 어우러
졌다.

　아이리시는 밤마다 자신의 소재를 증언해줄 사람이 있는 말라바르
글럽에서 브리지를 하거나 얌전히 집에서 지냈다. 맹꽁이자물쇠를 사

서 자기 방문 빗장에 주렁주렁 달았고, 불도그 한 마리를 구해 오더니 카몽시를 약 올리려고 자와할랄이라는 이름을 지어주었다. 출감 후 아이리시는 국민회의당과 그들이 요구하는 독립을 전보다 더 반대했는데, 이제 열심히 신문사에 투고해 이른바 진보주의적 대안을 옹호했다. 그는 호통쳤다. '우리 통치자들을 쫓아내려는 정책은 불찰이다. 정말 그런 일이 벌어지면 어떻게 될까? 지금의 인도에 과연 영국의 통치를 대신할 만한 민주제도가 존재하는가? 내 경험을 바탕으로 증언하건대 영국인은 우리가 저지른 유치한 잘못을 응징할 때조차 자비를 베푸는 사람들이다.' 〈리더〉의 진보주의적 편집장 친타마니가 인도는 '더욱더 보수적일 뿐 아니라 더욱더 위헌적일 수도 있는 미래의 정부에 복종하느니 차라리 지금의 위헌정부에 복종하는 편이 낫다'고 말했을 때 아이리시 외종조할아버지는 '옳소!'라고 써보냈고, 또 한 명의 진보주의자 P.S. 시바스와미 아이어 경[43]이 '제헌국회를 구성해야 한다고 주장하는 국민회의당은 대중의 판단력을 과신하는 반면, 수차례에 걸친 원탁회의[44]에 참여한 사람들의 정성과 능력은 과소평가한다. 설령 제헌국회가 구성되더라도 원탁회의보다 나은 결과를 내놓을 수 있을지 몹시 의심스럽다'고 주장했을 때 아이리시 다 가마는 즉시 축하편지를 보냈다. '진심으로 동의합니다! 예나 지금이나 인도의 일반 국민은 윗사람, 즉 교양과 지성을 겸비한 분들의 말씀 앞에 무릎을 꿇습니다!'

이튿날 아침, 벨이 잔교에서 아이리시에게 대들었다. 얼굴이 창백하고 눈에는 핏발이 섰는데도 벨은 출근하는 카몽시를 배웅하겠다고 숄

---

43) 인도 법률가·정치가(1864~1946).
44) 영국 정부가 장래 인도의 정치체제를 논의하기 위해 소집한 세 차례의 회의(1930~32).

로 몸을 감싸고 한사코 나선 터였다. 형제가 자가용 발동선에 오를 때 벨이 아이리시의 얼굴에 조간신문을 들이대고 흔들며 소리쳤다. "우리 집안도 다들 교양과 지성을 겸비했는데 그런 개망나니 같은 짓을 했잖아요."

아이리시 다 가마가 대답했다. "우리가 그런 건 아니죠. 돼지처럼 무식한 가난뱅이 친척들이 저지른 짓이고, 빌어먹을, 그 일로 저도 고생깨나 했으니 더이상의 비난은 사양하겠습니다. 야, 그만 좀 짖어라, 자와할랄! 앉아, 인마, 앉아."

카몽시는 알리포르의 형무소에 갇힌 자와할랄 네루와 방방곡곡 유치장에 수감된 수많은 선남선녀를 떠올리며 얼굴을 붉혔지만 아무 말도 하지 않았다. 밤마다 그는 연신 기침을 터뜨리는 벨 곁에 앉아 눈가와 입가를 닦아주거나 이마에 시원한 물수건을 얹어주며 속삭였다. 새 세상이 열릴 거야, 벨, 자유국가 말이야, 벨, 정교분리로 종교를 극복한 나라, 사회주의로 계급을 극복한 나라, 계몽으로 카스트제도를 극복한 나라, 사랑으로 증오를 극복한 나라, 용서로 복수심을 극복한 나라, 단결력으로 분열을 극복한 나라, 언어가 많아 오히려 언어 차이를 극복한 나라, 다채로운 빛깔로 피부색을 극복한 나라, 가난을 물리쳐 극복한 나라, 글을 배워 무지를 극복한 나라, 슬기로 어리석음을 극복한 나라, 자유 말이야, 벨, 자유가 특급열차처럼 달려오는 중이니까, 머지않아, 머지않아 우리는 자유 특급열차가 승강장으로 들어오는 순간을 목격하며 환호성을 지를 거야. 카몽시가 자신의 꿈을 이야기하는 사이 벨은 까무룩 잠이 들어 전쟁과 폐허의 유령들에게 시달렸다.

벨이 잠들면 카몽시는 잠든 아내를 바라보며 시를 읊었다.

천상의 행복을 잠시 미루고

가혹한 이 세상에 조금만 더 머무시길.[45)]

그는 아내뿐 아니라 옥에 갇힌 사람들과 얽매인 나라를 향해서도 속삭였다. 병들어 잠든 조국을 굽어보며 두려움을 못 이겨 몸을 웅크리고 번민 가득한 희망과 사랑을 바람결에 실어보냈다.

세상의 순리대로 거짓은 썩어버리고

위대한 진실이 승리하리니

그때 가서 그 누가 승패를 근심하랴.[46)]

폐결핵이 아니었다. 아니, 폐결핵만은 아니었다. 수자가의 딸로 태어난 이사벨라 시메나 다 가마는 1937년 겨우 서른세 살 나이에 폐암 진단을 받았다. 이미 말기에 이르러 병이 깊었다. 급속히 악화된 그녀는 극심한 고통에 시달리며 몸속의 적에게 욕설을 퍼부었고, 너무 일찍 찾아와 행패를 부리는 죽음에게 몹시 화를 냈다. 어느 일요일 아침, 물 건너에서 교회 종소리가 들려오고 나무 타는 연기가 허공을 맴돌고 아우로라와 카몽시가 병상을 지킬 때 벨이 쏟아지는 햇빛을 향해 고개를 돌리며 말했다. 스페인의 영웅 엘시드 캄페아도르[47)]에 대한 이야기 알지? 그 사람도 시메나라는 여자를 사랑했는데.

---

45) 셰익스피어 『햄릿』의 인용.

46) 코번트리 팻모어의 시 「진실은 위대하여라」의 인용.

47) 11세기 스페인 전쟁 영웅 로드리고 디아스 데 비바르의 별칭으로, '명장 용사'라는 뜻.

그래, 알아.

치명상을 입은 엘시드는 아내에게 자기 시신을 말 등에 묶어 싸움터로 돌려보내달라고 했지. 아직 살아 있는 것처럼 적에게 보이려고.

그래 엄마. 그래 여보.

그러니까 젠장, 내 시체도 인력거든 뭐든 탈것을 찾아 묶어줘. 낙타가 끌든 당나귀가 끌든 황소가 끌든 상관없지만 망할 놈의 코끼리는 절대로 안 돼. 알았지? 적이 가까이 있으니까, 그리고 이 슬픈 이야기에서는 시메나가 곧 엘시드니까.

엄마, 그럴게요.

〔숨을 거둔다.〕

4

우리 가족은 언제나 이 세상의 공기를 호흡하기 힘들어했다. 그래서 태어나자마자 더 좋은 세상을 꿈꾼다.

이제 와서 내 상황을 밝혀야 할까? 그럭저럭 괜찮은 편이다. 물어봐 줘서 고맙구려. 다만 나이에 비해 너무, 너무, 너무 빨리 늙어버렸다. 너무 급하게 살았다고 말할 수도 있겠다. 마치 속도 조절에 실패해 쓰러져버린 마라톤 선수처럼, 혹은 달 표면에서 너무 흥겹게 춤을 추다 질식해버린 우주비행사처럼 과열된 삶을 살았기에 한평생 넉넉히 쓸 만한 산소를 다 써버렸다. 낭비벽 심한 무어여! 칠십이 년 분량을 겨우 삼십육 년 만에 소진하다니. (그러나 선택의 여지가 별로 없었다면 정상 참작할 만하지 않을까.)

아무튼. 어려움은 있지만 이겨낸다. 밤마다 밀림 같은 내 허파에서 소음이 들리는데, 마치 기상천외한 짐승이 고래고래 울부짖는 듯하다. 나는 헐떡이며 깨어나 잠에 취한 채 양손으로 공기를 움켜쥐고 입속으로 밀어넣지만 별로 도움이 안 된다. 그래도 숨을 내쉬기보다는 들이쉬기가 한결 쉬운 편이다. 인생이 던져주는 것을 거부하기보다 그냥 받아들이기가 더 편하듯이. 반격하기보다 얻어맞기가 더 편하듯이. 그러나 씨근거리고 헐떡거리면서도 결국 숨을 내뱉는다. 드디어 해냈다. 자랑스러워할 만하다. 아픈 등을 토닥이며 자신을 칭찬해도 좋겠다.

그런 일을 겪을 때 나는 곧 호흡이다. 그렇게 혼신의 힘으로, 덜컹거리는 가슴을 움직이는 일에 온 정신을 집중한다. 기침을 하고 물고기처럼 뻐끔거린다. 나는 호흡하는 생물이다. 내 삶은 오래전에 울음을 터뜨리며 시작됐고, 언젠가 내 입에서 입김이 나오지 않으면 마침내 끝난다. 우리가 존재하는 이유는 생각하기 때문이 아니라 공기 때문이다. 수스피로 에르고 숨. 나는 한숨을 쉰다, 고로 존재한다. 흔히 그렇듯 이 라틴어 문장에도 진실이 담겼으니. 수스피라레 = 수브(아래로) + 스피라레(동사, 숨쉬다).

수스피로. 나는 아래로 숨쉰다.

처음부터 끝까지, 예나 지금이나 허파가 있다. 거룩한 영감靈感, 갓난아기의 첫 울음소리, 말을 만들어내는 숨결, 까르르 터뜨리는 웃음소리, 즐거운 노랫소리, 행복한 연인의 신음소리, 불행한 연인의 탄식소리, 구두쇠의 우는소리, 쭈그렁할멈의 쉰 목소리, 질병의 악취, 죽어가는 자의 속삭임, 그리고 모든 것이 지나가면 마침내 공기도 없고 소리도 없는 공허.

한숨은 그냥 한숨이 아니다. 우리는 세상을 들이마시고 의미를 내쉰다. 그럴 수 있는 동안. 그럴 수 있는 동안만.

　―우리는 빛을 호흡하지―나무들이 재잘거린다. 여행의 종착지에서, 올리브나무가 우거지고 묘비가 즐비한 이곳에서 식물들이 대화를 나누기 시작했다. 우리는 빛을 호흡하지. 그래, 대단히 유익한 정보로구나. 이 수다스러운 올리브나무는 '엘 그레코'라는 품종이다. 신에게 사로잡혀 빛을 호흡했던 그리스인[48]의 이름을 땄으니 이름 한번 잘 지었다.

　이제부터는 수목 형이상학이나 엽록소 철학 따위를 주절거리는 나무의 목소리에 귀를 기울이지 않겠다. 내가 듣고 싶은 이야기는 우리 집안의 가계도가 다 들려주니까.

◟

　내가 머물던 건물은 거창했다. 베넹헬리 마을에 있는, 망루까지 갖춘 바스쿠 미란다의 성채는 갈색 언덕 위에 우뚝 서서 평야를 내려다보았다. 반짝이는 신기루에 잠긴 평야는 마치 지중-해[49]가 되기를 꿈꾸는 듯했다. 나도 꿈을 꿨는데, 내 방의 좁다란 쪽창을 내다보면 스페인 땅이 아니라 인도 남부가 보였다. 시간적으로도 공간적으로도 까마득히 멀지만 벨이 세상을 떠나고 우리 아버지가 등장하기 전까지의 암흑기로 되돌아가고 싶었다. 보라, 저 좁다란 창문 너머, 저 가느다란 시간의 틈바구니 너머에서 이피파니아 메네제스 다 가마가 무릎을 꿇고 기도

---

48) 그리스 태생의 스페인 종교 화가 도메니코스 테오토코풀로스(1541~1614).

49) medi-terranean sea. 육지(terra) 속(medi) 바다, 즉 육지로 둘러싸인 바다. 고유명사 지중해(Mediterranean Sea)와 구별하고자 표기를 달리했다.

를 올린다. 어둡고 넓은 계단 위에서 예배실이 황금 연못처럼 빛난다. 나는 눈을 깜박인다. 벨에 대한 기억이 떠오른다. 석방된 지 얼마 안 된 어느 날, 카몽시가 카다르[50]로 지은 소박한 옷을 입고 아침 식탁에 나타났다. 다시 멋쟁이가 된 아이리시가 키차리[51]를 먹다 웃음을 터뜨렸다. 식사가 끝난 후 벨이 카몽시를 따로 불렀다. "여보, 그 희한한 옷 좀 벗어. 이 나라는 장사를 잘하고 노동자를 잘 돌봐야지, 심부름꾼 같은 차림새는 중요하지 않아." 그러나 이번만은 카몽시도 요지부동이었다. 그 역시 아내처럼 간디보다는 네루를 지지했다. 상업과 기술과 진보와 현대화를, 그리고 도시를 원했다. 손수 무명실을 잣거나 삼등석 열차 여행을 하는 따위의 감상적인 수작은 질색이었다. 그러나 수직手織 옷을 입어보니 기분이 좋았다. 상전을 바꾸려면 옷부터 갈아입어라. "알았어요, 낭군님." 벨이 장난스럽게 말했다. "그렇지만 나까지 이 바지를 포기하게 만들 생각은 마. 섹시한 무도회 드레스로 갈아입으라면 또 모르지만."

기도하는 이피파니아를 지켜보면서 나는 부모님이 종교라는 병에서 완쾌된 분들이었다는 사실에 감사했다. 옛날에는 지극히 예사로운 일로 여겼지만 실은 크나큰 행운이었기 때문이다. (약은 어디서 났을까? 성직자들이 – 주입한 – 뱀독을 – 물리치는 – 항사독소를 어떻게 구했을까? 제발 그 약을 병에 담아 온 세상에 보급했으면!) 나는 카다르 지바[52]를 걸친 카몽시를 바라보다 문득 예전에 그가 벨을 남겨두고 혼자

---

50) 인도의 수제 무명.

51) 쌀, 채소, 견과류, 과일, 향신료 등을 넣어 만든 인도 요리

52) 기장과 소매가 긴 겉옷.

산맥을 넘어 사라유강 부근의 작은 마을 말구디에 갔던 일을 떠올렸다. 당시 마하트마 간디가 그곳에서 연설을 할 예정이었고, 카몽시는 네루 지지자면서도 거기까지 찾아갔다. 그때의 경험을 일기장에 적어두기도 했다.

사라유강 모래밭에 운집한 군중 속에서 나는 작은 티끌에 불과했다. 연단 주변에는 수많은 자원봉사자가 흰색 카다르 차림으로 돌아다녔다. 크롬 도금을 한 마이크 스탠드가 햇빛에 반짝거렸다. 곳곳에 경찰이 서 있었다. 나서기 좋아하는 사람들이 이리저리 비집고 다니며 침착하고 정숙하라고 당부했다. 사람들은 그들의 지시에 따랐고…… 강물이 흐르고 기슭에 늘어선 거대한 반얀나무와 보리수의 잎들이 바스락거렸다. 군중은 때를 기다리며 끊임없이 속닥거리고 여기저기서 소다수병을 따는 소리도 쉴새없이 이어졌다. 오이를 길쭉길쭉한 반달 모양으로 썰고 소금에 절인 라임껍질을 바른 음식이 노점상 나무 쟁반에서 불티나게 팔려나갔다. 오이장수가 (이곳을 찾은 위대한 인물을 존중하는 뜻에서) 나지막이 말했다. "갈증엔 오이, 갈증엔 최고." 땡볕을 막으려 머리에 초록색 터키타월을 두르고 있었다.

이윽고 간디가 나타나더니 모두 손을 머리 위로 치켜들고 손뼉으로 박자를 맞추며 그의 애창곡을 함께 부르게 했다.

> 라구파티 라가바 라자 람
> 파티타 파바나 시타 람
> 이슈와라 알라 테라 남
> 사브코 산마티 데 바그완.[53]

그다음은 제 크리슈나, 하레 크리슈나, 제 고빈드, 하레 고빈드[54], 그다음은 삼브 사다시브 삼브 사다시브 삼브 사다시브 삼브 시바 하르 하르 하르 하르[55]. 이윽고 집으로 돌아온 카몽시가 벨에게 말했다. "그러고 나니까 아무 소리도 안 들리더라. 오이를 먹고 소다수를 마시는 군중 속에서 인도의 아름다움을 발견했지만 신에 대한 내용은 좀 겁나더라고. 도시에서는 인도가 정교분리사회가 되길 바라지만 시골 사람들은 라마를 숭배할 뿐이야. 입으로는 당신의 이름은 이슈와르 알라 하고 노래하지만 그건 진심이 아니야. 그 사람들이 섬기는 신은 오로지 라마뿐이니까. 시타와 함께 죄인을 정화했다는 라구족의 왕 라마 말이야. 나중에는 그들이 도시로 쳐들어올까봐 무섭더라니까. 우리 같은 사람들은 문을 걸어잠가야 할 테고, 그때는 공성퇴[56]가 등장하겠지."

---

53) "라구 일족의 왕 라마여/ 죄인들을 정화하시는 시타와 라마여/ 당신의 이름은 이슈와르 알라/ 만인에게 참된 지혜를 심어주소서." 힌두교 음악 〈라구파티 라가바 라자 람〉을 간디 추종자들이 개사한 것으로, 힌두교와 이슬람교의 갈등을 해소하자는 의미가 담겼다. '이슈와르'는 힌두교의 시바 신, '알라'는 이슬람교의 신, '시타'는 라마의 아내를 일컫는다.
54) "크리슈나 만세, 크리슈나 신이여, 고빈드 만세, 고빈드 신이여."
55) 전부 시바의 별칭. '하르'는 '하레'와 마찬가지로 신을 뜻한다.
56) Battering Ram. 원래는 공성퇴를 뜻하지만 여기서는 '파괴자 라마'라는 뜻도 있다.

5

아내가 죽고 몇 주가 지난 후 카몽시 다 가마가 잠을 잘 때마다 그의 몸에 신비로운 생채기가 나타났다. 처음에는 목에 하나 생겼지만 목덜미 쪽이라 알아차리지 못했는데 하필이면 딸내미가 손가락으로 가리키며 알려줬고, 그다음에는 오른쪽 엉덩이에 길게 긁힌 자국이 세 개, 그다음은 뺨 아래쪽 염소수염 언저리에 하나였다. 같은 시기에 벨이 밤마다 그의 꿈속에 찾아와 알몸으로 달려들었고 그때마다 카몽시는 눈물을 흘리며 깨어났다. 꿈속에서 아내와 사랑을 나누면서도 진짜가 아니라는 사실을 알았기 때문이다. 그러나 생채기는 진짜였고, 아우로라에게 곧이곧대로 말해줄 수는 없었지만 카몽시가 벨이 돌아왔다고 생각한 이유는 창문이 저절로 열리거나 코끼리 관련 물건이 사라지는 현상뿐 아니라 정사의 흔적 때문이기도 했다.

그의 형 아이리시는 상아 장식품이나 가네샤상이 사라지는 수수께 끼를 더 간단한 방법으로 해결하려 했다. 넓은 안마당, 줄기 밑동을 하 얗게 칠한 보리수 밑에 하인들을 모아놓고, 오후의 더위 때문에 밀짚모 자를 쓰고, 목깃 없는 셔츠와 빨간색 멜빵이 달린 흰색 범포帆布바지 차 림으로 거만하게 하인들 앞을 왔다갔다하며 네놈들 중에 틀림없이 도 둑이 있다고 싸늘하게 호통을 쳤다. 안살림을 맡은 하인들과 정원사, 뱃사공, 청소부, 변소 청소부 등이 한 줄로 늘어서서 땀을 뻘뻘 흘리며 겁먹은 눈으로 아이리시를 바라보았고 두려움을 못 이겨 알랑거리는 미소를 짓기도 했다. 불도그 자와할랄이 나지막하지만 위협적인 소리 로 으르렁거리는 동안 주인 아이리시는 별명을 불러가며 하인들을 조 롱했다.

"누가 자백할래?" 아이리시가 다그쳤다. "고블디고칼레, 너냐? 날라파 붐디에이? 카람팔슈틸츠킨?[57] 빨리 불어!" 두 심부름꾼은 뺨을 한 대씩 때리며 트위들리덤과 트위들리디[58]라고 불렀고, 정원사들은 가슴을 쿡 쿡 찌르며 견과류나 향신료처럼 취급했고―캐슈, 피스타, 큰카르다몸, 작은카르다몸―물론 변소 청소부에게는 손을 대지 않았지만 각각 대변 이와 소변이로 명명했다.

아우로라는 안마당에서 벌어진 일을 전해듣고 부리나케 달려나갔 다. 난생처음으로 하인들 앞에서 부끄러워 차마 마주보지 못하고 그 자

---

57) '이해할 수 없는 말'을 뜻하는 영어 명사 'gobbledygook', 미국 민요 〈타라라 붐디 에이〉, 독일 민화에 등장하는 난쟁이 '룸펠슈틸츠헨'을 각각 인도식 이름에 덧붙여 만든 별명.
58) 영국 동요와 『거울 나라의 앨리스』에 등장하는 두 인물.

리에 모인 가족을(냉정한 이피파니아, 심장에 얼음조각이 박힌 카르멘, 심지어 카몽시까지―그는 안절부절못하면서도 굳이 말리려 하지 않았다는 사실을 밝혀두겠다―아이리시의 취조 솜씨를 구경하고 있었다) 향해 돌아서더니 음성을 점점 높여가며 목이 터져라 고백했다. 저-사람들이-아니라-**내가**-그랬어요!

"뭐라고?" 하인들을 괴롭히는 즐거움을 빼앗겨 화가 난 아이리시가 비웃듯 맞고함을 쳤다. "목소리가 너무 작아서 하나도 못 들었다."

"저 사람들 그만 좀 괴롭히세요!" 아우로라도 고래고래 소리쳤다. "저들은 아무 짓도 안 했어요. 무슨무슨 코끼리 나부랭이, 이런저런 코끼리 이빨 쪼가리, 저들은 건드리지도 않았다고요. 다 내가 그랬어요."

카몽시의 얼굴이 창백해졌다. "아가, 왜 그랬니?" 불도그가 잇몸을 드러내며 으르렁거렸다.

"아가라고 부르지 마세요!" 아우로라는 아빠에게까지 대들었다. "엄마가 늘 원했던 일이라서 그랬어요. 두고 보세요, 이제부터는 내가 엄마를 대신할 테니까. 그리고 아이리시 큰아빠, 저 미친개부터 가둬버리세요. 그건 그렇고, 제가 저 개새끼한테 정말 딱 어울리는 별명을 지었어요. 허풍쟁이가 어때요? 물지도-못하면서-짖기만-하는 똥개새끼." 그러더니 휙 돌아서서 고개를 빳빳이 세운 채 기세등등하게 자리를 떠났고, 남은 식구들은 놀라서 입을 다물지 못했다. 마치 아바타르[59] 즉 화신을 실제로 보는 듯했으니까, 마치 아우로라의 엄마가 살아 있는 유령이 되어 나타난 듯했으니까.

---

59) 인도신화에서 인간의 모습으로 지상에 나타나는 비슈누 신의 화신.

그러나 정작 갇혀버린 쪽은 아우로라였다. 그녀는 일주일 동안 방에서 밥과 물만 먹으며 지내야 하는 벌을 받았다. 그러나 그녀를 애지중지하는 조시가 남몰래 음식을—이들리와 삼바르[60] 뿐 아니라 다진 고기와 감자로 만든 '커틀릿', 빵가루를 입혀 튀긴 새다래, 매콤한 참새우, 바나나 젤리, 크렘 캐러멜, 소다수까지—넣어주었다. 늙은 유모는 미술 도구도—목탄, 붓, 물감 등—몰래 가져다줬는데, 아우로라는 그림을 통해 비로소 자신의 내면세계를 공공연히 드러내며 진정한 성년식을 치렀다. 일주일 내내 잠도 거의 안 자고 작업에만 몰두했다. 카몽시가 문을 두드렸을 때도 아우로라는 그냥 가라고, 이 형기를 홀로 견디기로 마음먹었다고, 옥살이를 해봤으면서 딸의 자유를 위해 싸워주지도 않는 아버지는 필요 없다고 말했다. 카몽시는 부끄러워 고개를 숙인 채 물러갔다.

그러나 가택 연금이 끝나자 아우로라는 카몽시를 방으로 불러들였고, 그리하여 그는 이 세상에서 두번째로 그녀의 작품을 구경한 사람이 되었다. 사방 벽은 물론이고 천장까지 한 치의 빈틈도 없이 방 전체에 온갖 생물이—사람과 동물, 실재하는 존재와 가공의 존재 등등—우글거렸다. 힘차게 뻗어나가는 검은 선 하나가 끊임없이 모습을 바꿔가며 곳곳에 자리잡은 거대한 채색 공간을 가득 메웠는데—땅은 붉은색, 하늘은 보라색과 주홍색, 식물은 마흔 가지 초록색—그 선이 어찌

---

60) 전자는 빵, 후자는 스튜의 일종. 인도와 스리랑카의 대표적인 아침식사다.

나 씩씩하고 자유로운지, 어찌나 풍요롭고 난폭한지 카몽시는 아버지로서 가슴이 터질 듯 자랑스러워 자기도 모르게 중얼거렸다. "천지만물을 송두리째 담아냈구나." 딸이 처음으로 보여준 세계에 차츰 익숙해지자 비로소 그녀의 구상을 조금씩 알아차릴 수 있었다. 아우로라는 이방에 역사를 옮겨놓았다. 사도 성 도마를 인도로 초대하는 곤도파레스왕[61], 북인도 일대에 법의 기둥을 세운 아소카황제[62], 돌기둥에 등을 대고 서서 양손이 맞닿는지 확인해 행운을 점쳐보려 길게 늘어선 사람들, 색정적인 사원 조각상은 어찌나 노골적으로 묘사했는지 카몽시의 안색이 창백해질 정도였고, 타지마할의 건설 과정과 완공 후 더 아름다운 건물을 만들지 못하도록 위대한 석공들의 손목을 잘라버리는 장면까지 서슴없이 그려놓았고, 그녀가 사는 남인도의 소재로는 세링가파탐전투[63]를 택했는데, 티푸 술탄[64]의 보검도 보이고, 성문에서 예사롭게 말하는 목소리가 성채 깊숙한 곳까지 똑똑히 들렸다는 마법요새 골콘다도 보이고, 오래전에 유대인이 인도로 건너오는 장면도 있었다. 현대사도 함께 다뤘는데, 열정적인 사람들을 잔뜩 가둬둔 감옥도 있고, 국민회의당과 무슬림연맹[65]도 있고, 네루 간디 진나 파텔 보스 아자드도 있고, 전쟁이 임박했다고 수군거리는 영국 병사들도 있고, 역사가 아니라 상상의 산물도 있으니, 예컨대 잡종, 절반은 여자 절반은 호랑

61) 기원전 1세기 말~기원후 1세기 초 인도 파르티아왕국의 초대 왕.

62) 인도 아대륙 대부분을 지배한 고대국가 마우리아제국의 황제.

63) 1799년 영국과 마이소르왕국의 오랜 전쟁을 매듭지은 전투.

64) 마이소르왕국의 술탄.

65) 1906년 창설된 이슬람계 정당. 간디와 네루가 이끈 국민회의당과 대립하며 무슬림의 이익을 대변했다.

이, 절반은 남자 절반은 뱀도 있고, 바다 괴물과 산속의 식인귀도 있었다. 특별히 중요한 위치는 바스쿠 다 가마가 차지했는데, 인도 땅에 첫발을 디딘 그가 매콤하고 화끈하고 돈 되는 것을 찾아 킁킁거리며 대기의 냄새를 맡는 순간이었다.

카뭉시는 그림 속에서 식구들 얼굴도 하나하나 발견했는데, 산 사람이나 죽은 사람뿐 아니라 태어나지 않은 사람까지 있었다. 가령 태어나지도 않은 형제자매가 그랜드피아노 옆에서 엄숙하게 어머니의 시신을 둘러싼 장면도 그려놓은 것이다. 카뭉시는 아이리시 다 가마가 벌거벗은 채 조선소에 서 있는 모습을 보고 화들짝 놀랐는데, 빛을 발하는 아이리시의 알몸 주변으로 검은 그림자가 점점 다가오는 장면이었다. 〈최후의 만찬〉을 모방한 장면은 섬뜩했다. 하인들은 식탁에 둘러앉아 흥청망청 잔치를 즐기고, 벽에 걸린 초상화에서는 그들의 조상이 누더기를 걸친 채 후손들을 내려다보고, 다 가마 가족은 음식을 나르고 와인을 따르는 등 식사 시중을 들면서도 온갖 구박을 받는데, 가령 카르멘은 엉덩이를 꼬집히고 이피파니아는 술 취한 정원사의 발길질에 궁둥이를 차인다. 그러나 긴박감 넘치는 구도에 이끌려 다시 시선을 움직이면 개개인이 아니라 다수가 보이는데, 다 가마 가족 너머에도 둘레에도 위에도 밑에도 사이사이에도 군중, 빽빽하게 모여든 군중, 경계를 분간할 수 없는 군중이 있었다. 아우로라는 이 거대한 작품을 교묘하게 구성해 자신의 가족이 어마어마하게 다양한 군상과 경쟁하도록 배치했고, 카브랄섬에서 개인적인 삶 따위는 환상에 불과하며 끊임없이 변화하는 선이 그려내는 이 다수, 이 무리, 이 인간들이야말로 진실임을 암시했다. 그리고 어떤 부분을 보아도 여자들의 분노가 눈에 띄었고, 남자들의 얼굴에는 나약하고 비굴한 표정이 역력했고, 아이들은 성별이 모호했고, 죽은 자들은 움직이지도, 불평하지도 않았다. 카몽시는 아우로라가 어떻게 이런 것을 다 알게 되었는지 궁금했고, 아버지로서 실패했다는 생각에 입맛이 쓰디썼고, 아직 어린 그녀가 어째서 이 세상의 분노와 고통과 실망은 샅샅이 알면서도 즐거움은 별로 맛보지 못했는지 의아했고, 네가 기쁨을 알게 되면 그때 비로소 네 재능도 완벽해질 거야라고 말해주고 싶었지만 그녀가 이미 너무 많이 안다는 사실이 걱정스러워 차마 입을 열 엄두를 내지 못했다.

그림에서 빠진 건 하느님뿐이었는데, 벽마다 꼼꼼히 살펴봐도, 사다리에 올라가 천장을 유심히 들여다봐도 그리스도의 모습은 보이지 않고, 십자가에 매달린 예수는커녕 십자가에서 풀려난 예수도 없고, 다른 신이나 나무의 요정이나 물의 요정이나 천사나 악마나 성자도 전혀 없었다.

카몽시는 그림 전체의 배경이 무엇인지 깨닫고 전율했다. 바로 모국 인도였다. 지나치게 화려하고 끊임없이 움직이는 모국 인도, 자식들을 사랑하고 배반하고 잡아먹고 파멸시키고 다시 사랑하는 모국 인도, 자식들의 뜨거운 결속과 끝없는 싸움이 사후까지 이어지는 나라, 거대한 산맥이 영혼의 절규처럼 펼쳐지고 드넓은 강줄기마다 자비와 질병이 넘치는 나라, 모진 가뭄에 시달리는 고원 곳곳에서 사내들이 곡괭이를 휘두르며 메마른 불모지를 파헤치는 나라, 바다와 야자수와 논이 있고 샘터에는 소떼가 모여드는 나라, 우듬지에는 두루미가 목을 옷걸이처럼 구부리며 내려앉고, 하늘 높이 솔개가 맴돌고, 구관조가 사람 목소리를 흉내내고, 노랑부리까마귀가 횡포를 부리는 나라,

비늘로 뒤덮인 기다란 모가지에 이피파니아의 얼굴을 달고 바닷속에서 솟구치는 벌레처럼 때로는 무시무시하고, 수천 명이 죽어가도 아랑곳없이 도끼눈을 뜨고 혀를 날름거리며 한바탕 춤을 추는 여신 칼리처럼 때로는 무자비하고, 그렇게 변화무쌍한 모국 인도. 그러나 그 모든 모습 위에는, 천장 한복판에는, 풍요의 뿔에서 쏟아지는 듯 무궁무진한 선들이 하나로 모이는 바로 그 지점에는 벨의 얼굴을 한 모국 인도가 있었다. 이사벨라 여왕은 그림 속에 하나뿐인 모신母神이었지만 이미 죽은 뒤였다. 아우로라가 처음으로 예술혼을 분출한 이 거대한 작품의 심장부에는 상실의 비극이 있었다. 아무도 달래줄 수 없는 아픔, 엄마를 잃은 아이의 아픔이 있었다. 이 방은 어머니에게 바치는 애도의 표시였다.

카몽시는 모든 걸 이해했고, 딸을 부둥켜안았고, 두 사람은 함께 눈물을 흘렸다.

⌒

그래요, 어머니. 당신도 한때는 딸이었지요. 삶을 받고, 삶을 빼앗고…… 내 이야기에는 온갖 폭력이 난무하고 갑작스러운 죽음도 많은데, 그중에는 자살뿐 아니라 타살도 있다. 물과 불과 질병도 인간과 더불어—아니, 인간의 주변이나 내면에서—저마다 맡은 역할이 있다.

1938년 크리스마스이브, 그러니까 젊은 카몽시가 열일곱 살 이사벨라 수자를 집에 데려와 식구들에게 선보인 지 십칠 년째 되던 날, 두 분에게는 딸이며 내게는 어머니인 아우로라 다 가마는 생리통 때문에 깨어나 다시 잠들지 못했다. 우선 화장실로 가서 늙은 조시가 가르쳐준 대로 솜과 거즈를 대고 긴 파자마 끈으로 동여매고…… 그렇게 단단히 조치를 취한 후 하얀 타일이 깔린 바닥에 누워 몸을 사린 채 고통과 싸웠다. 얼마 후 통증이 가라앉았다. 아우로라는 정원에 나가 욱신거리는 몸을 별빛으로 씻으며 무심한 은하수에게 기적을 빌어보리라 마음먹었다. 별아 별아, 밝은 별아…… 그렇게 우리는 밤하늘을 올려다보며 별이 우리를 굽어보기를 바라고, 부디 별이 우리를 이끌어주기를, 하늘에서 움직이는 별이 우리를 운명의 길로 인도해주기를 빌지만 그것은 인간의 허영심에 지나지 않는다. 우리는 은하수를 보고 한눈에 반해버리지만 우주는 우리에게 별로 관심이 없고, 우리가 아무리 간절하게 불러도 별은 저마다 궤도를 따라 묵묵히 나아갈 뿐이다. 그렇게 하늘의 바퀴가 도는 광경을 한동안 지켜보노라면 이따금 유성이 떨어져 밝게 타오르다 사라지기도 한다. 그런 별은 우리가 따를 만한 가치가 없다. 불행한 돌덩어리에 불과하니까. 우리의 운명은 지상에 있다. 길잡이별 따위는 없다.

창문을 열어젖힌 사건 이후 벌써 일 년도 넘은 그날 밤, 카브랄섬의 저택은 휴전과 비슷한 상태로 잠에 취해 있었다. 이미 산타클로스를 믿지 않는 아우로라는 잠옷 위에 얇은 숄을 두르고, 방문 앞에 돗자리를 깔고 자는 유모 조시를 에돌아 맨발로 복도를 지나갔다.

(크리스마스는 북쪽 지방의 발명품인데, 예컨대 눈과 양말, 활활 타는 장작불과 순록, 라틴어 캐럴과 소나무여 소나무여, 상록수와 산테클라스[66]

와 꼬마 검둥이 '도우미' 등에 대한 이야기가 열대의 더위를 만나면서 오히려 원형에 가깝게 복원됐다. 아기 예수가 어떤 존재였든 더운 지방에서 태어난 것만은 분명하고, 따라서 외양간 말구유가 제아무리 초라해도 추위에 떠는 일은 없었을 테고, 저 별을 따라온(아까도 말했듯 어리석은 짓이지만) 현자들은 동방에서 왔다는 사실도 잊지 말자. 건너편 코친 요새의 영국인 가정에서는 크리스마스트리에 솜뭉치를 붙이고, 성프란시스교회에서는—지금은 아니지만 그때만 해도 성공회 소속이었으니—젊은 올리버 다이스 목사가 이미 연례 캐럴 예배를 집전했고, 집집마다 산타클로스를 위해 고기파이와 우유 한 잔을 차려놓고, 그래, 보나마나 내일은 칠면조 요리가 식탁에 오를 테고, 속고명은 두 종류일 테고, 어쩌면 방울양배추까지 곁들일지 모른다. 그러나 이곳 코친에는 가톨릭, 시리아정교회, 네스토리우스파 등 기독교 종류도 다양한데, 자정미사가 시작되면 향냄새에 숨이 턱턱 막히고, 어떤 성직자는 예수와 십이사도를 상징하는 열세 개의 십자가를 모자에 수놓고, 로마 가톨릭과 시리아정교회는 서로 앙숙이지만 네스토리우스파를 기독교로 인정할 수 없다는 데는 만장일치로 찬성하고, 아무튼 종파마다 준비 과정도 제각각이니 크리스마스마저 서로 각축전을 벌이는 양상이다. 카브랄섬의 저택은 교황 성하를 따른다. 크리스마스트리는 없지만 말구유는 있고, 요셉은 에르나쿨람 출신의 목수를 닮았고, 마리아는 다원에서 일하는 여자처럼 생겼고, 가축은 물소 몇 마리, 그런데 성스러운 가족의 피부색이 (헉!) 가무잡잡하다. 선물은 없다. 이피파니아 다 가마에게 크리스마스는 오로지 예수님을 위한 날이기 때문이다. 선물 교환은—사이가 별로 안 좋은 이 집 식구들도 선물을 주고받는 날이 있으니까—주현절[67], 즉 황금 유향 몰약의 밤을 위한 행사다. 그러니 이 집에서 굴뚝을 타고 내려올 사람은 아무도 없고……)

아우로라가 넓은 계단 앞에 이르러 보니 예배실 문이 열려 있었다. 예배실 안의 불빛이 문밖으로 쏟아져 마치 조그마한 태양이 캄캄한 계단을 황금빛으로 물들이는 듯했다. 아우로라는 살금살금 다가가 예배실 안을 들여다봤다. 왜소한 여인이 검은색 레이스 만틸라를 쓰고 제단 앞에 무릎을 꿇고 있었다. 아우로라는 이피파니아의 루비 묵주가 잘그락거리는 소리를 어렴풋이 들었다. 소녀는 할머니에게 들키지 않으려고 슬그머니 뒷걸음질쳤다. 바로 그 순간, 완전한 적막 속에서 이피파니아 메네제스 다 가마가 스르르 옆으로 쓰러지더니 그대로 움직이지 않았다.

'네년 때문에 이 할미가 제명에 못 죽겠다야.'

'참는 자에게 복이 있나니, 기회를 기다리자.'

아우로라는 쓰러진 할머니에게 어떻게 다가갔나? 다정다감한 손녀답게 깜짝 놀라 손으로 입을 가리며 부리나케 달려갔나?

예배실 벽면을 따라 멀찌감치 우회해 조금씩 신중하게 걸음을 옮겨 움직이지 않는 몸뚱이를 향해 천천히 다가갔다.

고함을 지르거나 공을 울리는 등(예배실 안에 공이 있었으니까) 위급 상황을 알리려고 최선을 다했나?

그러지 않았다.

굳이 그럴 필요가 없었으니까, 손쓸 단계는 이미 지났으니까, 이피파

---

67) 동방박사 세 사람이 아기 예수에게 경배하고 예물을 바친 일을 기념하는 날.

니아가 고통 없이 순식간에 숨을 거뒀으니까?

이피파니아에게 다가간 아우로라는 묵주를 쥔 할머니의 손이 아직도 힘없이 움찔거리며 구슬을 건드리는 것을 보았다. 노인은 눈을 뜨고 있었는데 손녀를 알아본 기색이 분명했고 목소리는 들리지 않았으나 입술을 희미하게 달싹거렸다.

할머니가 아직 살아 있다는 사실을 확인한 아우로라는 할머니를 살리려고 무엇을 했나?

동작을 멈췄다.

멈춘 다음에는? 물론 어린 나이니까, 어린애가 겁을 먹고 잠시 굳어버리는 현상은 충분히 이해할 만한데, 잠시 동작을 멈췄다 재빨리 식구들을 불러 조치를 취하도록…… 했겠지?

잠시 동작을 멈췄다 뒤로 두 걸음 물러나더니, 바닥에 앉아 책상다리를 하고 묵묵히 지켜봤다.

그때 연민이나 자괴심이나 두려움을 느꼈나?

좀 걱정하기는 했다. 만약 이피파니아가 이번 발작으로 목숨을 잃지 않는다면 지금의 행동 때문에 아우로라 자신이 몹시 불리해질 테니까, 심지어 아빠까지 노발대발할 테니까. 보나마나 뻔한 일이었다.

그뿐이었나?

들킬까봐 걱정스럽기도 했다. 그래서 예배실 문을 닫았다.

그렇다면 내친김에 더 확실하게, 가령 촛불도 끄고 전등도 모두 꺼버리는 편이 낫지 않았나?

이피파니아가 둔 그대로 놓아둬야 하니까.

그렇다면 냉혹한 살인 행위다. 계획적 범행이다.

아무것도 하지 않았는데 살인이라고 부를 수 있다면 그 말이 옳다. 그러나 이피파니아가 이미 치명타를 입어 어차피 살아날 수 없는 상황이었다면 그 말은 틀렸다. 논쟁의 여지가 있다.

이피파니아가 결국 죽었나?

한 시간 후 그녀가 마지막으로 입술을 달싹거리며 다시 손녀를 바라보았다. 손녀는 죽어가는 할머니의 입술에 귀를 대고 저주의 말을 들었다.

그럼 살인자는? 아니, 더 정확히 말하자면, 용의자는?

예배실 문을 원래대로 활짝 열어놓고 자기 방으로 돌아가서……

……설마 잠을……?

……어린애처럼 푹 잤다. 그리고 크리스마스 아침에 눈을 떴다.

⟜

비정한 진실을 밝혀야겠다. 이피파니아가 죽고 집안에 생기가 돌았다. 마치 오래전에 떠난 기쁨의 요정이 카브랄섬으로 돌아온 듯했다. 햇빛마저 예전과는 달라졌음을 누구나 실감할 정도였다. 하늘을 가리던 장막이 이제야 걷힌 듯 눈부신 빛이 봇물처럼 쏟아졌다. 이듬해 정원사들은 초목이 전에 없이 무럭무럭 자라고 병충해도 눈에 띄게 줄었다고 말했다. 원예를 전혀 모르는 사람도 엄청난 폭포수처럼 휘늘어진 부겐빌레아덩굴을 눈으로 확인할 수 있었고, 후각이 남달리 둔한 사람도 유난히 풍성하게 피어난 재스민과 은방울꽃과 각종 난초와 밤의-여왕[68]의 향기를 못 맡을 리 없었다. 낡은 저택마저 마음이 들떠 콧노래를 부르는 듯했다. 안뜰을 짓누르던 우울한 분위기도 씻은 듯 사라지고 새로운 가능성에 대한 기대감이 감돌았다. 심지어 불도그 자와할랄마저 새로운 시대를 맞이해 훨씬 온순해진 듯했다.

방문객도 늘어나 프란시스쿠의 전성기를 방불케 했다. 배를 타고 몰려온 젊은이들이 아우로라의 방을 구경하고 아직 살아남은 별채에서 저녁시간을 즐겼는데, 젊은이다운 열정을 발휘해 망가진 건물을 뚝딱 고쳐놓기까지 했다. 이 섬에 다시 음악소리가 들리고 최신 춤이 유행했다. 심지어 사하라 외종조할머니 즉 카르멘 다 가마까지 분위기에 휩쓸려 아가씨들을 보호한다는 핑계로 젊은이들이 모인 자리에 끼어들었는데, 어느 날 잘생긴 청년이 부추기자 연신 코웃음을 치고 혀를 차면서도 선뜻 춤판에 뛰어들어 놀랍도록 유연한 몸놀림을 과시했다. 알고 보니 카르멘은 리듬감이 뛰어났고, 그때부터 밤마다 아우로라의 친구들이 줄줄이 카르멘에게 춤을 청했다. 아이리시 다 가마 부인의 얼굴에서 늙은이 같은 가면이 차츰 떨어져나갔다. 구부정하던 자세도 꼿꼿해졌고, 곁눈질하는 버릇과 비굴한 표정이 사라지면서 조심스럽게나마 즐거워하는 기색도 드러났다. 아직 서른다섯도 안 된 그녀가 나이보다 젊어 보이기는 이때가 처음이었다.

카르멘이 시미[69]를 추기 시작하자 아이리시도 제법 관심어린 눈으로 바라봤다. "이젠 우리도 손님을 초대해서 당신 춤 솜씨를 자랑해야겠어." 아이리시가 아내에게 이토록 따뜻한 말을 건네기는 처음이었고, 그때부터 몇 주 동안 카르멘은 눈코 뜰 새 없이 바빴다. 초대장을 쓰고, 정원에 홍등을 달고, 식단을 짜고, 야외용 탁자를 마련하고, 입을 옷을

---

68) 밤이 되면 크고 화려한 꽃을 피우는 선인장의 일종.

69) 어깨와 엉덩이를 흔들며 추는 재즈댄스.

고르는 행복한 고민도 마음껏 누렸다. 파티 당일 밤에는 제일 넓은 잔디밭에 관현악단을 부르고 르코르뷔지에가 지은 정자에 전축을 틀었다. 보석으로 치장한 여자들과 연미복에 흰색 나비넥타이를 맨 남자들이 발동선을 타고 우르르 건너왔는데, 설령 그중 몇 명이 남편을 지나치게 그윽한 시선으로 바라보더라도 생애 최고의 밤을 맞이한 카르멘은 못 본 척 눈감아줬을 터였다.

그렇게 온 집안의 분위기가 밝아졌지만 한 사람만은 변함이 없었다. 카브랄섬에서 무도회가 한창일 때조차 카몽시는 벨을 한시도 잊지 못했다. 오늘처럼 흥겨운 밤에 그녀가 있었다면 별빛마저 초라해질 만큼 아름다움을 뽐냈을 텐데. 요즘은 아침에 눈을 떴을 때 몸에서 정사의 흔적을 발견하는 일도 없고, 그녀가 죽음의 다리를 건너 그의 곁으로 돌아올지 모른다는 부질없는 희망마저 사라졌다. 이승의 삶에 미련을 가질 이유가 별로 없었다. 밤낮으로 딸을 대하기가 괴로울 때도 많았다. 엄마와 닮은 점이 너무 많았기 때문이다. 두 번 다시 만날 수 없는 벨의 모습을 자기보다 더 많이 간직한 딸이 때로는 밉기까지 했다.

카몽시는 석류주스 한 잔을 들고 홀로 잔교에 서 있었다. 젊은 여자가 다가왔다. 적잖이 술에 취한 상태였는데, 까만 곱슬머리를 늘어뜨리고 입술에는 진홍색 립스틱을 너무 짙게 바른 이 아가씨는 소매를 부풀린 풍성한 원피스 차림이었다. "백설공주 등장!" 그녀가 혀 꼬부라진 소리로 외쳤다.

깊은 상념에 빠진 카몽시는 미처 대답하지 못했다.

"그 영화 안 봤어요?" 발끈한 아가씨가 흐트러진 음성으로 말했다. "드디어 그 영화가 시내에 들어왔는데, 저는 열한 번, 열두 번이나 봤어요." 그러더니 자기 옷을 가리키며 말했다. "영화에 나온 바로 그 옷이에요! 재단사한테 백설공주 옷이랑 똑같이 만들어달라고 했죠. 일곱 난쟁이 이름까지 다 외웠어요." 그녀는 대꾸할 틈도 주지 않고 말을 이었다. "재채기잠꾸러기행복이얼떨떨이심술이부끄럼이척척박사. 당신은 그중 누구죠?"

번민에 시달리던 카몽시는 대꾸도 못하고 고개만 가로저었다.

주정뱅이 백설공주는 그의 침묵에도 아랑곳하지 않았다. "재채기는 아니고, 행복이도 아니고, 척척박사도 아니고. 그럼 잠꾸러기얼떨떨이심술이부끄럼이 중에 누구예요? 대답을 안 하시니 내가 맞혀봐야지. 잠꾸러기는 아니고, 얼떨떨이도 아닌 것 같네. 조금은 심술이 같지만 아무래도 부끄럼이가 제일 가까워. 반가워요, 부끄럼이! 일할 때는 휘파람을 불어요!⁷⁰⁾"

카몽시가 입을 열었다. "아가씨, 파티장으로 돌아가는 편이 나을 거예요. 미안하지만 난 지금 파티를 즐길 기분이 아니거든요."

실망한 백설공주가 군은 표정으로 쏘아붙였다. "거물 전과자 카몽시 다 가마 씨. 돌아가신 부인을 지금껏 그리워하느라 숙녀한테 정중한 말 한마디조차 못하시는군요. 부인이 살아생전에 부자 가난뱅이 거지 도둑놈 가리지 않고 온갖 놈팽이와 붙어먹었는데도. 맙소사, 내가 지금 무슨 소리를, 괜한 말을 했네요." 아가씨가 돌아서자 카몽시가 얼른 팔을 붙잡았다. "아니, 이거 놔요, 팔에 멍들겠어요!" 백설공주가 버럭 소리쳤다. 그러나 카몽시의 간곡한 표정을 차마 외면하지 못했다. 백설공

---

70) 만화영화 〈백설공주〉의 주제곡 제목.

주는 그의 손을 뿌리치며 말했다. "무섭다고요. 정신병자 같은 표정이라서. 혹시 취했어요? 과음하신 모양이네. 아무튼 죄송해요. 그렇지만 어차피 모르는 사람이 없으니 언젠가는 드러날 일이었잖아요? 이만 가볼게요. 안녕안녕, 알고 보니 당신은 부끄럼이가 아니라 심술이였네요. 난 다른 난쟁이를 찾아봐야겠어요."

이튿날 아침 백설공주가 무시무시한 두통에 시달릴 때 경찰관 두 명이 찾아와 간밤에 무슨 일이 있었는지 물었다. "지금 무슨 말씀을 하시는 거예요, 저는 잔교에서 그 사람과 헤어졌을 뿐이고, 그게 끝이고, 덧붙일 말은 아무것도 없어요." 그녀는 우리 외할아버지가 생전에 마지막으로 만난 사람이었다.

물이 우리를 삼켜버린다. 물은 프란시스쿠와 카몽시, 아버지와 아들의 목숨을 차례로 빼앗았다. 그들은 한밤중에 캄캄한 물속으로 뛰어들어 어머니 같은 바다로 헤엄쳐 갔다. 이안류가 그들을 데려갔다.

6

1939년 8월, 아우로라 다 가마는 여전히 코친항에 정박중인 화물선 마르코폴로호를 보자마자 노발대발했다. 양친을 여읜 그녀가 성년이 될 때까지 큰아버지 아이리시가 경영을 맡았지만 사업에는 관심도 없는데다 게으르기 짝이 없으니 제대로 되는 일이 하나도 없을 수밖에. 아우로라는 운전사에게 C-50(비공개)유한책임회사의 1번 창고가 있는 에르나쿨람부두로 '번개처럼' 달려가라고 명령했고 동굴 같은 창고 안까지 기세등등하게 쳐들어갔지만 잠시 용기를 잃고 머뭇거렸다. 어둠을 가르는 빛줄기와 서늘한 적막, 마대 자루가 잔뜩 쌓여 있지만 불경스럽게도 대성당을 연상시키는 분위기, 추억의 음악처럼 허공을 떠도는 파촐리 향유와 정향, 심황과 호로파, 커민과 카르다몸 냄새, 그리고 산더미처럼 쌓인 채 출항을 기다리는 농산물 사이사이로 마치 지옥을 오가는 길처럼 혹은 구원을 향한 길처럼 어둠 속으로 사라지는 비좁은 통로들.

(거목처럼 거대한 가문도 도토리 한 알에서 출발하기 마련인데, 나의 개인사 즉 모라이시 조고이비의 탄생에 얽힌 이야기의 발단이 결국 후추 선적이 지연된 탓이었으니 제법 근사한 일이 아닌가?)

이 성전에도 당연히 성직자가 있었다. 운송계원은 서류철을 들여다보며 이리저리 종종걸음치다 걸핏하면 손수레에 짐 싣는 인부를 들볶고, 무서울 정도로 깡마른 검사관 삼총사─엘라이치필라이 칼론지 씨, V.S. 미르찬달치니 씨, 카리파탐 테지파탐 씨─는 종교재판소처럼 삼엄한 불빛 아래 높다란 걸상에 올라앉아 황새처럼 다리가 긴 책상에 거대한 장부책을 비스듬히 펼쳐놓고 긁적긁적 부지런히 깃펜을 놀렸다. 이 거물들 발치의 작은 전등이 놓인 평범한 책상에 창고지기가 앉아 있었다. 이윽고 평정을 되찾은 아우로라는 이 남자에게 덤벼들어 후추 선적이 늦어지는 이유를 따졌다.

"대체 큰아빠는 무슨 생각이시래요?" 그녀가 버럭 소리쳤지만 비현실적인 질문이었다. 벌레처럼 미천한 일개 직원이 위대한 아이리시 씨의 깊은 뜻을 어찌 헤아리랴? "전 재산을 말아먹으려고 작정하신 거예요?"

다 가마가를 통틀어 으뜸가는 미인이며 억대 재산의 유일한 상속자인 아우로라를─당분간 아이리시 씨와 카르멘 여사가 재산 관리를 맡았지만 고인이 된 카뭉시 씨가 두 사람에게 남긴 유산은 넉넉해봤자 용돈 수준이라는 사실을 모르는 사람은 아무도 없으니까─이렇게 가까이서 맞닥뜨린 창고지기는 마치 심장을 창에 찔린 듯 잠시 말문이 막혔다. 그러자 어린 후계자는 불쑥 고개를 들이밀고 엄지와 검지로 남자의 턱을 붙잡고 몹시 사나운 눈빛으로 노려보다, 곧바로 사랑에 빠져버렸다. 한편 남자는 벼락을 맞은 듯한 충격과 두려움을 가까스로 이겨내고 더듬더듬 설명하기 시작했는데, 요컨대 영국과 독일이 서로 선전포고를 했다는 소식 때문에 마르코폴로호의 선장이 영국행을 거부한다는 얘기였고—"상선을 공격하는 경우도 있으니까요"—아우로라도 비로소 상황을 이해했지만 자신의 느닷없는 감정에 배신감과 불쾌감마저 느꼈다. 이토록 어리석고 어처구니없는 열정에 사로잡혔으니 이제 신분도 관습도 무시하고 이 어눌하고 잘생긴 아랫것과 당장 결혼하는 수밖에. "운전사 나부랭이와 결혼하는 거나 마찬가지잖아." 그녀는 기쁨과 슬픔을 동시에 느끼며 자신을 꾸짖었고, 그렇게 달콤하면서도 씁쓸한 상황을 고민하느라 남자의 책상 위 작은 나무토막에 적힌 이름을 눈여겨볼 겨를도 없었다.

그러나 흰색 대문자로 적힌 그 이름이 마침내 눈에 띄었을 때 아우로라는 분통을 터뜨리고 말았다. "맙소사! 머리가 텅 빈 것도 모자라서, 말재주가 지지리 없는 것도 모자라서, 하필이면 유대인이란 말이야?" 그러더니 혼잣말로 중얼거렸다. "현실을 직시해, 아우로라. 잘 생각해. 젠장, 넌 이 창고지기 모세한테 홀딱 반해버렸다고."

흰색 대문자들이 도도하게 그녀의 실수를 지적했다(이때 그녀의 순정을 빼앗은 남자는 마치 날벼락을 맞은 듯, 넋을 빼앗긴 듯 입은 바싹바싹 마르고, 심장은 쿵쾅거리고, 아랫도리는 슬슬 달아오르고, 아무튼 도저히 그녀의 잘못을 바로잡아줄 형편이 아니었는데, 왜냐하면 직원에게는 좀처럼 장려되지 않는 주제넘은 감정이 불쑥 솟구치는 바람에 다시 언어능력을 상실해버렸기 때문이다). 창고지기 조고이비의 이름은 모세가 아니라 아브라함ABRAHAM이니라. 이름이 운명을 좌우한다는 믿음이 옳다면 이 대문자 일곱 개는 그가 파라오를 굴복시키거나 십계명을 받거나 바다를 가를 운명은 아니라고 단언한 셈이었다. 백성을 약속의 땅으로 이끌지도 못하리라. 그보다는 지독한 사랑의 제단 앞에 자기 아들을 산 제물로 바칠 운명이리라.

그런데 '조고이비'라면?

⌒

아랍어로 '불행'. 어쨌든 잡화상 코헨도 그랬고 아브라함의 외가에서도 그렇게 알고 있었다. 물론 그 머나먼 땅의 언어를 조금이라도 아는 사람은 아무도 없었다. 상상만 해도 걱정스러운 일이 아닌가. 아브라함의 어머니 플로리는 언젠가 말했다. "그들이 쓰는 글자만 봐도 너무 난폭하잖아. 무슨 칼자국 같기도 하고, 상처 같기도 하고. 그렇지만 사실 우리도 유대인 무사 가문의 후손이지. 그래서 이렇게 남의 나라 말로 된 안달루시아 성씨를 물려받았는지도 몰라."

(여러분의 질문: 조고이비가 외가 쪽 성이라면 어째서 아들이……? 내 대답: 서두르지 말고 기다려보시라.)

"넌 그 계집애의 아버지뻘이야." 아닌 게 아니라 고인이 된 카몽시 씨와 같은 해에 태어난 아브라함 조고이비는 지금 파란색 타일을 붙인 코친의 유대교당 앞에 우두커니 서서─광둥산 타일, 똑같은 그림은 하나도 없습니다, 대기실 벽에 걸린 소형 견본첩에 적혀 있었다─향신료와 더불어 다른 무언가의 냄새를 물씬 풍기며 어머니의 노여움을 견뎌야 했다. 늙은 플로리 조고이비는 연녹색 옥양목 원피스 차림으로 쩝쩝 입맛을 다시며 아들이 더듬더듬 고백하는 금단의 사랑 이야기를 들었다. 이윽고 지팡이로 땅바닥에 선을 하나 그었다. 이쪽은 유대교당, 플로리 자신, 전통, 저쪽은 아브라함, 부잣집 아가씨, 우주, 미래, 그리고 온갖 부정한 것. 플로리는 지그시 눈을 감고 아브라함의 냄새와 더듬거리는 목소리를 차단한 채 마음속으로 과거를 불러냈다. 기억의 힘을 빌려서라도 하나뿐인 자식과 의절하는 순간만은 피하고 싶었다. 그러나 코친 유대인[71]이 이민족과 결혼했다는 말은 들어본 적도 없다. 그렇다, 기억을 아무리 뒤져봐도, 그 이면과 밑바탕에 흐르는 기나긴 민족사를 되짚어봐도…… 인도에 사는 백인계 유대인은 원래 팔레스타인 혈통의 세파르딤[72]이었는데, 서기 72년 로마제국의 박해를 피하려 집단으로(대략 만 명 규모) 탈출했다. 그들은 크랑가노르[73]에 정착해 현지 토후들의 용병 노릇을 하며 살았다. 먼 옛날 코친의 통치자가 '바다의 제왕'으로 불린 숙적 캘리컷 자모린[74]과 전쟁을 치를 때, 유대인 병사들이 안식일에는 싸우지 않겠다고 버티는 바람에 전투를 미룬 일도 있었다.

아으, 번창하는 민족이여! 유대인은 그야말로 눈부시게 성장했다. 그리하여 서기 379년 바스카라 라비 바르만 1세[75]가 유대인 요셉 라반에

---

71) 중세 남인도의 코친왕국에 정착한 인도 최초의 유대인 집단.
72) 스페인과 포르투갈의 유대인.
73) 코친항 북서쪽의 소도시. 지금의 코둥갈루르.
74) 캘리컷(지금의 코지코드) 토후의 칭호.
75) 고대부터 중세까지 인도 남부를 지배한 체라왕국의 왕.

게 하사한 안주반남 마을은—크랑가노르 부근이다—작은 왕국과 다름없었다. 당시 이 하사품에 대해 기록한 구리 접시 몇 장이 결국 이 타일 유대교당에 보관됐고 지금은 플로리가 관리한다. 여자라서 안 된다는 의견도 많았지만 관리인이라는 명예로운 직분을 오랫동안 지켜냈기에 가능했다. 접시는 제단 밑 상자 속에 잘 감춰두고 이따금 꺼내 닦으며 정성과 노고를 아끼지 않았다.

플로리가 툴툴거렸다. "예수쟁이라는 사실만 해도 못마땅한데 왜 하필 그중에서도 제일 못된 걸 골랐느냔 말이다." 그러나 그녀의 시선은 여전히 머나먼 과거를 바라보고 있었다. 일찍이 유대인이 기르던 캐슈너트나무와 빈랑나무와 바라밀나무, 먼 옛날 유대인의 유채꽃이 넘실거리던 들판, 유대인이 카르다몸을 수확하던 광경이 눈에 선했다. 그런 것이야말로 이곳에 번영을 가져다준 밑거름이 아니던가? "그런데 굴러온 돌이 박힌 돌을 밀어내고 우리 장사 밑천을 가로챘지." 그녀가 중얼거렸다. "게다가 사생아 핏줄인 걸 자랑스러워하다니. 바스쿠 다 가마의 방계 후손 좋아하네! 고작 무어족 나부랭이 주제에."

사랑에 눈이 멀지만 않았다면, 날벼락 같은 격정을 느낀 직후만 아니었다면, 효심 때문에라도 아브라함은 십중팔구 대꾸를 삼갔을 것이다. 게다가 플로리의 편견은 말로 해결할 수 있는 문제가 아니었다. 플로리가 말을 이었다. "내가 널 너무 신식으로 키웠구나. 예수쟁이에다 무어족이라니, 맙소사. 그런 것들 곁에는 얼씬도 하지 말았어야지."

그러나 사랑에 빠진 아브라함은 연인에 대한 험담을 듣고 다짜고짜 대들었다. "첫째, 그렇게 매사를 삐딱하게 보지 않는다면 어머니도 잘 아실 텐데, 사실은 외가도 굴러온 돌이었잖아요." 이 말은 백인계 유대인보다 흑인계 유대인이 훨씬 먼저였다는 뜻인데, 기원전 587년 네부카드네자르[76]의 군대를 피하느라 예루살렘을 탈출해 인도로 건너온 그들은 원주민과의 족외혼으로 이미 오래전에 흐지부지 사라져버렸으니 무시해도 좋겠지만, 예컨대 서기 490~518년에도 바빌론과 페르시아로부터 유대인이 쏟아져들어왔고, 크랑가노르에 이어 코친 시내에 유대인이 가게를 차리기 시작한 지도 벌써 몇백 년이나 지났고(다들 알다시피 1344년 요셉 아자르 일가가 코친에 정착했으니), 1492년[77]에는 스페인에서 추방된 유대인도 속속 들어왔는데, 그때 제일 먼저 도착한 무리에는 솔로몬 카스티야의 조상들도……

플로리 조고이비가 그 이름을 듣자마자 비명을 질렀다. 비명을 지르며 머리까지 마구 흔들었다.

"솔로몬 솔로몬 카스티야 카스티야." 서른여섯 살 먹은 아브라함이 분풀이하는 어린애처럼 빈정거렸다. "그분한테서 태어난 카스티야 왕손이 바로 이 몸이죠. 저도 자식을 보길 바라세요? 일찍이 톨레도의 검장劍匠이었다 스페인 공주인지 엘리펀트앤드캐슬[78]인지를 보고 반해버렸다는 세뇨르 레온 카스티야부터 역시 미치광이가 분명한 우리 아버지까지, 아무튼 카스티야가가 조고이비가보다 이십이 년 먼저 코친에 들어왔으니 그 문제는 증명이 끝난 셈이고…… 둘째, 아랍계 성씨를 물려받은데다 비밀까지 간직한 유대인이라면 무어인을 함부로 욕하지

---

76) 고대 바빌로니아의 왕.

77) 카스티야왕국의 여왕 이사벨라 1세와 남편인 아라곤의 왕 페르난도 2세가 함께 에스파냐왕국을 세우고 유대인 축출을 골자로 하는 알람브라 칙령을 발표한 해.

78) '코끼리와 성'을 뜻하는 런던 남부의 지명. 스페인이 '카스티야의 공주(La Infanta de Castilla)'가 와전된 것이라는 속설도 있다.

말아야죠."

마탄체리 유대교당 앞의 그늘진 골목에서 바짓가랑이를 걷어올린 할아버지들과 희끗희끗한 머리를 말아올린 할머니들이 하나둘 모여들어 모자지간의 말다툼을 엄숙하게 지켜봤다. 여기저기서 파란색 덧문이 열리더니 사람들이 창밖으로 고개를 내밀고 성난 어머니와 조목조목 따지는 아들을 내려다봤다. 때는 해질녘, 근처 공동묘지의 비석마다 새겨진 히브리어 비문이 조기弔旗처럼 너울거렸다. 대기 중에는 생선과 향신료 냄새. 입 밖에 낸 적도 없는 비밀이 불쑥 튀어나오는 바람에 혼비백산한 플로리 조고이비는 갑자기 말까지 더듬으며 허둥거렸다.

"빌어먹을 무어놈들." 그녀가 반격에 나섰다. "크랑가노르 유대교당을 누가 무너뜨렸지? 무어놈들 아니면 누구겠니. 인도가 낳은 국산 오셀로 같은 놈. 그놈들 집안도 여편네도 모조리 천벌이나 받아라." 1524년, 즉 조고이비가가 스페인에서 건너온 후 십 년이 지났을 때 이 일대의 이슬람교도와 유대인이 전쟁을 벌였는데, 워낙 오래된 일이라 새삼 들먹일 필요도 없건만 굳이 그 얘기를 꺼낸 까닭은 아들의 머릿속에서 저 비밀을 지워버리기 위해서였다. 그러나 저주는 함부로 내뱉지 말아야 한다. 남들 앞에서는 더욱 그렇다. 플로리의 저주는 놀란 닭처럼 날아올랐지만 목표물을 못 찾은 듯 오랫동안 허공에 머물렀다. 그 닭은 십팔 년 후 플로리의 손자 모라이시 조고이비가 태어났을 때 비로소 내려앉았다.

(그런데 16세기에 이슬람교도와 유대인이 무슨 일로 싸웠느냐고? 다른 이유가 있으랴? 후추 장사 때문이었다.)

늙은 플로리가 투덜거렸다. "유대인과 무어인이 싸우는 사이에 바스

116

쿠의 사생아가 낳았다는 예수쟁이들이 시장을 가로챘지." 근심 때문에 쓸데없는 말을 하고 말았다.

"어머니가 사생아를 욕할 입장인가요?" 어머니의 성씨를 물려받은 아브라함 조고이비가 버럭 소리치더니 점점 늘어나는 구경꾼들을 향해 말했다. "어머니가 사생아를 들먹이셨으니 제가 진짜 사생아를 보여드리죠." 그러더니 기세등등하게 유대교당으로 성큼성큼 들어갔고, 어머니 플로리도 허둥지둥 따라가며 눈물 흘릴 겨를도 없이 길게 울부짖었다.

⊨

우리 친할머니 플로리 조고이비는 외증조할머니 이피파니아 다 가마의 호적수가 될 만한 분이었다. 촌수를 따지자면 플로리 쪽이 내게 한 세대 더 가깝지만 나이는 두 분이 동갑이었다. 20세기로 접어들기 십 년 전, '암사자' 플로리는 남학교 운동장에서 치마를 살랑살랑 흔들고 비웃음이 가득한 노래를 부르며 사춘기 수컷들을 약올렸다. 막대기로 땅바닥에 금을 그어놓고 사내아이들을 도발하기도 했다. 이 금 넘어오기만 해봐라. (금을 긋는 버릇은 이렇게 친가와 외가 양쪽에서 물려받은 전통이다.) 플로리는 무시무시한 엉터리 주문으로 아이들에게 겁을 주었다. '마녀 흉내'였다.

오비아, 자두, 훠어, 후움,
낡 장자 한 사발에 저승길로 가는구나.

주주, 부두, 휘이, 훠이,

오줌 잡탕 한 그릇에 죽을 때가 되었구나.⁷⁹⁾[79)]

간혹 사내아이들이 도전해올 때도 있었는데, 힘도 몸집도 그들이 더 유리했지만 살벌한 공세로 간단히 꺾어버렸다. 어느 조상으로부터 싸움의 재능을 물려받은 모양이었다. 상대가 머리끄덩이를 움켜쥐고 유대인 암컷이라고 욕할 때도 있었지만 그녀는 한 번도 굴복하지 않았다. 때로는 사내아이의 코를 말 그대로 땅바닥에 뭉개버렸다. 어떨 때는 한 걸음 뒤로 물러나 앙상한 팔로 의기양양하게 팔짱을 꼈는데, 간담이 서늘해진 패배자들은 주춤주춤 달아나기 일쑤였다. "다음엔 몸집이 비슷한 상대를 골라." 일반적인 의미와는 정반대라 더욱더 모욕적인 발언이었다. "나처럼 조그마한 유대인 계집애는 네놈들이 감당하기 버거우니까." 그렇게 사내아이들을 놀려대며 자신의 승리를 새삼 강조하고 약자, 소수자, 여자의 보호자를 자처했지만 인기를 얻는 데는 실패했다. '독화살' 플로리. '기차 화통' 플로리 같은 악명만 얻었을 뿐이다.

어린 시절 내내 이런저런 도랑이나 공터에 무서울 정도로 정밀하게 금을 그었지만 시간이 흐르자 아무도 금을 넘어오지 않았다. 점점 우울하고 내성적인 성격으로 변해버린 그녀는 땅금 너머에 도사리고 앉아 꼼짝도 하지 않았다. 자기가 쌓아올린 요새에 갇힌 형국이었다. 열여덟 번째 생일 무렵에는 결국 싸움을 포기했다. 전투에는 승리해도 전쟁에는 패배할 수 있음을 깨달았기 때문이다.

---

79) '오비아' '자두' '주주' '부두'는 각각 서인도제도, 인도, 서아프리카, 카리브해에서 '주술'을 뜻하는 말.

여기서 내가 말하고 싶은 요점은 플로리가 조상 대대로 물려받은 향신료 농장뿐 아니라 더 많은 것을 기독교인에게 빼앗겼다고 생각했다는 사실이다. 그들은 안 그래도 공급량이 부족하던 것마저 훔쳐갔다. '악명'을 떨치는 소녀에게 더욱더 기회가 적을 수밖에 없었건만…… 그녀가 스물네 살 되던 해에 유대교당 관리인 솔로몬 카스티야가 플로리 양의 금을 넘어 청혼을 했다. 크나큰 희생으로 여기는 사람도, 크나큰 실수로 여기는 사람도, 둘 다라고 생각하는 사람도 있었다. 유대인의 수는 그 시절에도 자꾸 줄어드는 추세였다. 당시 마탄체리의 유대인 마을에는 사천 명가량이 살았지만, 친인척을 빼고 너무 어리거나 너무 늙은 사람도 빼고 정신병자와 병약자도 빼면 혼인 적령기의 젊은이가 선택할 만한 상대는 그리 많지 않았다. 결국 혼기를 놓친 노총각들은 시계탑 아래 삼삼오오 모여 부채질을 하거나 손에 손을 잡고 부둣가를 거닐었고, 이가 다 빠진 노처녀들은 대문 앞에 쓸쓸히 앉아 영영 태어나지 않을 아이에게 입힐 옷을 만들며 시간을 보냈다. 그런 상황에서 누군가의 결혼은 축하인사 못지않게 심술궂은 시샘을 부르기 마련인데, 플로리와 유대교당 관리인의 결혼에 대해서도 추남추녀의 만남이라는 쑥덕공론이 이어졌다. 독설가들은 지껄였다. "지독하게들 못생겼지. 하이고, 자식이 불쌍하다니까."

(넌 그 계집애의 아버지뻘이야. 플로리는 그렇게 아브라함을 꾸짖었지만 인도항쟁[80]이 일어난 해에 태어난 솔로몬 카스티야도 플로리보다 스무 살 연상이었다. 불쌍한 놈, 그나마 물건이 성할 때 결혼하고 싶었

---

80) 영국 동인도회사에 고용된 인도인 병사들이 일으킨 세포이항쟁.

겠지. 그렇게 수군거리는 사람도 있었으니…… 아무튼 그들의 결혼과 관련해 밝힐 사실이 하나 더 있다. 두 사람은 1900년 어느 날 결혼식을 올렸는데 바로 그날 훨씬 더 중요한 행사가 있었다. 카스티야와 조고이비의 결혼식에 대해서는 어떤 신문도 보도하지 않았지만 프란시스쿠다 가마 씨와 방긋 웃는 망갈로르 출신 신부를 찍은 사진은 사회면마다 수두룩했다.)

배필을 찾지 못한 사람들이 마침내 한을 풀었다. 칠 년 하고도 칠 일에 걸쳐 파란만장한 결혼생활을 견뎌내고―그사이 플로리가 자식을 하나 낳았는데 기이하게도 그 아들은 점점 머릿수가 줄어드는 동년배 가운데 제일 잘생긴 사내로 성장할 터였다―오십번째 생일을 맞이한 유대교당 관리인 카스티야가 그날 해질녘 부둣가로 산책을 나갔다 술에 취한 포르투갈 선원 대여섯 명이 젓는 거룻배에 훌쩍 뛰어올라 바다로 달아났기 때문이다. 노총각 노처녀가 이제야 흡족하다는 듯 속닥거렸다. "애당초 '기차 화통' 플로리 같은 여자랑 결혼한 게 멍청한 짓이었지. 하여간 현자의 이름을 물려받는다고 저절로 머리가 좋아지진 않는다니까." 마탄체리 일대에서는 파경을 맞은 이 결혼을 가리켜 '솔로몬의 오판'이라고들 했다. 그러나 플로리는 기독교인의 배를 원망했다. 무한한 힘을 가진 서양에서 파견한 상선이 남편을 꾀어내 황금의 도시를 찾아갔다고 믿었기 때문이다. 그녀의 아들은 일곱 살 때 아버지의 성을 포기해야 했다. 아버지를 잘못 만난 불행 때문에 결국 어머니의 불행한 성 조고이비를 따르게 되었다.

솔로몬이 도망친 후 파란색 도제 타일과 요셉 라반의 구리 접시는 플로리가 관리했다. 불평불만도 많았지만 그녀가 워낙 표독스럽게 그

자리를 요구하는 바람에 어쩔 수 없었다. 그리하여 그녀가 돌보게 된 것은 어린 아브라함만이 아니었다. 너덜너덜한 가죽 같은 양피지에 히브리어 문자가 찍힌 구약성서도 있고, 트라방코르의 마하라자[81]가 하사하신(서기 1805년) 텅 빈 금관도 있었다. 플로리는 일대 혁신을 일으켰다. 예배를 보러 오는 신자에게 신을 벗으라고 명령했다. 누가 봐도 무어인의 관행이라 항의가 빗발쳤지만 플로리는 삭막한 웃음을 터뜨릴 뿐이었다.

"지금 예배가 문제예요?" 그녀가 콧방귀를 뀌었다. "나한테 관리인 자리를 맡겼으면 여러분도 협조를 해주셔야지. 신발 벗어요! 빨리빨리! 중국제 타일을 보호해야죠."

똑같은 그림은 하나도 없습니다. 광둥산 타일, 크기는 대략 가로세로 12인치. 서기 1100년 에스겔 라비가 들여와 이 작은 교당의 바닥과 벽면과 천장을 뒤덮었다. 전설이 생겨나기 시작했다. 어떤 이들은 타일 하나하나를 샅샅이 살펴보면 파란색과 흰색으로 제작한 정사각형 속에서 문득 자신이 겪은 일을 보게 된다고 말했다. 타일의 그림이 시대에 따라 자꾸 변하면서 코친 유대인에 대한 이야기를 들려준다는 것이었다. 또 어떤 이들은 이 타일이 예언이라고 믿었다. 다만 세월이 흐르면서 예언의 의미를 푸는 데 필요한 실마리를 잃어버렸다고 했다.

어렸을 때 아브라함도 엉덩이를 높이 들고 교당 안을 엉금엉금 기어다니며 중국제 파란색 골동 타일을 자세히 들여다보곤 했다. 어머니에게도 끝내 말하지 않았지만 아버지가 집을 나간 후 일 년쯤 지났을 때

---

81) 인노 토후국의 왕.

아브라함은 교당 바닥의 도제 타일에서 아버지를 보았다. 아버지는 외국인으로 보이는 파란색 사람들과 함께 파란색 거룻배를 타고 파란색 수평선을 향해 나아갔다. 그날의 발견을 계기로 아브라함은 끊임없이 변해가는 타일 덕에 솔로몬 카스티아에 대한 소식을 주기적으로 확인할 수 있었다. 그는 청자색 버들무늬 그림에서 아버지를 다시 찾았는데, 우르릉거리는 화산과 죽임을 당한 용 몇 마리를 배경으로 흥청망청 술을 마시고 있었다. 솔로몬은 사방이 탁 트인 육각형 천막 안에서 춤을 췄는데, 파란색 타일에 그려진 얼굴은 아무 걱정도 없는 듯 즐거워 보여 아브라함이 기억하는 우울한 표정과는 딴판이었다. 소년은 아버지가 저렇게 행복하다면 집을 떠나 다행이라고 생각했다. 아브라함은 아주 어릴 때부터 행복이 무엇보다 중요하다는 걸 본능적으로 알았는데, 세월이 흘러 창고지기로 성장한 후 명암이 뚜렷한 에르나쿨람 창고에서 아우로라 다 가마가 수차례 얼굴을 붉히고 빈정거리며 사랑을 고백했을 때 선뜻 받아들인 이유도 바로 그 본능 때문이었고……

세월이 흐르는 동안 아브라함은 어느 타일에서 부유하고 뚱뚱해진 아버지를 보았다. 아버지는 왕처럼 편안한 자세로 방석에 올라앉아 내시와 무희의 시중을 받았다. 그러나 불과 몇 달 만에 다른 가로세로 12인치 네모꼴에서 다시 만난 아버지는 깡마른 거지꼴이었다. 그때 아브라함은 깨달았다. 모든 속박을 벗어던지고 홀홀 떠나버린 전직 관리인은 일부러 제멋대로 살면서 인생의 흥망성쇠를 체험하는 중이었다. 아버지는 우연의 바다에서 행운을 시험하는 신드바드였다. 의지의 힘으로 궤도를 탈출한 천체처럼 모든 일을 운명에 맡긴 채 은하계를 떠돌았다. 아브라함은 아버지가 일상의 중력을 뿌리치고 달아나느라 의지력을 남김없이 써버린 모양이라고 생각했다. 처음부터 너무 파격적인 탈바꿈을 한 대가로 방향타를 잃은 배처럼 바람과 조류에 실려 정처 없이 떠다니는 게 아닐까.

아브라함 조고이비가 사춘기를 맞이할 무렵부터 솔로몬 카스티야는 춘화도에 가까운 장면에 등장했는데, 아브라함이 아닌 누군가의 눈에 띄었다면 격렬한 논쟁이 벌어질 만큼 교당에 전혀 어울리지 않는 그림 이었다. 그런 타일은 건물 안에서도 제일 지저분하고 어두운 구석에서 불쑥불쑥 나타났는데, 아브라함은 그림을 보존하기 위해 유난히 거북 한 부분에 곰팡이를 피우거나 거미줄이 생기도록 했다. 아버지는 남녀 를 가리지 않고 놀라울 정도로 많은 사람들과 놀아났다. 눈이 휘둥그레 진 아들은 참으로 교육적인 그림이라 생각했다. 그러나 이렇게 외설스 럽고 운동량 많은 활동에 몰두하는 와중에도 늙은 방랑자의 얼굴에는 다시 예전처럼 침울한 기색이 감돌았다. 오랜 항해 끝에 아버지가 도착 할 항구는 아마도 처음에 출발했던 곳, 불만 가득했던 바로 이 바닷가 가 아닐까. 변성기가 시작되던 날 아브라함 조고이비는 문득 아버지가 곧 돌아오리라 확신했다. 소년은 유대인 마을 뒷골목을 지나 부둣가까 지 한달음에 달려갔다. 여기저기 장대에 매달린 들그물이 하늘을 뒤덮 었지만 파도 속에서 소년이 원하는 물고기를 건져주지는 못했다. 이윽 고 잔뜩 풀이 죽어 교당으로 돌아와보니 아버지의 방랑생활을 보여주 던 타일이 모두 변해 누가 누구인지 알아볼 수 없는 평범한 그림만 남 아 있었다. 격분한 아브라함은 냉큼 바닥에 엎드려 엉금엉금 기어다니 며 몇 시간이나 마법의 흔적을 찾았다. 부질없는 짓이었다. 슬기롭지 못한 아버지 솔로몬 카스티야는 다시 아들을 버리고 멀리 떠나버렸다.

언제 처음 들었는지 지금은 기억조차 나지 않는 가족사 한 토막이 있다. 그 이야기 덕에 나는 별명을 얻었고 어머니는 가장 유명한 연작의 소재를 얻었다. 이른바 '무어 연작'의 화려한 절정은 끝내 완성되지 못한 채 도난당한 걸작 〈무어의 마지막 한숨〉이었다. 내 기분으로는 마치 태어날 때부터 이 무시무시한 이야기를 알았던 것 같다. 여기서 덧붙이자면 바스쿠 미란다도 그 일을 소재로 초기작 한 점을 그린 적이 있다. 그렇게 오래전부터 친숙한 이야기인데도 나는 그것이 과연 에누리 없는 진실인지 의심스러웠다. 지나치게 공들여 만든 봄베이식 마살라영화[82] 같은 줄거리 때문이기도 하고, 어떻게든 실화라는 증거를 제시하려고 안간힘을 쓴다는 느낌 때문이기도 한데…… 아무튼 나는 아브라함 조고이비와 그 어머니 사이에서 일어난 일은 더 간단할 수 있다고 믿는다. 다른 이들의 증언도 내 믿음을 뒷받침하는데, 대표적인 사례는 제단 밑에 감춰둔 낡은 상자에서 아브라함이 무언가를 찾았느냐 못 찾았느냐 하는 문제다. 머지않아 전혀 다른 이야기 하나를 들려주겠다. 그러나 지금 당장은 우리 집안에서 두루 인정하는 잘 다듬어진 이야기부터 해야 한다. 왜냐하면 이 사건은 우리 부모님이 생각하는 그들 자신의 참모습과 밀접한 관계가 있을 뿐 아니라 오늘날 인도 미술사에도 중대한 의미가 있으므로, 다른 이유는 덮어두더라도 바로 그 두 가지 이유로 이 사건의 영향력과 중요성을 도저히 부인할 수 없기 때

---

82) 여러 장르를 뒤섞은 인도 영화.

문이다.

이제 이 이야기에서 핵심 순간을 설명할 차례다. 어린 아브라함이 다시 자신을 버린 아버지를 찾으려 유대교당 바닥에 엎드려 미친듯이 기어다니던 그때로 잠시 돌아가보자. 그는 나이팅게일과 까마귀의 음역을 넘나들 만큼 마구 갈라지는 목소리로 아버지를 간절히 부르다 결국 무언의 금기를 깨뜨리고 말았는데, 중앙 제단을 장식한 금테 두른 연파랑 휘장 뒤쪽과 아래쪽을 난생처음 들여다봤건만…… 솔로몬 카스티야는 보이지 않고, 십대 소년의 손전등 불빛에 드러난 것은 Z자가 새겨진 낡은 상자였다. 싸구려 자물쇠를 채워뒀지만 금방 열렸다. 어린 소년들은 이런저런 재간을 익히기 마련이니까, 물론 어른이 되면 마치 기계적으로 암기한 지식처럼 말끔히 잊어버리지만. 그렇게 아브라함은 가출한 아버지 때문에 절망하다 어머니의 비밀을 발견했다.

상자 속에 뭐가 있었느냐고? 글쎄, 진실로 귀중하다고 말할 수 있는 유일한 보물이랄까, 다시 말해 과거와 미래가 있었다. 그러나 에메랄드도 있었다.

⌒

그리하여 위기의 그날, 이미 어른이 된 아브라함 조고이비는—제가 진짜 사생아를 보여드리죠 하고 외치며—유대교당에 뛰어들어 감춰진 상자를 끄집어냈다. 뒤따라들어오던 어머니는 백일하에 드러난 비밀을 보자마자 다리가 풀려 파란색 타일 바닥에 털썩 주저앉았다. 아들이 상자를 열고 은제 단검을 꺼내 허리띠에 꽂았다. 플로리는 가쁜 숨을 몰아쉬며 지켜볼 따름이었다. 아들이 낡고 너덜너덜한 왕관을 꺼내 머리에 썼다.

트라방코르의 마하라자가 기증한 19세기 금관이 아니라 훨씬 더 오래된 물건이었어. 나는 그렇게 들었다. 천을 감아 만든 암녹색 터번이었는데 세월에 시달려 신기루처럼 희미했다. 어찌나 섬세한지 교당 안으로 스며드는 붉은 저녁놀이 너무 강렬해 보이고, 어찌나 가냘픈지 플로리 조고이비의 이글거리는 시선 앞에서 당장 바스러져버릴 듯하고……

아무튼 우리 집안의 전설에 의하면 이 허깨비 같은 터번에는 세월에 빛을 잃은 순금 사슬이 걸려 있었고, 그 사슬에는 너무 크고 녹색이 짙어 장난감처럼 보이는 에메랄드 몇 개가 달려 있었다. 사백오십 년 묵은 보물, 알안달루스[83]의 마지막 왕이 빼앗긴 마지막 왕관, 바로 그라나다왕국의 왕관이었지. 나스르왕조[84]의 마지막 후예 아부 압둘라, 일명 '보압딜'이 썼던 왕관.

나는 아버지에게 물었다. "그런데 그게 왜 거기 있었죠?" 대체 어찌 된 영문일까? 값을 매길 수 없는 이 쓰개가, 무어인의 왕이 썼던 이 모자가 어쩌다 이가 다 빠진 여인의 상자 속에서 나타나 장차 아버지가 될 배교자 유대인 아브라함의 머리에 올라앉게 되었을까?

아버지가 대답했다. "꺼림칙하고 수치스러운 보물이었지."

일단 판단을 보류하고 아버지 쪽의 설명부터 마저 들어보자. 감춰진 왕관과 단검을 처음 발견했을 때 어린 아브라함 조고이비는 보물을 제자리에 도로 감춰놓고 맹꽁이자물쇠를 채운 후 어머니가 언제쯤 화를

---

83) 안달루시아의 아랍어 명칭.
84) 스페인의 마지막 이슬람 왕조.

낼까 노심초사하며 꼬박 하루 밤낮을 보냈다. 그러나 탐구심에 저지른 일을 들키지 않았다는 사실이 분명해지자 다시 호기심이 고개를 들었다. 작은 상자를 다시 꺼내고 자물쇠를 열었다. 이번에는 터번 상자에서 삼베로 둘둘 말아놓은 작은 책 한 권을 발견했다. 손으로 글씨를 쓴 양피지를 서툰 솜씨로 꿰매고 가죽 장정을 한 책이었다. 스페인어였으므로 어린 아브라함은 내용을 짐작조차 할 수 없었지만 일단 거기 적힌 이름 몇 개를 베껴놓고 몇 년에 걸쳐 그 속에 담긴 의미를 하나하나 알아냈다. 예컨대 괴팍하고 비사교적인 잡화상 모셰 코헨 노인에게 간단한 질문을 던져보기도 했다. 코헨 노인은 당시 유대인 마을의 지도자로 역사 지식이 해박했는데, 젊은 사람이 과거사에 관심을 보인다는 데 감탄해 저멀리 수평선을 가리키며 이런저런 이야기를 아낌없이 들려줬다. 잘생긴 젊은이는 노인의 발치에 앉아 눈을 동그랗게 뜨고 경청했다.

그리하여 아브라함은 알게 되었다. 1492년 1월, 크리스토퍼 콜럼버스가 경탄과 경멸을 동시에 느끼며 지켜보는 가운데 그라나다의 술탄 보압딜은 궁전 겸 요새 알람브라의 열쇠를 적에게 넘겼다. 무어인의 요새 중에서도 가장 튼튼한 요새이며 최후의 보루였던 알람브라를 천하무적 가톨릭 군주 페르난도왕과 이사벨라여왕에게 바침으로써 보압딜은 싸움 한번 해보지 않고 왕권을 포기하고 말았다. 그는 어머니와 가신들을 이끌고 귀양길에 올랐고, 수백 년간 스페인을 지배한 무어인의 시대는 그렇게 막을 내렸다. 이윽고 '눈물 고개'에 이르렀을 때 보압딜이 말고삐를 당기며 자신이 잃은 것들을 마지막으로 돌아보았다. 왕궁, 기름진 늘판, 멸망한 알안달루스의 화려했던 과거…… 술탄은 그 모든 것을 내려다보고 한숨지으며 뜨거운 눈물을 흘렸다. 그러자 그의 어머니가, '고결한' 아익사로 불렸으나 무섭기만 했던 어머니가 아들의 슬픔을 비웃었다. 보압딜은 무소불위의 권력을 가진 모후 앞에서 늘 무릎을 꿇었지만 이제 권력을 잃어버린(그래도 여전히 무시무시한) 어머니에게 더 큰 굴욕을 겪었다. 사내답게 지켜내지 못했으니 계집처럼 울어야겠지. 어머니는 비아냥거렸다. 물론 속뜻은 정반대였다. 엉엉 울어대는 이 수컷, 이 아들놈을 경멸한다는 의미였다. 그녀 자신에게 기회가 있었다면 목숨을 걸고 싸워 지켜냈을 것들을 간단히 빼앗기고 말았으니까. 모후는 능히 이사벨라여왕의 맞수가 되고 호적수가 될 만한 여자였다. 그런데 보압딜처럼 보잘것없는 겁쟁이를 상대하게 되었으니 이사벨여왕에게는 큰 행운이었고……

아브라함은 둘둘 말아놓은 밧줄더미에 올라앉아 잡화상의 이야기를 듣다 문득 먼 옛날 보압딜이 겪은 망국의 아픔을 자신의 일처럼 생생하게 실감했다. 흐느낌을 터뜨리는 순간 숨이 턱 막혔다. 이 천식 발작은(또 천식이라니! 내가 그나마 숨이라도 쉰다는 사실이 놀랍지 않은가!) 일종의 징조였다. 몇백 년 세월을 뛰어넘어 두 사람의 삶이 하나로 이어지는 순간이었다. 어쨌든 아브라함은 그렇게 믿었고 어른이 된 뒤에도 병은 더욱 심해졌다. 이 쌕쌕거리는 한숨은 나뿐 아니라 그 사람의 한숨이기도 하지. 내 눈시울이 뜨거워지는 이유도 먼 옛날 그가 느낀 슬픔 때문이고. 보압딜, 나 역시 당신 어머니의 아들이라오.

아브라함은 생각했다. 눈물이 그렇게 큰 단점일까? 목숨을 걸고 지키는 것이 그렇게 큰 장점일까?

알람브라의 열쇠를 넘겨준 후 보압딜은 남쪽으로 쫓겨났다. 가톨릭

왕과 여왕이 영지를 하사했지만 그것마저 보압딜이 가장 신임했던 신하가 몰래 팔아넘겼다. 술탄 보압딜은 웃음거리가 되었다. 그는 어느 소국의 왕 밑에서 싸우다 결국 전쟁터에서 목숨을 잃었다.

1492년에는 유대인도 남쪽으로 이동했다. 추방당한 유대인을 망명지로 데려갈 배가 카디스[85]항을 가득 채웠고, 같은 해에 출발한 또 한 명의 나그네 콜럼버스는 어쩔 수 없이 팔로스데모게르에서 항해를 시작했다. 유대인은 톨레도의 명검 제작을 포기할 수밖에 없었고 카스티야가도 인도로 향했다. 그러나 모든 유대인이 한꺼번에 떠난 것은 아니다. 여러분도 아시다시피 조고이비가는 카스티야가보다 이십이 년 늦게 인도에 도착했다. 무엇 때문일까? 그들은 어디에 숨어 있었을까?

"때가 되면 다 말해주마, 아들아. 때가 되면."

이십대 때 아브라함은 어머니를 본받아 입이 무거웠고 시내 한복판에 숨어들어 외톨이처럼 혼자 지냈다. 유대인 구역에는 좀처럼 나타나지 않고 특히 유대교당을 한사코 기피해 얼마 안 되는 동년배 아가씨들을 애태우기 일쑤였다. 처음에는 모셰 코헨 밑에서 일하다가 다 가마가의 하급 직원이 되었는데, 늘 부지런히 일하고 승진도 빨랐지만 언제나 무언가를 기다리는 듯한 분위기였고, 그렇게 망연자실한 표정과 수려한 외모 때문에 미완의 천재라는 소문이 자자했다. 어쩌면 코친 일대의 유대인이 옛날부터 학수고대했으나 지금껏 본 적 없는 위대한 시인이 탄생할지도 모른다고 했다. 모셰 코헨의 조카딸 사라는 몸집이 크고 털이 좀 많은 편이었는데, 마치 아직 발견되지 않은 아대륙이 항구에

---

85) 스페인 남부의 항구도시.

들어올 배를 기다리듯 언젠가는 아브라함이 다가오기를 오매불망 기다리며 온갖 억측과 찬사를 남발했다. 그러나 사실 아브라함은 예술적 재능이 전혀 없었다. 그의 소질은 숫자, 특히 끊임없이 변화하는 숫자의 세계였다. 대차대조표가 그의 문학이고, 생산과 판매가 이루는 아슬아슬한 화음이 그의 음악이고, 향신료 냄새가 진동하는 창고가 그의 신전이었다. 나무상자 속 왕관과 단검에 대해서는 아무에게도 말하지 않았고, 따라서 귀양살이를 하는 폐왕처럼 침통한 표정이 그 때문이라는 사실을 아는 사람은 아무도 없었다. 그 시절 그는 독학으로 스페인어를 익혀 삼실로 꿰맨 공책의 내용을 해독해 자신의 혈통에 얽힌 비밀을 남몰래 파헤쳤고, 그리하여 붉게 물든 해질녘 왕관을 쓰고 어머니에게 집안의 남부끄러운 비밀에 대해 따질 수 있었다.

◡

마탄체리 유대교당 앞 골목에 점점 더 많은 사람이 모여들어 웅성거렸다. 결국 모셰 코헨이 마을 지도자 자격으로 교당에 들어가 모자간의 싸움을 말리기로 했다. 교당은 그런 말다툼을 하는 곳이 아니니까. 노인의 조카딸 사라도 뒤따라들어가면서 억장이 무너지는 슬픔을 느꼈다. 가슴 벅찬 사랑이 끝내 미개척지로 남게 되었으니까, 배신자 아브라함이 이교도 아우로라에게 반해버리는 바람에 사라 자신은 노처녀 신세를 면치 못하고 지옥처럼 끔찍한 나날을 견뎌야 할 테니까, 자신의 자궁에서 영원히 태어나지 못할 아이들을 위해 쓸모도 없는 하늘색, 분홍색 털신이나 아동복을 뜨며 살아가야 할 테니까.

파란색 타일로 뒤덮인 공간에서 유난히 거칠고 시끄럽게 울리는 목소리로 사라가 말했다. "예수쟁이 어린애랑 농탕질을 하더니 벌써 크리스마스트리처럼 차려입었구나, 아비[86]."

그러나 아브라함은 삼실과 가죽으로 장정한 낡은 문서로 어머니를 괴롭히느라 여념이 없었다. "누가 썼죠?" 그렇게 물었지만 어머니가 침묵만 지키자 스스로 대답했다. "여자 글씨네요." 그렇게 자문자답을 이어갔다. "이름이 뭘까요? ─안 적혀 있네요. ─신분은 뭘까요? ─유대인 여자, 귀양살이하는 술탄의 집에서 더부살이하던 여자, 나중에는 술탄의 이불 속에도 들어갔던 여자." 아브라함은 단도직입적으로 말했다. "이민족과의 만남이죠." 이 한 쌍의 남녀에 대해서는 누구나 동정심을 느낄 만도 하건만─고향 땅에서 쫓겨난 아랍계 스페인 남자와 추방당한 유대계 스페인 여자, 둘 다 가톨릭 왕과 여왕의 권력에 반감을 품었지만 아무런 힘도 없던 연인이니까─아브라함은 유독 무어인에 대해서만 연민을 호소했다. "신하는 술탄의 영지를 팔아넘겼고 연인은 술탄의 왕관을 훔쳤어요." 이름 모를 선조는 몇 년 동안 보압딜 곁에 머물다 점점 무너져가는 그를 버리고 몰래 도망쳐 인도행 배에 몸을 실었다. 그때 그녀의 보따리에는 엄청난 보물이, 뱃속에는 사내아이가 들어 있었다. 그후 여러 세대를 거쳐 태어난 아이가 바로 아브라함 자신이었다. 어머니는 민족의 순수성을 지켜야 한다고 말씀하셨지만 정작 우리 조상이 무어인이라는 사실에 대해서는 뭐라고 하시겠어요?

그러자 사라가 끼어들었다. "그 여자 이름은 모른다고 했잖아. 그런

---

86) 아브라함의 애칭.

데도 그 더러운 피를 물려받았다고 주장하는 거야? 어머님을 울리다니 부끄럽지도 않니? 더군다나 고작 부잣집 계집애한테 사랑받겠다고 이런 짓을 하다니, 아브라함, 정말 어이가 없다. 악취가 진동하네. 그건 그렇고 너도 악취가 심해."

플로리 조고이비가 동감이라는 듯 가늘게 흐느꼈다. 그러나 아브라함의 변론은 아직 끝나지 않았다. 이 도둑질한 왕관을 보세요. 누더기로 싸서 사백 년이 넘도록 상자 속에 숨겨놨어요. 단순히 돈벌이를 위해 훔쳤다면 벌써 오래전에 팔아버리지 않았을까요?

"왕가의 혈통이라는 긍지 때문에 지금껏 왕관을 보존했겠죠. 남모를 부끄러움 때문에 숨겨둘 수밖에 없었고. 자, 어머니, 어느 쪽이 더 천하죠? 바스쿠의 방계 후손이라는 사실을 감추지 않고 오히려 기뻐하는 아우로라가 더 천한가요, 아니면 그라나다에 살던 뚱뚱한 무어인이 손버릇 나쁜 정부의 품에서 마지막 한숨을 쉬다 낳은 사생아의 핏줄인 제가 더 천한가요? 저야말로 보압딜의 방계 후손이잖아요?"

"증거를 대봐." 플로리가 속삭이듯 말했다. 치명상을 입은 사람이 적에게 목숨을 마저 끊어달라고 부탁하는 듯했다. "지금까지는 전부 추측이었잖니. 확실한 사실이 하나라도 있어?" 그러자 무자비한 아브라함이 끝에서 두번째 질문을 던졌다.

"어머니, 우리 집안의 성씨가 뭐죠?"

그 말을 듣는 순간 플로리는 최후의 일격이 다가왔음을 알아차렸다. 그녀는 묵묵히 고개를 가로저었다. 그러자 아브라함은 모셰 코헨과의 오랜 우정을 오늘로 마감할 각오를 하고 노인을 돌아보며 도전장을 던졌다. "왕위를 잃은 후 술탄 보압딜은 다른 별칭으로 불렸는데, 무슨 심술인지 그 여자는 왕관과 보석뿐 아니라 별명까지 훔쳐갔어요. '불운아 보압딜.' 무어족 언어로는 뭐라고 하는지 혹시 아세요?"

늙은 잡화상은 어쩔 수 없이 증거 제출을 마무리했다. "엘 조고이비."

아브라함은 패배한 어머니 곁에 조용히 왕관을 내려놓으며 변론을 마쳤다.

플로리가 벽면을 바라보며 허탈한 목소리로 중얼거렸다. "어쨌든 저 녀석도 하필 억척스러운 여자한테 빠져버렸어. 적어도 내 아들이었을 때는 내 영향력이 그만큼 컸다는 뜻이지."

후추 냄새를 풍기는 아브라함에게 사라가 말했다. "넌 이제 나가는 게 좋겠다. 결혼하면 그 계집애 성을 따르는 게 어때? 그럼 우리도 널 잊기가 더 쉬울 테고, 어차피 무어인 사생아든 포르투갈인 사생아든 별 차이는 없잖아?"

늙은 코헨이 한마디 거들었다. "아비 네가 큰 실수를 했구나. 어머니를 적으로 돌리다니. 세상에는 적이 수두룩하지만 어머니는 오직 한 분인데."

⮑

재앙과 다름없는 폭로의 여파 속에 홀로 남은 플로리 조고이비에게 이번에는 계시가 내렸다. 저녁놀의 불그스름한 잔광 속에서 그녀는 하나씩 차례로 눈앞을 스쳐가는 광둥산 타일을 보았다. 기나긴 세월 타일을 씻고 닦으며 노예처럼 학자처럼 살았으니, 가로세로 12인치의 균일한 공간에 담긴 저 무수한 세계, 저 다채로운 우주에 들어가려는 시도를 멈추지 않았으니, 기막히게 가지런한 벽면 하나하나에 흠뻑 매료되었으니 당연한 일이 아닐까? 금 긋기를 좋아했던 플로리는 빽빽이 늘어선 타일의 행렬에 반했지만 지금까지 타일이 그녀에게 말을 걸어온 적은 한 번도 없었다. 실종된 남편이나 미래의 연인을 발견한 적도 없고, 미래에 대한 예언이나 과거에 대한 설명을 들은 적도 없었다. 조언, 의미, 운명, 우정, 사랑, 아무것도 없었다. 그런데 그녀가 번민에 시달리는 이 순간 타일이 한 가지 비밀을 드러냈다.

파랗게 물든 풍경이 차례차례 지나갔다. 떠들썩한 장터, 총안이 있는 요새 겸 궁전, 밭갈이가 한창인 들판, 도둑을 가둬놓은 감옥도 보이고, 거대한 이빨처럼 뾰족뾰족 치솟은 산맥, 커다란 물고기가 헤엄치는 바다도 보였다. 파랗게 뻗어나간 유원지도 보이고, 치열한 전투가 벌어져 파란 피에 젖은 싸움터도 보였다. 파란색 남자들이 말을 타고 불을 밝힌 창문 아래로 늠름하게 지나가고, 파란색 가면을 쓴 여자들이 정자에서 실신했다. 아으, 음모를 꾸미는 신하, 꿈을 꾸는 농부, 변발을 늘어뜨리고 주판알을 튕기는 상인, 술잔을 나누는 시인. 작은 유대교당의 벽면 바닥 천장에, 그리고 지금은 플로리 조고이비의 마음눈 앞에도 도제로 찍어낸 현실세계 백과사전이 너울너울 펼쳐졌다. 타일은 동물우화집이기도 하고 여행기이기도 했다. 통합체인 동시에 합창이었다. 그토록 오랫동안 이 교당을 관리했건만 플로리는 이제야 이 엄청난 집단에서 무엇이 빠졌는지 깨달았다. '아니, 무엇이라기보다 누구라고 해야겠지.' 그런 생각을 하는 순간 눈물이 말라버렸다. '건물 전체를 뒤져봐도 흔적조차 없어.' 발그레한 저녁빛이 폭우처럼 쏟아져 그녀의 무지를 씻어내고 눈을 뜨게 했다. 타일이 코친으로 건너온 지 팔백삼십구년째 되던 해, 바야흐로 전쟁과 학살의 시대가 시작되려는 이때, 번민에 시달리는 한 여인에게 파란색 타일이 가르침을 주었다.

"눈에 보이는 게 전부야." 플로리는 나지막이 중얼거렸다. "이 세상 말고 다른 세상은 없어." 그러더니 조금 더 크게 말했다. "하느님은 없어. 수리수리 마수리! 다 헛소리야! 내세 따위는 없어."

～

아브라함의 변론을 무너뜨리기는 그리 어렵지 않다. 이름이 뭐가 중요하단 말이냐? 다 가마가는 탐험가 바스쿠의 후손이라고 주장하지만 주장과 증명은 엄연히 다르고, 그쪽 혈통에 대해서는 나 자신도 몹시 회의적이다. 그러나 무어인이 어쨌다느니, 그라나다가 어쨌다느니, 이건 정말 어처구니가 없을 만큼 논리가 엉성해서—가문의 성씨가 술탄의 별명과 일치하거나 말거나!—굳이 입김을 불지 않아도 제풀에 폭삭 엎어질 지경이다. 가죽 장정을 한 낡은 공책? 헛소리! 구경도 못했다. 온데간데없다. 에메랄드 달린 왕관에 대한 얘기도 도저히 못 믿겠다. 흔히들 자랑스럽게 늘어놓는 옛날이야기일 뿐이고, 신사숙녀 여러분, 허무맹랑한 공상에 불과합니다. 아브라함의 집안은 대대로 한 번도 부유하게 살았던 적이 없건만 한 상자 가득한 보석이 자그마치 사백 년 동안이나 고스란히 남아 있었다니, 멍남멍녀 여러분, 혹시 그 말을 믿으신다면 세상에 못 믿을 일이 없지요. 아하, 가보라서 안 팔았다고? 이거야 원, 말이 말 같아야 말대접을 하지! 씨알머리도 없는 소리! 고물단지와 현금 중 하나를 선택할 수 있는 상황에서 가보 따위를 애지중지하는 사람이 과연 인도 전역에 한 명이라도 있을까?

아우로라 조고이비는 유명한 그림을 여러 장 그렸고, 끔찍한 죽음을 맞았다. 논리적으로 생각하면 그 밖의 일은 예술가가 스스로 창조한 신화로 보는 편이 옳겠고, 사실 이 경우에는 우리 아버지도 적잖이 거든 셈인데…… 그 상자 속에 무엇이 들었는지 알고 싶은가? 들어보시라. 보석 달린 터번 따위는 없었다. 그러나 에메랄드는 있었다. 때로는 많고 때로는 적었다―그렇지만 가보는 아니었다―그렇다면 뭘까? 장물이었다. 그렇다! 도난품! 밀매품! 약탈품! 우리 집안의 수치가 궁금하다면 지금 속시원히 말해주겠다. 우리 친할머니 플로리 조고이비는 범죄자였다. 잘나가는 에메랄드 밀수단의 중요한 일원으로 오랫동안 활동했다. 장물을 찾겠다고 유대교당 제단 밑까지 뒤져볼 사람이 어디 있겠는가? 그녀는 자기 몫을 챙겨 안전하게 보관했고 흥청망청 돈을 쓸만큼 어리석지도 않았다. 아무도 그녀를 의심하지 않았다. 그런데 하필 아들 아브라함이 불법 유산을 요구했으니…… 비리를 알아내고 싶은가? 그렇다면 유전학 따위는 잊고 돈의 행방을 추적해보라.

여기까지는 내가 들은 이야기를 바탕으로 알아낸 내용이다. 이제 한 가지 고백을 해야겠다. 앞으로 여러분은 방금 내가 폭로한 사건보다 더욱더 해괴한 이야기를 많이 듣게 될 것이다. 관심을―가질―만한―누군가에게 미리 단언하건대, 앞으로 나올 이야기가 모두 사실이라는 데는 추호도 의심의 여지가 없다. 그러나 최종 판단은 내가 아니라 여러분의 몫이다.

그리고 무어인 이야기에 한마디만 덧붙이자면, 논리적 사고와 어린 시절의 기억 즉 이성과 감성, 그 두 가지 가운데 꼭 하나만 선택해야 한다면, 내 대답은 분명하다. 앞에서 온갖 의혹을 털어놓았음에도 나는 우리 집안의 전설을 믿으련다.

⸏

아브라함 조고이비는 유대인 마을을 벗어나 성프란시스교회 쪽으로 걸어갔다. 그의 미래를 한 손에 거머쥔 아우로라가 바스쿠 다 가마의 무덤 앞에서 기다리고 있을 터였다. 부둣가에 이르렀을 때 잠시 뒤를 돌아보았다. 저물어가는 하늘을 배경으로 깡충깡충 뛰는 어린 소녀의 실루엣이 보이는 듯했다. 소녀는 현란한 가로줄무늬를 칠한 창고 지붕 위에서 치맛자락과 속치마를 흔들며 캉캉춤을 추면서 귀에 익은 주문으로 경고를 던졌다. 이 금 넘어오기만 해봐라.

　　　'오비아, 자두, 훠어, 후움,
　　　닭 창자 한 사발에 저승길로 가는구나.'

눈물이 앞을 가렸다. 눈물을 닦아냈다. 소녀도 사라졌다.

7

기독교인, 포르투갈인, 유대인. 무신론 사상을 고취하는 중국제 타일. 억척스러운 여자들, 사리[87] 대신 스커트, 스페인에 대한 장광설, 무어인의 왕관…… 여기가 정말 인도인가? 바라트-마타, 힌두스탄-하마라[88], 정녕 그곳이란 말이냐? 최근에 전쟁이 선포됐느니라. 네루와 국민회의당 최고위원회는 영국의 전쟁 준비를 지원할 테니 인도의 독립 요구를 수용하라고 다그친다. 그러나 진나와 무슬림연맹은 그런 요구를 지지하지 않는다. 진나는 역사를 뒤바꿀 만한 구상을 퍼뜨리느라 눈코 뜰 새 없이 바쁘다. 인도 아대륙에는 두 부류의 국민이 ─즉 힌두교도와 이슬람교도가─ 공존한다는구나. 이런 분열은 머지않아 돌이킬

---

87) 인도의 여성 전통의상.
88) 각각 힌디어로 '모국 인도' '우리 나라 인도'.

수 없는 상황에 이를 것이다. 머지않아 네루는 데라둔교도소에 다시 갇힐 테고, 영국은 국민회의당 지도부를 가둬버린 후 무슬림연맹에 지원을 요청할 것이다. 이런 격변기에, 분할통치라는 파괴적 발상이 극한으로 치닫는 이 시대에 파란만장한 세상사를 두고 왜 하필 이렇게 해괴한 이야기만 늘어놓느냐? 칠흑처럼 새까만(게다가 몹시 헝클어진) 머리채에서 금발 한 가닥을 뽑아내듯 뜬금없지 않으냐?

아닙니다요, 여러 나리, 여러 마님, 천만의 말씀입죠. 거대한 코끼리 같은 '다수집단'이나 그 동무와 다름없는 '주요 소수집단'이 소인의 이야기를 밟아 뭉개도록 내버려둘 수는 없습니다요. 이 이야기의 등장인물은 한 명도 빠짐없이 인도인이 아니옵니까? 그렇다면 이 또한 인도 이야기가 분명하옵니다. 그것이 한 가지 답변이옵고, 하나 더 말씀드리자면 모든 일에는 때가 있는 법. 나중에 코끼리 이야기도 꼭 해드리기로 약조하옵니다. '다수집단'이니 '주요 소수집단'이니 하는 이야기도 나올 터인데, 그때가 되면 저 코끼리떼가 커다란 귀를 펄럭거리고 나팔소리를 내면서 우르르 달려들어 온갖 아름다운 것을 엄니로 찔러대고 마구 짓밟을 것이옵니다. 하오니 그때까지 소인은 이 최후의 만찬이나마저 처먹고 이렇게 헐떡거리면서나마 앞에서 말씀드린 데르니에 수피르[89]를 뱉어보겠사옵니다. 거창한 나랏일은 개나 물어가라지요! 소인은 이제 사랑 이야기를 해야 합니다요.

---

89) 프랑스어로 '마지막 한숨'.

온갖 향내가 진동하는 C-50 산하 1번 창고의 어스름 속에서 아우로라 다 가마는 아브라함 조고이비의 턱을 움켜쥐고 사내의 눈을 유심히 들여다보는데…… 아, 도저히 못하겠다. 지금 내가 하려는 얘기는 우리 어머니와 아버지에 대한 것인데, 저 위대한 아우로라가 비록 수줍음 따위는 전혀 모르는 여자였다 해도 이 문제에 대해서만큼은 내가 어머니 몫까지 수줍어해야 옳을 듯싶다. 여러분은 혹시 아버지의 자지, 혹은 어머니의 보지를 본 적이 있는가? 봤든 못 봤든 상관없다. 중요한 것은 부모의 그곳이 다분히 신화적이며 금기로 둘러싸인 부분이라는 사실, 예컨대 시나이산에서 그 '목소리'가 말했듯, 거룩한 땅이니 네 신을 벗으라,[90] 그 정도로 조심스러운 소재라는 사실이다. 여기서 아브라함 조고이비의 배역이 모세였다면 우리 어머니 아우로라는 당연히 '불타는 떨기나무'였다. 십계명을 내려주기도 하고, 불기둥으로 나타나기도 하고, 나는 스스로 있는 자니라……[91] 그렇다, 아닌 게 아니라 그녀는 구약성서에 등장하는 신을 열심히 연구했다. 목욕을 할 때는 물을 가르는 연습까지 하지 않았을까 싶다.

"도저히 기다릴 수가 없었지." 아우로라 자신이 했던 말이다. 담배 연기가 자욱한, 황금색과 주황색으로 꾸민 응접실, 젊은 미녀들이 소파에 느긋하게 누워 있고, 남자들이 이스파한산 양탄자에 앉아 발찌와 연보

---

90) 「출애굽기」 3장 5절에서 불타는 떨기나무의 모습으로 모세 앞에 나타난 하느님의 음성.
91) 「출애굽기」 3장 14절.

랏빛 발톱이 돋보이는 여자들의 발을 주무르고, 늙어가는 아버지는 정장 차림으로 한구석에 기대섰는데, 입은 씰룩거리며 당혹스러운 미소를 짓고, 두 손은 갈 곳을 몰라 이리저리 파닥거리다 결국 어린 나의 양쪽 귀를 가리고 말았다. 아우로라가 막 피어나는 꽃처럼 생긴 오팔빛 술잔으로 샴페인을 마시며 자신의 첫 경험 이야기를 태연하게 노골적으로 들려줬기 때문이다. 안하무인이던 어린 시절을 떠올리며 가볍게 웃기도 했다. "정말 턱을 낚아챘어. 그냥 잡아당겼더니 질질 끌려오더라고. 술병에서 코르크 마개가 튀어나오듯 의자에서 발딱 일어나더라니까. 그래서 계속 끌고 갔지. 우리 야후디[92]를. 그 시절 내가 사랑했던 유대인을."

그 시절…… 별일 아니라는 듯 한 손을 내저으며, 팔찌를 짤랑거리며 그녀가 가볍게 내뱉은 이 잔인한 말에 대해서는 나중에 다시 이야기할 기회가 있을 것이다. 그러나 지금 당장은 바로 그 시절, 아니 바로 그날에 대해 이야기하는 중이다. 그녀는 그의 턱을 잡아당겼고 그는 고분고분 끌려갔다. 짐작하건대 장부책을 기록하던 검사관 삼총사 칼론지, 미르찬달치니, 테지파탐의 눈총을 받으며 아브라함은 근무지를 이탈해 순순히 자신의 턱을 따라갔다. 운명에 몸을 맡겼다. 아름다움도 일종의 숙명이고, 아름다움은 아름다움에게 말을 건네고, 서로를 알아보며 공감하고, 어떤 짓을 해도 괜찮다고 믿기 마련이고, 그래서 두 사람이 서로에 대해 아는 것이라곤 기독교인 상속녀와 유대인 종업원이라는 신분뿐인데도, 그들은 이미 무엇보다 중대한 결단을 내린 뒤였다. 아우로라

---

92) 힌디어로 '유대인'.

주고이비는 그날 창고지기를 어둑어둑한 창고 깊숙이 데려간 이유를, 그리고 따라오라고 손짓하면서 길고 휘청거리는 사다리를 타고 제일 으슥한 자루 더미 꼭대기까지 올라간 이유를 한평생 솔직하게 설명했다. 심리분석을 내놓는 사람도 많았지만 그녀는 화를 내며 모든 가설을 물리쳤다. 식구들이 너무 많이 죽었기 때문에 나이 많은 남자의 매력에 약할 수밖에 없었다는 설, 상처를 받았으면서도 변함없이 친절한 아브라함의 표정을 보고 관심을 가졌다 이내 마음을 빼앗겼다는 설, 순진한 아가씨가 경험 많은 남자에게 끌리는 것은 자연스러운 현상이라는 설 등등. 그때마다 우리 아버지 아브라함은 부끄러워하며 슬금슬금 도망쳐 내게 실망만 안겼지만, 어머니 아우로라는 늘 당당한 자기주장으로 모두의 박수갈채를 받았다. "첫째, 미안하지만 누가 누구를 어디로 데려갔더라? 내가 보기에 난 끌려가는 쪽이 아니라 끌고 가는 쪽이었는데 말이야. 그리고 내가 보기엔 오히려 아비가 더 숙맥이고 나는 열다섯 살치고 되바라진 계집애였다고. 그리고 둘째, 나는 옛날부터 영웅이나 꽃미남이나 근육질에 사족을 못 썼거든."

1번 창고 천장 근처까지 올라간 열다섯 살 소녀 아우로라 다 가마는 후추 자루 위에 드러누워 후끈후끈하고 향신료 냄새 가득한 공기를 들이마시며 아브라함을 기다렸다. 그는 마치 죽음을 예감한 사람처럼 부들부들 떨면서도 결연히 그녀에게 다가갔는데, 여기부터는 차마 말할 수 없으니 그날의 일을 내 입으로 자세히 설명하길 기대하지 마시라. 그때 그녀가, 그러자 그가, 그래서 두 사람은, 그후 그녀가, 그러자 그는, 이번에는 그녀도, 그러면서, 그러다, 그리고 잠시, 그러더니 한참을, 그리고 조용히, 이윽고 소란스럽게, 결국 체력도 바닥나고, 그때

드디어, 그다음에는, 그리고 마침내…… 후유! 맙소사! 이제야 끝났구
나!―아니다. 아직 끝나지 않았다. 전말을 밝혀야 한다.

내가 말할 수 있는 건 이것이다. 그들에게는 뜨겁고 굶주린 무언가
가 있었다. 광적인 사랑! 그것 때문에 아브라함은 플로리 조고이비에
게 대들었고, 급기야 자신의 민족마저 저버리면서도 단 한 번 뒤돌아봤
을 뿐이다. 이러한 은전에 대한 보답으로 저자는 즉시 기독교로 개종해야
합니다. 베니스의 상인은 샤일록에게 승리를 거둔 순간 주장했다. 자비
의 본질을 제대로 이해하지 못한 처사였지만 공작도 그 말에 찬성했다.
저자가 따르지 않겠다면 방금 내린 사면령을 취소하겠소…… 샤일록은 개
종을 강요당했지만 아브라함은 오히려 자청할 기세였다. 하느님의 사
랑보다 우리 어머니의 사랑이 더 소중했기 때문이다. 그는 로마교회의
율법에 따라 그녀와 결혼할 각오까지 했는데―아으, 실로 엄청난 파장
을 내포한 진술이 아닌가! 그러나 그들의 사랑은 모진 풍파를 이겨내
고 온갖 추문을 정면으로 돌파할 만큼 강인했다. 그리고 두 분의 그런
용기를 잘 알기에 나도 용기를 얻을 수 있었을 텐데, 나중에 내 차례가
되었을 때―즉 연인과 내가―그러나 그때 어머니는―오히려―내가
그토록 믿었건만―한사코 반대했고, 어머니의 도움이 어느 때보다 절
실할 때―자신의 혈육을 외면하면서…… 보시다시피 그 이야기도 아
직은 차마 못하겠다. 이번에도 말문이 막혀버렸다.

후추 향 사랑, 나는 그렇게 생각한다. 아브라함과 아우로라는 '말라
바르의 황금' 위에서 후추 향 가득한 사랑에 빠져들었다. 그들이 높다
란 자루 더미에서 내려왔을 때 그들의 옷가지에만 향신료 냄새가 밴
게 아니었다. 어찌나 열정적으로 서로를 만끽했던지, 땀과 피와 각종

분비물이 어쩌나 농밀하게 뒤섞였던지, 카르다몸과 커민 냄새가 진동하는 그곳에서 어쩌나 깊은 정교를 나눴던지, 두 사람은 서로의 육체뿐 아니라 허공에 떠도는 냄새와도, 심지어 향신료 자루와도 하나가 되었는데—결국 자루 몇 개는 터져버렸고, 후추알과 엘라이치[93]가 좌르르 쏟아져 다리와 배와 허벅지 사이에서 으스러졌다는 사실도 밝혀야겠다—그리하여 그때부터 두 사람은 후추와 향신료 냄새가 나는 땀을 흘렸고, 다른 체액도 각종 향신료의 냄새는 물론이고 맛까지 고스란히 간직하게 되었다. 그들이 경이로운 정사를 나누는 동안 피부에 스며들고 애액과 어우러지고 공기와 더불어 호흡했기 때문이다.

보라. 어떤 주제에 대해 오랫동안 고민하다보면 결국 이렇게 몇 마디 말이 나오기도 한다. 그러나 아우로라는 이런 일에 대해서도 결코 부끄러워하지 않았다. "그때부터 우리 아비는 부엌 근처에 얼씬도 못하게 할 수밖에 없었지. 양념 빻는 냄새만 맡으면, 맙소사, 땅바닥을 벅벅 긁으며 몸부림을 쳤거든. 그렇지만 나는 목욕도 하고, 비비고 닦고 문지르고, 방안에 고급 향수도 잔뜩 뿌려 다들 보다시피 이렇게 그윽한 향기를 뿜어낼 뿐이지." 오, 아버지, 아버지, 어째서 어머니를 내버려두셨나요, 어째서 밤낮으로 놀림감이 되셨나요? 우리 모두 왜 그랬을까요? 아버지는 여전히 어머니를 그토록 사랑하셨나요? 그 시절 우리는 어머니를 조금이라도 사랑했을까요, 아니면 어머니는 오랫동안 우리를 지배했을 뿐인데 우리는 노예생활을 순순히 받아들이며 그것을 사랑으로 착각했던 걸까요?

---

93) 힌디어로 '카르다몸'.

~

"이제부터 내가 당신을 보살피겠소." 처음으로 정사를 나눈 후 아버지가 어머니에게 말했다. 그러나 어머니는 이제 막 예술가의 길로 접어들었다는 사실을 밝히며 대답했다. "그러니 나한테 제일 중요한 일은 내가 알아서 해요."

그러자 아브라함이 겸손하게 말했다. "그렇다면 나는 덜 중요한 일을 책임지겠소. 먹고 즐기고 쉬는 일 말이오."

~

원뿔 모양의 삿갓을 쓴 사내들이 너벅선을 타고 어두워져가는 석호를 천천히 건너갔다. 섬과 섬 사이를 무덤덤하게 오가는 빨강노랑 연락선도 저마다 그날의 마지막 여정에 접어들었다. 준설선도 일을 끝마쳤고, 부웅-끼릭-끼릭-끼릭-부웅 하는 소음이 그치자 항구에는 적막이 찾아왔다. 요트는 진작 닻을 내렸고, 누덕누덕 기운 가죽 돛을 단 조각배는 캄캄해지기 전에 비핀 마을로 귀가를 서둘렀다. 거룻배도 있고 발동선도 있고 예인선도 있었다. 아브라함 조고이비는 유대인 마을의 지붕 위에서 뛰어다니는 어머니의 환상을 뒤로하고 연인을 만나기 위해 성프란시스교회로 가는 길이었다. 밤을 맞이해 물 밖으로 끌어올린 들그물이 곳곳에 즐비했다. 그는 생각했다. 그물의 도시 코친에서 나도 영락없이 그물에 걸린 물고기 신세로구나. 굴뚝이 두 개씩 달린 증기선, 화물선 마르코폴로호, 그리고 영국 포함砲艦 한 척도 마지막 여명

속에 유령처럼 떠 있었다. 아브라함은 이렇게 모든 것이 여전하다는 사실이 놀랍기만 했다. 사랑 때문에 모든 게 변했건만, 완전히 달라져 돌이킬 수 없건만, 어떻게 세상은 모든 게 그대로인 듯한 착각을 불러일으킬까?

낯설고 색다른 것을 보면 누구나 당혹감을 느끼기 때문이겠지, 아브라함은 생각했다. 솔직히 말해 방금 사랑에 빠진 연인을 보면 누구나 움찔 놀라기 마련이다. 아무도 없는 문간에서 눈에 보이지 않는 말동무와 대화를 나누는 노숙자와 다름없고, 무릎에 커다란 털실 한 뭉치를 올려놓은 채 멍하니 바다만 바라보는 괴팍한 여자와 다름없다. 그런 사람을 보면 얼른 피하는 게 상책이다. 직장 동료가 남다른 성적 취향을 가졌다는 사실을 우연히 알게 되는 경우도 있고, 아무 의미도 없는 소리를 자꾸 되풀이하느라 여념이 없는 아이도 있고, 아름다운 여인이 불켜진 창가에서 반려견에게 젖을 물리는 장면을 우연히 보게 될 수도 있다. 아, 그리고 명석한 과학자지만 파티 때마다 구석에서 시간을 보내며 엉덩이나 북북 긁다 손톱을 유심히 들여다보는 이도 있고, 다리가 하나뿐인 수영 선수도 있고, 게다가…… 아브라함은 문득 잡념을 멈추고 얼굴을 붉혔다. 별의별 해괴한 생각을 다 하는구나! 오늘 아침까지만 해도 누구보다 빈틈없고 반듯했건만, 장부책과 수입지출표에만 열중했건만, 이게 뭐냐, 아비, 방금 어떤 생각을 했는지 돌이켜봐라, 이토록 허무맹랑한 망상이라니, 어서 걸음이나 재촉해라, 아가씨가 벌써 교회에서 기다릴 테니, 남은 한평생 너는 어린 신부가 기다리는 일이 없도록 최선을 다해야……

……열다섯 살이라니! 괜찮아, 괜찮아. 이 나라에선 그다지 어린 나

이도 아니니까.

⌐

성프란시스교회에서. 교회 안에서 소리 죽여 신음하는 이자는 누구인가? 키는 작달막하고, 머리는 적갈색이고, 얼굴은 창백하고, 지금 미친듯이 손등을 긁어대는 이자는? 바짓가랑이에서 땀을 줄줄 흘리는 이 뻐드렁니 아기 천사는?—목사랍니다, 나리. 교회 안에 개목걸이[94] 말고 또 뭐가 있겠습니까요? 지금 이자는 올리버 다이스 목사이온데, 성공회의 순종 하룻강아지랄까, 인도에 건너온 지는 얼마 안 되었고, 인도의 무더위 때문에 광선공포증을 앓는 중이옵니다.

그는 늑대인간처럼 빛을 피해다녔다. 그러나 햇빛은 늘 그를 찾아냈다. 끈질기게 그늘로 숨어도 끈질기게 따라다녔다. 열대의 환일幻日[95]이 불시에 나타나 덤벼들거나 온몸을 핥아대면 아무리 항변해도 소용없었다. 그때마다 알레르기 반응으로 살갗에 작은 샴페인 기포 같은 발진이 돋아나면 옴 오른 개처럼 온몸이 가려워 도저히 견딜 수 없었다. 날마다 무자비한 햇살에 쫓기는 불쌍한 목사였다. 밤마다 구름을 꿈꿨다. 머나먼 조국의 편안한 하늘, 바로 머리 위까지 차분히 내려앉는 그 잿빛 하늘을 꿈꿨다. 구름 꿈도 꿨지만—날이 점점 어두워져도 열대지방의 무더위는 여전히 그의 사타구니를 움켜쥐고 놓아주지 않았으므로—여자 꿈도 꾸었다. 더 구체적으로 말하자면 키가 훤칠한 소녀, 바

---

94) 기독교 성직자복의 흰색 목깃을 조롱하는 말.
95) 햇빛의 반사와 굴절로 태양 양쪽에 나타나는 빛.

닥까지 내려오는 빨간색 벨벳 스커트를 입고 머리에는 성공회와 무관한 흰색 레이스 만틸라를 쓴 모습으로 성프란시스교회를 찾아오는 소녀였다. 젊고 외로운 목사는 그녀 때문에 금간 물독처럼 땀을 흘렸고, 욕망을 주체하지 못해 안색이 교회에 참으로 잘 어울리는 자줏빛으로 물들기 일쑤였다.

〰

소녀는 일주일에 한두 번씩 나타나 다 가마의 빈 무덤 앞에 한참 앉아 있었다. 그녀가 처음으로 다이스 곁을 지나가던 날, 여왕 같기도 하고 비극의 주인공 같기도 한 모습을 보고 그는 완전히 얼이 빠졌다. 소녀의 얼굴을 보기도 전에 그의 얼굴은 벌써 자줏빛이 꽤 짙어진 상태였다. 그러다 그녀가 돌아서자 햇빛 속에 풍덩 빠져버린 기분이었다. 별안간 땀이 펑펑 쏟아지고 가려움증이 엄습했다. 커다란 풍카[96] 여러 대가 마치 여인의 머리칼을 어루만지듯 느릿느릿 흔들리며 교회 안의 공기를 식혀주는데도 목과 손등에 온통 두드러기가 돋아났다. 아우로라가 다가오자 증상이 더 심해졌다. 욕망이 일으키는 지독한 알레르기 반응이었다. 그때 그녀가 싹싹하게 말했다. "카드리유를 추는 바닷가재[97]처럼 새빨개지셨군요. 벼룩서커스 단원처럼 울긋불긋한데 벼룩은 다 도망갔나봐요. 그리고 굉장한 물줄기예요, 목사님! 봄베이에 있는 플로라

---

96) 천장에 매달아 끈이나 전기로 움직이는 큰 부채.
97) 카드리유는 19세기 사교춤의 일종. 『이상한 나라의 앨리스』에 바닷가재가 추는 카드리유에 대한 이야기가 나온다.

분수대도 부럽지 않네요. 우리한테는 목사님이 계시니까요."

　그는 단숨에 사로잡히고 말았다. 손바닥에 갇혀버린 꼴이었다. 그날부터 그가 견뎌야 했던ー말할 수도 없고 이룰 수도 없는ー사랑의 고통에 비하면 알레르기의 고통 따위는 아무것도 아니었다. 그는 그녀의 경멸을 기다리고 갈망했다. 그녀가 그에게 주는 것은 그것뿐이었기 때문이다. 그러나 경멸은 그의 마음속에 서서히 어떤 변화를 일으켰다. 그는 늘 진지하고 수동적이고 과묵하고 모범생 같아서 동료들에게도 웃음거리였고, 오죽하면 에밀리 엘핀스톤ー야자 섬유 판매상의 미망인으로, 목요일마다 다이스에게 스테이크와 키드니푸딩을 대접하며 어떤 보답을 기대하는(그러나 아직 한 번도 받지 못한) 여자ー까지 말도 제대로 못하느냐고 놀려댔는데 그렇게 교회 전체의 놀림감이었던 그가 겉모습과는 전혀 다른 사람으로 변해갔다. 집착이 서서히 증오로 바뀌었기 때문이다.

　그가 아우로라를 미워하게 된 이유는 그녀가 포르투갈 탐험가의 빈 무덤에 애착을 보여서인지도 모른다. 그는 죽음을 두려워했다. 그런데 저 여자는 여기까지 와서 왜 하필 바스쿠 다 가마의 빈 무덤 앞에 앉아 상냥하게 말을 거는가? 산 사람이 이렇게 그녀의 몸짓, 손짓, 말 한마디에 매달리건만 저 여자는 어쩌자고 텅 빈 구덩이 따위에 섬뜩한 친밀감을 드러낸단 말인가? 바스쿠의 시신이 이곳에 묻힌 기간은 십사 년에 불과하고 지금은 오래전에 떠난 리스본으로 돌아가지 않았던가? 단 한 번의 실수였지만 다이스가 아우로라에게 다가가 말을 붙인 적이 있었다. 아가씨, 혹시 도움이 필요한가요? 그러자 그녀는 어마어마한 부잣집 따님 특유의 도도한 태도로 매섭게 쏘아붙였다. "집안일이에요.

신경 끄시죠." 그러더니 조금 누그러진 말투로 고해성사를 하러 왔다고 밝혔다. 다이스 목사는 빈 무덤에 사죄를 청하겠다는 불경스러운 발상을 듣고 경악했다. 그래서 어설픈 대답을 해버렸다. "여긴 성공회 소속인데요." 그러자 아우로라가 벌떡 일어났고, 허리를 꼿꼿이 펴는 순간 마치 붉은 드레스를 입은 비너스가 일어서는 듯 눈부시게 아름다웠다. 그러나 그녀의 냉소는 실로 무시무시했다. "머지않아 우리가 당신들을 바다로 몰아낼 텐데, 그때 이 교회도 가져가요. 장화 신은 오줌싸개 같은 늙다리 왕이 젊고 섹시한 마누라를 얻으려고 지어준 이까짓 교회는 필요 없으니까."

나중에 그녀가 그의 이름을 물었다. 이름을 말해주자 손뼉을 치며 폭소를 터뜨렸다. "아, 정말 웃긴다, 올오버 데스[98] 목사님이라니." 그날 이후 아우로라에게 아무 말도 할 수 없었다. 그녀가 쓰라린 상처를 건드렸기 때문이다. 인도는 올리버 다이스를 주눅들게 했다. 그는 두 가지 꿈을 꿨는데, 하나는 미망인 엘핀스톤 부인과 함께 따끔따끔한 갈색 잔디밭 같은 야자매트에 알몸으로 누워 차를 마시는 육감적인 환상이었고, 또하나는 어딘가에서 양탄자나 노새처럼 흠씬 두들겨맞고 발길질까지 당하는 고통스러운 악몽이었다. 웬 사내들이 바위투성이 산길에 매복해 있다 다짜고짜 공격했다. 그들이 쓴 모자는 딱딱하고 반질거리는 검은색 소재로 만들었는데, 적이 등뒤에서 접근하지 못하게 벽을 등지고 서서 싸울 수 있도록 뒤통수 부분이 납작했다.[99] 사내들은 아무 말 없이 다이스를 마구 때렸다. 반면 다이스는 자존심마저 팽개치고 고

---

98) Allover Death(온통 죽음뿐). '올리버 다이스'와 비슷한 발음을 이용한 말장난.
99) 독일군 철모 슈탈헬름에 대한 묘사.

래고래 소리쳤다. 그렇게 비명을 지르다니 남부끄러운 일이지만 저절로 터지는 비명을 어찌할 수 없었다. 어쨌든 꿈속에서 그는 분명 알고 있었다. 이곳은 그가 사는 곳이고 앞으로도 계속 살아야 할 곳이었다. 앞으로도 계속 이 바위투성이 산길을 지나가야 할 터였다.

성프란시스교회에서 아우로라를 만난 후부터 이 끔찍한 몰매질 악몽에 그녀도 등장했다. 한번은 유난히 심한 매질을 당한 후 엉금엉금 기어가는데 그녀가 그를 물끄러미 바라보며 말했다. 남자의 선택은 이해할 수가 없네요. 비난의 의미였을까? 그토록 굴욕을 당하는 그를 경멸하는 모양이라고 생각될 때도 있었다. 그러나 때로는 그녀의 눈빛에서, 혹은 단단한 팔근육에서, 혹은 새처럼 고개를 갸우뚱하는 각도에서 어떤 깨달음의 징후가 엿보이기도 했다. 남자의 선택은 이해할 수 없으니 비난할 수도 경멸할 수도 없다는 뜻인 듯했다. 꿈속에서 그는 말했다. "나는 껍질을 벗는 중입니다. 이건 거룩한 소명이에요. 사람이 사람다워지려면 껍질을 벗어야 하니까요." 잠에서 깨어났을 때 그는 이런 꿈을 꾸는 이유를 확신할 수 없었다. 인류는 하나라는 신념 때문일까, 아니면 광선공포증 때문에 피부가 몹시 가렵기 때문일까. 이 꿈은 영웅의 예지몽일까, 아니면 그저 시시한 개꿈일까.

인도는 불확실성의 나라다. 기만이고 환상이다. 영국인은 이곳 코친 요새를 영국처럼 꾸미느라 안간힘을 쓴다. 영국식 잔디밭 주변에 영국식 방갈로를 짓고, 로터리클럽 회원과 골퍼가 있고, 티댄스[100]와 크리켓 시합을 즐기고, 심지어 프리메이슨 지부까지 차려놨다. 그러나 다이

---

100) 다과를 나누고 춤을 추는 사교 행사.

스에게는 속이 훤히 들여다보이는 속임수였다. 야자 섬유 장사꾼이 학력을 속이려고 거짓말을 늘어놓을 때는 엉터리 발음만 자꾸 귀에 들어오고, 그들의 아내는 솔직히 말하자면 대부분 천박한데다 춤 실력마저 형편없어 진저리가 날 지경이고, 영국식 산울타리 밑에는 흡혈도마뱀이 기어다니고, 고향 풍경과는 거리가 먼 자카란다나무 위에는 앵무새가 날아다닌다. 게다가 바다 쪽을 바라보면 이곳이 영국이라는 환상 따위는 깨끗이 사라진다. 항구만은 도저히 위장할 수 없기 때문이다. 육지 쪽은 그럭저럭 영국식으로 꾸며놓을 수 있지만 바다는 그 모든 노력을 수포로 돌린다. 이 낯선 바다는 영국적 색채를 서서히 씻어내는 듯하다. 낯선 바다, 쳐들어오는 바다. 전후사정을 잘 아는 올리버 다이스는 영국인 거류지와 그 주변 이국적 풍경 사이의 경계선에 구멍이 뚫려 점점 무너져간다고 확신했다. 언젠가는 인도가 이곳을 되찾으려 할 것이다. 그때 영국인은—아우로라의 예언대로—결국 인도양으로 쫓겨날 것이다. 웬 고집인지 인도인들은 한사코 아라비아해라고 부르는 저 바다로.

　그는 또 생각했다. 그래도 품위는 지켜야지. 일관성을 유지해야지. 세상에는 바른길과 그른길, 하느님의 길과 틀려먹은 길이 있으니까. 물론 비유적 표현에 불과하니 너무 곧이곧대로 해석하면 곤란하고, 너무 소란스럽게 천국을 찬양하거나 너무 많은 죄인을 지옥에 갈 자로 몰아붙여도 안 되겠지만. 그런 단서를 달면서 그는 냉혹한 만족감을 느꼈다. 원래 상냥했던 마음씨를 인도가 조금씩 갉아먹은 탓이다. '의심 많은 도마'는 일찍이 이곳 인도에 '불확실성의 기독교'라고 부를 만한 교회를 세웠는데, 실제로 인도인은 온건한 합리주의를 중시하는 성공회를 받아들이면서도 구름처럼 엄청난 양의 향을 피워가며 뜨거운 신앙심을 불태웠고…… 다이스는 성프란시스교회 벽면을 둘러보며 두려움을 느꼈다. 여기서 죽어간 영국 젊은이들을 추모하는 명판이 즐비했다. 열여덟 살 소녀들이 신랑감을 찾으려고 이른바 '낚싯배'를 타고 건너오지만 인도 땅을 밟기가 무섭게 땅속으로 직행하기 일쑤다. 열아홉 살 먹은 명문가 자제도 미처 한 달을 채우지 못하고 관뚜껑 아래에 드러눕기 일쑤다. 인도가 아가리를 벌려 날 삼켜버리는 날은 언제일까? 날마다 그런 의문을 떠올리는 올리버 다이스에게 그의 이름에 대한 아우로라의 농담은 다 가마의 빈 무덤과 나누는 대화 못지않은 악취미로 보일 뿐이었다. 물론 그런 생각을 입 밖에 내지는 않았다. 옳은 일이 아니니까. 게다가 그녀의 아름다움을 볼 때마다 혀가 굳는 듯했다. 몸은 더 뜨거워지고, 마음은 더 혼란스럽고—왜냐하면 그녀가 경멸과 장난기 가득한 눈으로 뚫어져라 처다보면 도저히 꼼짝할 수도 없고 차라리 죽고 싶다는 생각까지 들었으므로—가려움증은 더 심해졌다.

⌒

레이스로 머리를 가리고 성욕과 후추 냄새가 섞인 강렬한 체취를 뿜어내며 아우로라는 바스쿠의 무덤 앞에서 연인을 기다렸다. 올리버 다이스는 터질 듯한 욕망과 증오에 시달리며 그늘 속으로 몸을 숨겼다. 벽에 붙은 조명등 몇 개가 노란 불빛을 뿌렸지만 어둠을 몰아내기에는 역부족이었고, 점점 캄캄해지는 교회 안에 그때까지 남아 있는 사람은 그들과 영국인 마님 세 명뿐이었다. 가톨릭교도 아우로라가 진홍색 옷차림으로 우쭐거리며 지나가자 애스핀월 자매는 못마땅한 나머지 일제히 혀를 찼고—한 명은 향수를 뿌린 손수건으로 코를 가리기까지 했다—그 즉시 아우로라의 매서운 독설을 맛보게 되었다. "누구신데 그렇게 암탉처럼 꼬꼬댁거리실까?" 그녀가 다그쳤다. "다들 암탉처럼 생기진 않았는데. 생선뼈가 목에 걸려 캑캑거리는 생선이라면 또 모를까."

그리고 젊은 목사는 아우로라에게 다가서지도, 물러나지도 못하고 그녀의 짙은 냄새 때문에 반미치광이 상태였다. 그의 마음속에서 엘핀스톤 부인은 멀찌감치 뒷전으로 밀려났다. 그러나 사실 이 미망인도 이제 겨우 스물한 살이고 용모도 제법 단정해 연모하는 남자가 적지 않았다. 제가 부자는 아니지만 좀 까다로운 편이에요. 그녀가 다이스에게 했던 말이다. 젊은 미망인의 집을 찾아오는 남자는 많았고 그중에는 엉큼한 속셈을 품은 사람도 없지 않았다. 많이들 찾아오지만 대부분은 상대도 하기 싫어요. 아무나 쉽게 건널 수 없는 선을 그어야죠. 에밀리 엘핀스톤은 젊고 늘씬한 여인이지만 요리 솜씨는 지독히도 형편없었는데, 오늘도 올리버 다이스가 들러주길 기대하며 요리에 열중하고 있을 터였다. 그래, 가야지, 그 여자라도 찾아가야지. 그러나 지금 당장은 이곳을 떠날 수 없다. 꿈속의 여인을 남몰래 훔쳐보자니 마치 바람이라도 피우는 기분이지만.

이윽고 아브라함이 허둥지둥 들어오더니 거의 뛰다시피 바스쿠의 무덤으로 향했다. 아우로라가 양손으로 아브라함의 두 손을 감싸쥐었을 때, 그리고 두 사람이 자못 절박하게 속닥거리기 시작했을 때, 올리버 다이스는 엄청난 분노를 느꼈다. 그는 홱 돌아서서 걸음을 옮겼고,

검은색 장화 뒤축이 돌바닥을 타닥타닥 두드렸고, 젊은 목사가 노란 불빛 속을 지나갈 때 애스핀월 자매는 불끈 움켜쥔 두 주먹을 보았다. 그들은 자리에서 일어나 문 앞을 가로막았다. 저 냄새, 길쭉하고 느릿느릿한 풍카가 교회 전체에 퍼뜨리는 저 냄새, 의심할 수도 없고 부정할 수도 없는 저 냄새, 목사님도 맡으셨죠?—예, 자매님, 저도 맡았습니다—저 가톨릭교도 계집애가 남들이 보든 말든 아랑곳없이 애정 표현을 하는 장면도 보셨나요?—그리고 여기 오신 지 얼마 안 돼서 잘 모르시겠지만, 감히 하느님의 성전에서 저년을 주물럭거리는 저놈은 저년 집안의 천한 종놈일 뿐 아니라 유대인이라는 사실도 말씀드리고 싶네요—그건 몰랐습니다, 자매님, 알려주셔서 정말 감사합니다—아무튼 도저히 묵과할 수 없는 일인데, 저대로 내버려두면 안 되는데, 목사님이 무슨 조치를 취하셔야 하지 않을까요?—당연히 그래야죠, 자매님, 다만 여기서 꼴사나운 소란을 피우면 안 되니 지금 당장은 곤란하고, 어쨌든 틀림없이, 기필코 조치를 취할 테니 염려하지 마십시오—좋아요! 꼭 그렇게 해주세요. 우리는 내일 아침 우티[101]로 돌아가지만 다음에 내려올 때는 뭔가 달라졌길 기대할게요. 애스핀월 자매 중 첫째가 덧붙였다. "저 파렴치한 연놈한테 따끔하게 가르쳐주세요. 이런 구경거리는 조금도 재미가 없다는 사실을"—알겠습니다, 자매님.

그날 밤 올리버 다이스는 젊은 미망인이 산더미처럼 쌓아놓은 음식을—까맣게 타서 가죽처럼 질긴 동물 사체를—잔뜩 먹어치우고 포트

---

101) 인도 타밀나두주의 고산 휴양지 우타카문드(우다가만달람의 별칭)의 약칭.

와인 한 잔으로 거북한 속을 달래며 저녁 무렵 성프란시스교회에서 일어난 일을 이야기했다. 그런데 아우로라 다 가마라는 이름을 말하기가 무섭게 땀이 쏟아지고 가려움증이 다시 시작됐다. 이름만 들어도 흥분을 가눌 길이 없었다. 그러자 에밀리가 평소와 달리 무시무시한 분노를 터뜨렸다. "그 인간들이나 우리나 이 나라 토박이가 아니긴 마찬가지예요. 그래도 우리에겐 돌아갈 조국이라도 있잖아요. 언젠가는 인도 사람들이 그 인간들까지 배척할 텐데, 그때는 죽든 살든 각자 알아서 해야겠죠." 다이스가 이의를 제기하자—아뇨, 아뇨, 이곳 남인도에는 그런 인종 갈등이 별로 없어요—그녀는 고함까지 질러가며 사납게 대들었다. 개망나니 같은 것들이에요! 꼴에 기독교인이랍시고 예배를 드리지만 대체 무슨 소린지 알아먹을 수도 없는 괴상한 말로 횡설수설하죠. 다 죽어가는 유대인에 대해서는 굳이 말할 필요도 없는데, 이 세상에서 제일 보잘것없는 민족, 이 세상 누구보다 형편없는 민족이니까. 그런 것들끼리 만나서 그, 그, 흘레질을 해봤자 지상에서 제일 재미없는 일이고, 아무튼 이렇게 즐거운 밤에 그따위 생각을 하느라 기분 망치긴 싫어요. 그러니 '속물 동네 우타카문드'에 사는 그 늙어빠진 흉물들이 뭐라고 하든, 그 떠버리들이 야단법석을 떨든 말든 더는 한순간도 이 문제로 낭비하고 싶지 않네요. 그리고 올리버, 이 말은 꼭 해야겠는데, 당신한테 좀 실망했어요. 내 앞에서 그런 얘기를 꺼낼 만큼 무신경한 분인 줄은 몰랐는데, 더구나 그런 계집애를 들먹이며 얼굴이 벌게지고 땀까지 흘리다니. 에밀리는 떨리는 목소리로 덧붙였다. "세상을 떠난 엘핀스톤 씨도 질 낮은 여자한테 사족을 못 썼죠. 그래도 무용수 나부랭이한테 반했다는 사실을 애써 감추는 예의 정도는 지킬 줄 알았어요. 그

런데 올리버 당신은―성직자라는 사람이!―내 식탁에 앉아서 군침을
질질 흘리는군요."

올리버 다이스는 미망인 엘핀스톤 부인에게 앞으로는 수고스럽게
찾아오지 않아도 된다는 언질을 받고 그 집을 나서며 복수를 다짐했다.
에밀리 말이 옳다. 아우로라 다 가마와 그 유대인은 인도라는 거대한
다이아몬드에 달라붙은 파리 같은 것들이다. 그런 연놈이 부끄러운 줄
도 모르고 세상의 질서를 어지럽혀? 때려잡아달라고 아주 통사정을 하
는구나.

⌐⌐

전설적인 포르투갈인의 빈 무덤 앞에서 아브라함 조고이비는 어린
연인의 두 손에 양손을 맡긴 채 모든 사정을 털어놓았다. 말다툼, 추방
령, 집 없는 신세. 다시 눈물이 솟구쳤다. 그러나 그는 어머니를 잃은
대신 더욱더 강인한 여장부를 얻었다. 아우로라가 곧바로 모든 문제를
해결했다. 아브라함을 카브랄섬으로 데려가 새로 단장한 서양식 별채
에 거처를 마련했다. 그리고 말했다. "아쉽지만 당신은 키도 크고 어깨
도 넓어서 돌아가신 우리 아빠가 입던 옷은 안 맞겠네요. 그렇지만 오
늘밤은 어차피 옷이 필요 없겠죠." 그때부터 우리 부모님은 이구동성으
로 그날 밤이 진정한 첫날밤이었다고 말했다. 말라바르의 황금이 담긴
자루 더미 위에서 이미 정사를 치렀지만 그날 밤에 또 무슨 일이 일어
났기 때문인데,

향신료 상사의 후계자인 열다섯 살 소녀가 스물한 살 연상의 창고지

기 연인의 침실에 들어갔을 때 남자는 달빛 외에 실오라기 하나 걸치지 않은 알몸이었고, 소녀는 길고 새까만 머리를 제왕의 망토처럼 등뒤로 늘어뜨린 채 나타났고, 재스민과 은방울꽃을 (늙은 유모 조시의 솜씨로) 엮어 장식한 머리채가 바닥에 닿을락 말락 했고, 서늘한 돌바닥을 밟으며 다가오는 그녀의 맨발이 어찌나 가볍게 움직이는지 잠시나마 아브라함은 그녀가 훨훨 날아온다고 착각해 깜짝 놀랄 정도였는데, 그후,

향신료 냄새를 물씬 풍기는 두번째 정사를 나눴고, 이때 연상의 남자는 연하의 여자가 원하는 대로 철저히 따랐고, 그래서 마치 그녀를 선택했기 때문에 다른 선택은 전혀 못하게 되어버린 듯했는데, 그후,

아우로라는 아브라함의 귓가에 자신의 비밀을 속삭였는데, 오랫동안 빈 구덩이 앞에서만 비밀을 고백했지만 남편한테는 무엇이든 얘기해도 되니까, 할머니를 살해한 일도, 노인이 죽기 직전에 남긴 저주도, 무엇이든, 그래도 아브라함은 움츠리지 않고 자신의 운명을 받아들였고, 동족에게 버림받은 그는 노부인의 마지막 악담도 함께 짊어지기로 마음먹었는데, 이피파니아가 아우로라의 귓가에 속삭였던 말, 이제 어린 신부가 달콤한 독약을 떨어뜨리듯 남편의 귓가에 속삭이는 말, 그것은 이렇게 분열된 집은 오래 버티지 못한다, 할머니가 그러셨어요, 여보, 네 집이 영원히 화합하지 못하기를, 주춧돌마저 모래처럼 산산이 부서지기를, 네 자식들이 네게 반기를 들기를, 그리고 네가 아주 비참하게 몰락하기를 빈다, 였고 그후,

아브라함은 아우로라를 위로했는데, 그 저주는 내가 꼭 풀어주겠소, 어떤 일이 닥치든 어깨를 맞대고 함께 헤쳐나갑시다, 그후,

그래, 당신과 결혼할 수만 있다면 내 기꺼이 과감한 결단을 내리겠소, 그러면서 로마교회의 가르침을 받아들여 개종하겠다고 말했는데, 종교적 경외감마저 불러일으키는 그녀의 나신 앞에서 그 말을 하기는 그리 어렵지 않았고, 사실 그녀에게 신앙심이라고는 모기 날개만큼도 없었지만 그는 이 문제에 대해서도 그녀의 의사와 문화적 관습을 그대로 따를 결심이었는데, 그의 마음속에서 차마 입 밖에 낼 수 없는 명령이 들려왔으니, 네가 유대인이라는 사실을 잊지 마라, 네 영혼 깊은 곳, 너라는 존재의 심장부에 아무도 들어올 수 없는 방을 만들고 그곳에 너의 진실을, 너의 비밀 신분을 간직해라, 그래야만 나머지를 온전히 사랑에 바칠 수 있을 테니.

바로 그때,

신방 문이 벌컥 열리더니 아이리시 다 가마가 위 윌리 윙키[102] 처럼 파자마 차림에 나이트캡을 쓰고 초롱불까지 들고 불쑥 들이닥쳤는데, 짐짓 성난 체하는 표정을 제외하면 영락없이 동화책 속 그림과 똑같은 모습이었고, 그 옆에는 카르멘 로보 다 가마도 있었는데, 그녀는 이피파니아의 옷을—목둘레에 주름 장식을 넣은 잠옷과 낡아빠진 모슬린 실내용 모자를—고스란히 물려 입고 나타나 경악한 표정을 지으려 안간힘을 썼지만 내심 부러워하는 기색을 감추지 못했고, 두 사람 뒤쪽으로 조금 떨어진 곳에서 복수의 천사가 연분홍색으로 물든 채 땀을 뻘뻘 흘렸는데, 물론 밀고자 올리버 다이스였다. 그러나 아우로라는 조금도 주눅들지 않았다. 마치 빅토리아시대의 멜로드라마를 열대지방으

---

102) 스코틀랜드 동요에서 잠옷 차림으로 집집마다 다니며 아이들이 잠자리에 들었는지 확인하는 인물.

로 옮겨놓은 듯한 상황인데도 관례대로 행동하기는커녕 오히려 명랑하게 소리쳤다. "아이리시 큰아빠! 사하라 큰엄마! 허풍쟁이는 어디다 팽개쳐두고 오셨어요? 그 녀석이 섭섭해하지 않을까요? 오늘밤은 이렇게 다른 개새끼를 데리고 산책을 하시니 말예요." 그러자 올리버 다이스의 얼굴이 더욱더 빨개졌다.

"바빌론의 창녀 같은 년!" 카르멘이 사태를 바로잡으려 버럭 고함을 질렀다. "잡년의 딸은 어쩔 수 없이 잡년이구나!" 그러자 아우로라는 새하얀 리넨 시트 속에서 늘씬한 몸을 쭉 펴면서 극도로 도발적인 자세를 취했다. 한쪽 가슴이 출렁 튀어나오자 깜짝 놀란 목사가 외마디 소리를 지르고 아이리시는 텔레풍켄 라디오그램 쪽을 돌아보며 말할 수밖에 없었다. "조고이비, 어떻게 이럴 수가 있나. 기본적인 도의도 모르는 사람이었나, 자네?"

나중에 말라바르언덕에서 그 이야기를 할 때마다 어머니는 폭소를 터뜨렸다. "저애는 내 조카딸이야!' 왕-왕-왕! 자기도 경력이 화려했으면서 어찌나 거만을 떨던지! 배꼽 빠지는 줄 알았다니까. '대체 이게 무슨 짓인가?' 멍청하긴. 그래서 대놓고 말해버렸지. 이게 무슨 짓이냐면 결혼식이라고. '보세요, 저렇게 목사님도 오셨고, 가까운 식구들은 여기 다 계시고, 그러니 사랑하는 우리 큰아빠가 저를 신랑한테 넘겨주기만 하면 되겠네요. 지금 라디오를 켜면 결혼행진곡이 나올지도 몰라요.'"

아이리시는 아브라함에게 당장 옷을 걸치고 썩 나가라고 명령했다. 아우로라는 상반되는 명령을 내렸다. 아이리시가 경찰을 부르겠다며 두 연인을 위협했다. 아우로라가 대꾸했다. "큰아빠는 경찰이 기웃거려도 찔리는 일이 하나도 없나요?" 아이리시의 얼굴이 새빨개지더니, 날

밝으면 다시 얘기하자, 그렇게 중얼거리며 허둥지둥 자리를 피하고 올리버 다이스도 황급히 따라갔다. 카르멘은 입을 딱 벌린 채 잠시 문간에 우두커니 서 있었다. 이윽고 그녀도 퇴장했다, 문을 쾅 닫으면서. 아우로라는 아브라함을 향해 돌아누웠다. 그는 아까부터 두 손으로 얼굴을 가리고 있었다. 아우로라가 속삭였다. "숨었거나 말거나 찾으러 간다! 여보세요, 술래 아저씨, 신부 입장합니다."

⌐

1939년 8월 그날 밤 아브라함 조고이비가 얼굴을 가린 까닭은 문득 누려움에 사로잡혔기 때문이었다. 누려운 것은 아이리시도, 카르멘도, 빛을 싫어하는 목사도 아니었다. 인생의 추악한 면이 아름다운 면을 압도할지도 모른다는 생각, 사랑조차 연인을 불사신으로 만들어주지는 못한다는 생각에 갑자기 소름이 끼치도록 불안했다. 그러나 그는 생각했다. 설령 이 세상의 아름다움과 사랑이 파멸의 문턱에 이르렀더라도 우리는 그 편에 서야 한다. 실패한 사랑도 사랑이고, 설령 증오가 승리하더라도 사랑을 다른 것으로 바꿔놓지는 못할 테니까. "그래도 기왕이면 이기는 편이 낫지." 그는 아우로라를 보살피겠다는 약속을 반드시 지킬 작정이었다.

⌐

우리 어머니기 〈추문〉이라는 그림을 그렸는데, 미술 애호기들에게는 굳이 설명할 필요도 없는 작품이다. 지금 이 순간에도 뉴델리국립현대미술관의 벽면 하나를 이 거대한 캔버스가 가득 채우고 있으니까.

우선 라자 라비 바르마의 〈과일을 든 여인〉 앞을 지나가야 하는데, 보석을 주렁주렁 달고 곁눈질하며 노골적으로 유혹하는 이 젊고 관능적인 여인을 볼 때마다 아우로라의 젊은 시절 사진이 떠오르고, 그다음에는 가가넨드라나트 타고르의 무시무시한 수채화 〈자두가르〉(마술사) 앞에서 모퉁이를 도는데, 섬뜩한 주황색 양탄자 위에 영화 〈칼리가리 박사의 밀실〉의 뒤틀린 세계를 인도판 흑백영화로 재현한 듯한 장면이 펼쳐지고(고백하건대 이 그림의 짙은 음영, 몸을 숨긴 인물들, 갈팡질팡하는 원근감 등은 내게 카브랄섬의 저택을 연상시키는데, 특히 긴 드레스 차림에 왕관을 쓰고 몸이 반쯤 가려진 채 그림 한복판에 우뚝 서 있는 기이한 여자 거인은 두말할 나위 없다), 그다음에는―재빨리 고개를 돌리시라! 세계적인 거물 아우로라 조고이비가 선배 화가의 작품에 던진 혹평까지 거론할 시간은 없기 때문인데, 확고한 농촌 취향을 드러내는 이 화가는 '가장 위대한 여성 화가'라는 칭호를 두고 아우로라와 경쟁하는 사이였다!―아무튼 암리타 셔길의 걸작 〈늙은 이야기꾼〉 맞은편에 문제의 그림이 있다. 아우로라의 전성기 작품으로, 겸허하든 별로-안-겸허하든 간에 내 소견으로는 마티스의 〈원무〉 연작에 필적하는 색채감과 생동감이 돋보이고, 다만 의도적으로 천박한 빨강색과 꼴사나운 형광 녹색을 사용해 빽빽이 들어찬 군중을 묘사한 이 그림은 몸의 춤이 아니라 혀의 춤을 보여준다는 점이 다른데, 강렬한 빛깔로 채색된 인물들이 서로의 귓가에 속삭이며 살랑-살랑-살랑 흔들어대는 혓바닥은 한결같이 껌정, 껌정, 껌정이다.

여기서 이 그림의 예술적 특징을 구구절절 설명할 생각은 없고, 그 속에 담긴 천 가지 하고도 한 가지[103] 이야기 가운데 몇 가지만 간단히 언급하겠다. 알다시피 아우로라는 남인도의 이야기그림 전통에서 많은 것을 습득했다. 보시라, 여기 적갈색 개 대가리를 달고 땀을 뻘뻘 흘리는 알쏭달쏭한 모습의 목사가 거듭 등장하는데, 그림 전체의 움직임을 지휘하는 인물이 바로 그자라는 점에는 누구나 동의하리라 믿는다. 보시라! 저기 저 유대교당의 파란색 타일에도 적갈색 얼룩 한 점이 묻어 있고, 저기 꼭대기부터 밑바닥까지, 가짜 발코니와 가짜 화환까지, 물론 '십자가의 길'[104]까지 빠짐없이 그려놓은 산타크루즈대성당에도, 보라! 개 대가리 목사가 가톨릭 주교의 귓가에 뭐라고 속닥거리는데, 주교는 물고기 대가리를 달았지만 의상만은 제대로 갖춰 입고 화들짝 놀라는 표정이다.

추문은—아니, 〈추문〉이라고 써야겠다—거대한 소용돌이 모양 그림이다. 아우로라는 이 그림 속에 코친의 다 가마가를 둘러싼 두 가지 추문을 한데 엮었다. 불타는 향신료 농장, 그리고 향신료 냄새를 뿜어내는 바람에 불장난을 들켜버린 연인. 나선형으로 이동하는 인파의 배경을 이루는 향신료산맥에는 한창 전쟁을 치르는 로보가와 메네제스가가 눈에 띄는데, 메네제스가는 뱀 대가리와 뱀 꼬랑지를 달았고 로보[105]가는 당연히 늑대의 모습이다. 그러나 전경에 그려진 코친의 거리와 수로에는 격분한 군중이 들끓는다. 물고기 모습을 한 가톨릭교도,

103) 아랍문학에서 '많음'을 뜻하는 전통적인 표현이다.
104) 예수이 수난을 순서대로 묘사한 연자회화.
105) 스페인어, 포르투갈어, 영어 등에서 '로보'는 '늑대'를 뜻한다.

개 모습을 한 성공회 신도, 그리고 중국제 타일 속 인물처럼 온통 델프트블루[106]로 채색한 유대인들. 마하라자, 총독대리, 각급 사법공무원에게 이런저런 조치를 요구하는 탄원이 빗발친다. 살랑-살랑-살랑! 시위대가 팻말을 흔들거나 타오르는 횃불을 번쩍번쩍 치켜든다. 창고 앞에 정의를 부르짖는 방화범들이 모여들고 무장 경비원들이 막아선다. 그렇다, 이 그림 속에는 분노가 가득한데, 현실에서도 그랬다. 아우로라는 언제나 가족사를 바탕으로 이 작품을 그렸다고 밝혀 비평가들의 반감을 샀는데, 그들은 그런 역사주의가 예술을 한낱 '뒷소문'으로 격하시킨다고 주장했지만…… 어쨌든 그녀는 이 성난 소용돌이의 중심부에 있는 두 인물이 자신과 아브라함이라는 사실을 부정한 적이 없다. 그들은 태풍의 눈처럼 고요하다. 회오리바람 한복판의 평화로운 섬에서 편안하게 잔다. 그들이 뒤엉킨 채 누운 곳은 사방이 탁 트인 정자이고, 바깥은 폭포와 버드나무와 꽃들이 즐비한 정형원[107]이다. 두 사람은 아주 조그맣게 그려졌지만 자세히 들여다보면 피부를 뒤덮은 새털이 보인다.[108] 둘 다 독수리 머리를 달고 열렬하게 서로를 핥아대는데, 그들의 혓바닥만은 검은색이 아니라 붉은색이며 사뭇 통통하고 육감적이다. 어렸을 때 아버지가 나를 미술관에 데려가 이 그림을 보여주며 말씀하셨다. "소동은 가라앉고 우리는 하늘 높이 날아올랐지. 저 많은 사람에게 맞서 결국 이겨낸 거야."

---

106) 네덜란드 델프트 지방의 특산물인 도자기의 색상으로, 붉은빛을 띤 청색이다.
107) 좌우 균형을 맞춰 설계한 정원.
108) 남부끄러운 짓을 저지른 사람의 몸에 타르를 바르고 깃털을 붙여 창피를 주던 옛 풍습을 암시한다.

이 시점에서―드디어!―외종조부 아이리시와 그 아내 카르멘/사하라에게 한마디 칭찬을 해주고 싶다. 다시 말해 그들의 행동에 대해 정상을 참작할 만한 근거를 제시하고 싶은데, 사실 그들은 아우로라가 마련한 사랑의 보금자리를 덮치는 순간에도 진심으로 그녀를 걱정했고, 따지고 보면 서른여섯 살 먹은 가난뱅이 사내가 열다섯 살 먹은 백만장자 소녀의 순결을 유린한 일은 결코 간단히 넘어갈 문제가 아니었다. 아이리시와 카르멘이 고통스럽고 일그러진 삶을 살았다는 사실도 지적하고 싶다. 그들의 인생 자체가 거짓투성이 연극이었으니 가끔은 비뚤어진 행동을 하는 것도 당연했다. 허풍쟁이 자와할랄처럼 두 사람도 몹시 소란스러울 뿐 실제로 남을 해치는 일은 드물었다. 그리고 무엇보다 강조하고 싶은 것은, 그들은 잠시나마 죽음의 천사 올오버 데스에게 협력했던 일을 금방 뉘우쳤고 추문이 차츰 절정에 달했을 때, 폭도가 몰려들어 창고를 모두 부수려 할 때, 그 유대인 잡놈과 어린 창녀를 때려죽이자는 말까지 나돌 때, 안 그래도 인구가 점점 줄어드는 마탄체리 유대인 마을이 며칠 동안 생사의 기로에서 전전긍긍할 때, 그래서 독일에서 전해지는 흉흉한 소식이 먼 나라의 일로만 여겨지지 않았을 때, 아이리시와 카르멘이 두 연인을 감싸고 일심동체가 되어 가문의 재산을 수호했다. 만약 그때 아이리시가 창고를 부수려는 군중을 가로막고 주동자들을 꾸짖어 물리치지 않았다면―엄청난 용기 아닌가?―그리고 카르멘과 함께 시내 종교계 및 비종교계 유력인사를 일일이 찾아가 아브라함과 아우로라는 사랑으로 맺어졌을 뿐이며 아우로라의 법적 보호자인 두 사람도 반대하지 않는다고 밝히지 않았다면, 아마도 사태는 걷잡을 수 없이 악화됐을 것이다. 그러나 그들 덕분에 추문은 불과 며칠 만에 흐지부지 가라앉았다. 프리메이슨 지부에(아이리시도 최근 프리메이슨 회원이 되었다) 모인 유지들도 다 가마 씨가 사태를 슬기롭게 수습했다며 축하 인사를 건넸다. 애스핀월 자매는 '속물 동네 우티'에서 너무 늦게 돌아오는 바람에 이토록 흥미진진한 사건을 다 놓치고 말았다.

완벽한 승리는 없다. 코친의 주교는 아브라함의 개종을 허락하지 않았고, 코친 유대인의 지도자 모셰 코헨은 어떤 상황에서도 유대식 결혼식은 용납할 수 없다고 선포했다. 그래서—이제야 처음 밝히는 일이지만—우리 부모님은 르코르뷔지에의 별채에서 보낸 밤을 한사코 신혼 첫날밤이라고 우겼다. 나중에 봄베이로 이사한 뒤에는 대놓고 부부 행세를 했고 아우로라가 조고이비라는 성을 따르면서 이 성도 덩달아 유명해졌지만, 신사숙녀 여러분, 두 사람이 결혼식을 올린 적은 없답니다.

결혼식마저 생략해버린 그들의 저항 정신에 경의를 표한다. 그리고 운명의 장난으로 두 분 모두—비록 둘 다 신앙인은 아니었으나—명목상의 종교를 포기할 필요는 없었다. 그러나 덕분에 나는 천주교인 Catholic도 아니고 유대교인Jew도 아닌 어정쩡한 존재로 자랐다. 둘 다 였지만 둘 다 아니었다. 익명 유주교인jewholic-anonymous, 천대교인 나부랭이cathjew nut,[109] 뒤죽박죽, 똥개. 요컨대 나는—요즘은 뭐라고 하

---

109) '알코올중독자협회(Alcoholics Anonymous)'와 '캐슈너트(cashew nut)'를 연상시키는 우스갯소리.

더라?―파편화됐다. 그렇다니까요, 진짜배기 봄베이 잡탕입죠.

바스터드Bastard. 이 낱말의 발음이 마음에 든다. 바스Baas는 힌디어로 고약한 냄새를 의미한다. 터드Turd는 굳이 번역할 필요도 없다. 요컨대 바스터드는 악취를 풍기는 똥이다. 예컨대 나 같은.

～

장차 내 부모가 될 연인의 추문이 사그라들고 이 주쯤 지났을 때 밀고자 올리버 다이스에게 손님이 찾아왔다. 다이스가 자고 있을 때 유난히 지독한 학질모기 한 마리가 모기장 구멍으로 기어들었다. 권선징악이랄까, 사필귀정이랄까, 아무튼 모기에게 물린 직후 다이스는 말라리아에 걸렸고, 미련을 버리지 못한 미망인 엘핀스톤 부인이 시원한 물수건으로 이마를 닦아주며 밤낮으로 간호한 보람도 없이 무지막지하게 땀을 쏟다 결국 절명하고 말았다.

아아, 오늘따라 연민이 샘솟는구나. 이게 웬일이냐? 그 한심한 개자식마저 가련해 보이다니.

8

우리 집안의 세번째 추문이자 가장 충격적인 이 사건은 지금껏 대중에게 알려지지 않았지만, 이제 우리 아버지 아브라함 조고이비도 구십세를 일기로 세상을 떠난 마당이니 그분의 비밀을 밝히기 꺼림칙할 까닭도 없고…… 그래도 기왕이면 이기는 편이 낫다. 이 말은 아버지의 변함없는 좌우명이었다. 그가 아우로라의 인생에 뛰어든 순간부터 그녀는 이 말이 그의 진심이라는 것을 알았다. 두 사람의 연애를 둘러싼 소동이 가라앉자마자 화물선 마르코폴로호가 굴뚝으로 칙칙폭폭 연기를 뿜어내고 부웅 부웅 부웅 경적을 울리며 런던부두를 향해 출발했기 때문이다.

그날 아브라함은 하루종일 카브랄섬을 떠났다 저녁 무렵 돌아왔는데, 불도그 자와할랄의 머리를 쓰다듬어줄 정도였으니 기뻐하는 기색이 역력했다. 아우로라가 어디 다녀왔느냐고 지극히 도도하게 물었다. 그러자 아브라함은 대답 대신 떠나가는 배를 가리키더니, 두 사람이 함께하는 삶에서 여러 번 되풀이할 손짓을 처음으로 선보였다. 그 동작의 의미는, 묻지 마시오. 그는 상상의 바늘과 실로 입술을 꿰매어 붙이는 시늉을 했다. 그리고 말했다. "시시한 일은 내가 다 알아서 한다고 말했잖소. 그러려면 때로는 이렇게 조용히 입을 다물어야지."

당시 신문, 라디오, 하다못해 길거리의 잡담까지 온통 전쟁 이야기뿐이었고—솔직히 말하자면 추문에 휘말린 부모님을 구해준 일등공신은 히틀러와 처칠이었는데, 제2차세계대전의 발발은 사람들의 관심을 돌리는 데 매우 효과적이었기 때문이다—독일 시장을 잃는 바람에 후추와 향신료 가격이 요동쳤다. 화물선 운항은 위험하다는 이야기가 줄을 이었다. 그중에서도 유난히 기승을 부리는 소문은 독일이 대영제국을 무력화하려고 대서양뿐 아니라 인도양 선박 항로에도 군함과 잠수함을—사람들이 유보트라는 말을 알게 된 때가 이 무렵이다—파견할 계획이며 영국 해군은 물론이고 상선까지 공격의 최우선 순위에 포함시켰다는 이야기였다(어쨌든 다들 그렇게 믿었다). 게다가 곳곳에 기뢰를 설치한다는 말도 있었다. 그런 상황에도 아브라함은 마술 같은 수완을 발휘했고, 마르코폴로호는 그때 막 코친항을 벗어나 서쪽으로 멀어져가는 중이었다. 묻지 마시오. 아브라함의 손가락은 입술을 꿰매는 시늉을 하며 그렇게 경고했고, 어머니는 더이상 캐묻지 않고 여왕처럼 두 손을 높이 들어 손뼉쳤다. 그리고 이런 말을 덧붙였다. "옛날부터 마술사를 원했어요. 드디어 제대로 찾은 듯싶네요."

그 생각만 하면 어머니에 대한 감탄이 절로 나온다. 궁금증을 어떻게 참으셨을까? 아브라함이 불가능한 일을 해냈건만 어머니는 굳이 자초지종을 알아내려 하지 않고 넘어갔다. 기꺼이 묵비권을 인정해주고 아무것도 모르는 채 살아갔다. 그때부터 가업은 날로 번창해 백 가지 하고도 한 가지 방면으로 뻗어나가고 재산은 '가마-언덕'에서 '조고이비-히말라야' 수준으로 불어났는데, 과연 어머니는 상상조차 못했을까—한순간도 의심하지 않았을까—당연히 알았을 것이다. 그러나 그녀는 일부러 못 본 체했고, 그렇게 묵인했으니 공범이었다. 알고-싶지-않으니까-말하지-마요, '대작'을-그리느라-바쁘니까-조용히-해요. 그녀가 워낙 단호히 눈을 감아버렸기에 우리도 그쪽 일은 거들떠보지도 않았다. 아브라함 조고이비의 사업에서 아우로라는 얼마나 효과적인 가림막이던가! 그녀 덕에 모든 일이 흠잡을 데 없이 합법적으로 보였고…… 아니, 너무 앞질러가지 말아야겠다. 여기서 밝혀둘 일은 다만—누군가는 반드시 폭로해야 하니까!—우리 아버지 아브라함 조고이비는 거절하는 사람을 설득하는 천부적 재능을 지녔다는 사실이다.

믿을 만한 사람에게 들은 얘기인데, 그날 낮에 사라진 아버지는 부두 노동자들 사이에서 대부분의 시간을 보냈다. 평소 알고 지낸 사람들 중에서도 몸집이 크고 힘이 센 사내만 골라 따로 불러놓고, 만약 나치의 봉쇄작전이 성공한다면, 그래서 다 가마가의 C-50(비공개)유한책임회사가 망해버린다면, 머지않아 하역부와 그 식구들도 곤경에 빠질 수밖에 없다고 설명했다. 그리고 경멸 가득한 말투로 중얼거렸다. "마르코폴로호 선장이 겁을 먹고 항해를 거부하는 바람에 애꿎은 자녀분들이 쫄쫄 굶게 생겼다는 얘깁니다."

그렇게 노동자들을 규합해 여차하면 선원들을 제압할 만한 병력을 확보한 후 아브라함은 혼자서 간부를 만나러 갔다. 테지파탐, 칼론지, 미르찬달치니는 혐오감을 제대로 감추지 못했다. 최근까지만 해도 보잘것없는 졸개였던 놈, 우리가 마음대로 부리던 놈 아닌가? 그런 놈이 어디서 소유주랍시고 엉덩이 가벼운 철부지 계집애를 후려내서는 이렇게 뻔뻔스럽게 나타나 이래라저래라 상전 행세를 하다니…… 그러나 선택의 여지가 없었다. 그들은 아브라함의 명령에 복종했다. 마르코폴로호의 선주와 선장에게 몇 차례에 걸쳐 강압적인 독촉 전보를 날렸다. 잠시 후 아브라함 조고이비가 여전히 동행자 없이 혼자 나타났고, 이 항구의 도선사가 몸소 앞장서서 화물선으로 모셔갔다.

선장과의 만남은 금방 끝났다. 말년에 아버지는 내게 말씀하셨다. "모든 상황을 솔직하게 설명했지. 독일 쪽 돈줄이 끊겼으니 하루빨리 영국 시장을 선점해야 한다, 어쩌고저쩌고. 나로서는 꽤 너그러운 대우를 해준 셈이지. 협상할 때는 그러는 편이 현명하니까. 이번에 용기를 내기만 하면 동인도부두에 도착하자마자 부자가 되게 해주겠다고 했다. 선장도 좋아하더라. 호의적인 반응을 보이더라고." 아버지는 너덜너덜한 허파에 공기를 채우느라 잠시 말을 끊고 숨을 몰아쉬었다. "물론 달콤한 당근만 내밀진 않고 따끔한 채찍도 동원했어. 선장한테 그랬지. 동업자로서 대단히 안타까운 일이지만 해가 떨어지기 전에 내 말대로 하지 않으면 이 배는 항구 밑바닥에 가라앉을 테고 당신도 사이좋게 함께 갈 거라고."

내가 물었다. 정말 그럴 작정까지 하셨어요? 그 순간 나는 아버지가 또 눈에 보이지 않는 바늘과 실을 집어들 거라고 생각했는데, 바로 그때 기침이 터지는 바람에 아버지는 한바탕 캑캑거리고 가래를 뱉으며 괴로워했다. 흐릿하고 노안이 온 눈에서 눈물이 줄줄 흘렀다. 이윽고 발작이 조금 가라앉았을 때 비로소 아버지가 웃고 있다는 사실을 알아차렸다. 아브라함 조고이비는 쉰 목소리로 말했다. "에라, 이 녀석아, 누군가에게 최후통첩을 할 때는 상대방이 내 으름장에 안 넘어가는 경우도 각오해야지."

마르코폴로호 선장은 감히 아버지의 으름장을 무시하지 못했다. 그런데 누군가 그 협박을 엿들은 모양이었다. 화물선이 대양을 가로질러 소문 너머로, 계획 너머로 나아가다 '아프리카의 뿔'[110] 앞바다의 소코트라섬에서 불과 몇 시간 거리까지 갔을 때 독일 순양함 메데아호의 공격을 받았다. 배는 순식간에 가라앉고 선원도 화물도 송두리째 사라졌다.

늙은 아버지가 옛일을 회상했다. "비장의 승부를 걸었지. 그런데 젠장, 그렇게 날벼락을 맞을 줄이야."

하나뿐인 자식이 떠난 후 플로리 조고이비가 살짝 돌아버렸다고 한들 누가 그녀를 탓할 수 있으랴? 밀짚모자를 쓰고 유대교당 현관 벤치에 앉아 입맛을 다시며 마냥 시간을 보낸들 그 누가 고까워하랴? 플로리는 혼자 카드를 치거나 마작패를 짤그락거리며 주절주절 끊임없

---

110) 아프리카 동부의 반도 지역.

이 '무어놈들'을 욕했는데, 이 무렵 그녀에게는 거의 모든 사람을 포함하는 개념이었다. 아무튼 1940년 어느 화창한 봄날 뻔뻔스럽게 나타난 방탕아 아브라함이 마치 노다지라도 발견한 사람처럼 싱글벙글 웃으며 다가왔을 때, 그녀가 이젠 헛것이 다 보이는구나 생각했다고 한들 그 누가 이해 못하랴?

"그래, 아비." 플로리는 아브라함을 똑바로 쳐다보지 않고 느릿느릿 말했다. 혹시나 아들의 몸이 훤히 비친다면 자신이 드디어 완전히 미쳐버렸다는 증거일 테니까. "한판 놀아볼 테냐?"

아브라함이 더 밝게 웃었다. 너무 잘생겨 화가 날 정도였다. 대체 무슨 일로 예고도 없이 불쑥 나타나 저렇게 잘난 얼굴을 들이밀고 어미 속을 뒤집어놓는가? 플로리는 여전히 카드만 뚫어져라 내려다보며 말했다. "내가 아비 너를 잘 안다. 네가 그리 웃을 때는 문제가 생겼다는 뜻이고 환하게 웃을수록 심각하다는 뜻이지. 보아하니 네 깜냥으로는 도저히 감당할 수 없어 이 어미한테 쪼르르 달려온 모양이구나. 네가 그리 활짝 웃는 모습은 내 평생 처음 본다. 어서 앉아! 한두 판만 쳐보자."

아브라함은 입이 찢어져라 웃으며 대답했다. "싫어요, 어머니. 안으로 들어가실래요, 아니면 집안일을 온 동네에 까발릴까요?"

플로리는 이제야 아들의 눈을 똑바로 보았다. "앉으라니까." 아브라함이 앉았다. 플로리는 나인카드 러미 게임을 위한 패를 돌렸다. "네가 어미를 이길 수 있다고 생각하니? 어림도 없다, 이 녀석아. 이 어미는 절대 못 당하지."

배가 가라앉았다. 아브라함이 데릴사위로 들어간 상인 가문의 재정 상태가 다시 위기를 맞았다. 그래도 그 일로 카브랄섬에서 꼴사나운 집 안싸움이 벌어지지는 않았으니 그나마 다행이었다. 구세대와 신세대의 휴전체제는 흔들리지 않았다. 그러나 위기는 엄연한 현실이었다. 감언이설은 물론이고 아무에게도 밝힐 수 없는 온갖 술책을 동원한 끝에 두번째 화물선, 다시 세번째 화물선이 다 가마가의 상품을 싣고 출발했다. 이번에는 북아프리카의 위험지역을 피하려고 희망봉을 경유하는 우회 항로를 택했다. 그렇게 예방책을 강구하고 영국 해군도 주요 항로를 빠짐없이 보호하려 온갖 노력을 기울였지만—물론 판디트 네루[111] 께서 옥중에서 말씀하셨듯 영국이 인도 선박을 대하는 태도는 아무리 좋게 봐줘도 적잖이 해이했다고 말할 수밖에 없지만—두 배는 가라앉아 아까운 향신료를 바다 밑바닥에 흩뿌렸다. 그리하여 조미료 제국 C-50은(어쩌면 영감의 원천이던 알싸한 후추 향을 잃어버린 제국의 심장도 함께) 비틀거리고 휘청거리기 시작했다. 이런저런 비용이— 임금, 유지비, 대출이자 등등—자꾸 쌓여갔다. 그러나 이 글은 회계보고서가 아니므로 여러분은 내 말을 그냥 믿는 수밖에 없을 텐데, 요컨대 최근 코친 일대에서 유력한 상인으로 떠오른 아브라함이 싱글벙글 웃으며 유대인 마을을 다시 찾았을 때는 이미 최악의 상황이었다. 모든 사업이 실패로 끝났다고? 아니, 성공한 사업이 단 한 건도 없었단 말이냐?—단 한 건도 없었죠. 됐습니까요? 그럼 계속하겠사옵니다. 이번 엔 동화 같은 이야기를 들려드립죠.

결국 우리가 이 세상에 남기는 것은 이야기뿐이다. 우리 인생을 말

---

111) 자와할랄 네루의 이름에 '학자' 또는 '스승'을 뜻하는 경칭 '판디트'를 붙인 것.

해주는 것은 끝까지 살아남은 몇몇 이야기가 전부다. 그리고 가장 흥미 진진한 옛날이야기, 그래서 우리가 거듭거듭 다시 듣고 싶어하는 이야 기는 사랑 이야기인 것도 사실이다. 그러나 우리가 정말 좋아하는 부분 은 연인의 앞길에 먹구름이 몰려드는 대목이다. 독사과, 마법의 물레, 암흑여왕, 못된 마녀, 아기를 훔쳐가는 악귀, 그런 것들. 그러므로, 옛 날옛날 한 옛날에 우리 아버지 아브라함 조고이비는 큰 도박을 걸었다 큰 손해를 입었다. 그러나 그는 이미 약속을 해버렸는데, 내가 다 알아 서 하겠소. 그래서, 모든 대책이 실패로 끝난 후 몹시 절박해진 상황에 서, 그는 성난 어머니에게 눈부신 미소를 뿌리며 하소연하는 수밖에 없 었다―무엇을?―뭐겠습니까? 보물 상자를 달라고 했습죠.

⌣

아브라함이 자존심을 버리고 구걸을 하러 오다니, 이 사실만으로도 플로리는 자신이 얼마나 막강한 패를 쥐었는지 알아차렸다. 아브라함 은 지킬 수도 없는 호언장담을 해버렸다. 지푸라기를―황금으로―바꾼 다는 허풍과 다름없이 황당무계한 약속이었다. 그렇다고 처가 식구들 에게 실패를 인정하자니 자존심이 허락하지 않았다. 막대한 재산을 모 두 팔거나 저당잡혀야 한다는 말을 어떻게 꺼낸단 말인가. 그 잡것들이 결국 네 목을 따버렸구나, 봐라, 아비, 네 머리가 접시 위에 올라갔구나. 그 녀는 잠시 대답을 미뤘지만 너무 오래 기다리게 하지 않고 이내 승낙 했다. 밑천이 필요하단 말이지? 낡은 상자에 든 그 보석? 그래, 좋다, 가 져가라. 그러나 그녀는 아들이 늘어놓는 감사의 말도, 요즘 일시적으로 현금 흐름이 원활치 않다는 변명도, 뱃사람들을 설득해 목숨을 내걸어야 하는 일을 시키려면 무엇보다 보석이 제일 효과적이라는 주장도, 그리고 이자와 수익금에 대한 제안도 모두 물리쳤다. 플로리 조고이비는 말했다. "보석을 넘겨주는 대가로 더 귀한 보석을 받아야겠다."

말귀를 못 알아들은 아들이 밝은 웃음을 지으며 다짐했다. 물론이죠, 이번 일만 잘 풀리면 정말 톡톡히 보답할게요. 어머니 몫은 에메랄드로 달라고 하시면 최상급만 골라서 드릴게요. 아브라함은 주절주절 떠들었다. 그러나 이때 그는 생각보다 훨씬 더 깊은 늪에 빠진 상태였고, 늪 너머의 캄캄한 숲속 빈터에서 조그마한 난쟁이가 춤을 추며 노래를 부르는데, 내 이름은 룸펠슈틸츠헨…… 플로리가 아들의 말을 끊었다. "군소리 그만해라. 빚을 갚는다는 말은 의심하지 않으니까. 다만 이렇게 위험한 투자를 할 때는 엄청나게 귀한 보석을 받아내야겠지. 그러니 네 맏아들을 다오."

(플로리가 상자 속 에메랄드를 손에 넣은 경위에 대해서는 두 가지 추론이 공존했다. 가보인가, 장물인가. 감정을 배제하고 이성과 논리만으로 판단하자면 당연히 후자일 확률이 높다. 그렇다면, 만약 플로리가 정말 밀수단의 물건으로 도박을 하려는 것이라면, 그녀 자신도 무사하리라는 보장이 없다. 누군가의 목숨을 얻으려고 자신의 목숨까지 걸었다면 그녀의 요구가 조금은 덜 충격적일까? 아니, 오히려 용감한 결단이라고 말할 수 있을까?)

맏아이를 내놓아라……[112] 전설에나 나올 법한 대사가 어머니와 아

---

112) 룸펠슈틸츠헨이 지푸라기를 황금으로 바꿔주는 대가로 요구한 것.

들 사이에 메아리쳤다. 경악한 아브라함은 말도 안 되는 소리, 기분 나쁜 소리, 터무니없는 소리라고 일축했다. 그러자 플로리가 냉랭하게 말했다. "바보처럼 싱글벙글하더니 이제야 웃음기가 싹 가셨구나. 아무튼 아비, 혹시 그 상자를 들고 튈 속셈이라면 포기해라. 다른 곳에 감춰놨으니까. 내 보석이 필요하지? 그럼 맏아들을 내게 넘겨라. 피도 - 살도 - 뼈도 모두."

아, 어머니, 정말 제정신이 아니시군요. 아, 하나뿐인 모친께서 정신줄을 놓으시다니 실로 근심스럽기 그지없사옵니다. "아우로라는 아직 임신도 안 했단 말입니다." 아브라함이 힘없이 중얼거렸다.

"오호호, 아비." 플로리가 낄낄 웃으며 말했다. "넌 내가 미쳤다고 생각하지? 네 아들을 잡아먹거나 피를 빨아먹기라도 할 성싶으냐? 이 녀석아, 이 어미가 부자는 아니다만 내 핏줄을 잡아먹을 만큼 가난하지도 않다." 그녀는 다시 정색했다. "잘 들어라. 넌 언제든지 그애를 만날 수 있어. 그 어미년까지 데려와도 상관없다. 소풍이나 가족여행 같은 것도 허락해주마. 난 그저 그애를 데려다놓고 내 손으로 정성껏 키우고 싶을 뿐이야. 지금의 너와는 전혀 다른 사내, 어엿한 유대인 사내로 말이다. 아들을 잃었으니 손자라도 구해야지." 그러면서 마음속으로 기원했다. 그 아이를 구하면서 나 자신도 하느님을 되찾으면 좋겠구나.

비로소 전후사정을 알아차린 아브라함은 크나큰 안도감을 느끼며—돈이 절실히 필요하기도 했거니와 아직 아이가 잉태되지도 않았으므로—어머니의 제안을 받아들였다. 그러나 플로리는 호락호락 넘어가지 않고 증서를 요구했다. '본인의 장남을 모친 플로리 조고이비 여사에게 맡겨 유대식 교육을 받게 하기로 약속합니다.' 서명, 봉인, 전달. 플로리는 서류를 낚아채기가 무섭게 머리 위로 치켜들고 한바탕 흔들더니 치맛자락을 움켜쥐고 경중경중 뛰며 유대교당 문 앞을 한 바퀴 돌았다. 맹세, 맹세, 하늘을 우러러 맹세했소…… 기필코 증서대로 시행하겠소.[113] 그리하여 아직 태어나지도 않은 생명을 넘겨받는 조건으로 플로리는 아브라함에게 보물을 넘겼고, 마지막 기회를 얻은 아브라함은 이 보석을 대금이나 뇌물로 사용해 다시 상선을 파견했다.

그러나 아우로라에게는 그날의 밀담 내용을 말해주지 않았다.

⟿

배는 무사히 항구에 도착했고, 그다음 배도, 그다음 배도, 또 그다음 배도 마찬가지였다. 전 세계가 곤경에 빠졌건만 다 가마―조고이비상사는 날로 번창했다. (아버지가 어떤 방법으로 구슬렸기에 영국 해군이 그의 화물선을 지켜줬을까? 설마 장물이든 가보든 에메랄드 몇 개가 대영제국의 호주머니로 들어갔다는 뜻은 아니겠지? 정말 그랬다면 이 얼마나 과감한 결단인가, 전부를 얻지 못하면 전부를 잃을 수밖에 없는 모험을 하다니! 게다가 그런 제안을 상대가 받아들일 가능성도 별로 없지 않은가! 그래, 그래, 아무래도 해군이 성실히 복무한 결과였거나―파괴 행위를 일삼던 메데아호도 마침내 침몰하고 말았으니― 나치가 다른 전쟁터 때문에 여념이 없던 덕분이겠지. 그냥 기적이라고 해도 좋고 뜻밖의 행운이라고 해도 좋다.) 아브라함은 여유가 생기자

---

113) 셰익스피어의 『베니스의 상인』 중 샤일록의 대사.

마자 어머니에게 빌린 보석 대금부터 갚아버렸고, 수익금 명목으로 두둑한 돈다발을 얹어주겠다고 했다. 그러나 어머니는 그런 덤 따위는 필요 없다며 애처로운 목소리로 질문을 던졌고, 아브라함은 대꾸도 하지 않은 채 쌀쌀맞게 떠나버렸다. "그런데 보석은, 어미한테 약속한 보답은? 그건 언제 갚을 셈이냐?" 법대로 합시다, 증서대로 처벌과 위약금을 받아내야겠소.[114]

아우로라는 아직 임신하지 않았고 증서에 대해서는 아무것도 몰랐다. 몇 달이 지나는가 싶더니 어느새 일 년이 다 되어갔다. 아브라함은 여전히 입을 열지 않았다. 그때쯤에는 벌써 사업을 혼자 힘으로 꾸려가는 중이었다. 어차피 아이리시는 처음부터 사업에 별 관심이 없었고, 새로 얻은 조카사위가 위태롭던 가업을 멋지게 살려낸 후 다 가마 형제 중 혼자 살아남은 아이리시는—흔히 쓰는 표현을 빌리자면—우아하게 은퇴해 사생활을 즐겼는데…… 매달 초하룻날 플로리는 이미 거물 상인이 되어버린 아들에게 전갈을 보냈다. '네가 게으름을 피우는 건 아니었으면 좋겠구나. 내 소중한 보석을 다오.' (그 시절 한창 화끈한 후추 향 사랑을 불태우던 아우로라에게 아이가 생기지 않았다니, 이 얼마나 신기한가, 이 얼마나 숙명적인가! 만약 그때 사내아이를 낳았다면 결국 우리 부모님의 외아들인 내가—피도-살도-뼈도 모두—분쟁의 씨앗이 되었을 테니 말이다.)

아브라함은 다시 어머니에게 돈을 내밀었지만 다시 거절당했다. 한번은 어머니에게 애원했다. 어린 아내한테 갓 낳은 아들을 떠나보내자

---

114) 샤일록의 대사.

는 말을, 더구나 자기를 미워하는 시어머니에게 맡기자는 말을 차마 어떻게 합니까? 그러나 플로리는 막무가내였다. "진작 그런 생각을 하지 그랬니." 결국 분노를 이기지 못한 아브라함은 어머니에게 대들었다. 수화기에 대고 버럭 소리쳤다. "그런 종이 쪼가리는 아무짝에도 쓸모없어요! 누가 판사한테 뇌물을 더 많이 줄 수 있는지 두고 보시죠." 이제 가세를 회복한 다 가마가의 재산에 비하면 플로리의 녹색 보석 따위는 아무것도 아니었다. 게다가 그 보석이 정말 장물이라면 뇌물을 선뜻 받을 만한 인물이 있다 해도 사법부 사람들에게 보여주기는 꺼림칙할 터였다. 그러니 어찌하면 좋을까? 그녀는 이미 천벌에 대한 믿음을 잃은 뒤였다. 이 세상에서 통하는 것은 복수뿐이다.

또 한 명의 보복자! 제2의 적갈색 개, 혹은 살인모기! 이 이야기에는 앙갚음에 대한 이야기가 말라리아 콜레라 장티푸스처럼 창궐하는구나! 눈에는 이, 손에는 발! 그러니 나도 결국…… 아니, 아직 태어나지도 못했는데 최후에 대한 이야기부터 할 수는 없다. 1941년 봄, 아우로라의 열일곱번째 생일날, 소녀는 혼자서 다시 바스쿠의 무덤을 찾아갔는데, 그곳의 그늘 아래 웬 쭈그렁할멈이 기다리고 있었으니……

교회 안의 어둠 속에서 플로리가 불쑥 나타난 순간 아우로라는 이피파니아 할머니가 무덤 속에서 일어난 줄 알고 소스라치게 놀랐다. 그러나 곧 예전에 아버지에게 유령 따위를 믿느냐며 비웃은 일이 떠올라 희미한 미소를 머금었다. 그래, 그래, 평범한 할머니일 뿐인데, 왜 나한테 종이 쪼가리를 들이밀까? 간혹 거지가 그런 종이쪽지를 건네는 일이 있는데, 제발 적선 좀 해주세요, 벙어리인데다 딸린 새끼가 열둘입니다. "죄송해요, 미안해요." 아우로라는 건성으로 말하며 발길을 돌리려 했다. 그때 노파가 소녀의 이름을 불렀다. "아우로라 마님!" (큰 소리로.) "내 아들 아비를 홀려 앗아간 가톨릭 창녀! 네년이 꼭 봐야 하는 서류다."

아우로라는 돌아서서 아브라함의 어머니가 내미는 문서를 받아들고 읽기 시작했다.

✌

셰익스피어는 부자인데다 지혜롭기까지 했다는 포샤를 정의의 본보기로 내세웠다. 그녀는 세상을 떠난 아버지의 유언을 받들기로 마음먹었고, 그러려면 각각 금 은 납으로 만든 상자 세 개에 감춰진 수수께끼를 푸는 남자와 결혼해야 했다. 그러나 잘 들어보시라. 청혼자였던 모로코 군주가 이 시험에 합격하지 못했을 때 포샤는 안도의 한숨을 내쉬면서,

손쉽게 떼어버렸구나. 휘장을 도로 쳐놓고 들어가자.
낯빛이 저런 자들은 모두 잘못된 선택을 하면 좋으련만.

요컨대 무어인을 좋아하지 않는다는 뜻이렷다! 그래, 그래, 그녀가 사랑하는 남자는 바사니오였다. 그는 운좋게도 포샤의 초상화가 들어 있는 상자를 제대로 골랐다("너, 보잘것없는 납 상자여"). 그러니 이 잘난 사내가 그런 선택을 한 까닭이 무엇이었는지 어디 귀기울여 들어보자.

······허식이란 지극히 위태로운 바다로 나아가는
기만의 해변 같은 것, 인도 미녀의 얼굴을 가린
화려한 면사포와 같은 것이니, 한마디로
이 교활한 시대가 내세우는 허울뿐인 진실이랄까······

아하, 그랬구나. 바사니오에게 인도 미녀는 '위태로운 바다'와 같고 '이 교활한 시대'와 일맥상통하는구나! 결국 무어인도 싫고 인도인도 싫고 물론 '저 유대인'도(포샤가 샤일록의 이름을 입에 올린 것은 두 번뿐이고 나머지는 이렇게 한결같이 민족 이름으로만 지칭한다) 싫다는 뜻이겠다. 참으로 공명정대한 한 쌍 아닌가. 판단력으로 말하자면 다니엘[115] 못지않은데······ 이렇게 여러 증거를 제시하는 이유는 내가 이 이야기에 등장하는 아우로라는 포샤와 달랐다고 말하더라도 단순히 비판적 의미로만 받아들여서는 안 된다는 것을 분명히 해두기 위해서다. 우리 어머니는 부자였고(이 점은 포샤와 같다), 남편을 스스로 선택했고(이 점은 다르다), 확실히 똑똑했고(같다), 열일곱 살 나이에 아름다움의 절정에 접근한 전형적인 인도 미녀였다(전혀 다르다). 그런데 남편이—포샤라면 상상도 못할 일이지만—유대인이었다. 그러나 벨몬트 아가씨 포샤가 샤일록에게 피 묻은 살코기 1파운드는 안 된다고 했듯 우리 어머니도 플로리에게 아이를 빼앗기지 않을 정당한 방법을 찾아냈다.

그날 밤 아우로라가 아브라함에게 명령했다. "당신 어머니께 전해.

---

115) 구약성서에 등장하는 현자.

그분이 살아 계시는 동안 이 집안에서 아이가 태어나는 일은 절대 없을 거라고." 그러면서 침실에서 쫓아냈다. "당신은 당신 일을 하고 나는 내 일만 하면 돼. 어쨌든 어머님이 기대하시는 작품은 살아생전에 구경도 못하실 거야."

⌒

그렇게 그녀도 선을 그었다. 그날 밤 아우로라는 살갗이 쓰라릴 정도로 온몸을 박박 문질러 후추 향 사랑의 흔적을 깨끗이 지워버렸다. ('비벼대고 씻어내고⋯⋯'.) 그다음에는 침실 문을 잠그고 빗장까지 걸었다. 그리고 나서 꿈도 없는 깊은 잠에 빠져들었다. 그러나 그때부터 몇 달 동안 그녀의 작품에는—선화線畵와 채화彩畵는 물론, 꼬챙이로 꿰어놓은 조그맣고 섬뜩한 찰흙 인형까지—온통 마녀와 화염과 파멸 같은 소재만 가득했다. 나중에 그녀는 이 '적색 시대' 작품 대부분을 없애버렸고, 살아남은 몇몇 작품의 가치는 하늘 높은 줄 모르고 치솟았다. 경매장에 나오는 일조차 드물었고 어쩌다 나타나면 치열한 경쟁이 벌어졌다.

며칠 동안 아브라함은 잠긴 문 앞에서 구슬프게 징징거렸지만 아우로라는 끝내 요지부동이었다. 그는 마침내 시라노 흉내까지 냈는데, 아코디언 연주자와 발라드 가수를 고용해 그녀의 창문이 올려다보이는 안뜰에서 세레나데를 부르게 하고, 아브라함 자신은 바보처럼 그 옆에 우두커니 서서 입만 벙긋거리며 흘러간 사랑노래를 중얼거렸다. 그때 아우로라가 덧문을 열고 꽃을 던졌다. 그러나 곧이어 꽃병에 든 물을 끼었고 마지막으로 꽃병까지 내던졌다. 셋 다 표적에 명중했다. 돌로 만든 무거운 꽃병이 아브라함의 왼쪽 발목을 때려 뼈를 부러뜨렸다. 그는 흠뻑 젖은 채 처량하게 울부짖으며 병원으로 실려갔고, 그후에는 그녀의 마음을 돌려보려는 노력을 포기했다. 두 사람은 각자의 삶을 살았다.

돌꽃병 사건 후 아브라함은 한평생 다리를 절었다. 고뇌에 겨워 주름살이 깊어지고 시름에 겨워 입꼬리가 처지면서 수려했던 용모도 시들어갔다. 반면 아우로라는 더욱더 화려하게 피어났다. 천재적 재능이 만발해 그녀의 침대와 마음과 자궁 속 빈자리를 가득 채웠다. 그녀에게 필요한 사람은 자신뿐이었다.

⌢

전쟁기간 동안 아우로라는 코친에서 보내는 날이 많지 않았다. 처음에는 봄베이에서 케쿠 모디라는 젊은 파르시[116] 눈에 띄어 몇 차례에 걸쳐 한참 머물렀는데, 당시 모디는 커프퍼레이드[117]의 자택에서 현대 인도 화가의 작품을—그 시절에는 수익성이 좋은 분야가 아니었는데도—판매하기 시작한 터였다. 그녀가 여행을 떠날 때 절름발이 아브라함은 동행하지 않았는데, 그녀의 작별인사는 매번 한결같았다. "자, 그럼 아비! 가게 잘 봐요." 그리하여 남편이 없는 곳에서, 욕망을 견디지 못하는 그의 처량하고 바보스러운 표정이 보이지 않는 곳에서 아우로

---

116) 8세기경 무슬림의 박해를 피해 인도로 건너온 배화교도의 후손.
117) 봄베이 남부의 고급 상점가.

라 조고이비는 오늘날 모르는 사람이 없는 거물급 유명인사로 성장했다. 그녀는 민족주의운동의 선봉에 선 절세미녀였고, 발라브바이 파텔이나 아불 칼람 아자드가 시위대를 이끌 때마다 머리를 풀어헤치고 그들과 나란히 서서 당차게 행진하는 보헤미안이었고, 판디트 네루의 측근인 동시에 이른바 '절친한 친구'였고—끈질긴 소문에 의하면 그의 정부이기도 했고—훗날 네루의 사랑을 차지하려고 에드위나 마운트배튼[118]과 경쟁을 벌이기도 했다. 간디지[119]는 그녀를 불신했고 인디라 간디는 혐오했지만 1942년 '인도 철수' 결의안 당시 체포되면서 아우로라는 일약 국민적 영웅으로 떠올랐다. 그때 자와할랄 네루도 체포되어 아마드나가르 요새에 수감됐는데, 그곳은 16세기 왕녀이며 전사인 찬드 비비가 무굴제국의—그것도 아크바르대제가 이끄는—군대에 대항했던 곳이다. 사람들은 아우로라 조고이비야말로 더욱더 강대한 제국과 맞서 싸우는 제2의 찬드 비비라며 칭송했고 그녀의 얼굴이 도처에 나타났다. 담벼락에 그려진 낙서, 신문에 실린 만화 등을 통해 이미지 창조자인 그녀가 오히려 하나의 이미지로 변신했다. 아우로라는 데라둔교도소에서 이 년 동안 복역했다. 그곳에서 나올 때는 갓 스무 살이었지만 머리는 이미 백발이었다. 그녀는 신화적 인물이 되어 코친으로 돌아왔다. 아브라함의 첫마디는 "가게는 잘 있소"였다. 그녀는 간단히 고개만 끄덕인 후 다시 작업을 시작했다.

　카브랄섬에도 몇 가지 변화가 생겼다. 아우로라가 형기를 채우는 동안 아이리시 다 가마의 오랜 연인이던 '항해 왕자 헨리'가 중태에 빠졌

---

118) 마지막 인도 총독 루이스 마운트배튼 백작의 아내.
119) 힌디어에서 '지'는 사람의 이름이나 호칭에 붙이는 경칭 접미사.

다. 알고 보니 유난히 지독한 매독에 걸렸는데 곧 아이리시도 감염됐다는 사실이 드러났다. 얼굴과 몸에 매독 발진이 생겨 바깥출입을 못할 정도였기 때문이다. 빼빼 마르고 눈이 움푹 꺼진 아이리시는 마흔 남짓한 나이에 비해 이십 년은 더 늙어 보였다. 오래전 남편의 부정을 못 참아 죽여버리겠다고 위협하던 아내 카르멘이 병상을 찾아왔다. "우리 아이리시, 꼬락서니가 가관이네. 이렇게 죽어버리는 거야?" 그러나 아이리시가 돌아보자 카르멘의 눈에는 연민만 가득했다. 그녀가 말을 이었다. "빨리 툭툭 털고 일어나. 안 그러면 남은 한평생 내가 누구랑 춤을 추겠어? 당신뿐이잖아." 여기서 아주 잠깐 말을 끊더니 얼굴을 새빨갛게 물들이면서 덧붙였다. "헨리 왕자랑."

카브랄섬 저택에 '항해 왕자 헨리'의 방이 마련됐고, 그때부터 몇 달 동안 카르멘은 불굴의 의지를 보였다. 시내에서 제일 유능하고 제일 과묵한—치료비도 제일 비쌌으니까—전문의를 불러 두 남자를 돌보게 했다. 둘 다 병세가 서서히 호전됐다. 아이리시도 실크 실내복을 두르고 정원에 나갈 만큼 좋아졌는데, 그가 불도그 자와할랄과 앉아 신선한 라임수를 마실 때 아내가 다가오더니 헨리 왕자를 굳이 내보낼 필요는 없지 않겠느냐고 조용히 말했다. "이 집은 안팎으로 전쟁을 너무 많이 치렀잖아. 우리 셋만이라도 평화롭게 지내보자."

1945년 중반에 아우로라 조고이비는 성년이 되었다. 스물한번째 생일은 봄베이에서 보냈는데 아브라함은 따라가지 않았다. 케쿠 모디가 열어준 생일파티에는 이 도시의 예술계 및 정치계 유명인사가 빠짐없이 참석했다. 그 무렵은 새로운 협상 분위기가 무르익어 영국 정부가 국민회의당 관련자들을 석방한 직후였다. 그때 풀려나서 심라[120]에 있는 암스델이라는 집에 머물던 네루가 장문의 편지를 보냈다. 생일파티에 참석하지 못해 미안하다는 내용이었다. '목이 많이 쉬어버렸다. 왜들 이렇게 나를 보겠다고 꾸역꾸역 모여드는지 모르겠구나. 물론 대단히 고마운 일이지만 몹시 피곤하고 귀찮을 때도 많더라. 이곳 심라에서도 시시때때로 발코니나 베란다에 나가 답례를 해줘야 하니 말이다. 마음 편히 산책을 즐길 날이 언제쯤 올지 모르겠다. 한밤중이 아니면 가는 곳마다 군중이 따라다니니…… 아무튼 내가 참석하지 않은 덕분에 이런 곤욕은 면했으니 고맙게 여기려무나.' 그가 보내준 생일선물은 호그벤의 책『국민을 위한 과학』과『만인을 위한 수학』이었다. '예술혼에 다른 지식도 가미해 마음을 살찌우기 바란다'는 취지였다.

아우로라는 눈살을 찌푸리며 책을 케쿠 모디에게 건넸다. "자와할랄은 이런저런 지식에 관심이 많지만 저는 하나만 생각하는 여자예요."

⌐

플로리 조고이비에 대하여. 아직 살아 있기는 했지만 최근 들어 좀 이상해졌다. 7월 말 어느 날 마탄체리의 유대교당에서 엉금엉금 기어다니다 사람들 눈에 띄었는데, 파란색 중국제 타일에서 미래가 보인다며 중국에서 멀지 않은 어떤 나라가 머지않아 거대한 식인 버섯에 잡아먹힌다고 예언했다. 모셰 코헨 노인은 어쩔 수 없이 그녀의 관리인 자격을 박탈했다. 조카딸 사라가—아직도 노처녀 신세였다—요즘 종

---

120) 인도 북부 히마찰프라데시주의 주도.

교를 막론하고 온갖 정신이상자들이 트라방코르해안의 어느 교회로 모여든다는 소문을 들었다. 정신병을 치료하는 영험이 신통하다는 얘기였다. 사라는 모셰에게 플로리를 그곳에 데려가보겠다고 했다. 잡화상 노인도 승낙하고 여행 경비를 대줬다.

첫째 날, 플로리는 하루종일 마법의 교회 구내 땅바닥에 주저앉아 나뭇가지로 금을 긋기도 하고, 곁에 있는—그러나 존재하지 않으니 보이지도 않는—손자에게 수다를 떨기도 했다. 그리고 둘째 날, 사라는 플로리를 혼자 두고 한 시간쯤 해변을 거닐며 큰 배를 타고 왔다갔다하는 어부들을 구경했다. 이윽고 돌아와보니 교회 전체가 발칵 뒤집힌 상태였다. 그곳에 모인 정신병자 가운데 한 명이 실물 크기의 그리스도상 앞에서 온몸에 휘발유를 끼얹고 분신자살해버렸기 때문이다. 그런데 그 남자가 죽음의 성냥을 긋는 순간 화르르 타오른 불길이 어느 노파의 꽃무늬 스커트를 날름 핥았고, 결국 노파도 불길에 휩싸이고 말았다. 그분이 바로 우리 할머니였다. 사라가 시신을 집으로 모셔왔고, 플로리 조고이비는 유대인 마을의 공동묘지에 안장됐다. 아브라함은 장례식이 끝난 뒤에도 오랫동안 어머니의 무덤가를 떠나지 못했고, 이윽고 사라 코헨이 손을 잡았을 때도 뿌리치지 않았다.

며칠 후 거대한 버섯구름이 일본 히로시마를 삼켜버렸다는 소식이 전해졌을 때 잡화상 모셰 코헨은 뜨겁고 비통한 눈물을 왈칵 쏟았다.

⌒

이제 코친의 유대인은 거의 다 자취를 감췄다. 남은 사람은 오십 명도 안 됐는데 그나마 젊은이들은 이스라엘로 떠나버렸다. 그들이 마지막 세대였다. 유대교당마저 케랄라주 정부가 인수해 박물관으로 사용할 계획이었다. 아이들이 하나도 보이지 않는 마탄체리 골목길에서 마지막까지 남은 노총각 노처녀가 햇볕을 쬔다. 이 또한 멸종이니 마땅히 슬퍼할 일이다. 다른 곳에서처럼 떼죽음을 당하지는 않았지만 장장 이천 년에 걸쳐 면면히 이어지던 이야기가 여기서 끝나버렸기 때문이다.

1945년이 저물어갈 무렵, 아우로라와 아브라함은 코친을 떠나 봄베이의 말라바르언덕에 새 보금자리를 마련했다. 타마린드와 플라타너스와 바라밀나무가 우거진 언덕 비탈에 있는 넓은 방갈로였다. 가파른 계단식 정원에 서면 초파티해안과 백 베이와 머린 드라이브가 한눈에 내려다보였다. 아브라함은 설명했다. "어차피 코친의 전성기는 지나갔으니까. 사업 문제만 감안하더라도 이리로 이사하는 게 현명하지." 남인도 쪽 사업은 엄선한 사람들에게 맡겨놓고 정기적으로 들러 점검하기로 했는데…… 그러나 아우로라에게 논리적 설명 따위는 불필요했다. 이사하던 날 그녀는 계단식 정원이 끝나는 곳의 전망대까지 내려가 아찔한 낭떠러지 아래 펼쳐진 시꺼먼 바위와 들끓는 바다를 내려다보다 허공을 맴도는 독수리에게 질세라 목청껏 기쁨의 소리를 질렀다.

아브라함은 수줍은 듯 몇 걸음 뒤에서 기다렸는데, 공손하게 두 손을 맞잡고 있어 남들이 보면 하찮은 창고지기로 오해했을 것이다. 그가 애처로울 정도로 정중하게 말했다. "새로운 곳에 왔으니 당신의 창작활동에도 도움이 됐으면 좋겠소." 그러자 아우로라가 쏜살같이 달려와 남편의 품속으로 뛰어들었다.

"당신이 말하는 창작활동이 이런 거지?" 여러 해 동안 한 번도 보여주지 않던 눈빛으로 남편을 쳐다보며 아우로라가 말했다. "그럼 어서 가요, 아저씨, 안에 들어가 창작 한번 해보자고."

제2부

말라바르 마살라

9

해마다 한 번씩 우리 어머니 아우로라 조고이비는 신보다 높은 곳에서 춤추기를 좋아했다. 해마다 한 번씩 신들이 초파티해안으로 내려와 더러운 바닷물로 목욕을 하시는데, 수천을 헤아리는 배불뚝이 신상, 혼웅지[1]로 빚은 인형, 그들은 모두 코끼리 머리를 달고 있는 간파티 바파 즉 가네샤로, 역시 혼웅지로 만든 쥐를 타고—알다시피 인도에서는 쥐가 전염병뿐 아니라 신도 실어나르므로—물가로 몰려간다.[2] 엄니와 꼬리가 돈보이는 두 단짝 중에는 사람들이 어깨에 메거나 품에 안고 다닐 만큼 작은 것도 있지만, 집채만큼 커다란 것은 거대한 바퀴가 달린 나무 수레에 실어 신도 수백 명이 끌어야 한다. 그중에는 춤추는 가

---

1) 필프에 아교와 풀 등을 섞은 종이 만죽.
2) 가네샤를 기리는 힌두교 축제 가네샤 차투르티에 대한 묘사.

네사상도 많은데, 두둑한 뱃살과 허릿살을 자랑하며 엉덩이를 흔들어
대는 이들 간파티야말로 아우로라의 경쟁 상대였다. 그녀는 신나게 춤
추는 수많은 신상에 대항해 자못 불경스러운 몸짓을 선보였다. 해마다
한 번씩 하늘을 뒤덮는 총천연색 구름. 재활용한 살충제 분무기가 뿜어
내기도 하고 하늘 높이 두둥실 떠다니는 풍선이 차례차례 터지며 쏟아
내기도 하는 분홍색과 보라색, 자주색과 주홍색, 노란색과 초록색 분말
구름, 신상이 지나갈 때마다 허공을 곱게 물들이는 오색구름, 화가 바스
쿠 미란다의 표현을 빌리자면 '아우로라는-맞는데-보레알리스가-아
니라-봄베이알리스'.[3] 그러나 군중과 신보다 까마득히 높은 곳에는 또
다른 아우로라가 있었으니, 해마다 빠짐없이—도합 사십일 년 동안—
말라바르언덕 방갈로의 깎아지른 축대 위에서 겁도 없이 너울너울 춤
추는 아우로라 봄베이알리스 여사였는데(장난인지 반항인지 모르겠으
나 그녀는 우리 방갈로에 엘레판타[4]라는 택호를 붙였다), 반짝이를 달
아 눈부시게 빛나는 드레스를 떨쳐입고 빙글빙글 도는 자태가 실로 거
룩하리만큼 아름다웠고, 오색 꽃이 만발한 공중정원 같은 축제 마당의
하늘마저 압도할 만큼 화려했다. 백발이 사방으로 흩날리면(마치 앞날
을 예고하듯 일찌감치 백발이 되어버린 선대여!) 여기저기서 긴 탄성
이 터져나오고, 드러낸 배는 불룩하거나 늘어지기는커녕 날씬하고 팽
팽하기만 하고, 맨발을 쿵쿵 구르면 발목에 매달린 준주누[5]산 은제 방

---

[3] '북극의 서광'을 뜻하는 라틴어 '아우로라 보레알리스'에 빗대어 '봄베이의 서광'을 뜻
하는 말장난.
[4] 힌디어로 '코끼리'.
[5] 인도 라자스탄주의 지명.

울 발찌가 딸랑거리고, 좌우로 목을 휙휙 젖히기도 하고 손짓으로 알
아들을 수 없는 이야기를 들려주기도 하면서 이 위대한 화가는 인류의
어리석음에 대한 반감과 경멸을 춤으로 표현했다. '고작 인형 나부랭이
를 물속에 담가보겠다고' 밟혀죽을 위험마저 무릅쓰고 저렇게 엄청난
군중이 모이다니. 어머니는 어처구니가 없다는 듯 몇 번이나 하늘을 쳐
다보고 입술을 씰룩거리며 이기죽거렸다.

"인간의 어리석음은 용기보다 강하고"―짤랑-딸랑! ―"두려움보다
강하고"―쿠쿠-쿵! ―"예술보다 강하지." 어머니는 춤을 추며 열변을
토했다. "다른 것은 다 한계가 있지만, 아무리 절박해도 어느 지점 이상
은 안 가려 하지만, 어리석음에는 한계도 없고 누가 어디까지 다다랐다
는 기준도 없어. 오늘은 좀 심했다고 생각하다가도 내일은 더 어리석은
짓을 해버리니까."

어리석음은 무궁무진하다는 그녀의 지론을 증명이라도 하듯, 세월
이 흐르면서 아우로라의 춤은 그녀가 경멸하는 행사에서 으뜸가는 구
경거리로 떠올랐다. 축제를 비웃으려고 추는 춤이 오히려 축제의 일부
가 되어버렸다. 독실한 신자들은 그녀의 펄럭이는(종교와는 무관한)
치맛자락을 신앙심의 표현으로 여겼고―착각이지만 이미 돌이킬 수
없었다―춤을 통해 그녀도 신에게 경배한다고 믿었다. 그들은 싸구려
나팔과 대형 소라고둥과 귀청이 터질 듯한 북소리에 맞춰 노래를 부르
며―간파티 바파 모리아![6]―덩실덩실 춤을 췄다. 마약에 취해 손놀림
이 더 빨라진 고수들은 눈을 허옇게 까뒤집고 입에는 신자들이 사례금

---

6) 가네샤를 기리는 찬가.

으로 주는 지폐를 가득 문 채 정신없이 북을 두드렸다. 높은 축대 위에서 춤추는 전설의 여인이 더 큰 경멸을 표현할수록, 축제 전체를 깔보면 깔볼수록 군중은 더욱더 열광하며 그녀를 자기들과 같은 수준으로 끌어내렸다. 모반자가 아니라 신전 무희로, 신의 적이 아니라 열성팬으로 여겼다.

(곧 알게 되겠지만 아브라함 조고이비는 신전 무희를 다른 용도로 이용했다.)

언젠가 집안싸움을 하다 화가 나서 어머니에게 그녀와 축제를 동일시했던 여러 신문의 기사를 들먹인 적이 있다. 그 무렵 가네샤 차투르티는 젊은 깡패들이 노란색 머리띠를 두르고 주먹을 내두르며 힌두근본주의의 우월성을 과시하는 행사로 변질됐는데, 그들을 조종하는 자들은 목청만 큰 '뭄바이의 기둥'(MA당) 당원이나 라만 필딩―일명 만둑('개구리')―같은 선동가였다. 나는 이렇게 빈정거렸다. "어머니는 이제 단순한 구경거리가 아니에요. 환경미화계획 광고모델이 되셨다고요." 명칭은 그럴싸하지만 MA당이 수립한 이 계획의 목적은 간단히 말해 시내에서 빈민을 제거하는 일이었다. 그러나 아우로라 조고이비는 그렇게 유치한 공격에 타격을 입을 만큼 호락호락한 여인이 아니었다.

"엄마가 그런 시궁창에 휘말릴 듯싶니?" 어머니가 한심하다는 듯 소리쳤다. "네가 그렇게 먹칠을 한다고 내가 더러워질까? 그런 미신 패거리 수작질에 질질 끌려다닐 줄 알아? 이래 봬도 거물급만 상대하는 사람이야. 그래, 적어도 시바 나타라자[7]라든지, 하다못해 그 철딱서니 없

---

7) 가네샤의 아버지 시바 신의 여러 모습 중 춤추는 시바.

는 코쟁이 아들내미 정도는 돼야지. 내가 오랫동안 춤으로 그것들을 다 꺾어버린 몸이라고. 그러니 잘 봐둬라, 이 시꺼먼 녀석아. 언젠가는 너 같은 녀석도 돌개바람을 돌게 만들고 싹쓸바람을 싹트게 하는 재주를 배울지도 모르니까—그래! 춤으로 폭풍우를 부르는 재주 말이야." 바로 그 순간 하늘에서 천둥소리가 들렸다. 곧 장대비가 쏟아졌다.

사십일 년에 걸쳐 간파티 날마다 추던 춤. 어머니는 위험 따위는 아랑곳하지 않고 춤을 췄다. 저 밑에서 따개비를 잔뜩 달고 검은 이빨처럼 빠드득거리며 참을성 있게 기다리는 바위를 한 번도 내려다보지 않았다. 그녀가 처음으로 예복을 갖춰입고 엘레판타를 나서 낭떠러지 끝으로 다가가 회전 동작을 선보이던 날, 자와할랄 네루가 나서서 제발 그러지 말라고 애원했다. 때는 바야흐로 봄베이항에서 해군이 반영反英 파업을 강행한 직후였다. 시내에서도 이에 동조해 하르탈[8]이라는 파업을 일으켰지만 간디와 발라브바이 파텔의 공동 요청으로 중단된 터였다. 아우로라는 입바른 말을 할 기회를 놓치지 않았다. "판디트지, 국민회의당은 과감한 행동이 필요할 때마다 뒷걸음질치더군요. 하지만 여기서는 무난한 선택 따위는 안 해요." 그래도 네루가 계속 말리자 아우로라는 조건을 제시했다. 네루가 「바다코끼리와 목수」[9]를 끝까지 암송해야만 축대에서 내려오겠다고. 네루는 거뜬히 그 일을 해내 모두의 찬사를 한몸에 받았다. 그는 아찔한 축대에서 내려오는 아우로라를 부축하며 말했다. "지난 파업은 좀 복잡한 문제였어."

아우로라가 대꾸했다. "파업에 대해서는 저도 나름 의견이 있어요.

---

8) 영국의 식민통치에 항의하는 동맹 파업.
9) 『거울 나라의 앨리스』에 실린 18연 108행의 이야기 시.

차라리 시 얘기나 하시죠." 그러자 네루 총리는 몹시 얼굴을 붉히며 마른침을 꿀꺽 삼켰다.

잠시 후 네루가 말했다. "슬픈 시야. 굴이 너무 어렸으니까. 아이들을 잡아먹는다는 내용으로 볼 수도 있지."

"누구나 아이들을 잡아먹죠." 어머니가 응수했다. 그때는 내가 태어나기 십 년쯤 전이었다. "남의 아이가 아니면 자기 아이라도."

어머니는 자식을 네 명 낳았다. 이나, 미니, 마이나, 무어. 우리는 마법에 걸린 4코스 요리였다. 어머니가 아무리 자주 물어뜯어도, 아무리 배불리 뜯어먹어도 음식이 떨어지는 일은 없었으니까.

사십여 년 동안 어머니는 실컷 배를 채웠다. 그리고 예순세 살에 마흔두번째 간파티 춤을 추다 추락하고 말았다. 군침처럼 가늘게 흐르는 물결이 그녀의 주검을 어루만지고 검은 이빨이 그녀를 씹어대기 시작했다. 그때까지도 그녀는 여전히 나의 어머니였지만 나는 이미 그녀의 아들이 아니었다.

〜

엘레판타의 문지기는 나무 의족을 달고 목발을 짚은 사내였다. 지금도 눈만 감으면 그 모습이 생생히 떠오르는데, 지상천국의 정문을 지키는 이 순박한 베드로가 내게는 지옥으로 안내하는 저급한 베르길리우스였으니—대도시의 지옥, 복마전, 지하세계, 내가 살던 황금 도시와는 전혀 다른, 마치 거울에 비친 사악한 쌍둥이 형제 같은 도시, 합법적 봄베이가 아니라 불법적 봄베이. 내가 사랑했던 외다리 수호자여! 부모님은 언어를 뒤죽박죽 섞어 그에게 람바잔 찬디왈라[10]라는 이름을 지어주었다. (세상만물에 별명을 붙이기 좋아했던 아이리시 다 가마의 버릇에 물든 모양이다.) 그 시절에는 이렇게 두 언어를 섞은 말장난을 이해하는 사람도 꽤 많았다. 람바는 길다, 잔은 존과 비슷한 발음이고, 찬디는 은을 뜻한다. 요컨대 '롱 존 실버[11] 같은 사람'이다. 얼굴에는 터럭이 무시무시하게 많았지만 말 그대로든 비유적으로든 태어날 때와 똑같이 이는 하나도 없었다. 늘 잇몸으로 구장나무 잎에 싼 빈랑자를 우물우물 씹었는데 그 시뻘건 색이 빈랑자의 즙인지 핏물인지 알쏭달쏭했다. 아우로라는 그를 '우리집 해적'이라고 불렀다. 그리고 여러분이 짐작하신 대로 그의 어깨에는 날갯깃을 잘라낸 초록색 앵무새 토타가 올라앉아 추잡한 말을 지껄이기 일쑤였다. 매사에 완벽을 추구하는 어머니가 몸소 마련해준 새였다. 그렇게 중요한 특징을 빠뜨리고 넘어갈 분이 아니었으니까.

"앵무새도 없는 해적을 어따 써먹어?" 눈썹을 추켜올리고 그렇게 물으면서 어머니는 마치 보이지 않는 문고리를 잡은 듯 오른손을 홱 돌렸다. 그리고 어처구니없는 말을 태연하게(왜냐하면 마하트마에 대해 음탕한 농담을 하려는 의도는 없었으니까) 덧붙였다. "차라리 그 말라깽이한테서 요포를 벗기고 말지." 그녀는 앵무새에게 해적 말투를 가르치려고 열심히 노력했지만 봄베이의 이 새는 늙은 고집쟁이였다. "스페인 은화다! 친구들!"[12] 어머니가 고래고래 소리쳤지만 반항적인 학생

---

10) '왈라'는 '노동자'를 뜻하는 힌디어 접미사.
11) 소설 『보물섬』의 등장인물.
12) 『보물섬』에서 롱 존 실버의 앵무새 '플린트 선장'이 버릇처럼 외치는 말.

은 침묵을 지킬 뿐이었다. 그러나 몇 년 동안 그렇게 들볶인 끝에 결국 굴복한 토타가 시무룩하게 쏘아붙였다. "피사이—사페드—하티!" 이 놀라운 발언은—대충 해석하자면, 하얀 코끼리 박살난다!—우리 집안에서 특별한 욕지거리로 쓰였다. 아우로라 조고이비가 마지막 춤을 추던 날 나는 그 자리에 없었지만 현장에 있던 여러 사람의 증언에 따르면, 그녀가 죽음을 향해 추락하는 순간 일찍이 앵무새가 내뱉던 놀라운 욕설이 디미누엔도[13]로 들려왔다고 한다. "으아아아…… 하얀 코끼리 박살난다아!" 바위에 부딪히기 직전 어머니는 그렇게 울부짖었다. 그녀의 시신 옆에는 밀물을 타고 들어왔는지 춤추는 가네샤상이 부서진 채 놓여 있었다. 그러나 어머니의 외침은 그 코끼리와는 무관했다.

토타의 그 말은 람바잔 찬디왈라에게도 크나큰 영향을 미쳤다. 우리 대부분이 그랬듯 그의 머릿속에도 코끼리가 깊이 자리하고 있었기 때문이다. 앵무새가 말을 하기 시작한 후 람바는 어깨에 올라앉은 녀석에게 동질감을 느꼈고, 그때부터 이 새에게—이따금 불길한 말을 내뱉기도 하지만 평소에는 말을 안 할 때가 더 많거니와 (사실대로 말하자면) 성깔 사납고 불쾌하기 짝이 없는 녀석에게—속마음을 털어놨다.

앵무새를 기르는 우리집 해적은 어떤 보물섬을 꿈꿨을까? 그가 주로 이야기하고 자주 언급하는 곳은 진짜 엘레판타였다. 환상을 볼 정도로 철저히 교육받은 조고이비 집안 아이들에게 엘레판타섬은 항만 내에 떠 있는 작은 땅덩어리에 지나지 않았다. 독립하기 전에는—즉 이나, 미니, 마이나가 태어나기 전에는—배를 빌려야만 건너갈 수 있는 곳이

---

13) 음악 용어 '점점 여리게'.

었고 뱀을 비롯한 위험 요소도 각오해야 했다. 그러나 내가 태어날 무렵에는 이미 개발된 지 오래라 인도문[14]에서 정기 여객선을 타고 왕복할 수 있는 소풍 장소였다. 누나 셋은 그 섬에 싫증을 냈다. 그래서 어린 시절 오후의 무더위 속에서 람바잔 곁에 쪼그리고 앉은 내게도 엘레판타는 환상의 섬과는 거리가 멀었다. 그러나 람바잔의 이야기 속에서는 젖과 꿀이 흐르는 땅과 다름없었다.

그는 말했다. "도련님, 옛날에는 그 섬에 코끼리 임금님들이 살았다우. 봄베이 사람들이 가네샤를 유난히 떠받드는 이유가 뭔지 아슈? 인간이 생겨나기 전에는 코끼리가 왕좌에 앉아 철학 논쟁을 벌이고 원숭이는 종노릇을 했기 때문이지. 코끼리가 멸망하고 사람들이 처음 건너갔을 때 엘레판타섬에는 델리에 있는 쿠틉 미나르[15]보다 높다란 매머드 석상이 수두룩했는데 너무 무서워서 모조리 부숴버렸다고 합디다. 그래, 그렇게 해서 큰 코끼리가 살았다는 기억마저 지워버렸지. 물론 지금껏 잊어버리지 않은 사람도 없진 않지만. 아무튼 엘레판타섬의 산속에는 코끼리들이 죽은 친구들을 묻어놓은 무덤도 있다우. 아니라고? 고개를 절레절레? 이거 봐라, 토타, 우리 얘기를 안 믿으신다. 좋소, 도련님. 아직도 이맛살을 찡그리신단 말이지? 그럼 이걸 좀 보시구려!"

이 대목에서 앵무새가 시끄럽게 깩깩거리는 와중에 람바잔이 끄집어낸 것은―아으, 추억에 젖은 내 마음이여, 무엇이더냐, 무엇이더냐?―구깃구깃한 싸구려 종이 한 장이었는데, 어린 무어가 보기에도

14) 1911년 영국 국왕 조지 5세의 인도 방문을 기념해 뭄바이에 세운 건축물.
15) 힌두교와 이슬람교 양식이 혼합된 인도에서 가장 높은 석탑.

그리 오래된 물건은 아니었다. 그것은 물론 보물지도였다.

"큰 코끼리, 어쩌면 바로 그 코끼리가 지금도 그 산에 숨어 있소, 도련님. 내 눈으로 똑똑히 봤다니까! 내 다리를 누가 물어뜯었겠소? 그러더니 한심스럽다는 듯 거만하게 내려다보며 그냥 보내주더라니까. 피를 철철 흘리면서 밀림이 우거진 산길을 허우적허우적 기어내려와 다시 조각배를 탔지. 그날 내가 뭘 봤는지 아시겠소, 도련님? 그 코끼리가 보석더미를 지키고 있었는데, 하이데라바드의 니잠[16]이 가진 보물보다 많더라고."

람바잔은 그를 해적으로 여기는 우리 식구의 공상에 동참했고—무엇이든 설명하기 좋아하는 어머니가 별명의 의미를 자세히 알려줬기 때문이다—그 속에서 자기만의 꿈을 빚어냈다. 엘레판타섬의 해적이 엘레판타 저택을 지킨다. 세월이 흐를수록 그 꿈을 점점 더 깊이 믿는 듯했다. 다 가마-조고이비가와 숨겨진 보석 상자에 얽힌 전설 속에 자신을 끼워넣으면서도 의식조차 하지 못했다. 그리하여 말라바르해안의 마살라영화보다 더욱더 황당무계한 상황이 말라바르언덕에 펼쳐졌다. 왜냐하면 코친에서 후추와 향신료를 둘러싸고 어떤 사건이 일어났든 간에, 지금 우리가 사는 이 거대한 국제도시는 예나 지금이나 온갖 소동이 벌어지는 '중앙 교차로' 같은 곳이기 때문이다. 화끈한 화제, 짜릿하고 난잡한 소문, 끔찍하고 무시무시한 페니-드레드풀이-아니라-파이사-드레드풀[17]이 거리를 활보한다. 봄베이에서는 누구나 그

---

16) 인도의 옛 왕국 하이데라바드의 군주 칭호.
17) 저급한 통속소설을 뜻하는 'penny dreadful'에 영국의 화폐 '페니' 대신 인도의 '파이사'를 조합한 것.

런 난장판에 부대끼며 살고, 이 시끄러운 풍요의 뿔을 불어대는 소리에 귀가 먹먹하고, 그래서—이를테면 아우로라가 카브랄섬에서 그린 벽화 속 가족처럼—한 사람 한 사람의 이야기가 그 북새통을 뚫고 나아가는 수밖에 없다. 그러나 아우로라 조고이비에게는 오히려 고마운 일이었다. 처음부터 조용한 삶과는 거리가 멀었던 그녀는 이 도시의 뜨거운 악취를 마음껏 들이마시고, 맵디매운 소스를 맛있게 핥아먹고, 나중에는 접시까지 송두리째 삼켜버렸다. 아우로라는 자신을 해적으로, 이 도시의 무법 여왕으로 여기게 되었다. "이 집에는 해적 깃발이 잘 어울려." 그녀는 거듭 말했고 아이들은 당혹스러워하거나 지겨워했다. 그녀는 실제로 재단사에게 깃발을 만들게 해서 초키다르[18]에게 건넸다. "빨리 달아요, 람바잔 씨! 이걸 깃대에 걸어놓고 누가누가 경례를 붙이는지 한번 보자고요."

나로 말하자면 해골과 대퇴골을 그린 깃발 따위에 경례를 하지는 않았다. 그 무렵에는 이미 해적과는 거리가 멀었기 때문이다. 게다가 나는 람바잔이 다리를 잃은 진짜 이유를 알고 있었다.

⁓

제일 먼저 언급해야 할 점은, 그 시절에는 사람들이 팔다리를 잃는 일이 지금보다 흔했다는 사실이다. 영국 식민통치의 깃발이 파리끈끈이처럼 전국 방방곡곡에 즐비했고, 그 섬뜩한 깃발에서 벗어나려 발버

---

18) 힌디어로 '문지기'.

둥치는 과정에서 우리 같은 파리새끼는—내가 태어나기도 전에 일어난 일인데 '우리'라는 말이 어울리는지는 모르겠지만—다리나 날개를 뜯기기 일쑤였다. 그때는 온전한 몸뚱이보다 자유가 더 소중했으니까. 물론 요즘은(그 끈끈이는 옛날이야기가 되었으므로) 우리 스스로 똑같이 치명적이고 고리타분하고 끈적끈적한 깃발을 여러 개 만들어놓고 서로 싸우며 팔다리를 뜯어내느라 바쁘다—그만, 그만! 일장 연설은 집어치워라! 확성기도 꺼버리고, 너도 좀 가만히 있어라, 자꾸 까닥거리는 손가락이여!—아무튼 이야기를 계속하자면, 람바잔의 다리에 얽힌 문제에서 두번째로 중요한 정보는 우리 어머니의 커튼과 관계가 있다. 다시 말하자면 그녀의 미제 승용차 뒷유리와 뒷좌석 창문에는 늘 달아두는 금색과 녹색 커튼이 있었다는 사실인데……

1946년 2월, 어마어마한 대작 영화 같은 봄베이가 하룻밤 사이에 정지 화면으로 돌변했다. 해군과 선원의 총파업 때문이었다. 배도 출항하지 않고, 강철도 제련되지 않고, 직조기의 씨줄과 날줄도 움직이지 않고, 영화 스튜디오는 촬영도 편집도 중단했다. 스물한 살 먹은 아우로라는 커튼을 친 유명한 뷰익 승용차를 타고 마비된 도시를 종횡무진 누비고 다녔다. 운전사 하누만에게 모든 활동의—아니, 정확히 말하자면 모든 부동의—중심지로 가자고 했다. 이윽고 공장 정문이나 조선소 앞에 도착하면 접이식 나무 의자와 스케치북 한 권만 챙겨들고 혼자서 슬럼가 다라비로, 혹은 유흥가 도비탈라오로, 혹은 홍등가 포클랜드 로드로 깊숙이 들어갔다. 그리고 의자와 스케치북을 펼쳐놓고 목탄으로 역사의 현장을 기록했다. "저는 그냥 무시하세요." 입을 딱 벌리고 바라보는 파업 참가자들에게 그렇게 명령하면서 그녀는 그들이 시위를 하고 오입질을 하고 술을 마시는 모습을 빠른 손놀림으로 그려나갔다.
"조용히 있을게요. 벽에 붙은 도마뱀처럼. 아니면 개미귀신이라고 생각
하셔도 좋아요."

오랜 세월이 흐른 후 아브라함 조고이비는 말했다. "꼭 미친 여자 같
았지. 네 엄마 말이다, 아들아. 원숭이골머리나무[19]에 올라간 원숭이처
럼 미쳐버렸다니까. 대체 무슨 생각으로 그러는지 모르겠더라. 아무리
봄베이라지만 간단한 일이 아니었거든. 여자 혼자 길거리에 앉아 남자
들 얼굴을 빤히 쳐다보질 않나, 우범지대 도박장에 들어가 도화지를 꺼
내질 않나. 더군다나 개미귀신[20]은 폭탄이잖냐."

정말 간단한 일이 아니었다. 우락부락한 하역부들이 금니를 번쩍이
며 그녀가 영혼을 훔쳐내려 한다고 비난했다. 말 그대로 그림으로 혼을
앗아간다는 주장이었다. 파업중인 제철소 노동자들은 그녀의 비밀신분
이 경찰의 끄나풀이라고 의심했다. 예술이라는 활동 자체가 낯설었으
니 의심할 수밖에 없었다. 이 문제는 어디나 마찬가지다. 예전에도 늘
그랬고 앞으로도 늘 그럴 것이다. 그러나 그녀는 이 모든 어려움을 거
뜬히 이겨냈다. 사람들이 이리저리 밀쳐내고 성폭력이나 물리적 폭력
을 들먹이며 위협했지만 조금도 흔들리지 않는 담담한 시선 하나로 모
두 물리쳤다. 어머니에게는 옛날부터 신비로운 능력이 있었는데, 작업
에 열중하면 투명인간이 되는 재간이었다. 길고 새하얀 머리를 틀어올
리고, 크로퍼드시장에서 산 싸구려 꽃무늬 드레스를 걸치고 날이면 날
마다 꿋꿋하게 현장에 나타나 조용히 그림을 그렸다. 서서히 마법이 발

---

19) 소나무의 일종. 복잡하게 얽힌 가지와 가시 때문에 동물이 기어오르기 어렵다.
20) 제2차세계대전에서 독일군이 사용한 폭명탄의 별칭.

동하자 사람들이 그녀를 눈여겨보지 않게 되었다. 사람들은 그녀가 대 갓집 마님이라는 사실, 크기는 집채만한데다 차창에 커튼까지 친 승용 차에서 내렸다는 사실을 잊어버리고 자기네 삶의 현실을 고스란히 얼 굴에 드러냈다. 그래서 목탄을 움켜쥔 그녀의 손가락은 이리저리 쏜살 같이 날아다니며 현실의 다양한 일면을 담아낼 수 있었다. 공동주택 급 수탑 앞에서 벌거벗은 채 서로 따귀를 때리며 싸우는 아이들, 문 닫은 약국 계단에서 비디[21]를 피우며 빈둥거리는 반백의 노동자들과 그들 의 절망, 적막에 잠긴 공장, 사내들의 핏발 선 눈에서 금방이라도 피가 터져 거리를 뒤덮을 듯한 위기감, 마치 허공에서 음식을 만들어내려는 듯 노숙자들의 판잣집 안에 조그마한 석유 버너를 피워놓고 사리를 뒤 집어쓴 채 쪼그리고 앉은 강인한 여인들, 곤봉을 치켜들고 돌격하면서 도 머지않아 자주독립의 그날이 오면 하루아침에 압제의 하수인으로 몰릴까 두려워하는 경찰관들의 겁먹은 눈빛, 해군기지 정문 앞에서 파 업중인 수병들의 의기양양한 긴장감, 아폴로부두에서 차나콩을 우둑 우둑 씹으면서 항구에 닻을 내린 채 움직이지 않는 배와 혁명을 찬양 하며 휘날리는 붉은 깃발을 물끄러미 바라보는 수병들, 잘못을 저지르 고도 오히려 자랑스러워하는 아이 같은 표정들, 조난자 신세가 되었지 만 여전히 거만한 영국군 장교들, 왜냐하면 권력이 썰물처럼 빠져나간 후 뭍에 남겨진 배처럼 오도 가도 못하는 그들에게 남은 것이라고는 천하무적이던 시절의 자세와 걸음걸이, 그리고 낡아빠진 대영제국 군 복뿐이니까. 이 모든 그림의 저변에는 이 세상이 그녀의 기대에 못 미

---

21) 나뭇잎으로 만 값싸고 독한 인도산 담배.

치는 부조리한 곳이라는 인식이 깔려 있었고, 따라서 인물의 표정을 통해 그녀 자신이 느끼는 현실에 대한 실망과 불의에 대한 분노도 함께 표현했고, 그리하여 그녀의 그림은 단순한 현장 보고가 아니라 개인적 체험의 산물이 되었고, 거칠고 사나운 선에 담긴 격정은 물리적 폭력 못지않게 충격적이었다.

케쿠 모디가 요새 일대의 전시장 하나를 부랴부랴 빌려 아우로라의 스케치를 전시했고 이 작품들은 곧 '칩칼리' 즉 도마뱀 연작으로 알려졌는데, 모디의 권유로―모든 그림이 노골적으로 체제 전복을 지향하고 노골적으로 파업을 지지하며 영국 정부에 도전하는 내용이었으므로―아우로라는 서명 대신 한쪽 구석에 작은 도마뱀을 그려넣었기 때문이다. 케쿠 자신은 연행될 각오를 하고 아우로라를 위해서라면 기꺼이 처벌을 감수하리라 마음먹었는데(처음 만날 때부터 아우로라의 마법에 사로잡혔기에), 아무 일도 생기지 않자―사실 그때 영국인은 이 전시회를 철저히 무시하기로 결정했으므로―영국이 국력뿐 아니라 의지력마저 시들어간다는 또하나의 징후라고 주장했다. 케쿠 모디는 키 크고 창백하고 덤벙거리는 사람이었고 지독한 근시라서 총알도 막아낼 만큼 두껍고 동그란 안경을 썼는데, 영원히 오지 않을 체포조를 기다리며 날마다 도마뱀 전시장을 배회했다. 평범한 보온병에 진한 홍차 빛깔과 똑같은 싸구려 럼주를 담아 홀짝거리다 결국 과음하기 일쑤였고, 그때마다 전시장을 찾은 관람객을 붙잡고 대영제국의 몰락이 임박했다는 이야기를 터무니없이 길게 늘어놨다. 그러나 아브라함 조고이비의 의견은 좀 달랐다. 어느 날 오후, 아우로라도 모르게 혼자서 전시장을 찾은 아브라함이 케쿠에게 말했다. "당신 같은 예술가 패거리는 언제나 자신의 영향력을 과대평가하지. 언제부터 민중이 이런 전시회를 보러 왔소? 그리고 내가 장담하는데, 지금 영국인은 그림 따위에 신경쓸 여유가 없소."

한동안 아우로라는 자신의 별명을 자랑스럽게 여겼는데, 실제로 그런 존재가 되고 싶어했기 때문이다. 역사의 벽에 달라붙어 눈 하나 깜작하지 않고 물끄러미 지켜보고 또 지켜보는 도마뱀 같은 존재. 그러나 그녀의 선구적인 작품들이 추종자를 낳기 시작했을 때, 즉 다른 젊은 화가들이 차례차례 민중의 기록자로 나서고 심지어 도마뱀화파를 자처하기 시작했을 때, 어머니는 과연 어머니답게 제자들을 공개적으로 파문해버렸다. '내가 도마뱀이다'라는 제목의 기사에서 아우로라는 자신이 원작자임을 밝히며 영국인에게 탄압할 테면 해보라는 도전장을 던지고(영국인은 그러지 않았다) 자신을 모방한 화가들을 '만화가와 사진가'로 매도했다.

말년에 아버지는 그때를 회상하며 말했다. "당당한 태도도 좋지만 인생이 쓸쓸해지기 십상이지."

⌣

해군파업조직위원회가 국민회의당 지도부의 설득에 넘어가 곧 파업을 중단하고 회의를 소집해 수병들에게 복귀 명령을 내릴 예정이라는 소식을 들었을 때 아우로라 조고이비는 세상의 현실에 실망하다못해 울화통이 터질 지경이었다. 그녀는 차근차근 생각해보지도 않고, 하다못해 운전사 하나만을 부르지도 않고 커튼을 친 뷰익에 당장 뛰어올라

해군기지로 출발했다. 그러나 콜라바²²⁾의 아프간교회를 지날 때쯤에는 자신이 불사신이라는 망상도 사라지고, 이렇게 무작정 달려가는 것이 과연 현명한 일인지 다시 생각해보게 되었다. 해군기지로 가는 길에는 패배감과 절망감에 젖은 수병들이 즐비했다. 군복은 깨끗하지만 기분은 더러운 젊은이, 낙엽처럼 정처 없이 몰려다니는 젊은이. 플라타너스에 내려앉은 까마귀떼가 그들을 비웃었다. 한 수병이 돌멩이를 집어 소리가 나는 쪽으로 냅다 던졌다. 검은 새들은 수병을 조롱하듯 푸드득 날아올라 잠시 허공을 맴돌더니 도로 내려앉아 다시 수병을 놀려댔다. 반바지 차림의 경찰관이 삼삼오오 모여 속닥거리는데 마치 벌을 받을까 걱정하는 아이처럼 불안한 표정이 역력했다. 이제 어머니도 스케치북과 접이식 의자를 들고 얼쩡거릴 만한 곳이 아니라는 사실을 어렴풋하게나마 깨달았다. 게다가 든든한 운전사도 없이 혼자서 이렇게 번쩍거리는 뷰익을 몰고 나오다니. 후덥지근하고 불쾌한 오후였다. 어떤 아이가 날리는 연보랏빛 연 하나가 또다른 싸움을 벌이다 줄이 끊어져 너울너울 처량하게 지상으로 떨어져내렸다.

아우로라는 굳이 창문을 내려 물어보지 않아도 수병들의 속내를 짐작할 수 있었다. 그녀도 똑같은 생각을 하고 있었으리라. 국민회의당이 참차 즉 알랑쇠 노릇을 하는구나. 지금 이 순간에도—영국인은 군대조차 신뢰할 수 없어 수병들에게 진압 부대를 보내지도 못하는 상황이건만—국민회의당 패거리가 먼저 나서서 영국인의 수고를 덜어주는구나. 그녀는 또 생각했다. 민중이 들고일어날 때마다 우두머리들은 꽁무

---

22) 뭄바이 남단의 번화가로 독립 이전 영국군의 주둔지.

니를 빼는구나. 인도인이든 영국인이든 우두머리는 다 똑같구나. "이놈
이나 저놈이나 이번 파업 때문에 겁을 먹었어." 아우로라도 폭동을 일
으키고 싶은 기분이었다. 그러나 그녀는 수병이 아니었고, 이 성난 청
년들에게 자신은 그저 값비싼 차를 타고 다니는 돈 많은 쌍년으로 보
일 뿐이라는 사실을 알고 있었다. 어쩌면 적으로 여길지도 몰랐다.

시무룩한 표정으로 꾸역꾸역 모여드는 인파 때문에 그녀는 뷰익을
보행 속도에 가까울 만큼 느릿느릿 운전할 수밖에 없었는데, 기골이
장대한 젊은이가 오만상을 찌푸리며 노려보더니 크롬 도금을 한 사이
드미러를 순식간에 비틀어 꺾어버렸다. 가벼운 동작이었지만 무시무
시한 힘이 숨어 있었고 사이드미러는 부러진 팔처럼 힘없이 대롱거렸
다. 심장이 마구 두근거리자 그녀는 이 자리를 떠날 때가 되었다고 판
단했다. 차를 돌릴 공간이 없어 후진하기 시작했는데, 가속페달을 밟
은 순간 깨달았다. 녹색과 금색 커튼 때문에 시야가 가려진데다 사이
드미러마저 없어졌으니 후방을 확인할 길이 없다는 사실을, 그리고 일
부 수병이 저항을 표현하는 최후의 수단으로 갑자기 길바닥에 주저앉
기 시작했다는 사실을, 그리고 점점 초조하고 두려워져 자기도 모르게
가속페달을 너무 힘껏 밟는 바람에 후진 속도가 지나치게 빨라졌다는
사실을.

브레이크를 밟는 순간 덜컥하는 작은 충격을 느꼈다.

아우로라 조고이비가 겁을 먹은 이야기는 좀처럼 듣기 어려운데, 그
중 하나가 바로 이 사건이다. 그 충격에 깜짝 놀란 어머니는 뒤쪽에서
연좌시위를 주도하던 누군가를 치었다는 사실을 곧바로 알아차리고
얼른 기어를 1단으로 바꿨다. 차는 왈칵 튀어나가 몇 피트쯤 전진하면

서 방금 쓰러뜨린 수병의 다리를 다시 밟고 지나갔다. 그 순간 경찰관 몇 명이 곤봉을 휘두르고 호루라기를 불며 뷰익 쪽으로 달려왔고, 백일몽을 꾸듯 얼떨떨한 상태에서 아우로라는 일단 도망쳐야 한다는 생각과 죄의식에 쫓겨 다시 차를 왈칵 후진시켰다. 덜컥, 세번째 충격이 느껴졌지만 처음 두 번에 비하면 한결 가벼웠다. 그러나 후방에서 분노의 아우성이 점점 커졌고, 완전히 이성을 잃은 그녀는 고함소리에 대한 무의식적 반응으로 다시 왈칵 전진하면서—네번째 충격은 거의 느껴지지도 않았다—적어도 한 명 이상의 경찰관을 치어 자빠뜨렸다. 그 순간 뷰익의 시동이 꺼져 천만다행이었다.

이 이야기를 처음 들은 어린 시절에도 최대의 난제였지만 지금까지도 알쏭달쏭하기만 한 문제가 있다. 멀쩡한 사람을 치어 두 토막을 내다시피 해놓고 어떻게 그 자리를 무사히 벗어났을까. 아우로라도 그 이야기를 할 때마다 설명이 달라졌다. 우울한 수병들이 갈팡질팡하는 사이에 빠져나왔다는 둥, 해군의 기강이 조금은 남았는지 폭도로 돌변하지 않은 덕분이라는 둥, 인도 남자들의 몸에 밴 기사도 정신과 계급의식 때문에 차마 숙녀에게, 특히 대갓집 마님에게 해코지를 할 수는 없었다는 둥. 그 밖에도 그날 다친 남자에 대해, 그리고 대롱거리는 사이 드미러처럼 보여 섬뜩했던 그 다리에 대해 깊이 걱정하는 마음을—당당한 태도 따위는 접어두고!—숨김없이 보여준 덕분일지도 모른다고 했고, 또한 습관대로 신속하게 명령을 내려 부상자를 뷰익 뒷좌석으로 옮기게 했는데, 그 자리에 모인 군중에게 부상자를 이송하려면 이 차를 이용하는 것이 제일 빠르다고 설명하는 동안 녹색과 금색 커튼이 분노의 시선을 막아준 덕분이라고도 했다. 그러나 사실대로 말하자면 그날 점점 험악해지는 군중 속에서 어떻게 빠져나왔는지는 아우로라 자신도 전혀 몰랐고, 다만 기분이 언짢을 때의 설명이 진실에 가장 가까워 보였는데, 바로 명성 덕분에 살아났다는 얘기였다. 아직도 그녀의 얼굴이 곳곳에 즐비했고, 그토록 젊고 아름다운 얼굴과 길고 새하얀 머리카락을 한눈에 알아보기란 그리 어렵지 않았다. "국민회의당에 있는 친구 놈들한테 우리가 실망했다고 전하시오!" 누군가 소리치자 그녀도 마주 외쳤다. "꼭 전할게요!" 그러자 그들은 그녀를 놓아줬다. (몇 달 후 축대 위에서 회전 동작을 선보일 때 아우로라는 약속대로 자와할랄 네루에게 한바탕 직언을 퍼부었다. 얼마 후 마운트배튼 내외가 인도에 도착했고 네루와 에드위나는 사랑에 빠졌다. 아우로라가 해군 총파업 문제를 직설적으로 비판해서 판디트지가 그녀를 등지고 한결 덜 사나운 마지막 총독 부인에게 넘어갔다고 하면 지나친 추측일까?)

아브라함의—언제나 아우로라를 보살펴주겠다고 약속했던 아브라함—설명은 또 달랐다. 그녀가 세상을 떠나고 오랜 세월이 흐른 후 아버지가 내게 털어놨다. "그 시절에는 최고 실력자만 골라서 붙였는데 네 엄마를 몰래 따라다니느라 다들 고생깨나 했지. 네 엄마가 무모하게 사방팔방 싸돌아다니는 바람에 지켜주기가 너무 힘들었다는 게 아니라 그때는 한시도 방심할 수 없었다는 얘기다. 그래서 그 뷰익이 가는 곳에는 내 부하들도 함께 있었지. 그렇지만 네 엄마한테 그런 말을 할 수 있었겠냐? 사실을 알면 길길이 날뛸 게 뻔한데."

오랜 세월이 지난 지금은 어느 쪽 이야기를 믿어야 할지 판단하기 어렵다. 아우로라가 그렇게 다짜고짜 뛰쳐나갈 줄은 아브라함도 모르지 않았을까?—그러나 어머니의 이야기는 더 의심스러운데—어쩌면 그리 급하게 출발하지는 않았는지도 모른다. 전기작가가 흔히 겪는 어려움인데, 사람들은 누구나 자신에 대한 이야기를 할 때도 사실을 미화하거나 편집하거나 아예 날조하기 일쑤다. 아우로라는 독립적인 성격을 강조하고 싶었고, 그녀의 이야기는 그런 욕구에서 나왔다. 마찬가지로 아브라함의 이야기는 온 세상이─특히 내가─당신 덕분에 어머니가 무사했다고 믿게 하려는 욕구에서 비롯됐다. 이런 이야기의 진실을 알아내려면 주인공의 행동보다 속마음에 대해 무엇을 말해주는지를 눈여겨봐야 한다. 그러나 다리를 잘린 수병의 경우 진실을 파악하기 그리 어렵지 않다. 가엾게도 다리를 잃고 말았다는 것.

⌣

어머니는 수병을 집으로 데려와 그의 인생을 바꿔놓았다. 그녀는 그의 다리를 빼앗고 해군에서의 미래를 빼앗음으로써 그를 축소시켰다. 그래서 이번에는 그를 다시 확장시키려 온 정성을 기울였다. 새 제복, 새 직업, 새 다리, 새 이름, 게다가 성질 더러운 앵무새까지 마련해줬다. 그의 인생을 파멸시켰지만 그 파멸의 결과로 빈민굴에서 살거나 동냥질로 연명하는 최악의 상황만은 면하게 해준 것이다. 그래서 그는 그녀를 사랑할 수밖에 없었다. 그녀의 뜻대로 람바잔 찬디왈라가 되었다. 황당무계한 코끼리 이야기는 사랑의 표현이었다. 개처럼 헌신적이지만 이룰 수 없는 사랑, 여왕을 모시는 노예의 사랑이었다. 깡마르고 심술궂은 유모 겸 가정부 미스 자야 헤는─훗날 그와 결혼해 그의 인생을 재앙에 빠뜨릴 여자─그런 사랑에 넌더리를 내며 꾸짖었다. "아이고, 맙소사! 소금 행진[23]이라도 하지 그래? 바다에 도착해도 멈추지 말고 계속 걸어가."

람바잔은 아우로라의 집 대문에서—바스쿠 미란다의 표현을 빌리자면 새벽의 문[24]에서—험악한 바깥세상으로부터 주인을 지키는 일을 했지만 어떤 면에서는 그녀로부터 다른 사람들을 지켜주기도 했다. 용건을 밝히지 않으면 아무도 들여보내지 않는 대신에 자진해 손님에게 조언을 해줬기 때문이다. 이를테면 이런 식이었다. "오늘은 조용조용히 말씀하시구려" 혹은 "오늘은 머리가 좀 복잡하신 모양이오" 혹은 "마님이 울적해하시니 재미있는 농담을 해보시오". 어머니를 찾아온 손님은(단, 람바잔의 귀띔을 귀담아들을 만큼 현명한 손님이라면) 미리 경고를 들은 덕에 초신성의 폭발에 비견되는 전설적인—그리고 대단히 예술적인—분노를 피할 수 있었다.

⌐

우리 어머니 아우로라 조고이비는 지나치게 밝은 별이었다. 너무 오래 쳐다보면 눈이 멀어버릴 정도였다. 지금 기억 속에서조차 눈부시게 빛나 멀찌감치 떨어져야 한다. 우리는 아우로라가 다른 이들에게 미치는 영향을 통해 간접적으로 그녀를 인식할 수 있는데—그녀는 남들의 빛을 굴절시키고, 그녀의 중력으로 탈출은 꿈도 못 꾸게 하고, 그녀에게 대항할 만큼 강하지 못한 사람들의 궤도를 무너뜨려 태양처럼 이글

---

23) 1930년 3월, 소금세에 항의하는 의미로 간디가 주도한 장거리 도보 행진.
24) '아우로라'는 로마신화에 등장하는 새벽의 여신의 이름이기도 하다.

거리는 자신의 불길 속으로 빨아들인다. 아, 죽은 자들이여, 아직도 끝나지 않은, 끝없이 끝나가는 망자들이여. 그들의 이야기는 얼마나 길고 다채로운가. 살아 있는 우리는 그들 곁에 머물 공간을 찾아야 한다. 그러나 죽은 거인을 묶어둘 수는 없다. 그들의 머리카락을 움켜쥘 수 있을 뿐, 그들이 잠든 동안에만 밧줄로 옭아맬 수 있을 뿐.

우리도 죽어야만 오랫동안 억눌려온 영혼이 비로소 말문을 열까? 감춰진 본성이 비로소 드러날까? 궁금해하실 분들께 말씀드리겠는데, 아니다. 다시 말하건대, 그렇지 않다. 어린 시절에는 나도—피학증이나 자위행위와는 무관했지만 카르멘 다 가마처럼, 혹은 광선공포증에 걸린 올리버 다이스 목사처럼—바나나껍질을 벗기듯 피부를 훌렁 벗어던지고 바깥세상으로 나가는 꿈을 꾸었다. 브리태니커백과사전에 실린 인체 해부도처럼 신경조직과 힘줄과 핏줄 따위를 고스란히 드러낸 모습이었으니, 다른 방법으로는 도저히 벗어날 수 없는 감옥과 같은 피부색과 인종과 가족으로부터도 탈출한 셈이었다. (어떤 꿈에서는 피부뿐 아니라 살, 가죽, 뼈를 모조리 털어버리고 정신이나 감정만 남아 자유롭게 세상을 떠돌며 마음껏 놀아보기도 했는데, 공상과학소설에 나오는 도깨비불 같은 생명체처럼 내게도 육체 따위는 필요 없었다.)

지금 이 글을 쓰면서 나는 역사를—과거라는 감옥을—벗어나야 한다. 지금은 모종의 끝맺음을 위한 시간이다. 나 자신에 대한 진실이 드디어 숨막히게 답답한 부모님의 영향권을 벗어나고 내 검은 피부마저 벗어나려 안간힘을 쓴다. 이 글을 쓰고 있자니 꿈이 실현된 듯하다. 고통스러운 꿈이라는 사실은 부인하지 않겠다. 현실세계에서는 아무리 잘 익었어도 사람의 껍질을 벗기는 일이 바나나처럼 간단하진 않으니까. 그리고 아우로라와 아브라함을 벗어나는 일도 만만찮을 테니까.

인도에서 모성은—송구스럽지만 이 문제는 꼭 강조해야겠는데—매우 중요한, 어쩌면 가장 중요한 개념이다. 땅은 곧 어머니, 어머니는 곧 땅이다. 대지는 우리 발밑을 든든히 받쳐주니까. 아으, 숙녀 여러분, 신사 여러분, 저는 지금 대단히 모성적인 나라에 대해 얘기하는 중입니다요. 내가 태어나던 해에 메흐붑영화사의 어마어마한 화제작〈어머니 인도〉가—제작기간 삼 년, 촬영 일수만 삼백 일, 발리우드영화사를 통틀어 최고의 흥행작 세 편 중 하나로 손꼽히는 작품이다—전국의 스크린을 강타했다. 영화를 본 이들은 강인한 농촌 여인의 파란만장한 생애를 뇌리에서 지우지 못했다. 세상에서 가장 냉소적인 도시적 감성으로 인도 농촌에 깃든 불굴의 정신을 찬양하는 엄청나게 감상적인 영화였다. 그리고 주인공은—아으, 나르기스[25]여, 어깨에 짊어진 괭이자루, 이마 위로 흘러내린 흑발 한 가닥!—나중에 인디라 마타[26]가 그 자리를 빼앗을 때까지 우리 모두에게 어머니 여신과 다름없는 존재가 되었다. 아우로라도 당연히 그녀를 알았다. 당시 유명인사의 태반이 그랬듯 그 배우도 아우로라의 이글거리는 불길에 이끌려 그녀 앞에 나타났다. 그러나 두 사람은 결국 친해지지 못했는데, 아마도 아우로라가 쓸데없이 모자관계를—내게도 매우 중요한 문제를!—들먹였기 때문이리라.

엘레판타의 높다란 테라스에서 어머니는 이 유명 배우에게 이런 말을 해버렸다. "그 영화를 처음 보던 날, '못된 아들'로 나오는 비르주를 보자마자 생각했어요. 어머나, 세상에, 정말 잘생겼구나! 너무너무 뜨

___
25) 인도 배우(1929~1981).
26) 자와할랄 네루의 딸이자 독재자 인디라 간디의 별칭. '인디라 어머니'를 뜻한다.

거워, 너무너무 짜릿해, 물 좀 뿌려줘. 도둑인데다 불한당이지만 애인으로는 초특급이겠네. 그런데 보세요―그런 남자랑 결혼까지 하셨잖아요. 영화계 사람들은 정말 화끈하게 사는군요. 자기 아들이랑 결혼까지 하다니, 이건 정말, 히야."

이때 당사자인 배우 수닐 두트가 아내 곁에 뻣뻣하게 서서 레모네이드를 마시며 얼굴을 붉혔다. (그 무렵 봄베이는 금주령을 시행했는데, 엘레판타에는 위스키소다도 얼마든지 있었지만 이 배우는 올바른 처신을 과시하고 싶어했다.) "아우로라 선생님, 현실과 연기를 혼동하시는군요." 마치 큰 죄악을 꾸짖듯 거만한 말투였다. "비르주와 어머니 라다는 이차원의 은막 위에만 존재하는 가공인물이지만 우리는 피와 살로 이뤄진 삼차원 실존인물이죠. 덕분에 이렇게 멋진 집에서 손님 대접도 받고." 님부파니[27]를 마시던 나르기스가 마지막 말에 감춰진 비난의 의미를 알아차리고 어렴풋한 미소를 지었다.

그러나 아우로라는 호락호락 넘어가지 않았다. "그렇지만 저는 영화에서도 그 못된 비르주가 매력적인 엄마한테 흑심을 품었다는 사실을 한눈에 알겠던데요."

나르기스는 입을 딱 벌린 채 우두커니 서서 아무 말도 못했다. 말썽을 일으킬 기회라면 놓치는 법이 없는 바스쿠 미란다가 분란의 불씨를 보고 황급히 부채질을 했다. "부모 자식 간의 애정은 잘 승화된 형태로 우리 국민의 정서에 깊이 뿌리내렸죠. 등장인물 이름만 봐도 그런 의미가 더 분명해져요. '비르주'는 크리슈나의 다른 이름이기도 하고, 알

---

27) 레몬즙에 물과 향신료를 넣어 만든 인도식 레모네이드.

다시피 새하얀 아가씨 '라다'는 그 푸르뎅뎅한 신[28]이 진심으로 사랑한 유일한 여자니까요. 영화에서 수닐 당신은 크리슈나를 닮은 모습으로 분장을 하고, 게다가 여러 여자와 시시덕거리며 자궁을 상징하는 물동이에 돌을 던져 깨뜨리기도 해요. 역시 크리슈나다운 짓이죠. 그렇게 해석하자면," 너스레를 떨던 바스쿠가 이 대목에서는 학자처럼 엄숙한 태도를 보여주려 했지만 헛수고였다. "〈어머니 인도〉는 라다-크리슈나 이야기의 어두운 일면에 금단의 사랑이라는 부주제를 가미한 작품이에요. 그렇지만, 젠장, 오이디푸스든 얼간이푸스든 술이나 한잔 드시죠."

"별 지저분한 소리를 다 듣네요." '어머니 여신'께서 말씀하셨다. "추잡하고 역겨워요. 저질 예술가 나부랭이나 너절한 지식인이 드나든다는 소문도 많이 들었지만 일단 당신들을 믿어보고 싶었어요. 그런데 이제 보니 말버릇 고약한 인간말짜가 다 모였군요. 왜들 그렇게 부정적인 생각에서 벗어나질 못하는지! 우리 영화는 긍정적인 측면에 역점을 뒀단 말예요. 민중의 용기를 보여주고, 댐도 나오고."

바스쿠는 짐짓 시치미를 뗐다. "그건 욕설 아닙니까?[29] 말씀 한번 잘하셨네요! 그런데 최종 편집 단계에서 검열관이 삭제해버린 모양이군요."

"멍청하긴!" 수닐 두트가 참다못해 울화통을 터뜨렸다. "이 돌대가리야! 그건 욕설이 아니라 신기술이라고. 도입부에서 내 아내가 수력발

---

28) 힌두교의 신 크리슈나는 산스크리트어로 '검은색' 또는 '파란색'을 뜻하며 실제 그런 모습으로 묘사되는 경우가 많다.

29) '댐(dam)'을 '제기랄(damn)'로 오해한 체하는 우스갯소리.

전 사업의 개시를 알리잖아."

언제나 친절한 바스쿠가 얼른 실수를 바로잡았다. "아내가 아니라 어머니겠죠."

"수닐, 가자." 전설적인 배우가 훌쩍 자리를 뜨면서 말했다. "이렇게 막돼먹고 반국가적인 패거리가 예술계라면 난 그냥 상업영화로 만족할래."

무슬림 사회주의자 메흐붑 칸 감독이 힌두신화를 바탕으로 제작한 〈어머니 인도〉는 인도의 시골 여인을 새색시로, 어머니로, 아들을 낳는 존재로 이상화했다. 그녀는 참을성 많고 검소하고 자상하고 너그러우며 현재의 사회 상황을 유지하길 원하는 보수파였다. 그러나 어머니의 사랑을 잃어버린 '못된 비르주'에게 그녀는 어느 비평가의 표현처럼 '인도 남성의 상상세계에 출몰하는 공격적, 기만적, 파괴적 어머니상'이었다.

그런 어머니상이라면 나도 좀 안다. 나 역시 '못된 아들' 역할을 해봤으니까. 물론 우리 어머니는 나르기스 두트와는 전혀 달랐다. 온화하기는커녕 호전적이었다. 게다가 괭이 따위를 짊어지고 다닐 분도 아니고! 나는 삽 한 자루 구경한 적도 없다는 사실을 고맙게 생각하는 사람이야. 아우로라는 도시 여자였는데, 진짜배기 도시 여자랄까, 아무튼 '어머니 인도'가 농촌이 육화된 존재였다면 우리 어머니는 약삭빠른 대도시의 화신이었다. 그래도 두 가족을 대조해보는 것은 꽤나 유익한 일이었다. 영화에서 '어머니 인도'의 남편은 두 팔이 바위에 깔려 뭉개지는 바람에 졸지에 무능한 남자가 되는데, 손발이 망가지는 사건은 우리 가족사에서도 핵심적인 요소다. (여러분 스스로 판단해보시라, 아브라함이 과연 유능했는지 무—.) 그리고 비르주와 무어에 대해 말하자면, 우리의 공통점은 가무잡잡한 피부와 비행만이 아니었다.

내 비밀을 너무 오래 감춰두었다. 이제 진실을 털어놓을 때가 되었다.

⌒

세 누나는 터울이 아주 짧았는데, 아우로라는 딸 셋을 줄줄이 잉태하고 출산하면서도 그들에게 별다른 관심을 기울이지 않았고, 따라서 태어나기 훨씬 전부터 누나들은 산후에도 알뜰한 보살핌을 기대하기는 글렀음을 알았다. 어머니가 지어준 이름부터 그들의 예상대로였다. 큰누나는 원래 유대인 아버지의 반대에도 아랑곳없이 크리스티나로 명명됐지만 그 이름은 머지않아 반토막이 나버렸다. 아우로라가 분부를 내렸다. "그렇게 샐쭉거리지 마, 아비. 이제부터 크리스트는 빼고 간단히 이나라고 부를 테니까." 그래서 불쌍한 이나는 반쪽짜리 이름을 달고 자랐는데, 일 년 후 둘째 딸이 태어났을 때는 상황이 더 심각했다. 아우로라가 이번에는 '이나모라타'[30]라는 이름을 고집했기 때문이다. 아브라함은 애처로운 목소리로 다시 이의를 제기했다. "사람들이 헷갈리겠소. 그리고 이나-모어more가 들어가니까 이나-플러스라는 뜻으로 들리기도 하고……" 그러나 아우로라는 으쓱 어깻짓을 하며 지난 일을 상기시켰다. "이나는 태어날 때부터 4.5킬로그램이나 나갔잖아, 못된

---

30) 이탈리아어로 '여자 애인' 또는 '정부(情婦)'.

계집애. 머리는 대포알처럼 큼직하고 엉덩이는 나룻배 꽁무니처럼 평퍼짐했지. 그러니 생쥐처럼 조그마한 요 꼬맹이는 오히려 이나-마이너스라고 불러야 할 텐데?" 그러나 일주일도 못 되어 아우로라는 2.5킬로그램밖에 안 되는 꼬마 생쥐 이나모라타가 만화에 나오는 유명한 설치류 동물을 빼닮았다고 주장했고—"커다란 귀, 동그란 눈, 게다가 물방울무늬 옷까지"—작은누나는 졸지에 미니가 되고 말았다. 그로부터 열여덟 달 후 아우로라가 갓 태어난 셋째딸의 이름을 필로미나로 지었다고 말했을 때 아브라함은 머리카락을 쥐어뜯으며 한탄했다. "이번엔 미니-미나가 헷갈리잖소. 더구나 또 -이나가 들어갔고." 그런 말다툼을 듣고 필로미나가 울음을 터뜨렸는데, 그 소리가 어찌나 우렁차고 귀에 거슬리는지 다들 나이팅게일을 연상시키는 이름[31]은 너무 안 어울려 우스꽝스럽다고 입을 모았건만 산모는 요지부동이었다. 그런데 아기가 생후 삼 개월이 되었을 때 유모 자야 헤가 육아실에서 느닷없이 터져나오는 까마귀 울음소리와 날카로운 새소리를 듣고 부리나케 달려가보니 아기가 요람에 편안히 누워 새처럼 지저귀고 있었다. 요람 난간 사이로 동생을 멍하니 들여다보는 이나와 미니의 얼굴에도 놀라움과 두려움이 가득했다. 곧 아우로라도 불려왔지만 조금도 동요하지 않고 태연하기만 해서 이 경이로운 기적이 금방 평범한 일로 전락해버렸다. 그녀는 시큰둥하게 고개를 끄덕이며 의견을 냈다. "이렇게 흉내를 잘 내는 걸 보니 불불이 아니라 마이나[32]였구나." 그때부터 세 자매는 이나, 미니, 마이나가 되었지만 네피언 시 로드에 있는 월싱엄기숙학교에

---

31) 그리스신화에서 형부에게 겁탈당한 뒤 나이팅게일로 변신하는 아테네 공주 필로멜라.
32) '불불'은 페르시아어로 '나이팅게일', '마이나'는 힌디어로 '구관조'.

서는 이니, 미니, 마이니[33]로 불렀다. 아직 노랫말이 완성되지 않아 매번 세 박자 다음에 한 박자씩 쉬었는데, 네번째 말이 들어갈 자리를 침묵으로 대신한다는 뜻이었다. 세 자매는 언젠가 남동생의 발가락을 잡게 될 날을 손꼽아 기다렸지만 그날은 쉽사리 오지 않았다. 막내 누나 마이나와 나는 여덟 살 터울이니까.

저주를 남기고 세상을 떠난 플로리 조고이비가 그토록 간절히 원했던 사내아이는 여전히 감감무소식이었는데, 돌아가신 아버지를 기리는 의미에서 언제나 딸 셋으로 충분하다고 말씀하셨다는 사실을 기록해두고 싶다. 아브라함은 세 딸을 키우면서 지나칠 정도로 애정을 듬뿍 쏟았다. 그러던 어느 날—1956년 장마철이 끝나고 긴 방학이 이어질 때였다—이천 년 전의 불교 유적 석굴사원을 구경하려고 온 가족이 로나블라에 갔다. 산비탈을 깎아 만든 가파른 계단을 타고 제일 큰 동굴의 컴컴한 입구를 향해 절반쯤 올라갔을 때 아브라함이 갑자기 가슴을 움켜쥐며 헉헉거렸다. 숨을 제대로 쉬지 못해 시야가 흐릿해지자 부질없이 세 딸을 향해 손을 내저었다. 당시 아홉 살, 여덟 살, 거의 일곱 살이던 아이들은 아빠의 위기를 알아차리지 못하고 까르르 웃으며 정상 쪽으로 달아났다. 죽음을 모르는 아이들답게 태평하면서도 민첩한 몸놀림이었다.

아브라함이 쓰러지기 직전 아우로라가 붙잡았다. 어디선가 나타난 버섯장수 노파가 아우로라와 함께 아브라함을 부축해 바위에 기대앉게 했다. 그의 밀짚모자가 이마로 흘러내리고 목덜미에는 식은땀이 흥

---

33) 여러 나라에서 술래를 정할 때 부르는 노래 혹은 구호 '이니, 미니, 마이니, 모'.

건했다.

아우로라가 두 손으로 남편의 얼굴을 감싸쥐며 소리쳤다. "뒈지지 말란 말이야, 빌어먹을! 숨을 쉬라고! 당신은 아직 죽으면 안 돼." 그러자 아브라함은 평소처럼 아우로라의 명령에 복종해 되살아났다. 숨소리도 편해지고 눈동자도 맑아졌다. 그는 고개를 숙인 채 한참 동안 휴식을 취했다. 눈이 휘둥그레진 아이들이 손가락을 입에 문 채 종종걸음으로 계단을 내려왔다.

이제 쉰세 살이 된 아브라함은 세 딸이 가까이 오기 전에 말했다. "늙은 아비는 이게 문제라니까. 애들은 저렇게 빨리 자라는데 나는 이렇게 빨리 망가지는군. 애들도 그만 자라고 나도 그만 늙었으면 소원이 없겠는데 말이오."

이윽고 아이들이 걱정스러운 표정으로 다가오자 아우로라가 짐짓 명랑한 목소리로 아브라함에게 말했다. "당신은 백 살도 넘게 살 거야. 당신 걱정은 눈곱만큼도 안 해. 그리고 나는 오히려 요 말썽꾸러기들이 더 빨리 자라지 않아서 불만인걸. 맙소사! 애들 키우는 일이 정말 끝도 없네. 우리 애들이—하다못해 한 녀석이라도—아주 빨리 자라면 얼마나 좋을까."

그 순간 그녀의 등뒤에서 들릴락 말락 하게 중얼거리는 소리가 났다. 오비아, 자두, 훠어, 후움. 아우로라가 홱 돌아섰다. "누구야?"

아이들뿐이었다. 동굴과 동굴 사이를—더러는 가마를 타고(그렇게 편한 방법이 있는데도 아브라함이 마다한 터였다)—오가는 관광객이 보였지만 다들 계단 위쪽이나 아래쪽으로 멀리 떨어져 있었다.

아우로라는 아이늘에게 물었다. "그 할머니는 어디 가셨니? 엄마를 도와주신 버섯장수 할머니 말이야. 대체 어디로 사라졌지?"

이나가 대답했다. "우린 아무도 못 봤어. 엄마 아빠밖에 없던데."

⌒

마하발레슈와르, 로나블라, 칸달라, 마테란…… 아으, 내가 다시는 보지 못할 서늘하고 아름다운 휴양림이여, 봄베이 사람이라면 누구에게나 어린 시절의 웃음소리와 달콤한 사랑노래를, 또한 푸르고 시원한 숲속을 거닐거나 휴식을 취하며 보냈던 낮과 밤을 떠올리게 하는 이름이여! 우기를 앞두고 건기가 한창일 때도 이 쾌적한 산골은 일렁이는 마법의 안개 위에 둥실둥실 떠 있는 듯하고, 장마철이 끝나고 대기가 맑아졌을 때 마테란의 하트포인트나 원트리힐 같은 곳에 오르면 하늘이 어쩌나 터무니없이 청명한지, 영원까지는 아니더라도 가까운 미래쯤은, 적어도 하루나 이틀쯤은 거뜬히 내다볼 수 있었다.

그러나 아브라함이 쓰러진 그날 의사는 휴양림 특유의 한가로운 생활방식을 금지시켰다. 온 가족이 휴가기간 내내 묵으려고 마테란의 로즈센트럴하우스를 예약해뒀는데, 아브라함이 쓰러지는 바람에 아무도 관리하지 않는 길을 따라 20마일도 넘게 느릿느릿 달려야 했고, 그 길이 끝나는 곳에서 뷰익을 하누만에게 맡긴 후 장난감 기차[34]로 갈아타고 네랄에서 원키스 터널을 거쳐 더 멀리까지 산길을 지나가야 했는데, 무려 두 시간에 걸쳐 엉금엉금 기어가는 동안 아이들이 떠들지 못하게

---

34) 인도 산악지방을 통과하는 협궤열차의 별칭.

하려고 아우로라는 평소의 철칙을 잠시 접고 설탕과 견과류로 만든 치키강정을 마음껏 먹게 해줬고, 미스 자야가 수라히[35])에 담긴 물로 손수건을 적셔 건네면 아우로라가 기진맥진한 아브라함의 이마에 얹어줬다. 아우로라는 투덜거렸다. "그놈의 로즈하우스 가는 길이 천국 가는 길보다 오래 걸리네."

그래도 로즈센트럴하우스는 실제로 존재하는 곳이고 사람들의 경험을 통해 증명할 만한 근거도 충분하지만 하늘에 있다는 천국은 우리 가족이 별로 신뢰하지 않았는데…… 아무튼 협궤열차는 낑낑거리며 산비탈을 기어오르고, 일등석 창문에 걸린 분홍색 커튼은 펄럭거리고, 그러다 마침내 열차가 멈췄을 때 지붕 위에서 원숭이들이 후다닥 뛰어내리더니 깜짝 놀란 조고이비 자매의 손에서 치키를 빼앗으려 했다. 그곳이 종착역이었다. 그날 밤 로즈하우스의 한 객실에는 다시 강렬한 향신료 냄새가 진동했고, 벽에 붙은 도마뱀이 말똥말똥 지켜보고 천장 선풍기가 느릿느릿 돌아가는 방에서 아우로라 조고이비는 스프링이 삐걱거리는 침대에 누운 남편의 몸을 어루만져 그를 완벽하게 소생시켰고, 그로부터 사 개월 반이 지난 1957년 새해 첫날 드디어 그들의 네번째이자 마지막 아이가 태어났다.

이나, 미니, 마이나, 그리고 마침내 무어. 바로 나, 우리 형제자매 중 막내. 그리고 다른 무엇. 나는 다른 무엇이기도 한데, 드디어 이뤄진 소원이라 해도 좋다. 죽은 여인의 저주라고 불러도 좋다. 나는 아우로라 조고이비가 로나블라동굴로 올라가는 계단에서 탄식하며 바랐던 바로

---

35) 복이 긴 물병.

그 아이다. 그것이 내 비밀이고, 오랜 세월이 흐른 지금도 나는 단도직입적으로 그렇게 말할 뿐이다. 이 말이 어떻게 들리든 관심 없다.

나의 시간은 정상보다 훨씬 더 빨리 간다. 무슨 뜻인지 아시겠는가? 어디선가 누군가가 'FF'라고 적힌, 아니 더 정확히 말하자면 '×2'라고 적힌 단추를 눌러버렸다. 독자여, 잘 들으시라, 한마디 한마디 새겨들으시라. 왜냐하면 내가 지금 하려는 말은 꾸밈없는 진실, 글자 그대로의 진실이기 때문이다. 나, 모라이시 조고이비, 일명 무어는—나의 죄 때문에, 내가 지은 수많은 죄 때문에, 나의 잘못 때문에, 내가 저지른 중대한 잘못 때문에—2배속으로 사는 사람이다.

그런데 그 버섯장수는? 이튿날 아침 아우로라가 호텔 접수대 직원에게 이 문제에 대해 물었지만, 자기가 아는 한 로나블라동굴 일대에서는 버섯을 키우지도 않고 팔지도 않는다는 답변을 들었을 뿐이다. 그리고 그 노파도—닭 창자 한 사발에 저승길로 가는구나—두 번 다시 눈에 띄지 않았다.

(아침이 밝아온다. 나는 다소곳이 입을 다문다.)[36]

---

36) 『천일야화』 중 "여인은 새벽이 멀지 않음을 깨닫고 다소곳이 입을 다물었다"의 인용.

10

다시 말하건대, 잉태되는 순간부터 나는 마치 다른 차원이나 다른 시간대에서 건너온 나그네처럼 이 늙어빠진 지구와 거기 존재하는 만물과 만인보다 두 배 빠르게 나이를 먹었다. 임신에서 출산까지 넉 달보름. 내가 2배속으로 성장하는 동안 어머니는 누구보다 고통스러운 임신기간을 겪지 않았을까? 감히 상상하건대 자궁은 불쑥불쑥 부풀어 그야말로 영화 특수효과를 방불케 했을 테고, 마치 유전적 가속 단추를 누른 듯 생화학적 픽셀 하나하나가 미처 날뛰며 온갖 하소연에도 아랑곳없이 그녀의 육체를 급격히 변형시켰을 테고, 나를 잉태한 결과로 일어나는 외형 변화도 점점 빨라져 나중에는 육안으로도 확인될 정도가 아니었을까. 언덕 위에서 수태되고 다른 언덕 위에서 태어난 나는 아직 조그마한 흙더미에 불과할 시기에 이미 산더미처럼 커다랗게 자라버렸는데…… 여기서 내가 말하고 싶은 점은, 내가 마테란의 로즈세트 럴하우스에서 잉태된 것이 의문의 여지도 없는 사실이듯, 봄베이의 앨터마운트 로드에 있는 마리아그라티아플레나수녀회 부설 최고급 사립 요양원 겸 수녀원에서 갓난아기 가르강튀아 조고이비가 놀라운 첫 숨을 쉬는 순간에는 벌써 신체 성장이 상당한 수준에 이르러—큼직한 물건이 발기하는 바람에 산도를 통과하는 데 적잖은 지장을 줄 정도였으니—제정신이라면 아무도 미숙아로 여길 수 없었으리라는 것도 어김없는 사실이다.

조산? 오히려 만산晩産이라고 해야 옳겠다. 축축하고 미끌미끌한 곳에서 지내자니 넉 달 보름도 너무 길게 느껴졌다. 인생을 시작할 때부터—아니 시작하기 전부터—허비할 시간이 없음을 알았기 때문이다. 양수가 터진 후 절실해진 공기를 찾아 이동하는 도중에 내 고추가 탄생의 순간을 자축한답시고 느닷없이 씩씩하게 차렷 자세를 취하는 바람에 아우로라의 산도 끄트머리에서 오도 가도 못하게 되었을 때, 나는 이 다급한 상황을 사람들에게 알려야겠다고 판단해 황소처럼 우렁찬 신음소리를 냈다. 자신의 몸속에서 터져나오는 나의 첫 목소리를 듣고 (또한 곧 태어날 녀석의 몸집이 얼마나 엄청난지도 어렴풋하게나마 짐작하고) 아우로라는 경악하는 동시에 감탄했지만 물론 말문이 막힐 정도는 아니었다. 산파를 맡은 수녀는 지옥의 사냥개가 울부짖는 소리라도 들은 듯 잔뜩 겁에 질렸지만 아우로라는 숨을 헐떡이며 말했다. "수녀님, 우리 이니-미니-마이니에 이어, 이번엔 무우[37]가 태어나려는

---

37) 소의 울음소리를 뜻하는 영어 의성어 'moo'.

모양이네요." 무우에서 무어까지, 첫 신음소리에서 마지막 한숨까지. 그것이 내 인생의 골자다.

오늘날 우리가 흔히 경험하듯 어떤 일이 끝날 무렵에는 너무 빨리 지나가버렸다는 생각이 들기 마련이다. 인생의 한 순간, 역사의 한 시대, 문명의 한 사상, 그리고 이 무심한 세상에서 일어나는 어떤 변화. 성토마스성당에서 사람들이 당연히 - 존재하지 - 않는 신에게 노래하듯, 주님께는 억겁의 세월도 하룻밤과 같사오니, 나도 간단히 밝히겠는데, 아으, 전능하신 독자여, 내 인생도 너무 빨리 지나가버렸나이다. 2배속으로 살아가는 인생은 결국 반토막에 불과하니까. 세상만사 모든 일이 찰나처럼 지나도다.[38]

군이 초자연적인 현상으로 설명할 필요는 없다. 그냥 DNA에 어떤 이상이 있었다는 말로 충분하다. 핵심 프로그램에 조로 증상을 일으키는 장애가 생기는 바람에 수명이 짧은 세포가 너무 많아졌다고나 할까. 봄베이에서, 고층빌딩과 판잣집이 공존하는 내 고향에서 사람들은 우리가 현대세계의 선두를 달린다고 믿으며 과학기술을 빨리 습득하는 재능을 타고났다고 뽐낸다. 그러나 그 말은 정신이라는 고층빌딩 안에서만 옳다. 육체는 빈민굴과 같아서 여전히 온갖 장애와 질환과 전염병에 시달린다. 하늘 높이 떠 있는 펜트하우스는 티끌 하나 없이 깨끗하고 반려묘가 유유히 배회할지라도 저 아래 썩어가는 시궁창 같은 핏줄 속 우글거리는 쥐떼는 박멸하지 못한다.

탄생을 불안정한 두 요소가 결합해 핵폭발을 일으킨 부산물이라고

---

38) 찬송가 〈예부터 도움 되시고〉의 한 구절.

본다면 반토막짜리 인생도 예상할 만하지 않겠는가. 봄베이의 수녀원에서 베닝헬리의 아방궁까지, 내 삶의 여정은 햇수로 삼십육 년에 불과했다. 그러나 젊고 순진한 거인이던 내 모습이 지금 어떻게 변해버렸나? 베닝헬리에서 거울에 비친 나는 영락없이 기진맥진한 노신사의 모습이고, 머리는 오래전에 세상을 떠난 외증조할머니 이피파니아의 모발처럼 새하얗고 듬성듬성하고 구불구불하다. 그 수척한 얼굴과 가냘픈 몸을 보니 느긋하고 우아했던 예전의 몸놀림은 추억에 지나지 않았다. 독수리 같던 옆얼굴도 부리처럼 뾰족할 뿐이고, 여자처럼 도톰하던 입술도 볼품없이 얄팍해지고, 풍성하던 머리숱이 줄어 정수리가 휑뎅그렁하다. 물감 묻은 체크무늬 셔츠와 펑퍼짐한 코르덴 바지를 입었는데, 그 위에 걸친 낡아빠진 갈색 가죽 코트가 부러진 날개처럼 펄렁거린다. 목은 앙상하고, 가슴은 납작하고, 그렇게 깡마르고 메마른 늙은이가 되었지만 아직도 자세만큼은 놀랍도록 꼿꼿하다(옛날부터 우유한 주전자를 머리에 이고도 여유만만하게 걸어다녔으니까). 그러나 누군가에게 내 모습을 보여주고 나이를 맞혀보라고 한다면 십중팔구 바짓가랑이를 걷어올린 채 흔들의자에 앉아 유동식이나 받아먹을 나이, 그래서 늙어 쓸모없는 말을 풀밭에 풀어놓듯 퇴출시킬 나이, 혹은—인도 말고 다른 나라였다면—양로원으로 보낼 나이라고 대답했으리라. 일흔두 살쯤 잡수셨겠네. 오른손은 곤봉처럼 뭉툭한 기형이고.

〜

'저렇게 빨리 자라는 게 제대로 익는 경우는 아직 못 봤어.' 아우로라

230

는 생각했다(나중에 우리 사이가 틀어졌을 때는 내 면전에서 말하기도 했다). 내 기형 때문에 혐오감을 느끼면서도 부질없이 자신을 위로하려 노력했다. "한 손만 저래서 그나마 다행이네요." 그러자 산파 노릇을 하던 요한 수녀가 내 어머니를 대신해 이 비극을 한탄했는데, 그녀의 사고방식에 의하면(어머니의 사고방식도 별반 다르지 않았지만) 신체적 불구는 정신병에 버금가는 가문의 수치였기 때문이다. 요한 수녀는 하얀 속싸개로 아기를 둘둘 말아 비정상인 손은 물론이고 멀쩡한 손까지 감춰버렸고, 아버지가 들어왔을 때 놀랍도록 커다란 아기를 포대기째 건네주고 조용히 흐느끼며—아마도 위선만은 아니었으리라—코맹맹이 소리로 말했다. "이렇게 훌륭한 집안에 참 예쁜 아기가 태어났습니다. 겸허한 마음으로 감사하세요, 아브라함 씨, 전능하신 하느님이 아드님에게 뼈아픈 사랑의 상처를 주셨으니까요."

아우로라가 그런 말을 참아줄 리 없었다. 내 오른손이 아무리 혐오스러워도 가족 말고는 사람이든 신이든 함부로 왈가왈부할 문제가 아니니까. 어머니는 침대에서 버럭버럭 소리쳤다. "당장 내쫓아요, 아비, 내가 저 여자한테 뼈아픈 상처를 주기 전에!"

내 오른손에 대하여. 손가락 네 개는 한 덩어리로 붙어버려 구분이 안 되고, 자라다 만 엄지는 사마귀처럼 생겼다. (그래서 오늘날까지 악수를 할 때마다 평범한 왼손을 엄지가 아래로 향하도록 뒤집어 내밀었다.) 아브라함은 망가진 내 손을 살펴보며 쓰디쓴 인사를 건넸다. "안녕, 권투선수. 반갑다, 챔피언. 아빠가 장담하는데, 주먹이 이렇게 생겼으니 언젠가는 온 세상을 납작하게 때려눕힐 거야." 아버지답게 불행한 상황을 최대한 낙관적으로 생각하려는 눈물겨운 노력이었고 괴로움을 참느라 입술이 잔뜩 일그러졌지만 돌이켜보면 그 말은 에누리 없는 예언이자 가감 없는 진실이었다.

낙관적 사고방식이라면 누구에게도 뒤지지 않는 아우로라도—난생처음 난산까지 겪은 마당에 승리로 매듭짓지 못한다면 도저히 만족할 수 없으므로—놀라움과 혐오감 따위는 영혼의 눅눅한 지하실에 처박아버렸다. 그러나 우리가 마지막 말다툼을 하던 날 어머니는 그새 어마어마한 크기로 자라 침을 질질 흘리는 괴물을 풀어놓고 마음속의 야수가 제멋대로 날뛰도록 내버려뒀는데…… 어쨌든 내가 태어나던 날 어머니는 기적을 강조하기로 마음먹었다. 내가 무사히 태어났다는 사실, 놀랍게도 정상보다 오히려 더 큰 몸집, 그리고 조금 전까지 그녀에게 온갖 '수난'을 안겨줬지만 내가 대단히 특별한 아이라는 증거이기도 했던 놀라운 성장 속도 등등. 그녀는 나를 품에 안으며 말했다. "덜떨어진 요한 수녀가 한 가지는 제대로 봤네. 우리 애들 중에서도 제일 예쁘잖아? 그리고 이까짓 게 대수야? 아무것도 아니잖아? 엄청난 걸작에도 작은 결점 하나쯤은 있기 마련이지."

그렇게 말하면서 어머니는 예술가로서 자신의 작품에 대한 책임을 받아들였다. 권투장갑처럼 생긴 내 손, 현대미술처럼 괴상망측한 이 살덩어리를 천재의 붓끝이 낳은 사소한 실수로 간주해버렸다. 어머니는 또다른 너그러움도 보였는데—혹은 본능적으로 혐오감을 느낀 자신을 벌하기 위해 신체적 고행을 자초하려는 의도였을까?—내게는 더욱더 큰 선물이었다. 아우로라는 선언했다. "계집애들은 미스 자야한테 맡겨 젖병을 물렸지만 아들은 모유를 먹일래." 나도 굳이 반대하지 않고 그녀의 가슴에 찰싹 달라붙었다.

아우로라가 결연히 말했다. "봐요, 얼마나 예쁜지! 그래, 실컷 먹어라, 우리 공작새, 우리 모르[39]."

⌒

1947년 초 어느 날, 고아 지방 루톨림 출신의 바스쿠 미란다라는 창백한 젊은이가 빈털터리 신세로 아우로라의 집 앞에 나타나 자신도 화가라고 밝히며, '예술이 뭔지도 모르는 이 썩어빠진 나라에서 유일하게 이 몸에 버금가는 위대한 예술가'에게 안내하라고 요구했다. 람바잔 찬디왈라는 이 젊은이를 대충 훑어본 후—엉성하고 볼품없는 콧수염, 삼류 사기꾼 같은 미소, 코코넛기름을 잔뜩 발라 빳빳이 세운 앞머리에 짤막한 구레나룻까지 길러 촌스럽기 짝이 없는 모양새, 싸구려 부시셔츠와 바지와 샌들—폭소를 터뜨렸다. 그러자 바스쿠도 따라 웃었고, 이내 새벽의 문 앞에서 꽤나 유쾌한 장면이 펼쳐졌다. 두 남자는 허벅지를 철썩철썩 때리며 연신 눈물을 닦았고—앵무새 토타만 여전히 시큰둥한 표정으로 문지기의 들썩거리는 어깨에서 떨어지지 않으려 안간힘을 썼다—마침내 람바잔이 침까지 튀기며 물었다. "자네 여기가 뉘 댁인지 알고 왔나?" 그러더니 다시 낄낄거리며 어깨를 마구 흔들어 토타를 불안하게 만들었다. "알다마다." 웃음과 눈물을 가누지 못해 쩔쩔매던 바스쿠가 흐느끼는 목소리로 간신히 대답하자 람바잔은 더욱더 신나게 웃어댔고, 견디다못한 앵무새가 푸르르 날아오르더니 대문

---

39) 힌디어로 '공작새'.

위에 내려앉아 언짢은 표정을 지었다. "천만에!" 람바잔이 울먹이는 목소리로 내뱉더니 기다란 나무 목발로 다짜고짜 바스쿠를 두들겨팼다. "알긴 뭘 알아, 불한당 같은 놈아, 너 따위는 여기가 뉘 댁인지 알 리가 없어. 내 말 알아들어? 네놈은 어제도 몰랐고 오늘도 모르고 내일은 더 모를 거야."

그리하여 바스쿠 미란다는 말라바르언덕에서 허둥지둥 도망쳐 당시 거처하던 초라한 집으로 돌아갔지만—아마도 마자가온쯤에 있는 다 쓰러져가는 공동주택이었으리라—상처투성이가 되어서도 단념하지 않고 당장 아우로라에게 보낼 편지를 쓰기 시작했는데, 이 편지는 그가 실패했던 일을 거뜬히 해냈으니, 문지기를 통과해 마님의 손에 들어가고야 말았다. 이른바 신新철면피—나이 바드마시—양식의 초기 형태라고 할 만한 편지였는데, 이 양식은 훗날 바스쿠에게 명성을 안겼지만 사실상 유럽 초현실주의자의 작품을 재탕한 정도에 불과했다. 그는 〈쿠타 카슈미르 카〉('안달루시아의 개'[40]가 아니라 '카슈미르의 개')라는 단편영화까지 제작했다. 그러나 바스쿠는 그렇게 괴이하고 모방적인 수준에 오래 머물지 않았다. 머지않아 자신의 진짜 재능은 한결 온건하고 무던한 소재에 더 잘 어울린다는 사실을 깨달았기 때문이다. 그때부터 공공건물을 소유한 사람들이 그야말로 초현실적인 금액을 기꺼이 내놓았고, 그후 그의 평판은—처음부터 그리 대단치도 않았지만—급속히 추락한 반면에 은행 잔고는 급속히 불어났다.

---

40) 스페인 영화감독 루이스 부뉴엘과 화가 살바도르 달리가 제작한 초현실주의 단편영화(1929)의 제목.

아무튼 그 편지에서 바스쿠는 아우로라가 아직 잘 모르겠지만 자신이야말로 그녀의 진정한 지기지우라고 주장했다. 둘 다 '남인도의 별'이고, 둘 다 '반反기독교적'이고, 게다가 둘 다 '영웅적—신화적—희극적—비극적—절정적—매력적—최상급—마살라—예술'의 대표 인물인데, 이 분야의 공통적 특징은 '총천연색 줄거리 구성'이니 서로의 작품세계를 보완해줄 수 있을 테고, '……예컨대 프랑스의 조르주와 스페인의 파블로 사이와 비슷하겠지만 우리는 성별이 다르니 더욱더 바람직하죠. 그리고 제가 보기에 당신은 공익 문제도 중시하고 여러 현안에도 관심이 많은 반면 저는 속속들이 경박스럽기 짝이 없어서—정치 문제가 시야에 들어오면 심술궂고 난폭한 아이가 공을 차듯 행동반경 밖으로 냅다 차버립니다. 당신은 용맹한 투사, 저는 줏대도 없는 해파리, 그러니 우리가 힘을 합치면 가히 천하무적이 아니겠습니까? 그야말로 환상적인 조합이겠지요. 당신은 정의, 저는 불행히도 불의 쪽이니 말입니다.'

엘레판타의 주인마님께서 까르르 웃음을 터뜨리며 즐거움에 겨워 밴시처럼 울부짖는 소리가 산들바람을 타고 들려오자 문지기 람바잔 찬디왈라는 바스쿠에게 한 방 먹었다는 사실을 알아차렸다. 그 우스꽝스러운 놈이 보안망을 뚫고 들어왔으니 다음부터는 그 저질 어릿광대가 언덕을 올라올 때마다 차렷 자세로 깍듯이 경례를 붙여야겠다. 문지기는 언제나 과묵한 앵무새에게 중얼거렸다. "그래도 잘 지켜봐야지. 언제든 그 멍청한 개망나니가 내 손에 걸리기만 하면 매운맛을 단단히 보여줄 참이니까. 그래도 웃음이 나오는지 어디 두고 보자."

이튿날 해질녘, 바스쿠가 안내를 받아 아우로라 조고이비 앞에 섰을 때 그녀는 높다란 테라스 한구석의 차트리[41] 안에 깔린 이스파한산 양탄자 위에 옷 입은 마하[42] 같은 자세로 비스듬히 누워 있었다. 이나를 임신해 불룩한 배를 실크 쿠션으로 받치고 프랑스산 샴페인을 마시며 길쭉한 호박 담뱃대로 외제 담배를 피우는 중이었다. 바스쿠는 아우로라가 입을 열기도 전에 그녀를 사랑하게 되었는데—어떤 여자에게도 그토록 깊이 빠져들 줄 몰랐건만—이 사랑이야말로 앞으로 이야기할 수많은 사건의 발단이었다. 사랑을 거절당한 남자가 음흉한 사람으로 돌변했기 때문이다.

"화가를 찾는 중이에요." 아우로라가 말했다.

"그게 바로 접니다." 바스쿠가 잘난 체하며 입을 열었지만 아우로라가 가로막았다.

"집 단장을 맡아줄 사람 말예요." 조금 쌀쌀맞은 말투였다. "육아실을 하루빨리 단장해야 하거든요. 해보겠어요? 어서 대답해요! 우리집이 품삯 하나는 후한 편이니까."

바스쿠 미란다는 좀 실망했지만 어차피 빈털터리 신세였다. 불과 몇 초 만에 한껏 매력적인 미소를 던지며 물었다. "특별히 원하시는 소재라도 있습니까, 부인?"

"만화가 좋겠어요." 그렇게 대답하면서도 왠지 막막한 표정이었다. "혹시 만화영화 좋아해요? 만화책은 보나요? 그럼 그 생쥐랑 오리랑, 그리고 이름이 뭐더라, 그 토끼. 시금치 좋아하는 뱃사람도 그려줘요. 번번이 생쥐를 놓치는 고양이도 좋고, 번번이 새를 놓치는 다른 고양이

---

41) 돔형 지붕을 얹은 인도식 누각.
42) 스페인 화가 프란시스코 고야의 그림.

236

도 좋고, 너무 날쌔서 코요테가 못 잡는 새도 좋아요. 사람 머리에 떨어져도 잠깐 동안만 납작해지게 하는 바위도, 펑 터져도 얼굴만 까매지고 끝나는 폭탄도, 허공을 - 막 - 달려가다 - 아래를 - 내려다보면 - 뚝 - 떨어지는 - 장면도 그려줘요. 총신을 밧줄처럼 구부려 꽁꽁 묶어놓은 장면이랑 욕조에 큼직큼직한 금화가 수북이 쌓인 장면도 그려줘요. 하프를 타는 천사 따위는 생각도 하지 말고, 무슨무슨 동산도 징글징글하니까 다 빼줘요. 내가 우리 애들한테 보여주고 싶은 낙원은 바로 그런 곳이니까."

바스쿠는 고아 지방에서 독학으로 공부하다 최근에 올라와서 장난꾸러기 딱따구리나 말썽쟁이 토끼 따위에 대해서는 아는 것이 거의 없었다. 그러나 아우로라의 말을 전혀 알아듣지 못하면서도 빙그레 웃으며 고개를 숙였다. "부인, 돈만 있으면 귀신도 부린다죠. 부인은 봄베이에서 둘째 - 가라면 - 서럽고 첫째 - 가라면 - 입만 - 아픈 낙원 전문 화가를 만나셨으니 참 - 재수가 따로 없습니다."

"참 - 재수?" 아우로라가 어리둥절해했다.

바스쿠가 설명했다. "참 - 망신, 참 - 수작, 참 - 구리, 참 - 똥철학처럼 말입니다, '개 -'의 반대말이죠."

⌒

며칠 후 그는 아예 우리집으로 거처를 옮겼다. 정식으로 초대하지도 않았건만 바스쿠는 그럭저럭 삼십이 년 동안이나 식객으로 눌러앉았다. 처음에 아우로라는 그를 반려동물처럼 대했다. 촌스러운 머리 모양을 바꾸게 했고, 콧수염도 다듬지 않고 내버려뒀다 길고 풍성하게 자랐을 때 왁스를 발라 큐피드의 활 같은 모양으로 매만지게 했다. 자신의 재단사를 시켜 새 옷까지 지어줬는데, 굵은 줄무늬를 넣은 실크 정장에 널찍하고 너울거리는 나비넥타이를 맨 바스쿠를 보고 봄베이 사람들은 아우로라 조고이비가 발굴한 신인이 뼛속까지 동성애자라고 수군거렸다(그러나 실제로 바스쿠는 반반의 비율로 양성애를 즐겼고, 이 사실은 엘레판타에 모여드는 젊은 남녀가 오랜 세월에 걸쳐 확인했다). 아우로라는 온갖 지식, 음식, 일, 그리고 무엇보다 쾌락에 엄청난 의욕을 보이는 그의 모습에 흥미를 느꼈다. 바스쿠는 비나카 치약 광고처럼 활짝 웃으며 원하는 것을 노골적으로 거머쥐려 했다. 아브라함이 혹시 그 친구가 떠날 기미는 없느냐고 넌지시 물었을 때 아우로라는 말했다. "그냥 여기서 살게 놔둬요. 난 그 사람이 곁에 있어 좋던데. 그 사람 말대로 나한테는 참―재수니까 행운의 부적 정도로 생각하면 되잖아." 바스쿠가 육아실 단장을 끝내자 아우로라는 그에게 화실까지 마련해주고 이젤, 크레용, 응접소파, 붓, 물감 등을 두루 갖춰주었다. 아브라함 조고이비는 의심 많은 앵무새처럼 고개를 갸웃거렸지만 당분간 내버려두기로 했다. 바스쿠 미란다는 나중에 미국인 미술상과 거래하면서 서구세계 곳곳에 작업실을 마련할 만큼 부자가 된 뒤에도 오랫동안 이 화실을 사용했다. 그는 이 방을 자신의 '뿌리'라고 불렀다. 그러나 아우로라가 그 뿌리를 뽑아버리고 내치는 바람에 바스쿠는 마침내 미쳐버리고 마는데……

바스쿠식 은어는 금방 조고이비 집안의 일상어로 자리잡았다. 이나, 미니, 마이나가 자라서 월싱엄기숙학교에 다닐 때는 교사들을 '참'과

'개'로 분류했다. 엘레판타에서는 무엇이든 켜거나 끈다고 말하지 않았다. 전화기도, 전등도, 라디오 겸용 전축도 모두 '열다' '닫다'로 표현했다. 언어에 까닭 모를 빈틈이 있으면 일일이 채워넣었다. 예컨대 질문과 답변에 맞는 낱말을 짝지으면 어디서/거기서, 언제/그때, 무엇을/그것을, 어디로/저리로, 어째서/그래서 등이 되는데, 바스쿠는 이렇게 주장했다. "이것, 저것, 그것에 맞는 의문사도 따로 있어야지. 이뭣, 저뭣, 그뭣."

육아실의 경우 큰소리친 대로 훌륭한 솜씨를 보여주었다. 바다가 보이는 밝고 널찍한 방에 바스쿠는 누이들과 내가 두고두고 지상의(다행히 원예학과는 무관한) 에덴동산처럼 여기게 될 풍경을 그려놓았다. 봄베이영화에서 구부러진 지팡이를 빙빙 돌리는 우스꽝스러운 아저씨처럼 익살맞은 행동을 하기 일쑤였지만 일할 때만큼은 꽤 부지런한 사람이었는데, 고용된 지 며칠 만에 그림의 주제에 대해 아우로라의 요구사항을 훌쩍 뛰어넘을 정도로 풍부한 지식을 습득했다. 육아실 벽에 제일 먼저 그린 것은 입체화법을 구사한 크고 작은 창문이었는데, 무굴제국 궁전, 안달루시아 무어, 포르투갈 마누엘, 로제트 고딕 양식 등을 활용한 이 마법의 창은 저마다 환상세계의 일부인 동시에 그곳으로 들어가는 입구였고 그 너머에는 멋진 친구들이 수두룩했다. 증기선을 타고 가는 초창기 모습의 미키, 시곗바늘을 붙잡고 씨름하는 도널드, 두 눈에 $ 표시가 그려진 스크루지 아저씨, 휴이-듀이-루이, 자이로 기어루스, 구피, 플루토. 그리고 까마귀, 다람쥐, 그 밖에도 지금은 기억조차안 나는 단짝 헤클과 제클, 칩과 데일, 기타와 등등. 루니툰스 주인공도 있었고, 대피, 포키, 벅스, 퍼드. 바스쿠는 그런 이차원 만화 주인공의 머리 위에 떠들썩한 대사도 저어놓았다―하하하하하, 비더머글-또-실패다, 바따-바따-고양이-바따, 삑삑, 뭔-일-있나요-아저씨, 꽤액. 말하는 수탉, 장화 신은 고양이, 빨간 망토를 두르고 날아다니는 원더도그도 있었다. 바스쿠는 우리의 기대를 뛰어넘어 향토색 짙은 영웅도 많이 그렸다. 양탄자를 타고 날아다니는 마신, 거대한 항아리 속에 숨은 도둑, 거대한 새의 발톱에 붙잡힌 사람도 있었다. 바스쿠는 이야기 바다와 마법의 주문을, 『판차탄트라』[43]의 우화를, 그리고 낡은 등잔을 새것으로 바꿔주는 이야기를 그림으로 보여줬다. 그러나 무엇보다 중요한 것은 그가 벽에 그린 그림으로 우리 마음속에 심어준 한 가지 개념, 즉 비밀 신분이라는 개념이었다.

가면을 쓴 저 남자는 누구일까? 내가 어린 시절 벽면을 통해 처음 만난 사람들은 화려한 저택 지하에 박쥐동굴의 비밀을 감춰두고 살아가는 부유한 사교계 명사 브루스 웨인과 조수 딕 그레이슨, 온순한 클라크 켄트로 행세하지만 사실은 크립톤 행성에서 온 우주 이민자인 칼-엘 즉 슈퍼맨, 존 존스로 행세하는 화성인 즈온 즈온즈, 그리고 다이애나 킹으로 행세하는 아마존 여왕 원더우먼. 그런 초인적 영웅들이 평범한 삶을 얼마나 갈망하는지 알게 된 것도 그 벽을 통해서였다. 슈퍼맨은 사자처럼 용맹할 뿐 아니라 납을 제외한 모든 물질을 꿰뚫어볼 수 있지만 그가 목숨보다 간절히 바라는 것은 겁 많고 매가리 없는 안경잡이의 모습으로 로이스 레인의 사랑을 받는 일이었다. 나 자신을 초인적 영웅으로 여긴 적은 없으니 부디 오해 마시라. 다만 한 손이 곤봉처

---

43) 고대인도의 산스크리트어 우화집.

럼 생긴데다 내 달력은 초고속으로 훌훌 넘어가는 판국이니 남다른 사람인 것만은 분명한데, 나 역시 남다르고 싶다는 바람 따위는 전혀 없었다. 그래서 팬텀과 플래시, 그린 애로우와 배트맨과 로빈을 본받아 비밀 신분을 만들어내는 일에 착수했다. (누나들이 나보다 먼저 그랬다. 가엾은 누나들, 상처받은 누나들.)

나는 일곱 살 반 무렵 사춘기로 접어들었다. 솜털 같은 수염, 불룩한 울대뼈, 굵고 낮은 목소리, 자랄 대로 자란 성기와 커질 대로 커진 성욕. 열 살이 되었을 때는 벌써 198센티미터의 거구를 자랑하는 스무 살 장정의 모습이었는데, 자의식이 눈뜨는 이 시기부터 시간이 얼마 안 남았다는 두려움에 시달렸다. 속도의 저주를 타고난 까닭에 마치 론 레인저가 복면을 쓰듯 느림으로 위장했다. 성품의 힘만으로 어떻게든 성장 속도를 늦춰보겠다고 결심했기에 몸을 점점 더 느릿느릿 움직였고, 말도 아주 길게 늘여 관능적인 하품과 함께 서서히 내뱉는 요령을 익혔다. 한동안은 빌리 번터[44]의 인도인 친구이며 '바니푸르[45]'의 벼락부자 검둥이'인 후리 잠세트 람 싱의 느릿하고 거만한 말버릇을 모방했는데, 이 시기에는 간단히 목마르다고 해도 될 일을 군이 '목마름이 극심하도다'라고 말했다. 흉내쟁이 마이나가 그런 말투를 '후리 시늉'이라고 부르면서 내 말을 일일이 따라하며 놀려대는 바람에 그 버릇은 금방 고쳐졌지만, 내가 검둥이 태수 흉내를 포기한 뒤에도 그녀는 달 표면을 거닐듯 느릿느릿하고 어설펐던 내 동작을 흉내내서 온 식구가 배꼽을 쥐게 만들었다. 그러나 이 '굼벵이'—마이나가 붙여준 별명이다—노릇

---

44) 영국 소설가 찰스 해밀턴(1876~1961)이 필명으로 집필한 연재물의 등장인물.
45) 가공의 지명.

은 여러 비밀 신분 중에서도 유난히 눈에 띄는 한 가지 위장술에 불과했다.

그른손잡이, 헛손잡이, 손못난이, 개발바닥, 팔병신. 왼손잡이를 깔보는 표현이 세상에 얼마나 많은가! 오른손잡이가 아닌 사람에게 은근히 모욕감을 주는 일도 무궁무진하지 않은가! 왼손잡이를 위한 바지 앞섶, 수표책, 코르크 따개, 다리미는 대체 어디서 구할 수 있단 말인가 (그렇다, 다리미도 전선이 모두 오른쪽에 붙어 있으니 왼손잡이에게 얼마나 불편할지 상상해보라). 왼손잡이 크리켓 선수는 중간 타순에서 귀한 대접을 받으니 자신에게 맞는 배트를 찾기도 그리 어렵지 않다. 그러나 하키 열풍에 휩싸인 인도 땅을 샅샅이 뒤져봐도 왼손잡이용 하키스틱은 아예 존재하지 않는다. 감자깎이나 카메라는 굳이 언급할 필요도 없고…… 아무튼 '선천적인' 왼손잡이에게도 살기 불편한 세상이거늘 내게는 얼마나 불편했으랴. 원래 오른손잡이로 태어났는데 하필 오른손이 망가져버렸으니 말이다. 오른손잡이라면 누구나 그렇듯 나도 왼손으로 글씨 쓰기를 익히느라 크나큰 어려움을 겪었다. 스무 살 모습을 한 열 살이었을 때도 내 글씨는 막 걸음마를 배우는 아기의 낙서보다 나을 게 별로 없었다. 그러나 결국 그것도 극복했다.

극복하기 정말 힘들었던 건 예술가의 집에서 살아야 하는 고충이었는데, 우리집은 주인이든 손님이든 온통 아름다움을 창조하는 사람들인데 정작 나 자신은 한평생 그런 창조 작업에 영영 동참할 수 없을 테니까, 우리 어머니가(그리고 바스쿠가) 무엇보다 즐거워하는 그 길이 내게는 막다른 골목이니까. 그리고 더욱더 힘들었던 건 내가 꼴사납다는 생각이었는데, 나는 기형아니까, 불구자니까, 인생이 내게 지독한 똥패를 돌렸으니까, 게다가 운명의 장난으로 내 삶은 너무 빨리 지나가 버리니까. 그러나 무엇보다 힘들었던 건 내가 남부끄럽고 수치스러운 존재라는 자괴감이었다.

나는 그런 속내도 모두 감췄다. 우리 낙원에서 얻은 첫번째 가르침은 둔갑술과 위장술이었다.

내가 아주 어렸을 때(몸집은 그리 작지 않았지만) 바스쿠 미란다는 종종 내가 잠든 사이 살금살금 방에 들어와 벽화를 고쳤다. 어떤 창문은 닫고, 어떤 창문은 열고, 생쥐나 오리나 고양이나 토끼의 위치를 바꿔 이 벽에서 저 벽으로, 이 모험에서 저 모험으로 옮겼다. 그래서 나는 오랫동안 내 방이 정말 마법의 방이라고 믿었다. 내가 잠들기만 하면 벽면에 그려진 환상세계의 생물들이 살아 움직인다고 믿었다. 그러나 바스쿠의 설명은 좀 달랐다.

어느 밤 그가 내게 속삭였다. "이 방은 네가 바꿔놓은 거야. 바로 너라고. 네가 잠결에 이 제3의 손으로 바꾸는 거라니까." 그러면서 내 심장 부근을 가리켰다.

"제3의 손이라니, 이뭣?"

"그래, 여기 이 손, 눈에 보이지 않는 손, 자꾸 물어뜯어 손톱이 너덜너덜하지만 눈에는 안 보이는 이 손가락들을 가지고……"

"이뭣들? 저뭣들?"

"……이 손은 꿈속에서만 또렷하게 볼 수 있지."

그러니 그를 사랑할 수밖에 없었다. 내게 꿈속의 손을 선물했다는 이유만으로도 사랑했을 텐데, 내가 말귀를 알아들을 만큼 자라자마자 그는 야밤을 틈타 내 귓가에 더욱더 중요한 비밀을 속삭였다. 여러 해

전에 맹장수술을 받았는데 일이 잘못되는 바람에 체내에 바늘 하나가 남았다고, 딱히 불편한 점은 없지만 그 바늘이 몸속을 돌아다니다 언젠가 심장을 찔러버리면 즉사를 면할 길이 없다고. 대단히 활동적인 성격의 이면에는 그런 비밀이 숨어 있었는데—그는 하룻밤에 세 시간 이상 자는 일이 없으며 깨어 있을 때는 단 삼 분도 한자리에 가만히 앉아 있지 못했다. 그가 고백했다. "바늘에 찔리는 그날까지 해야 할 일이 많으니까. 죽을 때까지는 살아야 한다, 그게 내 신조거든."

상냥하고 정다운 마음씨가 담긴 이야기였다. 나도 너와 똑같은 처지란다. 나 역시 시간에 쫓기니까. 어쩌면 드넓은 세상에 나 혼자인 듯한 외로움을 덜어주려 했을 뿐인지도 모른다. 사실 나이를 먹을수록 그의 이야기를 곧이곧대로 믿기 힘들었기 때문이다. 엉뚱하고 자유분방하기로 유명한 V. 미란다 같은 사람이 왜 그토록 무시무시한 운명을 수동적으로 받아들이는지, 어째서 바늘을 찾아 제거할 궁리를 안 하는지 도저히 이해할 수 없었다. 그래서 나는 그 바늘이 일종의 은유라는 결론을 내렸다—예컨대 야망의 충동을 뜻하는 것이 아닐까. 그러나 어린 시절의 그날 밤 바스쿠가 자기 가슴을 툭툭 치다 문득 오만상을 찌푸렸을 때, 그리고 두 눈을 허옇게 까뒤집더니 방바닥에 쓰러져 두 발을 번쩍 들고 죽은 체하는 연기로 나를 즐겁게 했을 때—그때는, 그때는 그의 말을 고스란히 믿었다. 그리고 세월이 흐른 후 어린 시절의 그 절대적 믿음을 회상하다 나는 비로소 그의 비밀에 숨겨진 또하나의 의미를 깨달았고(나중에 베넹헬리에서 다시 만났을 때 바스쿠는 이미 다른 바늘의 노예였고, 젊은 시절 호리호리하던 몸매는 중년에 이르러 뚱뚱해졌고, 밝기만 하던 성격은 어두워졌고, 허심탄회한 태도는 폐쇄적으로 변해버렸고, 와인이 시어져 식초가 되듯 그가 품었던 사랑도 증오로 변해버린 지 오래였지만) 지금 이 순간까지도 그 깨달음은 변함이 없다. 바스쿠의 몸속에 정말 바늘이 있었다면, 건초 더미에 떨어뜨린 바늘처럼 어딘가에 숨어 있었다면, 아마도 그 바늘은 자아 전체의 근원이었을 것이다. 어쩌면 그의 영혼이었는지도 모른다. 그것을 잃어버리면 인생을 송두리째 빼앗기거나 적어도 인생의 의미를 모두 빼앗기는 셈이다. 그래서 그는 일에 몰두하며 때를 기다렸다. 언젠가 그가 내게 말했다. "사람의 약점은 오히려 장점이 될 수 있고 반대의 경우도 마찬가지야. 아킬레우스의 발꿈치에 급소가 없었다면 그렇게 위대한 전사가 될 수 있었겠니?" 그 말을 떠올리자니 그의 몸속을 돌아다니며 힘을 심어주던 날카로운 죽음의 천사가 부러울 지경이다.

한스 안데르센의 유명한 동화에서 어린 카이는 눈의 여왕에게 붙잡혔다 탈출하지만 핏줄에 남은 얼음조각 때문에 한평생 고통을 겪는다. 바스쿠에게 우리 어머니는 백발을 휘날리는 눈의 여왕이었다. 그녀를 사랑하면서도 분노와 굴욕을 견디지 못해 결국 달아났지만 핏줄에 차디찬 원한의 파편이 남아 그를 괴롭히고 체온을 떨어뜨리고 한때는 따뜻했던 마음을 싸늘하게 식혀버렸다.

⌐

바스쿠는 우스꽝스러운 옷차림과 터무니없는 말장난 때문에, 구태의연한 사고방식이나 온갖 관습을―예컨대 신성한 소, 거들먹거리는 사람들, 심지어 신마저―간단히 무시해버리는 태도 때문에, 그리고 무엇보다 사랑뿐 아니라 작품 의뢰와 잠자리 상대와 스쿼시 공을 뒤쫓을 때도 지칠 줄 모르는 전설적인 정력 때문에 나의 첫번째 영웅이 되었다. 내가 네 살 나던 해에 인도군이 고아 지방에 진입해 장장 사백오십일 년에 걸친 포르투갈의 식민통치를 종식시켰는데, 그때부터 바스쿠는 몇 주 동안이나 심한 우울증에 시달렸다. 아우로라가 수많은 고아 사람들처럼 이 사건을 해방으로 여기라고 타일렀지만 바스쿠를 위로하지는 못했다. 그는 투덜거렸다. "지금까지는 삼위일체와 성모마리아만 안 믿으면 끝이었어요. 그런데 이제 신의 수가 삼억 명이나 되잖아요. 게다가 신도 신 나름이지! 다들 머리통이나 손이 너무 많아서 내 취향이 아니라고요." 그러나 머지않아 기운을 차린 바스쿠는 엘레판타의 부엌에서 몇 날 며칠을 보내며 늙은 요리사 에제키엘을 구워삶았다. 처음에는 노발대발하던 에제키엘에게 고아 지방의 요리 비법을 가르쳐주고 새 녹색 공책에 조리법을 일일이 적은 후 철사로 꿰어 부엌문 옆에 걸어준 덕분이었다. 그때부터 몇 주 동안 우리는 돼지고기만 먹어야 했고—고아식 초리조소시지, 돼지간 사르포텔, 코코넛밀크를 넣은 돼지고기 커리 등등—마침내 아우로라가 다들 돼지로 변해간다고 투덜거렸다. 그러자 바스쿠는 시장에서 온갖 갑각류가 집게발로 딱딱 소리를 내는 거대한 바구니 몇 개, 그리고 지느러미와 이빨이 즐비한 상어고기 몇 꾸러미를 사들고 싱글벙글 웃으며 돌아왔는데, 그 모습을 본 여자 청소부가 빗자루를 팽개치고 대문 밖으로 달아나면서 람바잔에게 저 '부정한' 괴물들이 집안에 남아 있는 동안은 청소하러 오지 않겠다고 말했다.

바스쿠의 반혁명은 식탁 위에만 머물지 않았다. 우리는 1510년 성카타리나축일에 비자푸르의 술탄 유수프 아딜 샤로부터 고아 지방을 빼앗은 아폰수 드 알부케르크의 영웅담을 날마다 들어야 했다. 바스쿠 다 가마에 대한 이야기도 나왔다. 바스쿠는 아우로라에게 애처롭게 하소연했다. "후추와 향신료 사업을 하는 집안이라면 내 기분을 이해해줘야죠. 우리 모두에게 공통적인 역사니까. 인도 군인들이 뭘 알겠어요?" 그는 우리에게 만도[46] 연가를 불러주고 어른들에게는 캐슈너트나 코코넛으로 빚은 밀매품 페니[47]를 대접했다. 나는 밤마다 마법의 창문이 그려진 방에서 그가 들려주는 고아 지방의 황당무계한 이야기를 들었다. "모국 인도 망해버려라! 모국 포르투갈 만만세!" 그가 짐짓 심각한 표정으로 경멸한다는 듯 소리치면 나는 이불을 뒤집어쓰고 킥킥거렸다.

그렇게 사십 일이 지났을 때 아우로라가 우리집을 침략한 고아인의 횡포에 종지부를 찍었다. 그녀는 선포했다. "애도기간은 끝났어요. 이제부터 역사는 다시 전진합니다."

바스쿠는 쓸쓸히 툴툴거렸다. "식민주의자. 게다가 문화지상주의자." 그러면서도—아우로라의 명령이 떨어지면 누구나 그랬듯—순순히 복종했다.

나는 그를 사랑했다. 그러나 오랫동안 그의 마음속에서 벌어지는 치열한 갈등—무엇이-되고-싶다는-야심과 보잘것없는 재능, 충정과 출세욕, 능력과 욕망 사이의 싸움—을 미처 알아차리지 못했다. 알아차릴 도리가 없지 않은가? 그가 우리집 대문 앞에 이르기까지 어떤 대가를 치러야 했는지 전혀 몰랐으니까.

---

46) 19~20세기 고아 지방의 가톨릭교도 사이에서 발달한 음악 형식.
47) 고아 지방의 특산주로 외부 판매는 불법이다.

우리를 만나기 전까지 그에게는 친구가 하나도 없었다. 적어도 그가 다른 친구를 언급하거나 보여준 적은 한 번도 없었다. 가족 이야기도 전혀 안 했고, 지난날을 얘기하는 일도 드물었다. 심지어 붉은 홍토석으로 집을 짓고 창문에는 굴껍데기를 붙인다는 고향 마을 루톨림에 대한 이야기도 사실인지 아닌지는 믿기 나름이었다. 고향 이야기는 좀처럼 꺼내지 않았는데, 다만 한번은 고아 북부 마푸사 시내의 어느 시장에서 짐꾼 노릇을 했다는 말을 무심코 입 밖에 낸 적이 있고, 또 한번은 모르무가오항에서 허드렛일을 했다고 말했을 뿐이다. 아마도 자신이 선택한 미래를 위해 혈연도 지연도 모두 끊어버린 모양인데, 그런 결단을 내렸다는 사실만 봐도 그의 냉정한 일면과 불안정한 성격을 짐작할 만하다. 그는 그렇게 자아를 새로 발명했는데, 그런 발명품이 제대로 작동하지 않다 결국 망가져버릴 수도 있다는 것쯤은―아브라함도 알고 우리집을 드나드는 패거리도 대부분 알고 누나들도 알고 나만 몰랐지만―아우로라도 미리 알아차렸어야 했다. 그러나 그녀는 오랫동안 자신의 반려동물에 대한 가벼운 비판조차 듣지 않으려 했다. 훗날 또 한 명의 자아 발명자 우마 사라스바티가 나타났을 때 나도 그랬다. 애정에서 비롯된 판단이 어리석은 착각이었다는 사실이 밝혀지고 바보 같은 짓을 저질렀음을 뒤늦게 깨달으면 우리는 가깝고 소중한 이들에게 왜 말리지 않았느냐고 따지기 마련이다. 그러나 자신이라는 적으로부터 우리를 지켜줄 사람은 없다. 그래서 아무도 바스쿠를 자신으로부터―그의 정체가 무엇이든, 예전에 어떤 사람이었고 나중에는 어떤 사람으로 변했든―구해주지 못했다. 나를 구해줄 사람도 없었다.

1947년 4월, 이나 누나가 겨우 생후 삼 개월이었을 때 아우로라는 미래의 미니마우스를 임신했다는 사실을 알게 됐는데, 남편이며 아버지로서 자부심을 느낀 아브라함 조고이비가 바스쿠 미란다에게 다가가 퉁명스럽고 어색하게나마 호의를 베풀었다. "그래, 자네가 제법 쓸 만한 화가라면 임신한 내 아내와 딸아이를 그려보지 않겠나?"

이 초상화는 바스쿠가 난생처음 캔버스에 그려본 작품인데, 아브라함이 캔버스를 사주고 아우로라가 밑칠 요령을 가르쳐줬다. 경제적인 이유로 초기 작품은 목판이나 종이에 그렸지만 엘레판타에 마련해준 화실에 들어가자마자 그날 이전의 작품은 모두 없애버리고 새 사람이 되었다며 이제야 진정한 인생을 시작한다고 선언했다. 그는 이제야 태어났다고 표현했다. 아우로라의 초상화가 그 첫 시작이었다.

내가 '아우로라의 초상화'라고 말한 까닭은 바스쿠가 마침내 그림을 공개했을 때(작품이 완성되기 전에는 아무에게도 보여주지 않았으니까) 아기 이나를 철저히 무시해버렸다는 사실을 확인한 아브라함이 노발대발했기 때문이다. 안 그래도 이름이 반토막만 남은 가엾은 큰누나는 명색이 주인공인데도 그림 속에서 완전히 증발해버렸는데, 애당초 이 그림을 의뢰한 이유는 그녀의 탄생을 축하하기 위해서가 아니었던가. (갓-생겨난-살덩어리 미니도 생략됐지만 아우로라의 두번째 임신은 아직 초기였으므로 그나마 너그러이 용서할 만했다.) 바스쿠가 그린 어머니는 정자 안에서 거대한 도마뱀의 등에 올라탄 채 결가부좌를 틀고 허공을 품에 안은 모습이었다. 게다가 산모가 되어 풍만하고 묵직해진 왼쪽 가슴을 고스란히 드러내고 있었다. 아브라함이 고래고래 소리쳤다. "대체 이게 무슨 개수작이야! 어이, 미란다, 눈깔은 장식으로 달고 다녀?" 그러나 바스쿠는 모든 사실주의적 비평을 묵살해버렸다. 아브라함은 아내가 포즈를 취할 때 가슴을 드러낸 적도 없거니와 사라져버린 이나에게 모유를 먹이지도 않는다는 사실을 지적했지만 화가의 표정에는 경멸만 가득했다. 바스쿠는 한숨을 푹 쉬며 말했다. "그다음에는 저렇게 큰 도마뱀은 안 키운다고 하시겠군요." 아브라함은 그림값을 지불할 사람이 누구인지 흥분한 어조로 상기시켰지만 예술가는 더욱더 콧대를 높이며 주장했다. "천재는 부자의 노예가 아닙니다. 캔버스는 능글맞은 미소를 그대로 비추는 거울이 아니라고요. 나는 본 대로 그렸을 뿐이에요. 존재와 부재. 채움과 비움. 두 사람을 그린 초상화를 원하셨죠? 그럼 잘 보세요. 안목을 가진 사람이라면 한눈에 알아볼 테니."

아브라함이 칼날처럼 살벌한 목소리로 말했다. "자네 의견을 다 밝혔다면 이제 많은 문제를 의논해봐야겠군."

그리하여 바스쿠는 감히 아기 이나를 업신여긴 죄로 당장 우리집에서 쫓겨났을까? 아기 어머니가 송곳니와 손톱을 드러내며 화가에게 달려들었을까? 독자여, 그는 쫓겨나지도 공격당하지도 않았다. 어머니로서 아우로라 조고이비는 언제나 고난의 교육적 효과를 부르짖었고, 따라서 인생의 온갖 파랑으로부터 자식을 보호해줄 필요는 없다고 믿었는데(혼자 일하는 천성을 타고난 아우로라가 아브라함과의 공동작인 자식을 자신의 범작으로 간주했기 때문이 아닐까?)…… 어쨌든 어머니의 초상화가 공개되고 이틀 후, 아브라함은 카숀델리베리테라스—

250

19세기의 파르시 귀족이자 무자비한 대금업자였던 둘지 둘지보이 카숀델리베리[48] 경의 이름을 딴 건물―의 집무실로 화가를 불러놓고 그의 그림이 '주문 내용을 초과 달성'했다고 평가하면서, 그가 길거리로 쫓겨나지 않은 이유는 조고이비 부인의 크나큰 너그러움과 착한 마음씨 덕분인 줄 알라고 말했다. 아브라함은 자못 안타깝다는 듯 덧붙였다. "내가 보기에 자네한테는 길거리가 더 잘 어울리는데 말이야."

우리 어머니를 그린 초상화가 퇴짜를 맞은 후 바스쿠는 콧수염에 왁스를 바르는 일마저 중단하고 사흘 동안 화실에만 틀어박혀 꼼짝도 안 하다 초췌한 몰골에 탈수증상까지 보이며 나타났는데, 한쪽 겨드랑이에 마대 자루로 둘둘 싼 캔버스를 끼고 있었다. 그는 험악한 눈으로 노려보는 문지기와 앵무새를 지나 엘레판타를 떠났고 일주일 동안 돌아오지 않았다. 그리하여 람바잔 찬디왈라가 바야흐로 그 불한당 놈이 아주 가버린 모양이라고 믿으려는 참인데 바스쿠가 노란색과 검은색을 칠한 택시를 타고 다시 나타났다. 새로 맞춘 고급 양복을 떨쳐입고 예전의 떠들썩하고 쾌활한 성격도 고스란히 되찾은 모습이었다. 알고 보니 사흘 동안 두문불출하며 우리 어머니의 초상화에 덧칠을 해 새로운 그림을 그렸는데, 새 작품은 아랍 의상을 입은 화가 자신의 기마상이었고, 케쿠 모디가―화려한 옷차림을 한 바스쿠 미란다가 거대한 백마를 타고 눈물을 흘리는 장면을 그린 이 야릇하고 색다른 그림 속에 퇴짜맞은 그림이 숨어 있다는 사실은 까맣게 모른 채―거의 순식간에 그림을 팔아줬다. 구매자는 자그마치 철강업계의 억만장자 C. J. 바바였

_____
48) Cashondeliveri. 상품을 받은 뒤 대금을 지불하는 대금교환불(cash-on-delivery) 결제 방식을 암시하고 '멍청한 놈'이라는 의미를 내포한다.

고 그림 가격도 어마어마했으므로 바스쿠는 아브라함에게 캔버스 값을 돌려주고도 새 캔버스를 여러 장 주문할 수 있었다. 그리하여 바스쿠는 자신의 작품에도 상품성이 있다는 사실을 깨달았다. 이 사건을 계기로 그는 놀라운—그리고 여러모로 현란한—성공 가도를 달렸는데, 한때는 새로 지은 호텔 로비나 공항터미널에 V. 미란다의 거대하고 화려하면서도 왠지 진부한 벽화가 빠지면 허전해 보일 정도였고…… 그런데 바스쿠의 그림에는—삼련판⁴⁹⁾, 벽화, 프레스코화, 유리화 등등—한 여인의 모습이 빠짐없이 등장했다. 조그맣지만 완벽하게 묘사한 이 여인은 한쪽 가슴을 드러내고 도마뱀 등에 결가부좌를 틀고 앉았는데, 두 팔로 무언가를 안은 듯한 자세였지만 품속에는 아무것도 없었다. 어쩌면 눈에 보이지 않는 바스쿠를, 심지어 온 세상을 안았는지도 모를 일이었다. 또 누구의 어머니도 아닌 듯한 모습이었기에 정말 우리 모두의 어머니가 되었는지도 모른다. 아무튼 그는 나머지 전체보다 이 작은 세부 묘사에 더 많은 정성을 기울이는 듯할 때도 많았지만 막상 그 부분이 완성되면 매번 과감하고 시원시원한 붓질로 단숨에 지워버렸는데, 이는 날이 갈수록 그의 작품 특징으로 굳어졌으니—사기성이 농후하지만 대단히 화려해 보이는 이 유명한 붓놀림으로 그는 엄청나게 많은 작품을 엄청나게 빠른 속도로 쏟아냈다.

"그렇게 싹싹 지워버릴 만큼 내가 미웠어요?" 느닷없이 바스쿠의 화실에 뛰어든 아우로라가 착잡하고 심란한 표정으로 외쳤다. "내가 아비를 진정시킬 때까지 단 오 분도 기다려줄 수 없었나요?" 바스쿠는 무슨

---

49) 세 부분으로 나누고 경첩을 달아 접거나 세울 수 있도록 제작한 그림.

말인지 모르겠다는 듯 시치미를 뗐다. 아우로라가 말을 이었다. "물론 꼬맹이 이나는 별 문제도 아니었어요. 나를 너무 관능적으로 그려서 아브라함이 질투했을 뿐이죠."

"그럼 이제 질투할 이유도 없겠네요." 바스쿠는 씁쓸하면서도 엉큼한 미소를 지었다. "아니, 오히려 더 심각해졌다고 해야 되려나? 이젠 아우로라 마님이 영원히 내 밑에 깔려 있게 됐으니 말입니다. 바바 씨는 우리를 침실에 걸어둘 거예요. 눈에 보이는 바스쿠, 그 밑에 안 보이는 아우로라, 그리고 부인 품에 안겼지만 더욱더 안 보이는 이나. 어떤 면에서는 가족 초상화인 셈이죠."

아우로라는 고개를 절레절레 저었다. "나 원, 말도 안 되는 소리. 남자들이란. 처음부터 끝까지 헛소리만 한다니까. 게다가 말을 타고 징징거리는 아랍인이라니! 그럼 보는 눈도 없는 바바한테 딱 어울리네요. 장터 그림쟁이도 그렇게 터무니없는 그림은 안 그릴 텐데."

그러자 바스쿠가 정색하며 말했다. "작품 제목은 〈화가의 자화상: 그라나다의 마지막 술탄이던 불운아(엘 조고이비) 보압딜의 모습으로 알람브라를 떠나는 장면〉. 일명 〈무어의 마지막 한숨〉. 설마 그런 제목을 붙였다고 아비 나리가 또 화를 내시진 않겠죠. 남의 성을 함부로 써먹었다느니, 집안에 전해지는 전설처럼 개인적인 소재를 써먹었다느니. 더구나 미리 양해를 구하지도 않았으니까요."

아우로라 조고이비는 놀란 눈으로 그를 물끄러미 바라보다 별안간 무어인의 흐느낌 같은 소리를 내며 폭소를 터뜨렸다. 이윽고 그녀가 눈물을 닦으며 말했다. "아, 바스쿠, 장난꾸러기 바스쿠. 아, 정말 음흉하고 짓궂은 사람이라니까. 그이가 당신 목을 비틀어버리겠다고 펄펄 뛸 텐데 어떻게 말려야 좋을지 궁리 좀 해봐야겠네요."

바스쿠가 물었다. "부인은 어땠어요? 퇴짜맞은 그 불행한 그림이 마음에 들었나요?"

"퇴짜맞은 불행한 화가가 마음에 들던데요." 아우로라는 상냥하게 대답하며 바스쿠의 뺨에 입맞춤을 하고 화실을 나갔다.

〰

그 무어인은 십 년 후 나를 통해 다시 환생했는데, 아우로라 조고이비가 V. 미란다의 선례를 따라 역시 〈무어의 마지막 한숨〉이라는 그림을 그렸을 때…… 내가 이렇게 바스쿠에 대한 옛날이야기를 길게 늘어놓는 까닭은 나 자신에 대한 이야기를 하려면 다시금 두려움과 싸워이겨내야 하기 때문이다. 어떻게 설명하면 좋을까. 가슴이 철렁 내려앉고 눈앞이 캄캄해지는 이 두려움을, 과속으로 살아가는 인생의 두려움을, 어머니와 그 패거리에게 늘 따라다니던 비유적 표현을 내 뜻과는 상관없이 문자 그대로 겪어야 하는 두려움을? 예컨대 추월선을 달린다느니, 고속도로를 질주한다느니, 시대를 앞서간다느니…… 유전자마저 속속들이 제트족이 되어버린 나는―선택의 여지도 없이―양끝에 불을 붙인 양초처럼 타들어갔다. 내 성향은 오히려 양초를 절약하려고 노력하는 쪽인데 말이다. 마치 늑대인간이 나오는 영화에서처럼 두 발이 신발을 뚫고 나갈 기세로 쑥쑥 커지고 머리카락은 육안으로 보일 만큼 무럭무럭 자랄 때 내가 느낀 공포를 어떻게 전달할까? 종종 달리기가 불가능할 정도로 고통스럽던 무릎 성장통을 어떻게 설명해야 여러분이 실감할 수 있을까? 그 와중에도 척추 하나는 곧게 자랐으니 기적이 아닐 수 없다. 나는 온실 속 화초였고, 끝없는 강행군을 하는 병사였고, 피와 살로 만들어진 타임머신에 갇힌 여행자였고, 무릎이 아픈데도 세월보다 빨리 달리느라 늘 숨이 찼다.

내가 무슨 신동이었다는 뜻은 아니니 오해하지 마시기 바란다. 나는 체스나 수학이나 시타르[50] 따위에 일찌감치 천부적 재능을 드러내지 못했다. 그러나 걷잡을 수 없는 성장 속도만 보더라도 처음부터 비범한 아이였던 것만은 분명하다. 내게 온갖 기쁨과 슬픔을 안겨준 봄베이처럼 나도 불쑥불쑥 팽창을 거듭해 점잖지만 꼴사나운 거구로 자라났다. 차근차근 계획을 세울 시간도 없고, 이런저런 체험이나 시행착오나 동년배를 통해 배움을 얻을 겨를도 없고, 이것저것 생각해볼 여유도 없었다. 그러니 엉망진창이 될 수밖에 없지 않은가?

내 심신에서 망가질 만한 부분은 거의 다 망가졌고, 무사히 성장할 수도, 결딴날 수도 있던 부분마저 거의 다 실패로 끝나버렸다.

"봐요, 얼마나 예쁜지! 우리 공작새, 우리 모르……" 일찍이 어머니는 내게 젖을 먹이며 그렇게 노래하셨는데, 괜히 겸손한 체하지 않고 솔직히 말하자면 나는 비록 남인도인 특유의 검은 피부색을 타고났지만(사교계 중매쟁이에게는 대단히 못마땅한 조건이다!) 손이 기형이라는 사실 말고는 제법 잘생긴 사내로 성장했다. 그러나 그 오른손 때문에 오랫동안 내가 추하다고 믿을 수밖에 없었다. 실제로는 아직 어린데 벌써 잘생긴 젊은이의 모습이 되어버린 것은 이중의 불행이었다. 우선 어

---

50) 목이 길고 울림통이 볼록한 인도 현악기.

린 시절의 당연한 특징, 즉 자고 귀여운, 한마디로 아이다운 모습이 금방 사라졌고, 정작 성년이 될 무렵에는 황금사과처럼 빛나는 젊음마저 잃었기 때문이다. (스물세 살에는 수염이 하얗게 세어버리고 이런저런 기능이 예전처럼 원활하지 않았다.)

나는 늘 그렇게 안팎이 따로 놀았다. 그러니 언젠가 바스쿠 미란다가 '영화배우 같은 참-미남'이라고 했던 내 외모가 인생에는 별로 도움이 되지 않은 까닭을 여러분도 이해하시리라.

의사에 대한 이야기는 생략하련다. 내 병력을 일일이 나열하자면 아마 대여섯 권 분량은 써야 할 테니까. 나무 그루터기처럼 뭉툭한 손, 엄청난 성장 속도, 성인 남자의 키가 165센티미터를 넘는 경우는 드문 나라에서 자그마치 198센티미터에 달하는 엄청난 체구. 이 모든 문제에 대한 정밀 검사를 몇 번이나 되풀이했다. (오늘날까지도 '브리치캔디종합병원'이라는 말만 들으면 온갖 기억이 떠오른다. 소년원 같은 건물, 친절한 고문실, 지옥의 고통을 주는 공간, 나를 돕는답시고 온갖 굴욕을 안겨주던―나를 달달 볶던―내 몸으로 꼬치구이나 생선조림을 만들던―호의적인 마귀들.) 그러나 온갖 방법을 다 써본 뒤에는 청진기를 목에 건 유명한 마귀두목조차 손을 들고 어쩔 수 없다는 듯 천천히 고개를 가로저으며 업보나 팔자나 숙명 따위를 들먹이기 마련이었다. 의사뿐 아니라 민간요법 전문가, 티비아대학[51]의 교수, 신앙치료사, 성자까지 두루 만났다. 아우로라는 매사에 철저하고 의지가 강한 여인이었기에 평소 경멸하고 혐오하던 이런저런 사이비도사에게 나를 데려가

---

51) 힌두교와 이슬람교 등에서 유래한 전통 의학을 가르치는 인도 국립대학.

는 일도—역시 나를 위해서!—마다하지 않았다. 나는 그녀가 아브라함에게 하는 말을 여러 차례 들었다. "혹시 모르잖아. 내가 맹세하는데, 그런 주술사 나부랭이가 불쌍한 우리 아들의 시계를 고쳐주기만 한다면 나도 당장 개종할 테야."

아무것도 소용없었다. 때는 바야흐로 소년 마하구루로 알려진 쿠스로 쿠스로바니 바그완[52] 님이 일대 선풍을 일으키던 시기였는데, 그의 어머니 두바시 부인이 만들어낸 사기꾼이라는 소문이 끊이지 않았는데도 추종자가 수백만을 헤아렸다. 내가 다섯 살쯤 되던(그러나 겉모습은 열 살이던) 어느 날 아우로라는 거부감을 억누르고—물론 나를 위해서—이 신비로운 소년에게 (값비싼) 개별 면담을 신청했다. 우리는 봄베이항에 정박한 호화 요트로 그를 찾아갔는데, 추리다르 파자마[53]에 황금빛 치마를 두르고 머리에는 터번을 쓴 소년을 본 부모님은 결혼 예복처럼 화려한 옷을 걸치고 한평생을 보내야 하는 그가 실상 겁먹은 어린애에 불과하다는 인상을 받았다. 그래도 어머니는 이를 악물고 내 문제를 설명하며 도움을 청했다. 쿠스로 소년은 엄숙하고 쓸쓸하고 총명한 눈으로 나를 바라봤다.

이윽고 그가 말했다. "네 운명을 받아들여. 너를 괴롭히는 것을 즐겨 봐. 도망치려고만 하지 말고 오히려 그쪽으로 열심히 달려가란 말이야. 불행과 하나가 되어야만 극복할 수 있을 테니까."

장의자에 드러누워 지저분하게 망고를 먹던 두바시 부인이 탄성을

---

52) 힌두교 경칭으로 '마하구루'는 '큰 스승', '바그완'은 '신' '거룩한 분' '정신적 지도자'를 뜻한다.

53) 통이 좁은 파자마.

질렀다. "너무너무 지혜로운 말씀이네! 와아와아! 루비, 다이아몬드, 진주처럼 귀하신 말씀!" 그러더니 이런 말로 면담시간이 끝났음을 알렸다. "자, 그럼 이제 요금을 주셔야죠. 현찰만 받습니다. 외국 돈은 더 좋은데, 달러나 파운드로 계산하시면 15퍼센트 할인까지 해드려요."

오랫동안 나는 그 시절을 회상할 때마다 화가 났다. 쓸모없는 의사, 더욱더 쓸모없는 돌팔이. 어머니를 원망하기도 했다. 내게 온갖 시련을 겪게 했으니까, 그리고 돈벌이에 혈안이 된 구루에게 굽실거리는 그녀가 위선자로 보였으니까. 그러나 지금은 원망하지 않는다. 사랑 때문에 그랬음을 깨달았고, 또한 망고즙으로 끈적거리는 두바시 부인의 손에 매달릴 때는 나보다 더 큰 굴욕감을 느꼈으리라는 것을 알게 되었기 때문이다. 그리고 쿠스로 님이 좋은 가르침을 줬다는 사실도 인정할 수밖에 없다. 나는 지금까지 살면서 그 교훈을 거듭거듭 다시 깨달았다. 그때마다 값비싼 대가를 치러야 했지만 외화 할인 혜택은 없었다.

～

나는 불가피한 운명을 순순히 받아들임으로써 두려움을 떨쳤다. 두려움에 대한 비밀을 말해보겠다. 두려움은 극단주의자다. 전부 아니면 무, 언제나 양자택일이다. 두려움은 폭군과 같아서 어리석고 맹목적인 절대권력을 휘두르며 인간의 삶을 지배하기도 하지만, 인간이 그것을 극복하면 모든 힘을 잃고 연기처럼 사라져버린다. 그리고 또하나의 비밀. 두려움에 맞서 혁명을 일으켜 그 천박한 독재자를 무너뜨리는 방법은 이른바 '용기'와는 별 상관이 없다. 비결은 훨씬 더 간단하다. 살아야 한다는 단순한 욕구. 내가 두려움을 버린 까닭은 지상에서 살아갈 시간도 부족한 마당에 한순간도 겁에 질려 낭비할 수 없기 때문이었다. 쿠스로 경의 가르침은 바스쿠 미란다의 좌우명을 연상시켰는데, 나중에 J. 콘래드의 소설에서 똑같은 문장을 발견했다. 죽을 때까지는 살아야 한다.

나는 우리 집안의 수면 재능을 물려받았다. 우리 식구들은 슬픔이나 근심걱정에 시달릴 때도 잠 하나는 아기처럼 잘 잤다. (물론 반드시 그렇지는 않았는데, 아우로라 다 가마가 열세 살 때 불면증에 걸려 밤마다 창문을 열어젖히고 장식품을 내던진 사건은 비록 오래된 일이지만 우리 집안 전통의 중요한 예외였다.) 그래서 나도 기분이 언짢은 날이면 잠자리에 들어 전깃불을 끄듯 나 자신의 스위치를 내리면서—바스쿠의 표현 방식을 빌리자면 자신을 '닫으면서'—나중에 한결 가벼워진 마음으로 다시 '열리기'를 기대했다. 이 방법이 매번 성공한 것은 아니었다. 때로는 한밤중에 깨어나 눈물을 흘렸다. 사랑을 갈구하며 청승맞게 울부짖기도 했다. 그런 격동, 그런 흐느낌은 어디라고 말할 수 없을 만큼 깊디깊은 곳에서 터져나왔다. 어쨌든 머지않아 야밤에 흘리는 이 눈물도 내가 남다르기에 치러야 하는 형벌로 받아들였다. 그러나 이미 말했듯 나는 조금도 남다르고 싶지 않았다. 슈퍼맨이 아니라 클라크 켄트가 되고 싶었다. 우리의 멋진 저택에서 브루스 웨인처럼 부유한 사교계 명사로 한평생을 보내도 행복할 듯했다. '조수'는 있어도 그만, 없어도 그만이었다. 그러나 아무리 간절히 기원해도 나의 은밀하고 본질적인 박쥐 본성을 물리칠 수는 없었다.

바스쿠 미란다에 대해 한 가지는 분명히 해두고 넘어가야겠는데, 처음부터 그는 결코 안심할 만한 사람이 아니라는 몇몇 걱정스러운 징후를 드러냈다. 그를 사랑한 사람들은 간혹 그가 격렬한 분노를 쏟아낼 때도, 마치 온몸에 음험한 음전기가 들끓는 듯해 자칫하면 그의 몸에 달라붙어 타버릴까 감히 건드리지 못할 때도 대수롭지 않게 넘어갔다. 그는 무시무시할 정도로 술을 퍼마시기 일쑤였는데, 다른 때 다른 곳에서 살았던 아이리시(그리고 벨) 다 가마가 흔히 그랬듯 바스쿠도 카마티푸라[54]의 어느 시궁창에서 인사불성이 된 채 발견되기도 하고, 어항漁港 사순의 부둣가에서 술과 마약에 취한 채 강도질을 당해 여기저기 멍들고 유혈이 낭자한 꼬락서니로 며칠 동안 씻어도 지울 수 없을 만큼 지독한 생선 비린내를 풀풀 풍기며 멍하니 돌아다니기도 했다. 훗날 그가 성공을 거둬 전 세계 부유층의 총아가 된 뒤에는 그런 일화가 신문에 나지 않도록 입막음을 하느라 적잖은 목돈을 들였는데, 남녀를 가리지 않고 질탕한 난교를 일삼을 때 상대했던 사람 중에는 당시의 경험을 그리 달가워하지 않는 사람이 많은 듯하니 더욱더 그럴 수밖에 없었다. 아무튼 과거를 털어버리고 우리 곁에서 새로 태어나기 위해 악마와 어떤 거래를 했는지 모르지만 바스쿠의 마음속에는 분명 지옥이 도사리고 있었다. 때로는 금방이라도 활활 타오를 사람처럼 보였다. 상태가 좀 호전되면 이렇게 말하기도 했다. "나는 늙은 요크 대공[55]이야.

---

54) 당시 봄베이의 대규모 유흥가.
55) 요크 대공이 군사 만 명을 이끌고 산을 오르내린다는 내용의 영국 동요가 있다.

올라갈 때는 올라가고 내려갈 때는 내려가지. 그리고 나도 남자 만 명을 품어봤어. 여자 만 명도 품어봤고."

인도가 독립하던 밤, 분노의 안개가 순식간에 바스쿠를 휘감았다. 그 중대한 순간의 온갖 모순에 실망한 탓이었다. 바스쿠는 고아 사람이므로 굳이 따지자면 그와는 아무 상관도 없는 사건이었지만 되찾은 자유를 축하하는 격동의 소용돌이는 피할 수 없었는데, 펀자브 지방에서는 아직도 피가 대하처럼 흐르는 마당에 그렇게 축제가 벌어진다는 경악스러운 현실이 그가 발명한 자아의 연약한 평정심을 깨뜨리고 마음속 미치광이를 풀어놨다. 어쨌든 어머니는 그렇게 설명하셨는데, 물론 그 설명에도 조금은 일리가 있겠지만 나는 사랑 문제도 무시할 수 없다는 사실을 안다. 아우로라를 향한 사랑, 공공연히 밝힐 수 없는 그 사랑이 그의 마음을 가득 채우고 부글부글 끓다 분노로 변해버렸다. 아우로라와 아브라함이 마련한 길고 휘황찬란한 식탁 말석에 앉아 그는 흥분에 휩싸인 여러 귀빈을 노려보며 비뉴 베르드[56]를 허겁지겁 들이켜다 차츰 어둠 속으로 빠져들었다. 이윽고 자정이 되자 화려한 불꽃이 하늘을 수놓았지만 그의 마음은 오히려 더 어두워졌고, 마침내 곤드레만드레 취해버린 그가 비틀비틀 일어나더니 혀 꼬부라진 소리로 손님들에게 욕지거리를 퍼부으며 침을 튀겼다.

그는 휘청거리며 소리쳤다. "다들 뭐가 좋다고 이렇게 신났어? 이 밤은 당신들의 밤이 아니야. 염병할 놈의 매콜리[57] 떨거지들! 아직도 못

---

56) 포르투갈산 와인.
57) 영국 역사가·정치가(1800~1859). 인도의 교육 개혁에 큰 영향을 미쳤으나 영어와 영국 문화의 우월성을 노골적으로 강조해 반감을 샀다.

알아들어? 영어에만 매달리는 얼간이란 말이야, 당신들 전부. '소수집단'이라고. 물에 뜬 기름처럼 별난 종자라고. 당신들은 이 나라 국민도 아니야. 당신들한테는 이 나라가 낯설기만 하겠지. 다들, 거-뭣이냐, 정신병자와 다름없으니까. 달나라 인간이니까. 다들 글러먹은 책만 읽고, 논쟁이 벌어질 때마다 글러먹은 쪽만 편들고, 날마다 글러먹은 생각만 하지. 젠장, 하다못해 꿈까지 외국풍이잖아."

그때 아우로라가 말했다. "바보짓 좀 그만해요, 바스쿠. 여기 모인 분들도 힌두교도와 무슬림이 서로 학살하는 사태를 보고 큰 충격을 받았어요. 당신만 그런 고민을 하는 건 아니라고요. 비뉴 베르드를 혼자 다 마셔버리거나 혼자 정의로운 체할 수는 있겠지만요."

웬만한 사람이 그런 말을 들었다면 하던 짓을 당장 멈췄을 것이다. 그러나 바스쿠는, 역사와 사랑에 쫓겨 이성을 잃었을 뿐 아니라 스스로 창조한 자아에 어울리는 연기를 해야 하는 고충에 시달리던 가엾은 바스쿠는 그쯤에서 멈출 수 없었다. 그는 위태로운 각도로 몸을 기울인 채 비아냥거렸다. "쓰펄, 다들 똑똑한 체하지만 아무짝에도 쓸모없는 예술가 나부랭이. 성교불능과 사대주의의 나라를 만들자고? 니미 뽕이다. 아니지. 젠장, 말이 꼬여서 혀가 헛나왔네. 정교분리와 사회주의. 그거 말이야. 원, 지랄염병. 우리 판디트지께서 장사꾼처럼 싸구려 시계를 감쪽같이 팔아잡수신 건데, 다들 하나씩 사놓고 이게 왜 안 움직이는지 몰라 어리둥절한 꼴이지. 저 벼락 맞을 국민회의당엔 그렇게 가짜 롤렉스 시계를 팔아먹는 장사꾼이 수두룩하다니까. 당신들은 인도가 이대로 나가떨어질 거라고 믿지? 피에 굶주려 피칠갑을 한 수많은 신이 모조리 제풀에 자빠져 뒈져버릴 거라고 말이야. 오늘 우릴 불러주신 아우로라 마님도, 위대한 여성이며 위대한 예술가인 우리 마님께서도 춤으로 신을 물리칠 수 있다고 믿으시거든. 춤으로! 땃 – 땃 – 따아 – 드리게 이 – 딴 – 딴! 따이! 땃 – 따이! 땃 – 따이! 하이고 맙소사."

그때 아브라함이 몸을 일으켰다. "미란다, 그만하게."

그러자 바스쿠는 낄낄거리며 대꾸했다. "당신한테도 할말 있소, 거물 사업가 아비 회장님! 내가 좋은 정보 하나 드리지. 이 빌어먹을 나라에서 신한테 맞설 만큼 막강한 힘은 하나뿐인데, 얼빠진 세속적 사회주의도 아니고, 얼빠진 판디트 네루가 거느린 얼빠진 국민회의당, 소수집단 보호 정책이나 들먹이는 그 시계 장사꾼 패거리도 아니란 말씀이야. 뭔지 알겠소? 내가 가르쳐드리지. 부정부패요. 알아들었소? 뇌물수수, 그리고."

그 순간 바스쿠는 균형을 잃고 뒤로 자빠졌다. 금단추가 달린 새하얀 네루 재킷을 입은 하인 두 명이 바스쿠를 부축했다. 아브라함이 눈짓만 하면 파티장에서 끌어낼 태세였다. 그러나 아브라함 조고이비는 아무런 내색도 하지 않고 이 소동이 어떻게 흘러가는지 관망하겠다는 태도였다.

"뇌물과 뒷돈. 정말 유서 깊은 전통이지." 마치 오랫동안 정들었던 늙은 개에 대해 이야기하듯 울먹이는 목소리였다. "급행료, 배춧잎, 쇳가루. 내 말 알아들었소? 아비 회장님, 알겠소? V. 미란다가 이해하는 민주주의의 정의는, 사람 하나에 뇌물 하나. 그게 요령이지. 이건 중요한 비결이라고. 정말이라니까." 그러더니 갑자기 소스라치게 놀라며 두 손으로 입을 막았다. "아. 아. 나도 참 멍청하구나. 멍청하기 짝이 없는 바스쿠. 그까짓 게 무슨 비결이라고. 아비 회장님 같은 거물께서 설마 그 정도도 모르실까. 번데기 앞에서 주름을 잡아도 유분수지. 죄송합니당.
용서해주세용."

아브라함이 고개를 끄덕이자 흰색 재킷을 입은 하인들이 바스쿠의
등뒤에서 겨드랑이에 팔을 걸고 질질 끌기 시작했다.

"하나만 더!" 바스쿠가 버럭 소리치는 바람에 깜짝 놀란 하인들이 주
춤거렸다. 바스쿠는 봉제 인형처럼 하인들의 팔에 대롱대롱 매달린 채
미친듯이 손가락질을 했다. "당신들한테 좋은 충고를 해주지. 영국인이
떠날 때 당신들도 그 배를 타! 젠장, 다들 배 타고 꺼져버리란 말이야.
이 나라에 당신들 같은 자들은 필요 없어. 이 땅이 당신들을 쳐부수고
삼켜버릴 거야. 그러니까 나가! 아직 나갈 수 있을 때 나가라고."

충격에 휩싸여 조용해진 방안에서 아브라함이 정중하면서도 근엄한
자세로 서서 물었다. "그럼 바스쿠 자네는? 자신한테는 뭐라고 충고하
겠나?"

바스쿠는 흰옷을 입은 하인들에게 붙잡혀 끌려가며 소리쳤다. "오
호, 나? 이 몸은 걱정일랑 접어두시구려. 나야 어차피 포르투갈 사람이
니까."

11

일찍이 〈아버지 인도〉라는 영화를 만든 사람은 아무도 없었다. '바라트-피타'[58]? 어감부터 이상하다. '힌두스탄-케-바푸지'[59]? 간디를 일컫는 말이라 곤란하다. '발리드-에-아잠'[60]? 지나치게 무굴제국풍이다. 그런데 최근에 드디어, 나라를 들먹이는 제목 중에서도 제일 유치한 제목 〈미스터 인도〉가 등장했다. 주인공은 자신의 초인적 능력을 과시하려고 안간힘을 쓰는 젊고 능글능글한 멋쟁이다. 아무래도 아버지상은 아니다. 명랑한 인도 아빠도 아니고 근엄한 인도 아버님도 아니다. 제임스 본드를 모방했지만 발육 부진의 인도판 아류일 뿐이다.

---

58) 힌디어로 '아버지 인도'.
59) 간디의 별칭. 힌디어로 '인도의 아버지'라는 뜻.
60) 페르시아어로 '인도 황제'.

결국 위대한 스리데비가 더는 젖을 수 없을 만큼 흠뻑 젖은 사리를 두른 모습으로 육감적인 사이렌의 매력을 마음껏 발산하며 우스꽝스러울 만큼 간단하게 작품 전체를 빼앗아버렸는데…… 아무튼 내가 이 영화를 기억하는 이유는 따로 있다. 내가 보기에 이 작품은 비록 별 볼일 없는 호화판 오락영화에 불과하지만, 제아무리 요란한 색채를 동원해봤자 일찍이 나르기스가 어머니상을 보여주던 영화처럼 우중충하되 값진 작품과는 비교조차 할 수 없는 졸작이지만, 〈미스터 인도〉 제작진은 뜻하지 않게나마 이른바 '국부國父'의 모습을 유감없이 보여줬기 때문이다. 보라, 마치 동굴 속 용 같은, 마치 천 개의 손가락을 가진 인형조종자 같은, 마치 암흑의 핵심[61] 중 핵심 같은 그를. 우지 기관단총으로 무장한 군대를 거느린 자, 무시무시한 불기둥을 손끝으로 부리는 자, 지하세계의 은밀한 음악을 두루 지휘하는 자. 최고의 악당, 암흑가의 우두머리, 모리아티보다 더 모리아티다운, 블로펠드보다 더 블로펠드다운, 그냥 대부가 아니라 왕초대부, 그야말로 두목 중의 두목 모감보. 이는 에바 가드너의 매력이 돋보이는 오래된 영화—아프리카를 배경으로 만든 변변찮은 작품—의 제목에서 도용한 이름으로, 인도에 공존하는 어느 집단에도 불쾌감을 주지 않으려고 신중하게 골랐을 텐데, 그 이름은 무슬림이나 힌두교도도 아니고, 파르시나 기독교도도 아니고, 자이나교도나 시크교도도 아니고, 다만 2차대전 후 할리우드에서 흔히 그랬듯 〈샌더스의 강〉처럼 '검은 대륙' 사람들을 미개인으로 희화화한 흔적을 엿볼 수는 있겠지만, 글쎄, 어차피 오늘날의 인도에서 그

---

61) 조지프 콘래드의 동명 소설.

런 외국인혐오증의 낙인 때문에 적개심을 품는 사람은 별로 없을 테니까.

모감보와 미스터 인도의 대결에서 나는 영화에서 흔히 보았듯 생사를 걸고 싸우는 부자지간의 모습을 발견했다. 가령 〈블레이드 러너〉의 비극적인 복제인간이 자신을 창조한 사람을 다정하게 포옹한 채 두개골을 부숴버리듯, 그리고 〈스타워즈〉의 루크 스카이워커와 다스 베이더가 '포스'의 밝은 면과 어두운 면을 대표하며 최후의 결전을 벌이듯. 만화 등장인물 같은 악당과 허울뿐인 주인공이 만나는 이 너절한 드라마에서 나는 영화화된 적도 없고 영화화될 리도 없는 어떤 관계를 거울처럼 고스란히 비추는 섬뜩한 영상을 보았는데, 바로 아브라함 조고이비와 나의 이야기였다.

⌒

사실 그의 모습은 마왕과 정반대였다. 내가 처음 보았을 때 아브라함 조고이비는 벌써 예순 살가량의 노인이었고 돌꽃병에 맞아 절름거리는 걸음걸이도 나이 때문에 더욱 심해져 무력하고 위축된 사람처럼 보이는데다 늘 숨이 차서 헐떡거리며 오른손을 가슴에 대고 있어 사뭇 방어적이고 순종적으로 보이기 십상이었다. 일찍이 상속녀 아우로라를 순식간에 사로잡아 깊디깊은 후추 향 사랑에 빠져들게 만든 그 사내의 흔적은 (창고지기다운 공손한 태도 말고는) 찾아보기 힘들 정도였다. 내 어린 시절 기억 속에서 아브라함은 아우로라의 떠들썩한 궁정 가장자리에서 희미한 유령처럼 서성였는데, 조금 구부정한 자세로 머뭇거리며 어렴풋이 찡그린 얼굴은 영락없이 하인이 주인에게 기쁨을 주고 싶은 마음을 표현할 때 짓는 바로 그 표정이었다. 몸을 숙인 각도만 봐도 비위를 맞추려는 속셈과 지나친 의욕을 품은 듯싶어 왠지 불쾌할 정도였다. 독설가 아우로라는 종종 이런 말로 남을 웃겼다. "동어 반복의 예를 들어볼까요. '나약한 남자.'" 그렇게 웃음거리가 되어버린 아브라함을 아들인 나조차 경멸할 수밖에 없었고, 그 나약한 모습이 우리 모두의—물론 남자들의—품위를 떨어뜨린다는 생각이 들었다.

무슨 까닭인지 아우로라는 나를 낳은 후 심경의 변화를 일으켰고 '우리 유대인 남자'를 향한 뜨거운 사랑은 급속히 식었다. 그리고 그녀답게 애정이 식었다는 사실을 아무에게나 거리낌없이 털어놓았다. "그이가 발정이 나서 커리 냄새를 풀풀 풍기며 다가오면……"—여기서 깔깔 웃고—"맙소사! 그때마다 애들 뒤에 숨어서 코를 움켜쥔다니까." 그런 모욕도 아브라함은 묵묵히 감내했다. 주황색과 황금색으로 꾸민 유명한 응접실에서 아우로라는 시부렁거렸다. "이 나라 남자들! 한결같이 공작새 아니면 반편이지. 그렇지만 우리 모르 같은 공작새도 여자에 비하면 아무것도 아니죠. 우린 눈부시게 화려한 삶을 살거든. 아무튼 반편이를 조심해야 해요! 그런 남자야말로 우릴 지키는 간수예요. 금전출납부랑 금도금한 새장의 열쇠를 움켜쥔 간수라고요."

아우로라가 어렴풋하게나마 아브라함에게 감사 표시를 한 것은 그 정도가 고작이었다. 그는 늘 불평 한마디 없이 수표를 끝없이 내놓았는데도, 처가의 재산을 밑천으로 순식간에 황금 도시를 건설했는데도 말이다. 사실 대대로 물려받은 가산이 제아무리 그럴싸해도 기껏해야 마을이나 시골 땅이나 지방 소도시 수준이었다면 지금의 재산은 그야말

로 거대도시였다. 아우로라는 씀씀이가 헤퍼 돈이 많이 필요했고 그녀
도 그 사실을 모르는 바는 아니었다. 그래서 자신의 필요 때문에라도
아비에게 의존할 수밖에 없었다. 때로는 그 사실을 인정하는 듯한 말을
하거나 심지어 자신의 소비 규모나 경솔한 언동 때문에 집안이 망해버
리지 않을까 걱정하는 속내를 내비치기도 했다. 잠자리에 든 아이들에
게 무시무시한 이야기를 자주 해주던 그녀는 어느 날 내게 전갈과 개
구리의 우화를 들려주었다. 전갈이 개구리에게 해치지 않겠다는 약속
을 하고 개구리의 등에 업혀 물을 건넜는데, 도중에 약속을 어기고 강
력한 독침을 쏘아 치명타를 입혔다. 둘 다 물속에서 죽어갈 때 가해자
가 피해자에게 사죄했다. 전갈이 말했다. "나도 어쩔 수 없었어. 이게
내 천성이니까."

아브라함은 개구리보다 강인하다는 사실을 내가 깨닫기까지 오랜
시간이 걸렸다. 아우로라는 그에게 독침을 쏘았지만—그녀의 천성이
니까—아브라함은 익사하지 않았다. 아버지를 경멸하기는 그토록 쉬
웠건만 아버지의 괴로움을 이해하기는 얼마나 어려웠던가! 그는 처음
만났던 그날처럼 변함없이 아우로라를 뜨겁게 사랑했고 그가 한 일은
모두 그녀를 위해서였다. 아우로라는 점점 더 심각한 배신 행위를 점점
더 공공연하게 저질렀지만 아브라함의 사랑은 오히려 점점 더 너그러
워지고 은밀해졌다.

(아버지가 어떤 짓을 했는지 알았을 때, 경멸만으로는 턱없이 부족
하다고 할 만한 일까지 다 알게 되었는데도 나는 어린 시절의 혐오감
을 되살리기가 쉽지 않다는 것을 깨달았다. 왜냐하면 그 무렵에는 나도
이미 나쁜 물에서 노는 개구리 밑으로 들어가 이런저런 악행을 일삼았

으므로 아버지의 악행을 비판할 입장이 아니었기 때문이다.)

어머니는 남들 앞에서 아버지를 비웃을 때도 다이아몬드처럼 눈부신 미소를 지었다. 마치 농담이라는 듯, 끊임없이 아브라함을 업신여기는 까닭은 이루 표현할 수 없을 만큼 깊디깊은 애정을 감추기 위해서라는 듯. 본심을 짐작하기 어려운 알쏭달쏭한 미소였다. 연극인지 아닌지 도저히 확신할 수 없었다. 아우로라는 술을 자주 마셨고—모라르지 데사이[62]의 정치적 부침에 따라 금주령이 오락가락했지만 봄베이주가 마하라슈트라와 구자라트로 분할된 이후 봄베이시에서는 영영 자취를 감췄다—술만 마시면 욕지거리를 했다. 자신의 천재성을 믿고 자신만만한데다 미모 못지않게 무자비하고 작품 못지않게 강렬한 독설까지 겸비한 그녀는 아무도 봐주지 않고 콜로라투라 창법을 연상시키는 욕설을 거침없이 쏟아냈다. 마치 사냥감을 덮치는 매처럼 로코코풍 반복악절을 섞어가며 잘 다듬은 이슬람 사랑시 같은 악담을 마구 퍼부었는데, 그러면서도 희생자의 창자를 끄집어내기 전에 마취부터 시키려는 듯 시종일관 돌처럼 싸늘하면서도 밝은 미소를 잃지 않았다. (그렇게 당하는 기분이 어떤지는 내게 물어보시라! 나는 그녀의 외아들이었다. 황소에게 가까이 다가갈수록 쇠뿔에 찔릴 가능성이 높아지기 마련이다.)

영락없는 벨의 모습이었다. 예언대로 벨이 딸의 몸을 빌려 환생한 듯했다. 일찍이 아우로라가 말하지 않았던가. 두고 보세요, 이제부터는 내가 엄마를 대신할 테니까.

상상해보라. 황금색 기하학무늬로 테두리를 장식해 로마 원로원 의

---

62) 인도 독립운동가·정치인(1896~1995).

원의 토가를 연상시키는 크림색 실크 사리를 입은─자부심의 파도가 유난히 높이 치솟을 때는 황제의 색이던 보랏빛으로 물들인 더욱더 화려한 사리를 입은─아우로라가 긴 의자에 비스듬히 누워 한 마리 용처럼 싸구려 비디 연기를 뭉게뭉게 내뿜어 응접실을 가득 채우는 장면을. 그녀는 이따금 그런 모습으로 위스키와 더욱 강력한 무엇 때문에 분위기가 느슨해지기 일쑤였던 악명 높은 야간 모임을 이끌었는데, 그때마다 사교계 명사들의 음란한 행동이 이 도시에 사는 수많은 수다쟁이의 입에 오르내리기 마련이었다. 그러나 정작 그녀 자신은 부도덕한 행실을 보인 적이 한 번도 없고, 남자도 여자도─그리고 여기서 밝혀두건대 주삿바늘도─일절 건드리지 않았는데…… 그렇게 방탕한 잔치가 오밤중까지 이어지면 그녀는 거나하게 취한 예언자처럼 이리저리 어슬렁거리며 인도가 독립하던 그날 밤 만취한 바스쿠 미란다가 보여준 행동을 무자비하게 흉내냈다. 다만 저작권자가 누군지는 굳이 밝히지 않았으므로 그 자리에 모인 사람들은 그녀의 말과 행동이 지독하게 잔인한 풍자라는 사실을 미처 알아차리지 못했다. 아무튼 그녀는 손님들에게─화가, 모델, '대안영화'[63] 감독, 비극배우, 무용수, 조각가, 시인, 난봉꾼, 운동선수, 체스 명인, 기자, 노름꾼, 골동품 밀수꾼, 미국인, 스웨덴인, 괴짜, 매춘부, 그리고 봄베이에서 가장 아름답고 가장 화끈한 부잣집 젊은이에게─곧 닥쳐올 파멸의 순간을 구체적으로 설명했는데, 비록 흉내에 불과했지만 워낙 설득력과 확신이 넘치는데다 반어법이라는 사실은 깊이 감춰버렸으므로 아우로라가 남의 불행을 즐기

---

63) 인도 상업영화의 특징인 춤과 노래를 배격하고 사실주의와 자연주의를 강조한 영화.

듯 입맛을 다셔가며 혹은—그녀의 기분은 금방금방 바뀌었으니까—
불멸의 여신처럼 고고하고 무관심하게 들려주는 말을 누구나 그대로
믿을 수밖에 없었다.

　그녀는 역설했다. "사이비 인생! 역사의 돌연변이! 켄타우로스 같은
괴물! 당신들은 다가오는 저 폭풍에 휘말려 갈가리 찢기지 않을 줄 알
아? 혼혈아, 잡종, 교령춤[64]꾼, 허깨비! 물 밖으로 나온 물고기! 무서운
시대가 온단 말이야, 여러분, 설마 그럴 리 없다고 착각하지 마. 그때가
되면 온갖 망령이 지옥으로 떨어지고, 어둠이 그림자마저 지워버리고,
맹물처럼 묽어빠진 잡종의 피가 강물처럼 도도하게 흐를 거라고. 그래
도 나는 살아남겠지"—바로 그때, 열변이 절정에 이르렀을 때, 몸을 한
껏 젖히고 '자유의 여신상'이 든 횃불처럼 손가락으로 하늘을 쿡쿡 찌
르며—"왜냐하면, 이 한심한 인간들아, 내겐 예술이 있으니까." 그러나
여기저기 널브러진 손님들은 이미 곤드레만드레 취해버려 그녀의 말
을 듣지 못하거나 들었어도 아랑곳하지 않았다.

　그녀는 자식들에 대해서도 비극을 예고했다. "불쌍한 녀석들, 하나같
이 실패작이니 아무래도 추락하기 십상이겠지."

　……그리고 우리는 전후좌우 고스란히 어머니의 예언대로 살았는
데…… 그녀에게는 아무도 저항할 수 없었다는 말을 내가 이미 했던
가? 들어보시라. 그녀는 우리 인생의 등불이었고, 상상력을 자극하는
기폭제였고, 꿈속의 연인이었다. 그녀가 우리를 파멸시키는 순간에도
사랑할 수밖에 없었다. 그녀는 우리의 육체가 감당할 수 없을 만큼 거

---

64) 아메리카 원주민이 망자의 넋을 부를 때 추는 춤.

대한 사랑을 불러일으켰다. 마치 작품을 만들듯 사랑이라는 감정을 몸소 빚어 우리에게 느껴보라고 건네주는 듯했다. 그녀가 우리를 짓밟은 까닭은 우리가 그녀의 발밑에 ─박차까지 달린 부츠를 신은 발밑에 ─ 기꺼이 엎드렸기 때문이고, 그녀가 밤마다 우리에게 혹독한 비난을 퍼부은 까닭은 우리가 매서운 채찍질처럼 날아드는 독설에 오히려 쾌감을 느꼈기 때문이다. 마침내 그 사실을 깨달았을 때 나는 아버지를 용서할 수 있었다. 우린 모두 그녀의 노예였으니까, 그녀는 종살이마저 낙원으로 착각하게 만들었으니까. 여신만이 할 수 있는 일이 아닌가.

그녀가 바위투성이 물속으로 떨어져 목숨을 잃은 후 문득 이런 생각이 들었다. 어머니가 화사하면서도 얼음처럼 싸늘한 미소를 지으며 아무도 알아차리지 못한 반어법을 곁들여 예언했던 그 추락은 처음부터 그녀 자신의 추락을 의미하지 않았을까.

⌒

내가 아브라함을 용서한 또하나의 이유는 당시 두 분이 이미 각방을 쓰는 사이였는데도 여전히 서로에게 좋은 평가를 받고 싶어했다는 사실을 어렴풋하게나마 깨달았기 때문이다. 아버지가 어머니의 칭찬을 원하듯 어머니도 아버지의 칭찬을 원했다.

어머니의 작품을 제일 먼저 볼 수 있는 사람은 늘 아버지였다(바로 그다음이 바스쿠 미란다였는데, 그는 아버지의 의견에 사사건건 트집을 잡았다). 인도 독립 후 십 년 동안 아우로라는 창작활동에서 극심한 혼란기를 겪었는데, 사실주의뿐 아니라 현실 그 자체의 본질마저 반신

반익하다 결국 반#마비 상태에 빠져버렸다. 이 시기의 작품은 몇 점 안 되는데다 어수선하고 어정쩡한데, 지나고 보니 그때의 화폭에서 어떤 긴장감을 발견하기는 어렵지 않다. 한쪽에는 바스쿠 미란다의 장난기 가득한 영향력, 즉 자연의 법칙 따위는 무시해버리고 기발한 발상을 절대기준으로 삼아 상상의 세계를 즐기는 경향이 있고, 반대쪽에는 당시와 같은 역사적 전환점에서 인도의 국가적 현실을 이해하는 데 보탬이 되려면 냉철한 자연주의가 더욱더 중요하다는 아브라함의 확고한 신념이 있었다. 그 시절 아우로라는 마치 도마뱀을 서명 대신 사용하던 시대로 되돌아간 듯 어색하다못해 억지스러운 기록화와 어설프게 신화를 재해석한 그림 사이에서 갈팡질팡했는데, 그것이 그녀가 이따금 술에 취해 천박한 폭언을 퍼부으며 밤을 보낸 이유 중 하나이기도 했다. 예술가가 정체성을 잃어버리기 쉬운 시대였다. 사상가마저 이 거대한 나라의 삶에 깃든 고통과 열정을 제대로 표현하는 방법은 사심 없고 헌신적인—심지어 애국적인—모사模寫뿐이라고 믿는 경우가 많았다. 그런 생각을 지지하는 사람은 아브라함만이 아니었다. 특히 아우로라의 친구이며 어쩌면 동년배 가운데 그녀에게 필적하는 유일한 예술가였던 위대한 벵골 영화감독 수쿠마르 센이 그런 사실주의자 중에서도 으뜸가는 인물이었는데, 인간미 넘치는 몇몇 잊을 수 없는 작품을 통해 인도영화계에—늙고 지친 매춘부 같은 인도영화계에!—지성과 감성의 조화를 선보임으로써 자신의 미학이 가진 정당성을 적잖이 증명했다. 그러나 이런 사실주의 영화는 별로 인기를 끌지 못했고—나르기스 두트마저, 다른 사람도 아니고 '어머니 인도'마저 그의 영화를 서양식 엘리트주의의 산물이라고 비판한 일은 씁쓸한 아이러니다—사실은 바스쿠도 (공공연히) 아우로라도 (비밀리에) 센이 상상의 날개를 마음껏 펼친 어린이용 연작 영화를 더 좋아했다. 이를테면 말하는 물고기, 날아다니는 양탄자, 황금 요새에서 살았던 전생을 꿈꾸는 소년 등이 등장하는 영화 말이다.

센뿐 아니라 몇몇 출중한 글쟁이도 한동안 아우로라의 날개 밑으로 속속 모여들었다. 프렘찬드, 사다트 하산 만토, 물크 라지 아난드, 이스마트 추그타이, 모두 사실주의를 표방하는 작가였지만 그들의 작품에도 환상적인 요소가 비일비재했는데, 예컨대 만토의 탁월한 단편 「토바 텍 싱」은 인도 분열의 시대를 맞이해 아대륙의 정신병자들도 분열하게 된다는 내용이었다. 원래는 부유한 지주였던 어느 광인이 영혼의 중립 지대에 갇혀버리는 바람에 펀자브 지방의 고향 마을이 인도에 속하는지 파키스탄에 속하는지 몰라 전전긍긍하는데, 아우로라 조고이비는 이 남자가 시대의 광기이기도 했던 광기에 사로잡힌 채 횡설수설하는 기상천외한 헛소리에 반해버렸다. 그래서 만토의 소설에 나오는 비극적인 마지막 장면을 그림으로 그렸는데, 불행한 미치광이가 인도와 파키스탄 사이를 가로막은 두 줄기 철조망 사이에서 오도 가도 못하는 모습을 묘사한 이 작품은 아마도 그녀가 그 시기에 그린 그림 중 최고 걸작일 것이다. 그 미치광이의 가련한 헛소리는 본인뿐 아니라 우리 모두에게 공통적인 소통 단절을 상징하는데, 바로 그 헛소리가 이 그림의 길고 멋들어진 제목이었다. 〈검둥개는 꺼멍꺼멍 누렁개는 누렁누렁 완두콩은 동글동글 작두콩은 길쭉길쭉〉.

아브라함의 성향과 시대정신은 아우로라를 자연주의 쪽으로 잡아당겼다. 그러나 바스쿠는 아우로라가 순수한 현실 모사에 본능적 거부감을 느껴 결국 자신의 추종자인 도마뱀화파를 배척한 일을 상기시키며 그녀의 참다운 본성을 마음껏 표현할 수 있는 웅장한 환상주의 쪽으로 돌려세우려 했고, 꿈만이 아니라 꿈 못지않게 신기한 현실세계도 다시 눈여겨보라고 권했다. 그는 주장했다. "이 나라는 '어중치기들'의 나라가 아니에요. 우린 마법의 족속이란 말예요. 그런데도 구두닦이 소년이나 승무원이나 땅뙈기 따위를 그리며 한평생을 보낼 거예요? 앞으로는 품팔이꾼이나 경운기 기사, 아니면 나르기스가 기웃거리던 수력발전 사업 같은 것만 그리겠다고? 부인의 가족만 봐도 그런 세계관은 틀려먹었다는 증거잖아요. 덜떨어진 사실주의자는 다 잊어요! 현실은 언제나 활활 타오르는 기적의 떨기나무 속에 숨어 있기 마련이니까! 안 그래요? 인생 자체가 환상적이잖아요! 그런 걸 그리세요. 저렇게 환상적이고 비현실적인 아드님을 봐서라도 그러셔야죠. 저런 거인, 저렇게 멋진 애어른, 저런 인간 타임머신이 또 어디 있습니까! 저 거짓말 같은 진실을 붙잡아요. 벌써 구닥다리가 된 도마뱀 나부랭이가 아니라 저런 진실, 저런 아드님한테 '도마뱀'처럼 찰싹 달라붙으란 말입니다."

아브라함의 칭찬을 받고 싶다는 욕심 때문에 아우로라가 예술적으로 한동안 자신에게 어울리지 않는 옷을 걸친 채 살아온 건 사실이었다. 바스쿠의 말은 곧 아우로라 자신의 비밀 신분이 들려주는 목소리였고, 그래서 그녀는 그의 지나친 언행을 모두 용서했다. 그리고 마음이 혼란스러워 술을 마시고 소란을 피우고 점점 더 거칠고 사나워졌다. 그러나 결국 바스쿠의 충고를 받아들였고, 그때부터 오랫동안 나를 부적과 구심점으로 삼아 예술활동을 했다.

나는 아브라함의 얼굴에 스치는 당혹감의 우울한 그림자를 자주 보았다. 나 때문에 어리둥절한 기색이 역력했다. 사실주의자인 아브라함으로서는 혼란스러울 수밖에 없었다. 그래서 장시간 집을 비울 때마다, 즉 사업 때문에 델리나 코친으로—그 밖에 또 어떤 곳을 다녀오는지는 오랫동안 비밀이었다—여행을 떠났다 돌아올 때마다 내게 터무니없는 선물을 사다줬는데, 이를테면 내 또래 아이에게는 잘 맞겠지만 내가 입기에는 턱없이 작고 앙증맞은 옷, 혹은 내 몸집만큼 자란 청년은 좋아하겠지만 훌쩍 웃자란 내 육체 속에 사는 어린애에게는 알쏭달쏭하기만 한 책 따위였다. 아내에 대해서도 당혹스럽기는 마찬가지였다. 그를 대하는 아내의 감정이 변해버린 일도, 날이 갈수록 심해지는 난폭성도, 그녀의 자기파괴적 재능도 이해할 수 없었다. 아우로라의 그런 일면이 가장 잘 드러난 사건은 인도 총리와의 마지막 만남, 그러니까 내가 태어나기 아홉 달 전의 일이었는데……

⌒

……내가 태어나기 아홉 달 전 아우로라 조고이비는 예술에 이바지한 공로로 대통령이 몸소 수여하는 국가훈장—이른바 '명인 연화장'—을 받게 되어 델리로 올라갔다. 그 자리에는 아우로라와 친한 총리도 참석했다. 공교롭게도 네루 총리는 당시 영국 순방을 마치고 돌아온 직후였고 영국에 머무는 동안 여가시간의 대부분을 에드위나 마운트배튼 여사와 함께 보냈다. 그런데 우리 집안에서 자주 목격된(그러나 좀처럼 거론되지 않는) 사실 하나를 밝히자면, 아우로라는 누군가 그 유명한 귀부인의 이름을 입에 올리기만 해도 노발대발하며 한바탕

욕지거리를 퍼붓기 일쑤였다. 마지막 인도 총독의 아내와 판디트 네루의 우정이 얼마나 깊은지에 대해서는 오래전부터 이런저런 추측이 분분했다. 그러나 나는 오히려 어머니와 총리 사이에 대해 나돌았던 비슷한 소문을 자꾸 생각하게 된다. 몇몇 시간적 일치는 부인하기 쉽지 않다. 시계를 거꾸로 돌려 내가 태어나기 넉 달 보름 전으로 거슬러올라가면 마테란의 로즈센트럴하우스에서 일어난 일을 다시 보게 될 텐데, 그때가 우리 부모님의 마지막 정사였는지도 모른다. 그러나 다시 시계를 거꾸로 돌려 그보다 넉 달 보름 전으로 되돌아가면 아우로라 조고이비는 델리에 있었고 라슈트라파티바반[65]의 훈장 수여식장에서 판디트지의 환영을 받았는데, 바로 그곳에서 아우로라 조고이비는 나중에 일간지마다 '예술가 기질이 빚은 꼴불견'이라고 일컫게 될 언행으로 추문을 자초했다. 소스라치게 놀라는 네루에게 큰 소리로 이렇게 외쳤기 때문이다. "그 여자는 가슴도 절벽이잖아요! 에드위니 마운트니![66] 디키[67]가 '총독'이라면 그 여자는 '독충'이란 말예요. 총리님이 왜 자꾸 그런 년한테 비렁뱅이처럼 쪼르르 달려가시는지 정말 알다가도 모르겠네요. 혹시 흰 살코기를 먹고 싶어 그러시는 거라면, 총리님, 그 여자는 뜯어먹을 살도 별로 없어요."

그러고 나서 그녀는 '명인 연화장'을 들고 기다리는 대통령과 놀라서 입을 딱 벌린 사람들을 남겨둔 채 훈장도 마다하고 홱 돌아서서 봄베이로 와버렸다. 어쨌든 경악한 전국 언론사가 이튿날 일제히 보도한 내

---

65) 인도의 대통령 관저.
66) 작고 초라하다는 의미를 강조하는 말장난.
67) 인도제국의 마지막 총독 루이스 마운트배튼 백작의 애칭.

용은 그랬다. 그러나 두 가지 의문점이 마음에 걸리는데, 첫째는 아우로라가 북쪽으로 올라갈 당시 아브라함은 오히려 남쪽으로 내려왔다는 흥미로운 사실이다. 사랑하는 아내가 큰 상을 받는 순간에 웬일인지 그녀와 동행하지 않고 업무를 처리한다며 집으로 돌아왔던 것이다. 그래서 어떤 날은—믿기지 않는 일이지만!—비굴한 공처가의 행동 같다는 생각까지 드는데…… 두번째 의문점은 우리집 요리사 에제키엘의 공책에 얽힌 문제다.

에제키엘, 우리 에제키엘. 예나 지금이나 변함없이 늙어빠진 얼굴, 달걀처럼 매끈매끈한 대머리, 자나깨나 낄낄거리며 웃을 때마다 드러나는 카나리아처럼 샛노란 이빨 세 개. 그는 늘 입구가 뻥 뚫린 재래식 화덕 앞에 쭈그리고 앉아 조가비 모양의 짚 부채로 숯불 연기를 이리저리 날려보냈다. 에제키엘도 어엿한 예술가였는데, 그가 만든 음식을 맛본 사람이라면 누구나 인정하는 사실이었다. 그는 녹색 표지가 달린 공책에 수전증 걸린 손으로 비밀 조리법을 느릿느릿 적어 맹꽁이자물쇠를 채운 궤짝에—에메랄드처럼—소중히 보관했다. 우리 에제키엘은 극심한 기록광이었다. 그가 모아둔 공책에는 조리법뿐 아니라 하루하루의 식사에 대한 기록도 낱낱이 담겼는데—요리사로 일한 기나긴 세월 동안 어떤 날 누구에게 어떤 음식을 올렸는지 시시콜콜 적어났다. 어린 시절 내가 집안에만 틀어박혀 지낼 때는(그 일은 나중에 다시 이야기하자) 하루에도 몇 시간씩 그의 곁에서 실습생 노릇을 했는데, 그가 두 손으로 하는 일을 한 손으로 해내는 요령도 배우고, 우리 가족이 먹은 음식의 역사도 배웠다. 여백에 적힌 메모를 읽어보면 그날 그날의 상황을 짐작할 수 있었다. 예컨대 음식이 고스란히 남았다면 스트레스가 심했다는 뜻이고, '쏟아졌다'는 간결한 표현은 분노가 폭발하는 장면을 떠올리게 했다. 행복한 순간을 연상시키는 기록도 더러 있었다. 주로 와인이나 케이크 같은 특별 주문이 들어왔다는 간단명료한 설명이었는데—가령 아이들이 학교에서 좋은 성적을 거뒀을 때 좋아하는 음식을 만들어달라는 주문도 있고, 사업이나 그림 쪽에서 기쁜 일이 생겼을 때 잔칫상을 차려달라는 주문도 있었다. 사실 우리 가족은 다른 일에서도 흔히 그랬듯 음식 취향도 좀처럼 이해하기 어려운 부분이 많다. 누이들은 한결같이 가지를 싫어했건만 유독 나만은 가지를 열광적으로 좋아했다는 사실을 과연 어떻게 해석해야 할까? 아버지는 뼈째 요리한 양고기와 닭고기를 좋아하시고 어머니는 뼈를 발라낸 고기만 드셨다는 사실은 또 무엇을 말해주는가? 그러나 이런 수수께끼는 일단 덮어두고 다음과 같은 사실부터 기록하고자 한다. 공책에서 문제의 그 기간을 확인해보니 아우로라는 델리에서 그 소동을 일으킨 후 꼬박 사흘 밤낮이 지나서야 봄베이로 돌아왔다. 델리에서 봄베이로 향하는 프런티어메일 하행선은 나도 잘 아니 굳이 확인해볼 필요도 없는데, 이틀 반이 걸리는 여정이다. 그렇다면 하룻밤이 빈다. 그녀가 집을 비운 기간에 대해 에제키엘이 쓸쓸한 심정을 밝혔다. "마님은 다른 요리사가 만든 요리를 드시느라 델리에 남으신 모양이다." 배신당한 남자가 바람난 연인을 용서하려 안간힘을 쓰는 듯한 말투였다.

다른 요리사라…… 얼마나 화끈한 요리였기에 아우로라 조고이비가 집으로 돌아오지도 못했을까? 직설적으로 말하자면, 대체 무슨 꿍꿍이였을까? 어머니에게는 한 가지 단점이 있었는데, 슬픔이나 고통을 분노로 표출하는 버릇이었다. 그리고 내가 보기에 또하나의 단점은, 그렇게 마음껏 분노를 발산하고 나면 자신이 괴롭힌 사람에게 미안해서 별안간 어마어마한 애정을 느낀다는 점이었다. 마치 한바탕 홍수 같은 분노가 휩쓸고 지나가야 비로소 마음속에 호감이 펑펑 샘솟는 듯했다.

내가 태어나기 정확히 아홉 달 전 하룻밤이 어디론가 사라져버렸다. 그러나 유죄가 입증되기 전에는 무죄, 훌륭한 원칙이다. 아우로라도 그렇고, 이미 고인이 되신 위대한 지도자도 그렇고, 그들이 불미스러운 짓을 저질렀다는 증거는 어디에도 없다. 아마도 이 모든 의문을 말끔히 풀어줄 만한 사유가 있었겠지. 어차피 자식들은 부모의 행동을 이해하지 못하기 마련이니까.

아무런 근거도 없이 내가 그 위대한 혈통의 후손이라고 주장한다면—비록 서출일망정—얼마나 가당찮은 일이겠는가! 독자여, 나는 다만 알쏭달쏭해서 고개를 갸우뚱거렸다는 사실을 밝히려 했을 뿐, 무슨 주장 따위를 내세울 생각은 추호도 없으니 안심하시라. 다시 말해, 나는 앞에서도 밝혔듯 어느 휴양림에서 잉태됐으며 그날 이후부터 이런저런 생물학적 규칙을 벗어났을 뿐이라는 설명을 고수하련다. 다시금 강조하건대, 내 말은 무슨 은폐공작 같은 것이 결코 아니다.

1957년 당시 자와할랄 네루는 예순일곱 살, 우리 어머니는 서른두 살이었다. 그들은 두 번 다시 만나지 못했고, 그 위대한 인물이 영국으로 건너가 다른 위대한 인물의 아내를 다시 만나는 일도 없었다.

여론은 아우로라를 질타했다. 그런 일은 그때가 마지막도 아니었다. 델리와 봄베이의 사람들은 옛날부터 서로를 다소 경멸했는데(물론 부르주아계급에 대한 이야기다), 봄베이 사람들은 델리 사람들을 권력에 빌붙는 아첨꾼이나 출세주의자, 벼슬아치로 여기는 경향이 있고, 수도 델리 시민들은 내 고향의 사업가와 화려하게 치장한 여자가 모두 천박하고 음탕하며 '양물'이 들어 세계주의자를 자처한다고 비웃었다. 그러나 아우로라가 연화장을 거부한 사건에 대해서는 봄베이도 델리 못지않게 성토 분위기로 떠들썩했다. 평소 도도한 그녀를 미워하던 많은 사람이 기회를 놓칠세라 비난을 퍼부었다. 타락한 우국지사들이 그녀를 매국노로 매도하고, 종교인은 무신론자라며 욕하고, 빈곤층의 대변인을 자처하는 자들은 부유하다는 이유로 꾸짖었다. 예술가들도 그녀를 옹호해주지 않았다. 도마뱀화파는 그녀가 자기들을 비난했던 일 때문에 침묵을 지켰고, 실제로 서양 문물의 노예가 되어 미국이나 프랑스 거장의 화풍을 형편없는 솜씨로 모방하던 화가들은 그녀가 '국수주의'에 빠졌다며 규탄했고, 사해死海와 다름없는 인도 고대 유물의 바다에서 허우적거리는 화가들은—적잖은 숫자였다—옛 세밀화를 20세기 판으로 재생산하는 일 따위에 매달리는 주제에(혹은 부업으로 남몰래 무굴제국이나 카슈미르의 춘화를 베껴 위작이나 만드는 주제에) 그녀가 '뿌리를 잃어버렸다'고 언성을 높였다. 사람들은 우리 가문의 오래된 추문까지 일일이 들춰냈다. 다만 아브라함과 그의 어머니 플로리 사이에서 벌어진 룸펠슈틸츠헨 맏아이 사건은 공개된 적이 없어 아무도 거론하지 못했을 뿐이다. 각 신문은 기다렸다는 듯 옛일을 자세히 보도했는데, 예컨대 프란시스쿠가 '가마선' 때문에 망신당한 일, 카몽시 다 가마가 남인도레닌극단을 만들려다 웃음거리가 된 일, 로보가와 메네제스가 사이에 유혈참극이 벌어져 다 가마 형제가 감옥살이를 한 일, 가엾은 카몽시가 상심한 나머지 바다로 뛰어들어 자살한 일 따위였다. 보잘것없는 가난뱅이 유대인과 더럽게 부유한 기독교인 탕녀가 결혼도 하지 않고 한집에 산다는 엄청난 추문도 물론 빠뜨리지 않았다. 그리하여 조고이비 부부의 아이들을 적출로 인정할 수 없다는 말까지 나오기 시작한 어느 날, 아브라함 조고이비의 밀사들이 주요 신문의 편집장을 조용히 찾아가 알아듣기 쉬운 말로 충고를 한 모양이었다. 그날로 언론의 공격이—마치 공포에 질려 심장마비로 사망한 듯—즉각 중단됐기 때문이다.

아우로라는 공개석상에 나서는 일을 다소 자제했다. 그녀의 응접실은 변함없이 빛났지만 상류사회는 물론이고 예술계와 지식인층에서도 비교적 보수적인 사람들은 영영 인연을 끊어버렸다. 아우로라 자신도 개인적인 낙원의 울타리를 벗어나지 않는 날이 점점 더 많아졌고, 결국 바스쿠 미란다가 끊임없이 권했던 방향으로, 즉 그녀가 진심으로 원하는 방향으로 아주 돌아섰다. 다시 말해 내면으로 침잠해 꿈속의 현실을 들여다보게 되었다.

(바로 그 무렵, 봄베이주의 분열을 예고하는 언어 폭동[68]이 한창일 때 아우로라는 자신의 집에서 마라티어나 구자라트어를 일절 쓰지 말라고 명령했다. 그녀의 왕국에서 사용할 수 있는 언어는 영어뿐이었다. 아우로라가 설명했다. "서로 다른 언어가 너무 많아서 이렇게 분열됐으니까요. 우리를 다시 결속시킬 언어는 영어밖에 없어요." 그러면서 자신의 논점을 강조하려 당시 유행하던 노랫말을 암송했는데, 그녀의 쓸쓸한 표정을 본 사람들은 짓궂은 생각을 떠올릴 수밖에 없었다. "A-B-C-D-E-F-G, 판디트지께서 나타나셨네." 그 말에 화답할

---

68) 봄베이주 독립 이후 공식 언어 채택을 두고 발생한 주민 간의 충돌.

배짱을 가진 사람은 그녀가 신뢰하는 벗 V. 미란다뿐이었다. "H-I-J-K-L-M-N, 어느새 다시 가버리셨네.")

나도 어쩔 수 없이 비교적 격리된 생활을 해야 했는데, 여느 모자지간에 비해 우리 두 사람은 함께 보내는 시간이 훨씬 많았다는 사실을 강조해야겠다. 내가 태어난 직후부터 어머니가 오늘날 당신의 대표작으로 손꼽히는 중요한 그림들을 그리기 시작했기 때문이다. 이 그림들을 가리키는 명칭은 내 애칭과 일치하는데(무어 연작), 내 성장 과정을 낱낱이 기록한, 사진첩보다 소중한 작품들이다. 훗날 삶이 우리 두 사람을 얼마나 멀리, 얼마나 난폭하게 갈라놓았든 간에 이 연작은 우리를 영원히 하나로 묶어주리라.

～

진실을 밝히자면 아브라함 조고이비는 위장술에 능한 사람이었다. 그는 어둠 속 참모습을 감추려 온순한 비밀 신분을 만들어냈다. 일부러 한없이 따분한 자화상을 그려―눈물을 줄줄 흘리는 바스쿠 미란다의 천박하기 짝이 없는 아랍풍 자화상과는 아주 딴판이 아닌가!―짜릿하지만 용서받기 어려운 현실을 덮어버렸다고 말할 수도 있겠다. 공손하고 고분고분한 겉모습은 바스쿠식 표현을 빌리자면 '바깥속내'에 불과했고, 그 밑을 들여다보면 마살라영화가 창조한 상상의 세계보다 훨씬 더 무시무시한 지하세계를 다스리는 모감보 같은 사람이었다.

봄베이에 정착한 직후 아브라함은 사순 노인을 찾아가 경의를 표했는데, 일찍이 영국 왕들과도 허물없는 사이였고 로스차일드가와는 사돈까지 맺으며 벌써 백여 년째 이 도시를 지배하는 바그다드계 유대인[69] 명문가의 주인이었다. 노인은 아브라함을 만나주기로 했지만 장소는 포트 지역에 있는 사순주식회사 사옥으로 못을 박았다. 자택에서 만나 동등한 상대로 대하지 않겠다는 뜻이었으니, 아브라함은 시골에서 갓 올라와 까마득한 어르신을 알현하는 한낱 풋내기 탄원자 처지였다. 노인은 온화한 미소를 지으며 말했다. "이 나라는 머지않아 자유를 얻겠지만, 조고이비, 봄베이는 폐쇄적인 도시라는 사실을 명심하게나."

사순, 타타, 비를라, 레디머니, 지지보이, 카마, 와디아, 바바, 고쿨다스, 와차, 카슌델리베리―봄베이를 장악한 이들 명문가는 귀금속과 공업용 금속, 화학, 섬유, 향신료를 모두 틀어쥐고 좀처럼 내놓으려 하지 않았다. 다 가마-조고이비 기업은 그중 마지막 분야에서 탄탄한 기반을 다졌고, 그래서 아브라함은 가는 곳마다 홍차와 '시원한-음료'와 과자와 따뜻한 환대를 받았지만 매번 마지막에는 지극히 정중하면서도 싸늘하고 엄중한 경고가 따라붙었다. 향신료 이외에는 눈독들이지 말라는 경고였다. 그러나 불과 십오 년 후, 당시의 공식 자료에 의하면 국내 기업 가운데 불과 1.5퍼센트가 전체 민간 자본의 절반 이상을 소유하고 그 1.5퍼센트의 엘리트 기업 중에서도 불과 스무 개 회사가 나머지 기업을 모두 지배하고 그 스무 개 회사 중에서도 4대 슈퍼그룹이 인도 전체 주식자본의 사분의 일을 좌지우지할 때, 다 가마-조고이비 C-50사는 벌써 5위로 올라선 상태였다.

아브라함은 역사 공부부터 했다. 봄베이에는 지나간 시간의 정보를

---

69) 이라크, 시리아, 예멘 등지에서 이주한 유대인. 주로 봄베이의 콜카타에 거주하며 대대로 상업에 종사했다.

얼버무리는 풍토가 있는데, 가령 사업을 언제 시작했느냐고 물어보면 다들 이렇게 대답한다. "오래됐소"— 알겠습니다. 그런데 이 집은 언제 지었습니까?—"오래됐소. 까마득한 옛날에 지었지"—그렇군요. 그럼 증조부님은 언제 태어나셨습니까?—"꽤 됐소. 그런데 그건 왜 물으시오? 그렇게 오래된 일은 벌써 옛날에 글자마저 희미해져 안개 속으로 사라졌는데." 모든 기록은 리본으로 꽁꽁 묶어 먼지투성이 창고에 처박아두고 아무도 들여다보지 않는다. 몹시 오래된 이 땅에서 그나마 최근에 생겨난 봄베이시는 과거사에 별로 관심이 없다. 그래서 아브라함은 생각했다. '오늘과 내일은 경쟁이 심한 분야이니 첫 투자금은 아무도 중요시하지 않는 분야, 즉 지나가버린 것에 써야겠다.' 그는 많은 돈과 시간을 들여 여러 명문가를 조사하고 그들의 비밀을 샅샅이 파헤쳤다. 목화 열풍 또는 거품의 시대였던 1860년대 역사를 통해 그는 이 투기 과열의 시대에 여러 거물이 큰 타격을 입고 파산 직전까지 갔으며 이후 모든 거래를 지극히 신중하고 조심스럽게 진행한다는 사실을 알게 되었다. 아브라함은 가설을 세웠다. '그렇다면 위험이 큰 분야에는 틈새가 있겠구나. 용감한 자만이 전리품을 차지하지.' 그는 여러 명문가의 인맥을 추적해 그들이 배후에서 연줄을 활용하는 요령을 이해했고, 어느 제국이 사상누각인지도 알아냈다. 그리하여 1950년대 중반에는 급기야 카슈델리베리가를 삼켜버리는 놀라운 역전극을 연출했다. 이 가문은 원래 사채회사로 출발했지만 한 세기에 걸쳐 성장을 거듭한 끝에 금융, 토지, 선박, 화학, 어업 등 광범위한 자회사를 거느린 거대 기업으로 발돋움했다. 아브라함의 쾌거는 이 기업의 심장인 유서 깊은 파르시가가 사양길로 접어들었다는 사실을 알아차린 덕이었다. 그는 비밀 일기장에 썼다. '부패가 어느 정도 진행됐을 때 하루빨리 충치를 뽑아내지 않으면 몸 전체가 감염되어 결국 사망하기 마련이다.' 카슌델리베리가는 세대가 바뀔 때마다 사업 수완이 급격히 떨어졌는데, 당대의 주인인 바람둥이 형제는 유럽 카지노를 전전하며 어마어마한 거액을 날렸을 뿐 아니라, 어물쩍 무마하기는 했으나 뇌물수수로 물의를 빚을 만큼 어리석은 자들이었다. 더욱 교묘한 솜씨가 필요한 서양 금융시장에 인도식 사업 방법을 섣불리 써먹으려다 그런 사달을 냈다. 아브라함의 부하들은 그렇게 남들이 꼭꼭 숨겨둔 비밀을 부지런히 찾아냈다. 마침내 어느 쾌청한 아침, 아브라함은 카슌델리베리가의 깊숙한 내실까지 거침없이 들어갔고, 그곳에서 그리 젊지도 않고 얼굴도 창백한 두 형제를 만나 백주대낮에 단도직입적으로 공갈과 협박을 한 끝에 즉석에서 다양하고 구체적인 요구사항에 대한 승낙을 받아냈다. 한때는 위대했던 이 가문의 후계자들은 실로 못난이였다. 로지 로워지 카슌델리베리와 자미보이 라이프보이 카슌델리베리는 자기들의 생득권을 팔아넘기면서도 애당초 감당할 능력도 없던 책임을 벗어던지게 되어 오히려 홀가분하다는 표정이었는데, 아브라함은 종종 이렇게 표현했다. "썩어빠진 페르시아 황제들도 이슬람 군대가 우르르 쳐들어왔을 때 그런 심정이었겠지."

그러나 천만의 말씀, 아브라함은 성스러운 전쟁을 치르는 전사가 아니었다. 가정에서는 무능하다못해 나약하다는 인상까지 풍겼지만 실제로는 인간의 약점을 마음대로 주무르는 거물, 그야말로 황제였다. 그가 봄베이에 도착한 후 불과 몇 달 만에 인육 장사를 시작했다고 말하면 다들 경악하실까? 독자여, 나는 경악했다. 설마 우리 아버지가, 아브라함 조고이비가?—열정과 낭만 가득한 사랑 이야기를 선보이던 그 아브라함이?—뜻밖이지만 사실이다. 도저히 용서할 수 없는 아버지지만 나는 결국 용서했는데…… 이미 여러 차례 밝혔듯 아브라함은 다정한 남편일 뿐 아니라 이 나라에서 가장 위대한 현대 화가를 불평 한마디 없이 보살피는 보호자였지만 처음부터 어두운 일면을 지닌 사람, 말을 안 듣는 선장이나 언론사 거물을 위협하거나 강압으로 문제를 해결하는 사람이었다. 이 사악한 아브라함은 늘 이런저런 자들을—간단히 암상인이라고 부르자—찾아내고 서로에게 흡족한 거래를 모색했는데, 주로 공갈과 협박, 밀매품 위스키나 섹스 따위를 공급하지만 일 하나는 (떳떳한 '합법 시장'에서 장사하는 타타가나 사순가 못지않게) 열심히 하는 자들이었다. 아브라함은 사순 노인의 말과 달리 그 시절의 봄베이가 그리 '폐쇄적인 도시'가 아니라는 사실을 알게 되었다. 위험을 무릅쓸 각오를 하고 양심 따위는 언제든지 버릴 수 있는 사람에게는—간단히 말해 암상인에게는—활짝, 그야말로 활짝 열린 도시였고, 그곳에서 벌어들일 수 있는 돈의 한계는 상상력의 크기에 달린 문제였다.

공포의 무슬림 조폭두목 '칼자국'에 대해서는 나중에 다시 이야기하겠지만, 감히 여기서 그의 본명을 밝힐 순 없고, 다만 이렇게 이 도시 지하세계에 널리 알려진—그리고 곧 확인하겠지만 마침내 바깥세상까지 널리 알려질—(진부하면서도 무시무시한) 별명만 언급하고 넘어가자. 지금 당장은 다음과 같은 사실만 기록해둬도 충분하겠는데, 이 신사와 손잡은 덕분에 아브라함은 이른바 '보호'를 받게 되어 본인이 처음부터 선호했던 일처리 방식을 고수할 수 있었으며, 그렇게 보호를 받는 대가로 그는 칸자국의 부하들이 봄베이의 화락가 그랜트 로드—

포클랜드 로드 - 포라스 로드 - 카마티푸라 등지에서 대단히 능률적으로 운영하는 여러 업소에 새로운 아가씨를 데려다주는 주요 공급책이 되었고, 그토록 길고 사악한 인생을 사는 동안 은밀히 그 일을 계속했다.

— 방금 뭐라고 했지? — "여자는 어디서 데려왔는데?" — 말씀드리기 송구하지만 남인도의 여러 사원, 특히 카르나타카주에서 모시는 켈라마 여신의 신전에서 구했습죠. 이 여신은 불쌍한 젊은 '신도'를 지켜줄 능력이 없었던 모양인데…… 기록만 봐도 알 수 있듯 그때는 남아선호사상에 사로잡힌 한심한 시대라서, 딸자식을 시집보내거나 먹여 살리지도 못할 만큼 가난한 집에서는 적당한 신전을 골라 딸을 바치기 일쑤였거든요. 부모는 딸자식이 신성한 곳에서 종살이를 하거나 운이 좋으면 무희가 되길 바랐지만, 아뿔싸, 다 부질없는 희망이었죠. 신전을 관리하는 사제 중에는 신기하게도 청렴결백 따위는 깨끗이 말아먹은 놈이 부지기수라, 자기 밑에 들어온 어린 처녀나 별로 - 안 - 처녀나 그냥 - 다시 - 처녀를 즉석에서 현금과 맞바꾸자는 유혹에 얼씨구나 넘어가기 십상이었으니까요. 그래서 향신료 상인 아브라함은 남인도 쪽의 풍부한 인맥을 활용해 색다른 농작물을 얼마든지 수확할 수 있었고, 그때마다 제일 깊이 감춰둔 비밀 장부에 '최고급 가람 마살라'[70]라고 기입했는데, 이런 말씀까지 드리기는 좀 난처하지만 '매우 화끈한 풋고추: 신선도 최고'라고 쓰기도 했습죠.

아브라함 조고이비는 텔컴파우더 사업에 뛰어들 때도 비밀리에 '칼

---

70) 여러 향신료를 혼합해 만든 양념.

자국'과 협력했다.

⸰⸻

결정성 함수규산마그네슘. $Mg_3Si_4O_{10}(OH)_2$. 탤크. 아침식사 때 아우로라가 왜 하필 아기 엉덩이 사업을 시작하느냐고 물었을 때 아브라함은 두 가지 이점을 설명했는데, 보호무역체제 덕분에 수입품 탤컴에 엄청난 관세가 부과되는데다 인구 폭발이 '엉덩이 붐'을 보장한다는 것이었다. 그러면서 이 제품의 세계적 잠재력에 대해 열변을 토했는데, 현재 제3세계 경제권에서 전능한 미국 달러의 노예가 되지 않고도 제1세계와 당당히 경쟁할 만한 기술력과 성장력을 갖춘 나라는 인도뿐이라 역설하면서 제3세계 여러 나라도 굳이 달러화를 쓰지 않고 고급 탤컴파우더를 구입할 기회가 생기면 보나마나 앞다퉈 달려들 거라고 귀띔했다. 그러나 아브라함이 자신의 '베이비 소프토'가 가까운 시일 내에 존슨앤드존슨의 본토 시장을 공략할 가능성이 매우 높다는 얘기를 늘어놓기 시작할 때부터 아우로라는 그의 말을 귀담아듣지 않았다. 그러다 아브라함이 신제품을 출시할 때 광고에 쓰겠다며 불쾌하기 짝이 없는 〈보비 샤프토〉의 노랫가락에 몸소 지은 가사를 붙여 부르기 시작하자 어머니는 아예 귀를 틀어막았다.

아브라함이 신나게 노래했다. "베이비 소프토, 더 크게 노래해요/ 소프토 포프토 탤컴파우더."

아우로라가 버럭 소리쳤다. "탤컴을 만들건 말건 그 소음은 당장 집어치워! 머리가 깨져버리겠단 말이야."

지금 이 글을 쓰면서도 나는 아브라함이 그토록 자주, 그토록 태연히 아내를 속였는데 아우로라는 아랑곳하지도, 따지지도 않았다는 사실이 새삼 신기하고 놀라울 뿐이다. 왜냐하면 그의 말은 당연히 거짓말이었으니까. 사실 그가 관심을 가진 백색 분말은 서西고츠산맥 채석장에서 대량으로 생산되는 그것이 아니라 정체불명의 원산지에서 한밤중에 수송 트럭에 실려 몹시 괴이한 경로를 거친 후 몇몇 엄선된 베이비 소프토 깡통으로 들어가는 제품이었는데, 그 과정에서 인도 아대륙 각지의 간선도로에서 입시세入市稅[71] 징수소를 지키는 관료나 경찰에게 막대한 양의 뇌물을 체계적으로 상납했다. 이렇게 만들어진 깡통은 비교적 소량이었지만 이를 수출해 얻는 소득이 몇 년 동안 다른 분야에서의 수익금 전체를 크게 앞질렀고 그 덕분에 사업을 폭넓게 다각화할 수 있었다. 그러나 이 소득은 절대로 신고하지 않았을 뿐 아니라 아예 장부에 기록하지도 않았고, 다만 아브라함이 어딘가에—어쩌면 그 타락한 영혼의 어둡고 후미진 구석에—깊이깊이 감춰놓은 암호문 공책 속에만 존재할 터였다.

아마도 나라 전체가 그랬겠지만 봄베이도 영락없이 덧칠그림 같은 도시였으니, 지상세계 밑에는 지하세계가 있고 합법 시장 밑에는 암시장이 있었다. 세상만사가 그러하거늘, 눈에 보이는 허구 밑에서 눈에 보이지 않는 현실이 유령처럼 움직이며 모든 의미를 뒤엎어버리는 세상이거늘, 아브라함의 생애라고 어찌 달랐으랴? 우리 가운데 그 누가 이 지독한 겹겹의 덫을 벗어날 수 있었으랴? 100퍼센트 거짓뿐인 현실

---

71) 인도, 프랑스 등에서 관할구역으로 유입되는 상품에 매기는 지방세.

에 갇혀 지내던 우리가, 화려한 옷을 입고 눈물을 흘리는 아랍인처럼 천박하고 통속적인 삶을 이어가던 우리가 그 밑에서 길을 잃은 어머니의 관능적 진실을 고스란히 꿰뚫어보는 일이 과연 가능했을까? 우리가 참다운 인생을 살 수도 있었을까? 괴물이 되어버리지 않을 수도 있었을까?

지금 옛일을 돌이켜보며 확연히 깨달은 점이 있는데, 인도가 독립하던 밤 바스쿠 미란다가 부정부패야말로 신에게 맞설 만큼 전능한 힘이라며 횡설수설할 때 잘못한 것은 단 하나, 현실을 너무 축소시켰다는 사실이다. 물론 당시 아브라함 조고이비 자신은 만취한 화가가 빈정거리며 신이야 넋이야 떠드는 말이 오히려 완곡한 표현이라는 사실을 잘 알았으리라.

아브라함은 늙어빠진 나이에 비로소 자신의 죄상을 고백하며 자못 즐겁다는 듯 회상했다. "네 어미와 예술가 패거리는 무에서 유를 창조하는 일이 너무 어렵다고 늘 투덜거렸지. 그런데 그 사람들이 뭘 만들었냐? 고작 그림이잖아! 반면에 나, 나, 나는 아무것도 없던 곳에 새로운 도시 하나를 통째로 만들어냈어! 이제 네가 말해봐라. 어느 쪽이 더 어려운 마술이냐? 물론 네 엄마도 마술 모자에서 꽤 예쁜 것들을 끄집어냈다만, 내 모자에서 나온 것은, 이놈아—킹콩이었어!"

내 인생에서 처음 이십 년 남짓한 기간과 겹치는 시기에 봄베이반도 남단 백 베이 일대에서는 아라비아해를 매립해—마치 '무에서 유를 창조하듯'—새로운 토지를 만드는 공사가 한창이었는데, 아틀란티스와 반대로 물속에서 솟아오른 이 땅에 아브라함도 거액을 투자했다. 그 시절에는 안 그래도 인구밀도가 너무 높은 봄베이의 부담을 덜어주려면 간척지에 새로 들어설 건물의 규모와 높이를 제한하고 바다 건너 본토에 제2의 도심을 건설해야 한다는 의견이 많았다. 아브라함의 입장에서는 이 계획을 기필코 무산시켜야 했으니—"내가 억만금을 퍼부어 마련한 땅이 자칫하면 헐값이 될 상황인데 어쩌겠냐?" 그는 앙상한 두 팔을 넓게 벌리고 이를 드러내며 활짝 웃었는데, 옛날에는 단숨에 사람의 마음을 사로잡는 미소였겠지만 그날 도시의 거리를 까마득히 내려다보는 어두컴컴한 사무실에서 구십대로 접어든 아버지가 지은 미소는 탐욕스러운 해골바가지를 연상시킬 뿐이었다.

아브라함은 키란 콜라트카르(일명 'K.K.' 또는 '케케')에게 손을 내밀었는데, 오랫동안 봄베이를 주름잡은 난폭한 사내 중에서도 제일 무서운 사내, 그야말로 검은 대포알을 연상시키는 아우랑가바드 출신의 퉁방울눈 정치가가 시ⅲ 정부를 장악했을 때였다. 콜라트카르는 아브라함 조고이비가 말하는 불가시성의 원리, 즉 눈에 보이는 인간의 법으로는 도저히 건드릴 수 없는 숨겨진 자연법칙을 충분히 이해할 사람이었다. 아브라함은 보이지 않는 자본이 보이지 않는 은행 계좌를 차례로 거치며 마침내 흠잡을 데 없이 깨끗하고 잘 보이는 돈으로 탈바꿈한 후 어느 친구의 계좌로 들어가는 과정을 자세히 설명했다. 또한 그런 친구들에게는—즉 최근까지 안 보이다 별안간 '봄베이의 비너스'처럼 바다 속에서 불쑥 솟아오른 땅을 이미 소유했거나 장차 뜻하지 않게 소유할 친구들에게는—바다 건너에 건설한다는 꿈의 - 도시가 영영 나타나지 않는 편이 유익하다는 사실도 납득시켰다. 그리고 간척지에 건설하는 신축 건물의 숫자와 높이를 확인하고 관리하는 일을 맡은 훌륭한 공무원을 설득해 차라리 시력을 잃는 편이 훨씬 더 이롭다는 사실을 깨닫게 하기가 얼마나 쉬운지도 가르쳐줬는데—"당연히 비유지, 이 사람아, 그냥 말일 뿐이지, 설마 우리가 남의 눈깔을 뽑아버리기야 하겠나, 옛날 샤자한황제는 타지마할을 남보다 먼저 보려고 기웃거리던 놈한테 그런 벌을 내렸다지만"—일이 잘 풀리기만 하면 여전히 대중의 눈에는 전혀 보이지 않는 수많은 신축 건물이 불쑥불쑥 치솟아 하늘을 찌를 테고, 높이 따위는 마음대로 해도 상관없을 테고, 그때는 다시 수리수리마수리, 안 보이는 건물들이 산더미 같은 돈을 낳을 테고, 지구상에서 제일 값비싼 부동산이 될 테고, 그렇게 무에서 유를 창조하는 기적이 일어나면 그때까지 도와준 친구들은 수고한 보답을 톡톡히 받게 되리라.

하나를 가르치면 열을 아는 콜라트카르는 스스로 묘안을 내놓기까지 했다. 안 보이는 건물을 지을 때 안 보이는 노동력을 활용할 수는 없을까? 그거야말로 무엇보다 근사하고 경제적인 건축 방법이 아닐까? "당연히 동의했지." 늙은 아브라함이 털어놨다. "뾰족대가리 '케케' 녀석, 아주 신바람이 났더라니까." 머지않아 시 당국은 지난번 인구조사 이후 봄베이로 들어온 주민은 존재하지 않는 사람으로 간주한다고 발표했다. 시민권이 취소됐으니 그들의 주택과 복지 문제를 시에서 책임질 필요도 없게 되었는데, 꼬박꼬박 세금을 내면서 이 어수선하고 역동적인 도시를 유지하는 데 일조하는 성실한 실존시민에게는 반가운 일이었다. 그러나 법에 따라 졸지에 유령이 되어버린 백만 명 넘는 사람들의 삶이 더욱더 고달파졌다는 사실은 부인할 수 없었다. 아브라함 조고이비처럼 간척지 열풍에 동승한 이들은 바로 그 점을 이용했다. 너그럽게도 가급적 많은 허깨비를 고용해 새로 생긴 땅 전역을 빈틈없이 뒤덮은 거대한 건축 현장에 투입했고, 심지어—착하기도 하셔라!—약간의 임금까지 지불했다. 늙은 아브라함은 쌕쌕거리면서도 낄낄 웃었다. "귀신한테 돈을 줄 생각을 한 사람은 우리가 처음이었지. 물론 병이나 산재까지 책임지진 않았어. 내 말을 알아들을지 모르겠지만 그건 논리적 모순이잖냐. 어차피 그들은 눈에 보이지 않을 뿐 아니라 공식 발표에 따르면 아예 존재하지 않는 사람들이었으니까."

우리는 뉴봄베이의 보석이며 I.M. 페이[72]의 걸작인 카슌델리베리타워 31층에서 점점 짙어져가는 어둠 속에 마주앉아 있었다. 나는 빛나는 창날처럼 밤하늘을 찌르는 K.K.체임버스빌딩을 내다봤다. 이윽고 아브라함이 일어나 문을 열었다. 불빛이 쏟아져들어오고 고음의 아르페지오 연주가 들렸다. 그는 거대한 아트리움[73]으로 나를 데려갔다. 봄베이보다 덜 더운 온대지방의 나무와 풀을 심어놓은 곳이었는데—사과나무와 배나무가 즐비한 과수원도 있고 묵직하게 늘어진 포도덩굴도 있었다—전체를 유리로 덮고 기후조절 시스템으로 이상적인 온도와 습도를 유지했으니, 만약 눈에 보이는 과수원이었다면 비용이 어마어마했을 텐데, 이 무슨 행운인지 아브라함은 전기요금 고지서를 받은 적이 한 번도 없었다. 아무튼 아버지에 대한 마지막 기억은 바로 그 아트리움에서 본 모습인데—아버지, 늙어빠진 아버지, 그때 이미 일흔두-살로-보이는-서른여섯-살이던 내가 날이 갈수록 닮아가던 아버지, 아우로라와 하느님이 없는 사이 에덴동산을 차지해버린 뱀처럼

---

72) 중국계 미국인 건축가(1917~2019). 프랑스 루브르박물관의 유리 금속 피라미드를 설계했다.

73) 현대식 건물의 고층 중앙에 유리 지붕을 설치해 만든 넓은 공간.

뉘우칠 줄 모르던 아버지.

"어쨌든 이젠 나도 끝났다." 그가 한숨을 푹 쉬었다. "내 손아귀에서 모든 게 무너지는구나. 끈이 사람들 눈에 띄기 시작하면 마술도 안 통하기 마련이지. 아무러면 어떠냐! 한바탕 신나게 살아봤으면 됐지. 젠장, 사과나 따먹어라."

12

나는 사방팔방으로 불쑥불쑥 자랐다. 아버지도 몸집이 큰 편이었지만 내가 열 살이 되었을 때는 내 어깨가 아버지의 외투보다 넓었다. 나는 법적 규제가 모두 풀린 마천루였고, 한 사람으로 이뤄진 인구 폭발, 거대도시, 셔츠가 찢어지고 단추가 튀어나가는 헐크였다. 마침내 키와 몸집이 다 자랐을 때 큰누나 이나가 놀라워했다. "애 좀 봐. 『걸리버 여행기』가 따로 없네. 우린 소인국 사람이 돼버렸구나." 어떤 면에서는 옳은 말이었다. 우리의 봄베이가 내게는 라지-아니라-릴리-푸타나[74]에 불과했지만 나는 거대한 몸뚱이 때문에 꽁꽁 묶여버렸기 때문이다.

---

74) 인도 서북부의 옛 지명 '라지푸타나'와 『걸리버 여행기』의 소인국 '릴리퍼트'를 이용한 언어유희.

내 몸집이 커질수록 활동 범위는 점점 더 좁아지기만 했다. 교육부터 문제였다. 말라바르언덕, 스캔들곳, 브리치캔디 등지의 '양갓집'에서 태어난 소년들은 거너리 교장이 이끄는 월싱엄기숙학교에서 학업을 시작하는 경우가 많았는데, 남녀공학인 유치원과 초등학교를 끝마치면 캠피언이나 대성당 학교 등 당시에는 남학생만 받던 명문 학교로 진학하기 마련이었다. 그러나 배트모빌처럼 양날개가 달린 뿔테안경을 낀 전설의 '포수'75)는 내 상황을 진실로 믿어주지 않았다. 면담이 진행되는 동안 그녀는 세 살 반인 나를 줄곧 일곱 살처럼 대하더니—의자에 앉은 내 모습을 보면 누구나 그렇게 생각할 수밖에 없었으니까—끝날 때쯤에는 콧방귀를 뀌었다. "유치원에 넣기엔 나이가 너무 많고, 초등학교에 넣자니, 이런 말씀을 드리게 되어 안타깝지만 아직 미숙하네요." 어머니는 발끈하며 따졌다. "다른 애들은 얼마나 대단하다는 거죠? 다들 아인슈타인이에요? 꼬마 알베르트와 알베르티나만 모인 모양이네요? 학생들이 모조리 천재예요?"

그러나 거너리 교장은 요지부동이었고 나는 결국 재택교육을 받게 되었다. 그때부터 남자 가정교사가 줄줄이 들어왔지만 두어 달 이상 버티는 경우는 드물었다. 그들에게 유감은 없다. 고작 여덟 살 먹은 아이가 화가 V. 미란다와의 우정을 기린답시고 끝이 뾰족한 콧수염을 기르고 왁스칠까지 했으니 다들 부랴부랴 도망치는 것도 이해할 만하지 않은가. 내 딴에는 깔끔하고 단정하고 고분고분하고 얌전하고 평범한 아이처럼 보이려 온갖 노력을 기울였지만 아무래도 너무 괴상한 학생이

---

75) '기너리(Gunnery)'가 사격술을 뜻하는 데서 비롯된 별명.

었다. 그러던 어느 날 처음으로 여자 교사가 들어왔다. 감미로운 추억을 남겨준 딜리 호르무즈! 그녀도 거너리 교장처럼 지느러미 혹은 날개처럼 생긴 두꺼운 안경을 썼지만 이번에는 천사의 날개였다. 1967년 초 그녀가 흰색 원피스 차림에 발목양말을 신고 나타났을 때ㅡ두 갈래로 묶은 가느다란 꽁지머리, 가슴에 안은 책 몇 권, 근시안을 자꾸 깜박거리는 버릇, 불안한 듯 수다스러운 말투ㅡ처음에는 나보다 더 어려 보였다. 그러나 딜리는 자세히 살펴볼 만한 여자였다. 그녀도 참모습을 감추고 있었기 때문이다. 키가 큰 여자가 작아 보이려고 흔히 그러듯 단화를 신었고 구부정한 자세도 능숙했다. 그러나 이윽고 단둘이 남았을 때 그녀는 곧 몸을 펴기 시작했는데ㅡ아, 조그마한 머리부터 예쁘장하면서도 큼직한 발끝까지, 길고 하얗고 아름다운 육체가 서서히 펼쳐지던 그 순간! 그러더니ㅡ오랜 세월이 흐른 지금도 그때의 기억을 떠올리면 그리움 가득한 갈망으로 달아오르나니ㅡ이리저리 몸을 뻗기 시작했다. 그렇게 몸을 뻗으면서ㅡ책이나 자나 펜 따위를 집어드는 체하면서ㅡ딜리는 내게, 오직 내게만 원피스 속에 감춰진 몸매를 고스란히 드러냈는데, 그때마다 나는 버릇없이 입을 딱 벌린 채 휘둥그레진 눈으로 빤히 쳐다보았고, 머지않아 그녀도 전혀 깜박거리지 않고 나를 똑바로 마주보기 시작했다. 어여쁜 딜리는ㅡ우리끼리 있을 때 그녀가 머리를 풀어내리면, 안경도 벗고 장님처럼 깊숙하고 몽롱한 눈을, 도저히 잊을 수 없는 그 눈을 깜박거리며 나를 바라보면, 비로소 그녀의 참모습이 드러났으니까ㅡ새로 만난 제자를 한참 동안 뚫어져라 바라보다 한숨을 푹 쉬었다.

처음으로 단둘이 되었을 때 그녀가 나지막이 말했다. "열 살이라니,

맙소사. 벌써 다 자란 새끼 인간[76]이라니, 너야말로 여덟번째 불가사의가 분명하구나." 그러더니 문득 교사로서의 임무를 깨달은 듯 고대와 현대의 세계 7대 불가사의를 외우게—우리가 쓰던 표현으로는 '헛지랄'을 읊어보게—하며 첫 수업을 시작했는데, 그때 '어린 거상'[77]인 내가 사는 말라바르언덕과 공중정원의 흥미로운 유사성에 대해 언급했다. 마치 온갖 불가사의가 인도식으로 바뀌어 이곳으로 모여든다는 듯.

지금 돌이켜보면 나를 통해, 마치 어린아이의 정신이 젊은 남자의 아름다운 육체에 갇혀(딜리는 내 손과 자기혐오, 그리고 위안을 갈구하는 마음가짐도 아랑곳하지 않고 내게서 아름다움만 보려 했는데, 아름다움이야말로 우리 집안의 저주가 아니더냐!) 어리둥절한 채 두 개의 창으로 바깥세상을 내다보는 듯 섬뜩한 괴물이던 나를 통해 호르무즈 선생님은 일종의 해방감을 맛보지 않았나 싶다. 나를 어린애처럼 마음대로 부릴 수도 있고, 또한—아무래도 위험한 발상이지만—성인 남자처럼 마음대로 애무하거나 애무를 받을 수도 있었을 테니까.

내가 몇 살이었는지는 기억나지 않지만(바스쿠식 콧수염을 밀어버린 이후인 것만은 분명하다) 언젠가부터 딜리는 내 몸을 바라보며 감탄하는 선에서 그치지 않았는데, 처음에는 머뭇거렸지만 점점 더 스스럼없이 나를 어루만지기 시작했다. 그때 나의 내면 나이로는 그런 애무를 내가 그토록 굶주렸던 순수한 애정 표현으로 여기는 정도가 고작이었지만 외면적으로는 이미 성인 남자로서의 반응을 보일 만큼 몸이 다 자란 상태였다. 그래도 그녀를 비난하지는 마시기 바란다. 나도 그녀를

---

76) 러디어드 키플링의 『정글북』에서 동물들이 주인공 모글리를 부르는 호칭.
77) 기원전 292년 그리스 로도스섬에 건립됐다 후에 붕괴된 헬리오스 동상에 빗댄 표현.

비난할 수 없다. 그녀에게 나는 세계적 불가사의였고, 그래서 매료될 수밖에 없었으니까.

삼 년 가까운 기간 동안 엘레판타에서만 수업을 했는데, 그 천 일 하고도 하루 동안은 장소 때문에, 그리고 현행범으로 잡힐지도 모른다는 걱정 때문에 이런저런 제약이 있었다. 우리의 애무가 어디까지 갔느냐는 질문은 부디 참아주시기 바란다. 그때를 회상하면서, 우리가 여권을 구하지 못한 그 국경선에서, 또다시, 걸음을 멈춰야 하는 상황을 강요하지 마시라! 그 시절의 추억은 아직도 숨이 콱 막히는 고통이라 심장이 마구 두근거린다. 영원히 낫지 않을 상처다. 왜냐하면 내가 아직 모르는 것을 내 몸은 이미 알고 있었으니까, 육체의 감옥에 갇힌 아이는 그저 얼떨떨한 상태였지만 내 입술과 혀와 팔다리는 마음과는 무관하게 그녀의 능숙한 지도에 따라 제멋대로 움직이기 시작했으니까, 그리고 어쩌다 행운의 날이 오면 즉 들킬 염려가 전혀 없을 때, 혹은 우리를 사로잡은 그 무엇이 미치도록 휘몰아쳐 그런 위험 따위는 아랑곳하지 않게 되었을 때, 그녀의 손과 입술과 가슴이 내 사타구니에서 움직이다 마침내 뜨겁고 강렬한 만족감을 조금이나마 맛보게 해주었으니까.

어떤 날은 그녀가 내 망가진 손을 당겨 이곳저곳에 내려놓았다. 그녀는 그렇게 은밀한 순간이나마 나 자신이 온전하다는 느낌을 처음으로 갖게 해준 사람인데…… 그녀와 나의 육체가 서로에게 무슨 짓을 하든 간에 그녀는 좀처럼 쉬지 않고 온갖 정보를 줄줄이 쏟아냈다. 연인끼리 나누는 정담 따위는 없었다. 세링가파탐전투, 일본의 주요 수출품, 그런 것이 우리의 밀어였다. 너울거리는 손가락으로 내 체온을 견딜 수 없을 만큼 높여가면서도 구구단 13단을 외워보라고 하거나 주기

율표에 포함된 각 원소의 원자가를 말해보라고 요구하며 상황을 통제했다. 딜리는 말이 참 많은 여자였고 내게도 수다를 전염시켰는데, 오늘날까지도 수다는 내게 강력한 최음제다. 주절주절 잡담을 늘어놓을 때, 혹은 남의 수다를 하염없이 듣고 있을 때 나는—뭐라고 하면 좋을까?—흥분한다. 잡담이 한창일 때 두 손을 무릎에 얹어 그곳의 움직임을 감춰야 하는 경우도 많다. 불끈 솟구친 물건을 말동무가 보면 당혹스러워할 테니까, 아니, 즐거워할 테니까. 적어도 지금까지는 남에게 그런 즐거움을 주고 싶던 적이 없었다. 그러나 이제 모든 일을 밝힐 때가 되었으니 다 털어놓으련다. 내 인생 이야기, 이 발기성 수다도 끝나버릴 순간이 멀지 않았다.

우리가 처음 만났을 때 딜리 호르무즈는 스물다섯 살쯤 먹은 노처녀였고 마지막으로 보았을 때는 삼십대 중반이었다. 그녀는 왜소하고 눈먼 노모와 함께 살았다. 노모는 하루종일 발코니에 앉아 누비이불을 만들었는데, 오랫동안 침모 노릇을 해 손가락을 놀릴 때 눈의 도움이 필요 없는 경지에 이른 지 오래였다. 그토록 작고 연약한 여인이 어떻게 딜리처럼 늘씬하고 요염한 딸을 낳았는지 신기할 따름이었다. 내가 열세 살이 되었을 때, 집에서 좀 벗어나는 게 좋겠다는 의견 때문에 딜리의 집으로 가서 공부하게 되었다. 어떤 날은 운전사에게 손을 내저어 차를 마다하고 내 발로 걸어—사실은 경중경중 뛰어—언덕을 내려가 오래되고 근사한 약국이 있는 캠프스 코너—훨씬 뒤의 일이지만 입체교차로와 수많은 양장점이 들어서는 바람에 지금은 정신적 불모지 같은 곳이 되어버렸다—를 지나고 (입술갈림증이 있는 솜씨 좋은 이발사가 부업으로 포경수술도 해주는) 로열이발소도 지나갔다. 딜리는 고

왈리아탱크 로드의 낡아빠진 잿빛 건물에 살았는데, 발코니와 소용돌이 문양이 즐비한 이 파르시 건물 안쪽 깊숙한 곳에 자리한 어두컴컴하고 벽지마저 떨어져가는 집이었다. 바로 몇 집 건너에 있는 비자이 잡화점은 온갖 물건을 판매하는 신비로운 곳으로, 목제 가구에 광을 낼 때 쓰는 '시간'도 팔고, 밑을 닦을 때 쓰는 '희망'도 팔았다. 우리 조고이비 가족은 늘 부루퉁한 유모의 이름을 따서 그곳을 '자야 잡화점'이라고 불렀는데, 미스 자야 혜는 그곳에서 이를 닦을 때 쓰는 유칼립투스 막대가 담긴 작은 '인생' 꾸러미도 사고, 머리 염색약 '사랑'도 사고…… 아무튼 딜리의 집에 들어갈 때마다 내 마음은 기뻐 날뛰며 황홀경에 가까운 상태로 돌입했다. 비록 빈자들이 사는 비좁은 아파트였지만 사뭇 고상하고 세련된 분위기였다. 거실에 놓인 소형 그랜드피아노, 그리고 그 위에 올려놓은 은제 액자 속 사진들은—장식술이 달린 화분 모양의 모자를 쓴 어르신도 있고 발랄한 사교계 아가씨도 있었는데 알고 보니 둘 다 호르무즈 노부인이었다—옛날에는 이 집안이 제법 잘살았다는 증거였다. 딜리의 라틴어와 프랑스어 실력도 마찬가지였다. 이미 라틴어는 거의 다 잊어버렸지만 내가 프랑스에 대해 기억하는 것은—프랑스어, 프랑스문학, 프렌치 키스, 프렌치 레터[78], 그리고 땀에 젖은 오후의 달착지근한 쾌락까지—모두 딜리에게 배웠는데…… 그러나 두 모녀는 이제 개인교습과 누비이불로 생계를 잇는 처지였다. 어쩌면 그래서 딜리가 남자에 굶주리다 결국 웃자란 소년을 선택했는지도, 그래서 두 다리를 벌려 내 몸에 올라타고 내 아랫입술을

---

78) 콘돔을 일컫는 영국 속어.

께물며 이렇게 속삭였는지도 모른다. "나 안경 벗었어. 이제 내 연인 말고는 아무것도 안 보여."

⌒

아닌 게 아니라 그녀가 내 첫 연인이었지만 나는 그녀를 사랑하지 않은 듯싶다. 그렇게 생각하는 이유는 그녀 때문에 내 상태를 오히려 기뻐하게 되었기 때문이다. 내 겉모습이 나이에 비해 성숙해서 기뻤다. 나는 아직 어린애였고, 그래서 그녀를 위해 하루빨리 어른이 되고 싶었다. 그녀의 남자―허울뿐인 성인 남자가 아니라 진짜 성인 남자―가 되고 싶었다. 그러려면 이미 단축된 수명을 더욱더 희생해야겠지만 고마운 그녀를 위해서라면 악마와의 거래도 서슴지 않을 작정이었다. 그러나 딜리가 떠나간 후 진정한 사랑, 그 위대하고 숭고한 감정이 찾아왔을 때 내 운명을 얼마나 뼈아프게 원망했던가! 내 몸속에서 너무 빠르게 째깍거리는 시계를 조금이라도 늦출 수 있기를 얼마나 간절히 열망했던가! 딜리 호르무즈는 나 자신이 불멸의 존재라는 어린애다운 믿음을 흔들리게 한 적이 없었고, 그래서 아무렇지도 않게 내 어린 시절을 내던지고 싶다는 소망을 품었다. 그러나 우마를, 나의 우마를 사랑하게 되었을 때 나는 번개처럼 달려오는 저승사자의 발소리를 들었다. 그리고 그다음에는, 아아, 저승사자가 죽음의 낫을 휘두르는 소리까지 낱낱이 들을 수 있었다.

나는 딜리 호르무즈의 나긋나긋하고 능숙한 손길을 받으며 어른으로 성장했다. 그러나―이 부분은 말하기 어려운, 아마도 지금까지 나온 이야기 중 제일 어려운 고백일 텐데―내 몸을 처음 어루만진 여자는 딜리가 아니었다. 어쨌든 나는 그렇게 들었는데, 다만 그렇게 증언한 사람이―우리 유모 미스 자야 혜가, 목발쟁이 람바잔의 강압적인 아내가―거짓말쟁이에다 도둑이었다는 사실만은 꼭 밝혀둬야겠다.

부잣집 아이는 가난한 이들이 기르기 일쑤인데, 우리 부모님도 일에만 열중했으므로 내 곁에는 문지기와 유모뿐일 때가 많았다. 미스 자야는 걸핏하면 딱따기처럼 딱딱거렸지만, 말버릇은 성난 고양이처럼 사납고 눈매는 도끼날처럼 매서웠지만, 살얼음처럼 얄팍하고 고압선처럼 고압적이었지만, 나는 예나 지금이나 그녀에게 감사한다. 한가할 때마다 들개처럼 시내 곳곳을 싸돌아다니며 이것저것 트집잡기를 좋아했기 때문이다. 그녀는 못마땅한 점을 발견할 때마다 입술을 삐죽 내밀고 혀를 끌끌 차며 고개를 절레절레 저었다. 미스 자야 덕분에 나도 B.E.S.T.[79] 전차와 버스를 타봤는데, 그녀는 너무 붐빈다고 툴툴거렸지만 나는 발 디딜 틈도 없는 초만원 상태를 내심 즐겼다. 사람들 속에서 꼼짝달싹도 못할 때 사생활은 사라지고 개개인의 영역은 차츰 흐려지는데, 군중 속에 있을 때나 사랑에 빠졌을 때가 아니면 느껴볼 수 없는 정감이다. 미스 자야 덕분에 엄청나게 소란스러운 크로퍼드시장에

---

79) 브리한뭄바이 전기교통공사(Brihanmumbai Electric Supply and Transport).

가서 키플링의 아버지가 조각한 프리즈[80]도 보고, 생닭과 플라스틱 닭을 함께 파는 상인도 보고, 미스 자야 덕분에 도비탈라오 일대의 술집을 지나 비쿨라 일대의 차울 즉 공동주택도 구경하고(그날 그녀는 나를 데리고 가난한—그녀보다 더 가난한—친척들을 찾아갔는데, 마치 여왕의 행차를 맞이하듯 시원한 음료수와 케이크를 대접하느라 더욱더 가난해졌으리라), 역시 그녀 덕분에 아폴로부두에서 수박을 먹어보고 워를리 해안지구에서 차트[81]를 맛봤는데, 그렇게 여기저기서 떠들썩한 사람들을 만날 때마다, 이런저런 상품과 먹거리와 끈질긴 장사꾼을 볼 때마다 나는 모든 것이 너무 많은 이 무궁무진한 봄베이를 깊이, 영원히 사랑하게 되었다. 그러나 무엇이든 비웃는 걸출한 재능을 마음껏 발휘해야 보람을 느끼는 미스 자야는 가는 곳마다 비판을 마구 쏟아냈고 변명 따위는 용납하지 않았다. "너무 비싸!"(닭) "너무 역겨워!"(다크 럼) "너무 구질구질해!"(공동주택) "너무 퍽퍽해!"(수박) "너무 뜨거워!"(차트) 그러다 집으로 돌아올 때면 늘 번질거리는 눈으로 못마땅하다는 듯 나를 돌아보며 내뱉었다. "도련님은 참 복도 많아요! 고마운 줄 아셔야지."

내가 열여덟 살 나던 해 어느 날—내 기억에 의하면 비상사태[82]가 선포된 직후였다—그녀와 함께 자베리시장에 갔는데, 온통 거울과 유리로 치장한 작은 상점에 슬기로운 원숭이[83]처럼 들어앉은 상인들이

---

80) 건물 외벽에 새긴 조각품.
81) 과일이나 채소에 향신료를 섞어 만든 요리로, 남아시아 일대의 대표적인 거리 음식.
82) 인디라 간디가 사회불안을 빌미로 선포한 국가비상사태.
83) 각각 눈과 귀와 입을 가린 세 원숭이.

은제 골동품을 중량에 따라 매매하는 곳이었다. 그날 미스 자야가 묵직한 팔찌 한 쌍을 꺼내 감정인에게 내미는 순간 나는 어머니의 물건이라는 사실을 한눈에 알아차렸다. 미스 자야는 창날처럼 날카로운 눈으로 나를 노려봤다. 입안이 바싹 말라 아무 말도 할 수 없었다. 거래는 금방 끝났고, 우리는 보석상을 떠나 북적거리는 거리로 나섰다. 황저포黃紵布로 싸고 금속띠로 묶은 목화 꾸러미를 가득 싣고 지나가는 손수레, 요리용 바나나, 망고, 부시셔츠, 영화 잡지, 허리띠 노점상, 거대한 바구니를 머리에 이고 다니는 짐꾼, 스쿠터, 자전거, 진실 등을 요리조리 피해가며 걸었다. 엘레판타로 돌아가는 길이었는데, 이윽고 버스에서 내렸을 때 유모가 말했다. "너무 많아요, 집안에. 이것저것 너무 많단 말예요."

나는 대답하지 않았다. 미스 자야가 말을 이었다. "사람도 마찬가지예요. 오고. 가고. 자고. 깨고. 먹고. 마시고. 응접실에도. 침실에도. 방마다. 사람이 너무 많다고요." 나는 그녀의 말을 알아들었다. 아우로라가 친구들을 의심하기는 어려울 테니 아무도 도둑을 찾아내지 못할 것이라는 뜻이었다. 나만 입을 열지 않으면.

미스 자야가 결정타를 날렸다. "도련님은 아무 말도 못해요. 람바잔 때문에. 그이 때문에."

⌒

옳은 말이었다. 나는 도저히 람바잔을 배신할 수 없었다. 그는 내게 권투를 가르쳐줬다. 그리하여 아버지의 눈물겨운 예언을 실현시켰다.

주먹이 이렇게 생겼으니 언젠가는 온 세상을 납작하게 때려눕힐 거야.

람바잔의 두 다리가 아직 멀쩡하고 앵무새도 없던 시절, 즉 롱 존 실버가 되기 전에 그는 보잘것없는 수병 월급을 두 주먹으로 보충했다. 닭싸움이나 곰 놀리기[84] 따위의 여흥을 제공하는 시내 도박장에서 맨주먹 복서로 명성을 얻어 쏠쏠한 수입을 챙겼다. 원래는 레슬러가 되고 싶었지만—봄베이에서 레슬러는 그 유명한 다라 싱처럼 대스타가 될 수도 있으니까—줄줄이 패배한 끝에 더욱더 거칠고 살벌한 격투기의 세계로 뛰어들면서 주먹깨나 쓰는 사내로 인정받았다. 전적도 화려했다. 이가 모조리 부러졌지만 KO패는 한 번도 없었다.

내가 어렸을 때 람바잔은 매주 한 번씩 긴 헝겊 띠를 들고 엘레판타 정원으로 들어와 내 손에 칭칭 감아주고 수염이 텁수룩한 자신의 턱을 가리키며 명령했다. "여기요, 도련님. 냅다 핵주먹을 날려보소." 그리하여 우리는 내 망가진 오른손이 결코 만만찮은 주먹, 대포알 주먹, 그야말로 주먹 중의 주먹이라는 사실을 알게 되었다. 나는 매주 한 번씩 전력을 쏟아 람바에게 주먹을 날렸는데, 처음에는 이도 없이 헤벌쭉 웃는 표정에 아무런 변화도 없었다. 람바가 약을 올렸다. "애개개? 방금 깃털로 쓰다듬었소? 그건 우리 앵무새 친구도 자주 해주는데." 그러나 얼마후 그의 미소가 사라졌다. 여전히 턱을 내밀었지만 충격에 대비해 현역 시절의 힘을 끌어올리는 기색이 역력했는데…… 아홉번째 생일날 내가 주먹을 휘둘렀을 때 앵무새 토타가 소란스럽게 날아올랐고 문지기는 땅바닥에 털썩 쓰러졌다.

---

84) 곰을 묶어놓고 개와 싸움을 붙이는 유혈 스포츠.

앵무새가 날카로운 소리로 외쳤다. "하얀 코끼리 박살난다!" 나는 부리나케 달려가 정원용 호스를 가져왔다. 가엾은 람바가 기절해버렸기 때문이다.

이윽고 정신을 차린 람바는 감탄스럽고 존경스럽다는 듯 입꼬리를 늘어뜨린 채 부스스 일어나 앉더니 피가 흐르는 잇몸을 여기저기 만져보며 나를 칭찬했다. "잘했소, 도련님. 이제 정식으로 배워도 되겠소."

우리는 덧베개 속에 쌀을 채워 플라타너스 가지에 매달았고, 딜리호르무즈의 잊지 못할 수업이 끝나면 람바잔의 수업이 시작됐다. 그때부터 팔 년 동안 권투 연습을 했다. 그는 전략도 가르쳐주고, 링은 없었지만 링을 활용하는 요령도 일러줬다. 좋은 위치를 잡는 감각도 다듬어주고, 무엇보다 방어술을 철저히 훈련시켰다. "한 대도 안 맞길 기대하지 마소, 도련님. 귓속에서 삐악삐악 소리가 들리면 그런 주먹도 무용지물이오." 누가 보더라도 람바잔은 기동력이 현저히 부족한 권투 코치였지만 신체장애를 극복하려는 의지력은 어찌나 놀랍던지! 연습 때마다 그는 목발을 내던지고 인간 포고스틱[85]처럼 외다리로 겅중겅중 뛰어다녔다.

내가 성장할수록 내 무기도 점점 더 강해졌다. 그래서 주먹에서 힘을 빼고 살살 때려야 했다. 람바잔을 너무 자주, 너무 아프게 때려눕히기는 싫었기 때문이다. 문지기가 너무 많이 맞아 비틀거리고 말도 제대로 못하고 내 이름마저 잊어버리는 장면이 눈에 선해 주먹에 들어간 힘을 줄이는 수밖에 없었다.

---

85) 기다란 막대기 아래의 용수철 달린 발판에 올라 콩콩 뛰며 다니는 놀이기구.

미스 자야와 함께 자베리시장에 갈 무렵에는 이미 노련한 권투선수인 내게 람바잔이 속닥거렸다. "도련님, 실전을 경험하고 싶으면 언제든지 말만 하소." 솔깃하면서도 두려웠다. 내가 정말 해낼 수 있을까? 어쨌든 펀칭백은 반격을 못하고, 람바잔도 이미 오래전에 익숙해진 스파링 파트너였다. 쌀을 채운 자루가 아니라 피와 살로 이뤄진 상대라면, 두 다리가 멀쩡한 상대라면 춤을 추듯 두 발로 이리저리 뛰어다니며 나를 신나게 두들겨패지 않을까? 람바잔은 어깻짓을 할 뿐이었다. "도련님 주먹은 벌써 준비가 끝났소. 담력도 그런지는 모르겠지만."

그래서, 반발심 때문에, 하겠다고 말해버렸다. 우리는 봄베이 중앙역의 이름 없는 골목을 처음으로 찾아갔다. 람바는 나를 간단히 '무어'라고 소개했는데, 그와 함께 간 덕에 내 예상처럼 심하게 무시당하지는 않았다. 그러나 내가 열일곱 살 남짓한 신인 선수라고 설명하는 순간 폭소가 터졌다. 벌써 백발이 성성해서 구경꾼들이 보기에는 영락없는 삼십대였기 때문이다. 퇴물이나 다름없는데 외다리 람바가 특별히 훈련시켜줬겠지. 그렇게 비웃는 사람도 있었지만 생뚱맞은 감탄의 목소리도 없지 않았다. "실력이 꽤 좋은가봐. 저 나이 먹을 때까지 얼굴이 곱상하잖아." 이윽고 머리를 풀어헤친 상대 선수가 나타났는데 몸집이 적어도 나만큼 큰 시크교도였다. 사람들은 이 젊은이가 갓 스무 살이지만 이런 시합을 하다 벌써 두 사람이나 죽이는 바람에 법망을 피해 도망다니는 중이라고 태연히 이야기했다. 그 말을 들으니 기가 꺾여 람바잔 쪽을 돌아보았지만 그는 말없이 고개를 끄덕이며 오른손목에 침을 탁 뱉을 뿐이었다. 나도 오른손목에 침을 뱉고 살인자에게 다가갔다. 상대는 자신만만하게 곧바로 덤벼들었다. 자기가 열네 살쯤 젊으니 나

같은 늙다리는 순식간에 해치울 수 있다고 믿었으리라. 나는 쌀자루를 생각하며 주먹을 휘둘렀다. 내 손이 한번 닿자마자 상대는 벌렁 나자빠졌고 카운트다운이 끝난 뒤에도 한참 동안 일어나지 못했다. 한편 나는 그 한 방을 날리자마자 천식 발작으로 숨도 못 쉬고 헐떡이며 눈물만 줄줄 흘렸는데, 증상이 어찌나 심한지 비록 이번에는 승리를 거뒀지만 과연 앞으로도 이런 일을 하면서 살아갈 수 있을지 의심스러웠다. 그러나 집으로 돌아가는 길에 람바잔은 불안해하는 나를 보고 콧방귀를 뀌면서 격려했다. "처음이라 좀 긴장한 탓이오. 이기든 지든 첫 시합이 끝나자마자 게거품을 물고 기절해버리는 놈을 숱하게 봤소." 그러더니 즐겁다는 듯 덧붙였다. "도련님은 아직 잘 모르겠지만 주먹 하나는 정말 천하일품이오. 그야말로 무쇠 주먹인데다 빠르기는 또 겁나게 빠르거든. 배짱도 두둑하시고." 그는 내 몸에 상처 하나 없을 뿐 아니라 푸짐한 용돈까지 나눠 갖게 되었으니 얼마나 좋으냐고 말했다.

그러므로 나로서는 차마 람바잔의 아내가 도둑질을 했다고 폭로할 수 없었다. 그랬다가는 둘 다 쫓겨나고 말 테니까. 그리고 매니저를 잃기도 싫었다. 내 재능이 무엇인지 가르쳐준 사람인데…… 그리하여 자신의 영향력을 확인한 미스 자야는 안심하고 그 힘을 남용하기 시작했다. 내가 빤히 보는데도 당당하게 우리 재산을 훔쳤다. 그러면서도 너무 자주 훔치거나 너무 값진 물건을 훔치지 않도록 조심했다. 어떤 날은 소형 옥함, 어떤 날은 작은 금 브로치. 아우로라와 아브라함이 빈자리를 멍하니 바라보며 고개를 절레절레 젓는 모습을 한두 번 본 게 아니었다. 그러나 미스 자야의 예측은 정확했다. 두 분은 하인들을 닦달했지만 끝내 경찰을 부르지 않았다. 봄베이 경찰의 다정다감한 손길에 식솔을 내맡기고 싶지도 않고 친구들을 번거롭게 하기도 싫었기 때문이다. (궁금한 점이 있는데, 혹시 아우로라는 오래전 카브랄섬에서 작은 가네샤상을 훔쳐 내던진 일을 떠올리지 않았을까? 코끼리가-너무-많다니까에서 엘레판타까지는 실로 기나긴 여정이었다. 어린 시절의 그녀가 어른이 된 그녀를 꾸짖었을까? 그래서 도둑에게 일말의 동정심이나 유대감을 느꼈을까?)

그렇게 한창 도둑질을 하던 시기에 미스 자야는 내가 갓난아기이던 시절에 대해 몹시 불쾌한 비밀을 털어놨다. 우리가 스캔들곶에 있는 참차왈라의 대저택 건너편을 지나갈 때였는데, 내가—이미 말했다시피 비상사태가 선포된 직후였으므로—인디라 간디 여사와 아들 산자이의 불건전한 관계에 대해 언급한 탓인 듯했다. "그놈의 모자관계 때문에 온 나라가 홍역을 치르네요." 그러자 때마침 손을 맞잡고 방파제를 거니는 젊은 연인들을 바라보며 혀를 차던 미스 자야가 역겹다는 듯 콧방귀를 뀌었다. "사돈 남 말 하시네. 도련님 집안도 나을 게 없어요. 변태들이죠. 누님들도 그렇고 어머님도 그렇고. 도련님이 갓난아기였을 때 말예요. 도련님을 데리고 했던 장난질. 정말 구역질나요."

그녀의 말이 진실인지는 그때도 지금도 나로서는 확인할 길이 없다. 내게 미스 자야 혜는 늘 수수께끼 같은 여자였다. 아마도 자신에게 주어진 삶에 몹시 분노했기에 그토록 괴상망측한 앙갚음을 했으리라. 그러므로 그 말은 거짓말일 터였다. 그래, 못된 거짓말이었으리라. 그러나—비밀을 털어놓는 김에 이 말도 해야겠는데—내 성기를 아무나 제멋대로 다루는 기이한 분위기에서 성장한 것만은 사실이다. 고백하건대 사람들은 시시때때로 내 물건을 움켜쥐는 등—정말 그랬다!—이런저런 짓을 했는데, 상냥하게 할 때도 있고, 강제로 할 때도 있고, 그 물건을 써보라고 요구하기도 하고, 어디서 누구와 어떻게 얼마나 써야 하는지 일일이 가르쳐주기도 했다. 나도 대체로 기꺼이 따르는 편이었다. 과연 이것이 평범한 일인가? 여러 나리, 여러 마님, 소인은 그리 생각하지 않습니다만…… 더 일상적인 이야기를 하자면 문제의 그 물건이 나서서 이런저런 지시를 내리기도 했는데, 그런 경우에도 나는—남자들이 다 그러듯—순순히 따르려 노력했지만 결과는 한심스러웠다. 설령 미스 자야의 말이 거짓말은 아니더라도 너무 악의적으로 표현한 건 아닐까. 사람들은 갓난아기를 귀여워했을 뿐인데 말이다. 솔직히 말하자면 나는 그런 장면을 충분히 상상할 수 있는데, 내가 보기에는 얼마든지 납득할 만한 상황이다. 내게 젖을 먹이며 내 고추를 만지작거리는 어머니, 그리고 내 요람을 둘러싸고 내 조그마한 갈색 사슬을 당겨보는 세 누이. 변태들이죠. 정말 구역질나요. 일찍이 아우로라는 간파티 축제의 군중을 내려다보며 춤을 추다 인간의 무궁무진한 어리석음에 대해 말했다. 그러므로 사실일지도 모른다. 어쩌면. 어쩌면.

맙소사, 대체 우리는 어떤 가족이었기에 그렇게 줄줄이 파멸의 구렁텅이로 뛰어내렸을까? 나는 그 시절의 엘레판타를 낙원으로 여긴다고 밝혔는데, 그 말은 사실이다. 그러나 남들에게는 오히려 지옥에 훨씬 더 가까워 보였으리라 짐작할 만하지 않은가.

⌐

이이리시 다 가마 외종조할아버지를 남이라고 불러도 되는지 모르겠지만, 그가 일흔두 살의 나이에 난생처음 봄베이에 나타났을 때는 정말 애처로울 정도로 초라한 몰골이었다. 오죽하면 아우로라조차 그의 곁에 있는 불도그 자와할랄을 보고 나서야 비로소 그가 누구인지 알아차렸을까. 영국을 사랑하는 멋쟁이 신사 시절의 흔적이라고는 느릿느릿하고 인상적인 말투와 몸짓이 전부였는데, 당시 초고속으로 달려가는 운명에 맞서 싸우느라 느림을 즐기는 버릇을 들인 나도 아이리시를 열심히 모방했다. 그는 병색이 완연해서―눈이 푹 꺼지고 수염이 텁수룩한데다 영양실조까지 겹쳤으니―옛날 그 병, 즉 매독이 재발했다고 해도 놀랍지 않을 정도였다. 그러나 환자는 아니었다.

아이리시가 말했다. "카르멘이 죽었다." (물론 개도 죽은 지 수십 년이 지난 뒤였다. 아이리시는 허풍쟁이를 박제로 만든 후 발바닥에 가구용 소형 바퀴를 달고 목줄로 묶어 계속 끌고 다녔다.) 아우로라는 아이리시를 불쌍히 여겨 과거의 원망을 묻어버린 채 제일 호사스러운 손님방을 내줬고―매트리스도 누비이불도 제일 폭신폭신하고 바다도 제일 잘 보이는 방이었다―마치 자와할랄이 아직도 살아 있다는 듯 말을 거는 아이리시의 버릇을 보더라도 킥킥거리지 말라고 모두에게 엄명을 내렸다. 첫 주에 아이리시 외종조할아버지는 식탁에서 거의 말을 하지 않는데, 해묵은 반감이 되살아날까 주목을 받지 않으려 애쓰는 듯했다. 음식도 조금 먹었지만 그 무렵 시내 전역에서 선풍적 인기를 끌기 시작한 신제품인 브라간사의 라임 피클이나 망고 피클은 대단히 좋아했다. 우리는 외종조할아버지를 빤히 쳐다보지 않으려고 노력했지만 곁눈질로 훔쳐보면 이 노신사는 잃어버린 무엇인가를 찾는 듯 천천히 좌우를 둘러보고 있었다.

아브라함 조고이비는 코친에 갈 때 종종 카브랄섬의 저택에 들렀는데, 짧고 어색한 예의상의 방문에 불과했지만 그 덕분에 말썽 많은 우리 집안에서 이제 남남이 되다시피 한 그곳 가족들에게 일어난 놀라운 사건을 우리도 조금은 알고 있었다. 시간이 흐른 후 아이리시 외종조할아버지는 그 슬프고도 아름다운 이야기를 자세히 들려줬다. 트라방코르-코친주가 케랄라주의 일부가 되던 날부터 아이리시 다 가마는 언젠가 유럽인이 말라바르해안으로 돌아오리라는 은밀한 희망을 포기하고 은둔생활에 돌입했으며, 한평생 지켜온 실리주의를 제쳐두고 영문학 고전을 샅샅이 탐독하며 불쾌한 역사적 변화에 대한 실망을 구세계 최고의 명작으로 달래보려 했다. 그래서 당시 그 집에서 기이한 삼각관계로 얽힌 카르멘 외종조할머니와 '항해 왕자 헨리'는 함께 지내는 시간이 점점 길어져 둘도 없는 친구가 되었고, 밤이 깊을 때까지 가상으로나마 거금이 걸린 카드놀이를 했다. 그렇게 몇 년이 지났을 때 '헨리 왕자'가 도박 장부로 쓰는 공책을 집어들더니 어정쩡한 미소를 지으며 이제 카르멘의 전 재산이 자신의 것이라고 말했다. 그때는 공산당이 집권해 카몽시 다 가마의 꿈이 실현된 시절이었는데, 새 정부가 들어서면서 '헨리 왕자'의 운세도 상승세를 탔다. 이미 코친부두 일대의 인간관계를 바탕으로 공직에 출마해 압도적인 승리를 거두면서 주의회 일원이 된 터였다. 굳이 선거운동을 할 필요도 없었다. 문제의 그날 밤 그는 카르멘에게 자신의 새로운 직책에 대해 말했는데, 이 소식을 듣고 자극을 받은 카르멘은 그때까지 잃은 재산을 한 푼도 빠짐없이 되찾았다. 그날의 마라톤 카드놀이는 거액이 걸린 마지막 한 판으로 절정에 이르렀다. 평소 '헨리 왕자'는 카르멘이 좀처럼 판을 포기할 줄 몰라서 매번 큰 손해를 본다고 넌지시 귀띔했는데, 이번에는 본인이 카르멘의 그물에 걸려들고 말았다. 퀸 넉 장을 쥐었다는 사실에 의기양양해져 판돈을 어마어마하게 높였다. 그러나 카르멘이 마침내 킹 넉 장을 보여준 순간 헨리는 그때까지 지기만 했던 그녀가 몰래 속임수를 익혔다는 사실, 즉 카드놀이의 역사를 통틀어 가장 긴 사기도박에 당했다는 사실을 깨달았다. 도로 빈털터리가 되어버린 그는 그녀의 교묘한 솜씨에 갈채를 보냈다.

카르멘이 다정하게 말했다. "가난한 사람은 부자처럼 교활하지 못해서 결국 이렇게 지기 마련이지." '헨리 왕자'는 카드테이블에서 일어나 카르멘의 정수리에 입을 맞췄고, 그때부터 권력을 잡든 못 잡든 공산당의 교육정책에 여생을 바쳤다. 가난한 이들에게 카르멘 다 가마의 말을 반증할 무기를 쥐여주는 방법은 교육뿐이었기 때문이다. 그리하여 신생 케랄라주의 문자 해득률은 인도 최고치까지 올라갔고―'헨리 왕자'도 학습 진도가 빨랐다―카르멘 다 가마는 부레옥잠이 기승을 부리는 강변에서 벼농사를 짓는 농촌이나 어촌의 가난한 독자들을 겨냥한 일간신문을 창간했다. 그녀는 일선 경영자로 탁월한 재능을 발휘했고, 그녀의 신문은 빈곤층에서 선풍적인 인기를 끌어 '헨리 왕자'를 화나게 했다. 좌익 노선을 표방했지만 실제로는 사람들이 공산당을 외면하게 만들었기 때문이다. 나중에 반공연합이 주의회를 장악했을 때 '헨리 왕자'는 델리에 있는 중앙정부의 방해공작 못지않게 카드 사기꾼 카르멘의 교활하고 표리부동한 신문도 많이 원망했다.

1974년에 아이리시 다 가마의 옛 애인은(그들의 연인관계는 이미 오래전에 끝났으니까) 번창해가는 코끼리 보호구역의 후원 담당자로 임명되어 향신료산맥에 갔다가 실종됐다. 일흔번째 생일날 이 소식을 들은 카르멘은 노발대발했다. 그녀의 신문은 몇 인치 크기의 제목을 달고 살인이 분명하다며 규탄했다. 그러나 아무것도 밝혀지지 않았다. '헨리 왕자'의 시신은 끝내 발견되지 않았고 적당한 시간이 흐른 후 사건은 종결됐다. 가장 가까운 친구인 동시에 가장 사이좋은 경쟁자였던 남자를 잃은 후 카르멘은 망연자실했다. 어느 밤 꿈속에서 그녀가 숲이 우거진 언덕 사이 호숫가에 서 있을 때 '헨리 왕자'가 야생 코끼리를 타고 나타나 손짓으로 그녀를 불렀다. "나는 살해된 게 아니야. 떠날 때가 됐을 뿐이지." 이튿날 아침 아이리시와 카르멘이 섬마을 저택의 정원에 마지막으로 함께 앉았을 때 카르멘이 남편에게 꿈 이야기를 들려주었다. 꿈의 의미를 알아차린 아이리시는 고개를 푹 숙였고, 이윽고 숨을 거둔 아내의 손에서 도자기 찻잔이 떨어지는 소리가 들릴 때까지 고개를 들지 않았다.

⌒

아이리시 외종조할아버지가 박제한 개와 상심한 가슴을 안고 엘레판타에 도착했을 때 그의 흐려진 정신이 얼마나 혼란스러웠을까 상상해본다. 카브랄섬에서 격리생활에 가까운 삶을 살던 그에게 날마다 북새통이 벌어지는 우리집이 어떻게 보였을까? 하늘 높은 줄 모르는 아우로라의 자존심은, 작업에 몰두하면 며칠씩 화실에 틀어박혔다 굶주림과 피로에 지쳐 몽롱한 눈으로 비틀비틀 나타나는 버릇은, 얼빠진 세누이는, 바스쿠 미란다는, 도둑질을 일삼는 미스 자야는, 외다리 람바잔과 토타는, 근시안 딜리 호르무즈의 욕망은? 그리고 나는?

게다가 끊임없이 오가는 사람들―화가, 수집가, 갤러리 직원, 구경꾼, 모델, 조수, 애인, 알몸, 사진가, 포장업자, 석재상, 붓장수, 미국인, 게으름뱅이, 마약중독자, 교수, 기자, 유명인사, 비평가 등등―게다가 끝없이 이어지는 이야기―서양이라는 골칫거리, 진품이라는 신화, 꿈속의 논리, 셔길의 그림에서 보이는 불분명한 윤곽선. B.B. 무케르지의 작품 속에 공존하는 환희와 불만, 수자의 모방적 진보주의, 마술적 이미지의 중요성, 속담, 제스처와 가시적 주제의 관계, 그리고 얼마에 팔았다, 누구에게 팔았다, 단체전, 개인전, 뉴욕, 런던 따위의 경쟁적 대화까지―게다가 잇달아 도착하거나 출발하는 그림, 그림, 그림의 행렬. 마치 전국의 모든 화가가 순례라도 하듯 아우로라의 집을 찾아와 자신의 작품에 대한 덕담을 듣고 싶어하는 듯했는데―아우로라는 전직 은행원이 인도풍으로 선명하게 그린 〈최후의 만찬〉을 칭찬했고, 재능도 없는 주제에 자화자찬을 늘어놓던 뉴델리 화가에게는 헛기침만 하고는 그 형편없는 그림 곁에 화가를 혼자 버려둔 채 그의 아내인 아름다운 무희와 함께 간파티 축제를 위한 춤 연습을 하러 나가버렸고…… 가엾은 아이리시 노인이 감당하기에는 너무 떠들썩하고 어수선한 분위기가 아니었을까?―만약 그랬다면 우리가 앞에서 말했듯 한 소년의 낙원이 다른 사람에게는 지옥일 수도 있다는 가설이 입증되는 셈이다.

그러나 천만의 말씀! 사실은 전혀 달랐다. 단도직입적으로 말하건대 아이리시 외종조할아버지가 엘레판타에서 찾은 것은 안식처만이 아니었다. 본인을 포함해 모두가 놀라워했지만 그는 말년에 잠시나마 따뜻한 우정을 만끽할 수 있었다. 아마도 사랑은 아니었을 것이다. 어쨌든 '뭔가'는 있었다. '아무것도' 없는 상황에 비하면 '뭔가'라도 있는 편이 훨씬, 정말 훨씬 낫지 않은가. 비록 불만스러운 인생이 끝나갈 무렵일지라도 말이다.

위대한 아우로라의 발치에라도 앉아보려고 찾아오는 화가 가운데 상당수는 다른 직업으로 생계를 유지했고, 그래서 우리집에서는—몇 가지만 꼽아보자면—남의사, 여의사, 방사선사, 기자, 교수, 사랑기[86] 연주자, 극작가, 인쇄공, 큐레이터, 재즈 가수, 변호사, 회계사 등으로 불렸다. 그중 마지막 사람이—오늘날 이구동성으로 아우로라의 명성을 물려받은 후계자라고 말하는 바로 그 화가다—아이리시를 선택했다. 당시 사십대이던 그는 머리를 길게 늘어뜨리고 모양도 크기도 휴대용 텔레비전처럼 생긴 커다란 안경을 썼는데, 그 안경 너머의 표정이 어찌나 순진한지 혹시 짓궂은 장난이라도 치려는 게 아닐까 의심스러울 정도였다. 몇 주 사이에 그는 우리 외종조할아버지와 가까운 친구가 되었다. 아이리시 외종조할아버지는 인생의 마지막 해에 그 회계사의 전속모델이 되었는데, 내 생각에는 아마 애인이기도 했을 것이다. 그때 그린 그림은 누구나 볼 수 있다. 대표작은 〈이룰 수 없는 소원〉이라는 걸작으로, 가로세로 114센티미터, 캔버스에 유화, 아이리시 다 가마가 2층 발코니에서 전신 누드를 선보이며 봄베이의 북적거리는 거리 풍경을—아마도 무하마드알리 로드가 아닐까—내려다보는 장면인데, 몸매는 젊은 신처럼 날렵하지만 그 모습을 그린 붓자국 하나하나에는 미처 꽃피우지 못했고 꽃피울 수도 없는, 표현하지도 못했고 표현할 수도 없는 노년의 그리움이 가득하다. 그의 발치에는 늙은 불도그 한 마리가

---

86) 인도 전통 현악기.

앉아 있고, 어쩌면 내 상상인지도 모르지만 그가 내려다보는 군중 속에 조그맣게 그려진 저 두 사람—그래, 바로 저기!—옆구리에 빔토 광고 포스터가 걸린 코끼리 등에 올라탄 저 두 사람!—그들은 혹시—틀림없다!—외종조할아버지에게 함께 떠나자고 손짓하는 '항해 왕자 헨리'와 카르멘 다 가마가 아닐까?

(옛날옛날 한 옛날, 배를 타고 떠나가는 두 사람이 있었는데 한 명은 웨딩드레스를 입었지만 다른 한 명은 혼례복 차림이 아니었고, 신방 침대에 홀로 남겨진 제3의 인물도 있었다. 아우로라가 그 애처로운 순간을 그려 영원하게 만들었다. 그런데 회계사의 그림에도, 틀림없이, 그 세 사람이 있었다. 배치가 달라졌을 뿐이다. 춤도 달라졌다. 죽음의 춤으로 바뀌었다.)

〈이룰 수 없는 소원〉이 완성된 후 머지않아 아이리시 다 가마는 세상을 떠났다. 아브라함뿐 아니라 아우로라도 장례식을 위해 남쪽으로 내려갔다. 열대지방에서는 사람이 죽었을 때 공연히 지체하다 악취를 풍기며 저승길에 오르는 일이 없도록 장례를 서두르기 마련이지만 어머니는 관습을 무시하고 마할락슈미운구회사(광고문: '시신은 여기? 목적지는 저기? 알겠사옵니다! 분부 받자옵니다!')의 장의사를 불렀고, 여행에 앞서 아이리시의 시신을 얼음에 담가났다. 카브랄섬의 가족 묘지에 묻힌 카르멘 곁에 안장하기 위해서였다. '항해 왕자 헨리'도 향신료산맥에서 코끼리를 타고 내려가면 금방 만날 수 있을 터였다. 이윽고 최종 목적지에 도착해 시신을 관으로 옮기려 알루미늄 운구함을 열었을 때 아이리시는—아우로라의 표현에 의하면—'크고 푸르뎅뎅한 고드름' 같았다. 눈썹은 서리로 뒤덮이고 몸은 무덤처럼 차디찼다. 조문

객도 없이 아브라함과 단둘이 참석한 장례식에서 아우로라는 중얼거렸다. "걱정 마세요, 큰아빠. 저세상에 가시면 그분들이 금방 따뜻하게 해드릴 테니."

그러나 그녀의 마음은 딴 곳에 있었다. 과거의 싸움은 이미 잊은 지 오래였다. 카브랄섬의 저택도 구시대의 유물처럼 낯설기만 했다. 심지어 신동 아우로라가 '가택 연금'을 당했을 때 벽마다 그림을 가득 그려놓은 그 방에도 별 관심이 없었다. 그 벽화의 주제는 벌써 몇 번이나 다시 그려봤기 때문이다. 마치 강박관념에 사로잡힌 듯 번번이 신화적이고 낭만적인 기분에 빠져들어 역사, 가족, 정치, 환상 등이 빅토리아 종착역이나 처치게이트역의 엄청난 인파처럼 마구 뒤엉켜 복닥거리는 그림을 그렸다. 모국 인도의 다른 모습, 즉 나르기스처럼 감상적인 시골 어머니가 아니라 도시 어머니 같은 모습을 탐구하는 일도 계속했다. 그것은 마치 아름답고 잔인하고 못 견디게 매혹적인 대도시처럼 무정하면서도 매력적인 어머니, 찬란하면서도 어둡고, 복합적이면서도 유일하고, 황홀하면서도 역겹고, 풍요로우면서도 공허하고, 진실하면서도 기만적인 어머니였다. 아브라함과 함께 벽화가 그려진 방에 들어갔을 때 아우로라가 말했다. "우리 아버지는 내가 굉장한 걸작을 그렸다고 생각하셨어. 그런데 보다시피 어린애가 그린 습작일 뿐이지."

아우로라는 옛집 곳곳에 먼지막이 커버를 씌우고 문을 잠갔다. 그녀는 두 번 다시 코친을 찾지 않았고, 그녀가 죽은 뒤에도 아브라함은 아우로라를 냉동 생선처럼 남쪽으로 공수하는 모욕적인 짓 따위는 하지 않았다. 그는 옛집을 팔아버렸고, 저택은 퇴락하고 저렴한 호텔이 되었는데, 주로 젊은 배낭여행자, 그리고 자기들이 잃어버린 세계를 마지막으로 구경하려고 얼마 안 되는 연금을 쪼개 조국을 찾은 늙은 노동자가 묵었다. 그러나 결국 무너지고 말았다. 어쨌든 나는 그렇게 들었다. 유감스러운 일이다. 그러나 우리 집안에서 과거 따위에 연연하는 사람은 아마 나뿐이었으리라.

아이리시 외종조할아버지가 돌아가셨을 때 우리는 어떤 전환점에 이르렀음을 직감했다. 그는 얼음에 뒤덮여 푸르뎅뎅한 모습으로 한 세대의 대미를 장식했다. 이제 우리 차례였다.

〰

나는 미스 자야의 시내 나들이에 동행하지 않기로 마음먹었다. 그렇게 해서라도 거리를 두려 했지만 그 정도로는 부족했다. 자베리시장에서 목격한 일을 잊을 수 없었다. 그래서 결국 대문을 지키는 람바잔을 만나러 갔는데, 그에게 굴욕감을 준다는 생각에 얼굴이 화끈 달아올랐지만 내가 아는 사실을 모두 털어놨다. 이야기를 끝마친 후 조마조마한 마음으로 그의 표정을 살폈다. 누군가에게 당신 마누라가 도둑년이라고 말해보기는 난생처음이었기 때문이다. 혹시 가족의 명예를 지키겠다고 결투를 청하지나 않을까, 그 자리에서 나를 죽이려 하지 않을까? 그러나 람바잔은 아무 말도 하지 않았고, 그의 침묵은 점점 더 멀리 퍼져나가 택시 경적소리마저 잠재웠다. 담배장수의 호객 소리도, 길거리에서 연싸움을 하거나 굴렁쇠를 굴리거나 자동차 피하기 시합을 하는 개구쟁이들의 고함소리도, 언덕 위의 이란식 '불가' 식당에서(안내문이 적힌 커다란 칠판을 출입구에 걸어놔서 그런 별명이 붙었는데, 죄송하지만 주류 불가, 주소 문의 불가, 빗질 불가, 쇠고기 불가, 에누리 불가, 음식 주문 전에는 식수 제공 불가, 시사 잡지나 영화 잡지 불가, 국물 있는 음식은 공동 취식 불가, 흡연 불가, 성냥 사용 불가, 전화 사용 불가, 외부 음식 반입 불가, 경마 토론 불가, 담배 반입 불가, 장시간 체류 불가, 고성방가 불가, 잔돈 교환 불가, 그리고 마지막으로 중요한 두 가지, 음량 조절 불가—우리가 좋아하는 음량에 맞춥니다, 음악 신청 불가—선곡은 주인 취향에 따릅니다) 틀어놓은 시끄러운 음악소리도 아득히 멀어졌다. 심지어 그 지긋지긋한 앵무새도 문지기의 반응을 기다리는 듯했다.

마침내 람바잔이 말했다. "도련님, 내 직업은 온갖 잡것을 막아내는 일이오. 싸구려 보석을 가져오는 놈이 있으면 집안에 계신 아가씨들을 지켜줘야지. 팔뚝에 가짜 시계를 주렁주렁 찬 놈이 찾아오면 당장 내쫓아야지. 비렁뱅이, 불량배, 부랑자, 다 마찬가지요. 그런 놈들은 못 들어오게 하는 게 내 임무요. 여기서 길거리를 지켜보다 누가 뭘 물어보면 대답해주지. 그런데 이제 보니 뒤통수에도 눈깔을 달아야겠구려."

나는 겸연쩍게 말했다. "알았으니까 잊어버려요. 화나신 모양이네. 그냥 다 잊어버리자고요."

그러나 람바는 내 말을 못 들은 듯 말을 이었다. "도련님은 모르겠지만 내가 이래 봬도 신앙생활을 하는 놈이오. 여기서 이렇게 무신론자 집안을 지켜주며 군말 한마디 안 했소. 그래도 왈케슈와르신전이나 마할락슈미신전에 가면 다들 내 얼굴을 알아본다고. 난 이제 라마께 가서 제물을 바치고 뒤통수에도 눈깔을 달아달라고 빌어야겠소. 귀머거리를 만들어달라고도 해야지. 이렇게 역겨운, 이렇게 구역질나는 얘기는 듣기 싫으니까."

내가 미스 자야를 고발한 후 도둑질이 멈췄다. 내게는 아무 말도 안 했지만 람바가 적절한 조치를 취했는지 미스 자야의 좀도둑 시절은 막을 내렸다. 끝난 건 그것만이 아니었다. 람바잔이 권투 코치 노릇을 그만뒀다. 정원에서 포고스틱처럼 경중경중 뛰어다니지도 않고—"자, 앵무새 도련님, 또 깃털로 쓰다듬을 셈이오? 어디 있는 힘껏 쳐보라니까!"—나를 격투기 골목에 데려가 시내 최강 실력자와 주먹을 겨뤄볼 기회를 주지도 않았다. 내 호흡기 문제가 과연 싸움꾼으로서의 천부적 재능까지 상쇄시킬 정도였는지는 다시 여러 해가 지난 뒤에야 판가름이 났다. 우리 사이는 몹시 서먹서먹해졌고, 내가 완전히 몰락하기 전에는 제대로 회복되지 못할 터였다. 그전에 미스 자야 혜가 흉계를 꾸미며 앙갚음을 하는 데 성공했다.

낙원에서의 삶은 풍족했으나 친구가 없었다. 학교에 다니지 못해 동년배를 만날 기회도 없었고, 외모가 곧 현실인 세상, 누구나 생긴 대로 살아야 하는 세상에서 나는 곧 명목상의 성인이 되었다. 모두가 나를 다 자란 남자로 대했고, 그래서 진짜 내 또래의 세계는 구경도 못했다. 천진난만한 동심의 세계를 얼마나 갈망했던가!—날이면 날마다 크로스 공터에서 크리켓 시합을 하고, 주후해안이나 마르베해안이나 아레이축산공원으로 소풍도 가고, 타라포레발라수족관에서 에인절피시를 구경하다 물고기처럼 입술을 삐죽 내밀어보고, 저놈은 맛이 어떨까 친구들과 감미로운 상상도 해보고. 반바지에 뱀 모양 버클이 달린 허리띠, 피스타치오 쿨피[87]의 황홀한 맛, 외식으로 먹는 중국음식, 아이들

---

87) 인도식 아이스크림

의 서투른 첫 키스, 일요일 아침이면 월링던클럽의 수영장 바닥에 누워 숨을 한꺼번에 뱉어내는 장난으로 수강생을 골려주기 좋아하는 강사의 수영 강습 등등. 아이들의 삶, 실제보다 더 매력적으로 보이는 삶, 롤러코스터처럼 급등과 급락을 거듭하는 삶, 그 속에서 벌어지는 협동과 배반, 사내아이들의 장난과 다툼…… 그러나 나는 몸집과 겉모습 때문에 그런 걸 한 번도 누려보지 못했다. 나의 세계는 나를 잘 아는 에덴동산이 전부였다. 그래도 행복했다.

—왜?—왜?—왜?—

—그야 간단하죠. 우리집이니까—

그래, 나는 행복했다. 비록 복마전과 다름없는 어른들의 세계였지만, 비록 누이들의 온갖 고난과 부모님의 온갖 기행이 하루도 빠짐없이 계속되는 듯했지만, 어떤 면에서는 아직도 그런 기분이 들지만, 그래서 지금도 그때를 떠올리면 정상적인 삶이라는 발상 즉 인간에게 평범하고 일상적인 삶이 가능하다는 생각 자체가 오히려 괴상망측해 보이지만…… 나는 말하고 싶다. 어느 집이든 문짝 너머를 들여다보면 모두 우리집 못지않게 섬뜩하고 기상천외한 난장판이 아닐까. 어쩌면 내 말이 맞을지도 모른다. 그러나 또 어쩌면 나의 그런 마음가짐조차 내가 품은 불만의 일부인지도 모른다. 다시 말해서 내가 이렇게—뭐랄까?—비뚤어지고 반항적인 사고방식을 갖게 된 건 모두 어머니 탓인지도 모른다.

아마 누이들도 동의하리라. 아, 그리운 이나, 미니, 마이나! 하필 어머니의 딸로 태어나 얼마나 힘들었을까. 그들도 예뻤지만 어머니는 더욱더 아름다웠다. 그녀의 침실에 걸린 마술 거울은 끝끝내 젊은 딸들이

디 아름답다고 말하지 않았다. 게다가 그녀가 더 똑똑했고, 재능도 뛰어났고, 세 딸이 어쩌다 멋진 청년을 소개하기라도 하면 단숨에 사로잡는 재주까지 겸비했는데, 그때마다 남자들이 어머니에게 푹 빠져버리는 바람에 딸들은 영원히 기회를 놓치기 일쑤였으니, 어머니를 보고 눈이 멀어버린 청년들은 가엾은 이니-미니-마이니를 거들떠보지도 않았고…… 어머니의 독설도 빠뜨릴 수 없고, 슬픔을 달래주는 성격도 아니고, 게다가 걸핏하면 어린 딸들을 미스 자야 헤의 앙상하고 삭막한 품에 맡겨놓고 오랫동안 방치했으니…… 아우로라는 결국 세 딸을 모두 잃고 말았는데, 그들은 어머니를 뼈저리게 사랑하면서도, 어머니가 따라가지도 못할 만큼 뜨겁게 사랑하면서도 어머니의 내리사랑을 받지 못해 자신을 사랑할 줄 몰랐으니, 어머니를 자신보다 더 깊이 사랑하면서도 저마다 이런저런 방법을 찾아 어머니 곁을 떠났다.

큰누나 이나, 이름이 반토막 난 이나는 세 자매 가운데 으뜸가는 미녀였지만 아쉽게도 다른 누나들은 그녀를 '우리집 바보'라고 불렀다. 언제나 자상하고 다정한 엄마이던 아우로라는 지극히 점잖은 자리에서도 가벼운 손짓으로 이나를 가리키며 손님들에게 서슴없이 말했다. "쟤는 말을 시키지 말고 그냥 구경만 하세요. 가엾게도 머리가 좀 모자라서요." 이나가 열여덟 살 때 모처럼 용기를 내 워든 로드에 있는 자베리 형제 보석상에서 귀를 뚫었는데 불행하게도 그 용기의 대가로 염증을 얻었다. 귀 뒷면이 곪아 퉁퉁 부었는데도 허영심을 버리지 못하고 자꾸 바늘로 찔러 고름을 짜내는 바람에 상태가 더욱더 나빠졌다. 결국 통원 치료를 받아야 했는데, 이 애처로운 전치 삼 개월짜리 일화는 어머니에게 또하나의 무기를 쥐여줬다. 아우로라가 이나를 야단쳤다. "차라리 귀를 싹둑 잘라버리지 그랬어? 그랬으면 귀막힘 증상은 고쳤을 텐데. 귓속이 꽉 막힌 거지? 귀지가 쌓였는지 귀마개를 꽂았는지. 아무튼 겉모양은 그럴싸한데 도무지 말을 알아먹질 못한다니까."

아닌 게 아니라 이나는 어머니의 말을 귀담아듣지 않았고, 본인이 유일한 경쟁 수단이라고 믿는 미모를 이용해 어머니에게 맞섰다. 아우로라의 패거리에 속한 남자 화가들에게―변호사, 사랑기 연주자, 재즈 가수에게―차례차례 모델 노릇을 자청했고, 그들의 화실에서 눈부신 몸매를 드러내며 중력처럼 남자들을 한 방에 끌어당겼다. 남자들은 궤도를 이탈한 인공위성처럼 이나의 폭신폭신한 언덕에 불시착했다. 그렇게 남자를 하나씩 정복할 때마다 그녀는―마치 추장의 천막에서 머릿가죽을 늘어놓으며 자랑하는 아파치족 용사처럼―춘화와 다름없는 스케치나 연애편지 따위를 어머니의 눈에 띄게 두었다. 이나는 예술계뿐 아니라 상업계에도 진출해 인도 최초의 패션모델 겸 표지 모델이 되어―〈페미나〉〈버즈〉〈셀레브러티〉〈파타카〉〈데버네어〉〈봄베이〉〈밤셸〉〈시네 블리츠〉〈라이프스타일〉〈젠틀맨〉〈엘레간사〉 그리고 '치크chick'라고 발음하는 〈치크chic〉까지―발리우드 배우 못지않은 명성을 누렸다. 이나는 말없는 '섹스의 여신'이었다. 당시 시내에 속속 등장한 젊고 과감한 디자이너들은 노출이 극심한 옷을 많이 내놓았는데, 정상급 모델조차 부끄러워할 만큼 속살을 훤히 드러내는 옷도 그녀는 거리낌없이 소화했다. 부끄러움을 모르는 이나는 엉덩이를 흔들어대는 '초강력 워킹'으로 패션쇼마다 인기를 독차지했다. 잡지 표지에 그녀의 얼굴을 싣기만 해도 판매 부수가 삼분의 일 이상 증가했다. 그러나 인터뷰는 절대로 하지 않았다. 그녀의 깊은 비밀을―예컨대 침실

색깔, 좋아하는 영화배우, 목욕할 때 즐겨 부르는 노래 등—들춰내려는 시도가 많았지만 모조리 거절했다. 하다못해 미모를 가꾸는 비결도 가르쳐주지 않고 사인조차 해주지 않았다. 머리부터 발끝까지 말라바르 언덕 상류층 출신답게 고고한 태도를 유지해 사람들에게 '장난삼아' 모델 일을 한다는 인상을 심어주었다. 침묵이 오히려 매력을 더했다. 그 침묵 때문에 남자들은 저마다 그녀를 자신의 이상형으로 상상했고, 여자들은 그녀처럼 끈 달린 샌들이나 악어가죽 구두를 신은 자신의 모습을 상상했다. 비상사태가 한창 기승을 부릴 때, 전에 없이 열차가 정시 출발을 하는 바람에 누구나 열차를 놓치기 일쑤였지만 봄베이에서는 평소와 다름없이 분주한 나날이 이어질 때, 집단적 광기가 여전히 역병처럼 곳곳으로 퍼져나가도 대도시 봄베이만은 아직 발병하지 않았을 때—그렇게 기이한 시대에 이나 누나는 어느 잡지사에서 봄베이 시내의 젊은 여성독자를 대상으로 실시한 설문조사에서 인디라 간디 여사를 두 배 표차로 꺾고 '닮고 싶은 인물' 1위를 차지했다.

그러나 이나가 꺾고 싶어하는 상대는 간디 여사가 아니었는데, 아우로라가 좀처럼 미끼를 물지 않으니—즉 딸의 음란증과 노출증을 꾸짖지도 않으니—여기저기서 승리를 거둬봤자 아무 의미도 없었다. 그러던 어느 날 이나가 마침내 위대한 어머니에게 편지 한 통을 밀회의 증거물로 제출했는데, 상대는 바스쿠 미란다였고 게다가 하필 마테란의 로즈센트럴하우스에서 남몰래 주말을 함께 보낸 모양이었다. 그것이 결정타였다. 아우로라는 맏딸을 불러다놓고 발정난 암캐 같은 년이라고 욕하며 당장 길거리로 내쫓겠다고 위협했다. 그러자 이나가 도도하게 대꾸했다. "그렇게 밀어내지 않으셔도 돼요. 내 발로 뛰쳐나갈 테니 걱정 마시라고요."

그로부터 스물네 시간이 지나기도 전에 이나는 젊은 바람둥이와 함께 테네시주 내슈빌로 도망쳐버렸는데, 상대는 카슌델리베리 형제의 아들이며 조카로, 아버지와 삼촌이 아브라함에게 빼앗긴 후 남은 재산을 물려받을 유일한 상속자였다. 잠셰드지 자미보이 카슌델리베리는 '지미 캐시'라는 예명으로 봄베이 곳곳의 나이트클럽에서 꽤 유명했는데, 그가 부르는 이른바 '컨트리 앤드 이스턴'은 목장과 열차와 사랑과 소떼 따위에 대한 콧소리 섞인 노래에 독특한 인도 음색을 가미한 음악이었다. 이제 지미와 이나는 컨트리음악의 본고장에서 사랑을 속삭였다. 그녀는 구디('예쁜이') 가마라는 예명을 지었는데―어머니의 성을 줄여 썼다는 사실은 아우로라가 딸의 생각과 행동에 여전히 영향을 미친다는 증거였다―달라진 것은 이름만이 아니었다. 일찍이 침묵을 지켜 신화적인 모델로 떠오른 그녀가 입을 열고 노래를 불렀기 때문이다. 이나는 삼인조 코러스의 리더가 되었고 그룹명은 '지미 캐시와 지지스'로 정했는데, 말馬을 뜻하는 이름이기도 해서 좀 유감스럽긴 했지만 그녀도 동의했다.

이나는 일 년 후 꼴사나운 모습으로 집에 돌아왔다. 모두 깜짝 놀랐다. 머리에는 기름기가 줄줄 흐르고 옷차림도 후줄근하고 체중은 70파운드도 넘게 늘었기 때문이다. 별로-안-예쁜이 가마! 출입국 관리인도 여권 사진에 찍힌 아가씨와 동일인이라는 사실을 선뜻 믿어주지 않았다. 그녀의 결혼생활은 이미 파경에 이르렀는데, 이나는 알고 보니 지미가 아주 나쁜 남자였다면서 자기한테 무슨 짓을 했는지 '짐작도 못할' 거라고 했지만 시간이 흐르면서 진상이 서서히 드러났다. 그녀는 카우보이 차림의 가수들과 닥치는 대로 살을 섞고 노출증도 점점 심해 졌는데, 테네시주에서 가수의 운명을 좌우하는 사람들조차 윤리관에 어긋난다고 생각할 정도였으니 남편 잠셰드가 호락호락 넘어갈 리 없 었다. 게다가 아무리 연습해도 그녀의 노랫소리는 마치 목이 졸려 죽어 가는 거위 비명 같았다. 돈을 펑펑 쓰고, 미국 요리를 마음껏 먹어치우 고, 몸집이 불어날수록 신경질도 늘어났다. 지미는 견디다못해 그녀를 버리고 컨트리 앤드 이스턴 음악마저 포기한 채 캘리포니아로 달아나 법대생이 되었다. 이나가 우리에게 애원했다. "그이를 되찾고 싶어요. 제 계획을 좀 도와주세요."

떠날 때의 상황이 얼마나 고통스러웠든 간에 집이란 언제든 돌아 올 수 있는 곳이다. 일 년 전의 반목에 대해서는 일언반구도 없이 아우 로라는 돌아온 탕아를 선뜻 안아줬다. 눈물을 흘리는 이나를 달래주 며 어머니가 말했다. "그놈 일은 우리가 해결해줄게. 원하는 게 뭔지 말 만 해."

이나가 울먹이며 대답했다. "그이를 불러들여야 해요. 내가 죽어간 다고 하면 틀림없이 돌아올 거예요. 병에 걸린 것 같다고 전보를 쳐주 세요. 어떤 병이 좋을지 모르겠네. 전염병은 안 되겠죠. 심장마비라고 할까."

웃음을 참느라 안간힘을 쓰던 아우로라는 펑퍼짐해진 딸을 부둥켜 안으며 말했다. "소모성 질환이라고 하면 어떨까?"

빈정거리는 말투였지만 미처 알아차리지 못한 이나는 아우로라의 어깨에 얼굴을 묻은 채 대답했다. "말도 안 돼요. 그렇게 빨리 살을 뺄 수는 없잖아요? 터무니없는 얘기는 그만하세요. 차라리," 여기서 활짝 웃으면서, "암이라고 하세요."

⌐

　그리고 미니. 이나가 가출한 일 년 사이에 미니도 탈출구를 발견했다. 이런 말씀을 드리게 되어 유감스럽지만, 우리 착한 이나모라타가, 누구보다도 온순했던 아가씨가 그해에 다른 사람도 아니고 하필 나사렛예수에게, 사람의 아들에게, 그리고 성모마리아에게 반해버렸다. 생쥐 미니가, 늘 깜짝깜짝 놀라기 잘하던 그녀가, 비트세대처럼 제멋대로 살아가는 우리 집안에서 걸핏하면 화들짝 놀라 두 손으로 입을 가리며 혀를 차던 둘째 누나가, 눈이 커다랗고 순진한 우리 미니-미니가, 앨터마운트 로드의 수녀원에서 간호학을 배우던 그녀가 자신을 낳아준 어머니 아우로라 대신 주님의 어머니 마리아 그라티아플레나[88]를 모시겠다고 선언했다. 우리의 자매가 아니라 수녀회의 자매가 되겠다고, 엘레판타를 떠나 예수그리스도의 집에서 평생을 보내며 주님의 사랑에 충만한……

　"그리스도!" 아우로라가 욕지거리를 내뱉었다. 어머니가 그토록 노발대발한 모습은 나도 처음이었다. "우리가 널 어떻게 키웠는데 이렇게 뒤통수를 쳐."

　미니는 얼굴이 새빨개져 주님의 이름을 망령되이 일컫지 말라고 쏘아붙이고 싶은 기색이 역력했지만 피가 나도록 입술을 깨물며 억지로

――――――――――

88) 라틴어 성모송의 첫 구절인 "은총이 가득하신 마리아".

참고 그날로 단식투쟁을 시작했다. 아우로라가 냉정하게 말했다. "그냥 죽게 내버려둬. 수녀보다 차라리 송장이 나으니까." 그러나 꼬맹이 미니는 엿새 동안 음식은커녕 물 한 모금 마시지 않았고, 결국 몇 번이나 의식을 잃었는데 그때마다 깨우기가 점점 더 힘들어졌다. 마침내 아브라함의 압력에 못 이겨 아우로라도 마음을 돌렸다. 어머니가 우는 모습을 자주 보지는 못했지만 이레째 되던 날 그녀가 울음을 터뜨렸다. 가슴을 쥐어짜듯 비통한 눈물이 쏟아지고 고통스러운 흐느낌이 터져나왔다. 이윽고 그라티아플레나수녀원의 요한 수녀를—우리 남매를 모두 받아낸 요한 수녀를—불렀고, 그녀는 마치 승리한 여왕처럼, 마치 무어인 보압딜의 항복을 받으려고 그라나다왕국의 알람브라궁전에 입성하는 스페인 여왕 이사벨라처럼 여유만만하고 위풍당당한 모습으로 나타났다. 대형 선박을 연상시키는 여자였다. 머리에는 새하얀 돛폭을 둘렀고 턱밑에는 말랑말랑한 군살이 파도처럼 출렁거렸다. 그날 요한 수녀의 모습은 구석구석 모두 상징적 의미를 지닌 듯했고, 그녀는 곧 우리 누이를 태우고 떠나갈 배처럼 보였다. 윗입술에 울퉁불퉁한 그루터기처럼 돋아난 사마귀는 참다운 믿음의 집념을 뜻하고, 그곳에 화살처럼 박힌 빳빳한 돼지털 대여섯 가닥은 참다운 신앙인의 고난을 암시했다. 수녀가 말했다. "참으로 복된 가정입니다. 주님의 신부를 낳으셨으니." 아우로라 조고이비는 당장 수녀를 때려죽이고 싶은 충동을 억누르느라 혼신의 힘을 쏟아야 했다.

그리하여 미니는 수련수녀가 되었는데, 마치 〈수녀 이야기〉에 등장하는 오드리 헵번 같은 차림새로 집에 들를 때마다 하인들은 그녀를 —하고많은 호칭 가운데 하필—미니 마우시라고 불렀다. 수녀님이라는 뜻이었지만 발음 때문에 좀 섬뜩한 느낌을 받을 수밖에 없었는데, 어쩐지 미니가 그렇게 탈바꿈한 이유는 바스쿠 미란다가 우리집 육아실에 그려놓은 디즈니 만화영화 주인공 때문이라는 생각까지 들었다. 그리고 이 새로운 미니, 차분하고 초연한 미니, 모나리자 같은 미소를 머금고 경건하게 반짝이는 눈으로 영원한 세월을 응시하는 듯한 이 미니는 왠지 낯설어 보였는데, 마치 우리와는 전혀 다른 종족, 예컨대 천사나 화성인 혹은 벽면에 그려진 생쥐가 되어버린 듯했다. 그러나 그녀의 언니는 마치 아무것도 변하지 않았다는 듯, 아직도 미니가―이미 소속이 달라졌는데도―언니의 명령에 복종해야 마땅하다는 듯 행동했다.

이나가 미니에게 지시했다. "수녀님들한테 말씀드려 요양원 침대 하나 마련해줘." (앨터마운트 로드에 있는 그라티아플레나수녀원의 전문 분야는 인생의 양끝, 즉 이 죄 많은 세상에 사람들을 맞아들이고 내보내는 일이었다.) "우리 지미 캐시가 돌아올 때쯤에는 내가 그런 곳에 있어야 하니까."

우리가 왜 그랬을까?―모두 이나의 음모에 일조했는데, 아우로라는 전보를 보내고, 미니는 어떻게든 한 부부를 파경에서 구해 신성한 맹세를 지키게 한다면 이 또한 하느님이 보시기에 가상한 일이 아니겠느냐며 앨터마운트 수녀들의 연민에 호소해 병상을 마련했다. 전보가 효력을 발휘해 잠셰드 카슨델리베리가 봄베이로 날아왔을 때도 연극은 계속됐다. 누이 중 제일 야무진 막내 누나, 당시 봄베이 법조계에서 변호사 자격증을 딴 직후라 나날이 얼굴 한 번 보기도 힘들던 마이나마저 한몫 거들었다.

우리 디 가가 - 조고이비가는 하나같이 고집쟁이라서 각자 다른 분야에 뛰어들어 자기만의 영역을 확보해야만 직성이 풀렸다. 아브라함의 사업과 아우로라의 예술에 이어 이나는 섹슈얼리티를 직업으로 삼았고 미니는 하느님에게 귀의했다. 그리고 필로미나 조고이비는—'마이나'라는 별명은 기회가 오자마자 일찌감치 떼어버렸고 새소리 흉내를 잘 내던 신기한 아이는 이미 오래전에 자취를 감췄지만 고집스러운 우리집에서는 그녀가 올 때마다 본인이 싫어하는 이 별명을 변함없이 불러 그녀를 화나게 했다—세상의 막내딸이 관심을 끌려고 흔히 하는 행동을 아예 직업으로 삼기로 마음먹었는데, 바로 목청껏 항의하는 일이었다. 변호사 면허를 받기 무섭게 그녀는 활동가, 영화 제작자, 변호사 등으로 구성된 급진적 여성단체에 가입했다는 사실을 아버지에게 밝혔는데, 이 단체의 목적은 아브라함에게도 짭짤한 돈벌이였던 이중 비리, 즉 보이지 않는 사람들과 보이지 않는 고층빌딩에 얽힌 비밀을 폭로하는 것이었다. 그녀는 결국 시정부의 '케케' 콜라트카르 일당을 법정에 세우고 말았는데, 여러 해에 걸쳐 이어진 이 획기적인 소송은 F.W. 스티븐스가 오래전에—"얼마나 오래전에?"—"아주 오래전에, 까마득한 옛날에"—지은 시청 건물을 뿌리째 뒤흔들었다. 몇 년 후 그녀는 마침내 썩어빠진 늙은이 케케를 감옥으로 보내는 데 성공했지만 아브라함 조고이비는 교묘히 빠져나가 딸에게 크나큰 분노를 안겨주었다. 조세 당국과 협상해 법원에서 타협안을 받아낸 결과였다. 그는 막대한 벌금을 흔쾌히 내고 검찰측 증인이 되어 옛 동업자의 죄상을 고발한 대가로 불기소처분을 받았고, 그로부터 몇 달 후 수감된 정치가의 무너져가는 부동산회사로부터 아름다운 K.K.체임버스빌딩을 헐값으로 인수했다. 마이나의 패배는 그것만이 아니었다. 보이지 않는 건물이 존재한다는 사실을 입증하는 데는 성공했지만 보이지 않는 사람들이 그런 건물을 지었다는 사실을 입증하는 데는 실패했다. 그들은 여전히 유령으로 분류됐기 때문이다. 도시 곳곳에 출몰하는 이 허깨비들이야말로 이 도시를 움직이는 진정한 힘이건만 그들은 부지런히 집을 짓고 물자를 나르고 똥을 치우다 때가 되면 간단하고 처참하게 죽어갈 뿐, 너무나 현실적인 이 도시의 비정한 거리에서 이 어렴풋한 유령들이 어렴풋한 입으로 어렴풋한 피를 토하며 쓰러져도 눈여겨보는 이는 아무도 없었다.

이나가 앨터마운트 수녀들의 요양원에서 오매불망 지미 캐시가 돌아오기만 기다릴 때 필로미나가 느닷없이 큰언니를 찾아와 모두를 놀라게 했다. 그 무렵에는 도리 프레빈의 노래를 자주 들을 수 있었는데—이 나라는 종종 유행에 한 박자씩 뒤처지기 일쑤니까—생판 모르는 사람들을 위해서는 기꺼이 죽으려 하면서 어째서 나와 함께 살려고 하지는 않느냐고 연인을 원망하는 내용으로…… 아무튼 우리 가족은 필로미나에 대해서도 비슷한 생각을 품고 있었다. 그래서 그녀가 불쌍한 이나에게 관심을 보일 줄은 전혀 예상하지 못했다.

우리가 왜 그랬을까? 이나의 마음속에서 뭔가가 망가져버렸다는 사실, 그녀에게는 이번이 최후의 도박이라는 사실을 알아차렸기 때문이 아닐까. 미니는 조그맣고 마이나는 어리지만 셋 중 제일 연약한 아이는 이나라는 사실을 옛날부터 알았기 때문이 아닐까. 부모가 그녀의 이름을 뚝 잘라 반토막을 낼 때부터 그녀는 한순간도 온전할 수 없었고, 음란증을 비롯한 온갖 문제 때문에 오랫동안 서서히 무너졌다. 그래서 물에 빠진 사람이 지푸라기를 잡는 심정으로 남자에게 매달렸고, 별 볼

일 없는 지미가 그녀에게는 마지막 지푸라기였다.

마이나는 공항에 나가 잠셰드 카슌델리베리를 데려오겠다고 자청했
는데, 그가 법대생으로 새 인생을 시작했으니 아무래도 마이나 자신에
게 속내를 드러내기가 한결 쉬울 거라는 판단에서였다. 이윽고 입국한
지미는 몹시 앳된 모습인데다 몹시 겁먹은 표정이었고, 차를 몰고 시
내로 들어오는 길에 마이나는 그를 안심시키려고 자신의 일에 대해, 그
리고 '남성우월주의에 맞선 투쟁'에 대해 주절주절 잡담을 늘어놓았는
데―보이지 않는 세계에 얽힌 사건, 그리고 자신이 속한 여성단체가
비상사태를 끝장내려고 법정에서 벌이는 싸움에 대해서도 설명했다.
전국 방방곡곡에 만연한 공포 분위기에 대해 이야기하면서 민주주의
와 인권을 위한 투쟁의 중요성을 역설하기도 했다. "인디라 간디는 스
스로 여자라고 말할 자격도 없어요. 보이지 않는 남근이 생겼거든요."
그렇게 자신의 관심사에 몰두해 옳은 일을 한다고 굳게 확신했던 마
이나는 지미의 얼굴이 시시각각 굳어져간다는 사실을 알아차리지 못
했다. 지미는 똑똑한 남자도 아니었지만―법대 공부도 악전고투의 연
속이었다―더욱더 중요한 것은 그의 핏줄에 정치적 급진주의는 단 한
방울도 없다는 사실이었다. 그러므로 이나의 계획에 제일 먼저 헤살을
놓은 사람은 마이나였다. 그녀가 자신과 동료들이 언제 체포될지 모르
는 상황이라고 말했을 때 지미는 불순분자 같은 처제 때문에 자기까지
죄인으로 전락하기 전에 당장 차에서 뛰어내려 공항으로 되돌아가야
하지 않을까 진지하게 고민했다.

"이나 언니가 형부를 만나고 싶어 죽을 지경이에요." 마이나는 한참
동안 독백을 늘어놓다 불쑥 그렇게 내뱉은 후 자신의 얄궂은 실언을

깨닫고 얼굴을 붉혔다. "아니, 정말 죽는다는 뜻은 절대 아니고요." 황급히 수습하려 했지만 설상가상이었다. 침묵이 흘렀다. 잠시 후 그녀가 덧붙였다. "아, 젠장, 어쨌든 도착했네요. 들어가서 직접 보세요."

마리아그라티아플레나요양원 입구에서 두 사람을 맞이한 미니는 전보다 더욱더 오드리 헵번을 빼닮은 모습이었는데, 가엾은 풍선 같은 이나가 기다리는 병실로 가는 동안 미니는 천사처럼 청순한 목소리지만 유리 조각처럼 날선 말투로 지옥불과 천벌과 죽음이 ─ 우리를 ─ 갈라놓을 ─ 때까지에 대해 이야기했다. 지미는 자신과 이나가 천국행이냐 지옥행이냐 판가름할 만큼 엄중하고 신성한 서약서에 서명한 적은 없고, 다만 리노의 '속성 결혼식장 겸 여관'에서 50달러를 내고 '심야 스페셜' 컨트리풍 민사혼 의식을 치른 후 댄스파티를 즐겼을 뿐이라고 설명했다. 더구나 예식이 진행되는 동안 틀어주는 음악도 구식이든 신식이든 찬송가가 아니라 행크 윌리엄스 시니어의 노래였고, 신랑 신부는 제단 앞이 아니라 말을 매는 '말뚝' 앞에 섰고, 주례도 성직자가 아니라 커다란 카우보이모자를 쓰고 손잡이에 진주가 박힌 6연발 쌍권총을 찬 사내였고, 두 사람이 부부가 되었다는 선언이 떨어지자마자 등뒤에서 가죽 덧바지까지 갖춰입고 물방울무늬 반다나를 목에 두른 로데오 카우보이가 엄청난 환호성을 지르며 성큼 다가서더니 올가미밧줄로 두 사람을 꽁꽁 묶었고, 그 순간 노란 장미로 만든 부케의 가시가 이나의 가슴을 찌르는 바람에 피까지 보았다고 한다.

그러나 미니 누나는 그런 세속적인 변명 따위에 흔들릴 사람이 아니었다. 그녀가 딱 잘라 말했다. "바로 그 카우보이가 ─ 아직도 모르겠어요? ─ 하느님의 심부름꾼이었다고요."

마이나의 독백을 들을 때부터 고개를 들기 시작한 도주 본능이 미니를 만나면서 더욱더 강해졌다. 그다음에는 나 역시 무심코 실수를 저질렀다는 사실을 고백해야겠다. 미니와 지미가 이나의 병실 앞에 이르렀을 때 나는 복도 벽에 비스듬히 기대서서 멍하니 공상에 빠져 있었다. 그러다 어느 혼잡한 뒷골목에서 몸집이 거대한 시크교도 청년이 덤벼들던 장면을 떠올린 순간 나도 모르게 조막손에 침을 뱉었다. 잠셰드 카숀델리베리가 깜짝 놀라 뒤로 펄쩍 뛰다 마이나와 부딪쳤고, 나는 내 모습이 영락없이 앙심을 품은 남동생처럼 보인다는 사실을 깨달았다. 키가 자그마치 198센티미터에 달하는 거인이 누나를 불행에 빠뜨린 남자를 때려눕힐 준비를 하는 모양새가 아닌가. 나는 안심하라는 뜻으로 두 손을 들었지만 권투선수가 도전 의사를 밝히는 몸짓으로 오해한 그는 새파랗게 겁에 질려 허둥지둥 이나의 병실로 뛰어들었다.

그는 주르르 미끄러지다 아우로라 조고이비와 충돌하기 직전에 가까스로 멈춰 섰다. 어머니의 등뒤에 있는 병상에서 이나가 끙끙거리며 괴로워하는 시늉을 했지만 지미는 멍하니 아우로라만 쳐다봤다. 당시 이 위대한 여인은 이미 오십대였지만 세월은 그녀의 매력을 더욱더 증폭시켰을 뿐이었다. 마치 말 못하는 짐승이 전조등 불빛 앞에서 꼼짝도 못하듯 지미는 아우로라의 마력에 사로잡혀 꽁꽁 얼어붙었고, 그녀가 눈부신 불빛을 비추듯 말없이 물끄러미 바라본 순간 그녀의 노예가 되고 말았다. 이 비극적인 익살극이 끝난 후 내게 어머니는 공연히 하지 말아야 할 짓을 해버렸다고—실제로 그렇게 고백했다—자신이 얼른 뒤로 물러나 사이가 벌어진 딸과 사위에게 비참한 인생을 어떻게든 바로잡을 기회를 줬어야 옳았다고 말했다. 어머니는 말했다. "난들 어쩌겠니?"(나를 모델로 삼아 그림을 그리며 이런저런 잡담을 나눌 때였다.) "나처럼 늙은 여자도 아직은 젊은 남자를 우뚝 세울 수 있는지 궁금하더라고."

전갈 같은 어머니의 말은 이런 뜻이었다. 나도 어쩔 수 없었어. 이게 내 천성이니까.

한편 그녀의 등뒤에서는 이나가 순식간에 이성을 잃고 말았다. 이나가 지미의 사랑을 되찾으려 궁리한 애처로운 계획은 이랬다. 생존 가능성이 희박하다, 암세포가 온몸에 퍼졌다, 악성인데다 침습성도 강해 이미 림프샘까지 병들었다, 아무래도 너무 늦게 발견한 듯싶다고 얘기한다. 그러다 지미가 털썩 주저앉아 용서를 빌면 화학치료를 받는 체하면서(사랑을 위해 금식도 각오했고 심지어 머리카락까지 솎아낼 생각이었다) 몇 주쯤 조마조마하게 만든다. 마지막으로 기적이 일어나서 병이 다 나았다고 말한다. 그때부터 두 사람은 오래오래 행복하게 산다. 그러나 장모에게 홀딱 반해버린 남편의 얼빠진 표정을 보자마자 모든 계획이 틀어지고 말았다.

그 순간 이나는 당황했고, 지미를 되찾으려는 절박한 심정이 광기 수준으로 치달았다. 다급한 나머지 그녀는 계획을 앞당겨버리는 돌이킬 수 없는 실수를 저질렀다. 그녀가 소리쳤다. "지미, 지미, 기적이 일어났어, 여보. 당신을 보자마자 병이 싹 나아버렸어. 안 봐도 알아, 틀림없다니까, 검사해보면 금방 알게 될 거야. 지미, 당신이 나를 살렸어, 당신만 할 수 있는 일이야, 이건 사랑의 힘이니까."

그러자 그는 아내를 유심히 살폈고, 우리 모두는 그의 눈을 가린 장막이 서서히 걷히는 과정을 목격했다. 그는 한 사람 한 사람을 차례로 돌아보며 면면에 저나라하게 드러난 음모의 흔적을 발견하고 도저히 더는 감출 수 없는 진실을 깨달았다. 실패를 직감한 이나가 눈물을 평 평 쏟았다. 잠셰드 카슌델리베리가 말했다. "대단한 집구석이야. 나 참. 다들 완전히 미쳤어." 그는 그라티아플레나요양원에서 나가버렸고 두 번 다시 이나를 만나지 않았다.

〜

지미의 고별사는 예언과 다름없었다. 이나의 굴욕을 기점으로 우리 가족의 파탄이 시작됐다. 그날부터 이듬해까지 이나는 실성해서 제2의 유년기를 맞이한 듯한 상태였다. 아우로라는 바스쿠 미란다가 꾸민─ 이나뿐 아니라 우리 남매 모두의 인생이 시작된─육아실로 그녀를 돌 려보냈다. 정신착란이 심해지자 구속복을 입히고 벽면에 푹신푹신한 패드를 붙여야 했지만 아우로라는 딸을 정신병원에 입원시키려 하지 않았다. 그렇게 너무 늦어버렸을 때, 이나가 정신줄을 놓아버렸을 때, 아우로라는 비로소 누구보다 자상한 어머니가 되어 음식을 떠먹이고 갓난아기처럼 씻겨주고 안아주고 입맞춤을 했다. 이나가 제정신일 때 는 한 번도 그렇게 안아주거나 입맞춤해주지 않았는데─맏딸이 실성 하기 전에 그런 사랑을 베풀었다면 어떤 고난도 거뜬히 이겨낼 수 있 는 정신력을 길러줬으련만.

비상사태가 끝난 직후 이나는 암으로 사망했다. 갑작스럽게 발병한 림프종이 마치 잔칫상을 받은 거지처럼 게걸스럽게 그녀의 몸을 먹어 치웠다. 이나가 스스로 병을 불렀다고, '말이 씨가 되었다'고 말할 만큼 배짱이 두둑한 사람은 당시 수련기를 마치고 플로리아스 수녀로—아우로라는 코웃음을 치며 '꽃다발 분수대[89] 같은 이름'이라는 말로 불만을 표출했다—다시 태어난 미니뿐이었다. 아우로라와 아브라함은 이나의 죽음을 일절 입 밖에 내지 않고 묵묵히 애도했는데, 한때는 그런 침묵이 이나에게 미녀로서의 명성을 안겨줬으나 지금은 무덤 같은 적막에 불과했다.

그렇게 이나는 죽고, 미니는 떠나버리고, 마이나는 잠시나마 감옥에 갇혔는데—비상사태가 끝나기 직전에 체포되어 총선에서 간디 여사가 패배하면서 금방 풀려났지만 그 일로 큰 명성을 얻었다. 아우로라는 막내딸에게 자랑스럽다는 말을 하고 싶었지만 끝내 하지 못했는데, 필로미나 조고이비는 어쩌다 식구들을 만날 때도 늘 냉랭하고 무뚝뚝해서 어머니가 다정한 말을 건네기 어려웠기 때문이다. 마이나는 엘레판타를 자주 찾아오지 않았다. 결국 나만 남았다.

⌣

마지막으로 다시 한 사람이 세상의 틈바구니로 사라졌다. 딜리 호르무즈가 해고됐다. 우리집 유모에서 가정부로 승격한 미스 자야 헤가 지위를 악용해 마지막 도둑질을 감행했다. 그녀는 아우로라의 화실에서 소년 시절의 내 모습을 그린 목탄화 석 장을 훔쳤다. 내 조막손을 꽃과 붓과 검으로 각각 변형시킨 멋진 그림이었다. 미스 자야는 이 목탄화를

---

89) 로마신화에 나오는 꽃의 여신 플로라의 조각상이 있는 플로라 분수대.

가지고 딜리의 아파트에 가서 '우리 도련님'의 선물이라고 말했다. 그러고 나서 아우로라에게 가정교사가 그림을 훔치는 장면을 목격했다고 말했다. 송구스럽지만, 마님, 그 여자가 우리 도련님한테 남부끄러운 짓까지 해요. 아우로라는 그날로 딜리를 찾아갔다. 어여쁜 딜리는 피아노에 올려놓은 은제 액자에 목탄화를 끼워 가족사진마저 가려놨는데, 어머니에게는 딜리의 유죄를 입증하기 충분한 증거였다. 나는 딜리를 변호하려고 해봤지만 이미 닫혀버린 어머니의 마음은 지상의 어떤 힘으로도 다시 열 수 없었다. 어머니는 말했다. "어차피 너도 그 선생한테 배울 나이는 지났어. 이젠 배울 게 없을 테니까."

그렇게 해고된 딜리는 나의 접근을—전화도 편지도 꽃다발도—모두 거부했다. 내가 마지막으로 언덕을 내려가 비자이 잡화점 부근의 그 집을 다시 찾았을 때 딜리는 나를 집안에 들이려 하지 않았다. 문을 3인치 정도만 빠끔 열고 한사코 버텼다. 그때 티크나무 문짝과 문틀 사이의 좁다란 틈으로 본 그녀의 모습, 굳게 다문 입과 깜박거리는 근시 안, 내가 땀을 뻘뻘 흘리며 찾아간 보람은 그것뿐이었다. 딜리가 말했다. "네 갈 길을 가, 불쌍한 무어, 험난한 길일 텐데 무사하길 빌게."

그것이 미스 자야 혜의 복수였다.

13

아우로라 조고이비의 이른바 무어 연작은 세 시기로 뚜렷하게 구분되는데, '초기' 작품은 1957년부터 1977년까지, 다시 말해서 내가 태어난 해부터 G. 여사[90]를 권좌에서 끌어내린 총선이 있던 해, 즉 이 나가 세상을 떠난 해까지의 기간에 제작됐고, '성숙기' 또는 '절정기'는 1977년부터 1981년까지로, 그녀의 이름만 들어도 떠오르는 강렬하고 심오한 작품을 이때 많이 그렸고, 이른바 '암흑기'에는 내가 집을 떠난 이후의 유배생활과 악행을 묘사한 작품을 주로 그렸는데, 그중 하나가 바로 서명조차 없는 최후의 미완성 걸작 〈무어의 마지막 한숨〉(170×247센티미터, 캔버스에 유화, 1987년)으로, 이 그림에서 그녀는 마

---

90) 인디라 간디.

침내 일찍이 한 번도 정면으로 다루지 않은 소재를 선택했으니—보압
딜이 그라나다에서 쓸쓸히 쫓겨나는 순간을 재현한 이 작품을 통해 그
녀 자신이 외아들에게 한 대우를 돌이켜본다. 이 그림은 상당한 대작이
지만 불필요한 묘사를 생략해 삭막하기까지 한데, 모든 요소를 그림의
심장부에 있는 얼굴로 집중시켰다. 술탄의 얼굴, 어둠처럼 온갖 두려움
과 나약함과 상실감과 고통을 뿜어내는 얼굴, 에드바르 뭉크를 연상시
키는 실존적 고뇌에 사로잡힌 얼굴. 동일한 소재를 감상적으로 처리한
바스쿠 미란다의 작품과는 달라도 너무 다른 그림이다. 그러나 이 작품
도 수수께끼에 휩싸인 그림, 즉 '사라진 그림'인데—어머니가 돌아가
신 후 불과 몇 년 사이에 같은 소재를 다룬 바스쿠의 그림과 아우로라
의 그림이 모두 사라져버렸으니, 전자는 C.J. 바바의 개인 소장품이었
고 후자는 조고이비 유증품의 일부였건만 둘 다 감쪽같이 도둑맞았으
니 이 얼마나 놀라운 일인가! 여기서 신사숙녀 여러분의 흥미를 북돋
워주기 위해 한 가지 사실을 밝히겠는데, 아우로라 조고이비가 말년에
초조한 나날을 보낼 때 바로 이 그림에 자신의 죽음에 대한 예언을 감
춰뒀으니 기대하시라. (그리고 바스쿠의 운명도 이들 작품에 얽힌 사
연과 밀접한 관계가 있다.)

　이 두 그림에서 내가 맡은 역할에 대한 추억을 기록하자니 자연히
한 가지를 의식하게 되는데, 요컨대 예술작품의 모델이 완성된 작품에
대해 말할 수 있는 것은 기껏해야 주관적인 생각에 불과하다는 사실이
다. 모델은 캔버스를 늘 반대쪽에서 바라보고, 그래서 나중에 실망하는
경우도 많고 앙심까지 품는 일도 드물지 않다. 그렇다면 이 보잘것없는
진흙덩어리가 자신을 빚어낸 손길에 대해 과연 쓸모 있는 의견을 내놓

을 수 있을까? 대답은 의외로 간단할 수도 있다. 나도 그 자리에 있었으니까. 그리고 몇 년 동안 모델 노릇을 하며 나도 그녀의 초상화를 그린 셈이니까. 그녀가 나를 보는 동안 나도 그녀를 마주봤으니까.

그때 내가 본 것은 이렇다. 키가 큰 여인, 정강이 중간쯤까지 내려오는, 손으로 짠 물감투성이 쿠르타[91], 그 밑에는 검푸른 삼베 바지, 맨발, 백발을 틀어올리고 붓 몇 개로 고정시켜 야릇하게 나비부인을 연상시키는 모습, 예컨대 캐서린 헵번이 연기한 나비부인이랄까, 혹은—그래!—인도풍으로 우스꽝스럽게 각색한 〈티틀리 베굼〉[92]에 등장하는 나르기스 같다고나 할까, 이제 젊지도 않고 치장도 화장도 안 한 모습, 한심스러운 핑커턴[93]이 돌아오든 말든 전혀 개의치 않는 듯한 모습이다. 화려함과는 거리가 먼 화실, 하다못해 편안한 의자 하나도 없는 방, '냉방불비不備'라 고물 택시처럼 후덥지근한데도 느릿느릿 돌아가는 천장 선풍기 한 대가 고작인 방에서 그녀가 내 앞에 서 있었다. 아우로라는 날씨 따위는 전혀 아랑곳하지 않는 듯했고, 그래서 나도 당연히 참는 수밖에 없었다. 나는 그녀가 정해준 곳에 그녀가 정해준 자세로 가만히 앉아 있었다. 이런저런 자세를 취하느라 팔다리가 저렸지만 어머니가 문득 생각났다는 듯 잠시 쉬겠느냐고 물어봐줄 때까지 불평 한마디 하지 않았다. 그리하여 어머니의 전설적인 고집과 불굴의 의지가 캔버스 너머의 내게도 조금은 스며들었다.

어머니가 젖을 먹여 키운 자식은 나뿐이었다. 그래서 어떤 차이가

---

91) 길고 헐렁한 셔츠 형태의 상의.
92) 힌디어로 '나비부인'.
93) 오페라 〈나비부인〉의 남자 주인공.

생겼다. 그녀의 독설에 당하기는 나도 마찬가지였지만 나를 대하는 어머니의 태도는 누나들을 대할 때만큼 파괴적이지 않았다. 어쩌면 내 '상황' 때문에—어머니는 병이라는 말을 아무도 못 쓰게 했다—조금은 배려해줬는지도 모른다. 의사들은 나의 불행한 증상에 이런저런 명칭을 갖다붙였지만, 그녀의 화실에서 화가와 모델로 마주앉을 때마다 어머니는 나를 불치의 조로증에 걸린 환자가 아니라 마법의 아이로, 시간여행자로 생각하라고 누누이 타일렀다. 그녀는 말했다. "내 새끼, 엄마 뱃속에서 겨우 넉 달 보름 만에 나왔지. 처음부터 너무 빨리 자랐던 거야. 언젠가는 이곳을 훌쩍 떠나 전혀 다른 시공간으로 날아갈지도 몰라. 어쩌면 거기가—누가 알겠니?—더 좋은 세상일지도 몰라." 어머니가 내세를 믿는 듯한 발언을 한 것은 그때뿐이었다. 어머니는 그렇게 막연한 추측을 바탕으로 당신과 나의 두려움과 싸울 전략을 세운 듯했고, 그래서인지 내 운명을 오히려 행운으로 여기려 했고, 내게뿐 아니라 바깥세상에도 나를 특별한 사람으로, 중요한 사람으로, 이 세상에도 이 시대에도 속하지 않지만 이곳에 나타남으로써 주변 이들의 삶은 물론이고 그들이 살아가는 이 시대의 의미까지 밝혀주는 초자연적 존재로 부각시키려 했다.

그렇다, 나도 어머니의 말을 믿었다. 위안이 필요한 처지였으니 무엇이든 주는 대로 반갑게 받을 수밖에 없었다. 그래서 어머니의 말을 믿었고 거기서 힘을 얻었다. (연화장에서의 일이 있은 직후, 그러니까 나를 임신하기 넉 달 보름 전에 아우로라가 델리에서 하룻밤 동안 자취를 감췄다는 사실을 알게 되었을 때 나는 그녀가 다른 문제를 은폐하려 했던 것이 아닐까 의심했지만 지금은 그렇게 생각하지 않는다. 오히려 모성애의 힘으로 내 반쪽 인생을 온전하게 만들어주려 했을 뿐이라고 믿는다.)

어머니는 내게 모유를 먹였고 무어 연작 초기 몇몇 작품은 내가 그녀의 젖을 물고 있을 때 제작됐다. 목탄화, 수채화, 파스텔화를 거쳐 마침내 대작 유화까지. 다소 불경스럽게도 아우로라와 나는 무신론자 마돈나와 아기 예수 같은 모습이었다. 눈부신 빛으로 바뀐 내 조막손이 그림 속 유일한 광원이었다. 그녀는 길고 치렁치렁한 옷을 입었는데 흘러내린 옷자락이 캄캄한 그늘에 묻혔다. 하늘은 강렬한 청록색이었다. 거의 십 년 전 아브라함 조고이비가 바스쿠에게 아우로라의 초상화를 그려달라고 했을 때 바로 이런 그림을 기대했을 터였다. 아니, 아브라함으로서는 상상도 못했을 작품이었다. 아우로라의 본질을 보여주는 이 그림은 늘 자기과시욕이 심한 그녀가 이토록 깊고 헌신적인 애정을 품을 수도 있다는 증거이기도 했다. 이 그림은 세상과의 불화를 두려워하지 않는 당당한 태도를 드러냈을 뿐 아니라 예술을 통해 이 세상의 결함을 초월하고 극복하려는 결의까지 보여줬다. 환상의 힘을 빌려 비극적 상황을 애써 감춘 이 작품에서 그녀는 더없이 아름답고 고상한 빛과 색을 사용했다. 그야말로 허구의 극치를 보여주는 걸작이었다. 어머니는 이 그림을 〈어둠을 밝히는 빛〉이라고 명명했다. 바스쿠 미란다를 비롯한 여러 사람이 이유를 물을 때마다 그녀는 으쓱 어깻짓을 했다. "제목이 뭐 어때서요? 신을 안 믿는 사람들을 위한 종교화를 그려보고 싶었어요."

바스쿠가 충고했다. "그럼 런던행 비행기표를 늘 가지고 다니세요. 이 썩어빠진 나라에서는 언제 도망칠 일이 생길지 알 수 없으니까."

(그러나 아우로라는 그의 충고를 웃어넘겼고 정작 떠나버린 사람은 바스쿠 자신이었다.)

내가 성장하는 동안에도 어머니는 계속 나를 소재로 그림을 그렸고, 이 꾸준한 작업은 또한 사랑의 표현이었다. 어머니는 내가 '너무 빨리 자라는' 증상을 중단시킬 방법을 찾지 못했기에 나를 그려 불멸의 존재로 만들었다. 그녀의 작품 속에서 길이길이 살아남게 되었으니 귀한 선물을 받은 셈이다. 그러므로 옛 찬송가 작사자처럼 기쁜 마음으로 어지신 그분을 찬양해야 마땅하리니, 인자하심이 그지없으매…… 그리고 과속과 조막손과 외로움에 시달린 내가 낙원에서 행복한 어린 시절을 보냈다고 믿는 이유를 손가락으로—나는 태어날 때부터 불구였으니 손 전체를 써야겠지만—콕 찍어 말해보라면 진심으로 이렇게 대답하련다. 내 인생의 기쁨은 우리 두 사람의 협동작업에서, 그렇게 단둘이 시간을 보낼 때의 친밀감에서 싹텄다고 말이다. 그때마다 어머니는 마치 고해신부에게 하듯 무심결에 세상만사 모든 일을 거침없이 털어놨고, 그리하여 나는 그녀의 머릿속 비밀뿐 아니라 가슴속 비밀까지 낱낱이 알게 되었다.

예컨대 어머니가 어쩌다 아버지에게 반했고, 어느 날 에르나쿨람 창고에서 두 분이 얼마나 폭발적인 욕망에 사로잡혔고, 그리하여 두 분이 하나가 되었고, 그래서 불가능한 일이 가능해지고 결국 엄연한 현실이 되었다는 이야기까지 들었다. 부모님의 이런저런 모습 가운데 내가 가장 사랑한 부분은 서로를 향한 그 열정, 한때나마 그런 열정이 있었다는 단순한 사실이었다(그러나 세월이 흐를수록 점점 더 멀어지는 부부의 모습에서 젊은 시절의 연인을 떠올리기는 쉽지 않았다). 두 분이 그토록 깊은 사랑을 했기에 나도 그런 사랑을 원했고, 간절히 갈망했고, 그래서 놀랍도록 다정다감하고 다재다능한 딜리 호르무즈에게 푹 빠진 상태에서도 내가 찾는 상대는 그녀가 아니라는 사실을 알았다. 아, 나는 얼얼한 입술 사이로 불처럼 뜨거운 입김을 뿜어내며 고수풀냄새가 섞인 땀을 방울방울 흘리게 만드는 진짜배기 미르치 마살라[94]처럼 화끈한 사랑을 원했으니까. 두 분이 품었던 후추 향 사랑을 원했으니까.

내가 그런 사랑을 찾으면 어머니도 이해하시리라 믿었다. 사랑을 위해 산이라도 옮겨야 하는 순간이 닥치면 어머니가 도와주시리라 믿었다.

그러나 모두에게 불행한 일이었으니, 그런 생각은 착각이었다.

〰

아브라함이 신전에서 빼내온 여자들을 상대한다는 사실은 어머니도 물론 처음부터 알고 있었다. 어느 날 그녀가 막연히 중얼거렸다. "비밀을 지키고 싶으면 잠꼬대라도 하지 말든지. 네 아빠가 밤마다 횡설수설하는 소리가 하도 지겨워 방을 옮겼어. 미인은 잠꾸러기니까." 돌이켜 생각해본 뒤에야 깨달았지만 그토록 도도하고 활동적인 여인이 무심코 던지는 듯한 말 속에는 또다른 의미가 담겨 있었는데—융통성이라고는 눈곱만큼도 없어 모든 타협을 거부하는 그녀가 유독 아브라함만은 눈감아줬음을, 즉 남인도 일대에서 가져온 상품을 몸소 시식해보고

---

94) 각종 고추를 주재료로 만든 마살라.

싶은 유혹을 이겨내지 못하는 남편의 육체적 결점을 묵인했다는 사실을 인정한 셈이었다. 또 어떤 날은 코웃음을 치며 말했다. "늙은 남자는 어린 계집애만 보면 침을 질질 흘려. 딸자식이 여럿인 남자가 제일 심하지." 내가 어리고 순진했을 때는 어머니가 그림 속 인물들의 삶에 감정이입을 하는 과정에서 나온 말이라 믿었다. 그러나 딜리 호르무즈의 손길이 내 욕망을 일깨워준 뒤에는 충분히 말귀를 알아듣게 되었다.

나는 옛날부터 마이나와 내가 여덟 살이나 터울이 진다는 사실을 의아하게 여겼고, 그래서 애늙은이 같은 내게 문득 불타는 혓바닥 같은 깨달음이 찾아왔을 때 참을성 없이─또래 아이들을 사귀지 못한 까닭에 어릴 때부터 어른 말투를 썼지만 어른처럼 에둘러 표현하거나 자제할 줄은 몰랐으므로─불쑥 말해버렸다. "어머니가 애를 더 낳지 않은 이유는 아빠가 오입질을 했기 때문이구나!"

그러자 어머니가 말했다. "너 귀싸대기 좀 맞아야겠다. 건방진 녀석, 이빨 몇 개는 부러질 테니 각오해라." 그러나 곧이어 날아든 손바닥은 말과는 딴판이었고 내 치아에 지속적인 문제를 야기하지도 않았다. 오히려 너무 가벼운 손길이라 내 생각이 옳았음을 확신할 수 있었다.

그녀는 왜 간통을 저지른 아브라함에게 따지지 않았을까? 부디 이 사실을 감안하시라. 아우로라 조고이비는 여러모로 자유분방한 사고방식을 가진 여인이었지만 깊은 속내를 들여다보면 당대의 다른 여인들과 다를 바 없었으니, 그들 세대는 남자의 그런 행동을 묵인할 뿐 아니라 정상이라고 생각하기 일쑤였다. 여자들은 어깻짓 한 번으로 고통을 털어내고 수컷의 본능이나 견딜 수 없는 가려움증처럼 진부한 표현으로 묻어버렸다. 가족은 절대적이니까, 가족을 위해서라면 무슨 일이든

참을 수 있으니까, 여자들은 애써 외면하며 두파타[95] 끝자락을 배배 꼬
아 슬픔을 묶어버리거나 작은 비단 돈주머니 속에 잔돈이나 집안 열쇠
처럼 꼭꼭 처박아뒀다. 그리고 어쩌면 아우로라 자신에게 아브라함이
필요하다는 사실을 알았기 때문인지도 모른다. 그가 사업을 돌봐주지
않으면 마음놓고 예술에 전념할 수 없을 테니까. 어쩌면 그렇게 단순하
고 비굴하고 비겁한 선택이었는지도 모른다.

(비굴함에 대한 부연 설명. 아우로라가 네루 총리와의 마지막 만남
과 연화장 추문을 향해 북상할 때 아브라함은 반대로 남하했는데, 나
는 아버지가 남편으로서 비굴한 결정을 내린 게 아닐까 짐작했다. 아
버지가 그런 선택을 한 이유는 피장파장이라는 생각 때문이 아니었을
까? 그렇다면 이른바 개방 결혼[96]처럼 허울뿐인 결혼생활, 회칠한 무
덤[97]처럼 겉과 속이 전혀 다른 부부 사이가 아닌가?—오, 무어, 진정해
라, 진정해. 두 분은 이미 네 질책을 들을 수 없는 곳으로 가셨다. 대지
를 뒤흔드는 분노조차 무용지물이다.)

한낱 경제적 이유로 불의를 묵인하는 비겁하고 안이한 선택을 해버
린 후 어머니는 자신을 얼마나 경멸했을까! 왜냐하면—어머니 세대가
어떻게 살았든 간에—내가 아는 어머니는, 지극히 검소한 그 화실에
서 기나긴 시간을 함께 보내는 동안 알게 된 어머니는 작은 잘못도 결
코 용납하지 않는 분이었기 때문이다. 어머니는 늘 대들고 따지고 끝장
을 보는 사람이었다. 그러나 일생일대의 사랑이 끝났을 때, 그래서 정

---

95) 인도에서 머리에 쓰는 긴 스카프.
96) 부부가 서로의 사회적, 성적 독립성을 인정하는 결혼 형태.
97) 「마태복음」 23장 27절을 인용한 것.

정당당한 전쟁이냐 아니면 거짓 평화로 실속을 차리느냐, 그런 선택의 기로에 섰을 때 그녀는 입을 꾹 다물고 남편에게 노성 한마디 던지지 않았다. 그리하여 둘 사이에는 비난과 다름없는 침묵이 이어졌다. 아버지는 잠꼬대를 하고, 어머니는 화실에서 툴툴거리고, 부부는 각방을 썼다. 로나블라동굴로 올라가는 계단에서 아버지의 심장이 멎을 뻔했을 때 그들은 잠시나마 과거의 사랑을 되살릴 수 있었다. 그러나 곧 다시 현실이 찾아왔다. 가끔은 두 분이 내 조막손과 조로증을 당신들의 죗값으로 여겼다는 생각이 들기도 하는데―그들에게 나는 깨져버린 사랑에서 태어난 기형아, 온전치 못한 결혼생활이 탄생시킨 반쪽짜리 인생이 아니었을까. 그전에는 실낱같은 희망이나마 두 분이 화해할 가능성이 있었는지 몰라도 내가 태어나는 바람에 기회는 영영 사라졌다.

처음에 나는 어머니를 숭배하다시피 했지만 나중에는 증오했다. 그러나 우리 이야기가 다 끝나버린 지금, 옛일을 돌이켜보며 종종―일시적으로나마―약간의 연민을 느낀다. 이 연민은 일종의 치유제다. 아우로라의 아들에게도, 안식을 얻지 못한 아우로라의 영혼에게도.

강렬한 욕망이 아브라함과 아우로라를 하나로 묶었다. 나약한 육체의 성욕이 그들을 갈라놨다. 내 생애 마지막 나날을 보내는 요즘, 아우로라의 도도하고 신랄하고 날카로운 성격에 대해 기록하면서도 이 떠들썩한 드라마의 저변에 깔린 상실감의 쓸쓸한 목소리를 듣는다. 아브라함이 처음으로 그녀를 실망시켰을 때, 즉 코친에서 플로리 조고이비가 룸펠슈틸츠헨처럼 아직-태어나지도-않은 아들을 빼앗아가려 했을 때 아우로라는 그를 한 번 용서했다. 그리고 마테란에서 다시 그를 용서하려 했고, 그 과정에서 나를 만들었다. 그러나 아브라함은 끝내

버릇을 고치지 못했고 세번째 용서는 없었는데…… 그래도 그녀는 떠나지 않았다. 일찍이 사랑을 위해 자신이 속한 세계를 한바탕 흔들었던 그녀는 불쾌감을 억누른 채 날이 갈수록 사랑이 식어가는 결혼생활을 감수했다. 독설이 날로 심해진 것도 무리가 아니다.

그리고 아브라함에 대하여. 만약 그가 다른 여자를 모두 포기하고 아우로라에게 돌아갔다면, '케케'나 '칼자국'을 비롯해 더욱더 흉악한 범죄자가 등장하는 모감보식 지하세계로 빠져드는 일은 없지 않았을까? 행복한 사랑이 중심을 잡아줬다면 악의 구렁텅이로 빠져드는 일만은 피하지 않았을까?…… 그러나 부모의 삶을 고쳐 쓰는 것은 부질없다. 이렇게 사실 그대로 기록하는 것만도—나 자신의 삶까지 들먹이지 않더라도—충분히 힘겹다.

⌐

무어 연작 초기에는 내 손이 이런저런 경이로운 형태로 탈바꿈했고 아예 몸 전체가 신기한 모습으로 변형되는 경우도 많았다. 예컨대 어떤 그림—〈구애〉—에서는 공작새 무어가 되어 수많은 눈이 달린 꽁지깃을 활짝 폈다. 어머니는 초라한 암컷의 몸에 당신의 머리를 그렸다. 또 어떤 그림에서는(내가 스물네 살 같은 열두 살이었을 때 그린 작품) 우리 사이를 뒤바꿔 당신은 젊은 엘리너 마르크스로, 나는 그녀의 아버지 카를로 그려놓기도 했다. 이 〈무어와 터시[98]〉의 주제는 꽤나 충격

─────────

98) 엘리너 마르크스의 애칭.

적이었다. 앳된 얼굴의 어머니는 나를 숭배하는 표정인 반면, 구레나룻을 기르고 프록코트의 옷깃을 붙잡은 나는 가부장의 풍모를 풍겨 너무-가까운-미래의-모습을 예언하는 듯했다. "네가 지금보다 두 배쯤 늙고 엄마가 지금보다 절반쯤 젊어지면 이렇게 내가 네 딸처럼 보이겠지." 당시 사십대이던 어머니는 그렇게 설명했는데, 그때는 내가 너무 어려 짐짓 명랑한 체하는 그녀의 목소리에서 이상한 기미를 알아차리지 못했다. 중의적이고 알쏭달쏭한 초상화는 그것만이 아니었다. 가령 〈죽음의 입맞춤〉에서 어머니는 살해당해 침대에 널브러진 데스데모나였고, 나는 잘못을 뉘우치며 스스로 목을 찌르고 그녀 쪽으로 쓰러져 마지막 숨을 내쉬는 오셀로였다. 어머니는 식구들에게만 보여주려고 그린 이 작품들에 '무언극 그림'이라는 자조적 명칭을 붙였는데, 이 화가에게는 장난기 가득한 가장무도회 같은 놀이였다. 그러나—이제 곧 얘기하겠지만 저 악명 높은 크리켓 그림의 일화에서처럼—아우로라는 마음이 가벼울수록 놀랍고 파격적인 그림을 그렸고, 살아생전에 한 번도 공개하지 않았던 이 작품들의 강도 높은 에로티시즘은 그녀가 죽은 후 크나큰 파장을 일으켰다. 그나마 이 사건이 해일처럼 엄청난 규모로 확대되지 않은 까닭은 이 뻔뻔스러운 춘화 작가가 이미 세상을 떠났기 때문이었다. 만약 그녀가 살아 있었다면 사과는커녕 뉘우치는 기미조차 보이지 않아서 점잖은 사람들을 더욱더 화나게 했을 테니까.

오셀로 그림 이후로 연작의 기조를 바꾼 아우로라는 보압딜에 얽힌 옛이야기를 인도식으로 재구성하는 작업을 시작했는데—그녀의 표현에 의하면 '공인판Authorised 정사가 아니라 아우로라판Aurorised 야사'였다—여기서 내 역할은 봄베이를 무대로 활동하는 나스르왕조의 마지막 후예였다. 1970년 1월, 아우로라 조고이비는 처음으로 알람브라 궁전을 말라바르언덕에 옮겨놓았다.

그때는 내가 열세 살, 딜리 호르무즈에게 막 빠져들기 시작할 무렵이었다. '진정한' 무어 연작의 첫 작품을 그리는 동안 아우로라는 내게 꿈 이야기를 들려줬다. 그녀는 스페인에서 잠든 나를 품에 안고 덜컹거리는 야간열차 '뒷베란다'에 서 있었다. 그때 문득 깨달음이ㅡ꿈속에서 흔히 그렇듯 아무도 말해주지 않았지만 조금도 의심할 수 없는 확신이ㅡ찾아왔다. 그 자리에서 나를 던져버리면, 나를 밤의 제물로 바치기만 하면, 그녀는 한평생 안전하고 평화롭게 살 수 있다는 확신이었다. "아들아, 솔직히 엄마는 꽤나 진지하게 고민했단다." 그러나 그녀는 곧 꿈속 제안을 거절하고 나를 다시 침대로 데려가 눕혔다. 여기서 그녀가 아브라함과 같은 상황을 겪었다는 것쯤은 성서 전문가가 아니더라도 충분히 짐작할 수 있을 텐데, 비록 열세 살에 불과했지만 예술가가 들끓는 집에 살면서 미켈란젤로의 피에타 사진도 자주 본 나는 이 꿈의 의미를 막연하게나마 알아차렸다. "정말 고마워요, 엄마." 내가 말하자 어머니가 대답했다. "별일도 아닌데 뭘. 어디 해볼 테면 해보라고 생각했을 뿐이야."

흔히 그렇듯 이 꿈도 현실이 되었다. 그러나 아브라함의 순간이 실제로 닥쳤을 때 아우로라는 꿈속에서와는 다른 선택을 했다.

그라나다의 붉은 요새가 봄베이로 옮겨진 후 아우로라의 이젤 위에서는 빠른 변화가 일어났다. 알람브라는 곧 알람브라 같지 않은 곳이 되었다. 인도판 붉은 요새, 즉 델리와 아그라에 있는 무굴제국시대 왕궁 겸 요새와 멀리 스페인에 있는 부어식 건축의 금자탑이 하나로 뒤섞였다. 말라바르언덕 같지 않은 말라바르언덕이 초파티해안 같지 않은 초파티해안을 굽어보는 가운데 아우로라의 상상력이 창조한 생물들—온갖 괴물, 코끼리 신, 유령 등등—이 곳곳에 등장하기 시작했다. 그녀는 특히 두 세계의 경계선이라고 할 수 있는 물가에 각별한 정성을 쏟는 일이 많았다. 바다에는 물고기, 침몰한 배, 인어, 보물, 국왕 따위를 그리고, 육지에는 인도의 온갖—소매치기, 포주, 밀려드는 파도를 피하려 사리 자락을 걷어올린 뚱뚱한 창녀 등등—어중이떠중이를 비롯해 역사와 공상과 현실에서 빌려온 인물이나 어디에도 존재하지 않는 인물을 잔뜩 그렸다. 그들은 해변에서 저녁 산책을 하는 봄베이 사람들이 실제로 그러듯 일제히 바다 쪽으로 몰려들었다. 물가에는 기이한 잡종 생물이 이리저리 기어다니며 물과 뭍의 경계선을 넘나들었다. 아우로라는 해안선을 그릴 때 마치 어떤 그림 위에 다른 그림을 그리다 중단한 미완성 상태처럼 보이도록 처리하는 경우도 많았다. 그런데 지상세계 위에 수중세계를 그렸을까, 아니면 그 반대일까? 도저히 확신할 수 없었다.

아우로라는 말했다. "그냥 무어리스탄[99]이라고 하자. 이 해변, 이 언덕, 그 꼭대기에 있는 요새. 수중정원과 공중정원, 등대와 침묵의 탑[100]. 이렇게 두 세계가 충돌하는 곳, 서로 이리저리 넘나들며 서로를 지워가는 곳. 뭍에 사는 사람이 물에 빠지면 익사하거나 아가미가 돋아나는 곳, 수중 생물이 공기를 마시면 취하거나 숨이 막혀 죽는 곳. 두 세계가, 두 차원이, 두 나라가, 두 꿈이 서로 부딪치다 스며들기도 하고 깔

---

99) 무어의 나라.
100) 배화교도의 조장(鳥葬) 의식을 위해 마련한 탑.

리기도 하고 올라타기도 하지. 팰림프스타인[101]이라고 해도 좋아. 아무튼 이 모든 것이 내려다보이는 이 궁전에 네가 있어."

(죽는 날까지 바스쿠 미란다는 아우로라가 자기 아이디어를 훔쳤다고, 자신의 그림-위에-덧칠한-그림이 아우로라의 덧칠그림의 출발점이었다고, 눈물을 흘리는 무어를 그린 자신의 그림을 보고 영감을 얻어 눈물 없는 내 모습을 그리기 시작했다고 굳게 믿었다. 아우로라는 긍정도 부정도 하지 않고 이렇게 말할 뿐이었다. "태양 아래 새로운 것은 없나니." 땅과 물이 맞부딪치고 어우러지는 장면을 묘사한 아우로라의 그림에는 그녀가 어린 시절을 보낸 코친의 모습도 담겨 있었다. 그곳은 영국의 일부처럼 행세했지만 실은 인도양이 넘실대는 땅이었기 때문이다.)

아우로라는 거침없이 작업을 진행했다. 혼성적인 요새에 사는 무어를 중심으로 마음껏 상상력을 펼쳤다. 그것은 그야말로 섞임의 상상력, 더 정확하게 말하자면 뒤섞임의 상상력이었다. 어떤 면에서는 논쟁을 일으킬 만한 그림이었고, 또 어떤 면에서는 복합적인 혼성 국가라는 낭만적 신화를 창조하려는 시도이기도 했다. 그녀는 아랍인이 지배하던 시대의 스페인을 내세워 인도의 다른 모습을 상상했는데, 육지는 물처럼 유동적이고 바다는 오히려 바위처럼 메마른 이 육지-바다의 풍경은 인도의 현재와 그녀가 기대하는—이상화되거나 감상적인 것일지도 모른다—미래를 상징했다. 그러므로 그 속에는 계몽주의적 의도가 담긴 것도 사실이지만, 생생하고 초현실적인 이미지, 물총새처럼 화려

---

101) 겹쳐진 나라.

한 색채, 빠르고 힘찬 붓질 때문에 훈계를 듣는 듯한 느낌은 별로 없다. 마치 여리꾼의 고함소리는 아랑곳하지 않고 축제를 즐기는 듯한, 혹은 노랫말 따위는 귀담아듣지 않고 음악에 맞춰 춤추는 듯한 기분이 들 뿐이다.

이윽고 이런저런 인물이―궁전 바깥에는 이미 가득하고―담장 안에도 하나둘씩 나타난다. 보압딜의 어머니, 즉 늙은 잔소리꾼 아익사는 당연히 아우로라의 얼굴로 등장하지만 초기 작품에서는 암담한 앞날을 예고하는 그림자, 즉 페르난도와 이사벨라가 이끄는 국토수복군의 모습은 찾아보기 어렵다. 한두 작품에서는 저멀리 지평선에 펄럭이는 깃발을 달고 삐죽 솟은 창 하나가 보이기도 하지만 내가 어린 시절을 보내는 동안 아우로라 조고이비는 대체로 황금 시대를 그리는 데 치중했다. 그림 속의 보압딜이 가장무도회를 열면 유대인, 기독교인, 무슬림, 파르시, 시크교도, 불교도, 자이나교도가 한자리에 모였다. 술탄의 모습도 날이 갈수록 사실주의에서 멀어졌는데, 가면을 쓰고 조각보 이불처럼 알록달록한 옷을 입은 어릿광대의 모습으로 등장하거나 마치 번데기처럼 낡은 허물을 벗고 지상에 존재하는 온갖 빛깔이 빠짐없이 담긴 신비로운 날개를 지닌 휘황찬란한 나비의 모습으로 등장하는 경우가 많았다.

무어 연작이 그렇게 환상적인 성향으로 바뀌면서 굳이 내가 모델 노릇을 할 필요도 없다는 것이 분명해졌지만 어머니는 그래도 내가 필요하니 그 자리에 있어달라며 내가 행운의 부적이라고 했다. 나도 기꺼이 그곳에 머물렀는데, 내 실제 인생보다 어머니의 캔버스에 펼쳐지는 이야기가 더욱더 진실한 자서전처럼 느껴졌기 때문이다.

비상사태 시절, 딸 필로미나가 독재정권과 싸우는 동안에도 아우로라는 화실을 떠나지 않고 작업에만 몰두했는데, 어쩌면 그 시기의 정치적 상황이 무어 연작에 더욱 박차를 가하는 계기였는지도, 아우로라는 작품을 통해 이 야만적인 시대에 어떤 해답을 던지려 했는지도 모른다. 그러나 얄궂게도 하필 그때 케쿠 모디가 스포츠를 소재로 한 그림을 모아 대체로 진부한 전시회를 열면서 별생각 없이 어머니의 옛 그림 한 점을 포함시키는 바람에 당시 마이나가 저지르던 온갖 말썽보다 훨씬 더 심각한 소동이 벌어졌다. 1960년작인 〈아바스 알리 베그의 입맞춤〉이라는 그림으로, 봄베이의 브래본 스타디움에서 오스트레일리아와 맞붙은 테스트 크리켓 대회 3차전 때 실제로 일어난 사건을 소재로 삼았다. 시리즈 전적은 1 대 1 동점이었고 세번째 경기는 인도팀이 밀리는 형국이었다. 2회로 접어든 후 베그가 50런을 득점해준 덕에—이번 시합에서만 두번째였다—홈팀이 무승부로 몰아갈 수 있었다. 그가 50런을 달성했을 때 점잖은 상류층 관객이 많은 북쪽 관람석에서 젊고 예쁜 아가씨가 달려나와 타자의 뺨에 입맞춤을 했다. 베그는 조금 놀란 탓인지 불과 8런을 더 따낸 후 타석에서 물러났지만(수비수 매카이, 투수 린드월) 이미 대세가 굳어진 뒤였다.

아우로라도 크리켓을 좋아했는데—당시 이 경기에 관심을 갖는 여자가 점점 늘어나는 추세였고 A.A. 베그처럼 젊고 유명한 선수는 봄베이영화계 우상 못지않은 인기를 끌었다—그날도 우연찮게 경기장을 찾았다 뭇사람을 경악시킨 이 도발적인 입맞춤을 현장에서 목격했다.

백주대낮에 관객이 가득찬 경기장에서 난생처음 만난 선남선녀가 다
짜고짜 입맞춤을 해버렸으니, 게다가 그때는 시내 영화관에서도 그처
럼 선정적이고 자극적인 장면은 절대로 관객에게 보여줘선 안 되는 시
절이었다. 웬일이니! 어머니는 영감을 얻었다. 당장 집으로 달려가 단
숨에 그림을 완성했는데, '현실'에서는 내기에 이기려고 살짝 뽀뽀를
했을 뿐이지만 그림에서는 서양영화처럼 깊고 격렬한 포옹으로 탈바
꿈했다. 그리고 모든 사람의 기억에 남은 장면은—케쿠 모디가 발 빠
르게 이 그림을 전시했고 국내 언론에도 자주 실렸으므로—아우로라
의 그림이었다. 그날 현장에 있던 사람들마저—못마땅하다는 듯 고개
를 절레절레 저으면서—정말 끈적끈적하고 음란한 입맞춤이었다고,
적나라한 몸짓이 끝없이 이어졌다고, 맹세코 몇 시간 동안이나 떨어질
줄 모르더라고, 결국 심판이 나서서 두 사람을 억지로 떼어놓고 타자에
게 선수로서의 본분을 상기시켰다고 증언하기 시작했다. "봄베이니까
가능한 일이지. 역시 난잡한 동네야. 그래, 그렇고말고." 감탄과 비난이
공존하는 분위기랄까, 추문만이 불러일으킬 수 있는 복합적인 감정이
었다.

아우로라의 그림에서 충격에 휩싸인 브래본 스타디움은 입맞춤을
하는 두 사람을 빙 둘러쌌고 그들을 구경하느라 관람석이 안쪽으로 기
울어져 하늘을 거의 다 가렸는데, 관객 중에는 눈이 휘둥그레진 영화배
우도 있고—몇 명은 실제로 그 현장에 있었다—침을 질질 흘리는 정
치가, 냉정하게 관찰하는 과학자, 무릎을 치며 천박한 농담을 주고받는
사업가도 있었다. 동쪽 외야석에는 R.K. 락슈만의 유명한 만화 주인공
'보통 사람' 🐝도 있었는데, 그 어리숙하고 얼떨떨한 얼굴에도 놀라움

이 가득했다. 그리하여 이 작품은 인도의 현실을 말해주는 그림이기도 하고 크리켓이 국민의 의식 한복판을 차지한 순간을 한눈에 보여주는 스냅사진이기도 했지만, 무엇보다 성혁명을 부르짖는 세대의 등장을 알리는 신호탄으로서 크나큰 물의를 빚었다. 그렇게 노골적으로 과장한 입맞춤을 가리켜—여자의 팔다리, 크리켓 선수의 보호대, 운동복 등이 마구 뒤엉킨 모습이 찬델라왕조 때 건설된 카주라호사원군의 선정적인 밀교 조각을 연상시켰다—어느 진보적인 미술평론가는 '자유를 갈망하는 젊음의 절규, 구태의연한 사회에 정면으로 맞서는 저항의 몸짓'이라고 설명했으며, 어느 보수적인 논설위원은 '광장에서 불살라야 마땅한 외설 작품'이라고 질타했다. 아바스 알리 베그는 그 아가씨에게 입맞춤을 한 사실을 공개적으로 부인할 수밖에 없었다. 인기 많은 크리켓 칼럼니스트 'A.F.S.T.'도 재치 있는 논평으로 베그를 옹호했는데, 요컨대 한낱 예술가 나부랭이가 크리켓처럼 중차대한 사안에 함부로 붓을 들이대는 일은 삼가야 옳다는 취지였다. 이윽고 시간이 흐르며 이 하찮은 추문도 차츰 가라앉는 듯했다. 그런데 다음 시리즈에서 파키스탄과 맞붙었을 때 가엾은 베그는 각각 1런, 13런, 19런, 1런 득점에 그치면서 결국 팀에서 방출됐고 그뒤에도 국가대표로 활약할 기회를 좀처럼 얻지 못했다. 그는 젊고 악랄한 정치만화가 라만 필딩의 표적이 되고 말았다. 필딩은 만화마다 서명 대신 작은 개구리를 그렸는데—아우로라가 예전에 그린 도마뱀 연작의 모방이었다—이 개구리는 대개 만화 컷 한 귀퉁이에서 신랄한 비판을 한마디씩 덧붙였다. 비열하게도 필딩은—그때 벌써 개구리 때문에 만둑이라는 별명으로 더 유명했지만—명예를 알고 실력도 뛰어난 베그에게 터무니없는 비방을 퍼부었다. 베그가 무슬림이라서 일부러 파키스탄에 져줬다는 거짓말이었다. 얼룩덜룩한 개구리가 구석에서 툴툴거렸다. '저리 뻔뻔스러운 놈이니 애국적인 우리 힌두교 아가씨한테 감히 입맞춤을 했지.'

베그를 비난하는 사태에 경악한 아우로라는 그림을 포장해서 치워 버렸다. 그로부터 십오 년 후 다시 전시를 허락한 까닭은 이 그림이 지나간 시대를 보여주는 색다른 작품이라고 생각한 탓이었다. 타자는 이미 오래전에 은퇴했고, 암담했던 옛날과 달리 요즘은 입맞춤을 엄청난 죄악으로 여기지도 않으니까. 그러나 그녀의 예상을 뒤엎고 만둑이—이제 힌두교 정치가로 탈바꿈했을 뿐 아니라 당시 봄베이의 어머니신 이름을 따서 '뭄바이의 기둥'을 자처하며 빈곤층의 인기를 기반으로 빠르게 성장하던 힌두국수주의 정당의 공동 창설자이기도 했던—공격을 재개했다.

만둑은 이제 만화를 그리지 않았는데, 나중에 우리 어머니와 함께 호감과 반감이 엇갈리는 이상야릇한 춤을 추기도 했지만—아우로라는 '만화가'라는 말을 언제나 모욕적인 의미로 사용했다는 사실을 기억해두자—옛날부터 단단히 앙심을 품은 기색이 역력했다. 위대한 화가이며 말라바르언덕의 거물인 그녀 앞에 무릎을 꿇어야 좋을지, 아니면 자기가 사는 시궁창으로 그녀를 끌어내려야 좋을지 몰라 갈팡질팡하는 듯했는데, 도도한 아우로라가 그런 자에게—그런 모투-칼루에게, 그녀가 무엇보다 싫어하는 요소를 두루 갖춘 뚱보-깜보에게—끌린 이유는 보나마나 그런 모호한 태도 때문이었으리라. 우리 집안사람들은 밑바닥에서 놀기 좋아하는 경우가 많았으니까.

전설에 따르면 라만 필딩의 성은 크리켓에 미친 아버지로부터 물려받았는데, 봄베이 거리의 닳고 닳은 부랑아였던 아버지는 늘 봄베이 운동장 주변에서 어슬렁거리며 한 번만 기회를 달라고 졸랐다. "부탁이에요, 형님들, 이 불쌍한 꼬마가 배팅 한 번만 해보면 안 돼요? 그럼 볼링 한 번만? 좋아요, 좋아요─그럼 필딩[102] 한 번만just one fielding?" 정작 크리켓 실력은 형편없었지만 1937년 브래번 스타디움을 개장할 때 경비원으로 취직했는데, 그때부터 몇 년 동안 무단입장자들을 붙잡아 쫓아내는 데 탁월한 솜씨를 발휘해 저 유명한 C.K. 나유두의 눈길을 끌었다. 나유두는 봄베이 스타디움 시절의 꼬마를 알아보고 농담을 던졌다. "그래, 우리 '필딩-한-번만' 꼬맹이가 이제 수비력 하나는 수준급이 됐구나." 그때부터 J.O. 필딩이라는 별명이 붙었고 본인도 자랑스럽게 여겨 아예 성으로 삼았다.

그의 아들은 크리켓에서 전혀 다른 교훈을 얻었다(그래서 아버지가 몹시 걱정했다고 한다). 아버지는 비록 하찮고 보잘것없는 일을 할망정 이 소중한 세계의 일원이 되어 겸허하고 소박한 기쁨을 누렸지만 라만은 그 정도로 만족하지 못했다. 천만의 말씀. 젊은 시절 봄베이 중앙역 일대의 술집을 전전할 때부터 그는 이 경기가 인도에서는 여러 종교집단 간의 경쟁에서 출발했다고 친구들에게 열변을 토했다. "무슬림이나 파르시는 처음부터 우리가 크리켓을 못하게 막으려고 했어. 그래도 우리 힌두교도가 팀을 짜기만 하면 당연히 천하무적이었지. 그러니까 경기장 바깥에서도 우리가 변화를 주도해야 한다는 얘기야. 우리가 너무 오랫동안 수수방관만 해서 이렇게 외국놈들이 앞질러간 거라

---

102) 크리켓 용어로 '배팅' '볼링' '필딩'은 각각 '타구' '투구' '수비'.

고. 지금이라도 우리 힌두교도가 힘을 모으면 감히 누가 우릴 감당하겠냐?" 크리켓이 종교적 이기주의의 산물이라는 괴상한 사고방식, 그리고 원래 힌두교도가 잘하는 게임이라서 이 나라의 다른 여러 종교집단이 호시탐탐 힌두교를 억압한다는 생각은 필딩이 내세우는 정치철학의 밑바탕이었고, '뭄바이의 기둥'도 마찬가지였다. 새로운 정치운동을 조직할 당시 라만 필딩은 위대한 힌두 크리켓 선수의 이름을 빌려올 생각까지 했지만—란지[103] 군단, 만카드[104] 전사단 등등—결국 여신을—일명 뭄바-아이, 뭄바데비, 뭄바바이—선택함으로써 이 강력하고 폭발적인 집단에 지역이기주의와 종교적 국수주의를 심었다.

크리켓은 단체경기 중 가장 개인중심적인 경기인데 하필 네오스탈린주의라고 할 만큼 위계질서가 철저한 조직의 토대가 되었으니 실로 얄궂은 일이다. '뭄바이의 기둥Mumbai's Axis'은 곧 MA당이라는 약칭으로 널리 알려졌는데, 라만 필딩은—나중에 나도 직접 목격했듯—헌신적인 간부들을 '일레븐'[105] 단위로 구성하고 조원들이 '조장'에게 절대복종을 맹세하도록 했다. MA당 최고위원회는 오늘날까지 '1조 일레븐'으로 불린다. 그리고 필딩 자신은 처음부터 '주장'이라는 호칭을 고수했다.

그가 있는 자리에서는 만화가 시절의 별명을 입에 담을 수도 없었지만 시내 전역의 담벼락이나 자동차 옆구리마다—만둑에게 투표하세

---

103) 인도제국의 토후국 나와나가르의 왕. 1907년 즉위 이전에 영국에서 크리켓 선수로 활약했다.

104) 인도 크리켓 선수.

105) 열한 명으로 이뤄진 크리켓 팀.

요! ─그를 상징하는 개구리 그림이 즐비했다. 필딩은 대중에게 영합하여 큰 성공을 거둔 당대표였지만 특이하게도 허물없는 언행을 싫어했다. 그래서 뒷전에서는 '만둑'이라고 불러도 면전에서는 꼭 '주장님'이라고 불러야 했다. 그리고 〈아바스 알리 베그의 입맞춤〉을 비난한 후 두번째 공격을 하기까지 십오 년 사이─마치 주인이 반려동물을 닮아가듯─이미 오래전에 포기해버린 만화 속의 개구리를 어마어마하게 확대한 듯한 모습으로 변했다. 반드라 이스트에 있는 랄가움 마을의 2층짜리 저택에 사는 필딩은 정원의 굴모르나무 밑에서 측근과 청탁자에게 둘러싸여 왕 노릇을 했다. 연못에는 수련 잎이 떠 있고, 정원 곳곳에 있는 크고 작은 뭄바데비상은 정말 수십 개를 헤아렸다. 너울너울 떨어지는 황금빛 꽃잎이 신상과 필딩의 머리를 축복하는 듯했다. 필딩은 대체로 시큰둥하게 침묵을 지켰지만 가끔 어느 손님이 어리석은 발언이라도 하면 당장 발끈해 입정 사납고 무시무시하고 치명적인 말을 거침없이 뱉어냈다. 나지막한 등의자에 앉은 그의 거대한 똥배는 불룩 튀어나와 빈집털이의 장물보따리처럼 무릎을 가리고, 두툼한 개구리 입술에서는 꽥꽥거리는 개구리 소리가 흘러나오고, 이따금 작은 화살 같은 혀를 내밀어 입가를 핥고, 겁먹은 청탁자가 부들부들 떨며 그를 진정시키려고 비디처럼 돌돌 말린 돈다발을 잔뜩 꺼내면 개구리 눈꺼풀 때문에 늘 반쯤 감은 듯한 눈으로 탐욕스럽게 내려다보고, 통통하고 작은 손가락으로 돈다발을 빙글빙글 돌리며 애무하듯 어루만지고, 그러다 마침내 서서히 붉은 잇몸을 드러내며 입이 찢어져라 웃고─그야말로 영락없는 '만둑 라자', 아무도 그 명령을 거역할 수 없는 개구리 임금님이었다.

그 무렵 그는 자기 아버지의 인생 이야기를 뜯어고치기로 마음먹고 필딩 - 한 - 번만에 얽힌 사연을 이야깃거리에서 빼버렸다. 그리고 국내에 체류하는 외국인 기자들을 만날 때마다 아버지가 점잖고 교양 있는 문학 애호가이자 세계주의자였으며 '필딩'이라는 성을 쓰게 된 이유도 『톰 존스』의 작가에게 경의를 표하는 의미였다고 설명했다. 그러면서 이렇게 기자들을 나무랐다. "당신들은 내가 너무 옹졸한데다 지역주의에 사로잡혔다고 했지. 고집불통인데다 내숭쟁이라고도 했고. 그렇지만 나는 어릴 때부터 폭넓고 자유롭게 지식을 익혔소. 말하자면 피카레스크했다고나 할까."

자신의 작품이 이 막강한 양서류의 분노에 다시 불을 붙였다는 소식을 아우로라가 처음 들은 것은 커프퍼레이드에 있는 갤러리에서 케쿠 모디가 적잖이 겁먹은 목소리로 전화를 걸어왔을 때였다. MA당이 케쿠의 작은 전시실에서 항의시위를 벌일 계획이라고 발표했다는 이야기였다. 그들은 그곳에 무슬림 '운동선수 나부랭이'가 순진무구한 힌두교도 처녀를 욕보이는 장면을 그린 낯뜨거운 춘화가 전시됐다고 주장했다. 라만 필딩이 직접 나서서 시위를 주도하고 대중에게 연설할 예정이었다. 경찰이 출동하긴 했지만 숫자가 너무 적었다. 폭력 사태가 발생하거나 갤러리가 불타버릴 가능성이 매우 컸다. 어머니가 대답했다. "알았어. 개구리처럼 생긴 그놈은 내가 알아서 처리할게. 삼십 초만 기다려."

그로부터 반시간도 지나기 전에 시위는 취소됐다. 서둘러 마련한 기자회견장에서 MA당 '1조 일레븐' 대변인은 미리 준비한 성명서를 통해 춘화에 대한 항의시위를 보류한다고 발표했는데, 마하라슈트라주의 새해맞이 축제 구디 파드와가 임박한 상황에서 즐거운 축제 분위기가 자칫 폭력 사태로 얼룩지는 일만은—부디 굽어살피소서!—피하기 위해서였다. 더욱이 모디갤러리측에서도 국민의 반감을 고려해 문제의 그림을 치우기로 했다. 어머니는 엘레판타의 대문을 나서지도 않고 그렇게 무사히 위기를 넘겼다.

하지만 어머니, 그건 승리가 아니었지요. 오히려 패배였어요.

아우로라 조고이비와 라만 필딩의 첫 대화는 짧고 간결했다. 이번만은 아우로라도 아브라함에게 싫은 일을 대신 해달라고 부탁하지 않았다. 손수 전화를 걸었다. 내가 그 사실을 아는 까닭은, 나도 그 자리에 있었으니까. 몇 년 후 나는 라만 필딩의 책상에 놓인 전화기가 미국에서 들여온 특별한 물건이라는 사실을 알게 되었다. 수화기는 연두색 플라스틱으로 만든 개구리 모양이고 벨소리는 개구리 울음소리였다. 필딩은 그날도 이 수화기를 귀에 대고 개구리의 입에서 흘러나오는 어머니의 목소리를 들었으리라.

아우로라가 물었다. "얼마죠?"

만둑이 값을 불렀다.

⌐

〈아바스 알리 베그의 입맞춤〉에 얽힌 사연을 이리도 자세히 기록하는 이유는 우리의 삶에 필딩이 등장한 그 순간이 매우 중요하기 때문이기도 하고, 또한 크리켓 경기의 한 장면을 묘사한 이 그림으로 한동안 아우로라 조고이비가, 뭐랄까, 좀 지나치게 유명해졌기 때문이기도 하다. 폭력 사태의 가능성은 다소 줄었지만 이 작품은 계속 감춰둘 수밖에 없었다. 이 도시의 온갖 보이지 않는 것처럼 눈에 띄지 말아야 살아남을 테니까. 그리하여 원칙이 훼손됐다. 조약돌 하나가 언덕 아래로 굴렀다. 틱, 톡, 탁. 그때부터 몇 년 동안은 그렇게 훼손되는 것이 많고, 굴러내려간 조약돌에 이어 더 큰 돌덩이가 줄줄이 떨어질 터였다. 그러나 정작 아우로라 본인은 〈입맞춤〉에 대해 거창한 주장 따위는—원칙이든 장단점이든—내세우지 않았다. 그녀에게 이 작품은 기발한 장난에 불과했다. 쉽게 얻은 착상을 가볍게 표현했을 뿐이다. 그런데 그것이 골칫거리가 되어버렸고, 나는 그녀가 끊임없이 이 그림을 변호해야 하는 상황에서 겪는 권태감을, 그리고 자신의 진정한 작품 전체를 제치고 하필 이 '찻주전자 속의 장맛비'가 관심을 독차지한 데 대한 분노를 곁에서 지켜보았다. 그녀는 일시적 충동을 느꼈을 뿐인데 언론은 '숨은 동기'를 낱낱이 밝히라고 요구했다. 그녀에게는 놀이였을 뿐이고("정말이라니까!") 그저 흥이 나서 붓과 빛이 펼치는 거침없는 논리를 따라갔을 뿐인데 터무니없이 윤리 문제에 대한 답변을 요구받았다. 몇몇 '전문가'가 사회적으로 무책임하다는 비난까지 퍼붓는 바람에 반격할 수밖에 없었는데, 당시 그녀는 동서고금을 통틀어 예술가에게 사회적 책임을 따지려는 시도는 모두 실패로 끝났다고—경운기 미술, 궁정 미술, 초콜릿 상자의 형편없는 그림 등등—툴툴거리며 불쾌감을 드러냈다. 어머니는 기세등등하게 그림을 그리며 내게 말했다. "그런데 이런저런 학문을 배웠다는 놈들이 불쑥불쑥 나타나 분란을 일으킬 때마다 제일 못마땅한 문제는 나한테까지 이런저런 꼬리표를 붙인다는 거지."

그녀는 느닷없이 '기독교 화가'로 불리게 되었고—MA당 대변인들이 시작했지만 그들만이 아니었다—한번은 '유대인과 결혼한 기독교 여자'라는 말까지 나왔다. 처음에는 그런 오명을 듣고도 웃어넘겼지만 머지않아 웃을 일이 아님을 깨달았다. 그런 공격은 멀쩡한 사람을, 평생에 걸쳐 쌓아올린 업적과 언행과 우정과 대립을 순식간에 무효로 만들지 않는가! "내가 득점판에 1점도 올려보지 못한 사람처럼 보이잖아." 뜻하지 않게 크리켓을 연상시키는 비유였다. 또 어떤 날은 이렇게 말하기도 했다. "젠장, 은행에 돈 한 푼 없는 빈털터리가 된 기분이야." 그러다 바스쿠의 충고를 떠올리고 그녀답게 예측불가능한 일을 벌였다. 암담했던 1970년대 중반—내 기억 속에서는 그 시대가 더욱더 암담해 보이는데, 왜냐하면 당시에는 정부의 폭정이 별로 눈에 띄지 않았으니까, 말라바르언덕에서는 불법 고층빌딩이나 권리를 빼앗긴 빈민처럼 비상사태도 전혀 보이지 않았으니까—어느 날 화실에서 기나긴 하루를 끝마친 어머니가 내게 봉투 하나를 내밀었다. 스페인으로 가는 편도 항공권 한 장과 스페인 비자가 찍힌 여권이었다. 어머니가 말했다. "언제라도 쓸 수 있게 해놔. 비행기표는 해마다 갱신할 수 있고 비자도 마찬가지야. 이 엄마는 도망치지 않을 생각이다. 인디라 그년이 옛날부터 날 죽도록 미워했는데 어디 잡을 테면 잡아보라지. 그렇지만 넌 바스쿠가 충고한 대로 언젠가 떠나야 할지도 몰라. 그래도 영국만은 가지 마라. 이제 영국놈들이라면 지긋지긋하잖니. 팔림프스타인을 찾아봐. 무어리스탄을 찾으란 말이야."

그녀는 대문을 지키는 람바잔에게도 선물을 주었다. 검은색 가죽 탄띠, 그리고 덮개에 똑딱단추가 달린 경찰용 총집, 그리고 총집 속에는 장전한 권총. 어머니는 그가 사격 훈련도 받게 했다. 나는 그녀의 선물을 잘 보관했고, 그후에도 꼬박꼬박 잊지 않고 어머니 말대로 했다. 언제나 뒷문을 열어뒀고 활주로에는 늘 비행기 한 대가 대기하고 있었다. 나는 이질감을 느꼈다. 우리 모두 그랬다. 비상사태가 시작된 후 사람들의 눈빛이 달라졌다. 비상사태 이전에는 우리도 인도인이었다. 비상사태 이후에는 기독교를 믿는 유대인이 되었다.

탁, 톡, 틱.

⌐

아무 일도 없었다. 대문 앞에 폭도가 몰려들지도 않고 인디라가 복수의 천사 노릇을 하라고 보낸 체포조가 나타나지도 않았다. 람바의 권총은 총집을 벗어나지 않았다. 마이나가 구속되기는 했지만 불과 몇 주간이었고 그동안에도 대단히 정중한 대우를 받았으며 감방에서 손님도 만나고 책과 음식도 얼마든지 반입할 수 있었다. 이윽고 비상사태가 끝났다. 삶이 계속됐다.

아무 일도 없었으나 엄청난 일이 있었다. 낙원에 불상사가 생겼다. 이나가 죽었다. 장례식을 마치고 집으로 돌아온 아우로라가 처음 그린 무어 그림에서 육지와 바다의 경계선은 예전처럼 서로 마음대로 넘나드는 선이 아니었다. 이번에는 지그재그로 뻗어가는 뚜렷한 균열을 그렸고 그 틈새로 육지와 바다가 마구 쏟아져들어갔다. 망고와 감귤을 먹던 사람들, 색도 새파란데다 보기만 해도 이가 상할 만큼 다디단 시럽을 마시던 사람들, 싸구려 구두를 벗어들고 바짓가랑이를 걷어올린 회사원, 무어의 궁전 아래 펼쳐진 초파티해안을 맨발로 거닐던 연인,

모두가 비명을 지르고 있었다. 발밑의 모래가 그들을 빨아들여 틈바구니로 잡아당겼기 때문이다. 소매치기, 네온사인을 내걸고 주전부리를 팔던 노점상, 나라를 위해 죽어가는 군인처럼 군복을 입고 산책객에게 즐거움을 주도록 훈련받은 원숭이, 그리고 새다래와 게와 해파리, 모두가 삐뚤빼뚤한 어둠 속으로 사라져갔다. 심지어 활처럼 휘어진 머린 드라이브, 양식진주 목걸이처럼 진부한 불빛이 늘어선 머린 드라이브의 야경마저 일그러지고 산책로가 낭떠러지로 끌려갔다. 그리고 언덕 위의 궁전에서 이 비극을 내려다보는 어릿광대 무어는 폭삭 늙어버린 모습으로 무력하게 한숨만 쉬었다. 그의 곁에는 죽은 이나가 반투명한 모습으로 서 있는데, 내슈빌 이전의 이나, 관능미의 절정에 이른 이나였다. 〈심연을 내려다보는 이나의 유령과 무어〉. 이 그림은 훗날 무어 연작의 '성숙기'를 연 첫 작품으로 손꼽히는데, 대단히 역동적이고 종말론적인 이 작품들에서 아우로라는 딸을 잃은 슬픔과 오랫동안 표현하지 못한 모성애를 숨김없이 쏟아냈다. 그러나 그 속에는 더 큰 두려움도 담겼는데, 예언적 근심이랄까, 카산드라를 연상시키는 우국지심이랄까, 아무튼 한때나마, 적어도 꿈속의 인도에서나마 사탕수수즙처럼 달콤했던 것들이 변질되고 말았다는 격렬한 슬픔이었다. 그렇다, 그 시절의 그림에는 그 모든 것이 있었다. 그녀의 질투심도 있었다.

　—질투라니?—무엇을, 누구를, 왜?—

　엄청난 일이 있었다. 세상이 뒤집어졌다. 우마 사라스바티가 나타났기 때문이다.

14

내 인생을 바꾸고 고양시키고 마침내 파멸시킨 그 여자가 처음 나타난 것은 이나가 죽은 지 사십일일째 되던 날, 마할락슈미경마장에서였다. 그해도 고비를 넘겨 어느덧 선선한 계절로 접어든 일요일 아침, 이 도시에서 가장 지체 높은 시민들이 오래된 관습대로—"얼마나 오래됐지?" 하고 물으시면 나는 봄베이식으로 "굉장히 오래됐습죠, 까마득한 옛날부터니까요" 하고 대답하련다—일찌감치 일어나, 혈통이 우수하고 대단히 예민한 이곳 준마들을 대신해 예시장[106]과 경주로에 모여들었다. 경주 일정은 없고, 다만 선명한 줄무늬 셔츠를 입고 떠나버린 기수들의 그림자가 곳곳에 남아 있고, 과거와 미래의 말발굽소리가 환청

---

106) 경주마를 관객에게 선보이는 곳.

처럼 메아리치고, 입김을 뿜어내며 질주하는 말의 투레질소리가 아련
히 맴돌 뿐, 마치 도시 속의 시골 같은 이 주말 풍경에서는, 양산을 쓰
고 거니는 이 한가로운 상류층 행렬에서는, 마치 덧칠한 그림에서 희끗
희끗 내비치듯, 다만 날짜가 지나 버려진 콜의 경주 일정 소책자가—
아, 한없이 소중한 경마 길라잡이가!—여기저기 나뒹구는 모습과 바
스락거리는 소리가 상상의 눈과 귀에 감지될 따름이었다. 운동화와 반
바지 차림으로 젖먹이를 업은 채 쏜살같이 달리는 사람들, 혹은 밀짚
모자를 쓰고 지팡이를 휘두르며 느긋하게 거니는 사람들—그들은 어
업과 철강업의 귀족, 직조업과 운송업의 백작, 금융업과 부동산업의 거
물, 한마디로 육지와 바다는 물론이고 하늘까지 지배하는 실력자들이
었다. 그들의 아내는 머리끝부터 발끝까지 비단과 황금으로 치장하기
도 하고, 활동적인 여자는 운동복 차림에 꽁지머리를 하고 이마에 분홍
색 머리띠를 왕관처럼 두르기도 했다. 스톱워치를 들고 부리나케 1펄
롱 거리 표지판을 통과하는 사람도 있고, 항구로 들어가는 여객선처럼
느릿느릿 낡은 관람석 앞을 지나가는 사람도 있었다. 바야흐로 떳떳한
사람들과 안 떳떳한 사람들이 만나는 시간, 거래가 성사되면 악수를 나
누는 시간, 이 도시의 마나님에게는 젊은이들을 유심히 살펴보며 미래
의 혼례를 구상하는 시간, 그러나 청춘남녀에게는 자기들끼리 시선을
주고받으며 스스로 상대를 선택하는 시간이었다. 바야흐로 온 가족이
한자리에 모이는 시간, 이 대도시의 막강한 가문들이 함께 어우러지는
시간이었다. 권력, 금력, 사교, 욕망. 그저 오래된 경주로를 거니는 시
간, 그저 건강에 유익한 시간처럼 보이지만 사실 마할락슈미 주말 산책
의 이면에는 그렇게 다양한 동기가 도사리고 있었다. 계급의 경연장에

서 말도 없이 벌이는 경마랄까, 비록 출발을 알리는 총성도 없고 사진 판정도 없지만 실로 어마어마한 상품이 걸린 시합이었다.

이나가 죽고 육 주가 지난 주의 일요일, 우리 가족은 극심한 갈등을 해소해보려 노력했다. 아우로라는 윗단추를 풀어헤친 흰색 리넨 셔츠와 세련된 바지 차림으로 아브라함과 팔짱을 끼고 걸으며 가족의 결속을 만천하에 과시했다. 당시 일흔네 살이던 아브라함은 정장을 차려입었는데, 새하얀 머리와 꼿꼿한 자세가 돋보이는, 그야말로 한구석도 나무랄 데 없이 위풍당당한 가장의 풍모였으니, 어쩌다 귀족 모임에 끼어든 시골뜨기 친척 같던 모습은 온데간데없고, 오히려 그 자리에 모인 이 중에서도 으뜸가는 기품을 보여주었다. 그러나 그날 아침은 시작부터 그리 상서롭지 않았다. 우리는 마할락슈미로 가는 길에 마리아그라티아플레나수녀원에 들러 미니를—플로리아스 수녀를—차에 태웠는데, 때가 때인지라 특별히 오전 예배를 빠져도 좋다는 허락을 받은 터였다. 그녀는 수녀복 차림에 두건을 쓰고 나와 함께 뒷좌석에 앉아 묵주를 만지작거리며 조용히 성모송을 읊조렸는데, 그 모습이 마치 『이상한 나라의 앨리스』에 나오는 공작부인 같다는 생각이 들었다. 물론 얼굴은 훨씬 더 예쁘지만 고집스럽기는 매한가지였으니까. 마치 트럼프 카드에서 튀어나온 여자처럼 보이기도 했는데—우스꽝스러운 표정을 짓는 스페이드의 여왕과 〈퍼니 페이스〉[107]를 합쳐놓았다고나 할까. "간밤에 이나 언니를 봤어요." 미니가 거두절미하고 말했다. "천국에서 행복하게 지낸다고, 음악도 아주 근사하다고 전해달랬어요." 그러

---

107) 오드리 헵번 주연의 뮤지컬영화(1957).

자 아우로라가 얼굴을 확 붉히더니 입술을 앙다물고 턱에 힘을 주었다. 그 무렵 미니는 환상을 보기 시작했지만 아우로라는 곧이듣지 않았다. 공작부인이 자기 아들에 대해 했던 말을 조금 바꾸면 수녀가 된 공작부인 같은 누이에게도 고스란히 들어맞을 터였다. 약 올리려고 일부러 저러는 거야. 날 괴롭히려고 저러는 거야.[108]

그때 아브라함이 말했다. "엄마 화나게 하지 마라, 이나모라타." 이번에는 미니가 눈살을 찌푸릴 차례였다. 과거의 잔재에 불과한 이름, 그녀의 참모습과 아무 상관도 없는 이름이었기 때문이다. 그녀는 그라티아플레나 수녀들마저 경탄할 만한 수녀였고, 누구보다 금욕적인 신앙인이자 부지런한 일꾼이었고, 하다못해 바닥을 닦을 때도 누구보다 열심히 문질렀고, 누구보다 상냥하고 헌신적인 간호사였고—마치 특권을 누리며 살아온 인생을 속죄하려는 듯—수녀원을 통틀어 제일 거칠어 극심한 가려움증을 일으키는 속옷을 입었고, 카르다몸과 찻잎 냄새가 진동하는 낡은 마대 자루로 손수 만든 이 속옷 때문에 연약한 피부 곳곳이 심하게 부르텄고, 결국 원장수녀에게 지나친 고행도 허영과 다름없다는 훈계를 들었다. 그렇게 꾸지람을 들은 후 플로리아스 수녀는 마대 자루 속옷이 피부에 맞닿지 않도록 조심했는데, 그때부터 환상을 보기 시작했다.

수녀원 독방의 널빤지에(침대는 곧장 치워버렸으니까) 혼자 누워 있을 때, 성별을 알 수 없는 천사가 코끼리 머리를 달고 나타나 봄베이 시민들의 부도덕한 행실을 신랄하게 비판하며 봄베이를 소돔과 고모라

---

108) 『이상한 나라의 앨리스』에서 공작부인이 우는 아기를 어르며 부르는 노래.

에 견주더니 앞으로 십육 년에 걸쳐 홍수, 가뭄, 폭발, 화재 같은 천벌이 내리리라 겁을 주기도 했고, 말하는 곰쥐가 나타나 마지막 재앙은 흑사병 재발이라 예고하기도 했다. 그러나 이번에 나타난 이나는 훨씬 더 사사로운 문제였다. 종전에는 미니가 환상을 보았다고 할 때마다 아우로라는 딸의 정신 상태를 걱정했지만 이번 환상은 분노를 일으킬 뿐이었다. 이는 당시 그녀의 작품에도 이나의 유령이 등장했기 때문이기도 하고, 딸이 죽은 후 아우로라가 줄곧 느낀 기분 때문이기도 했는데, 워낙 불안하고 어수선한 시대였으므로 그녀처럼 누군가에게 쫓기는 기분에 사로잡힌 사람이 많았다. 우리 가족의 삶에도 망령들이 출몰했다. 그들은 예술적 은유와 눈에 보이는 일상적 현실 사이의 경계선을 제멋대로 넘나들었고 낙심한 아우로라는 그때마다 화를 내기 일쑤였다. 그러나 오늘은 집안의 화목을 도모하려 마련한 날이었다. 그래서 어머니는 그녀답지 않게 입술을 깨물며 참았다.

미니가 유익한 정보를 덧붙였다. "음식도 맛있다고 했어요. 암브로시아, 넥타, 만나[109]를 마음껏 먹을 수 있는데, 아무리 먹어도 살이 안 찐대요." 앨터마운트 로드에서 마할락슈미경마장까지는 차로 몇 분밖에 안 걸리는 거리라 그나마 다행이었다.

아브라함과 아우로라는 정말 오랜만에 팔짱을 꼈고, 우리집 천사 미니는 발걸음도 가볍게 부모님을 따라갔고, 나는 다른 이들의 시선을 피하려 고개를 푹 숙인 채 오른손을 바지 주머니에 깊숙이 찔러넣고 조금 뒤처져 걸으면서 수치심을 못 이겨 잔디를 툭툭 걷어찼다. 왜냐하

---

109) '암브로시아'와 '넥타'는 그리스신화에서 신들이 즐겼다는 불로불사의 음식과 술, '만나'는 광야에서 방황하던 유대민족에게 하느님이 내렸다는 음식.

면 봄베이의 젊은 미녀들과 마나님들이 속닥거리고 킥킥거리는 소리를 나도 들었기 때문이다. 내가 아우로라에게—비록 머리는 백발이지만 쉰세 살은커녕 마흔다섯 살도 안 되어 보이는 그녀에게—너무 가까이 다가가면, 사정을 모르는 구경꾼들은 비록 스무 살이지만 마흔 살로 보이는 이 몸이 그녀의 아들일 리 없다고 생각할 터였다. 아, 저기 저 사람…… 기형아라고…… 괴상한 일…… 무슨 특이한 병에 걸려서…… 가둬둔다고 들었는데…… 집안 망신이니까…… 백치와 다름없다나…… 게다가 외아들이니 아버지가 불쌍하죠. 그렇게 수다를 떠는 혓바닥이 온갖 소문을 퍼뜨렸다. 이 나라 사람들은 신체적 불행을 예사롭게 넘기지 못한다. 하긴, 정신적 불행도 마찬가지다.

어떤 면에서는 그날 경마장에서 속닥거리던 사람들의 말이 옳았는지도 모른다. 나는 사회적으로 백치와 다름없었다. 타고난 체질 때문에 평범한 삶을 살지 못했고 운명 때문에 기이한 사람이 되어버렸기 때문이다. 물론 내가 어떤 분야에 해박하다고 생각한 적도 없다. 그러나 특이한 교육, (전통적인 방식에 비해) 터무니없이 부적절한 교육을 받은 덕분에 정보를 훔치는 도둑 까치가 되었다. 마치 반짝이는 사금파리를 수집하듯[110] 온갖 사실, 괴담, 책, 예술사, 정치, 음악, 영화 등등을 닥치는 대로 주워모았고, 그렇게 보잘것없는 파편들을 손질하고 배열해 반짝반짝 빛나게 만드는 재간도 익혔다. 그것은 '바보의 금'[111]이었을까, 아니면 자유분방한 집에서 남다른 어린 시절을 보내는 동안 그 풍요로운 광맥에서 캐낸 귀중한 금덩어리였을까? 이 질문에 대한 판단은 남

110) 까치가 반짝이는 물체를 좋아한다는 속설이 있다.
111) 황금으로 착각하기 쉬운 황철광의 별칭.

들에게 맡기런다.

내가 과외활동을 즐기는 재미에 빠져 필요 이상으로 오래 딜리에게 집착한 것은 사실이다. 어차피 대학교에 진학할 형편도 아니었다. 어머니를 위해 모델 노릇을 했지만 아버지는 인생을 낭비하지 말라고 꾸짖으며 가업에 동참하라고 요구하기 시작했다. 아브라함 조고이비에게 감히 대드는 사람은—아우로라 말고는—아무도 없게 된 지 오래였다. 그는 이미 칠십대 중반이었지만 황소처럼 힘세고 레슬러처럼 다부졌다. 천식이 더 심해졌다는 사실만 빼면 경마장에서 운동복 차림으로 조깅하는 사람들 못지않게 건강했다. 태생이 비천한 편이라는 사실은 잊힌 지 오래였고, 일찍이 카몽시 다 가마의 C-50사였던 기업은 이제 업계에서 '시오디사'라는 약칭으로 불리는 거대기업의 일부였다. '시오디'는 카숀델리베리를 뜻하는 'C.O.D.'인데, 아브라함은 오히려 이 별명을 적극적으로 권장했다. 그 이름은 옛것—즉 쇠락을 거듭하다 결국 흡수되고 말았던 명문가 카숀델리베리 제국에 대한 기억—을 몰아내고 새것을 불러들였다. 어느 신문의 경제면에서는 그를 '시오디 씨'로 소개했고—카숀델리베리가를 움직이는 명석한 신진 사업가—그때부터 협력업체 사람들까지 실수로 '시오디 나리'라고 부르는 일이 잦아졌다. 아브라함은 일일이 잘못을 바로잡으려 하지 않았다. 그리하여 자신의 과거를 새롭게 색칠하기 시작했고…… 세월은 아버지로서의 모습에도 덧칠을 했고, 갓 태어난 나를 끌어안고 눈물을 흘리며 위로의 말을 건네던 그 남자는 흔적도 없이 사라졌다. 지금의 그는 무시무시하고 서먹서먹하고 위험하고 냉정해서 도저히 거역할 수 없는 사람이었다. 나는 순순히 굴복하고 아버지의 제안을 받아들여 '베이비 소프트 텔컴파우더 (비공개) 유한책임회사'의 영업홍보부 신입사원이 되었다. 그때부터는 아우로라를 돕는 일도 업무시간을 피해 미리 계획을 짜야 했다. 그러나 모델활동과 아기들에 대해서는 나중에 다시 이야기하자.

우선 색싯감을 구하는 문제부터 설명하자면, 내 조막손은—장애인을 찾아볼 수 없는 곳에서 나 혼자 장애인이었으니—결혼잔치에 나타난 유령과 다를 바 없어 젊은 여자들이 진저리를 쳤다. 좋은 집안에서 태어나 인생의 아름다운 일면만 보던 그들에게 내 손은 인생의 추악한 일면을 상기시켰으니까. 으악! 정말 무시무시한 주먹이었다. (이 주먹의 장기적 전망에 대해서는, 일찍이 람바잔이 곤봉처럼 생긴 내 오른주먹의 참된 잠재력을 조금 일깨워줬지만 아직은 내 천직을 못 찾았다는 사실만 밝혀두겠다. 내 칼은 여전히 주먹 속에서 잠자고 있었다.)

그렇다, 나는 양갓집 규수에게 어울리는 상대가 아니었다. 지금은 그만뒀지만 한때나마 손버릇 나쁜 가정부 자야 혜와 함께 자주 외출했건만 이 도시에서 나는 여전히 이방인이었다. 이를테면 카스파어 하우저[112]랄까, 모글리랄까. 나는 그들의 삶을 잘 몰랐고, (설상가상으로) 별로 알고 싶어하지도 않았다. 그런 경마장 패거리에게 나는 영원히 외부인일 테지만 스무 살이 되기까지 바삐 경험을 쌓았으므로 내 주위에서는 시간도 내 속도에 맞춰 2배속으로 흘러가는 듯한 기분이었다. 그래서 이제는 나 자신을 늙은—아니, 이 도시의 섬유업계에서 흔히 쓰는 말을 빌리자면, '고풍스러운', 더 나아가, '낡아빠진'—가죽을 뒤집어쓴 젊은이로 여기지 않았다. 겉으로 보이는 나이가 실제 나이였다.

---

112) 19세기 독일에 나타난 정체불명의 소년. 어린 시절부터 홀로 골방에 갇혀 지냈다고 주장했다.

어쨌든 나는 그렇게 믿었다. 우마가 내게 진실을 보여주기 전까지는.

그날은 아우로라의 기별을 받은 잠셰드 카슌델리베리도 마할락슈미로 찾아와 우리와 합류했는데, 전처가 죽고 예상과 달리 크게 상심한 그는 머지않아 법대마저 그만뒀다. 경마장에서 그리 멀지 않은 곳에 그레이트브리치 또는 브리치캔디라는 동네가 있는데, 철따라 그곳으로 바닷물이 쏟아져들어오면 내륙 저지대가 고스란히 침수되기 일쑤였다. 그래서 혼비방파제를 건설해 브리치캔디 일대를 막아버렸는데 (믿을 만한 정보에 의하면 1805년경에 완공됐다), 지미와 이나 사이의 틈바구니도 그녀가 죽은 뒤에나마 어떻게든 메꿔줘야 했다. 어쨌든 아우로라는 불굴의 의지로 방파제를 건설하기로 마음먹었다. "아버님 어머님, 안녕하세요." 어색한 표정으로 결승선 기둥 앞에서 기다리던 지미 캐시가 막 일그러진 미소를 지으려 할 때였다. 문득 그의 표정이 돌변했다. 눈이 휘둥그레지고, 안 그래도 몹시 창백한 얼굴에서 핏기가 싹 가시고, 입이 딱 벌어졌다. 아우로라가 놀라 물었다. "무슨 일인데 그래? 귀신이라도 본 얼굴이네." 그러나 이미 넋을 잃은 지미는 대꾸도 못하고 입을 딱 벌린 채 멍하니 서 있었다.

"안녕, 가족 여러분." 뒤쪽에서 마이나의 빈정거리는 목소리가 들렸다. "친구를 데려왔는데 다들 반겨줬으면 좋겠네요."

~

그날 아침 마할락슈미경마장에서 우마 사라스바티와 산책한 후 우리 가족은 그녀에 대해 각기 다른 의견을 내놓았다. 그래도 몇 가지 사실은 일치했는데, 그녀가 스무 살이라는 것, 바로다에 있는 M.S.대학의 출중한 미술학도라는 것, 그리고 벌써 이른바 '바로다 그룹'의 예술가들에게 격찬을 받았다는 것이었다. 유명한 평론가 기타 카푸르도 그녀의 작품에 감동해 열렬한 찬사를 썼는데, 힌두신화에 등장하는 거대한 황소 난디를 소재로 제작한 거대한 석상은 동명의 증권중개인이며 억만장자인 V.V. 난디─그 유명한 '악어' 난디─가 의뢰한 작품이었다. 카푸르는 엘롤라석굴사원군 중에서도 으뜸으로 손꼽히는 카일라시사원─8세기경 바윗돌 하나를 깎아 만든 놀라운 작품으로 파르테논 신전만한 규모다─을 만든 이름 모를 명장의 솜씨에 필적한다고 칭찬했다. 그러나 산책을 하며 그 석상 이야기를 들은 아브라함 조고이비는 황소처럼 우렁차게 너털웃음을 터뜨리며 버럭 소리쳤다. "애송이 악어 V.V.는 역시 낯짝이 두꺼운 놈이라니까! 주제에 난디 황소를 주문했다고? 차라리 북인도 강물에 사는 눈먼 악어새끼가 더 잘 어울릴 텐데."

우마는 여성연합물가인상반대전선(UWAPRF) 구자라트 지부에 근무하는 한 친구의 소개로 봄베이 중앙역 근처에 있는 낡아빠진 3층 건물의 작고 혼잡한 사무실에 처음 나타났는데, 그곳은 바로 마이나도 가입한 운동권 여성단체가─그들의 유명한 구호였던 '이 감옥을 부수리라We Will Smash This Prison'(이스 자일코 토드카르 레헹게[113])의 약자를 따 WWSTP위원회라는 명칭을 썼지만 반대파는 '보나마나 끼리끼리 동침하는 여자들Women Who Sleep Together Probably'이라는 뜻이라고 조롱했다─부정부패 척결과 인권 및 여권 신장을 부르짖으며 골리앗 대

---

113) 힌디어 음차.

여섯 명과 싸우려고 마련한 사무실이었다. 그날 우마는 아우로라의 그림을 높이 평가한다고 밝히는 한편 마이나의 위원회처럼—그들은 순장 같은 악습을 폭로하고 여성 순찰대를 조직해 강간을 예방하는 등 여남은 가지 운동을 벌였다—의욕적인 단체의 활동도 매우 중요하다고 말했다. 콧대 높기로 유명한 누이마저 우마의 열정과 박식함에 반해버렸고, 그래서 마할락슈미경마장의 조촐한 가족 모임에까지 데려오게 되었다.

논쟁의 여지가 없는 사실은 그 정도가 전부였다. 정말 놀라운 것은 그날 아침 마할락슈미에서 산책을 하는 사이에 그 손님이 이런저런 방법으로 우리 식구 모두와 차례로 몇 분씩 둘만의 시간을 보냈다는 사실, 그리고 그녀가 가족 모임에 끼어들어 너무 많은 시간을 빼앗았다고 사과하며 떠난 후 각자 그녀에 대해 확고부동한 의견을 내놨는데 생각이 완전히 정반대인 경우가 많아 도저히 타협점을 찾을 수 없었다는 사실이다. 플로리아스 수녀에게 우마는 흐르는 강물처럼 영성靈性이 넘치는 여자, 자제력과 극기심을 겸비한, 모든 종교의 궁극적 화합을 내다볼 줄 아는, 거룩한 은총의 빛 앞에서 종교적 차이 따위는 눈 녹듯이 사라지리라 믿는 위대한 영혼이었고, 마이나가 생각하는 우마는 얼음처럼 냉정하고—우리 필로미나는 이 말을 크나큰 찬사로 여겼다—철두철미한 세속주의자인데다 지칠 줄 모르는 투쟁정신으로 마이나에게 새로운 투지를 심어줄 마르크스주의적 페미니스트였고, 아브라함 조고이비는 두 딸의 의견을 싸잡아 '말도 안 되는 헛소리'로 일축해버리고 우마의 예리한 경제 감각을 칭찬하면서 현대적 협상 방식과 인수합병에 대한 최신 이론에도 해박하다고 평가했다. 그리고 줄곧 눈을 휘둥그레 뜨고 입을 딱 벌리고 있던 잠셰드 카슌델리베리는 기어들어가는 목소리로 세상을 떠난 이나가, 내슈빌의 햄버거 때문에 망가지기 전의 아름다웠던 이나가 환생한 줄 알았다고 털어놨는데, 예나 지금이나 멍청한 녀석인지라 쓸데없는 말까지 지껄이고 말았다. "이나와 똑같이 생겼는데 노래도 잘하고 똑똑하네요." 그는 우마와 함께 잠시 관람석 뒤편으로 갔을 때 그 아가씨가 노래를 불러줬는데 그렇게 아름다운 목소리는 평생 처음 들었다고 주절주절 설명을 늘어놓기 시작했지만, 아우로라 조고이비는 끝까지 들어보지도 않고 다짜고짜 호통을 쳤다. "오늘따라 다들 제정신이 아니구나! 특히 지미 자네는 방금 돌이킬 수 없는 실수를 저질렀어. 저리 가! 당장 꺼져버리고 다신 우리집에 얼씬도 하지 마."

우리는 기절한 생선처럼 흐리멍덩한 눈으로 예시장 앞에 우두커니 서 있는 지미를 남겨두고 집으로 돌아갔다.

아우로라는 처음부터 우마를 못마땅하게 여겼다. 경마장을 떠날 때도 그녀만은 수상쩍다는 듯 입술을 일그러뜨렸다. 이 문제는 아무래도 좀더 강조해야겠는데, 어머니는 당신보다 젊은 그 아가씨에게 기회조차 주지 않았다. 그래도 우마는 자신의 예술적 재능에 대해 시종일관 겸손한 태도를 잃지 않고 우리 어머니의 천재성을 열렬히 찬양할 뿐 호의 따위는 조금도 기대하지 않았다. 가령 1978년 카셀에서 열린 도쿠멘타 미술제 당시 큰 성공을 거둬 런던과 뉴욕의 내로라하는 미술상이 앞다퉈 몰려들 때도 우마는 독일 현지에서 아우로라에게 연락해 국제전화 잡음을 뚫고 소리쳤다. "캐스민이랑 메리 분한테 선생님 작품을 같이 전시한다는 약속을 받아냈어요. 안 그러면 제 작품도 전시하지 않겠다고 했거든요."

그녀는 기계에서 나온 여신[114]처럼 우리 앞에 나타나 우리 마음속 깊이 감춰진 자아에게 말을 걸었다. 신을 믿지 않는 아우로라만 그 목소리를 귀담아듣지 않았다. 이틀 후 우마가 머뭇거리며 엘레판타로 찾아왔을 때 아우로라는 화실 문을 걸어잠갔다. 아무리 좋게 보아도 어른스럽지 않거니와 예의도 아니었다. 나는 어머니의 무례한 행동을 무마하려 낡은 저택을 구경시켜주겠다며 열띤 어조로 말했다. "아무 때나 오셔도 환영할게요."

나는 우마가 마할락슈미에서 내게 했던 말을 누구에게도 말하지 않았다. 그날 그녀는 다른 식구들도 들으라고 일부러 웃으면서 말했다. "경마장에 오니 경주를 하고 싶네요." 그러더니 차팔[115]을 홱 벗어 왼손에 모아쥐고 경주로를 따라 쏜살같이 달렸는데, 마치 만화에서 속도감을 표현하는 평행선처럼, 혹은 제트기가 하늘에 남기는 비행운처럼 등 뒤로 흩날리는 긴 머리카락이 그녀의 궤적을 고스란히 보여줬다. 물론 나도 부리나케 그녀를 뒤쫓았다. 애당초 그녀는 내가 따라오지 않을 거란 생각 따위는 한순간도 하지 않았다. 발걸음이 날랜 그녀는 나보다 빨랐고, 나는 점점 가슴이 답답하고 숨이 차서 결국 포기할 수밖에 없었다. 나는 하얀 울타리에 몸을 기대고 헐떡이면서 양손으로 허파를 눌러 발작을 가라앉히려 노력했다. 그녀가 돌아와 두 손을 내 손에 포갰다. 이윽고 내 호흡이 가라앉자 그녀가 망가진 내 오른손을 가볍게 어루만지며 잘 들리지도 않을 만큼 조용한 목소리로 말했다. "이 손은 걸

---

114) 고대그리스의 극작술에서 기계장치로 신을 등장시켜 갈등이나 사건을 해결하는 수법인 '데우스 엑스 마키나'.
115) 인도식 가죽 샌들.

리적거리는 것을 모조리 부숴버리겠네요. 이런 손이 내 곁에 있으면 정말 안심해도 되겠어요." 그러더니 내 눈을 들여다보며 덧붙였다. "눈동자 속에 젊은 남자가 있네요. 날 내다보는 그가 보여요. 정말 신기한 조합이군요. 겉모습은 나이가 지긋해 보이는데 정신은 이렇게 젊다니. 옛날부터 그런 남자를 좋아했어요. 정말 매력적이에요."

나는 놀라워하며 내심 중얼거렸다. 그래, 이런 거였구나. 이토록 눈시울이 붉어지고 목이 메고 피가 뜨거워지는 일이었구나. 내 땀에서 후추 냄새가 물씬 풍겼다. 그리고 내 자아가, 진정한 자아가, 너무 오랫동안 감춰두기만 해서 영영 사라졌을지도 모른다고 생각했던 비밀 신분이 어딘가에서 나타나 중심을 차지하는 것을 느꼈다. 나는 이제야 어엿한 남자가 되었고 온전히, 변함없이, 영원히 그녀의 것이 되었다.

이윽고 그녀가 손을 거뒀을 때 무어는 이미 사랑에 빠진 뒤였다.

⌣

우마가 처음 우리집을 찾아온 날 아침 어머니는 내 누드화를 그리기로 마음먹었다. 우리 패거리 사이에서 알몸은 조금도 대수롭지 않았다. 예전부터 수많은 화가와 그 친구들이 서로를 위해 벌거숭이로 포즈를 취해줬기 때문이다. 불과 얼마 전에도 엘레판타의 손님용 화장실을 바스쿠 미란다의 벽화로 장식했는데, 중산모 말고는 아무것도 걸치지 않은 바스쿠 자신과 케쿠 모디를 그린 작품이었다. 케쿠는 늘 그랬듯 깡마르고 호리호리한 체격이었지만 바스쿠는 출세한 후 방탕하고 난잡한 세월을 보내느라 뚱뚱해진데다 키도 훨씬 작았다. 그런데 이 그림에서 흥미로운 부분은 누가 봐도 두 남자의 성기가 뒤바뀐 듯싶다는 점이었다. 바스쿠의 몸에 그려진 남근은 놀라울 정도로 길고 가늘어 마치 창백한 페퍼로니 같았고, 키다리 케쿠의 거무스름한 물건은 짤막한 대신 굵기와 둘레만은 사뭇 인상적이었다. 그런데도 두 남자는 한사코 성기가 뒤바뀌지 않았다고 단언했다. 바스쿠가 설명했다. "내 물건은 붓처럼 생기고 저 친구 물건은 돈다발처럼 생겼다니까. 우리한테 딱 어울리잖아?" 그 벽화에 제목을 붙여 늘 그렇게 불리도록 한 사람이 바로 우마였다. "로럴과 하돈[116] 같네요." 그녀가 킥킥 웃으며 한 말이 그대로 굳어졌다.

우마와 함께 '로럴과 하돈'을 보고 나서 나도 모르게 무어 연작의 역사 이야기를 꺼냈고, 새 작품 〈누드 무어〉에 대한 계획도 털어놨다. 어머니와 나의 예술적 협동작업에 대해 자랑스럽게 설명하는 동안 그녀는 자못 진지하게 듣다 별안간 활짝 웃었다. 광선총을 쏘는 듯한 연회색 눈동자가 나를 사로잡았다. 그녀가 타일렀다. "그 나이에 어머님께 알몸을 보이다니 바람직한 일은 아니죠. 우리가 더 친해지면 수입산 카라라대리석으로 그 아름다운 모습을 조각해줄게요. 손이 너무 큰 다비드상처럼, 큼직한 곤봉같이 생긴 그 손을 세상에서 제일 사랑스러운 손으로 만들어줄게요. 그때까지는 무어 씨, 저를 위해서라도 몸을 아끼세요."

그 말을 한 뒤 그녀는 위대한 화가의 작업을 방해하기 싫다며 금방 가버렸다. 그토록 세심하고 사려 깊은 여자라는 증거가 명백한데도 자

---

116) 미국 2인조 코미디언 '로럴과 하디'에 빗댄 말. '하돈(Hard-on)'은 남근의 '발기'를 뜻한다.

기중심적인 어머니는 우리의 새 친구에 대해 좋은 말이라곤 한마디도 하지 않았다. 그리고 내가 워블리의 베이비 소프토 사무실에서 일을 시작했으니 아무래도 그곳에서 많은 시간을 보낼 듯해 모델 노릇은 못하겠다고 말씀드리자 어머니는 대뜸 분통을 터뜨리며 버럭 소리쳤다. "소프토 평계 대지 마! 얼빠진 생선처럼 그 계집애 낚싯바늘에 홀라당 걸려든 주제에 그냥 같이 놀자는 뜻인 줄 아는구나. 머지않아 네가 물 밖으로 끌려나오면 그년이 네 몸에 버터를 바르고 마늘, 생강, 미르치 마살라, 커민 씨를 솔솔 뿌려 지글지글 튀겨버릴 테니 두고 봐라. 아마 감자칩도 곁들여 먹겠지." 그러고는 화실 문을 쾅 닫고 나를 영원히 추방해버렸다. 그후 어머니는 두 번 다시 내게 포즈를 취해달라고 부탁하지 않았다.

〈시멘의 등장을 바라보는 벌거숭이 무어〉는 벨라스케스의 〈시녀들〉 못지않게 형식을 중시한 그림으로, 다채로운 시선 처리에서도 〈시녀들〉의 영향을 엿볼 수 있다. 아우로라가 창조한 가공의 궁전 말라바르 알람브라의 한 방, 정교한 기하학무늬가 그려진 벽에 벌거벗은 무어가 몸을 기대고 서 있는데 피부에는 총천연색 마름모꼴 문양이 가득하다. 등뒤에는 상단을 조가비 모양으로 장식한 창문이 있고, 창턱에는 침묵의 탑에서 날아온 독수리 한 마리가 내려앉았고, 이 섬뜩한 창틀 옆 벽면에 시타르를 비스듬히 기대놨는데 옻칠한 박으로 만든 울림통을 쥐한 마리가 열심히 갉아먹는 중이다. 왼쪽에는 길고 치렁치렁한 검은색 옷을 입은 무시무시한 어머니가, 아익사─아우로라 모후가 전신 거울을 들고 아들의 알몸을 비추고 있다. 거울에 비친 무어의 모습은 아름답고 사연스럽기만 한데─알록달록하지도 않고, '보압딜'이라는 가식도 없고, 그냥 내 모습 그대로다. 그러나 마름모꼴로 뒤덮인 무어는 거울 속 자기 모습을 바라보지 않는다. 왜냐하면 그의 오른쪽 문간에 아름다운 아가씨가 우뚝 서 있고—우마, 당연히 우마의 얼굴인데, 스페인풍으로 각색돼 '시멘'으로 탈바꿈한 우마는 〈엘시드〉에 등장한 소피아 로렌의 모습에서 몇몇 특징을 빌려왔을 뿐, 아무런 설명도 없이 로드리고 데 비바르에 얽힌 이야기 속에서 끄집어내 이렇게 무어가 사는 혼성적인 세계로 데려다놓았는데—어서 오라는 듯 좌우로 벌린 두 손 사이에 온갖 신기한 것이—황금빛 행성, 보석으로 이루어진 새, 조그마한 난쟁이 등등—마법의 힘으로 환히 빛나는 허공에 둥실둥실 떠 있기 때문이다.

이 그림은 처음으로 진정한 사랑을 찾은 아들을 보고 어머니로서 질투심을 느낀 아우로라가 터뜨리는 고통의 절규인데, 아들에게 그의 참모습을 보여주려는 어머니의 노력은 마법사 여인의 매혹적인 잔재주 때문에 실패할 수밖에 없는 운명이다. 쥐는 음악이 상징하는 온갖 가능성을 갉아먹고 독수리는 참을성 있게 식사시간을 기다린다. 일찍이 이사벨라 시메나 다 가마가 임종 자리에서 자신을 엘시드와 아내 히메나를 뭉뚱그린 듯한 존재로 표현한 다음부터 그녀의 딸 아우로라는 벨이 떨어뜨린 횃불을 이어받아 자신도 남녀 주인공을 하나로 합친 존재라고 생각했다. 그런데 이제 와서 이렇게 두 사람을 나눠놨으니—그림 속 무어에게는 찰턴 헤스턴 역할을 맡기고 우마의 얼굴을 한 여자에게는 우리 외할머니의 미들네임을 프랑스식으로 바꿔 붙였으니[117]—아

---

117) 포르투갈의 '시메나', 스페인의 '히메나', 프랑스의 '시멘'은 같은 이름이다.

우로라는 자신의 패배를 인정하고 인간으로서 언젠가는 죽을 수밖에 없는 운명임을 암시한 셈이다. 늙은 모후 아익사가 그랬듯이 지금의 아우로라도 거울아-거울아 따위는 들여다보지 않는다. 지금 거울에 비친 사람은 보압딜-무어다. 그러나 진짜 마술 거울은 그의(나의) 눈동자 속에 있고, 그 신비로운 거울에게 이 세상에서 제일 예쁜 여자는 보나마나 문간에 서 있는 마법사 여인뿐이다.

성숙기 무어 연작의 여러 작품이 그렇듯 이 그림도 유럽의 옛 거장들이 사용한 덧칠기법으로 그렸고 무어 연작에 '시멘'이라는 인물이 처음 등장해 미술사에서도 중요시하는 작품이지만 내게는 궁극적으로 예술과 삶은 별개라는 증거이기도 했다. 예술가에게는 진실로 보이는 일이―예컨대 예쁘장한 마녀가 악의를 품고 침투해 모자 사이를 갈라놓으려 한다는 이 터무니없는 이야기처럼―현실세계의 사건, 감정, 사람들과는 전혀 다를 수도 있기 때문이다.

우마는 자유분방한 여자였다. 언제나 마음 내키는 대로 움직였다. 우마가 바로다로 떠날 때마다 가슴이 찢어지게 아팠지만 내가 그곳으로 찾아갈 수도 없었다. 그녀는 말했다. "준비가 되기 전에는 내 작품을 보여주기 싫어서 그래. 당신이 내 작품보다 나한테 먼저 반하길 바라니까." 믿기 어려운 일이지만 아무나 골라잡을 수 있는 그녀가 나처럼 결점 많고 겉늙은 바보를 마음에 담았으니 정말 미녀 특유의 별스러운 선택이 아닐 수 없었다. 그녀는 귓속말로 내게 지상낙원을 약속했다. "기다려, 사랑스럽고 순진한 당신, 기다려봐. 난 당신 속마음을 속속들이 아는 여신이니까, 언젠가는 당신이 원하는 걸 다 줄 테니까, 아니, ㄱ 이상일 테니까." 조금만 기다려줘. 그렇게 간청하면서도 이유조차 밝히지 않았지만 그녀의 약속이 불러일으킨 황홀한 설렘이 모든 의문을 씻어냈다. 때가 되면 죽는 날까지 당신의 거울, 당신의 분신, 당신의 반려, 당신의 황후, 당신의 노예가 되어줄게.

그녀가 여러 차례 봄베이로 내려왔으면서도 내게 연락하지 않았음을 알았을 때는 나도 적잖이 놀랐다는 사실을 고백해야겠다. 미니가 그라티아플레나에서 전화를 걸어 떨리는 목소리로 말해줬는데, 우마가 그녀를 찾아와 비기독교인이 그리스도의 품에 안기는 법을 물었다고 한다. 플로리아스 수녀는 말했다. "난 정말 우마가 언젠가는 예수님을, 그리고 성모마리아를 섬길 거라 굳게 믿어." 그 순간 내가 코웃음이라도 쳤는지 미니의 말투가 야릇하게 달라졌다. "그래, 우마가, 그 착한 애가 정말 걱정된다고 하더라. 악마가 널 꽉 틀어쥐고 있다면서."

마이나도―좀처럼 연락이 없던 마이나도!―전화를 걸어와 정치 시위대 맨 앞줄에서 나의 연인을 만나 즐거웠다고 이야기했다. 그들은 커프퍼레이드 고층빌딩 부근의 귀중한 땅을 무단 점유한 안 보이는 빈민들의 안 보이는 판잣집이 모두 철거되는 사태를 일시적으로나마 저지할 수 있었다. 그날 우마의 선창으로 시위대와 판자촌 주민들이 열광적인 합창을 했던 모양이다. 우리가 운동을 시작했으니 세상 그 무엇이 두려우랴? 마이나는 불쑥 속내를 드러내기도 했는데―좀처럼 속내를 드러내지 않는 마이나가!―아무래도 우마는 레즈비언이 분명하다는 얘기였다. (필로미나 조고이비는 자신의 성적 취향에 관한 비밀을 아무에게도 밝히지 않았지만 그녀가 남자와 데이트를 한 적이 없다는 사실은 모르는 이가 없었다. 서른 살이 다가오자 그녀는 명랑하게 현실을 받아들였다. "혼기를 놓치는 바람에―결국 노처녀로 늙어 죽겠지." 그런데 이제 우마 사라스바티가 마이나의 비밀을 알아차린 모양이었다.) "우린 아주 친해졌는데—내 말 알아들었니?" 그렇게 놀라운 고백을 하는 마이나의 말투는 소녀 같은 수줍음과 도전적인 태도가 뒤섞여 야릇한 느낌을 주었다. "드디어 껴안고 잘 사람이 생겼어. 럼주 한 병이랑 담배 두어 갑만 있으면 밤새도록 수다를 떨 수도 있고. 젠장, 언니들은 전혀 쓸모가 없었거든."

밤을 샜다고? 언제? 더구나 마이나의 셋방은 여벌 매트리스는 고사하고 의자 하나 더 들여놓을 자리도 없는데. 대체 어디서 '껴안고 잤다'는 말인가? 그때 누이의 목소리가 내 귓속으로 파고들었다. "그건 그렇고, 듣자니 네가 우마한테 눈독을 들인다더라." 사랑 때문에 내가 너무 예민해진 탓일까, 아니면 마이나의 그 말은 실제로 우마를 넘보지 말라는 경고였을까? "동생아, 이 누나가 충고 한마디 하겠는데, 꿈 깨라. 가서 다른 암컷이나 찾아봐. 우마는 여자를 더 좋아하니까."

그런 전화를 어떻게 이해해야 좋을지 난감했는데, 바로다에 있는 우마에게 전화를 걸어봐도 좀처럼 받지 않아 더욱더 당혹스러웠다. 베이비 소프토 텔레비전 광고를 찍던 날, 탤컴파우더를 잔뜩 뿌린 갓난아기 일곱 명이 옹알이를 하는 촬영장에서 나는 마음속 번민에 정신이 팔려 내가 맡은 간단한 임무조차 제대로 해내지 못했는데—스톱워치를 들고 강렬한 클리그등[118]이 오 분당 일 분 이상 아기를 비추지 않도록 조절하는 일이었다—멍하니 잡념에 빠졌다 문득 정신을 차려보니 촬영팀은 노발대발하고, 엄마들은 비명을 지르고, 아기들은 열기에 데어 두

---

118) 영화 촬영용 특수 조명의 일종.

드러기가 나거나 물집이 잡힌 채 목청껏 울부짖는 등 온통 아수라장이었다. 나는 부끄럽기도 하고 당혹스럽기도 해서 허둥지둥 촬영장을 빠져나갔는데 우마가 현관 계단에 앉아 나를 기다리고 있었다. 그녀가 말했다. "우리 도사[119]나 먹으러 가자. 배고파 죽겠어."

물론 점심식사를 하는 동안 우마는 모든 일에 대해 충분히 납득할 만한 설명을 해주었다. 눈물이 그렁그렁한 눈으로 그녀가 말했다. "당신을 더 알고 싶었어. 당신에 대해 알아야 할 걸 모조리 알아내느라 내가 얼마나 노력했는지 보여줘서 놀라게 하고 싶었어. 그리고 당신 가족과도 친해지고 싶어. 피붙이처럼, 아니, 피붙이보다 더 가까워지고 싶단 말이야. 당신도 알겠지만 우리 불쌍한 미니가 하느님에게 미쳐 살짝 제정신이 아니잖아. 난 그저 호의를 보이려고 몇 가지 질문을 했을 뿐인데 가엾은 수녀님이 엉뚱한 오해를 한 거야. 내가 수녀가 되다니! 어처구니가 없네. 그리고 악마에 대한 말은 농담이었어. 미니가 하느님 편이라면 당신이나 나처럼 평범한 사람은 모두 악마 편인 거지, 안 그래?" 그렇게 말하는 동안에도 그녀는 두 손으로 내 얼굴을 감싸거나 처음 만난 날처럼 내 손을 어루만졌다. 그녀의 얼굴에는 사랑과 의심받았다는 괴로움이 가득했는데…… 그럼 마이나는? ─그토록 다정하고 헌신적인 여자에게 꼬치꼬치 따지다니 터무니없이 잔인한 짓이라 생각하면서도 물었다. "당연히 마이나도 만나러 갔지. 마이나 때문에 그 투쟁에도 동참했어. 노래를 부를 줄 아니까 노래를 불렀고. 그게 잘못이야?" 껴안고 잤다면서? "맙소사, 아무것도 모르는 이 바보! 여자를 더 좋

---

119) 불린 쌀과 렌틸콩 반죽을 발효시킨 후 철판에 얇게 부쳐 먹는 인도 요리.

아하는 여자가 누군지 궁금하면 나 말고 터프가이 같은 누님을 봐. 한 이불을 덮고 자는 정도야 여자 대학생들이 늘 하는 일이니 아무 의미 없어. 그렇지만 껴안고 잤다는 말은 필로미나 누님의 색몽色夢일 뿐이야. 너무 솔직하게 말해서 미안해. 그래, 솔직히 나도 좀 화가 났거든. 친해지고 싶었을 뿐인데 다들 무슨 광신도나 거짓말쟁이 취급하고, 심지어 당신 누나랑 동침까지 했다고 몰아붙이다니. 사람들이 왜 그렇게 못됐어? 모두 사랑해서 한 일인데 왜들 몰라?" 큼직한 눈물방울이 빈 접시에 뚝뚝 떨어졌다. 아무리 괴로워도 그녀의 왕성한 식욕은 변함없었다.

나는 애원하고 사죄했다. "그만, 제발 그만 울어. 앞으로는 절대로…… 두 번 다시……"

우마는 눈물을 머금은 채 활짝 웃었는데 그 미소가 하도 눈부셔 무지개가 뜨지 않을까 싶었다.

그녀가 소곤소곤 속삭였다. "이제 내가 철두철미 이성애자라는 증거를 보여줄 때가 된 것 같아."

⌢

그리고 그녀가 아브라함 조고이비와 함께 있는 모습이 사람들 눈에 띄기도 했는데, 윌링던클럽 수영장에서 클럽샌드위치를 게걸스레 먹어치운 후 노인과 골프 시합을 벌여 예절바르게 져줬다고 한다. 여러 해가 지난 후 I.M. 페이가 지은 빌딩 꼭대기의 에덴동산에서 아버지가 말했다. "대단한 아이였지, 네 여자친구 우마 말이다. 굉장히 똑똑하고,

핑장히 창의적이고, 게다가 수영장처럼 시원한 눈으로 뚫어져라 쳐다보고. 네 엄마 얼굴을 처음 봤을 때 말고는 그런 눈을 본 적이 없어. 그날 내가 얼마나 주절주절 떠들었는지 모른다! 정작 내 새끼들은 나한테 관심도 없었는데—외아들이라는 네 녀석도 마찬가지고!—늙은이한테는 말상대가 필요한 법이다. 그 자리에서 그애를 고용하려 했지만 자기한테는 예술이 최우선이라고 하더라. 그건 그렇고, 맙소사, 그 젖. 가슴 한 쪽이 네 머리통만하더라." 아버지는 음흉하게 낄낄거리더니 진담인 체하는 노력도 없이 형식적인 사과를 했다. "난들 어쩌겠냐. 한평생 여자만 보면 사족을 못 썼으니." 그때 문득 그의 얼굴에 먹구름이 지나갔다. 아버지가 중얼거렸다. "너나 나나 딴 여자한테 한눈팔다 네 엄마를 잃었구나."

세계적 규모의 금융 사기, 모감보 수준의 어마어마한 주가조작, 수십억 달러짜리 무기 거래, 훔친 컴퓨터와 몰디브 출신 마타하리를 이용한 핵기술 탈취 공작, 그리고 이 나라의 상징인—머리 네 개 달린—'사르나트의 사자'를 비롯한 문화재 밀반출…… 그런 일이 벌어지는 '어둠'의 세계에 대해, 자신이 꾸민 엄청난 음모에 대해 아브라함은 우마 사라스바티에게 어디까지 털어놨을까? 예컨대 특별한 경로를 거쳐 수출하는 베이비 소프토 파우더에 대해서는 얼마나 이야기했을까? 내가 물었을 때 그는 고개를 절레절레 저었다. "자세히 말하지는 않았겠지. 나도 잘 모르겠다. 다 말해버렸을 수도 있고. 내가 잠꼬대를 한다고들 하니까."

내가 너무 앞서갔다. 우마는 우리 아버지와 맞붙은 골프 시합에 대해 얘기하면서 아버지의 스윙 동작을 칭찬하고—"흔들림이 전혀 없다니, 그 연세에!"—낯선 도시를 찾아온 풋내기에게 넉넉한 인심을 베풀었다고 찬사를 늘어놨다. 그 무렵 우리는 콜라바 혹은 주후의 저렴한 호텔방에서 몇 차례 만났다(시내의 오성급 호텔은 망원렌즈를 장착한 눈도 많고 장거리전화를 애용하는 혀도 많아 위험하니까). 그러나 우리가 제일 좋아한 곳은 빅토리아 종착역이나 봄베이 중앙역의 철도 여행자 숙소였다. 천장이 높고 덧문이 달린, 별 특징은 없지만 시원하고 깨끗한 방에서 나는 천국과 지옥을 넘나드는 여행을 시작했다. 우마 사라스바티는 말했다. "기차, 피스톤운동, 칙칙폭폭. 소리만 들어도 흥분되지 않아?"

우리의 정사에 대해서는 말하기 쉽지 않다. 그후 온갖 일을 겪었지만 지금까지도 그 시절의 추억을 떠올리면 이미 잃어버린 것에 대한 갈망 때문에 온몸이 부들부들 떨린다. 나는 그 편안하고 다정한 순간들을, 그리고 계시와 다름없는 그 느낌을 기억한다. 마치 육체의 문이 활짝 열리고 생각지도 못한 오차원 우주가 쏟아져나오는 듯했다. 고리를 두른 행성과 꼬리 달린 혜성. 소용돌이치는 은하계. 폭발하는 태양. 그러나 그 순간을 말로 표현하기란 불가능하다. 꾸밈없는 몸짓, 이리저리 움직이는 손, 팽팽하게 힘을 준 엉덩이, 활처럼 휘어진 허리, 오르내리는 동작, 그 자체로는 아무것도 아니면서 또한 전부이기도 한 행위. 비록 잠깐 동안의 동물적 몸놀림이지만 그것을 위해서라면 무엇을—정말 무엇을―마다하랴. 그런 열정, 그런 성신이 연극이었다고는 도저히―그렇다, 지금 이 순간까지도 나로서는―상상조차 할 수 없다. 그곳에서, 역사를 드나드는 열차 위에서 그녀가 내게 몸으로 거짓말을 했다고는 믿지 않는다. 믿지 않는다, 믿는다, 믿지 않는다, 믿는다, 안 믿는다, 못 믿는다, 믿는다.

말하기 좀 난처한 일이 하나 있다. 우리가 쾌락의 에베레스트 부근까지 갔을 때, 말하자면 욕망의 사우스콜[120]쯤 도달했을 때, 우마가, 나의 우마가, 한 가지 슬픈 일이 있다고 내 귓가에 중얼거렸다. "당신 어머님이, 내가 존경하는 어머님이 나를 싫어하시잖아." 그래서 나는 헐떡거리면서, 이래저래 바삐 움직이면서 나름대로 그녀를 위로했다. 아니, 좋아하셔. 그러나 우마는―땀을 흘리며, 숨을 몰아쉬며, 내게 몸을 밀어붙이며―한탄을 되풀이했다. "아니라니까, 내 사랑. 어머님은 나를 싫어하셔. 정말 싫어하셔." 고백하건대 그토록 아찔한 순간에 그런 대화를 나누자니 짜증이 솟구쳤다. 나도 모르게 욕설을 내뱉었다. 젠장, 그럼 밟아버려―"방금 뭐라고 했어?"―밟아버리라니까. 어머니를 짓밟아버려. 오―그러자 그녀는 그 이야기를 접어두고 다시 당면한 일에 열중했다. 내 귓가에 다른 말을 속삭였다. 당신도 하고 싶지, 내 사랑, 이렇게도 하고, 또 이렇게도 하고. 오 세상에 그래 하고 싶어하게 해줘 그래 그래 오오······

이런 밀어는 몰래 엿듣기보다 몸소 나누는 편이 나으니 더 길게 늘어놓지 않으련다. 다만 여기서 고백하건대―이런 말까지 하자니 낯이

---

120) 에베레스트 정상 직전의 움푹 파인 능선.

뜨겁지만―우마는 걸핏하면 우리 어머니의 반감을 다시 화제로 올렸고, 그래서 나중에는 그런 얘기를 하며 스스로 흥분하는 건 아닌가 하는 생각까지 들었다―나를 미워하셔 나를 미워하셔 어쩌면 좋아―그러고는 내 대답을 기다렸는데, 부디 용서하시라, 이미 욕망에 사로잡힌 나는 그때마다 그녀가 원하는 대로 대답할 수밖에 없었다. 그럼 따먹어. 기절할 때까지 따먹어버려 그 멍청한 년. 그러면 우마는 물었다. 어떻게? 내 사랑, 내 사랑, 어떻게?―박아버려. 앞에서도 박고 뒤에서도 박고―오, 당신도 해봐, 하나뿐인 내 사랑, 그러고 싶다면, 당신도 그렇게 하고 싶다면―맙소사 그래. 하고 싶어. 그래. 오 맙소사.

그리하여 나는 지상 최대의 희열을 맛보는 순간에 파멸의 씨앗을 뿌리고 말았다. 나의 파멸, 어머니의 파멸, 그리고 위대했던 우리 가문의 파멸.

⌒

그 무렵에는 단 한 명만 빼고 모두가 우마를 사랑했고, 예외이던 아우로라마저 그녀를 묵인했다. 우마가 우리집에 올 때마다 누이들이 집에 들렀을 뿐 아니라 내 얼굴에도 기뻐하는 표정이 역력했기 때문이다. 비록 어머니 노릇을 하는 날은 드물지만 어머니라는 사실은 변함없으니 곧 마음이 누그러질 수밖에 없었다. 더구나 아우로라는 예술을 중요시했다. 케쿠 모디가 바로다에 다녀와 젊은 여자의 작품을 극찬한 후 위대한 아우로라는 더욱더 상냥해졌다. 이제 어머니가 엘레판타에서 파티를 여는 일은 드물었지만 어느 밤 우마에게 귀빈 대우를 해주기도 했다. 어머니는 단언했다. "천재라면 뭐든지 용서받을 만하지." 우마는 기뻐하는 동시에 쑥스러워하는 표정이었다. 아우로라가 덧붙였다. "반면에 삼류라면 아무것도 받을 자격이 없어. 땡전 한 푼도, 개똥한 조각도, 아무것도. 이봐요, 바스쿠—당신은 어떻게 생각해요?" 이제오십 줄로 접어든 바스쿠 미란다는 봄베이에 머무는 시간이 그리 많지않았다. 어쩌다 그가 나타나기만 하면 아우로라는 인사치레 따위로 시간을 낭비하지 않고 다짜고짜 바스쿠의 '공항 작품'을 비난했는데, 원래 독설이라면 누구에게도 밀리지 않았지만 바스쿠에게는 유난히 심했다. 아우로라의 작품은 '떠돌아다닌' 적이 없었다. 유럽의 몇몇 중요한 미술관이—암스테르담시립미술관, 테이트갤러리 등—작품을 구입했지만 미국 쪽은 여전히 무관심했다. 플로리다주 포트로더데일의 고블러가만 예외였는데, 그들이 열심히 사주지 않았다면 수많은 인도 화가가 가난을 면치 못했으리라. 그러므로 어머니가 그토록 모질게 군 이유는 시기심 때문인지도 모른다. 그녀는 이런 질문을 던졌다. '환승 라운지 특별 작품'은 잘 있나요, 바스쿠? 무빙워크에 탄 승객들은 작품을 보려고 멈추는 일이 전혀 없다는 거 알아요? 그리고 시차증! 혹시 시차때문에 비판력이 더 좋아지기 때문일까?" 그렇게 공격을 받을 때마다바스쿠는 쓴웃음을 지으며 고개를 숙였다. 그는 외화로 막대한 재산을모았는데, 당시에는 리스본과 뉴욕의 살림집과 화실을 처분하고 안달루시아의 어느 언덕에 아방궁을 짓는 중이었다. 인도 화가 전체의 평생수입을 합친 것보다 많은 돈을 이 건물에 퍼붓는다는 소문도 있었다. 바스쿠는 굳이 부인하지 않았는데, 그 이야기 때문에 그는 봄베이에서더욱 미움을 받았고 아우로라 조고이비의 비난도 점점 더 신랄해졌다.

바스쿠의 허리는 풍선처럼 부풀었고, 달리처럼 느낌표 두 개를 연상시키는 콧수염을 길렀고, 기름기로 번질거리는 머리카락은 왼쪽 귀 바로 위에서 가르마를 타고 포마드를 발라 번쩍거리는 대머리 정수리에 철썩 붙였다. 아우로라가 놀려댔다. "저러니 노총각 신세를 못 면하지. 똥배도 어지간해야 여자들이 참아주지, 맙소사, 당신은 머리끝부터 발끝까지 온몸이 똥배잖아." 이번만은 다수의 의견도 아우로라의 조롱을 뒷받침했다. 세월은 바스쿠의 은행 잔고를 두둑하게 채워줬지만 그의 몸매뿐 아니라 인도 국내의 평판까지 형편없이 망가뜨렸다. 작품 의뢰는 무수히 밀려들었지만 작품에 대한 평가는 끝없이 추락해 얄팍하고 천박하다는 혹평을 들었다. 활동 초기에는 국립박물관에서도 몇몇 작품을 사들였으나 그뒤로는 아무것도 안 산 지 오래였다. 그나마 구입한 작품 중에도 현재 전시중인 작품은 하나도 없었다. 실력 있는 비평가와 젊은 예술가는 V. 미란다를 한물간 퇴물로 여겼다. 우마 사라스바티의 인기가 치솟는 동안에도 바스쿠의 인기는 하염없이 곤두박질쳤다. 그러나 아우로라가 아무리 구박해도 바스쿠는 대꾸조차 하지 않았다.

바스쿠와 아우로라 사이는 결국 피카소와 브라크처럼 긴밀한 협력 관계로 발전하지 못했다. 바스쿠에게 재능이 부족하다는 사실을 간파한 아우로라는 그와 무관하게 자신의 길을 걸었다. 엘레판타에 마련해준 화실을 계속 쓰게 한 이유는 옛정 때문이거나 곁에 두고 놀려먹는 재미 때문이었으리라. 처음부터 바스쿠를 싫어했던 아브라함은 종종 해외 언론에 실린 기사를 아우로라에게 보여줬는데, V. 미란다가 폭행죄로 여러 차례 기소되어 미국과 포르투갈 양국에서 가까스로 추방을 모면했고 유럽과 북아메리카 각지의 정신병원, 알코올중독자 요양원,

마약중독 전문 병원 등에 갇혀 집중 치료를 받았다는 증거였다. 아브라함이 간청했다. "잘난 체하는 사기꾼놈을 쫓아냅시다."

한편 나는 어리고 겁 많던 시절 바스쿠가 내게 베풀어준 온갖 친절을 잊지 않았고, 그래서 여전히 그를 사랑했다. 그러나 내가 보기에도 그의 내면에서 벌어진 싸움은 어둠의 승리로 끝난 것이 분명했다. 우마를 초대한 바로 그날 우리집을 찾은 바스쿠는 마치 희가극에 등장하는 뚱보 어릿광대처럼 차마 눈뜨고 볼 수 없는 꼬락서니였다.

모임이 끝나갈 무렵, 술에 취해 자제력을 잃은 그가 고래고래 소리치며 난동을 부렸다. "다들 꼴도 보기 싫어! 나는 곧 베넹헬리로 떠나는데, 미쳐버리기 전에는 안 돌아와." 그러더니 별안간 곡조도 안 맞는 노래를 불렀다. "잘 있어라, 플로라 분수대야, 나는 간다, 후타트마광장아." 그러다 노래를 멈추고 눈을 껌벅거리며 고개를 가로저었다. "틀렸어. 그건 아니지. 잘 있어라, 머린 드라아-이브야, 나는 간다, 네타지-수바스-찬드라-보스-로드[121]야!" (여러 해가 지난 후 나도 스페인으로 건너갔을 때 바스쿠의 엉성한 노랫가락을 떠올리고 혼자 조용히 불러보기까지 했다.)

그렇게 슬퍼하고 괴로워하는 바스쿠에게 우마 사라스바티가 다가가더니 양쪽 어깨에 손을 얹고 그에게 입맞춤을 했다.

그러나 결과는 완전히 뜻밖이었다. 바스쿠는 고마워하기는커녕ㅡ그날 응접실에는 그녀의 입맞춤을 크게 기뻐할 사람이 수두룩했고 나역시 예외가 아니었건만ㅡ다짜고짜 화를 내며 외쳤다. "유다! 내가 네

---

121) 머린 드라이브의 공식 명칭.

년 정체를 알지. 배신자 유다 그리스도를 섬기는 년. 그래, 이년아, 네년 정체를 알고말고. 그 성당에서 다 봤으니까." 우마는 얼굴이 새빨개져 뒷걸음쳤다. 내가 그녀를 지켜주려 나섰다. "바보처럼 굴지 마세요." 그러나 바스쿠는 성큼성큼 도도하게 나가버렸고 잠시 후 요란한 소리와 함께 수영장에 빠졌다.

그러자 아우로라가 유쾌하게 말했다. "좋아, 그 문제는 해결됐군. 이제 세 사람과 칠대죄[122] 놀이나 해볼까?"

어머니가 좋아하는 실내 게임이었다. 우선 동전을 던져 무작위로 가상의 '등장인물' 세 명의 성별과 나이를 정한 다음, 모자에서 쪽지를 뽑는 방식으로 각각의 인물이 저지른 '대죄'를 결정한다. 그러고 나면 그 자리에 모인 사람들이 세 죄인에 얽힌 이야기를 지어내야 한다. 이번에 뽑힌 인물은 늙은 여자, 젊은 여자, 젊은 남자였고, 그들의 죄상은 각각 분노, 교만, 음욕이었다. 그렇게 선택이 끝나자마자 아우로라가 제일 먼저 나섰는데, 원래 두뇌 회전이 빠른데다 방금 바스쿠가 일으킨 작은 소동 때문에 보기보다 큰 충격을 받은 듯했다. "생각났어!"

그러자 우마가 존경스럽다는 듯 손뼉을 쳤다. "말씀해주세요."

아우로라는 젊은 귀빈을 똑바로 바라보며 말했다. "좋아, 그럼 들어봐. 늙은 여왕이 분노한 이유는 젊고 교만한 숙적이 음욕에 눈이 먼 아들을 유혹한 사실을 알았기 때문이야."

우마는 환하게 웃으며 침착하게 응수했다. "흥미진진한 상황이네요. 와와! 이야깃거리가 무궁무진하겠어요. 정말이에요."

---

122) 기독교에서 말하는 일곱 가지 큰 죄악.

아우로라도 우마에게 뒤질세라 활짝 웃었다. "이번엔 네 차례야. 그 다음엔 무슨 일이 벌어질까? '분노한 늙은 여왕'은 어떻게 해야 좋을까? 연놈을 영원히 추방해버리면—한바탕 노발대발하면서 어디론가 멀리 쫓아내면 될까?"

우마는 곰곰이 생각하더니 대답했다. "그 정도로는 부족하죠. 더 확실한 해결책이 필요할 듯해요. 왜냐하면 그런 숙적을—다시 말해서 '젊고 교만한데다 왕위까지 노리는 여자'를—제대로 해치우지 못하면, 그러니까 완전히 파멸시키지 못하면 '분노한 늙은 여왕'을 꺾을 기회만 호시탐탐 노릴 테니까요. 틀림없어요! '음욕에 눈이 먼 젊은 왕자'를 독차지하고 왕국까지 빼앗으려 할 테니까, 그렇게 교만한 여자라면 왕좌를 어마마마와 나누려 하진 않을 테니까요."

"그럼 네 생각은 뭐지?" 갑자기 조용해진 응접실에서 아우로라가 얼음처럼 싸늘하면서도 감미로운 목소리로 물었다.

우마는 으쓱 어깻짓을 했다. "살인이죠. 보나마나 살인사건이 벌어질 상황이에요. 이쪽이든 저쪽이든 누군가는 죽어야 끝나요. 화이트퀸이 블랙폰을 잡아먹거나, 아니면 블랙폰이 적진에 뛰어들어 블랙퀸으로 변신해[123] 화이트퀸을 잡아먹거나. 적어도 제가 보기엔 다른 결말은 없겠는데요."

아우로라는 감탄한 표정이었다. "우마, 넌 비밀이 참 많은 아이구나. 이 놀이를 해본 적 있다는 말은 왜 안 했니?"

---

123) 체스에서 폰이 마지막 가로줄까지 전진하면 퀸, 룩, 나이트, 비숍 등으로 변하는 규칙.

〜

비밀이 참 많은 아이구나…… 어머니는 우마가 뭔가 숨긴다는 생각을 버리지 못했다. "그 아이는 어디선가 난데없이 나타나 도마뱀처럼 우리 집안에 찰싹 달라붙었어." 아우로라는 끊임없이 그렇게 걱정했는데— 과거가 수상쩍기는 바스쿠 미란다도 마찬가지였지만 아우로라가 그 문제로 걱정한 적은 없었다는 사실을 밝혀둬야겠다. "대체 어느 집 딸이지? 친구들은 어디 있지? 지금까지 어떻게 살았지?" 여행자 숙소의 천장 선풍기 그림자가 우마의 알몸을 어루만지고 선풍기 바람이 그녀의 땀을 말려줄 때 나는 어머니의 그런 의문을 우마에게 털어놨다. 그녀는 대꾸했다. "당신 집안은 비밀에 대해 이러쿵저러쿵할 처지가 아니지. 정말 어처구니가 없네. 나도 당신이 사랑하는 식구들을 흉보긴 싫지만, 당신 집안이야말로 누나 한 명은 실성해서 죽었고, 또 한 명은 수녀원에서 말하는 쥐새끼를 보고, 나머지 한 명은 여자들 파자마 끈이나 풀어보려 안달하잖아. 그리고 실례지만, 온갖 더러운 일을 다 벌이면서 미성년자까지 데리고 노는 그분은 누구 아버님이더라? 그리고 정말 미안하지만, 내 사랑, 당신도 알 건 알아야 하니까 말하는데, 지금 한 명도 아니고 두 명도 아니고 자그마치 세 명이랑 놀아나는 그분은 누구 어머님이더라?"

나는 침대에서 벌떡 일어나 앉으며 소리쳤다. "누가 그래? 대체 어떤 독사 같은 놈한테 그런 헛소문을 듣고서 함부로 내뱉는 거야?"

그러자 우마가 나를 끌어안았다. "온 시내가 쑥덕거려. 불쌍한 바보. 당신은 어머님이 여신처럼 고귀한 줄 알지? 하지만 이건 누구나 아는 일이야. 첫째는 파르시 얼간이 케쿠 모디, 둘째는 뚱보 사기꾼 바스쿠 미란다, 그리고 최악은 바로 셋째, MA당의 그 개새끼 만둑. 라만 필딩 말이야! 그 후레자식! 미안한 말이지만 당신 어머님은 품위를 지킬 줄 몰라. 자기 아들까지 유혹했다는 소문이 도는데—그렇다니까! 당신은 너무 순진해서 세상을 몰라!—그때마다 내가 말해줬어. 정도껏 하라고, 그 말은 사실이 아니라고, 내가 보증한다고. 그러니까 이제 당신 평판도 내 손에 달렸어."

그 일 때문에 우리는 처음으로 심하게 다퉜지만 나는 아우로라를 변호하면서도 내심 우마의 비난이 진실임을 직감했다. 케쿠가 개처럼 헌신적인 이유는 그런 보답이 있었기 때문이리라. 아우로라가 바스쿠를 구박하면서도 오랫동안 묵인한 이유도—비록 불륜일망정 '관계'라는 맥락에서 생각해보면—비로소 납득할 만했다. 게다가 아브라함과는 각방을 쓰는 상황이니 어디서 위안을 얻겠는가? 어머니는 천재성과 명성 때문에 늘 외톨이였다. 남자는 강한 여자를 두려워하기 마련인데, 봄베이 시내를 다 뒤져봐도 감히 그녀를 넘볼 만큼 배짱이 두둑한 수컷은 드물었다. 그렇다면 만둑의 경우도 충분히 이해할 만했다. 난폭하고 강인한데다 무자비하기까지 한 그는 이 도시에서 아우로라에게 겁먹지 않을 몇 사람 가운데 한 명이니까. 어쩌면 〈아바스 알리 베그의 입맞춤〉 때문에 부딪친 일을 계기로 만둑이 흑심을 품었는지도. 아우로라에게 뇌물을 받은 후 그녀를 정복하고 싶어졌는지도 모른다. 어쨌든 나는 그렇게 짐작했다. 진짜 권력을 거머쥔 인간쓰레기, 야만인, 한마디로 걸어다니는 우범지대 같은 그자에게 혐오감과 동시에 매력을 느끼는 아우로라가 눈에 선했다. 남편이 위대한 아우로라를 마다하고 포클랜드 로드의 창녀를 선택했으니 그녀도 필딩의 손놀림과 몸놀림에 온몸을 맡겨 앙갚음을 하고 싶었으리라. 그래, 내가 아는 어머니라면 그렇게 발끈해서 무모한 짓을 저지를 만하다. 우마의 말이 맞는지도 모른다. 어머니가 만둑의 정부인지도 모른다.

그렇다면 어머니가 미행을 당하는 듯하다며 약간의 편집증을 보인 것도 무리가 아니다. 그렇게 복잡하고 비밀스러운 삶이 백일하에 드러나면 많은 것을 잃을 테니까! 예술을 사랑하는 케쿠, 날이 갈수록 서구화로 치닫는 V. 미란다, 힌두교 세상을 꿈꾸는 두꺼비, 그렇게 세 명에다 눈에 보이지 않는 세계 즉 돈과 암시장을 한 손에 거머쥔 아브라함 조고이비까지 합치면 우리 어머니가 진심으로 사랑한 것이 무엇무엇인지 일목요연하게 확인할 수 있으리라. 아우로라가 선택한 남자들을 보면 그녀의 마음속 나침반이 어디를 가리키는지 알게 될 테니까. 그런 시각으로 보기 시작하자 아우로라의 작품마저 그녀의 적나라한 본질을 감추려는 위장술로 보일 뿐이었다. 말하자면 시궁창처럼 더러운 영혼을 가린 화려한 외투 같다고나 할까.

혼란에 빠진 상태에서 문득 내가 눈물을 흘리면서도 어느새 발기했다는 사실을 깨달았다. 우마가 나를 다시 침대에 눕히더니 내 몸에 걸터앉아 입맞춤으로 눈물을 닦아줬다. 나는 그녀에게 물었다. "정말 나만 몰랐어? 마이나는? 미니는? 또 누가 알지?"

우마는 위로하듯 천천히 몸을 움직이며 말했다. "누나들 걱정은 하지 마. 불쌍한 사람, 당신은 모두를 사랑하고 당신이 원하는 건 사랑뿐이지. 당신이 누나들을 아끼는 만큼 누나들도 당신을 아껴주면 얼마나 좋을까. 누나들이 당신을 얼마나 헐뜯는지 당신은 몰라. 정말 기가 막힌다니까! 당신 때문에 내가 얼마나 싸웠는지 모를 거야."

나는 그녀의 움직임을 중단시켰다. "그게 무슨 소리야? 지금 무슨 말을 하는 거야?"

"가엾은 사람." 그녀는 숟가락을 포개듯 내게 몸을 밀착시켰다. 그녀를 얼마나 사랑했던가. 아무것도 믿을 수 없는 이 세상에서 그토록 성숙한 인품, 침착한 성정, 세상을 보는 지혜, 게다가 용기와 사랑까지 두루 겸비한 그녀를 얻게 되어 얼마나 감사했던가.

"불쌍하고 불행한 우리 무어. 이제부터 내가 당신 가족이 되어줄게."

15

날이 갈수록 그림의 색채가 꾸준히 감소했다. 아우로라는 결국 검은색과 흰색만 쓰다 이따금 이런저런 회색을 곁들이는 정도로 작업했다. 이제 무어는 추상적 형태로 바뀌어 머리끝부터 발끝까지 흑백 마름모꼴로 뒤덮인 모습이었다. 어머니 아익사는 온통 검은색, 연인 시멘은 눈부신 흰색이었다. 정사 장면을 담은 그림도 많았다. 무어와 연인은 다양한 배경에서 사랑을 나눴다. 왕궁을 떠나 도시의 거리를 돌아다녔다. 싸구려 호텔을 찾아다녔고, 기차가 드나드는 역사 위층 방에서 덧문을 닫아걸고 알몸으로 누웠다. 그러나 그림 속 어딘가에는 반드시 어머니 아익사도 함께 있었다. 커튼 뒤에 숨어 있기도 하고, 허리를 굽혀 열쇠 구멍으로 들여다보기도 하고, 허공으로 날아올라 창밖에서 연인의 둥지를 엿보기도 했다. 흑백 무어는 검은색 어머니를 등지고 흰색 연인만 바라봤지만 둘 다 그의 일부였다. 그리고 이제 그림 속 머나먼 지평선에는 군대가 집결하고 있었다. 군마가 발을 구르고 창날이 번쩍거렸다. 이 군대는 해가 갈수록 점점 더 가까워졌다.

사랑하는 여인에게 무어가 말했다. 알람브라는 난공불락이오, 우리 요새는 ─우리 사랑처럼─결코 무너지지 않소.

무어는 흑백이었다. 그는 상극끼리의 결합도 가능하다는 산 증거였다. 그러나 한쪽에서는 검은색 아익사가, 반대쪽에서는 흰색 시멘이 그를 잡아당겼다. 그의 몸이 두 갈래로 찢어지기 시작했다. 찢어진 자리에서 검은색과 흰색 마름모가 눈물방울처럼 후드득 떨어졌다. 그는 어머니를 뿌리치고 시멘에게 매달렸다. 마침내 군대가 언덕 기슭까지 들이닥치고 어마어마한 흰색 대군이 초파티해안을 뒤덮었을 때, 두건이 달린 검은색 망토를 걸친 여인이 남몰래 요새를 빠져나와 언덕을 내려갔다. 배신자는 성문 열쇠를 쥐고 있었다. 외다리 보초병이 그녀를 보고 경례했다. 모후의 망토였기 때문이다. 이윽고 배신자가 언덕 기슭에 이르러 망토를 벗어던졌다. 신의를 저버린 손에 보압딜을 패배시킬 열쇠를 움켜쥔 여인은 눈부신 흰색이었다.

여인은 열쇠를 포위군에게 넘기고 흰색 대군 속으로 스며들었다.

왕궁이 함락됐다. 왕궁의 모습도 차츰 흰색으로 변해갔다.

〜

쉰다섯 살 때 아우로라 조고이비는 프린스오브웨일스박물관에서 대규모 회고전을 열자는 케쿠 모디의 요청을 받아들였는데 ─이 박물관이 생존 작가에게 그런 영예를 허락하기는 처음이었다. 비취, 도자기, 조각품, 세밀화, 옛 직물 등등이 정중히 물러나고 아우로라의 그림이 그 자리를 차지했다. 봄베이 시민들에게는 중대한 사건이었다. 전시회를 알리는 현수막이 곳곳에 내걸렸다. (아폴로부두, 콜라바 방죽길, 플로라 분수대, 처치게이트, 나리만곶, 시빌 라인스, 말라바르언덕, 켐프스 코너, 워든 로드, 마할락슈미, 혼비방파제, 주후, 사하르, 산타크루즈. 아으, 잃어버린 도시를 불러내는 거룩한 마법의 주문이여! 나는 그 모두를 영영 빼앗기고 말았다. 내가 가진 것은 추억뿐이다. 그러니 부디 용서하시라, 그들을 하나하나 호명하며 그 이름의 힘으로 내 흐릿한 눈앞에 생생히 떠올리고 싶은 유혹을 이길 수 없었나니. 새커스서점, 봄벨리스제과점, 에로스극장, 페더 로드. 옴 마니 파드메 훔……) 특별히 디자인한 'A.Z.' 기호를 피할 곳은 어디에도 없었다. 몰래 여기저기 빈틈없이 내다붙인 포스터는 물론이고 신문과 잡지에도 온통 그 소식뿐이었다. 그런 자리에 빠진다면 사회적 사망 선고와 다름없을 터, 개막식 행사에는 이 도시의 내로라하는 인사들이 빠짐없이 참석해 마치 전시회가 아니라 대관식을 보는 듯했다. 아우로라에게 화환과 찬사가 쇄도하고 꽃잎과 아첨과 선물이 폭설처럼 쏟아졌다. 온 도시가 그녀의 발치에 엎드려 경배했다.

심지어 MA당의 막강한 지배자 라만 필딩까지 나타나 두꺼비눈을 껌벅거리며 경의를 표했다. 그가 큰 소리로 말했다. "오늘은 우리가 소수집단에게 어떤 혜택을 베푸는지 만천하에 보여줬습니다. 지금 이런 영광을 누리는 분이 힌두교도입니까? 위대한 우리 힌두교 화가입니까? 그건 중요하지 않죠. 인도에서는 모든 공동체가 공존하며 마음껏 여가활동을—예술이든 뭐든—즐길 수 있어야 합니다. 기독교인, 파르시, 자이나교도, 시크교도, 불교도, 유대인, 무굴인 등등. 우리는 그런 현실을 인정합니다. 이 또한 람 라지아[124], 즉 라마의 왕국이 표방하는 사상이니까요. 다만 다른 공동체가 우리 힌두교도의 몫을 빼앗으려 할 때, 소수가 다수를 지배하려 할 때, 그때 우리는 약자도 마땅히 강자에게 승복하고 양보할 줄 알아야 한다고 충고합니다. 예술도 마찬가지예요. 저도 원래 예술가였습니다. 그래서 말할 자격이 조금은 있다고 생각하는데, 예술과 아름다움도 국익을 우선해야 합니다. 아우로라 여사, 이 영광스러운 전시회를 축하합니다. 과연 어떤 예술이 살아남는지, 고고하고 고상하고 이지적인 예술인지 대중이 사랑하는 예술인지, 고결한 예술인지 타락한 예술인지, 교만한 예술인지 겸허한 예술인지, 위대한 영혼이 담긴 예술인지 허접쓰레기만 가득한 예술인지, 점잖은 예술인지 음탕한 예술인지는, 아마 여사도 동의하시겠지만,"—여기서 농담이라는 뜻으로 웃으면서—"〈타임스〉만이 말해주겠지요."

이튿날 아침 〈타임스 오브 인디아〉(봄베이판)뿐 아니라 시내에서 발행되는 신문 태반이 이 성대한 개막식을 대서특필하고 작품 비평에도 어마어마하게 많은 지면을 할애했다. 바로 이 비평 기사로 인해 아우로라 다 가마-조고이비의 길고 화려한 경력은 완벽한 파멸에 가까운 타격을 입었다. 그녀는 이미 오래전부터 극찬에 익숙했지만 미학적, 정치적, 도덕적 비난에도 익숙했다. 거만하다는 둥 무례하다는 둥 외설적이라는 둥 정통이 아니라는 둥, 심지어—예컨대 만토의 소설에서 영감을 얻은 그림 〈검둥개는 꺼멍꺼멍 누렁개는 누렁누렁 완두콩은 동글동글 작두콩은 길쭉길쭉〉처럼—은근히 파키스탄에 동조하는 정서를 담았

---

124) 마하트마 간디가 독립운동 당시 설파한 정의로운 이상적 국가 개념.

다는 둥. 그래서 어머니는 웬만한 공격에는 끄떡도 하지 않았다. 그러나 한마디로 구닥다리가 되었다는 평가만은 청천벽력이었다. 변화하는 사회에서 사람들의 생각이 별안간 뒤바뀌는 순간이었다고나 할까, 아무튼 얼떨떨할 정도로 충격적인 반전이었다. 비평계의 호랑이들이 똘똘 뭉쳐 밝게 타오르고 무서운 균형을 보여주며[125] 아우로라 조고이비에게 덤벼들어 마구 물어뜯었다. '사교계 예술가'라는 둥, 시대정서에 어긋나다못해 '해롭다'는 둥. 그날 모든 신문의 일면 머리기사는 비상사태가 끝나고 집권했던 반反인디라 연립정부가 무너진 후 국회마저 해산됐다는 소식이었는데, 몇몇 사설은 오랜 앙숙이던 두 사람의 엇갈린 운명을 나란히 언급했다. 〈타임스〉 특집 기사는 이런 제목을 달았다. 아우로라는 어둠 속으로 사라지고, 인디라는 광명을 되찾다.

한편 시내 다른 곳, 즉 간디가가 운영하는 케몰드갤러리에서는 젊은 조각가 우마 사라스바티의 첫번째 봄베이 전시회가 열렸다. 이 전시의 대표작은 대략 구형球形에 가까운 1미터 높이의 석조물 일곱 개로 구성됐는데, 윗부분을 조금 파내고 그 속에 화려한 빛깔의―진홍색, 군청색, 진노랑, 선녹색, 자주색, 주황색, 황금색―가루를 담았다. 〈탈세속주의 시대를 맞이한 모성애의 본질적 변화와 회복〉이라는 제목이 붙은 이 작품은 일 년 전 독일 도쿠멘타에서 큰 성공을 거두고 그후 밀라노, 파리, 런던, 뉴욕 전시를 거쳐 이제야 국내로 돌아온 터였다. 아우로라 조고이비를 마구 혹평했던 인도 비평가들이 일제히 우마를 인도 미술계의 신성으로 떠받들었는데―젊고 아름다울 뿐 아니라 신앙심까지

---

125) 윌리엄 블레이크의 시 「호랑이」를 인용한 표현.

깊다고 했다.

둘 다 떠들썩한 사건이었지만 두 전시회가 내게 던진 충격은 나와 직결되는 문제 때문이었다. 우마의 작품을 처음 볼 때까지—그녀가 그 순간까지 바로다 화실을 찾아오지 말라고 했으므로—나는 그녀가 조금이라도 종교적인 사람인 줄은 까맣게 몰랐다. 그런데 이제 와서 인터뷰를 할 때마다 라마를 섬긴다고 밝히는 걸 보니 나로서는 어리둥절할 수밖에 없었다. 전시회가 시작된 후 며칠 동안 매번 '바쁘다'고만 하던 그녀가 마침내 빅토리아 종착역의 여행자 숙소에서 만나줬을 때 그토록 중요한 속마음을 내게 감춘 이유를 물었다.

나는 이렇게 따졌다. "당신은 만둑이 개새끼라는 말까지 했어. 그런데 지금은 그 인간이 좋아할 만한 얘기로 신문마다 도배하고 있잖아."

그러자 그녀가 말했다. "종교 문제는 사생활이라고 생각해서 말하지 않았을 뿐이야. 그리고 당신도 알다시피 내가 너무 비사교적인 탓도 있겠지. 내가 필딩을 깡패에 후레자식에 독사 같은 놈이라고 생각하는 것도 사실이야. 라마를 향한 내 사랑을 무기삼아 '무굴인'을 칠 궁리만 하니까. 물론 무슬림을 가리키는 말이지. 그렇지만 꼬마 도련님,"—1979년 당시 나는 스물두 해를 살았고 내 몸은 벌써 마흔네 살이 되었는데도 걸핏하면 그렇게 어린애 부르듯 했다—"당신은 아주 작은 소수집단에 속하지만 나는 엄청나게 거대한 힌두교 집단 출신이라는 사실을 아셔야지. 명색이 예술가인 내가 그런 대집단을 무시할 순 없잖아. 내 뿌리를 인정하고 영원한 진리를 받아들이는 시늉이라도 해야지. 그리고 이 문제는 당신과 무관해, 아저씨. 그래, 무관하고말고. 더구나 내가 그런 광신도라면 지금 당신이랑 여기서 뭐하는 거지?" 논리적인

412

지적이었다.

그러나 엘레판타에 깊숙이 틀어박힌 아우로라의 생각은 좀 달랐다. "네 여자친구 말인데, 미안하지만 그 계집처럼 야심이 큰 애는 처음 봤다. 단연 으뜸이야. 바람 방향이 바뀐다 싶으면 어느새 알아차리고 바람결에 따라 태도를 바꾼다니까. 두고 봐라, 이 분만 지나면 MA당 연단에 올라서 증오심 가득한 일장 연설을 할 테니까." 그러더니 어두운 표정으로 조용히 말했다. "그 계집이 내 전시회를 망치려고 얼마나 공을 들였는지 이 어미가 모를 줄 아니? 그런 악평을 쓴 놈들이랑 어떤 관계인지 내가 다 캐보지 않은 줄 알아?"

도저히 더는 참을 수 없었다. 너무 비열하지 않은가. 아우로라는 텅 빈 화실에서—무어 연작은 모두 프린스오브웨일스박물관에 있었으니까—공허한 눈으로 나를 바라봤다. 캔버스 하나가 있었지만 아직 손도 대지 않았고 틀어올린 머리에서 빠진 붓은 마치 과녁을 빗나간 화살 같았다. 나는 문간에 서서 씩씩거렸다. 어차피 한바탕 싸우려고 찾아왔는데—왜냐하면 어머니의 전시회도 내게 큰 충격을 안겼으니까, 왜냐하면 전시회 개막 전에는 구경도 못해본 여러 흑백 그림 속에서 마름모꼴 무어와 백설처럼 새하얀 시멘이 사랑을 나눌 때 시커먼 어머니가 지켜보고 있었으니까. 아우로라가 우마를 헐뜯을 때—내심 화가 치민 이유는, 남몰래 만둑의 정부 노릇이나 하는 분이 무슨 자격으로 그런 말을!—나는 참다못해 고래고래 소리치며 대들었다. "어머니 전시회가 혹평을 받은 건 저도 안타까워요! 그렇지만 어머니, 설령 우마가 비평을 조작하고 싶었더라도 무슨 수로 그랬겠어요? 안 그래도 어머니 대신 칭찬을 독차지해서 얼마나 난감해하는지 알기나 하세요? 불쌍하게

도 부끄러워 쩔쩔매면서 우리집에 놀러올 엄두도 못 낸단 말예요! 우
마는 처음부터 어머니를 숭배하다시피 했는데 어머니는 자꾸 험담만
하셨죠. 아무리 피해망상이라지만 이번엔 좀 심했다고요! 그리고 관계
를 캐봤다고 하셨으니 말인데, 어머니가 우리 방을 기웃거리는 그림을
봤을 때 제 기분이 어땠는지 아세요? 대체 언제부터 그렇게 염탐질을
하신 겁니까?"

아우로라는 조용히 대답했다. "그 여자 손아귀에서 벗어나라. 미치광
이에다 거짓말쟁이야. 흡혈 도마뱀 같은 년이야. 네가 아니라 네 피를
사랑하는 거라고. 망고처럼 쪽쪽 빨아먹다 씨만 남으면 헌신짝처럼 팽
개치겠지."

나는 경악해 소리쳤다. "미치셨군요! 머리가, 머리가 정상이 아니
에요."

그러나 어머니는 더욱더 작은 소리로 말했다. "내가 아니다, 아들아.
미친년은 따로 있지. 미친년 아니면 나쁜 년. 미쳤거나 원래 악질이거
나 둘 다겠지. 어느 쪽인지는 나도 모르겠다. 아무튼 뒷조사를 한 건 솔
직히 인정하마. 얼마 전부터 돔 민토를 고용해서 수수께끼 같은 네 여
자친구 정체를 알아보라고 했다. 그 사람이 뭘 알아냈는지 말해줄까?"

"돔 민토라뇨?" 그 이름을 듣는 순간 멈칫했다. 어머니가 말한 이름
은 '에르퀼 푸아로'나 '매그레 반장'이나 '샘 스페이드'[126]와 다름없었
다. '고테 경위'나 '다르 경위'[127]와 다름없었다. 누구나 아는 이름이었
다. 누구나 『민토의 미스터리』를 본 적이 있을 터였다. 비록 철도역에

---

126) 각각 애거사 크리스티, 조르주 심농, 대실 해밋의 소설 주인공.
127) 각각 H.R.F. 키팅과 존 어빙의 소설에 등장하는 봄베이 경찰관.

서 파는 싸구려 추리소설이지만 그 속에는 봄베이의 위대한 사립 탐정 민토의 일대기가 있었다. 1950년대에는 민토가 등장하는 영화 시리즈 까지 나왔다. 마지막 작품은 그가 유명한 살인사건을 파헤치는 과정을 그렸는데(그렇다, '진짜' 사립 탐정으로 활약한 '진짜' 민토는 실존인물 이니까), 인도 해군의 영웅으로 승승장구하던 사바르마티 중령이 아내 와 그 정부에게 총질을 해 남자는 사망하고 여자는 중상을 입은 사건 이었다. 이들 남녀가 불륜을 저지르는 밀회 장소를 찾아낸 사람, 그리 고 노발대발한 중령에게 그 주소를 알려준 사람이 바로 민토였다. 당시 이 총격으로 큰 충격을 받은데다 이를 소재로 제작된 영화마저 자신을 불쾌한 인물로 묘사한 데 실망한 노인은—그때 벌써 절름발이 늙은이 였으니까—탐정 일을 그만두고 은퇴해버렸는데, 그때부터 글쟁이들이 뛰어들어 싸구려 소설책이나 라디오 연속극에(최근에는 슈퍼스타를 대거 기용하고 엄청난 제작비를 투자해 1950년대 B급 영화를 리메이 크한 대작 영화에도) 등장하는 용감무쌍한 명탐정으로 재창조하면서 늙은 퇴물을 신화적 영웅으로 바꿔놨다. 그런데 이런 마살라식 소설의 주인공이 어째서 내 인생 이야기에 등장했을까?

아우로라가 친절히 설명했다. "그래, 진짜 민토 말이야. 이젠 여든 살 도 넘었지. 케쿠가 찾아냈어." 아하, 케쿠. 그 사람도 어머니 애인이죠. 아, 귀염둥이 케쿠가 그 늙은이를 찾아냈는데, 귀염둥이 늙은이, 어찌나 귀 엽던지, 그래서 곧바로 일을 시켰단다.

아우로라가 말했다. "캐나다에 가 있었더라. 은퇴한 뒤로 손주들이랑 한집에서 너무 따분하게, 애들 인생까지 비참하게 만들며 살았어. 그러 다 사비르마티 중령이 출소해서 마누라와 화해했다는 사실을 알게 됐지. 그런데 이게 웬일이냐? 다른 곳도 아니고 바로 토론토에서 둘이 알콩달콩 행복하게 살더라는 거야. 아무튼 케쿠가 그러는데 민토는 그제야 죄책감에서 벗어나 봄베이로 돌아왔어. 그리고 그 나이에 후다닥 다시 일을 시작했다지 뭐니. 케쿠도 그 영감 열성팬이야. 나도 그렇고. 돔 민토가 누구냐! 옛날에는 정말 최고였지."

나는 한껏 빈정거리는 말투로 내뱉었다. "끝내줬죠!" 그러나 실제로는 나도 추리소설을 좋아했으므로 그날 심장이 두근거렸다는 사실을 고백해야겠다. "그래서 제가 사랑하는 여자에 대해 그 발리우드 셜록 홈스가 뭐라고 했는데요?"

아우로라는 딱 잘라 대답했다. "유부녀였어. 더구나 요즘은 한 명도 아니고, 두 명도 아니고, 자그마치 세 남자랑 놀아난다고 하더라. 사진 볼래? 네 불쌍한 누나 이나랑 결혼했던 멍청이 지미 캐시, 멍청이 너희 아버지, 그리고 우리 멍청이 공작새, 바로 너."

～

"이번 한 번만 얘기해줄 테니까 잘 들어." 내가 끈덕지게 그녀의 배경을 캐묻자 우마는 그렇게 대답했다. 그녀는 구자라트주의 점잖은—그러나 부유함과는 거리가 먼—브라만 가문에 태어났지만 어렸을 때 양친을 잃었다. 우울증환자였던 어머니는 우마가 열두 살 때 목을 매어 자살했고 교사였던 아버지마저 이 비극에 이성을 잃고 분신자살해버렸다. 어느 인정 많은 '삼촌'이—진짜 삼촌은 아니고 아버지의 동료이던 어느 교사가—우마를 가난한 삶에서 건져주고 교육비를 대주는 조건으로 성관계를 요구했다(그렇다면 그리 '인정 많은' 사람도 아니다).
우마가 말했다. "열두 살 때부터 최근까지 그렇게 살았어. 나야 그 인간
눈깔을 콱 찍어버리고 싶었지만 부디 신께서 저주를 내리시길 빌면서
그냥 떠났어. 그러니까 내가 왜 과거 얘기를 하기 싫어하는지 이젠 이
해하겠지. 다시는 그런 얘기 꺼내지 마."

  그러나 어머니가 돔 민토에게 들은 이야기는 전혀 달랐다. 민토의 보
고에 따르면 우마는 구자라트가 아니라 마하라슈트라ㅡ옛 봄베이주가
둘로 분할될 때 구자라트에서 떨어져나간 반쪽ㅡ출신으로 푸나[128]에
서 성장했고 아버지는 고위급 경찰관이었다. 우마는 어릴 때부터 놀라
운 예술적 재능을 드러냈고 부모도 적극적으로 밀어줬다. 그들이 뒷바
라지를 해주지 않았다면 M.S.대학 입학 요건조차 갖추지 못했으리라.
아무튼 그 대학에서 그녀는 대단히 전도유망한 학생이라는 칭찬을 두
루 받았다. 그런데 머지않아 정신적으로 대단히 불안하다는 징후가 나
타났다. 이미 유명인사가 된 지금은 다들 그녀에 대해 험담하기를 꺼
리거나 두려워했지만 돔 민토는 끈질긴 탐문 끝에 다음과 같은 사실을
밝혀냈다. 우마는 자꾸 재발하는 정신분열증을 다스리기 위해 집중 약
물치료를 받기로 한 일이 세 번이나 있었지만 그때마다 치료를 시작하
자마자 중단해버렸다. 그녀는 그때그때 만나는 사람에 따라 전혀 다른
인격으로 탈바꿈하는ㅡ즉 남자든 여자든(주로 남자였지만) 상대방의
눈에 가장 매력적으로 보일 만한 사람으로 변신하는ㅡ재간이 대단히
뛰어났다. 그러나 이 재간은 이미 광기의 수준을 초월한 연기력이었다.

---

128) 지금의 **푸**네.

게다가 자신의 내력을 길고 자세하고 매우 실감나게 꾸며냈는데, 그렇게 장광설을 늘어놓다 간혹 모순이 발견되거나 사실과 다른 섬이 드러나도 한사코 자기가 옳다고 우겼다. 그래서 지금은 그런 연기와 상관없는 '진짜' 신분이 무엇이었는지 본인조차 정확히 알지 못하게 되었는지도 몰랐다. 아무튼 그런 실존적 혼란은 자아의 테두리를 넘어 그녀와 접촉하는 모든 사람에게 전염병처럼 퍼져갔다. 바로다 일대에는 악의적인 거짓말로 사람을 속이는 여자라는 평판이 파다했다. 예컨대 몇몇 교수와 터무니없이 뜨거운 정사를 나눈다는 공상을 하고 제멋대로 소문을 퍼뜨리기도 했는데, 나중에는 부인들에게 성행위 장면을 노골적으로 묘사한 편지를 보내는 바람에 이혼이나 별거를 하게 된 경우도 한두 번이 아니었다. 어머니는 말했다. "너한테 학교로 찾아오지 말라고 한 이유도 거기 사람들이 그 계집애를 죽도록 미워해서였어."

우마가 정신병에 걸렸다는 소식을 들은 부모는 딸을 포기하고 운명에 맡겨버렸다. 나도 잘 알고 있듯 그리 드물지 않은 반응이었다. 그들은 목을 매지도 자살하지도 않았는데—그렇게 충격적인 이야기를 꾸며낸 이유는 버림받은 딸의 (적잖이 정당한) 분노 때문이었다. 그리고 색골 '삼촌'의 경우, 아우로라와 민토의 말에 따르면 우마는 가족에게 외면당한 후—그녀의 말과 달리 열두 살 때는 아니었다!—바로다에서 아버지의 오랜 친구를 낚아챘는데, 경찰청 부청장으로 은퇴한 수레시 사라스바티라는 사람으로 나이도 지긋한데다 우울한 홀아비 신세였으니 젊은 미녀의 유혹에 쉽게 넘어갔고, 부모에게 의절당한 여자의 몸으로 그나마 체면이라도 유지하려면 혼사가 절박했던 시기에 서둘러 결혼식을 올리는 데 성공했다. 그런데 결혼하자마자 노인이 중풍으로 쓰러져 아무것도 못하게 되었고(아우로라가 물었다. "그런데 어쩌다 쓰러졌을까? 내가 일일이 설명해줘야겠니? 아예 그림으로 보여줄까?") 지금껏 말도 못하는 반신불수로 비참한 반쪽 인생을 이어가고 있다. 사려 깊은 이웃 한 명 말고는 보살펴주는 사람도 없다. 젊은 아내는 남편의 재산을 송두리째 빼앗아 달아난 후 다시는 생각조차 하지 않는다. 그리고 이제 봄베이에서 닥치는 대로 남자와 놀아난다. 매력과 연기력도 한창 절정이다. 어머니가 말했다. "그년의 마력에서 벗어나지 못하면 넌 이대로 끝장이야. 『라마야나』[129]에 나오는 락샤사 같은 년이니 보나마나 널 파멸시킬 게다."

민토는 치밀했다. 아우로라가 내게 보여준 각종 서류는—출생증명서, 혼인증명서, 비공개가 원칙이지만 누군가의 더러운 손에 뇌물을 쥐여주고 넘겨받은 의료 기록 등등—중요한 세부사항을 낱낱이 증명해줬으므로 민토의 보고 내용을 의심할 만한 여지는 거의 없었다. 그래도 나는 선뜻 믿으려 하지 않았다. 어머니에게 항변했다. "어머니가 우마를 잘 몰라서 그래요. 좋아요, 부모에 대해서는 거짓말했다고 쳐요. 그런 부모라면 나라도 거짓말했을 거예요. 그리고 전직 경찰관 사라스바티도 어머니 말씀처럼 천사 같은 사람은 아닐지 몰라요. 그렇지만 악녀라니요? 미친년이라니요? 사람의 탈을 쓴 악귀라니요? 어머니, 제가 보기엔 개인적인 감정이 개입된 것 같은데요."

그날 밤 나는 아무것도 먹지 못하고 내 방에 혼자 우두커니 앉아 있었다. 어떻게든 결단을 내려야 한다는 사실만은 분명했다. 우마를 선택

---

129) 비슈누의 화신 라마 왕자의 일대기를 그린 산스크리트어 서사시.

한다면 어머니와는 (어쩌면 영원히) 인연을 끊어야 할 터였다. 반면에 아우로라의 증언을 받아들인다면—방으로 돌아와 혼자 생각해보니 증거가 너무 확실해서 인정할 수밖에 없었다—나는 한평생 반려자도 없이 살아야 할 터였다. 내 인생이 얼마나 남았을까? 십 년? 십오 년? 이십 년? 기이하고 암담한 내 운명을 연인도 없이 홀로 감당할 수 있을까? 무엇이 더 중요할까? 사랑이냐, 진실이냐?

그러나 아우로라와 민토의 말을 믿는다면 우마는 나를 사랑하지도 않고, 다만 뛰어난 배우일 뿐, 열정을 먹고 사는 포식자일 뿐, 사기꾼일 뿐이다. 최근에 내가 우리 가족에 대해 품은 생각의 대부분이 우마의 말을 바탕으로 내린 판단이었다는 사실을 문득 깨달았다. 머리가 어질어질했다. 발밑에서 땅이 푹 꺼지는 기분이었다. 아우로라와 케쿠, 아우로라와 바스쿠, 아우로라와 라만 필딩의 관계에 대한 이야기는 사실일까? 누나들이 뒤에서 나를 헐뜯는다는 말은 사실일까? 만약 그렇지 않다면 우마가—아, 내가 누구보다 사랑하는 여인이!—가족과 나 사이에 끼어들 속셈으로 누구보다 소중한 사람들을 혐오하게 만들었다는 뜻이다. 자신의 가치관을 버리고 남의 가치관을 고스란히 받아들이다니—문자 그대로 제정신이 아닌 상태라고 말할 수밖에 없지 않을까? 그렇다면—아우로라의 대조법을 빌리자면—나야말로 미친놈이다. 그리고 사랑스러운 우마는, 나쁜 년이다.

그렇게 악의 존재 가능성을 깨달았을 때, 내 인생에 나타난 순수한 악의를 사랑으로 착각했는지도 모른다는 생각이 들었을 때, 그래서 내 인생에서 내가 원하는 모든 걸 잃을지도 모르는 상황을 직시했을 때, 나는 기절했다. 그리고 유혈이 낭자한 악몽을 꿨다.

ᄀ

이튿날 아침, 나는 엘레판타의 테라스에 앉아 반짝거리는 바다를 멍하니 응시했다. 마이나가 나를 만나러 왔다. 아우로라의 부탁으로 마이나도 돔 민토의 수사를 거들었다고 한다. 알고 보니 UWAPRF 바로다 지부 회원들은 우마 사라스바티를 본 적도 없고 그녀가 사회운동에 참여한다는 말을 들어본 적도 없었다. 마이나가 말했다. "그러니까 소개받았다는 말부터 거짓말이었던 거야. 그래서 말인데, 동생아, 이번 일은 엄마 판단이 옳았어."

나는 힘없이 대답했다. "그래도 그 여자를 사랑하는걸. 어쩔 수 없어. 도저히 어쩔 수 없단 말이야."

마이나가 곁에 앉아 내 왼손을 잡았다. 그녀의 목소리가 너무 상냥해서, 정말 마이나답지 않은 음성이라서 나도 모르게 귀를 기울였다. "나도 우마를 많이 좋아했어. 그러다가 일이 틀어졌지. 너한테는 말하고 싶지 않았어. 내가 나설 일이 아니니까. 어차피 너도 귀담아듣지 않았을 테고."

"무슨 일인데 그래?"

마이나는 눈을 가늘게 뜨고 먼 곳을 응시했다. "언젠가 우마가 널 만나고 나서 곧바로 날 찾아왔어. 무슨 일이 있었는지 얘기하더라. 네가 뭘 어쨌다는 얘기. 상관없어. 중요한 일은 아니니까. 어쨌든 우마는 그게 싫었다고 했어. 다른 말도 했지만 그만두자. 이젠 상관없는 일이니까. 어쨌든 그러더니 나에 대해 뭐라고 하더라. 간단히 말하자면, 나를 원한다고. 당장 내쫓았지. 그날 이후로는 말도 섞은 적 없어."

내가 멍하니 말했다. "우마는 누나가 그랬다던데. 오히려 누나가 치근거렸다고."

"너는 그 말을 믿었고!" 마이나가 톡 쏘아붙이더니 얼른 내 이마에 입맞춤을 했다. "당연히 믿을 수밖에. 네가 나에 대해 아는 게 뭐니? 내가 어떤 사람을 좋아하는지, 뭘 원하는지. 더구나 넌 사랑에 빠져 제정신이 아니었잖아. 불쌍한 바보. 어쨌든 지금이라도 빨리 정신 차려야지."

"우마를 포기하라고? 그게 그렇게 간단해?"

마이나가 일어나 담뱃불을 붙이더니 기침을 했는데, 깊은 곳에서 터져나오는, 병색이 짙은, 숨가쁜 기침소리였다. 그러나 목소리는 평소대로 돌아왔다. 일선에서 쓰는 당찬 목소리, 부정부패와 싸우며 반대신문 하는 변호사의 목소리, 여아-살해-반대-투쟁을 하는 목소리, 확성기를 들고 순장-철폐-강간-타도를 외치는 목소리였다. 마이나가 옳았다. 나는 아무것도 몰랐다. 누나가 어떤 삶을 사는지, 어떤 선택을 해야 했는지, 누구의 품에서 위안을 얻는지, 어째서 남자의 품은 기쁨이 아니라 두려움만 주는지. 마이나는 엄연히 내 누이였지만 그게 무슨 소용인가? 나는 그녀의 이름조차 제대로 불러주지 않았다. 마이나가 떠나기 전에 으쓱 어깻짓을 하더니 재만 남은 담배꽁초를 흔들었다. "뭐가 그렇게 힘들어? 이거 끊기가 더 힘들지. 내가 잘 아니까 그냥 믿어. 그런 몹쓸 년은 당장 차버리고, 담배는 피우지 않아 다행이라고 생각하란 말이야."

"다들 그렇게 우릴 갈라놓으려 할 줄 알았어. 처음부터 알았다고."

당시 우마는 바다 풍경이 내려다보이는 커프퍼레이드의 한 아파트 19층으로 이사했는데, 프레지던트호텔 바로 옆에 있는 이 고층빌딩은 모디갤러리에서도 그리 멀지 않았다. 그녀는 좁다란 발코니에 서서 과장된 몸짓으로 슬픔을 표현했는데, 때마침 바람에 흔들리는 야자수와 갑자기 쏟아지는 폭우가 극적인 배경을 마련해줬다. 이윽고, 아니나다를까, 도톰하고 관능적인 아랫입술이 파르르 떨리더니 그녀의 눈에서도 폭우가 쏟아졌다. "어머님이 아들한테 그런 말씀까지 하시다니 ─ 어떻게 내가 아버님이랑! ─ 나 참, 미안하지만 너무 역겨워. 쳇! 더구나 지미 카숀델리베리라니! 어딘가 줄 하나 끊어진 얼간이 딴따라 기타리스트를! 그 인간은 경마장에서 처음 만났을 때부터 날 보고 당신 큰누나가 환생했다고 생각한 거 당신도 잘 알잖아. 그날부터 무슨 강아지새끼처럼 혀를 길게 빼물고 날 쫓아다녔단 말이야. 그런데 내가 그런 놈이랑 살을 섞었다고? 맙소사, 또 누구? V. 미란다? 그 외다리 문지기? 내가 수치심도 없는 년인 줄 알아?"

"그렇지만 당신 가족 얘기는? 그리고 그 '삼촌' 얘기는?"

"무슨 권리로 나에 대해 모든 걸 알려고 들어? 당신이 자꾸 다그쳐도 난 말하고 싶지 않았어. 지겨웠다고. 그뿐이야."

"어쨌든 거짓말이잖아, 우마. 부모님은 살아 계시고 삼촌은 남편이고."

"그 말은 비유였어. 그래! 내 인생이 얼마나 비참했는지, 내가 얼마나 괴로웠는지 표현하는 비유였다고. 사랑한다면 그 정도는 이해해줘야지. 사랑한다면 이렇게 닦달하지 말아야지. 사랑한다면 그렇게 애꿎은 주먹 좀 그만 흔들고 여길 만져줘. 입 다물고 그 잘생긴 얼굴을 이리 대봐. 연인이면 연인답게 굴란 말이야."

나는 오히려 뒤로 물러났다. "그건 비유가 아니야, 우마. 거짓말이야. 정말 무서운 건 당신이 그 차이를 모른다는 사실이지." 나는 뒷걸음질로 현관문을 빠져나왔는데, 문을 닫는 순간 마치 그녀의 발코니에서 저 아래 야생 야자수를 향해 뛰어내리는 듯한 기분이었다. 정말 그런 기분이 들었다. 추락하는 기분. 자살하는 기분. 죽어버리는 기분.

그러나 이 또한 착각이었다. 진짜 사건은 이 년 뒤에 터졌다.

⌒

몇 달 동안은 잘 버텼다. 집에서 출퇴근하며 베이비 소프토 텔컴파우더 영업 및 판촉 기술을 능숙히 익혀 아버지가 자랑스러워하며 영업 홍보부장으로 임명할 정도였다. 그렇게 공허한 나날을 보냈다. 엘레판타에도 변화가 있었다. 회고전이 낭패로 끝난 후 아우로라는 마침내 바스쿠를 내쫓았다. 냉정한 추방이었다. 아우로라는 혼자만의 시간이 더 필요하다는 말을 꺼냈고 바스쿠는 싸늘하게 고개를 숙이며 곧 화실을 비워주겠다고 대답했다. 이것이 정말 불륜관계의 끝이라면 실로 감탄스러울 만큼 점잖고 예의바른 끝맺음이라는 생각이 들었다. 다만 북극처럼 차디찬 분위기는 솔직히 좀 섬뜩했다. 바스쿠가 내게 작별인사를 하러 왔을 때 우리는 만화가 그려진 육아실로 향했다. 오랫동안 비어 있었지만 바로 그 방에서 모든 일이 시작됐으니까. 바스쿠가 말했다.

"끝났어요, 여러분. V. 미란다가 서양으로 떠날 때가 됐거든. 가서 공중 누각이나 지어야겠다." 출렁이는 살덩어리에 파묻혀 두꺼비를 연상시키는 그의 모습은 마치 놀이공원 거울에 비친 라만 필딩을 보는 듯했다. 그는 괴로움에 못 이겨 입술을 일그러뜨렸다. 그나마 목소리는 침착했지만 격정으로 이글거리는 눈빛까지 감출 수는 없었다.

그는 느낌표가 가득한(탕! 휙! 철퍼덕!) 벽을 쓰다듬으며 말했다. "너도 짐작했겠지만 난 너희 엄마한테 반했어. 너도 옛날부터 그랬고 지금도 그렇고 앞으로도 그렇겠지. 언젠가는 너도 그 사실을 인정하게 될 거야. 그때 나를 찾아와라. 이 바늘이 내 심장을 찌르기 전에 와야겠지만." 지난 몇 년 동안 까마득히 잊고 살았지만—바스쿠의 사라진 바늘을, 눈의 여왕이 남겨놓은 얼음조각을—지금 이렇게 뚱뚱한 모습으로 변해버린 바스쿠가 걱정해야 할 것은 바늘이 아니라 평범한 심장마비라는 생각이 들었다. 그는 머지않아 인도를 떠나 스페인으로 갔고 다시는 돌아오지 않았다.

아우로라는 미술상까지 해고했다. 전시회 '홍보 실패'가 케쿠의 잘못이라는 생각을 밝혔다. 케쿠는 한바탕 소란을 피웠다. 한 달 동안 날마다 대문 앞에 나타나 람바잔에게 제발 들여보내달라 애걸복걸하고(번번이 거절당했다), 꽃이나 선물을 보내고(모두 돌려보냈다), 장문의 편지를 썼다(읽지도 않고 던져버렸다). 아우로라는 이제 어떤 작품도 전시하지 않을 테니 갤러리도 필요 없다고 말한 터였다. 그러나 한심하게도 케쿠는 아우로라가 자기를 버리고 막강한 라이벌 케몰드갤러리를 선택했다고 굳게 믿었다. 그래서 그녀에게 애원하고 하소연했는데, 전화를 걸고(아우로라는 받지 않았다) 전보를 치고(경멸한다는 듯 태워버렸다) 돔 민토까지 동원했다(이제 맹인이나 다름없는 민토는 파란색 선글라스를 쓰고 프랑스 희극배우 페르낭델처럼 앞니가 대문짝만한 노신사였는데, 아우로라는 그에게 케쿠의 심부름 따위는 하지 말라고 지시했다). 나는 우마의 험담을 떠올릴 수밖에 없었다. 애인이라는 두 사람이 그렇게 쫓겨났는데 만둑은 어떻게 되었을까? 필딩도 결국 버림받았을까, 아니면 아우로라의 사랑을 독차지했을까?

우마, 우마. 그녀가 정말 그리웠다. 금단증상까지 겪었다. 밤마다 내 조막손에 그녀의 꿈틀거리는 육체가 만져지는 듯한 환각에 사로잡혔다. 서서히 잠들 무렵(아무리 비참해도 잠 하나는 잘 잤으니까!) 페르낭델이 출연한 오래된 영화의 한 장면이 생생히 떠오르기도 했는데, 그는 영어로 '여자'를 뜻하는 낱말이 무엇인지 몰라 두 손으로 허공에 여체의 윤곽을 그렸다.

꿈속에서 나는 그의 상대역이었다. 고개를 끄덕이며 이렇게 말했다. "아하, 콜라병?"

그때 우마가 엉덩이를 흔들며 지나갔다. 페르낭델은 그녀에게 추파를 던지다 멀어져가는 뒷모습을 엄지손가락으로 가리켰다.

"내 콜라병이야." 당연히 자랑스러워하는 목소리였다.

⟜

평범한 일상. 아우로라는 날마다 그림을 그렸지만 나는 그녀의 화실에 들어갈 수 없었다. 아브라함은 늦게까지 일에 몰두했는데, 내가—안 그래도 늘 시간이 부족한 내가!—하필 아기 엉덩이 업계에서 빈둥거려야 하는 이유를 물었을 때 아버지는 대답했다. "네 인생은 너무 빨리 지나가버리잖냐. 한동안 느긋하게 지내보는 것도 너한테 유익할 게다." 그는 우마 사라스바티와 함께하던 골프를 중단해 말없이 의리를 보여줬다. 어쩌면 아버지도 우마의 다양한 매력을 못내 그리워했으리라.

낙원의 적막. 적막과 슬픔. 간디 여사가 다시 집권해 아들 산자이를 오른팔로 삼았다. 그리하여 나랏일에 궁극적 윤리 따위는 없고 상대적 윤리만 존재한다는 사실이 드러났다. 나는 아인슈타인의 일반상대성 이론을 변주한 바스쿠 미란다의 '인도식 비전'을 떠올렸다. 세상만사가 다 상대적이지.[130] 빛만 휘어지는 게 아니라 모든 게 휘어지니까. 친인척을 위해서라면 원칙도 구부리고, 진실도 구부리고, 고용 기준도 구부리고, 국법도 구부리거든. $D = mc^2$, 여기서 D는 왕조Dynasty, m은 친인척 떨거지 mass, C는 물론 부정부패corruption를 가리키지. 이게 바로 우주 전체를 지배하는 원리인데─인도에서는 빛의 속도마저 권력층의 월권이나 변덕에 좌우되니까. 바스쿠가 떠나는 바람에 집안이 더욱 조용해졌다. 낡고 방만한 저택은 마치 대사를 끝마친 배우들이 유령처럼 하릴없이 서성이는 휑뎅그렁한 무대 같았다. 혹은 다들 다른 무대에서 연기하는 중인지 우리집만 어두컴컴했다.

지금까지 일어난 일이 어떤 면에서는 우리 남매가 교육받은 다원주의 철학의 패배라는 생각이 들기도 했다. 아니, 한동안은 그 생각만 하며 깨어 있는 시간의 대부분을 보냈다. 왜냐하면 우마 사라스바티야말

---

130) Everything is for relative. '세상만사가 친인척 중심'이라는 의미를 내포한 중의적 표현.

로 다원론자였기 때문이다. 다중인격자인 그녀는 대단히 창의적인 열정을 기울여 현실을 마음대로 주물렀고, 모더니스트답게 진실에 대한 기준이 시시각각 달라졌고, 결국 거짓말쟁이였다. 아우로라가 우마의 정체를 폭로했는데—한평생 하나보다 여럿을 더 중시한 아우로라가 민토의 도움으로 몇 가지 틀림없는 사실을 알아냈다. 처음부터 그녀가 옳았던 것이다. 그리하여 내 애정생활은 쓰디쓴 우화가 되고 말았는데, 선악의 양극이 완전히 뒤집혔으니 실로 라만 필딩이 좋아할 만한 아이러니였다.

1980년대로 접어든 그 공허한 시기에 나를 지탱해준 건 나이를 알 수 없는 요리사 에제키엘이었다. 우리집에 위로가 필요하다는 사실을 알아차리기라도 했는지 그는 향수鄕愁에 창의성을 버무리고 희망을 듬뿍 뿌리는 요리 프로젝트를 추진했다. 나는 베이비 소프토 왕국으로 떠나기 전이나 집으로 돌아온 후 부엌에서 점점 더 많은 시간을 보냈다. 그곳에 가면 반백의 머리를 짧게 깎은 에제키엘이 쭈그리고 앉아 태평하게 파라타 반죽을 허공으로 던지다 잇몸을 고스란히 드러내며 히죽 웃었다. 그는 껄껄거리며 지혜로운 말을 늘어놓았다. "좋구나! 우리 도련님, 어서 앉으슈. 행복한 미래를 요리해봅시다. 양념도 다지고, 마늘 껍질도 벗기고, 카르다몸도 꺼내고, 생강도 저미고, 미래의 기름을 잘 달구고 마살라를 달달 볶아 맛을 우려냅시다. 좋구나! 우리 나리는 하시는 일마다 술술 풀리고, 우리 마님은 그림마다 천재성을 발휘하시고, 우리 도련님은 아리따운 색시를 만나게 하옵소서! 과거와 현재도 이렇게 요리하면 그 속에서 미래가 나오는 법이외다." 그리하여 나는 미트 커틀러스(잘게 썬 양고기를 매콤하게 양념한 후 납작한 감자 반죽으로 싼다)와 닭고기덮밥 조리법도 배웠다. 참새우 파두, 티클거미, 도페, 딩딩 등을 만드는 비법도 알게 되었다. 발상 조리법에도 통달했고 카주 경단을 깔끔하게 빚는 요령도 익혔다. 에제키엘의 '코친 특식'을 만드는 비법도 배웠는데, 냄새만 맡아도 침이 고일 만큼 새콤한 레드바나나잼이었다. 그렇게 요리사의 공책을 두루 섭렵하며 파파야와 계피와 향신료의 은밀한 우주로 점점 더 깊이 빠져드는 사이에 실제로 기분이 점점 나아졌다. 특히 에제키엘 덕분에 모처럼 오랜만에 내 과거의 이야기와 다시 이어진 듯한 느낌이 들었는데, 그게 큰 도움이 되었다. 그의 부엌에서 나는 오래선에 떠났던 코친으로, 가부장 프란시스쿠가 '가마선'을 꿈꾸던 그곳으로, 바다로 달아난 솔로몬 카스티야가 유대교당의 푸른 타일에 다시 나타난 그곳으로 돌아갈 수 있었다. 녹색 표지를 붙인 이 요리책의 행간에서 나는 가업을 지키려고 장부책과 씨름하는 벨을 보았고, 에제키엘의 마법 요리가 뿜어내는 냄새에서 한 소녀가 사랑에 빠진 에르나쿨람의 창고 냄새를 맡았다. 그리고 에제키엘의 예언이 들어맞았다는 생각이 들었다. 과거를 먹고 배를 채우자 내 앞날이 훨씬 더 밝아 보였다.

에제키엘이 빙그레 웃으며 후루룩 입맛을 다셨다. "좋은 음식이지. 살찌는 음식. 이제 도련님도 아랫배에 군살을 좀 붙일 때가 됐잖소. 똥배가 전혀 안 나온 사람은 인생을 즐길 줄 모르는 사람이니까."

⌒

1980년 6월 23일, 산자이 간디가 뉴델리 상공에서 곡예비행을 하다 추락사했다. 그때부터 정국이 불안했는데, 바로 그 시기에 나도 크나큰 위기를 맞았다. 산자이가 죽은 후 불과 며칠이 지났을 때 나는 잠셰드 카숀델리베리가 포와이호수로 가던 길에 자동차 사고로 사망했다는 뉴스를 들었다. 동승자는 기적적으로 차 밖으로 튕겨나가 가벼운 찰과상과 뇌진탕만 입었는데 그 여자가 바로 젊고 뛰어난 조각가 우마 사라스바티였다. 죽은 남자는 이 소문난 명승지에서 그녀에게 청혼할 계획이었다고 했다. 그로부터 사십팔 시간 후 미스 사라스바티가 무사히 퇴원했으며 친구들이 집까지 데려다줬다는 보도가 나왔다. 당연한 일이지만 여전히 슬픔과 충격을 가누지 못해 몹시 괴로워한다고 했다.

우마가 다쳤다는 소식은 오랫동안 억누른 온갖 감정을 폭발시켰다. 이틀 동안은 가까스로 참았지만 그녀가 커프퍼레이드로 돌아왔다는 소식을 듣자마자 집을 나섰다. 람바잔에게는 공중정원에 산책하러 간다고 말했지만 그의 시야를 벗어나자마자 택시를 잡았다. 우마는 끈을 느슨하게 묶은 기모노를 닮은 일본식 상의와 검은색 타이츠 차림으로 문을 열었다. 쫓기는 사람처럼 몹시 당황한 표정이었다. 마치 내면의 중력이 약해진 듯했다. 그녀를 이루고 있는 입자들이 금방이라도 흩어져버릴 듯 아슬아슬한 모습이었다.

내가 물었다. "많이 다쳤어?"

그녀가 대답했다. "문이나 닫아." 이윽고 내가 돌아서자 우마는 끈을 풀고 상의를 바닥에 떨어뜨린 뒤였다. 그녀가 말했다. "직접 확인해."

그때부터 아무것도 우리를 갈라놓을 수 없었다. 헤어져 지내는 사이에 서로를 향한 애정이 더욱 깊어진 듯했다. 내 일그러진 오른손으로 우마를 어루만질 때 그녀가 중얼거렸다. "아, 그래. 아, 바로 이거야. 아,

그래그래." 그리고 얼마 후. "당신이 변함없이 나를 사랑한다는 건 알고 있었어. 나도 그랬으니까. 늘 다짐했지. 적을 교란시키자. 우리 앞을 가로막는 자는 모두 멸망하리라."

우마는 남편이 죽었다고 털어났다. "내가 정말 못돼먹은 여자였다면 그 사람이 나한테 전 재산을 물려줬겠어? 병에 걸린 다음부터 그이는 아무도 알아보지 못하고 나까지 하녀로 착각했어. 그래서 보살펴줄 사람을 구해놓고 떠난 거야. 그게 나쁜 짓이라면 내가 나쁜 년이겠지." 나는 선뜻 그녀를 용서했다. 아니, 나쁘긴, 내 사랑, 내 생명, 당신은 절대로 나쁜 여자가 아니야.

그녀의 몸에는 긁힌 자국 하나 없었다. 그녀가 말했다. "한심한 신문들. 젠장, 나는 그 차에 타지도 않았어. 나중에 갈 데가 있어서 내 차를 몰고 갔거든. 그러니까 지미는 그 웃기는 메르세데스를 몰고"—잘못된 발음조차 얼마나 매력적인가, 머스디즈! —"나는 새로 산 스즈키를 몰았단 말이야. 그런데 그 정신 나간 바람둥이가 그 형편없는 길에서 경주를 하자고 덤비잖아. 트럭이 오락가락하는데다 약쟁이 운전사가 모는 버스에 당나귀 달구지랑 낙타 달구지까지, 온갖 잡것이 다 돌아다니는 길에서 말이야." 그녀가 울음을 터뜨렸다. 나는 눈물을 닦아줬다. "그러니 난들 어쩌겠어? 분별 있는 여자답게 얌전히 운전하면서, 그러지 마라, 들어와라, 안 된다, 그렇게 소리쳤지. 그런데 지미는 원래 머리가 좀 모자라잖아. 무슨 말을 해야 할까? 그 인간은 앞을 살펴보지도 않고 나를 추월하려고 계속 반대쪽 차선을 달렸는데, 그때 길이 구부러졌고, 소 한 마리가 길바닥에 앉아 있었고, 지미는 얼른 피하려 했지만 그 자리에 내 차가 있어서 들어오지 못하고 오른쪽 길가로 나갔는데 거기 포플러나무가 있었던 거야. 와장창."

나는 지미의 죽음을 애도하려 애썼지만 실패했다. "신문에서는 두 사람이 결혼할 예정이었다고 하던데." 그러자 그녀가 나를 매섭게 노려보며 말했다. "당신이 날 몰라서 그래. 지미는 아무것도 아니었어. 내겐 언제나 당신뿐이야."

우리는 틈날 때마다 만났다. 나는 식구들에게까지 우리 만남을 숨겼는데, 아우로라도 돔 민토에게 맡긴 일을 중단시켰는지 아무것도 알아차리지 못했다. 그렇게 일 년이 지나갔다. 해를 넘겼다. 내 삶에서 가장 행복한 십오 개월이었다. "적을 교란시키자!" 우리는 만날 때와 헤어질 때마다 인사말 대신 우마의 이 호전적인 구호를 외쳤다.

그러던 어느 날 마이나가 죽었다.

누나는—달리 무슨 까닭이 있으랴?—호흡곤란으로 목숨을 잃었다. 마이나가 대규모 여성 노동자 혹사 실태를 조사하느라—여공은 대부분 다라비나 파렐 같은 빈민가 출신이었다—도시 북부의 화학공장을 찾아갔을 때 근처에서 작은 폭발이 일어났다. 공식 보고서의 무미건조한 표현을 인용하자면 위험한 화학물질을 밀봉한 통의 '보존 상태'에 어떤 '결함'이 생겼다. 이런 화학적 품질 손상의 직접적인 결과로 이소시안산메틸 가스가 대량으로 누출됐다. 폭발 순간에 의식을 잃은 마이나도 치사량의 가스를 들이마셨다. 공식 보고서는 의료진을 뒤늦게 요청한 이유를 설명하지 못했지만 이 공장에서 위반한 안전 수칙을 사십칠 개나 열거했다. 현장에는 응급 구조원 자격증을 가진 직원도 있었지만 마이나 일행이 있는 곳에 너무 늦게 도착했다는 이유로 역시 문책을 당했다. 구급차 안에서 티오황산나트륨을 주사했지만 마이나는 병원에 도착하기도 전에 숨을 거두고 말았다. 독극물이 허파를 갉아먹는 동안 그녀는 두 눈을 부릅뜨고 구역질을 하거나 숨을 헐떡이며 끊임없이 고통스러워하다 죽었다. WWSTP에서 그녀와 함께 파견한 동료 가운데 두 명이 사망했고 살아남은 세 사람도 심각한 장애를 입었다. 그러나 끝내 아무런 보상도 없었다. 수사진에서 '미지의 외부 세력'이 마이나가 속한 단체를 겨냥해 벌인 계획적 사고이므로 공장측의 책임이 아니라는 결론을 내렸기 때문이다. 불과 몇 달 전 마이나는 마침내 케케 콜라트카르를 부동산사기죄로 수감시키는 데 성공했지만 그 정치가가 이번 살인사건에 관련됐다는 증거는 발견되지 않았다. 그리고 이미 말했듯 아브라함은 벌금을 내고 풀려났는데…… 여보세요, 마이나는 아브라함의 딸이었어요. 딸이었단 말입니다. 알아들으셨습니까?

알아들었네.

"적을 교란……" 필로미나 조고이비의 장례식이 끝난 후 우마를 만나러 갔을 때 그녀는 그렇게 말문을 열다 내 표정을 보고 말꼬리를 흐렸다. 나는 흐느끼며 말했다. "이제 그만해. 혼란이라면 지긋지긋해. 부탁이야."

나는 침대로 올라가 그녀의 무릎을 베고 누웠다. 그녀가 내 백발을 쓰다듬으며 말했다. "당신 말이 맞아. 상황을 매듭지을 때가 됐어. 당신 어머님 아버님도 우리를 인정하고 우리 사랑 앞에 고개를 숙이실 때가 됐다고. 그다음에 결혼까지 하면 그때부터 탄탄대로야. 우리는 오래오래 행복하게 살아서 좋고, 예술가가 한 명 더 늘어나면 당신 집안에도 경사잖아."

"어머니는 절대로……" 그렇게 말문을 열었지만 우마가 손가락으로 내 입을 막았다.

"어머님도 찬성하실 거야."

우마가 그런 상태일 때는 아무도 못 말린다. 그녀는 우리 사랑이야 말로 불가항력이라고 역설했다. 사랑은 존재할 권리가 있으며 그 권리를 주장하기 마련이다. "내가 이렇게 설명하면 아버님 어머님도 마음을 돌리실 거야. 두 분이 내 진심을 의심하신다고? 그렇다면 좋아. 우리 사랑을 위해서라도 내가 두 분을 찾아뵙고—오늘밤 당장!—오해를 풀어드려야겠어."

나는 반대했지만 설득력이 부족했다. 너무 이르다. 지금 두 분의 마음속에는 온통 마이나 생각뿐이니 미처 우리를 돌아볼 겨를이 없다. 그러나 그녀는 내 반론을 모두 무시했다. 사랑 고백을 도외시할 만큼 꽉 막힌 사람은 없다. 마찬가지로 진정한 사랑은 모든 부끄러움을 지워준다. 게다가 이제 사라스바티 씨도 세상을 떠난 마당이니 우리 사랑에 그 누가 트집을 잡을 수 있으랴? 고작해야 신부에게 결혼 이력이 있고 숫처녀가 아니라는 정도 아닌가? 아버님 어머님의 반대는 불합리하다. 하나뿐인 아들이 행복해질 기회를 어찌 가로막으신단 말인가? 태어난 그날부터 온갖 고통을 짊어지고 살아온 아들이 아닌가? "오늘밤이야." 그녀가 엄숙하게 되풀이했다. "당신은 여기서 기다려. 내가 가서 두 분을 설득해볼게." 그녀는 벌떡 일어나 주섬주섬 옷을 입었다. 집을 나서기 전에 워크맨을 허리띠에 차고 헤드폰을 꼈다. "일할 때는 휘파람을 불어야지." 그녀가 빙그레 웃으며 카세트테이프를 꽂았다. 나는 덜컥 겁이 났다. "잘하고 와!" 큰 소리로 외쳤다. "아무 말도 안 들려!" 그녀는 대답하며 나가버렸다. 그녀가 떠난 후 나는 그녀의 차 안에도 완벽한 사운드 시스템이 있는데 왜 군이 워크맨을 가져갔을까 의아해하며 무료한 시간을 보냈다. 아마도 차내 시스템이 고장난 모양이라고 짐작했다. 아무튼 이 망할 놈의 나라에서는 어떤 물건도 오래가지 못하니까.

우마는 자정이 지나서야 돌아왔는데 만면에 사랑이 가득했다. 그녀가 속삭였다. "정말 잘 풀릴 것 같아." 나는 침대에 누웠지만 그때까지 말똥말똥 깨어 있었다. 몹시 긴장한 탓에 온몸이 돌덩이처럼 굳어버렸기 때문이다. "정말이야?" 더 자세히 듣고 싶었다. 그녀가 내 곁에 누우면서 나직이 말했다. "나쁜 분들은 아니잖아. 내 말을 끝까지 들어주셨고 다 이해하셨다고 믿어."

그 순간 나는 내 인생이 예전과 달리 온전해진 듯한 느낌을 받았다. 오그라든 오른손마저 스르르 펼쳐지며 손바닥과 주먹 관절과 다섯 손가락으로 나누어진 듯했다. 신이 나서 한바탕 춤까지 췄는지도 모른다. 젠장, 실제로 춤을 췄다. 고래고래 소리치고 술을 퍼마시고 기쁨에 겨워 미친듯이 사랑을 나눴다. 우마는 진정 기적을 일으키는 사람이었다. 아무도 할 수 없는 일을 해냈다. 이윽고 우리는 서로의 몸을 휘감은 채 서서히 잠에 빠져들었다. 곯아떨어지기 직전 내가 웅얼웅얼 지껄였다. "워크맨은 어디 있어?"

그러자 그녀가 속삭였다. "아, 그거 형편없더라. 걸핏하면 테이프를 망가뜨리잖아. 오는 길에 차를 세우고 쓰레기통에 던져버렸어."

ᴗ

이튿날 아침 집에 돌아갔더니 아브라함과 아우로라가 정원에서 어깨를 나란히 한 채 나를 기다리고 있었는데 두 분 다 표정이 어두웠다.

내가 물었다. "왜들 그러세요?"

그러자 아우로라 조고이비가 말했다. "지금 이 순간부터 넌 우리 아들이 아니다. 네 상속권을 박탈하는 절차를 밟고 있어. 하루 안에 물건을 챙겨 이 집에서 나가라. 아빠도 엄마도 널 두 번 다시 보고 싶지 않다."

아브라함 조고이비가 말했다. "나도 네 엄마 말씀에 전적으로 찬성한다. 네놈이 정말 역겹구나. 눈앞에서 썩 꺼져."

(그렇게 혹독한 말이 더 길게 이어졌다. 점점 언성이 높아졌고 나도 적잖은 말을 내뱉었다. 그러나 일일이 기록하지 않으련다.)

〰

"자야? 에제키엘? 람바잔? 대체 무슨 일이 있었는지 말 좀 해줄래요? 어떻게 된 겁니까?" 아무도 대답하지 않았다. 아우로라는 방문을 걸어 잠갔다. 아브라함은 집을 비웠는데 비서에게 내 전화는 연결하지 말라고 지시했다. 마침내 미스 자야 혜가 마지못한 듯 세 마디를 툭 던졌다.

"빨리 짐 싸요."

〰

아무런 설명도 듣지 못했다. 내가 왜 쫓겨나야 하는지, 왜 그토록 매몰차게 끊어버리는지. 그토록 가벼운 '죄' 때문에 그토록 무거운 벌을 내리다니! 어머니가 반대하는 여인과 사랑에 빠져 정신을 못 차린 '죄'! 그토록 하찮은—아니, 그토록 아름다운—이유 때문에 삭정이처럼 가문에서 뚝 분질러 팽개치다니…… 아무래도 말이 안 된다. 앞뒤가 안 맞는다. 부모의 권위가 절대적인 이 나라에서 다른 사람들이—대부분의 사람들이—어떻게 사는지는 나도 안다. 마살라영화만 보더라도 다시는-문 앞에-얼씬도-하지-마라 운운하는 장면이 흔해빠졌으니까. 그러나 우리집만은 달랐다. 내가 살아온 나라는 이렇게 지독한 위계질서와 고리타분한 도덕관념이 지배하는 곳이 아니었다. 적어도 우리집에서는 각본에도 없던 일이 아닌가!—그러나 내 생각이 틀렸음이 명백해졌다. 그뒤로는 일언반구도 못 들었기 때문이다. 나는 우마에게 전화를 걸어 이 소식을 전하고 어쩔 수 없이 운명을 받아들였다. 낙원의 문이 열렸다. 람바잔은 나를 외면했다. 나는 비틀거리며 그들을 지나쳤다. 어질어질하고 얼떨떨하고 막막했다. 나는 아무도 아니고 아무것도 아니었다. 내가 알던 모든 것이 아무짝에도 쓸모가 없었다. 이제 그것들을 안다는 말조차 할 수 없었다. 나는 텅 비어버리고 지워졌다. 고리타분하지만 돌연 더없이 적확해진 표현을 빌리자면 파멸하고 말았다. 버림받았다. 이 참담한 현실은 온 우주를 거울처럼 산산이 부숴버렸고, 나까지 산산이 부서지는 기분이었다. 까마득히 추락하는 기분이었다. 마침내 지상에 떨어졌을 때 나는 이미 예전의 내가 아니라 거울의 파편에 갇힌 수천 개의 분신이었다.

추락 이후, 나는 한 손에 여행가방을 들고 우마 사라스바티의 집으로 갔다. 우마가 문을 열어주는데 두 눈이 불그스름하고 머리는 산발인데다 아무래도 제정신이 아닌 듯했다. 짐짓 점잖은 체하던 우리 사이의 묵계기 깨지고 인도 특유의 구닥다리 멜로드라마가 폭발했다. 달콤한 거짓말을 얇게 칠한 합판을 뚫고 진실이 터져나오는 듯했다. 우마는 다 짜고짜 미안하다고 소리쳤다. 내면의 중력이 급속도로 약해진 상태였다. 이제는 정말 산산이 와해되려는 찰나였다. "맙소사―이럴 줄 알았으면―그렇지만 두 분이 설마 그러실 줄이야, 지금이 선사시대도 아닌데―까마득한 옛날도 아닌데―교양 있는 분들이라고 믿었는데―우리 같은 광신도라면 모를까, 당신 집안처럼 현대적이고 세속적인 사람들은 안 그럴 줄 알았는데―맙소사, 내가 다시 찾아뵙고, 지금 당장 가서 다시는 당신을 만나지 않겠다고 말씀드리면……"

나는 여전히 충격을 가누지 못한 채 멍하니 말했다. "아니, 제발 가지 마. 더는 아무것도 하지 마."

그러자 그녀가 울부짖었다. "그럼 당신이 막을 수 없는 일을 해버릴 테야! 죽어버릴 거야. 오늘밤 당장 죽어야겠어. 당신을 사랑하니까 놓아주려는 거야. 나만 죽으면 두 분이 당신을 다시 받아주실 테니까." 내 전화를 받은 다음부터 제풀에 흥분한 모양이었다. 마치 연극을 하듯 일거수일투족에 과장이 심했다.

내가 말했다. "우마, 미친 사람처럼 그러지 마."

그러자 그녀가 미친듯이 소리쳤다. "안 미쳤어! 미쳤다고 하지 마. 당신 집안사람들은 다 내가 미쳤다고 하더라. 난 미치지 않았어. 사랑에 빠졌을 뿐이야. 여자는 사랑을 위해 크나큰 희생도 감수하지. 남자도 정말 사랑한다면 나랑 똑같이 하겠지만 거기까지는 바라지도 않아. 당신이든 누구든 남자한테 큰 희생을 기대하진 않는다고. 난 안 미쳤어. 미쳤다면 당신한테 미쳐버린 거야. 사랑에 미쳤다고 해줘. 그건 그렇고―제발!―저 망할 놈의 문이나 좀 닫으란 말이야."

〜

그녀는 두 눈에 핏발이 선 채 열렬히 기도하기 시작했다. 거실 구석
에 라마를 모시는 작은 제단이 있었는데, 그곳에 놓인 디아 등잔에 불
을 붙여 허공으로 치켜들고 바삐 원을 그렸다. 나는 여행가방을 발치에
내려놓고 짙어져가는 어둠 속에 우두커니 서 있었다. 진담이라는 생각
이 들었다. 농담이 아니구나. 정말 저지를 생각이구나. 이게 내 인생이
고, 우리 인생이자 현실이구나. 이것이야말로 우리 삶의 참모습, 모든
겉모습의 이면에 감춰져 있던 참모습, 이렇게 진실의 순간에만 비로소
드러나는 참모습이구나. 그 순간 극도의 절망이 몰려와 나를 무겁게 짓
눌렀다. 내게는 이미 어떤 삶도 없음을 깨달았다. 나는 인생을 잃었다.
에제키엘이 부엌에서 미래에 대한 환상을 다시 심어줬지만 이제 보니
헛된 망상에 지나지 않았다. 어쩌면 좋을까? 빈민굴에서 질긴 목숨
을 이어갈까, 아니면 존엄성을 지키며 장렬한 최후를 맞이할까? 사랑
을 위해 목숨을 바치는 용기, 그리하여 불멸의 사랑을 이룩하는 용기가
과연 내게도 있을까? 우마를 위해 그럴 수 있을까? 나 자신을 위해 그
럴 수 있을까?

"나도 같이 가자." 내가 소리 내어 말했다. 그녀가 등잔을 내려놓고
돌아섰다.

"그럴 줄 알았어. 신께서 그렇게 말씀하셨거든. 당신은 용감한 남자
니까, 날 사랑하니까 당연히 나와 함께 먼길을 떠날 거라고. 비겁하게

나만 혼자 보내진 않을 거라고."

그녀는 옛날부터 삶에 대한 애착이 별로 없다는 사실을 스스로 알고 있었다. 언젠가는 삶을 포기할 각오를 할 줄 알았다. 그래서 어릴 때부터 마치 싸움터로 나아가는 전사처럼 늘 죽음을 지니고 다녔다. 사로잡히는 경우에 대비해서. 치욕을 당하느니 차라리 죽음을 선택하기 위해. 침실에 들어갔던 우마가 두 주먹을 불끈 쥔 채 나타났다. 양손에 하얀 알약을 하나씩 쥐고 있었다. 그녀가 말했다. "묻지 마. 경찰관 집에는 비밀이 많은 법이니까." 그녀는 신의 초상화 앞에 자신과 나란히 무릎을 꿇으라고 했다. "당신이 신을 안 믿는 건 알지만 날 위해서니까 거절하지 마." 우리는 무릎을 꿇었다. "내가 처음부터 당신을 얼마나 진심으로 사랑했는지 보여줄게. 내 말이 거짓이 아니었다는 증거로 내가 먼저 약을 먹을게. 당신도 진심이었다면 곧바로, 정말 곧바로 약을 삼켜야 해. 내가 기다리고 있을 테니까, 아, 하나뿐인 내 사랑."

바로 그 순간 내 심경에 어떤 변화가 일어났다. 거부감이었다. "싫어!" 나는 소리치며 그녀의 손에서 알약을 낚아채려 했다. 알약이 바닥에 떨어졌다. 그녀가 외마디 소리를 지르며 몸을 던졌고 나도 마찬가지였다. 두 사람의 머리가 맞부딪쳤다. 우리는 동시에 소리쳤다. "아야! 아흐흐, 아야야야. 아흐."

이윽고 조금 정신을 차리고 보니 알약 두 개가 나란히 바닥에 떨어져 있었다. 얼른 낚아채려 했지만 아직 머리가 띵해서 하나밖에 줍지 못했다. 우마가 남은 한 알을 재빨리 집어들더니 웬지 휘둥그레진 눈으로 뚫어져라 들여다봤다. 무슨 까닭인지 모르겠으나 잔뜩 겁에 질린 표정이었다. 몹시 난감한 질문을 받고 어떻게 대답해야 좋을지 몰라 쩔쩔 매는 사람 같았다.

내가 말했다. "먹지 마. 우마, 이건 아니야. 이러면 안 돼. 미친 짓이야."

그 말이 또 우마를 자극했다. 그녀가 버럭 소리쳤다. "미쳤다고 하지 말라니까! 살고 싶으면 그냥 살아. 하지만 그건 날 사랑하지 않았다는 증거야. 거짓말쟁이, 사기꾼, 변덕쟁이, 허풍쟁이, 모리배, 사이비였다는 증거라고. 나쁜 놈, 비열한 놈, 악귀 같은 놈. 잘 봐! 난 이렇게 진실한 여자야."

그러면서 알약을 냉큼 삼켜버렸다.

그 순간 우마의 얼굴에 정말 크게 놀란 표정이 스치더니 이내 체념의 표정으로 바뀌었다. 그녀는 곧 바닥에 푹 쓰러졌다. 내가 깜짝 놀라 그녀 곁에 털썩 무릎을 꿇는 순간 씁쓸한 아몬드 냄새[131]가 코를 찔렀다. 죽어가는 그녀의 얼굴이 천 가지 변화를 일으키는 듯했다. 마치 책장이 휘리릭 넘어가고 마치 수많은 자아를 하나하나 포기하는 듯했다. 이윽고 그녀의 얼굴이 백지처럼 텅 비었을 때 그녀는 이미 아무도 아니었다.

아니, 난 안 죽어. 이미 그렇게 마음먹은 터였다. 남은 알약을 바지 주머니에 넣었다. 그녀가 누구였건, 어떤 여자였건, 선했건 악했건 둘

---

131) 청산가리 특유의 냄새.

디 아니었건 둘 다였건 간에 내가 그녀를 사랑했다는 사실만은 부인할 수 없다. 죽음은 그 사랑을 영속시키기는커녕 오히려 가치를 떨어뜨리리라. 그러므로 나는 살아서 우리의 열애를 높이 받드는 기수가 되리라. 내 삶을 통해 사랑이야말로 핏줄과 수치보다—심지어 죽음보다— 값지다는 사실을 증명하리라. 사랑하는 우마, 난 당신을 위해 죽기보다 당신을 위해 살겠어. 그 삶이 제아무리 가혹할지라도.

그때 초인종이 울렸다. 나는 우마의 시신과 함께 어둠 속에 앉아 있었다. 문을 쾅쾅 두드리는 소리가 들렸다. 그래도 대답하지 않았다. 누군가 버럭 소리쳤다. 문 열어. 경찰이다.

일어나 문을 열었다. 층계참에 경찰이 버글버글했다. 파란색 제복 반바지, 시꺼멓고 깡마른 다리, 툭 불거진 무릎, 경찰봉을 휘두르는 손. 정수리가 평평한 모자를 쓴 경감이 권총으로 내 얼굴을 똑바로 겨냥했다.

"네놈이 조고이비 맞지?" 경감이 목청껏 외쳤다.

그렇다고 대답했다.

"그러니까 '베이비 소프토 텔컴파우더 비공개 유한책임회사'의 영업 홍보부장 모라이시 조고이비가 맞단 말이지?"

맞다고 했다.

"그렇다면 우리가 입수한 정보를 바탕으로 네놈을 마약 밀매 혐의로 체포한다. 관련법에 따라 저 아래 대기중인 차량까지 얌전히 동행할 것을 명령한다."

나는 힘없이 되물었다. "마약이라뇨?"

"잡담 금지!" 경감이 버럭 호통을 치며 권총을 내 얼굴에 바싹 들이밀었다. "피의자는 담당자의 지시에 군말 없이 복종한다. 앞으로 갓."

나는 무릎이 툭 불거진 경관들 사이로 순순히 걸음을 옮겼다. 바로 그 순간 경감이 방바닥에 쓰러진 여인의 사체를 발견했다.

제3부

봄베이 중앙역

16

나는 이름조차 들어본 적 없는 거리에서 양손에 수갑을 차고 난생처음 보는 건물 앞에 서 있었다. 건물이 어찌나 큰지 아무 장식도 없이 밋밋한 벽면이 시야를 온통 가렸는데, 오른쪽으로 조금 떨어진 곳에 조그마한 철문 하나가 눈에 띄었고—아니, 쇠붙이로 만든 쥐구멍처럼 보였지만 사실은 어마어마하게 거대한 잿빛 석벽 때문에 상대적으로 작아보일 뿐이었다. 나는 연인이 숨을 거둔 비극의 현장에서 창문도 없는 차에 실려 그곳까지 연행됐고, 차에서 내린 뒤에는 나를 체포한 경찰관의 곤봉에 떠밀리며 고분고분 걸었다. 한적하고 조용한 대로를 건너갈 때는 그저 놀라울 따름이었다. 봄베이 거리가 이렇게 조용한 경우는절대 없고 더구나 이렇게 한적한 경우는 절대로, 절대로 없기 때문이다. 봄베이에 '쥐죽은듯 고요한 밤' 따위는 존재하지 않는다. 어쨌든 그때까지 나는 늘 그렇게 생각했다. 철문 앞으로 다가가며 보니 실제로는 엄청나게 커다란 문이었고 마치 대성당 입구처럼 까마득히 높았다. 그렇다면 저 벽은 대체 얼마나 넓단 말이냐! 가까이 갈수록 벽면은 사방으로 점점 더 넓어져 우중충한 달을 가렸다. 가슴이 철렁 내려앉았다. 그곳까지 달려온 과정이 거의 기억나지 않는다는 사실을 깨달았다. 어둠 속에 묶여 있느라 방향감각도 잃고 시간의 흐름도 놓친 모양이었다. 이곳은 어디일까? 이들은 누구일까? 정말 경찰일까, 내가 정말 마약 밀매 혐의로 체포됐고 이제 살인 혐의까지 뒤집어쓰게 된 것일까, 아니면 어쩌다 인생이라는 책의 한 페이지에서 발을 헛디뎌 다른 책으로 건너가버린 것일까—비참하고 어리둥절한 상황에서 내 인생이 담긴 책을 읽다 어느 문장에선가 손가락이 미끄러지는 바람에 때마침 바로 밑에 놓여 있던 이 괴상하고 불가해한 책 속으로 떨어져버린 건 아닐까? 그래, 그런 사고가 생긴 게 틀림없다. 나는 버럭 소리쳤다. "저는 범죄자가 아닙니다! 이런 곳에, 이런 지하세계에 올 사람이 아니에요. 뭔가 착오가 생긴 겁니다."

그러자 경감이 윽박질렀다. "헛소리 작작 해, 개자식아. 여긴 지하세계 거물도 무시무시한 악당도 흔적 없이 사라지는 곳이야. 착오 따위는 없어, 이 멍청한 새꺄! 빨리 들어가! 저 안은 썩은 내가 진동하니 기대하고."

삐거덕, 철컹, 요란한 소리와 함께 거대한 문이 열렸다. 그 즉시 소름 끼치는 울부짖음이 천지사방을 가득 채웠다. "우우우우! 신이여 신이여! 끄르르륵! 아야아야아야! 끄아아아악!" 싱 경감은 인정사정없이 나를 앞으로 떠다밀며 소리쳤다. "왼발-오른발 왼발-오른발 하나-둘

하나―둘! 빨리빨리 걸어, 이 얼간망나니놈아! 저세상이 기다린다."

나는 배설물과 고문과 절망과 폭력의 악취가 진동하는 어둑어둑한 복도를 따라 걸었다. 채찍을 휘두르는 자들이 날 재촉했는데 내 눈에는 저마다 짐승 머리가 달리고 혓바닥 대신 독사가 꿈틀거리는 듯 보였다. 경감은 이미 가버렸거나 저 잡종 괴물 가운데 하나로 둔갑한 듯싶었다. 괴물에게 뭔가 물어보려 했지만 그들의 의사소통 방식은 폭력뿐이었다. 때리고 밀치고 심지어 채찍 끝으로 내 발목을 호되게 후려갈기기도 했다. 그들의 의사 표현은 그 정도가 전부였다. 나는 대화를 포기하고 감옥 안으로 더 깊이 들어갔다.

한참 후 어떤 남자가 내 앞을 가로막았는데―눈을 가늘게 뜨고 살펴보니―머리는 턱수염을 기른 코끼리이고 한 손에는 열쇠가 주렁주렁 달린 초승달 모양의 쇠붙이를 들고 있었다. 그의 발치에 쥐 몇 마리가 조심스럽게 돌아다녔다. 코끼리 인간이 말했다. "여긴 너처럼 불경한 놈을 가둬두는 곳이다. 네놈은 여기서 고통으로 죗값을 치러야 한다. 꿈에도 상상하지 못한 방법으로 온갖 굴욕을 주마." 옷을 벗으라는 명령이 떨어졌다. 벌거숭이가 된 나는 무더운 밤인데도 덜덜 떨다 난폭하게 떠밀려 감방으로 들어갔다. 등뒤에서 문이―내 인생 전체가, 내가 이해하는 세상 전체가―쿵 닫혔다. 나는 어쩔 줄 모르고 어둠 속에 우두커니 서 있었다.

독방 수감. 더위 때문에 배설물 악취가 더욱 극심했다. 모기, 지푸라기, 여기저기 흥건한 액체, 그리고 어두운 가운데 사방에 우글거리는 바퀴벌레. 걸음을 옮길 때마다 맨발바닥에 바퀴벌레가 아작아작 밟혔다. 한자리에 가만히 서 있으면 다리 위로 기어올랐다. 화들짝 놀라 떨어내려고 허리를 굽히면 캄캄한 감방의 벽면에 머리가 닿았다. 바퀴벌레가 정수리에서 갈팡질팡하다 등줄기를 타고 내려갔다. 더러는 아랫배 부근을 돌아다니다 거웃 속으로 파고들었다. 나는 꼭두각시처럼 움찔거리며 온몸을 후려치거나 비명을 질렀다. 그렇게 뭔가―오욕의 시간이―시작됐다.

아침이 되자 감방 안에도 약간의 빛이 스며들고 바퀴벌레는 어디론가 숨어들어 어둠이 돌아오기를 기다렸다. 나는 밤새 한숨도 못 자고 지긋지긋한 벌레와 싸우느라 녹초가 되었다. 침대 대신 쌓아둔 짚더미 위로 털썩 쓰러지자 쥐 몇 마리가 뛰쳐나오더니 벽면에 뚫린 구멍으로 허둥지둥 도망쳤다. 감방 문짝에 달린 작은 창문이 덜컹 열렸다. 간수가 웃으며 말했다. "얼마 안 가서 네놈도 저 바삭바삭한 바퀴벌레를 잡아먹게 될 거다. 채식만 하던 놈도 나중에는 못 먹어 안달이니까. 보아하니 네놈은 원래 채식주의자가 아닌 게 분명하고."

이제 보니 코끼리 머리로 착각한 이유는 망토에 달린 (펄럭거리는 귀를 닮은) 두건과 (코를 닮은) 물담뱃대 때문이었다. 이 사내는 신화속 가네샤가 아니라 상스럽고 가학적인 야만인이었다. 내가 물었다. "여기가 어딥니까? 이런 곳은 평생 처음 봤어요."

사내는 경멸스럽다는 듯 내 맨발 쪽으로 기다란 선홍색 침줄기를 찌익 뱉었다. "너 같은 부잣집 도련님, 네놈들은 여기 살면서도 이 도시의 비밀과 본질이 뭔지 아무것도 몰라. 네놈들한테는 안 보였을 테니까. 이제야 어쩔 수 없이 보게 됐을 뿐이지. 여긴 봄베이 중앙역 구치소다. 이 도시의 밥통이고 창자야. 그러니 당연히 똥투성이지."

나는 이의를 제기했다. "봄베이 중앙역 일대라면 저도 잘 압니다. 철도역, 다바[1], 시장 등등. 그런데 이렇게 생긴 건물은 못 봤어요."

"온갖 개새끼한테, 제 누이 붙어먹는 놈, 제 어미 붙어먹는 놈한테 쉽사리 속내를 보여주는 도시가 아니야!" 코끼리 인간은 버럭 소리치고 창문을 쾅 닫았다. "네놈은 장님이었지만 조금만 기다리면 다 보일 거다."

똥통, 짬밥통, 철저한 굴욕의 구렁텅이로 떨어지는 짧은 시간. 구체적인 이야기는 생략하련다. 일찍이 아이리시와 카뭉시 다 가마 할아버지, 우리 어머니도 영국령 인도의 감옥에서 수감생활을 경험했지만 독립 이후 만들어진 국산 수용 시설은 그분들이 상상도 못할 수준이었다. 그곳은 구치소인 동시에 교육기관이었다. 굶주림, 탈진, 학대, 절망 등은 훌륭한 교사와 같다. 나는 그들의 가르침을 금방 알아들었다. 나는 죄를 지은 놈, 쓸모없는 놈이고, 그래서 가까운 사람들마저 나를 포기했다. 그러므로 이런 대접을 받아도 싸다. 뿌린 대로 거두기 마련이다. 나는 벽에 등을 기대고 웅크린 채 무릎에 이마를 대고 두 팔로 정강이를 감싸안았다. 바퀴벌레가 기어다니든 말든 아랑곳하지 않았다. 간수가 위로의 말을 던졌다. "이 정도는 아무것도 아니지. 이러다 병이라도 걸리면 어떻게 되는지 두고 봐라."

그렇겠지. 머지않아 과립성결막염, 내이염, 구루병, 설사병, 요도염, 말라리아, 콜레라, 폐결핵, 장티푸스 따위가 줄줄이 찾아오리라. 새로운 죽을병에 대한 이야기도 들었는데 아직 이름도 없는 병이었다. 주로 매춘부가 그 병에 걸려 죽었지만—산송장처럼 변했다 결국 숨이 끊어진

---

1) 인도와 파키스탄의 노변 식당.

다는 소문이었다―카마티푸라 홍등가의 포주들이 쉬쉬하며 덮어버렸
다. 물론 내가 매춘부를 만날 가능성은 별로 없겠지만.

온몸에 바퀴벌레가 돌아다니고 모기떼가 마구 물어뜯었다. 오래전
꿈대로 정말 살가죽이 벗겨지는 기분이었다. 그러나 지금의 이 악몽에
서는 살갗뿐 아니라 인간성까지 남김없이 떨어져나갔다. 나는 아무도
아니고 아무것도 아닌 존재로, 아니, 남들이 생각하는 나의 참모습으로
변해갔다. 나는 간수의 눈에 보이는 꼬락서니 그대로였고, 내 코가 내
몸에서 맡는 냄새 그대로였고, 점점 더 의욕적으로 다가오는 쥐들이 말
해주는 그대로였다. 영락없는 쓰레기였다.

나는 지난날을 잊지 않으려 노력했다. 쓰라린 번민에 빠져 책임을
전가하려 했다. 주로 어머니를 원망했는데, 아버지는 좀처럼 어머니의
뜻을 거스르지 못하기 때문이다. 대체 어떤 어머니가 그토록 사소한 문
제로 자기 자식을, 더욱이 하나뿐인 아들을 이렇게 파멸시킨단 말인
가?―그야 괴물이니까!―아, 바야흐로 괴물의 시대가 도래했도다. 칼
리유가[2], 도끼눈을 뜨고 새빨간 혀를 날름거리는 칼리께서, 그 미치광
이 여신께옵서 종횡무진 온갖 재앙을 일으키는 시대―그리고 명심하
라, 베어울프여, 괴물 그렌델의 어미는 그렌델보다 훨씬 더 무서우리
니…… 아, 아우로라, 일찍이 갓난아기를 죽이고 싶다는 생각도 어렵잖
게 했던 당신―그토록 차다찬 의지를 품고 자신의 혈육을 짓밟아 기
어이 목숨을 빼앗으려 작정하셨나이까, 당신의 사랑이 가득하던 공간
에서 아들을 내던져 이렇게 숨조차 쉴 수 없는 구렁텅이에서 숨을 헐

---

2) 힌두신화에서 말세를 일컫는 명칭.

452

떡이며, 두 눈이 튀어나오고 혀가 퉁퉁 부은 채 끔찍하게 죽어가도록 버려두시렵니까!―어머니, 차라리 제가 아직 갓난아기였을 때 뭉개버리지 그러셨어요, 이런 조막손 애늙은이로 자라기 전에. 어머니라면 거뜬히 그럴 수 있었을 텐데―때리고 걷어차고, 꼬집고 후려갈기고. 자, 당신의 매타작 앞에서 갓난아기의 가무잡잡한 피부가 울긋불긋 멍들어 기름띠처럼 무지갯빛으로 변해갑니다. 아, 애새끼가 빽빽 울부짖는구나! 저 울음소리에 달빛마저 어두워지네. 그래도 당신은 아랑곳하지 않고 지치지도 않습니다. 그리하여 결국 아이의 살가죽이 다 벗겨졌을 때, 안팎을 가늠할 수 없는 한낱 핏덩어리가 되었을 때, 자아를 둘러싼 벽마저 무너졌을 때, 당신은 마침내 두 손으로 아이의 모가지를 움켜쥐고 힘껏 더 힘껏 짓누릅니다. 몸뚱이의 모든 구멍에서 공기가 피식피식 새어나갑니다. 아이는 그렇게 생명을 싸지르며 죽어갑니다. 일찍이 어머니께서 이 아이를 세상에 싸질렀듯…… 그리하여 이제 마지막 숨만 간신히 붙어 있을 뿐, 물거품처럼 덧없는 한 가닥 희망만 남아……

"워, 워!" 간수가 외치는 소리에 깜짝 놀라 자기연민의 백일몽에서 깨어난 나는 나도 모르게 혼잣말을 했다는 사실을 깨달았다. 나는 고래고래 소리쳤다. "그 커다란 귀때기 좀 저리 치우란 말이야, 이 코끼리 인간아!" 간수는 짐짓 싹싹하게 대꾸했다. "그래, 네 맘대로 불러라. 그래 봤자 네 운명은 이미 정해졌어." 나는 다시 풀이 죽어 몸을 웅크리고 두 손으로 머리를 움켜쥐었다.

간수가 말을 이었다. "검사 입장에서 보면 네놈 사건은 아주 간단해. 죄질이 나쁘거든. 굉장히 나빠. 그런데 변호사한테는 어떨까? 누가 뭐래도 어머니는 보호해야 하잖아? 그렇다면 누가 네놈 어머니 대신 나서줄까?"

"여긴 법정이 아니야." 분노가 빠져나가자 느글느글한 허탈감만 남았다. "어머니 생각이 나와 다르다면 언제 어디서든 말씀해보시라지."

"알았다, 알았어." 간수가 나를 달래는 시늉을 했다. "잘하고 있으니 열심히 해라. 구경하는 재미로 치면 현재 네놈이 단연 일등이거든. 정말 최고라니까. 축하한다, 인마. 축하한다고."

나는 광란의 사랑에 대해서도 생각했다. 다 가마-조고이비가에서 대대로 이어진 광기 가득한 사랑을 더듬었다. 카몽시와 벨, 아우로라와 아브라함, 그리고 '컨트리 앤드 이스턴' 가수 카숀델리베리와 눈이 맞아 가출한 가엾은 이나를 떠올렸다. 심지어 예수그리스도에게 푹 빠져 정신을 못 차리는 미니-이나모라타-플로리아스까지 포함했다. 물론 우마와 나에 대해서도―상처를 자꾸 긁어대는 어린애처럼 끊임없이―생각했다. 우리 사랑을, 우리가 사랑했다는 사실을 잊지 않으려 노력했다. 그러나 내 마음속에는 그녀와 함께 저지른 크나큰 실수를 지적하며 비웃는 목소리도 없지 않았다. 그 목소리가 충고했다. 그 여자는 잊어라, 적어도 지금은. 이렇게 온갖 고초를 겪는 마당에 조금이라도 아픔을 줄여야지. 그러나 나는 아직도 연인 사이의 믿음을 간직하고 싶었다. 비록 짝사랑일지라도, 실패한 사랑, 미친 사랑일지라도 없는 것보다는 낫다고. 사랑에 대한 관념을 포기하기 싫었다. 사랑이란 영혼과 영혼이 만나 일심동체가 되는 일, 우리 내면의 온갖 불순하고 잡스럽고 끈끈한 요소가 자못 고고하고 동떨어지고 엄격하고 독단적이고 순수한 요소를 이겨내고 쟁취한 승리가 아닌가. 사랑은 민주주의와 같나니, 그야말로 사람은-섬이-아니다의 승리, 혼자보다-둘이-좋다의

454

승리, 정갈하고 인색하고 배타적인 '하나'가 아니라 '여럿'의 승리가 아니겠는가. 나는 사랑 없는 인생이야말로 교만과 다름없다고 여겼다. 사랑을 모르는 자가 아니면 그 누가 스스로 완벽하고 전지전능하다고 믿을 수 있으랴? 사랑에 빠지면 누구나 지혜와 능력을 잃기 마련이다. 우리는 아무것도 모르는 채 사랑에 빠진다. 사랑도 일종의 추락이기 때문이다. 우리는 연착륙을 기대하며 질끈 두 눈을 감고 낭떠러지에서 뛰어내린다. 물론 매번 사뿐히 내려앉을 수는 없다. 그래도, 그래도 뛰어내리지 않으면 살아도 사는 게 아니라고 생각했다. 그 도약이 바로 탄생의 순간이다. 설령 죽음으로 끝날지라도, 하얀 알약을 빼앗으려 몸싸움을 벌일지라도, 숨이 끊어진 연인의 입에서 씁쓸한 아몬드 냄새를 맡을지라도.

그건 좀 아니지. 마음속 목소리가 말했다. 어머니뿐 아니라 그 사랑도 네 인생을 망쳐버렸잖아.

나도 숨쉬기가 녹록지 않았다. 천식 때문에 가슴이 터질 듯 고통스러웠다. 간신히 선잠이 들면 신기하게도 바다 꿈을 꿨다. 태어난 후 그때까지 파도 소리가 들리지 않는 곳에서 잠을 청한 날이 하루도 없었고, 그래서 꿈속에서도 그 철썩거리는 소리를, 공기의 세계와 물의 세계가 충돌하는 소리를 그리워했던 모양이다. 어떤 날은 꿈속의 바다가 바싹 말라버리기도 하고 온통 황금으로 변하기도 했다. 어떤 날은 해안선을 따라 캔버스로 만든 바다를 육지에 단단히 꿰매어 붙인 경우도 있었다. 또 어떤 날은 육지가 마치 찢어진 책장 같고 바다는 그 밑에 숨은 채 살짝 모습을 드러낼 뿐이었다. 이런 꿈은 그리 보고 싶지도 않은 현실을 내게 보여줬다. 나는 결국 어머니의 아들이라는 현실. 그러딘 어느 날, 역시 바다 꿈을 꾸다 깨어났다. 꿈속에서 나는 정체불명의 사람들을 피해 달아나다 캄캄한 지하에서 물길을 만났는데, 수의를 걸친 여인이 나타나 말하길 숨이 턱에 닿을 때까지 헤엄쳐라, 그래야만 내가 영원히 안전하게 살 수 있는 유일한 땅을 찾게 된다고, 그곳이 바로 '환상'의 땅이라 했고, 나는 여인이 시키는 대로 젖 먹던 힘까지 쏟아 열심히 헤엄쳤고, 마침내 허파가 더는 버티지 못해 바닷물을 들이켜는 지경에 이르렀고, 숨을 헉 들이마신 순간 눈을 떠보니 놀랍게도 외다리 사내가 내 앞에 우뚝 서 있는데 어깨에 앵무새가 앉아 있고 한 손에는 보물지도를 들고 있었다. 람바잔 찬디왈라가 말했다. "갑시다, 도련님. 이제 운명을 시험해볼 때가 되었소."

⌒

보물지도인 줄 알았더니 그 자체가 귀한 보물이었는데, 즉 나를 즉각 석방하라는 공문서였다. 오매불망 기다리기는커녕 언감생심 꿈도 꾸지 못한 행운이었다. 이 서류 덕에 깨끗한 물과 깨끗한 옷도 얻었다. 열쇠를 돌려 자물쇠를 여는 소리가 들리자 동료 죄수들이 부러움을 견디지 못해 아우성을 질렀다. 간수는—쥐떼가 들끓는 이 구치소, 바퀴벌레가 우글거리는 이 초만원 모텔을 다스리는 코끼리 인간은—나타나지도 않고, 굽실거리며 쩔쩔매는 아랫것들이 내 시중을 들었다. 밖으로 나갈 때는 짐승 대가리가 달린 마귀들이 쇠스랑으로 쿡쿡 찌르는 일도, 뱀처럼 생긴 혓바닥을 날름거리며 울부짖는 일도 없었다. 문이 열려 있었는데 이제 보니 평범한 크기였다. 그 문이 있는 벽도 그저 예사로운 벽이었다. 그리고 바깥에는 어마어마한 고급 차는커녕─하다못해 우리집 늙은 운전사 하누만과 날개 모양의 장식이 달린 뷰익도 아니고!─노란 색과 검은색으로 도장한 흔해빠진 택시 한 대가 기다리고 있었는데, 검은색 계기판에 흰색 글씨로 조그맣게 적힌 말은 카자나 국제은행 담보물. 우리는 메트로구두와 스테이프리위생팬티 제조사의 낯익은 광고가 줄줄이 걸린 낯익은 거리로 들어섰다. 광고판과 네온사인, 로스먼 담배와 차르미나르 담배, 브리즈 비누와 렉소나 비누, '시간' 광택제와 '희망' 화장지와 '인생' 님스틱[3]과 '사랑' 염색약 등등이 집으로 돌아가는 나를 일제히 반겼다. 그때 나는 말라바르언덕으로 가는 길이라고 철석같이 믿었다. 그래서 마음이 날아갈 듯 가벼웠는데, 다만 한 가지 그늘이 도사리고 있었다면 참회와 용서에 얽힌 고리타분한 논쟁을 되풀이해야 한다는 생각 때문이었다. 보아하니 부모님은 이미 나를 용서하신 것이 분명한데, 그렇다면 나도 두 분께 귀가 선물로 참회의 눈물을 바쳐야 할까? 그러나 성서의 '돌아온 탕아'는 죄송하다는 말조차 안 했는데도 살찐 송아지로 푸짐한 환대를─게다가 사랑까지─받지 않았던가. 게다가 참회라는 쓰디쓴 알약은 목구멍에 걸려 도저히 삼킬 수가 없었다. 온 식구가 그랬듯 내 핏줄에도 황소고집이 차고 넘쳤다. 나는 눈살을 찌푸렸다. 젠장, 내가 뉘우칠 일이 뭐가 있다고?─그런 생각을 하는 찰나, 문득 우리가 북쪽으로 올라가는 중이라는 사실을 깨달았는데─부모님의 품으로 돌아가지 않고 오히려 더 멀어지다니, 그렇다면 낙원으로 복귀하는 길이 아니라 한 걸음 더 추락하는 길이었구나.

---

3) 인도 아대륙에 자생하는 님나무 가지로 만든 칫솔 대용품.

나는 덜컥 겁이 나서 횡설수설했다. 람바, 람바, 이 사람한테 말 좀 해줘. 람바잔이 나를 안심시켰다. 도련님, 당분간은 좀 쉬시우. 그런 일을 겪었으니 이렇게 안절부절못하는 것도 당연하지. 그러나 람바잔과 달리 앵무새는 나를 멸시했다. 뒷좌석 창턱에 올라앉은 앵무새 토타가 경멸 가득한 소리로 깩깩거렸다. 나는 좌석에 축 늘어져 눈을 감고 지난일을 더듬었다. 경감이 우마의 시신을 살펴볼 때 나도 몸수색을 당했다. 내 주머니에서 흰색 직사각형 물건이 나왔다. 경감은 콧수염이 내 턱에 닿을 만큼(나보다 거의 머리통 하나만큼 작았기에) 얼굴을 바싹 들이대며 다그쳤다. "이게 뭐냐? 구취제거용 박하사탕이냐?" 그 말을 듣자마자 나는 동반자살을 하려 했다는 얘기를 술술 불어버렸다. "아가리 닥쳐!" 경감이 호통을 치더니 알약을 뚝 부러뜨려 두 토막을 냈다. "이거나 빨아먹어. 확인해보게."

그 말을 듣자 정신이 번쩍 들었다. 입을 벌릴 엄두조차 안 났다. 경감이 알약 반토막을 내 입에 들이밀었다. 이걸 먹으면 죽습니다, 경감님, 떠나버린 저 사람 곁에 나란히 눕게 된단 말입니다. 그러자 경감은 간단하다는 듯 말했다. "그럼 두 사람 시체를 찾았다고 하지 뭐. 빗나간 사랑의 슬픈 결말이지."

독자여, 나는 경감의 요구를 거부했다. 여러 사람이 내 팔 다리 머리카락을 움켜쥐었다. 잠시 후 나는 죽은 우마 곁에서 그리 멀지 않은 곳에 쓰러져 있었다. 의욕이 넘치는 반바지 경관들이 시신을 거칠게 다뤘다. 에둘러 표현하자면 '경찰을 만나는 바람에' 목숨을 잃기도 한다는 말을 들은 적이 있었다. 그러나 그때 경감이 내 코를 힘껏 틀어쥐고…… 숨을 쉴 수 없으니 더는 한눈을 팔 겨를이 없었다. 그리하여 어쩔 수 없이 입을 벌린 순간, 쏙! 치명적인 알약이 입속으로 날아들었다.

그러나―여러분도 이미 예상했듯―나는 죽지 않았다. 토막난 알약은 쌉쌀한 아몬드맛이 아니라 달콤한 설탕맛이었다. 경감의 목소리가 들렸다. "저 흉악한 놈이 여자한테는 독약을 먹이고 자기는 사탕을 처먹었군. 역시 살인이었어! 어처구니없을 정도로 단순명쾌한 사건이야." 그때부터 경감은 번터의 친구인 '바니푸르의 벼락부자 검둥이' 후리 잠세트 람 싱으로 탈바꿈하고 반바지 차림의 경관들은 말썽꾸러기 남학생 패거리로 둔갑했다. 그들은 나를 질질 끌고 나가 엘리베이터에 태웠다. 그런데 그때 강력한 알약이 효과를 발휘하면서―남달리 신진대사가 빠른 체질이라 약효도 빨랐다―상황이 돌변했다. 나는 밀려드는 환각제 기운을 못 이겨 경련하듯 몸부림치며 고래고래 고함을 질렀다. "아우우, 이 자식들아! 으으으, 정말―그만 좀 하라니까."

하얀 토끼를 뒤쫓다 목마파리떼를 지나 이상한 나라로 떨어진 소녀는 나를-먹어요 나를-마셔요 같은 선택을 해야 했다. 옛 노래[4]에도 나오듯, 앨리스에게 물어보세요. 그러나 나의 앨리스는, 나의 우마는 몸집의 변화보다 더 심각한 선택을 했고, 그래서 죽어버렸으니 대답을 할 수 없었다. 거짓말하기 싫으니 아무것도 묻지 마. 그 말을 그녀의 묘비에 새겨야겠다. 각각 죽음과 희열을 부르는 알약 두 개를 어떻게 이해하면 좋을까? 나의 연인은 자기만 죽고 나는 잠시 환상을 보다 살아나게 하려는 의도였을까, 아니면 약기운을 빌려 비범해진 눈으로 나의 죽음을 지켜보려 했을까? 그녀는 비극의 주인공이었을까, 살인자였을까,

---

4) 미국 록그룹 제퍼슨 에어플레인의 노래 〈하얀 토끼〉.

혹은, 아직 이유는 모르겠지만, 둘 다였을까? 우마 사라스바티에게는 비밀이 있었고 그녀는 그것을 무덤까지 가져갔다. 담보물 택시 안에서 나는 그녀를 전혀 몰랐고 앞으로도 영원히 모르리라 생각했다. 어쨌든 그녀는 죽었고, 깜짝 놀란 표정으로 죽어버렸고, 나는 무사히 회복되어 새사람으로 다시 태어났다. 그러므로 나는 그녀를 마땅히 좋은 여자로 기억하고, 매사를 좋은 뜻으로 해석하고, 가급적 너그럽게 생각해야 옳다. 나는 비로소 눈을 떴다. 반드라. 우리가 있는 곳은 반드라였다. 람바잔에게 물었다. "누군가요? 누가 이런 마술을 부렸죠?"

그는 나를 달랠 뿐이었다. "쉬이, 도련님도 금방 알게 될 거요."

라만 필딩은 크리켓 운동복 차림에 밀짚모자를 쓰고 선글라스를 낀 모습으로 굴모르나무 그늘이 드리운 랄가움 저택 정원에 서 있었다. 그는 무거운 배트를 들고 땀을 뻘뻘 흘렸다. "잘됐구먼." 걸걸하고 꽥꽥거리는 목소리였다. "수고했네, 보르카르." 보르카르가 누구지? 나는 그런 생각을 하다 깍듯이 인사하는 람바잔을 보고 비로소 내가 부상당한 수병의 본명을 오랫동안 잊고 살았다는 사실을 깨달았다. 람바가 MA당의 비밀 요원이었구나. 그가 신앙인이라는 말은 본인에게 직접 들었고 마하라슈트라주의 어느 마을 출신이라는 것도 어렴풋이 생각났지만 정작 중요한 일에 대해서는 아무것도 모르고 굳이 알고 싶어하지도 않았다는 사실이 명백히 드러나 부끄러웠다. 만둑이 우리 쪽으로 다가와 람바잔의 어깨를 툭툭 두드리더니 내 얼굴에 빈랑자 냄새를 뿜어내며 말했다. "참다운 마라타족 용사지. 아름다운 뭄바이, 마라타의 뭄바이.[5] 안

---

5) 인도 극우 정당 시브세나의 표어.

그런가, 보르카르?" 만둑이 빙그레 웃으며 문자 목발을 짚은 채 그럭저럭 차렷 자세를 유지하던 람바잔이 선뜻 시인했다. "그렇습니다, 주장님." 필딩은 어이없어하는 내 표정을 보며 즐거워했다. "이 도시가 누구 것이라고 생각하지? 말라바르언덕에서는 다들 위스키소다를 마시며 민주주의에 대해 떠들지. 우리 같은 힌두교도는 대문이나 지켜야 하고. 너희는 우릴 잘 안다고 생각하겠지만 우리에게도 인생이 있어. 너희한테 아무 말도 안 할 뿐이지. 너희처럼 언덕 꼭대기에 사는 무신론자한테 신경쓸 필요는 없잖아? 수카 라카드 올라 젤라타. 마라티어를 모르는 모양이군. '마른 장작에 불이 붙으면 세상천지가 타버린다.' 언젠가는 이 도시도—더러운 영국식 이름 봄베이가 아니라 아름다운 여신의 이름을 딴 뭄바이도—우리 사상의 불길에 훨훨 타오를 거야. 그때는 말라바르언덕도 타버리고 마침내 라마의 왕국이 실현되겠지."

필딩이 람바잔을 돌아봤다. "자네가 하도 칭찬해서 내가 힘깨나 썼어. 살인 혐의는 덮고 자살로 종결시켰지. 마약 문제에 대해서는 당국이 이런 잔챙이 말고 거물급을 노리도록 유도했고. 이제 내가 그런 수고를 무릅쓴 보람이 뭔지 보여주게."

"알겠습니다, 주장님." 늙은 문지기는 곧 내 쪽으로 돌아서서 말했다. "한 방 때려보소, 도련님."

나는 깜짝 놀랐다. "뭐라고요?" 그러자 필딩이 손뼉을 치며 조바심을 냈다. "귀머거리야 뭐야?"

람바잔이 애원에 가까운 표정을 지었다. 나는 그가 나를 감옥에서 구해주려 무리하는 바람에 약점을 잡혔다는 걸 깨달았다. 만둑이 나를 위해 산을 움직이도록 설득하느라 건곤일척의 승부를 걸었으리라. 보아하니 이번에는 내가 람바의 호의에 보답해 그를 구해줄 차례인 듯했다. 그러려면 그의 칭찬에 부응해야 했다. 람바가 나를 격려했다. "도련님, 옛날에 하던 대로 해보소. 여기, 바로 여기를 치란 말이오." 그곳은 그의 턱끝이었다. 나는 심호흡을 하며 고개를 끄덕였다. "알았어요."

"주장님, 앵무새는 저쪽에 내려놓겠습니다." 필딩은 귀찮다는 듯 손사래를 치더니 연못가에 놓인 주황색 등의자에 반죽덩어리처럼 철퍼덕 주저앉았다. 초대형 의자인데도 힘겨운 듯 삐걱거렸다. 뭄바데비신 상도 시범을 구경하려 모여드는 듯했다. "혀 조심해요, 람바." 나는 말하며 주먹을 날렸다. 람바는 내 발치에 털썩 쓰러져 의식을 잃었다.

만둑이 감탄했다는 듯 꽥꽥거렸다. "거 제법이네. 네 조막손이 꽤나 쓸 만한 쇠망치라고 들었지. 아니나다를까? 그 말이 사실이었군." 그때 람바잔이 서서히 정신을 차리고 턱을 어루만졌다. "걱정하지 마소, 도련님." 그것이 그의 첫마디였다. 그때 만둑이 별안간 고래고래 소리치며 그 유명한 장광설을 늘어놓기 시작했다. "네가 저 친구를 때려도 괜찮은 이유가 뭔지 알아? 내가 시켰기 때문이야. 그런데 왜 괜찮은지 알아? 그야 저 친구 몸뚱이도 영혼도 모두 내가 샀으니까. 어떻게 샀느냐고? 내가 가족을 돌봐줬거든. 저 친구 고향 마을에 식구들이 올망졸망 얼마나 많은지 넌 짐작도 못 할 거야. 그런데도 오랫동안 아이들을 교육시키고 건강과 위생 문제도 모두 해결해줬어. 아브라함 조고이비, 타타 늙은이, C.P. 바바, 악어 난디, '케케' 콜라트카르, 비를라가, 사순가, 심지어 인디라 마타까지─다들 자기가 우두머리라고 믿으면서도 '보통 사람'한테는 관심도 없으니까. 머지않아 그 보잘것없는 친구가 그런 자들의 착각을 깨부수겠지." 그런 일장 연설에 곧 싫증이 나려 할 때 만둑이 한결 살가운 어조로 말했다. "그리고 너, '쇠망치' 친구, 내가 너를 저승에서 꺼냈어. 그러니까 이제 내 부하 좀비가 된 거야."

"나한테 원하는 게 뭡니까?" 그렇게 묻기는 했지만 만둑의 요구 사항은 물론 내 대답도 이미 알고 있었다. 람바잔을 때려눕힌 순간, 한평생 갇혀 지내던 무언가가 풀려났다. 그것이 봉인된 탓에 그때까지의 내 인생은 늘 불완전하고 수동적이었으며 이런저런 물살에 휩쓸리기 일쑤였는데, 그것이 해방되자 나 자신도 갑자기 자유를 얻은 기분이었다. 바로 그 순간 나는 더이상 잠정적인 삶, 대기 상태 같은 삶을 살 필요가 없음을 깨달았다. 이제 혈통과 양육과 불운이 정해준 대로 살아갈 필요가 없으니 드디어 참다운 자아를 되찾아 진정한 인생을 살 수 있게 되었다. 지금까지는 망가진 손에 담긴 비밀을 옷자락 깊숙이 감춰둔 채 살았다. 이젠 싫다! 앞으로는 자랑스럽게 휘두르며 다니리라. 이제부터는 내가 곧 주먹이 되리라. '무어'가 아니라 '쇠망치'가 되리라.

필딩은 여전히 지껄이고 있었는데 말이 아주 빠르고 기세등등했다. 저 시오디타워에 높이 올라앉은 너희 아버지가 어떤 사람인지 알기나 해? 하나뿐인 아들을 품에서 내팽개친 그가 얼마나 지독한 악행을 저질렀는지, 얼마나 무자비한 인간인지 네가 상상이라도 할 수 있겠냐? '칼자국'이라는 별명으로 활동하는 무슬림 조폭 두목에 대해서는 얼마나 알지?

나는 무지를 인정했다. 만둑은 한심하다는 듯 손을 내저었다. "곧 알게 될 거야. 마약, 테러, 무슬림−무굴놈, 미사일 발사용 컴퓨터, 카자나은행 스캔들, 핵폭탄 등등. 맙소사, 너희 같은 소수파는 잘도 똘똘 뭉치지. 끼리끼리 힘을 합쳐 우리 힌두교도한테 바락바락 대드는데,

우린 워낙 선량한 사람들이라 그런 위협이 얼마나 위험한지도 모른 다니까. 하지만 이제 너희 아버지가 이렇게 너를 내게 보내줬으니 너도 다 알게 될 거야. 로봇에 대해서도 말해주지. 소수자의 권리를 보호한답시고 힌두교도를 학살하기 위해 만드는 최첨단 인조인간 말이야. 그리고 아기들에 대해서도, 소수파 애새끼들이 몰려들어 우리 귀한 아이들을 요람에서 밀어내고 신성한 음식을 빼앗으려 한다는 얘기도 해주지. 그놈들이 그런 흉계를 꾸몄다니까. 그렇지만 절대 성공할 수 없어. 힌두-스탄, 힌두교도의 나라니까! 우린 어떤 대가를 치르더라도 기필코 '칼자국'과 조고이비 패거리를 물리칠 거야. 그 거만한 인간들이 무릎을 꿇게 만들어야지. 그런데 우리 좀비, 우리 쇠망치. 넌 아군이냐 적군이냐? 정의의 사도냐, 불의의 앞잡이냐? 자, 우리 편이냐, 남의 편이냐?"

나는 망설이지 않고 운명을 받아들였다. 아브라함을 비난하는 필딩의 장광설, 그리고 필딩이 조고이비 부인과 친하다는 이야기, 그 둘 사이의 인과관계는 물어볼 생각조차 하지 않았다. 아무런 거리낌 없이, 자발적으로, 아니, 오히려 기쁜 마음으로 선뜻 뛰어내렸다. 어머니, 당신이 저를 보내신 그곳으로—당신의 시야를 벗어나 어둠 속으로—기꺼이 떠나기로 마음먹었습니다. 당신이 제게 던진 욕설을—개망나니, 개잡놈, 불가촉천민, 역겨운 놈, 더러운 놈 따위—가슴에 붙안고 제 이름으로 여기렵니다. 당신이 제게 내린 저주를 축복으로 삼고, 당신이 제 얼굴에 끼얹은 미움을 사랑의 묘약처럼 달게 마시렵니다. 비록 버림받았으나 이 치욕을 자랑으로 여기며 소중히 간직하리니—위대한 아우로라여, 마치 주홍글씨처럼 제 가슴에 깊이 새겨두렵니다. 이제 저는 당신이 계신 언덕에서 저 아래로 뛰어내리지만 저는 천사가 아닙니다. 이는 루시퍼의 타락이 아니라 아담의 타락입니다. 어엿한 남자로 탈바꿈하는 타락입니다. 즐거운 마음으로 타락하겠습니다.

"정의의 사도가 되겠습니다, 주장님."

그러자 만둑이 떠들썩하게 환호성을 지르더니 의자에서 일어나려 버둥거렸다. 람바잔이―아니, 보르카르가―다가가 부축했다. 필딩이 말했다. "그래, 그래. 음, 네 쇠망치는 쓸모가 많겠어. 그건 그렇고, 다른 재주는 없냐?"

나는 에제키엘과 요리책을 벗삼아 부엌에서 보낸 즐거운 시간을 떠올리며 대답했다. "요리도 좀 합니다, 주장님. 영국식 인도 요리 멀리거토니 수프, 코코넛밀크를 넣은 남인도 육류 요리, 무글라이식 코르마 커리, 카슈미르식 시르말 난, 레슈미 케밥, 고아식 생선 요리, 하이데라바드식 가지볶음, 볶음밥, 봄베이 클럽 스타일, 뭐든지 됩니다. 혹시 그쪽을 좋아하시면 짭짤하고 발그레한 남킨 짜이 밀크티까지 끓여드리죠." 필딩은 좋아서 어쩔 줄 몰라했다. 식탐 많은 사람이 분명했다. 그가 내 등을 툭툭 두드렸다. "너야말로 재주꾼이었군. 과연 테스트 크리켓 대회에 출전할 만한 실력인지, 제일 중요한 6번 타석을 꿰찰 만한지 어디 확인해보자. R. J. 해들리, K.D. 월터스, 라비 샤스트리, 카필 데브처럼 말이야." (당시 인도 크리켓팀이 오스트레일리아와 뉴질랜드에서 원정경기를 펼치고 있었다.) "그런 선수라면 언제라도 우리 팀에 자리를 만들어줄 테니."

라만 필딩 밑에서 처음 일을 시작할 때 내 자리는 필딩이 '손님과 친해지기 좋은 곳'이라고 부르는 부엌이었는데, 원래 그 집 요리사인 '한-입에-다섯-발가락' 차간은 몹시 못마땅하게 여겼다. 이 거인은 입이 어마어마하게 큰데다 치아도 들쭉날쭉해서 마치 초만원 공동묘지를 들여놓은 듯했다. "우리 차간은 좀 난폭한 친구야." 필딩이 그를 소개해주며 존경스럽다는 듯 말하더니 요리사의 별명에 얽힌 사연을 들려줬다. "언젠가 레슬링을 하다 상대 선수 발가락을 물어뜯었거든. 한꺼번에 몽땅." 차간이 나를 노려보더니─부엌은 흠잡을 데 없이 깨끗한데 요리사는 봉두난발에다 음식물로 얼룩진 옷을 걸친 허수아비 같아서 전혀 어울리지 않았다─커다란 식칼 몇 자루를 썩썩 갈면서 살벌한 목소리로 툴툴거렸다. 그러자 필딩이 큰 소리로 말했다. "괜히 저러는 거야. 안 그래, 차간? 짜증내지 마. 객원 요리사도 형제처럼 반겨줘야지." 그러더니 반쯤 감긴 눈으로 나를 돌아보며 덧붙였다. "아니, 안 그러는 편이 나으려나. 레슬링 시합에서 진 선수가 바로 저 친구 형이었거든. 그때 그 발가락, 맙소사! 무슨 고기 경단 같더라니까, 지저분한 발톱만 빼면." 나는 거대한 코끼리에게 물려 다리를 잃었다는 람바잔의 옛이야기를 떠올렸다. 대체 이 도시에는 그렇게 팔다리를 잃어버린 사연을 설명하는─어디어디를 잘랐다느니 잘렸다느니─황당무계한 이야기가 얼마나 많이 나도는 것일까. 나는 차간에게 부엌이 참 깨끗하다고 칭찬하며 이곳의 수준을 떨어뜨릴 생각은 추호도 없다고 말했다. 청결을 사랑하는 마음은 나도 그 뻐드렁니 사내와 다름없다고 주장했다. '다섯 발가락'의 추접스러운 차림새에 대해서는 일언반구도 하지 않았다. 무서운 무기를 지녔다는 공통점도 있지만 역시 마음속에만 담아뒀다. 그의 송곳니와 나의 쇠망치. 막상막하일 거라고 생각했다. 나는 차간에게 한껏 다정한 미소를 던졌다. 그리고 새 두목에게 씩씩하게 말했다. "걱정 마십쇼, 주장님. 사이좋게 지내겠습니다."

만둑에게 요리를 해주던 시절, 나는 그 인간의 복잡한 성격을 더러 알게 되었다. 그래, 요즘 그런 히틀러 추종자 같은 자의 회고록이 유행이라는 것쯤은 안다. 반대하는 사람도 많은데, 그들은 그런 짐승에게 인간성을 부여하지 말아야 한다고 강조한다. 그러나 만둑 같은 잔챙이 히틀러도 짐승은 아니라는 사실이 중요하다. 그들의 인간성을 보며 우리는 인류의 잘못을 깨달아야 한다. 인간의 만행은 인류 전체의 잘못이다. 만약 그런 자들이 괴물에 불과하다면—즉 비행기가 날아들어 쓰러뜨릴 때까지 온갖 재앙을 일으키는 킹콩이나 고질라 같은 놈들이라면—다른 이들은 이미 용서를 받은 셈이니까.

그러나 나는 용서를 바라지 않는다. 스스로 선택한 인생을 살았으니까. 이제 그만! 끝! 이야기를 계속하고 싶다.

필딩은 취향 면에서 힌두교도답지 않은 구석이 많았는데, 육류를 좋아한다는 점도 그랬다. 새끼 양고기(사실은 다 자란 양의 고기), 양고기(사실은 염소고기), 키마 커리, 닭고기, 케밥 등등, 질리지도 않고 먹어치웠다. 그는 봄베이에서 육식을 즐기는 파르시, 기독교인, 무슬림 등을 보고—다른 측면에 대해서는 여러모로 경멸하면서도—채식을 제외한 조리법에 대해서만큼은 칭찬을 아끼지 않았다. 이 흉악하고 불합리한 사내의 성격에서 모순적인 점은 그것만이 아니었다. 그는 실리주의지의 가면을 쓰고 그런 면모를 공들여 부각시켰지만 집안 곳곳에는 골동품 가네샤상, 시바 나타라자, 찬델라왕조의 청동상, 라지푸트족[6]과 카슈미르주의 세밀화 따위가 즐비해서 인도 고급 문화에 대한 깊은 관심을 보여줬다. 이 전직 만화가는 한때 미술학교를 다닌 적도 있는데, 그 사실을 공공연히 밝히지는 않았지만 그때의 영향이 아직 남아 있었다. (나는 만둑에게 우리 어머니에 대해 한 번도 묻지 않았지만 어머니가 정말 그에게 어떤 매력을 느꼈다면 그 집 벽에 걸린 물건들이 또하나의 증거가 아닐까 싶었다. 그러나 그것은 다른 종류의 증거물이기도 했다. 예술이 인품을 가다듬어준다는 말은 다 헛소리였다. 만둑은 수많은 조각품과 그림을 소유했지만 도덕성은 여전히 저질이었기 때문이다. 그러나 그가 만약 그 사실을 깨달았다면 아마도 오히려 자랑스러워했을 것이다.)

만둑은 말라바르언덕의 상류사회에 대해서도 관심이 많았다. 스스로 인정하는 것보다 더 많이 신경을 썼다. 예컨대 나의 집안 내력도 그에게 기쁨을 주었다. 위대한 아브라함의 외아들 모라이시 조고이비를 졸개 '쇠망치'로 부린다는 것은—집에서 쫓겨났거나 말거나—대단히 기분좋은 일이었기 때문이다. 나는 반드라 저택에 거처를 얻었고, 만둑은 다른 고용인과 달리 나를 은근히 편애하고 배려했다. 때로는 아랫사람을 부르는 '너'라는 뜻의 힌디어 투 대신에 존중의 의미가 담긴 점잖은 호칭 아프 즉 '자네'라는 말을 무심코 흘리기도 했다. 그런데도 내 동료들은 이런 특별 대우를 고깝게 여기는 기색을 보이지 않았으니 가히

6) 8~12세기 인도 북부를 지배한 민족.

칭찬할 만한 일이었지만, 내 쪽에서는 무엇이든 주는 대로 넙죽넙죽 받았으니—뜨겁고 차가운 수돗물이 콸콸 쏟아지는 욕실도 마음대로 쓰고, 쿠르타[7] - 파자마와 룽기[8] 같은 선물도 받고, 맥주를 마시자는 초대를 받기도 했다—좀 한심스럽다고 해야겠다. 아무래도 유복한 집에서 자란 사람의 핏줄에는 편안한 생활의 흔적이 남기 마련이다.

흥미롭게도 이 도시의 명문가 사람들은 필딩을 각별히 좋아했다. 에베레스트 빌라스, 칸첸중가 바반, 다울라기리 니바스, 낭가파르바트 하우스, 마나슬루 맨션, 그 밖에도 누구나 부러워하는 언덕 위 초고층 히말라야산맥 각처에서 손님이 끊임없이 몰려들었다. 도시의 밀림에서도 제일 어리고 말쑥하고 세련된 멋쟁이들이 랄가움 저택 영내를 배회했는데, 한결같이 굶주린 상태였지만 그들이 원하는 것은 내가 차린 잔칫상이 아니었다. 그들은 귀를 곤두세우고 만둑의 말을 한 음절 한 음절 핥아먹다시피 했다. 만둑은 노동조합을 싫어하고 파업을 타파하는 일을 좋아했다. 직장 여성을 싫어하고 순장 풍습을 좋아했다. 가난을 싫어하고 풍요를 좋아했다. 도시로 들어오는 '이주민'을 싫어하고—이는 마라티어를 쓰지 않는 사람 전부를 가리키는 말인데, 이 도시에서 태어난 사람도 예외가 아니었다—'원주민'을 좋아했다. 설령 방금 버스에서 내렸더라도 마라티어만 할 줄 알면 상관없었다. 국민회의당(I)[9]의 부정부패를 싫어하고 이른바 '직접 행동'을 좋아했는데, 이

---

7) 무릎까지 내려오는 헐렁한 셔츠 형태의 상의.

8) 허리에 천을 두른 형태의 남성용 치마.

9) 1978년 인디라 간디가 국민회의당을 탈당하고 결성한 신당. 'I'는 인디라의 머리글자.

는 자신의 정치적 목적을 위한 준군사적 활동과 자신이 마련한 뇌물
수수 체계를 뜻했다. 그는 사회를 계급투쟁으로 파악하는 마르크스주
의적 사고방식을 비웃고 카스트제도의 영구적 안정을 추구하는 힌두
교식 사고방식을 찬양했다. 인도 국기에서도 노란색은 좋아하고 초록
색은 싫어했다. 그는 '침략 이전'의 황금시대, 즉 선량한 남녀 힌두교
도가 자유롭게 돌아다닐 수 있던 시대에 대해 얘기했다. "지금 우리의
자유는, 사랑하는 조국은 침략자들이 건설한 것 속에 묻혀버렸어. 우
리는 제국들이 겹겹이 쌓아올린 것을 파헤치고 참된 조국을 되찾아
야 해."

만둑의 식탁에 내가 만든 요리를 차리는 동안 나는 이 나라를 정복
한 무슬림이 일부러 힌두교의 여러 신이 태어난 성지에 건설한 이슬람
성원의 목록이 있다는 이야기를 처음 들었는데—신들의 출생지와 시
골 별장, 사랑의 보금자리 등은 말할 나위도 없고 그들이 좋아하는 상
점이나 단골 식당까지 포함됐다. 그러니 신이 근사한 저녁을 보내려면
대체 어디로 가야 한단 말이냐? 좋은 곳은 빠짐없이 성원의 첨탑과 양
파 모양의 지붕이 차지했다. 도저히 용납할 수 없는 일이다! 신에게도
권리가 있다. 그들에게 옛 생활방식을 돌려줘야 한다. 침략자를 몰아내
야 한다.

말라바르언덕에서 찾아온 젊은이들은 열광적으로 찬동했다. 옳소,
옳소, 신의 권리를 되찾는 캠페인을 벌입시다! 이보다 더 멋지고 짜릿
한 일이 어디 있겠습니까?—그러나 그들이 모국 인도의 얼굴을 덧칠
하듯 뒤덮은 이슬람문화를 헐뜯으며 웃어대기 시작하자 만둑이 벌떡
일어나 고래고래 호통을 쳤다. 젊은이들은 깜짝 놀라 주저앉았다. 만둑

은 이슬람 민요를 부르고 우르두어 시를 암송하고—파이즈, 조시, 익발[10] 등등—파테푸르 시크리[11]의 찬란한 유적이나 달빛에 물든 타지마할의 장관에 대해 이야기했다. 정말 복잡한 인물이었다.

여자도 있었지만 그리 중요하지 않았다. 만둑은 밤마다 여자들을 불러들여 치근덕댔지만 큰 관심은 없는 듯했다. 성욕보다 권력욕이 더 중요했다. 여자들이 관심을 끌려고 아무리 노력해도 금방 싫증을 냈다. 그곳에서 우리 어머니의 흔적을 발견한 적은 한 번도 없었다는 사실을 기록해야겠는데, 내가 목격한 일을 바탕으로 판단하건대 설령 나의 새 고용주와 어머니 사이에 어떤 관계가 있었더라도 금방 끝나버렸으리라.

그는 남자와 어울리기를 더 좋아했다. 어떤 날은 노란색 머리띠를 두른 MA당 '청년 당원'들과 함께 시간을 보내다 밤중에 즉흥적으로 남자들만의 미니올림픽을 열었다. 팔씨름, 레슬링, 팔굽혀펴기, 거실에서 벌이는 권투 시합 따위였다. 그곳에 모인 남자들은 맥주와 럼주를 마시고 거나하게 취해 땀을 뻘뻘 흘리며 드잡이를 하거나 시끄럽게 떠들다 결국 알몸이 되어 쓰러지기 일쑤였다. 그럴 때 필딩은 정말 행복한 표정이었다. 꽃무늬 룽기를 벗어던지고 청년들 틈에 널브러져 간질간질, 긁적긁적, 트림도 하고 방귀도 뀌고 이놈저놈 엉덩이를 철썩철썩 때리거나 허벅지를 툭툭 치기도 했다. 그러다 이 관능적 희열 속에서 의식을 잃기 직전에 소리쳤다. "지금 그 누가 우리를 당할쏘냐! 우라질! 이제 우린 하나란 말이야."

10) 20세기 인도와 파키스탄의 주요 시인들.
11) 1569년 무굴제국의 악바르대제가 건설해 한동안 수도로 사용했던 성.

누가 불러주면 나도 그런 자리에 끼었는데, 야간 권투 시합을 통해 쇠망치의 명성은 날이 갈수록 높아졌다. 기름과 땀에 젖은 '청년 당원'의 알몸뚱이가 벌러덩 나자빠지면 카운트다운이 시작됐다(대충 정사각형으로 우리를 둘러싼 올림픽 참가자들이 일제히 숫자를 헤아렸다. "나인!…… 텐!…… 케이오!!"). '다섯 발가락'도 레슬링이라면 누구에게도 지지 않는 챔피언이었다.

들어보시라. 만둑의 여러 일면이 내 마음속에 깊은 혐오감과 거부감을 불러일으켰다는 사실을 부인하지는 않겠지만 나는 그런 반응을 억누르려 애썼다. 그에게 내 운명을 걸었기 때문이다. 과거의 세계가 나를 거부했으므로 나도 그 세계를 거부했다. 새로운 생활을 시작한 마당에 과거의 사고방식을 고집할 필요는 전혀 없었다. 나도 저렇게 살아야겠다고 마음먹었다. 나도 저런 사람이 되리라. 그래서 필딩을 유심히 관찰했다. 저렇게 말하고 행동하자. 저 사람이 새로운 길이고 미래다. 길을 익히듯 저 사람을 익히리라.

몇 주가 지나가고 몇 달이 지나갔다. 마침내 수습기간이 끝났다. 알수 없는 어떤 시험에 합격했다는 뜻이다. 만둑이 나를 집무실로 불렀다. 연두색 개구리 전화기가 있는 바로 그 방이었다. 그곳에 들어가보니 정말 섬뜩하고 괴상망측한 괴물이 내 앞에 우뚝 서 있었고, 그 순간 무시무시한 깨달음이 찾아왔다. 나는 그 환상의 도시를, 봄베이 중앙역인지 중앙 봄베이인지, 아무튼 커프퍼레이드에서 체포된 후 끌려간 그곳을 실제로 떠난 게 아니었구나, 람바잔이 구해준 덕분에 담보물 택시를 타고 자유의 질주를 했다고 믿었건만 이제 보니 순진한 착각이었구나.

그의 모습은 인간을 닮았지만 곳곳이 쇠붙이였다. 왼쪽 얼굴에는 큼직한 철판을 붙이고 나사못으로 고정했다. 한쪽 손도 매끈매끈하고 반질반질했다. 다만 철제 흉갑은 신체 일부가 아니라는 사실을 뒤늦게나마 알아차렸다. 그것은 쇠붙이로 만든 뺨과 손이 연상시키는 기괴한 인조인간의 이미지를 오히려 더욱 강조하기 위한 장식, 한마디로 패션이었다. 책상 건너편에서 만둑이 말했다. "새미 하자레한테 인사해라. '양철 나무꾼'이라는 별명으로 유명하지. 네가 들어갈 조의 조장님이다. 이제 너도 요리사 모자를 벗을 때가 됐어. 운동복으로 갈아입고 경기장에서 뛰어봐야지."

━

'유배기 무어' 연작은—'암흑기 무어'라고도 부르는 문제작들인데, 번민 때문에 한동안 위축됐던 풍자의 열정에서 탄생했지만 훗날 '부정적'이라느니 '냉소적'이라느니 심지어 '허무주의적'이라는 터무니없는 비판까지 받았다—아우로라 조고이비의 말년을 대표하는 가장 중요한 작품으로 손꼽힌다. 이들 작품에서 그녀는 이전 그림에서 보여주던 언덕 위의 궁전과 해안선 같은 소재뿐 아니라 '순수' 회화의 개념마저 포기해버렸다. 대부분의 작품에 콜라주 요소를 도입했는데, 시간이 흐르면서 그런 요소가 이 연작의 가장 두드러진 특징이 되었다. 연작 전체에 통일성을 주는 화자 겸 주인공 무어는 대체로 여전히 등장했지만 날이 갈수록 점점 더 잡동사니 같은 모습으로 묘사됐고, 그가 있는 배경에도 부서지고 버려진 것이 즐비했는데 그중에는 '길에서 주운' 물건도 많았다. 예컨대 궤짝 파편이나 바나스파티[12] 깡통 쪼가리 따위를 작품 표면에 붙이고 물감을 칠하는 방식이었다. 다만 오랫동안 이어진 무어 연작 중에서도 '과도기' 작품으로 불리는 한 그림에는 아우로라가 재구성한 '술탄 보압딜'의 모습이 생략돼 이채로운데, 〈시멘의 죽음〉이라는 이 이련판[13] 그림의 중심인물은 왼쪽 화폭에 있는 한 여자의 시체로, 마치 간파티 축제 때 생쥐를 탄 가네샤상을 물가로 옮기듯 엄청난 군중이 나무 빗자루에 꽁꽁 묶은 시신을 높이 치켜들고 즐거워하는 장면이다. 두번째 즉 오른쪽 화폭으로 넘어가면 군중은 이미 흩어진 채 해변과 바닷물의 일부분만 보여주는 구도로, 부서진 신상이나 빈병이나 축축한 신문지 따위가 여기저기 널린 그곳에 죽은 여자가 빗자루에 묶인 채 버려졌는데 퉁퉁 불어 푸르뎅뎅한 모습, 아름다움이나 존엄성 따위는 찾아볼 수 없고 한낱 쓰레기와 다름없는 꼬락서니다.

무어가 다시 등장한 작품은 배경이 대단히 번잡스럽다. 아마도 노숙자의 판잣집이나 달개집, 봄베이의 대규모 빈민굴이나 공동주택 등에서 영감을 얻었는지 마치 인간 고물상 같다. 한마디로 모든 것이 콜라주인데, 시내에 버려진 온갖 폐품, 녹슨 골함석, 판지 상자, 물에 떠다니던 울퉁불퉁한 나무토막, 사고 차량의 문짝, 버려진 템포[14] 삼륜차 앞유리 따위로 움막을 짓고, 독성이 심한 연기, 차례를 기다리던 여자들 (즉 힌두교도와 봄베이 유대인) 사이에서 쟁탈전이 벌어져 사상자까

---

12) 버터 대용품으로 쓰는 식물성 경화유.
13) 나무나 상아판 두 장을 경첩으로 연결해 제단 위에 세우거나 접을 수 있도록 제작한 공예품.
14) 인도의 자동차 회사.

지 발생시킨 급수관 마개, 분신자살, 도저히 감당할 수 없는 금액인데도 암흑가의 얼간이나 파탄족이 지독한 폭력을 휘두르며 빼앗아가는 집세 따위로 공동주택을 쌓아올렸다. 밑바닥에서만 실감할 수 있는 무게에 짓눌린 그곳 사람들의 생활도 그들의 집처럼 어수선하고 너덜너덜해서 좀도둑질 몇 조각, 매춘 몇 토막, 비럭질 몇 오라기 따위를 그러모아 간신히 연명하는 형편이고, 그나마 자존심이 좀 남은 사람들은 구두닦이를 하거나 종이 화환, 귀고리, 등나무 소쿠리, 싸구려 셔츠, 코코넛밀크, 자동차 지켜주기, 석탄산 비누 따위로 입에 풀칠을 한다. 그러나 현실 고발만으로 만족할 줄 모르는 아우로라는 상상력을 몇 걸음 더 밀고 나가 사람들마저 허접쓰레기로 만들었는데, 그들은 이 대도시에서 쓸모없다고 여기는 것의 콜라주였다. 떨어진 단추, 부러진 자동차 와이퍼, 찢어진 헝겊조각, 타다 남은 책, 빛에 노출된 카메라 필름 등등. 사람들은 팔다리까지 주우러 돌아다니는데, 잘려나간 신체 부위가 산더미처럼 쌓인 곳을 발견하고 자신에게 없는 부위를 허겁지겁 움켜쥐지만 천천히 고를 만한 여유가 없어 그리 까다롭게 굴지 않고, 그래서 왼발만 두 개 달린 사람도 많고, 엉덩이를 찾다 결국 단념하고 볼기짝이 떨어져나간 자리에 풍만한 가슴을 주워다 붙인 사람도 여럿이다. 무어가 들어간 그곳은 보이지 않는 세계, 유령 즉 존재하지 않는 사람들의 세계였지만 그를 따라 들어간 아우로라는 예술적 의지의 힘으로 그곳을 눈에 보이게 만들었다.

그리고 등장인물 무어는, 이제 어머니를 잃고 혈혈단신 악행의 구렁텅이로 빠져들어 환락과 범죄를 일삼는 악인의 모습이다. 마지막 몇 작품에서 그는 예전의 상징적 역할, 즉 상반되는 요소들을 통합하는 존재, 다원주의의 기수, 그리고―불완전하게나마―새로운 국가의 표상이던 면모를 잃어버리고 오히려 부정부패를 대표하는 우화적 인물로 탈바꿈했다. 창작생활을 하는 동안 아우로라는 줄곧 이질성, 문화적 다양성, 공존 같은 것이야말로 선의 개념에 가장 가깝다는 생각을 고수했지만 이제는 그런 것이 더러 왜곡되는 경우도 있고 빛뿐만 아니라 어둠을 불러들일 가능성도 있다는 결론을 내린 듯싶다. 이 '검은 무어'는 혼성의 개념을 새로 구상해본 것인데―보들레르의 『악의 꽃』을 떠올리게 되는 것도 무리가 아닐 터,

    ……우리는 역겨운 것의 매력에 홀려

    두려움도 없이, 악취를 풍기는 어둠을 건너

    날마다 한 걸음씩 지옥으로 내려가나니.

  그는 나약한 존재이기도 한데, 과거의 망령들이 이리저리 날아다니며 그를 괴롭히기 때문이다. 몸을 움츠리며 썩 꺼지라고 소리쳐도 소용없다. 그러다 무어 자신도 차츰 희미해져 '걸어다니는 유령'이 되고 만다. 실의에 빠진 그는 마름모꼴도 보석도 빼앗기고 옛 영광의 마지막 흔적마저 잃은 채 어쩔 수 없이 어느 대단찮은 군벌 휘하의 군인이 되고(이 대목에서 아우로라가 모처럼 술탄 보압딜에 대해 확인된 역사적 사실을 충실히 재현했다는 점은 꽤나 흥미롭다), 한때 왕으로 군림하던 곳에서 한낱 용병의 처지로 전락한 그는 곧 주변 사람들과 다름없이 처량하고 보잘것없는 합성 인간이 되어간다. 쓰레기가 점점 쌓여 마침내 그를 묻어버린다.

이런판 형식은 여러 차례 사용됐는데, 이들 작품의 두번째 화폭마다 아우로라는 말년의 자화상을 그려냈다. 번민에 시달리면서도 당당하고 섬뜩하리만큼 꾸밈없는 모습인데, 고야와 렘브란트를 연상시키는 부분도 더러 있으나 예술사를 통틀어 유례를 찾기 어려울 만큼 격렬하고 관능적인 절망의 분위기가 훨씬 더 강하다. 아들의 타락상을 묘사한 끔찍한 풍경 옆 화폭 안에 홀로 앉은 그녀는 눈물 한 방울 흘리지 않는다. 얼굴이 점점 굳어져 냉혹해 보일 지경이다. 그러나 그녀의 눈빛에는 형언할 수 없는 공포가 깃들었는데―마치 영혼 깊숙한 곳을 찌르는 무언가, 마치 그녀의 바로 앞에, 즉 그림을 보는 사람이 자연스레 서게 될 바로 그 자리에 있는 무언가를 본 듯―마치 인류의 가장 비밀스럽고 가장 끔찍한 얼굴을 발견하고 뻣뻣하게 굳어 늙은 육체가 마침내 돌덩이로 변해버렸다는 듯. 이른바 '아익사의 초상'은 모두 불길하고 우울하다.

아익사를 그린 화폭에는 닮은꼴과 유령이라는 한 쌍의 소재도 되풀이된다. 아익사의 유령이 폐기물로 뒤덮인 무어를 따라다니고, 때로는 아익사/아우로라의 등뒤에 희미하고 반투명한 남녀가 둥실둥실 떠 있기도 했다. 그들은 얼굴이 없다. 여자는 우마(시멘)일까, 아니면 아우로라 자신일까? 남자 유령은 나―아니, '무어'―일까? 혹시 내가 아니라면 대체 누구일까? 이런 '유령' 또는 '닮은꼴'의 초상화에서 아익사/아우로라는 마치―지나친 상상일까?―추격자에게 시달리는 듯한 표정인데, 지미 캐시가 사고를 당했다는 소식을 듣고 찾아갔을 때 본 우마의 표정과 똑같다. 상상이 아니다. 내가 잘 아는 표정이다. 아우로라는 금방이라도 무너져버릴 듯하다. 쫓기는 표정이다.

마찬가지로 그녀도 그림 속에서 나를 뒤쫓았다. 마치 날개 달린 원숭이를 거느리고 바위산에 사는 마녀처럼 수정 구슬로 나를 지켜보는 듯했다. 왜냐하면 모두 사실 그대로였으니까. 나는 실제로 그녀가 작품에 묘사한 달의 뒷면이나 해의 반대편처럼 어두컴컴한 곳을 돌아다녔으니까. 나는 그녀가 창조한 허구 속에 살았고 그녀는 상상의 눈으로 나를 똑똑히 보았다. 아니, 거의 그랬다고 해야겠는데, 그녀가 도저히 상상할 수 없는 일, 그녀의 예리한 시선조차 꿰뚫어볼 수 없는 일도 있었기 때문이다.

아우로라는 미처 깨닫지 못했지만 그녀의 경멸 섞인 분노는 내면의 우월감을, 보이지 않는 도시에 대한 두려움을, 그리고 말라바르언덕 주민의 특성을 고스란히 폭로하고 있었다. 진보주의자인 아우로라가, 민족주의자의 여왕인 그녀가 그 사실을 알았다면 얼마나 경악했을까! 말년에 이르러 그녀도 결국 언덕 위에 사는 부잣집 마나님에 불과하다는 지적을 받았다면, 한가롭게 차를 마시며 가난한 문지기를 멸시한다는 말을 들었다면…… 그리고 그녀가 나를 지켜보면서도 미처 알아차리지 못한 점이 있는데, '양철 나무꾼'과 뻐드렁니 허수아비와 겁쟁이 개구리(만둑은 겁쟁이가 분명했는데, 험한 일은 모두 남에게 시켰기 때문이다) 등등이 사는 이 초현실적 세계에서 나는 짧디짧은-기나긴 생애를 통틀어 처음으로 비로소 정상인이 된 기분, 남다르지 않은 기분, 나-같은-사람들과 어울리는 기분이었다. 그것이야말로 가족의 참다운 의미가 아니겠는가.

라만 필딩이 잘 아는 것이 하나 있었고 바로 그것이 그가 거머쥔 권력의 숨은 원천이었는데, 사람들이 갈망하는 것은 사회적 규범에 적합한 것이 아니라 오히려 지나치고 터무니없고 금지된 것이라는 사실이었다. 인간은 그런 것을 통해 자신의 잠재력을 마음껏 분출하고 싶어한다. 우리는 비밀 자아를 공공연히 드러낼 기회를 열망한다.

그렇습니다, 어머니. 그 무시무시한 패거리 속에서, 그렇게 무시무시한 짓을 하면서, 마술 구두의 도움도 없이, 제 가족을 찾았습니다.

〜

인정하건대, 나는 무수한 사람을 두들겨팼다. 우체부가 우편물을 배달하듯 가가호호 폭력을 배달했다. 시키면 시키는 대로 그 더러운 짓을 마다하지 않고―오히려 즐겼다. 왼손잡이로 탈바꿈하느라 얼마나 고생했는지, 그것이 내게 얼마나 부자연스러운 일이었는지 이미 설명했던가? 그렇다면 다행하게도, 나는 이제야 비로소 오른손잡이로 살게 되었다. 대단히 활동적인 생활을 하게 되면서 드디어 내 막강한 쇠망치를 주머니에서 해방시켜 내 인생 이야기를 써내려갔다. 내 주먹은 나를 잘 받쳐줬다. 나는 금방 MA당의 최정예 행동대원이 되어 '양철 나무꾼' 하자레나 '다섯 발가락' 차간과 어깨를 나란히 했다(그리 놀라운 일도 아니지만 차간도 꽤나 다재다능해서 부엌에만 갇혀 지낼 사람이 아니었다). 하자레조 열한 명이―나머지 조원 여덟 명도 어느 모로 보나 우리 세 명에게 조금도 뒤지지 않을 정도로 무시무시한 깡패였다―명실공히 MA당 대표팀으로 군림한 십 년 동안 아무도 우리 자리를 넘보지 못했다. 그러므로 막강한 힘을 휘두를 때는 통쾌하기도 했거니와 눈부신 실적만큼 보상도 컸고, 남자들의 우정과 연대감도 적잖은 기쁨이었다.

그렇게 단순무식한 생활을 하면서 내가 얼마나 즐거웠는지 여러분이 과연 이해할 수 있을까? 정말 하루하루가 너무 즐거워 어쩔 줄 몰랐다. 이런 생각을 했다. 드디어 조금은 솔직해져도 되겠구나. 드디어 생긴 대로 살게 됐구나. 한평생 평범해지려고 안간힘을 쓰다 불가능한 목표를 포기한 순간 얼마나 홀가분했던가! 남다른 일면을 만천하에 드러낸 순간은 또 얼마나 짜릿했던가! 예전 인생에서 온갖 속박과 복잡한 감정에 시달리는 동안 내 마음속에 얼마나 많은 분노가 켜켜이 쌓였는지—세상이 나를 거부할 때마다, 여자들이 킥킥거리는 소리를 들을 때마다, 선생들이 나를 비웃을 때마다 얼마나 많은 원한이 서리서리 맺혔는지, 그리고 늘 집안에만 틀어박힌 채, 어쩔 수 없이 몸을 숨긴 채, 친구도 없이, 마침내 어머니가 끝장을 내주기까지 그 참담한 삶을 이어가며 차마 터뜨리지 못한 울분은 또 얼마나 산적했는지—그 누가 짐작이나 할 수 있으랴? 그렇게 한평생 쌓이고 쌓인 노여움이 내 주먹에서 폭발하기 시작했다. 퍼억! 빠악! 아, 물론입죠, 나리, 당연합죠, 마님, 소인이 누구 혼꾸멍내는 일 하나는 똑소리나게 잘했거니와 그런 일이 벌어지는 이유도 웬만큼은 알았습죠. 못마땅해도 좀 참으십쇼! 불평 따위는 햇빛 안 드는 곳[15]에 넣어두시고! 어디 영화관에 가서 잘들 보십쇼. 제일 뜨거운 박수갈채를 받는 등장인물은 꽃미남도 아니고 영웅 나

15) 항문을 일컫는 우스갯소리.

부랭이도 아니고, 검은 모자를 푹 눌러쓰고 영화가 끝날 때까지 종횡무진 찌르고 쏴대고 걷어차면서 모조리 때려부수는 바로 그놈! 아으, 쥑이네. 요즘은 폭력이 대세니까요. 사람들이 그걸 원한다 이겁니다요.

처음 몇 년은 방직공장 파업 사태를 해결하면서 보냈다. 나는 새미 하자레가 이끄는 비공식 경비대의 일원으로 가면을 쓰고 폭력을 휘두르는 일을 맡았다. 우선 당국이 진입해 경찰봉과 최루탄으로 시위대를 분산시키면—그 시절에는 다타 사만트 박사와 그가 이끄는 정당 캄가르 아가디, 그를 따르는 방직 노조 마하라슈트라 기르니 캄가르의 주동으로 시내 곳곳에서 소요가 빈발했다—MA당 정예 요원이 시위대 개개인을 무작위로 골라잡아 악착같이 추격했고, 결국 어느 구석에서 한평생 잊지 못할 구타의 추억을 안겨주기 전에는 결코 포기하지 않았다. 우리는 가면을 선택하는 문제로 오랫동안 고심했는데, 당대 발리우드 스타의 얼굴을 쓰자는 의견도 있었지만 결국 더 유서 깊은 민속전통을 따르기로 하고 바후루피 순회 극단처럼 사자탈, 호랑이탈, 곰탈 등을 썼다. 막상 해보니 탁월한 판단이었다. 가면 덕분에 신화적인 응징자로 시위대의 뇌리에 깊이 새겨졌기 때문이다. 우리가 현장에 나타나기만 해도 노동자들은 비명을 지르며 도망쳐 시꺼먼 도랑으로 뛰어들었고 우리는 그들을 하나하나 색출해 어리석은 행동의 대가를 톡톡히 치르게 했다. 그런 활동의 부수적 결과로 우리 도시의 생소한 구역을 살살이 알게 되었다는 점이 흥미로운데, 1982년부터 1983년까지 노조원 떨거지, 운동가 나부랭이, 공산당 찌꺼기 따위를 뒤쫓느라 워를리, 파렐, 비완디 등지에서 못 가본 뒷골목이 하나도 없을 정도였다. 내가 그렇게 부르는 이유는 그들을 경멸해서가 아니라 굳이 말하자면 전문용어였기 때문이다. 산업의 모든 공정은 쓰레기를 배출하기 마련인데 그 때마다 깨끗이 씻어내고 긁어내고 치워버려야 우량품이 나온다. 시위대는 일종의 쓰레기였다. 우리는 쓰레기를 처리했다. 파업이 끝났을 때 공장 일자리는 처음보다 육만 개나 줄어들었고 경영자들은 드디어 공장을 현대화할 여력을 얻었다. 우리가 찌꺼기를 제거한 덕분에 방직산업은 번쩍거리는 최신식 기계를 갖춘 첨단산업으로 거듭났다. 만둑이 내게 몸소 그렇게 설명했다.

다른 녀석들은 발길질을 더 좋아했지만 나는 주로 주먹을 썼다. 내게 걸린 놈은 맨손으로 격렬하게, 그러나 메트로놈처럼 정확하게 두들겨팼다. 마치 양탄자를 털듯, 마치 노새를 몰듯, 마치 장단을 치듯. 나는 아무 말도 하지 않았다. 구타 행위 자체가 일종의 언어로서 뚜렷한 의사를 전달했으니까. 나는 밤이고 낮이고 사람들을 때렸다. 때로는 쇠망치 같은 주먹 한 방으로 간단히 기절시켰지만 때로는 오래 시간을 끌었는데, 그럴 때는 오른손으로 살집 많은 부위를 골라 때리며 비명소리에 내심 눈살을 찌푸리기도 했다. 그러나 겉으로는 변함없이 담담하고 무심하고 무표정한 얼굴을 유지한다는 데 자부심을 느꼈다. 얻어맞는 사람들은 우리 눈을 마주보지 못했다. 그렇게 한바탕 주물러주면 어느새 비명소리가 그쳤다. 다들 우리의 주먹 구둣발 몽둥이를 고분고분 받아들였다. 그들의 눈빛도 담담하고 무심해졌다.

심하게 두들겨맞은 사람은(일찍이 올리버 다이스가 꿈을 꾸다 직관적으로 깨달았듯) 돌이킬 수 없는 변화를 겪는다. 자신의 육체, 자신의 정신, 그리고 주변세계와의 관계가 미묘하면서도 뚜렷하게 달라진다. 확실한 자신감도, 자유에 대한 신념도 영원히 사라진다. 물론 때리는 쪽이 일을 제대로 했을 때만 그렇다. 구타를 통해 세상만사에 초연해지는 경우도 많다. 피해자는─나도 얼마나 자주 보았던가!─당면한 상황에서 자신을 분리시켜 의식을 허공으로 두둥실 띄워보낸다. 그래서 부들부들 경련을 일으키거나 때로 부서져가는 자신의 몸뚱이를 묵묵히 내려다보는 듯하다. 그런 일을 겪은 사람은 영영 원래대로 돌아가지 못한다. 웬만큼 규모가 있는─예컨대 노동조합 같은─단체에 가입하라는 권유를 받으면 즉석에서 거절하기 마련이다.

육체의 어느 부위를 맞느냐에 따라 영혼에 미치는 영향도 달라진다. 예컨대 발바닥을 한참 맞는 건 웃음에 영향을 준다. 그렇게 맞은 사람은 두 번 다시 웃지 못한다.

이때 자신의 운명을 순순히 받아들이는 사람, 매질을 감수하는 사람, 인간답게 견뎌내는 사람만이─두 손을 들고 잘못을 인정하며 내 탓이오라고 말하는 사람만이─그런 경험을 통해 뭔가 가치 있는 것, 뭔가 건설적인 것을 얻는다. 그런 사람만이 이렇게 말할 수 있다. "어쨌든 좋은 교훈을 얻었어."

때리는 사람도 변하기 마련이다. 남을 때리는 일은 사람을 들뜨게 하고 깨달음을 주며 우주에서 낯선 문을 열어젖힌다. 시간과 공간이 속박을 벗어나 아득히 펼쳐진다. 곳곳에서 심연이 입을 벌린다. 얼핏얼핏 놀라운 게 보이기도 한다. 나도 가끔 과거나 미래를 보았다. 그런 기억을 오래 간직하기는 쉽지 않다. 일이 끝나면 금방 희미해진다. 그러나 뭔가 일이 일어났다는 사실은 기억할 수 있었다. 내가 환상을 보다니. 유익하고 색다른 경험이었다.

우리는 결국 파업을 분쇄했다. 그토록 오래 걸리다니, 나도 적잖이 놀랐다는 사실을 인정한다. 노동자들이 이런저런 찌꺼기 떨거지 나부랭이에게 그토록 의리를 지키다니. 그러나—라만 필딩이 우리에게 말했듯—공장 파업은 MA당의 훈련장이었다. 파업이 우리를 연마하고 단련시켰다. 다음번 시의원 선거에서 사만트 박사의 정당은 의석 몇 개를 얻는 데 그치고 MA당이 일흔 석 이상을 차지했다. 상승세를 탄 덕이었다.

그리고 구자라트주 경계선 부근의 어느 마을을 찾아갔을 때—그곳 봉건지주가 우리를 불러들였다—집집마다 막 거둬들인 홍고추가 수북이 쌓여 빛깔도 냄새도 강렬했던 그곳에서 여자 일꾼들이 일으킨 반란을 어떻게 진압했는지 말해볼까? 아니, 모르는 편이 나으리라. 여러분처럼 비위가 약한 분들은 그렇게 화끈한 이야기를 감당하지 못하실 테니. 그렇다면 불행하고 불쌍한 불가촉천민을, 하리잔인지 달리트인지,[16] 아무튼 감히 이슬람교로 개종해 카스트제도에서 벗어나보겠다는 헛꿈을 꾸던 자들을 어떻게 뭉개버렸는지 말해볼까? 사회적 위계질서에 포함되지도 않는 그것들을 제자리로 돌려보내기까지 어떤 과정을 밟았는지 자세히 말해볼까?—아니면 어느 마을에서 오랜 순장풍습을 강요하는 일에 동원된 하자레조가 어떤 방법으로 젊은 과부를 설득해 남편의 시신을 화장하기 위한 장작더미에 스스로 올라가게 만들었는지 구체적으로 설명해볼까?

아니, 안 된다. 지금까지 말한 것만으로도 충분하다. 우리가 육 년 동안 현장에서 열심히 뛰어다닌 덕에 풍요로운 수확을 거뒀다. MA당이

---

16) 둘 다 불가촉민을 일컫는 말. 전자는 마하트마 간디가 제안한 명칭으로 '비슈누의 아이들', 후자는 불가촉민이 스스로 선택한 명칭으로 '억압받는 사람들'을 뜻한다.

봄베이시의 정치 지배권을 거머쥐었다. 만둑은 시장이 되었다. 일찍이 필딩의 사상 같은 관념이 한 번도 뿌리내리지 못한 까마득한 변두리 지역에도 라마의 왕국이 곧 도래한다는 소문이 나돌 정도였다. 방직공장 노동자들이 고통스럽게 얻은 교훈을 국내 '무굴놈들'에게도 단단히 가르쳐줘야 한다는 말도 나왔다. 그리고 더 큰 무대에서 벌어지는 사건들도 이 나라 역사에서 걸핏하면 되풀이되는 피투성이 복수극을 부추겼다. 어느 황금 사원이 무장 괴한을 숨겨주다 공격을 받는 바람에 괴한들이 사망했다. 그 여파로 무장 괴한들이 총리를 암살했다. 그 여파로 무장 또는 비무장 폭도가 수도 델리 곳곳을 배회하다 무고한—터번을 썼다는 공통점 말고는 무장 괴한과 아무 관계도 없는—사람들을 학살했다. 그 여파로 필딩 같은 사람들이—즉 국내 소수집단을 길들이고 라마의 엄격한 사랑으로 만백성을 다스려야 한다고 주장하는 사람들—득세해 예전보다 큰 힘을 거머쥐었다.

……그리고 간디 여사가 죽던 날, 우리 어머니가 그토록 증오했고 자기도 질세라 어머니를 열렬히 증오했던 바로 그 간디 여사가 세상을 떠나던 날, 아우로라 조고이비가 눈물을 펑펑 쏟았다는 말도 들리고……

어쨌든 승리는 승리다. 필딩에게 권력을 쥐여준 선거 당시 공장 노동자 단체는 한결같이 MA당 후보를 지지했다. 역시 누가 강자인지를 확실히 교육하는 것이 최선책이고……

……비록 가끔 뚜렷한 이유도 없이 구토를 했지만, 그리고 꿈마다 지옥 같은 악몽이었지만, 그게 무슨 상관이랴? 늘 미행당하는 기분이 들었지만, 그런 느낌이 점점 더 강해졌지만, 그래, 아마도 앙심을 품은

사람들이겠지만, 나는 그런 생각을 마음에서 지워버렸다. 이미 잘려나간 팔다리 같은 예전의 삶이 남긴 흔적일 뿐이니까. 그런 가책 따위는, 약점 따위는 아예 없애버리고 싶었다. 악몽을 꾸다 겁에 질려 진땀을 흘리며 깨어나더라도 이마를 쓱 문지르고 다시 잠을 청했다.

꿈속에서 나를 뒤쫓는 자는 우마였다. 죽은 우마, 죽어 무시무시해진 우마, 머리는 산발이고 눈은 허옇게 뒤집히고 혀는 둘로 갈라진 우마, 복수의 천사로 둔갑한 우마였다. 나는 무어인이었고 그녀는 나를 뒤쫓는 지옥박쥐 디스-데모나였다. 나는 거대한 요새로 도망쳤지만 문을 쾅 닫고 돌아서면―어느새 다시 바깥이었고, 그녀는 여전히 허공에 떠오른 채 나를 뒤쫓고 있었다. 우마가 코끼리 엄니만한 흡혈귀 송곳니를 드러냈다. 이윽고 내 앞에는 다시 요새가 나타나고, 활짝 열린 문이 내게 피난처를 약속하고, 나는 다시 부리나케 달려들어가 문을 쾅 닫고, 이번에도 나는 여전히 바깥에 있고, 우마에게 속수무책으로 당할 수밖에 없는 상황이었다. 그녀가 속삭였다. "무어인이 건물을 어떻게 지었는지 알잖아. 안팎이 맞물린 모자이크 같은 건축법이니까―정원 너머 궁전, 궁전 너머 또 정원, 그런 식이지. 그렇지만 당신한테는―앞으로도 영원히 바깥에만 머물러야 하는 저주를 내리겠어. 이제 안전한 궁전 따위는 없고, 이렇게 정원에서 당신을 기다릴 거야. 끝없이 이어지는 이 바깥에서 당신을 끝까지 뒤쫓을 거야." 그러더니 나를 확 덮치며 무시무시한 아가리를 쩍 벌렸다.

어린애처럼 어둠을 무서워하다니, 이게 무슨 꼴이냐!―악몽에서 깨어날 때마다 그렇게 나 자신을 꾸짖었다. 사내라면 사내답게 굴어야지. 당당히 내 인생을 살고 모든 결과를 책임져야지. 그리고 그 시절 아우

로라 조고이비도 나도 가끔 누군가에게 쫓기는 듯한 기분을 느낀 이유
는―아으, 정말 재미없는 설명이로다!―그것이 사실이기 때문이었다.
어머니가 돌아가신 후 비로소 알게 된 일이지만 아브라함 조고이비가
여러 해 동안 우리 모자에게 사람을 붙였다. 아브라함은 모든 정보를
거머쥐어야 직성이 풀리는 사람이었다. 그리고 나의 활동에 대해 알아
낸 사실 대부분을 기꺼이 아우로라에게도 전했지만―그렇게 '유배기'
연작을 그리는 데 필요한 정보를 제공했으니 굳이 수정 구슬이 필요했
으랴!―그녀에게도 감시자를 붙였다는 사실은 밝히지 않았다. 늘그막
에 그들은 날이 갈수록 멀어져 이제는 소리쳐 불러도 들리지 않을 만
큼 떨어져 지냈고 꼭 필요하지 않으면 말을 섞는 일도 드물었다. 아무
튼 아흔 살 가까운 나이에 다시 시내 최고의 사설 탐정 사무소를 차린
돔 민토가 아브라함의 지시를 받고 우리 모자를 감시했다. 그러나 민토
는 잠시 뒤로 물러나야겠다. 이제 나디아 와디아 양이 등장할 차례이기
때문이다.

꾜

그렇다, 여자가 있었다는 사실도 굳이 부인하지 않겠다. 필딩의 식
탁에서 떨어지는 부스러기라고나 할까. 그중에서도 스미타, 쇼바, 레
카, 우르바시, 안주, 만주 등이 기억에 남는다. 힌두교도가 아닌 여자도
굉장히 많았는데, 살짝 때문은 돌리 누구누구, 마리아 누구누구, 거린
더 누구누구였지만 누구와도 오래가지 못했다. 때로는 주장님의 지시
에 따라 '임무 수행'도 했는데, 어느 고층빌딩에 접대부로 파견돼 부잣

집 마나님 시중을 드는 일이었고 몸 보시의 대가로 기부금을 받아 정당 살림에 보탰다. 내게 주는 사례금도 기꺼이 받았다. 군이 마다할 이유는 없었으니까. 필딩은 내가 '소질을 타고났다'고 칭찬했다.

그러나 나디아 와디아에게는 손끝 하나 대지 않았다. 나디아 와디아는 달랐다. 그녀는 미의 여왕이었다. 1987년 미스 봄베이와 미스 인디아 선발대회를 석권하고 같은 해 미스 월드로 등극했다. 새로 등장한 갓 열일곱 살 소녀와 내 누이를, 세상을 떠난 후 만인의 추앙을 받는 이나 조고이비를 나란히 비교한 잡지도 한둘이 아니었다. 사람들은 두 사람이 매우 닮았다고 했다. (나는 납득하기 어려웠지만 나야 원래 누가 누구를 닮았는지 잘 모르니까. 가령 아브라함 조고이비가 우마 사라스바티에 대해 얘기하면서 아우로라의 어린 시절이 떠오른다고, 자신을 운명적 사랑에 빠뜨린 기세등등한 열다섯 살 소녀를 연상시킨다고 말했을 때도 나는 뜬금없다고 생각했다.) 필딩은 나디아를—발키리[17]처럼 늘씬한 나디아를, 걸음걸이는 전사 같고 목소리는 음란 전화 같은, 상금 일부를 어린이 병원에 기부할 만큼 생각이 깊은, 전 세계 수컷을 욕망으로 몸부림치게 만드는 생활에 싫증이 나면 의사가 되고 싶어하는 나디아를—지구상 그 누구보다 간절히 갈망했다. 자신에게 없는 것이 그녀에게 있는데, 봄베이에서 완벽한 모양새를 갖추려면 그게 필요하다는 사실을 알았기 때문이다. 그녀에게는 눈부신 매력이 있었다. 게다가 시청 연회 때 면전에서 그를 두꺼비라고 부르기도 했다. 배짱이 두둑한 아가씨였다. 우선 좀 길들여야 했다.

---

17) 북유럽신화에서 주신인 오딘을 모시며 전사한 용사들의 영혼을 영웅의 전당 발할라로 안내하는 신녀들.

만둑은 나디아를 소유하고 싶어했다. 전리품처럼 팔뚝에 매달고 싶어했다. 그런데 누구보다 충성스러운 부하였던 새미 하자레가—흉물스러운 새미가, 반은 인간 반은 깡통인 주제에—크나큰 실수를 저질렀다. 사랑에 빠져버린 것이다.

나는 이미 여자를 사랑하는 일에 관심을 잃은 뒤였다. 진담이다. 우마 일을 겪은 후 내면의 어떤 스위치가 꺼지거나 퓨즈가 끊긴 듯했다. 고용주가 거만하게 던져주는 부스러기 같은 여자도 적잖은데다 이른바 '임무'도 있으니, 비록 쉽게 만나고 헤어질망정 나로서는 충분히 만족할 만했다. 게다가 나이 문제도 있었다. 서른 살이 되었을 때 내 몸은 이미 육십 노인이었고 게다가 남달리 정정한 육십 노인도 아니었다. 몸의 방파제가 여기저기 무너지자 노년이 쏟아져들어와 저지대를 뒤덮었다. 호흡곤란도 점점 심해져 경비대 일을 그만둬야 했다. 빈민굴 뒷골목을 허겁지겁 달리거나 구질구질한 공동주택 계단을 뛰어오르는 일은 이제 감당할 수 없었다. 밤새도록 관능을 불태우기도 불가능했다. 그 무렵 내가 잘하는 일은 하나뿐이었다. 필딩은 사려 깊게 비서실에 일자리를 마련해주고 자기 정부 중에서 그리 버겁지 않은 상대를 골라주겠다고…… 그러나 새미는, 나이는 나보다 열 살이나 많지만 체력은 스무 살이나 젊은 '양철 나무꾼' 새미는 아직도 꿈을 버리지 못했다. 그에게 호흡곤란 따위는 전혀 없었다. 만둑의 야간 올림픽에서 즉석 폐활량 시합을 하면(숨 오래 참기, 긴 금속 대롱으로 작은 화살 쏘기, 촛불 끄기 등등) 매번 '다섯 발가락' 차간이나 새미가 승리했다.

하자레는 마하라슈트라 출신이고 기독교인인데 종교적 이유보다 지역적 이유로 필딩 패거리에 가담했다. 아, 물론 누구에게나 그럴 만한 사연은 있었다. 개인적이든 사상적이든 늘 사연이 있기 마련이다. 하다 못해 장물시장과 다름없는 초르시장에만 가도 온갖 사연이 넘쳐난다. 열두 개 묶음에 땡전 한 푼. 사연은 헐값이다. 정치가의 혀끝에서 술술 쏟아지는 답변처럼 값싸고 부질없다. 돈 때문에, 제복 때문에, 연대감 때문에, 가족 때문에, 민족 때문에, 국가 때문에, 신 때문에. 그러나 실제로 우리를 움직이는 것은—사람을 차고 때리고 죽이게 만드는 것은, 우리의 적과 두려움을 이겨내도록 도와주는 것은—장터에서 얼마든지 구할 수 있는 싸구려가 아니었다. 우리를 움직이는 엔진은 좀 색다른 물건이라 무시무시한 연료를 사용했다. 예컨대 새미 하자레를 움직이는 연료는 폭탄이었다. 이미 손 하나가 날아가고 턱이 반쪽만 남았지만 폭발물은 그의 첫사랑이었다. 새미가 필딩에게 아일랜드식 폭파 작전의 정치적 진가를 납득시키려 열변을 토할 때는—비록 지금까지 실패만 거듭했지만—록산에게 구애하는 시라노 못지않게 열정적이었다. 그러나 '양철 나무꾼'의 첫사랑이 폭탄이라면 두번째 사랑은 나디아 와디아였다.

나디아가 미인대회 결선이 열리는 스페인 그라나다로 떠나기 전에 필딩이 이끄는 봄베이시 정부에서 성대한 환송회를 열어줬다. 그런데 이 연회장에서 나디아는, 이 사랑스럽고 자유분방한 파르시 소녀는 수많은 카메라 앞에서 강경파 보수주의자인 만둑에게 면박을 주었고("제가 보기에 라만 시장님은 개구리보다 두꺼비를 더 많이 닮으셨어요. 제가 입맞춤을 해도 왕자님으로 변하진 않으시겠네요." 만둑이 겸연쩍은 표정으로 단둘이 이야기 좀 하자고 속닥거리자 나디아가 큰 소리로 한 말이다) 게다가—자신의 말뜻을 강조하려고 의도적으로—만둑의 경

490

호원 중에서도 냉혹해 보이는 깡통 인간에게 마음껏 매력을 발산했다(나도 경호원이었지만 무사히 넘어갔다). 새미가 뻣뻣하게 굳어버린 채 땀을 뻘뻘 흘릴 때 나디아가 애교 띤 목소리로 말했다. "말씀해주세요. 제가 우승할 수 있을까요?"

새미는 대꾸도 못했다. 안색이 불그죽죽해지더니 어렴풋이 꼬르륵 소리를 낼 뿐이었다. 그러나 나디아 와디아는 참다운 지혜의 말씀을 들었다는 듯 엄숙하게 고개를 끄덕였다.

"제가 미스 봄베이 선발대회에 나갔을 때 남자친구가 그러더라고요." 나디아가 투덜거리듯 말하자 새미가 진저리를 쳤다. "오, 나디아 와디아, 저 여자들 정말 너무너무 예뻐, 아무래도 우승하긴 힘들겠어. 그런데 제가 이겼어요!" 그녀의 폭발적인 미소를 한몸에 받은 새미가 비틀거렸다.

나디아가 속삭이듯 말을 이었다. "그다음에 미스 인디아 선발대회에 나갔을 때 남자친구가 그랬어요. 오, 나디아 와디아, 저 여자들 정말 너무너무 예뻐, 아무래도 우승하긴 힘들겠어. 그런데 이번에도 제가 이겼어요!" 연회장에 모인 사람들 대부분은 이 보이지 않는 남자친구의 대역무도한 발언에 경악했고 나디아 와디아가 이곳에 데려오지 않은 것이 당연하다고 생각했다. 한편 만둑은 방금 들은 두꺼비라는 말을 어떻게든 우아하게 받아넘기려 안간힘을 썼고, 새미는—글쎄, 새미는 그저 기절하지 않으려 안간힘을 쓰는 정도가 고작이었다.

나디아가 시무룩한 표정을 지었다. "그런데 다음은 미스 월드 선발대회예요. 잡지에 실린 정말 너무너무 예쁜 여자들의 컬러사진을 보면서 생각했어요. 나디아 와디아, 아무래도 우승하긴 힘들겠어." 그녀는

'양철 나무꾼'의 격려가 필요하다는 듯 간절한 눈길로 새미를 보았고, 깨끗이 무시당한 라만 필딩은 그녀 곁에 서서 안절부절못했다.

그때 새미가 불쑥 말문을 터뜨리더니 다짜고짜 일장 연설을 늘어놓았다. "아가씨, 괜찮습다! 초특급 대우를 받으며 유럽여행도 하시고, 이것저것 굉장한 구경도 하시고, 세계적인 인물을 전부 만나실 테니까요. 그리고 보나마나 흠잡을 데 없는 몸가짐으로 국위를 선양하실 겁다. 그렇고말고! 제가 장담하죠. 그러니 아가씨, 우승 따위는 신경도 쓰지 마십쇼. 심사위원인지 개나발인지 하는 것들이 뭘 압니까? 우리한테는―인도 국민한테는―이미 아가씨가 우승자이고 앞으로도 영원히 그럴 겁다." 그의 일생을 통틀어 가장 유창한 말솜씨였다.

나디아 와디아는 짐짓 실망한 체했다. "아, 역시 우승하긴 힘들겠다고 생각하시는군요." 그녀가 탄식하며 발길을 돌린 순간, 순진한 사나이의 가슴이 와르르 무너졌다.

나디아 와디아가 세계를 정복한 후 그녀에 대한 노래까지 나왔다.

나디아 와디아는 끝내주디아
인디아 온 백성이 찬양하디아

전 세계가 깜짝깜짝 놀랐더리아
다른 여자들이야 호박이디아

이 몸이 새 차를 사드리디아
경호원이라도 시켜주디아

나디아 와디아를 사랑하디아.

나디아 와디아, 길이 사랑하디아.

누구나 이 노래를 입에 달고 다녔다. '양철 나무꾼'은 두말할 나위도 없었다. 경호원이라도 시켜주디아…… 그는 이 노랫말을 신의 계시로, 혹은 운명을 알리는 예언으로 여기는 듯했다. 만둑의 집무실 문 너머에서도 음정을 무시한 채 흥얼거리는 노랫소리가 흘러나왔다. 승리를 거둔 후 나디아 와디아는 '자유의 여신상'이나 마리안[18] 못지않은 한 나라의 상징이 되었고 국민의 자부심과 자신감의 원천이 되었기 때문이다. 그런 상황이 필딩에게 어떤 영향을 주는지 내 눈으로 목격했다. 이제 그의 야망은 봄베이와 마하라슈트라주의 울타리를 뚫고 나가려 했다. 그는 시장 자리마저 MA당 소속 동료 정치인에게 넘겨주고 전국 무대로 진출하려는 꿈에 부풀었다. 나디아 와디아가 곁에 있어준다면 정말 금상첨화일 터였다. 나디아 와디아, 길이 사랑하디아…… 라만 필딩, 무서울 정도로 집요한 이 사내가 새로운 목표를 정해버렸다.

간파티 축제가 돌아왔다. 올해는 독립 사십 주년이기도 해서 MA당이 집권한 시정부는 역사상 최고로 감동적인 가네샤 차투르티를 연출하고 싶어했다. 주변 지역에서 수천을 헤아리는 신자와 신상이 트럭을 타고 몰려들었다. MA당의 구호를 담은 노란색 현수막이 시내 전역을 뒤덮었다. 초파티 바로 앞 인도교 근처에 귀빈용 특별 관람석이 설

---

18) 프랑스대혁명의 정신과 프랑스공화국을 상징하는 여성상.

치뒀다. 라만 필딩은 새로 탄생한 미스 월드를 주빈으로 초청했고, 그녀도 축제를 존중하는 의미에서 초대를 받아들였다. 그리하여 필딩의 소망이 일부나마 이뤄졌고, MA당의 트럭에 올라탄 폭력 단원들이 주먹을 흔들거나 깃발을 휘두르거나 꽃잎을 허공에 뿌리며 관람석 앞을 지나갈 때 필딩은 미스 월드와 나란히 서 있었다. 그는 팔을 쭉 뻗고 손바닥을 펼친 자세로 답례했는데, 나디아 와디아는 그런 나치식 경례를 보고 고개를 돌려버렸다. 그러나 그날 필딩은 일종의 황홀경에 빠진 상태였다. 간파티 축제의 환호성이 견디기 어려운 수준까지 높아졌을 때 그가 나를 돌아보며―나와 '양철 나무꾼' 새미는 필딩의 뒤쪽에 있다가 작고 혼잡한 관람석 맨 뒤로 밀려난 터였다―목청껏 소리쳤다. "이제 너희 아버지랑 한판 붙을 때가 됐어! 이제 우리는 조고이비든 '칼자국'이든 누구든 거뜬히 상대할 만큼 강해졌으니까. 간파티 바파 모리아! 지금의 우릴 감히 누가 막겠냐?" 관능적 희열을 가누지 못한 그는 혐오감에 치를 떠는 나디아 와디아의 길고 섬세한 손을 움켜쥐고 손바닥에 입맞춤을 하며 고래고래 외쳤다. "자아, 내가 뭄바이의 여신에게, 인도의 여신에게 입을 맞춘다아! 봐라, 내가 온 세계의 여신에게 입을 맞춘다아!"

나디아 와디아가 뭐라고 답했지만 군중의 환호성 때문에 전혀 들리지 않았다.

⌒

그날 밤 뉴스에서 어머니가 해마다 그랬듯 신에게 대항하는 춤을 추다 추락사했다는 소식을 들었다. 이 사고가 필딩의 자신감을 북돋워 준 듯했다. 아우로라가 세상을 떠난 후 아브라함은 약해지고 만둑은 강해졌기 때문이다. 라디오와 텔레비전 보도에서 나는 사람들이 뉘우치며 송구스러워하는 기색을 감지했다. 아나운서도 부고 담당 기자도 비평가도 모두 이 위대하고 도도한 여인이 얼마나 부당한 대접을 받았는지 깨닫고 그녀가 우울한 은둔생활을 하며 말년을 보냈다는 사실에 일말의 책임감을 느끼는 듯했다. 아닌 게 아니라 아우로라가 타계하고 몇 달 동안 그녀의 인기는 과거 어느 때보다 드높았다. 뒤늦게 파리떼처럼 몰려들어 그녀의 작품을 재평가하고 칭송하는 사람들을 보면서 나는 크나큰 분노를 느꼈다. 지금 이런 찬사를 들을 자격이 있다면 예전에도 마찬가지였다. 아우로라는 내가 아는 누구보다 강한 여인이며 누구보다 자신의 천성과 본질을 잘 아는 여인인데도 깊은 상처를 받았다. 지금의 찬사는—그녀가 들을 수 있을 때 그렇게 말해줬다면 상처가 치유될 수도 있었으련만—때늦은 것이었다. 아우로라 다 가마 조고이비, 1924~1987. 이 숫자들이 바닷물처럼 그녀를 덮었다.

이젤 위에서 발견된 작품은 나에 대한 그림이었다. 마지막 작품 〈무어의 마지막 한숨〉에서 그녀는 무어에게 인간성을 돌려줬다. 작품 속의 인물은 추상적인 어릿광대도 아니고 고물 콜라주도 아니었다. 방황하는 그림자처럼 림보에서 길을 잃은 아들의 초상화, 지옥에 갇혀버린 한 영혼의 초상화였다. 그리고 그의 뒤에 어머니가 있었는데, 이번에는 별도의 화폭이 아닌 한 화폭 안에서 괴로워하는 술탄을 다시 만나는 장면이었다. 그를 호되게 꾸짖기보다—계집처럼 울어야겠지—걱정스러운 표정으로 손을 내미는 장면이었다. 이 또한 때늦은 사과였고 때

늦은 용서의 몸짓이었다. 내게는 아무런 위안도 주지 못했으니까. 나는 이미 어머니를 잃었고 그림은 상실의 아픔을 더욱 고통스럽게 만들 뿐이었다.

아, 어머니, 어머니. 왜 저를 추방하셨는지 이젠 압니다. 아, 세상을 떠나버린 위대한 어머니, 속임수에 넘어간 어머니, 바보 같은 어머니.

17

고집스럽고 죄 많은 절대자, 지상세계의 지배자가 하늘 높이 치솟은 공중정원에서 낄낄거리는데, 부자의 꿈 가운데 가장 풍요로운 꿈보다 훨씬 더 부유한 아브라함 조고이비는 여든네 살에 새벽처럼 기나긴 손가락을 내밀어 불멸을 거머쥐려 했다. 옛날부터 요절하지 않을까 두려워했지만 결국 노인이 될 때까지 살아남았다. 오히려 아우로라가 먼저 세상을 떠났다. 그는 나이가 들수록 더 건강해졌다. 여전히 다리를 절고 호흡곤란 증상도 여전했지만 로나블라에서의 일 이후 심장은 과거 어느 때보다 튼튼해지고 시력도 밝아지고 청력도 나아졌다. 음식도 생전 처음 먹어본다는 듯 달게 먹고, 거래를 할 때도 수상쩍은 기미를 놓치지 않고 잡아냈다. 신체가 건강하고 정신도 맑은데다 여전히 방사를 즐기는 그가 이미 신의 속성까지 지녔으니—벌써 뭇사람보다 까마득히 높은 자리에 올라 당연히 법률마저 초월한 존재였기 때문이다. 족쇄처럼 성가신 규칙 따위, 정해진 절차 따위, 이런저런 제약 따위, 그에게는 아무 의미도 없었다. 아우로라가 세상을 떠난 후 그는 아예 죽음마저 물리치기로 마음먹었다. 도시의 남쪽 끄트머리, 거대하고 휘황찬란한 바늘겨레, 거기 꽂힌 바늘 중에서도 제일 높은 바늘에 올라앉아 가끔 자신의 운명을 놀라하며 감회에 젖었다. 달빛에 반짝거리는 밤바다를 내려다보면 물의 가면 아래 만신창이가 되어 쓰러진 아내 모습이 눈에 선했다. 게떼가 집요하게 돌아다니고, 조개류가 달라붙고, 빛나는 칼날 같은 물고기가 무리 지어 이리저리 몰려다니며 그녀를 죽인 바다를 조각조각 저몄다. 나는 죽기 싫다. 그는 항변했다. 이제야 살기 시작했으니.

언젠가 저 남쪽 해안에서 그는 자신을 '아름다움'의 일부로 여겼다. 마법 반지를 이루는 반쪽이라고, 제멋대로지만 총명한 소녀를 만나 비로소 완전해졌다고 생각했다. 지상과 해상과 인간의 온갖 추악한 일면 때문에 아름다움이 패배하지 않을까 걱정했다. 그게 벌써 언제 적 일이냐! 이제 두 딸과 아내는 세상을 떠났고, 하나 남은 딸은 예수에게 가버렸고, 애늙은이 아들놈은 지옥으로 떨어졌다. 이 몸이 아름답던 시절, 그 아름다움 때문에 사랑의 공모자가 된 시절이 언제더냐! 한낱 석탄조각도 기나긴 세월의 무게에 짓눌리면 각진 보석으로 탈바꿈하듯, 비록 축복받지 못한 서약일망정 크나큰 욕망의 힘으로 정당성을 얻은 그 시절이 언제냐. 그러나 그녀가, 사랑하는 그녀가 그를 저버렸고, 그녀 몫의 약속을 지키지 않았고, 그는 자기 몫의 약속을 지키는 일에만 몰두했다. 세속적인 것, 속세와 현실에 속하는 것에서 위안을 얻으려 했다. 한때 그녀의 사랑 덕에 잠시나마 만져본 무엇을, 사람을 변화시키는 그 초월적이고 거대한 무엇을 잃어버린 상실감을 그렇게 달래려 했다. 이제 그녀가 떠났으니 남은 것은 이 손아귀에 거머쥔 세상뿐이다. 황금빛 망토를 두르듯 권력으로 온몸을 감싸리라. 곧 시작될 전쟁에서 승리하리라. 새로운 해안이 눈에 들어왔으니 기습공격을 퍼부어 정복하리라. 아우로라처럼 몰락하지 않으리라.

　장례는 국장으로 치렀다. 성당 안에 열어둔 아우로라의 관 앞에서 그는 새로운 수익 전략을 구상했다. 인생을 지탱하는 세 개의 기둥—하느님, 가족, 돈—중에서 그에게 남은 건 하나뿐인데 적어도 둘쯤은 필요했다. 미니가 어머니에게 작별인사를 하러 왔는데 어쩐지 지나치게 기뻐하는 표정이었다. 믿음을 가진 것들은 죽음을 반가워하지. 아브라함은 생각했다. 하느님이 계신 거룩한 전당으로 들어가는 문이라고 믿으니까. 그렇지만 그 전당에는 아무도 없어. 영생은 지상에 있고 돈으로 살 수 없어. 불멸은 왕조 같은 거야. 그래서 쫓아낸 아들놈이 꼭 필요하지.

　　　　　　　　　　　⌒

　라만 필딩의 집에서 내 베개 밑에 교묘하게 꽂힌 아브라함 조고이비의 전갈을 보았을 때 나는 아버지의 힘이 얼마나 커졌는지 비로소 실감했다. '저 타워에 높이 올라앉은 너희 아버지가 어떤 사람인지 알기나 해?' 만둑이 물어본 적 있었다. 그 직후 그는 힌두교도를 학살하는 로봇 따위에 대해 장광설을 늘어놓았다. 베개 밑에서 쪽지를 발견한 후 나는 어디까지가 진실이고 또 어디까지가 거짓인지 궁금했다. 이 쪽지는 아버지의 능력이 지하세계의 밀실까지 미친다는 사실을 가볍게 과시했고, 그래서 다가오는 세계대전에서 아브라함이 결코 만만찮은 적수가 될 것을 알았기 때문이다. 지하세계 대 지상세계, 신성 대 세속, 신 대 재신財神, 과거 대 미래, 밑바닥 대 하늘. 장차 나도, 나디아 와디아도, 봄베이도, 심지어 인도마저 두 세력의 싸움에 휘말리고 말 터였다. 마치 두 겹으로 칠한 물감 사이에 갇혀버린 먼지처럼.

아버지가 직접 쓴 쪽지였다. 경마장. 예시장 앞. 제3경주 시작 전. 내가 불참한 장례식에서 예포 소리가 울려퍼지고 어머니가 영면에 드신 지 벌써 사십 일이 지났다. 사십 일이 지나서야 마술처럼 나타난, 진부하기 짝이 없는, 이미 시들어버린 올리브 가지 같은 편지. 당연히 안 나간다. 처음에는 그렇게 생각했다. 자명한 일이지만 상처받은 자존심 때문이었다. 역시 자명한 일이지만 만둑에게 알리지 않고 그 자리에 나갔다.

마할락슈미에서 아이들은 어른들의 다리 사이를 비집고 다니며 안크 미촐리 즉 숨바꼭질을 했다. 우리도 그런 관계라는 생각이 들었다. 세대 차이가 우리를 갈라놓는다. 동물은 밀림 속에서 하루하루를 보내지만 과연 나무의 참모습을 알까? 부모의 숲에서, 저 거대한 줄기 사이에서 우리는 숨기도, 놀기도 한다. 그러나 나무가 건강한지 썩었는지, 악귀가 깃들었는지 착한 요정이 깃들었는지는 알 길이 없다. 가장 중요한 비밀조차 알지 못하는데, 언젠가는 우리도 그들처럼 나무가 된다는 사실이다. 우리가 나뭇잎을 따먹고 나무껍질을 갉아먹을 때 나무는 자기가 동물이던 시절을 쓸쓸히 회상한다. 한때는 그들도 다람쥐처럼 기어오르고 사슴처럼 뛰어다녔건만 어느 날 문득 움직임을 멈췄다. 다리가 땅속으로 파고들어 이리저리 뻗어나가고 흔들거리는 머리에는 잎이 돋아났다. 그들은 그 사실을 분명히 기억한다. 그러나 동물로 산 세월의 현실감을, 그 혼란스러운 자유가 주는 느낌을 되찾을 수는 없다. 나뭇잎이 바스락거리는 소리처럼 아련한 기억일 뿐이다. 제3경주를 앞둔 예시장 앞에서 나는 생각했다. 나는 아버지를 모른다. 우리는 남남이다. 날 만나도 알아보지 못하고 그냥 지나가버리시겠지.

그때 내 손에 뭔가가—작은 꾸러미가—쏙 들어왔다. 누군가 재빨리 속삭였다. "만나기 전에 대답부터 들어야겠다." 흰색 양복에 흰색 파나마모자 차림의 남자가 인간의 숲을 헤치며 사라졌다. 아이들이 내 발치에서 빽빽거리며 싸웠다. 숨었거나 말거나 찾으러 간다.

나는 손에 쥐어진 꾸러미를 뜯었다. 전에 본 적이 있는 물건, 우마가 허리띠에 차던 물건이었다. 이 헤드폰은 한때 그녀의 사랑스러운 머리를 장식했다. 걸핏하면 테이프를 망가뜨리잖아. 쓰레기통에 던져버렸어. 이 또한 거짓말, 이 또한 숨바꼭질이다. 그녀가 토끼처럼 섬뜩한 비명을 지르며 내게서 달아나 인간의 수풀 속으로 뛰어드는 장면이 눈에 선했다. 그녀를 찾아내면 또 무엇을 보게 될까? 나는 헤드폰을 끼고 내 귀에 맞도록 길이를 조절했다. 재생 버튼이 있었다. 내심 생각했다. 재생하기 싫어. 이런 놀이는 딱 질색이야.

버튼을 눌렀다. 내 목소리가 독약처럼 귓속으로 흘러들었다.

외계인에게 붙잡혀 차마 말할 수 없는 온갖 실험과 고문을 당했다는—잠을 못 자게 했다는, 마취도 없이 해부를 하더라는, 겨드랑이를 한참 동안 간지럽혔다는, 항문에 매운 고추를 삽입했다는, 경극을 끝없이 보여주더라는—이야기를 아시는가? 그날 우마의 워크맨으로 그 테이프를 들은 후, 나도 그렇게 기상천외한 악마에게 사로잡힌 신세였다는 생각이 들었음을 고백해야겠다. 나는 카멜레온을 닮은 괴물을 상상했다. 우주 저 너머에서 찾아온 냉혈 도마뱀이랄까, 인간의 모습으로 둔갑할 수 있는, 필요에 따라 남자로도 여자로도 마음대로 탈바꿈할 수 있는 이 괴물의 분명한 목적은 말썽을 가급적 많이 일으키는 것인데, 왜냐하면 말썽이야말로 이 괴물의 주식이니까―쌀이며 콩이며 빵이니까. 소란, 균열, 고통, 파멸, 슬픔 같은 걸 즐겨 먹으니까. 우리 앞에 나타난 이 괴물은―(더 구체적으로 말하자면) 이 암컷은―불화를 가꾸는 농부, 분쟁을 빚는 양조업자였고, 나는(아, 멍청한 놈! 바보천치 얼간이!) 재앙의 씨를 뿌리기 딱 좋은 기름진 밭이었다. 그 여자에게 화목, 평화, 기쁨 따위는 사막과 다름없으니―해로운 농작물이 시들어버리면 굶어야 하니까. 그녀는 우리의 분열을 뜯어먹고 우리의 다툼을 섭취하며 점점 더 강해졌다.

아우로라마저―우마의 참모습을 한눈에 꿰뚫어본 아우로라―결국 굴복하고 말았다. 물론 우마는 자랑스러워했으리라. 막강한 포식자답게 누구보다 상대하기 어려운 먹잇감을 잡아먹으려 혈안이 되었으니까. 그러나 어떤 말로도 우리 어머니를 속일 수는 없을 터였다. 그것을 알기에 내가 한 말을―욕망에 눈이 멀어 함부로 내뱉은 말, 그 사납고 흉악한 개소리를―이용했다. 그렇다, 모두 녹음해둔 것이다. 그녀는 그토록 악랄했다. 나를 그쪽으로 유도하기까지, 자기가 듣고 싶은 체하며 내 입에서 그토록 패악스러운 발언을 끄집어내기까지 얼마나 교태를 부렸던가! 그래도 나 자신을 용서할 수는 없다. 내가 그런 말을 했으니까, 내가 그렇게 지껄였으니까. 조금만 덜 멍청했다면 그토록 지독한 말은 내뱉지 않았으리라. 그러나 그때 나는 우마를 사랑했고, 어머니가 반대하신다는 사실을 알았고, 그래서 처음에는 화가 나서, 그리고 나중에는 모자지간의 사랑보다 낭만적 사랑이 더 절박하다고 여겨 함부로 말해버렸는데, 대화를 나눌 때마다 후추와 양념을 치듯 가벼운 욕지거리를 빠뜨리지 않는 집에서 자랐으므로 씹이나 쌍년이나 홀레질 같은 말도 망설이지 않았다. 그리하여 온갖 참담한 말을 거듭거듭 중얼거렸는데, 왜냐하면 정사를 나눌 때마다 그녀가, 내 연인이 자꾸 그런 말을 해달라고 졸랐으니까―얼마나 자주 졸라댔던가!―상처받은 자존심과 자신감을 다독여달라고―아, 가증스러운 거짓말! 아, 터무니없고 어처구니없는 거짓말!―애원했으니까. 한창 사랑을 나눌 때 연인이 자신의 욕구를 채워달라고 하는데, 당신도 그 욕구에 동참해주면 좋겠다고 말하는데, 여러분이라면 과연 거절할 수 있을까? 뭐 그렇다면 그렇겠지. 나는 여러분의 비밀을 알지 못하고 굳이 알고 싶지도 않으니까. 그러나 십중팔구 여러분도 거절하지 못하리라. 아마 이렇게 말하겠지. 알았어, 내 사랑, 아, 그래, 나도 원해, 정말이야.

나는 둘만의 은밀한 정사를 나눌 때 그렇게 말했다. 그러나 그 정사마저 우마의 속임수였고 목적을 이루는 데 필요한 수단에 불과했다.

이 지독한 카세트테이프에는 우리의 정사를 편집한 하이라이트가 한 면에 사십오 분 분량으로 담겼는데, 격렬히 몸부림치는 와중에도 역겨운 말이 끊임없이 흘러나왔다. 그 여자 따먹어. 그래, 나도 원한다니까. 아, 진심이야. 어머니를 따먹어. 박아버려. 그 쌍년 박아버려. 그렇게 상스러운 한마디 한마디가 어머니의 상심한 가슴에 대못을 박았다.

마이나가 죽고 아우로라가 크나큰 충격에 빠졌을 때, 괴물은 기회를 놓칠세라 사랑을 빙자해 증오를 배달했다. 그녀는 그날 밤 우리 부모님에게 테이프를 건넸다. 그들을 찾아간 이유는 그것뿐이었다. 그날 두 분이 얼마나 놀라고 괴로웠을지 나로서는 어렴풋이 짐작만 할 뿐이고, 그 순간을 마음속에 떠올려볼 뿐인데―아우로라는 주황색과 황금색으로 꾸민 응접실에 밤새도록 우두커니 앉아 있고, 늙은 아브라함은 벽에 기댄 채 애꿎은 손만 쥐어짜고, 컴컴한 문간에서는 겁먹은 하인들이 수전증 걸린 손처럼 서성이며 문설주 너머로 힐끔힐끔 눈치를 살폈으리라.

이튿날 아침 내가 우마의 침대를 떠날 때 그녀는 우리집에서 곧 어떤 일이 벌어질지 알았을 텐데―정원의 무서우리만큼 창백해진 얼굴, 그리고 대문을 가리키는 손. 썩 꺼져라. 다시는 나타나지 마라. 그리고 내가 어리둥절한 채 우마의 아파트로 돌아갔을 때 그녀는 평소의 실력마저 훌쩍 뛰어넘었다! 그날의 연기가 얼마나 대단했는지!―그러나 지금은 나도 다 안다. 더는 그녀를 믿어줄 수 없다. 우마, 사랑스러운 배신자. 넌 그 연극을 끝까지 밀어붙이려 했지. 날 죽이고 환각제에 취해 몽롱한 상태로 내 죽음을 지켜보려 했지. 보나마나 나의 비극적인 자살을 널리 알릴 생각이었겠지. '그토록 비참한 집안 싸움을 겪었으니, 가엾은 사람, 마음이 너무 여려 도저히 견딜 수 없었나봐요. 더구나 누님이 세상을 떠난 직후였잖아요.' 그런데 난데없이 한바탕 익살극이 벌어졌다. 후다닥 쿵, 슬랩스틱코미디 같은 박치기, 그래도 넌 명배우인 동시에 노름꾼답게 끝까지 연기를 계속하려 했고, 결국 확률이 반반이던 도박에서 불리한 패를 잡았지. 절대악에도 인상적인 일면이 있었구나. 여인이여, 나는 모자를 벗는다. 그럼 잘 자라.

다시 토끼 같은 비명소리. 허공에 머물다 사라진다. 마치 오랜 원한이 진실의 빛을 견디지 못해 먼지처럼 흩어지듯…… 아니, 그런 공상은 용납할 수 없다. 그녀는 여자이고 인간이었다. 우선 그 점을 명심해야 하는데…… 광인이었을까 악인이었을까? 그 질문이라면 생각해볼 필요도 없다. 이미 온갖 초자연적 가설을(외계 침략자, 토끼처럼 울부짖는 뱀파이어 등등) 거부했듯 그녀를 한낱 미치광이로 여기지도 않겠다. 우주도마뱀이나 불생불사의 흡혈귀가 그렇듯 미친 사람도 윤리적 심판을 모면하기 마련이지만 우마는 마땅히 심판받아야 하기 때문이다. 인산insaan 즉 인간이니까. 나는 우마의 인산성insaanity[19]을 주장하는 바이다.

우리에게도 그런 일면이 존재한다. 우리도 미풍을 뿌리고 폭풍을 거둔다. 우리 중에도―외계인이 아니라 인간 중에도―파멸을 먹이로 삼는 자들이 있다. 규칙적으로 불행을 섭취하지 않으면 살지 못하는 자들. 나의 우마도 그런 자였다.

자그마치 여섯 해! 아우로라는 육 년, 나는 십이 년의 세월을 잃었다. 돌아가실 때 어머니의 나이는 예순세 살이었고 나도 벌써 예순 살처럼 보였다. 남매 사이로 보일 정도였다. 친구 사이로 보일 정도였다. '대답부터 들어야겠다.' 경마장에서 아버지는 말했다. 그래, 마땅히 대답해드려야겠지. 반드시 진실만을 말해야겠지. 우마와 아우로라, 아우로라와 나, 그리고 나와 마녀 우마 사라스바티에 대해 낱낱이 밝히리라. 전후 사정을 모두 기록하고 아버지의 판결을 받으리라. 〈십계〉에서 파라오로 분장한(다시 말해 짧은 치마로 시선을 사로잡은) 율 브리너가 즐겨 하던 말처럼, "그대로 기록하라. 그대로 시행하라."

---

19) 영어 단어 'insanity(정신이상)'를 연상시키는 언어유희.

두번째 쪽지가 도착했다. 보이지 않는 손이 내 베개 밑에 꽂아놓았다. 이런저런 지시사항과 함께 경비원도 없는 카슨델리베리타워 안쪽의 직원용 출입구와 31층 펜트하우스까지 곧장 올라가는 전용 엘리베이터 문을 여는 마스터키가 들어 있었다. 그리하여 화해가 이뤄지고, 해명이 납득되고, 아들이 아버지의 품에 안기고, 끊어진 인연이 되살아났다.

"아이고, 아들아, 폭삭 늙었구나, 폭삭 늙었어."

"아이고, 아버지도 많이 늙으셨네요."

청명한 밤, 공중정원, 우리가 일찍이 나눠보지 못한 대화.

"아들아, 아무것도 숨기지 마라. 이 아비는 이미 다 안다. 보는 눈도, 듣는 귀도 있으니 네 잘잘못을 낱낱이 알지."

그러더니 내가 변명을 시작하기도 전에 한 손을 들고 싱글싱글 웃거나 낄낄거렸다. "흐뭇하구나. 아비 곁을 떠날 때는 어린애 같더니 어엿한 어른이 되어 돌아왔어. 이제 성인 대 성인으로 성인만의 이야기를 해도 되겠구나. 예전부터 너는 어머니를 더 좋아했지. 탓할 생각은 없어. 나도 그랬으니까. 그렇지만 이제 이 아비 차례다. 아니, 정확히 말하자면 우리 차례지. 이제 너도 이 아비와 힘을 합칠 생각이 있는지 묻고 싶구나. 수많은 비밀을 거리낌없이 털어놓을 수 있었으면 좋겠다. 내 나이쯤 되면 신뢰 문제가 중요해져. 속내를 드러내고, 자물쇠를 열고, 온갖 비밀을 밝힐 필요가 있거든. 머지않아 엄청난 일이 벌어질 게다. 그 필딩이라는 놈이 어떤 놈이냐? 버러지 같은 놈이지. 기껏해야 지하세계를 다스리는 플루톤 같은 놈인데, 우리는 미란다가 꾸며놓은 육아실 덕에 플루톤의 정체를 잘 알잖냐. 목줄에 묶인 멍청한 개새끼. 아니, 지금은 개구리새끼라고 불러도 되겠구나."

그곳에도 개새끼가 있었다. 까마득히 치솟은 아트리움 한구석에 따로 자리를 마련해 바퀴 달린 박제 불도그를 세워뒀다. 뜻밖이었다. "저 개를 아직도 안 버리셨네요. 아이리시 외종조할아버지의 자와할랄."

"옛정 때문에. 가끔 이 작은 정원에서 이 끈으로 허풍쟁이를 끌고 다니며 산책을 하지."

곧 위험이 닥쳤다.

아버지에게 협력하기로 하면서, 아버지가 아는 일을 나도 알아두고 아버지의 사업을 거들기로 약속하면서 당분간은 그냥 필딩의 수하로 머무는 데 동의했다. 다시 말해 아버지를 위해 상전을 배신할 목적으로 다시 상전의 집으로 돌아갔다. 그리고 만둑에게—그도 바보는 아니므로—일부나마 진실을 털어놨다. "가정불화를 해결해서 기쁘긴 하지만 제 선택은 달라지지 않았습니다." 필딩은 지난 육 년 동안 자신을 모신 나에 대한 호감 때문에 내 말을 그대로 받아들였다. 그러면서 의심했다.

이제부터 그는 늘 나를 예의주시할 터였다. 한 번만 실수하면 끝장이었다. 나는 이미 전쟁터에 뛰어든 셈이라고 생각했다. 피비린내나는 싸움이 되리라.

우리 조원, 즉 나의 오랜 전우들도 나에 대한 희소식을 들었다.

차간은 어깨만 으쓱거렸다. 마치 이렇게 말하는 듯했다. '부잣집 도련님, 넌 처음부터 우리와 달랐어. 힌두교도도, 마라타족도 아니잖아.

상류층 혈통에 주먹깨나 쓰는 요리사일 뿐이지. 넌 그 쇠망치를 써먹으려고 가담한 거야. 변태새끼! 패싸움을 즐기는 흔해빠진 사이코. 우리가 품은 이상 따위는 안중에도 없었잖아. 그런데 이제 너희 계급, 너희 가문이 널 도로 데려가려고 나타났어. 머지않아 떠나겠지. 어차피 여기 남을 이유도 없잖아? 너무 늙어서 싸움도 못하는데.'

그러나 '양철 나무꾼' 새미 하자레는 내게 의미심장한 시선을 던졌다. 하도 여러 번 되풀이해서 금방 알아차렸다. 누가 내 베개 밑에 쪽지를 넣어뒀는지, 누가 아버지의 수하가 되었는지를. 기독교인 새미가 유대인 아브라함의 유혹에 넘어간 것이다.

나는 속으로 다짐했다. 오, 무어, 조심해라. 충돌의 순간이 다가온다. 미래가 걸린 싸움이다. 정신 바짝 차리지 않으면 어리바리한 머리통이 똑 떨어진다.

⌒

나중에 고층빌딩 꼭대기의 정원에서 아브라함은 그 기나긴 세월 동안 아우로라가 내게 용서의 손길을 내밀어 집으로 불러들이고 싶어했던 날이 얼마나 많았는지 모른다고 말했다. 그녀는 나를 쫓아냈던 일을 취소하고 싶어했다. 그러나 그때마다 내 목소리가 생각나서, 그 참담한 말, 주워담을 수 없는 그 말이 생각나서 마음이 다시 냉정해졌다. 그 이야기를 들은 후 잃어버린 세월이 나를 괴롭히기 시작했다. 밤낮없이 그 생각에 시달렸다. 잠들기만 하면 타임머신을 만들어 어머니가 돌아가시기 전으로 되돌아갔다. 그러나 잠이 깨면 시간여행은 꿈이었고 나는 분노에 휩싸이기 일쑤였다.

그렇게 몇 달 동안 좌절의 시간을 보낸 후 문득 바스쿠 미란다가 그린 우리 어머니의 초상화가 떠올랐고, 비록 변변찮은 대안이지만 조금이나마 어머니를 되찾을 수 있겠다는 생각이 들었다. 짧은 인생에서 불가능하다면 긴 예술을 통해. 물론 어머니의 작품에도 자화상이 즐비했지만 미란다가 덧칠해 팔아버린 그 그림이야말로 왠지 내가 잃어버린 어머니를, 그리고 아브라함이 잃어버린 아내를 상징하는 듯했다. 그 그림을 되찾을 수만 있다면! 그녀가 젊은 모습으로 다시 태어난 듯할 텐데, 죽음을 넘어선 승리일 텐데. 나는 들뜬 마음으로 아버지에게 내 생각을 설명했다. 아버지는 눈살을 찌푸렸다. "그까짓 그림." 그러나 세월이 흐르며 아버지의 반감도 많이 줄어든 뒤였다. 나는 아버지의 얼굴에 서서히 떠오르는 갈망을 보았다. "그런데 그 그림은 오래전에 없어졌잖냐."

나는 아버지의 말을 바로잡았다. "없어지진 않았죠. 덧칠했을 뿐이에요. 〈화가의 자화상: 그라나다의 마지막 술탄이던 불운아(엘 조고이비) 보압딜의 모습으로 알람브라를 떠나는 장면〉. 일명 〈무어의 마지막 한숨〉. 말을 타고 눈물을 줄줄 흘리는 남자, 초콜릿 상자에서나 볼 만한 그림이죠. 어머니도 장터 그림쟁이가 그린 저질 그림만도 못하다고 하셨으니까요. 긁어내도 아까울 게 없어요. 그럼 어머니를 되찾게 되죠."

"긁어낸단 말이지." 미란다의 작품을, 더구나 우리 집안의 전설을 도용해 그린 작품을 훼손하다니, 늙은 아브라함은 생각만 해도 솔깃하다는 표정이었다. "가능한 일이냐?"

내가 대답했다. "될 거예요. 전문가가 있겠죠. 원하시면 알아볼게요."

"그런데 그 그림은 바바가 갖고 있잖냐. 그 늙탱이가 팔려고 할까?"

"가격만 맞으면 팔겠죠." 나는 대답한 후 몇 마디 결정타를 날렸다. "그 늙탱이가 얼마나 대단한지 몰라도 아버지만큼 거물은 아니잖아요."

아버지는 낄낄거리며 수화기를 들더니 하인이 전화를 받자 말했다. "나 조고이빈데 C.P.는?" 잠시 후, "어이, C.P., 요즘 왜 친구들을 피해 다니지?" 그러더니 이런저런 말로—호통을 치다시피—흥정을 걸었는 데, 스타카토로 뚝뚝 끊어지는 강압적인 말투와는 딴판으로 인상적이 게도 사뭇 상냥하고 정중하고 듣기 좋은 말만 골라 했다. 그러다 갑자 기 시동이 꺼져버린 자동차 엔진처럼 말을 멈췄다. 이윽고 아브라함은 어리둥절한 듯 이맛살을 찡그리며 수화기를 내려놨다. "도둑맞았대. 몇 주 전에. 집에 도둑이 들었다나."

⌣

스페인에서 새로운 소식이 들려왔는데, 인도 태생의 노련한(그리고 날이 갈수록 괴팍해지는) 화가로 현재 안달루시아의 베넹헬리 마을에 거주하는 V. 미란다가 다 자란 코끼리를 아래에서 올려다보며 그림을 그리는 엉뚱한 장난을 시도하다 부상을 당했다고 한다. 서커스에 출연 하면서 제대로 얻어먹지도 못한 코끼리를 하루 동안 빌리느라 터무니 없는 요금을 지불했는데, 계획대로라면 이 코끼리는 유명한(그러나 성 격은 유별난) 세뇨르 미란다가 특별 제작한 콘크리트 경사로를 올라 간 후 어마어마하게 튼튼한 유리판 위에 서 있어야 했다. 늙은 바스쿠 는 그 유리판 밑에 이젤을 설치했다. 이 진기한 곡예를 보도하려고 신문기자와 텔레비전 촬영팀이 베넹헬리로 모여들었다. 그러나 코끼리 이사벨라는 온갖 난장판과 바보짓에 이골이 났으면서도 워낙 감수성이 예민한지라, 몇몇 현지 언론인의 표현을 빌리자면 '하복부 관음증'에 해당하는 이 '퇴폐 행위'에 협조하기를 거부했다. 모든 예술의 무의미한 음란성, 방탕한 부도덕성, 궁극적 무용성 등을 함축적으로 보여주는 듯한 만행이 아닌가. 아무튼 화가는 콧수염 양끝을 차렷 자세로 꼿꼿이 세운 채 자신의 저택을 나섰다. 옷차림은 일부러 어울리지 않는 것만 골랐거나 아예 미쳐버린 게 아닐까 싶을 정도로 우스꽝스러웠는데, 티롤풍 반바지와 자수 셔츠를 입고 모자에는 셀러리 한 토막을 꽂았다. 그때 이사벨라는 경사로 중간에 우뚝 서 있었고 조련사가 아무리 애써도 꿈쩍하지 않았다. 그러자 화가가 짝짝 손뼉을 쳤다. "코끼리! 말 좀 들어라!" 그렇게 명령하자마자 이사벨라는 조롱하듯 오히려 뒷걸음질을 치며 비탈길을 내려오다 바스쿠 미란다의 왼발을 밟아버렸다. 구경거리를 보려고 모인 현지인 중에서도 비교적 보수적인 이들은 그 꼴을 보고 예의도 없이 박수갈채를 보냈다.

이 사건을 겪은 후 바스쿠도 아브라함처럼 다리를 절게 되었지만 그것 말고는 여전히 모든 면에서 두 사람의 인생행로는 전혀 달랐다. 어쨌든 남들에게는 틀림없이 그렇게 보일 터였다. 비록 코끼리 기획은 실패로 끝났지만 바스쿠가 늘그막에 품은 무모한 열정은 조금도 식지 않았고, 머지않아 마을의 여러 학교에 적잖은 기부금을 내는 대가로 허가를 받아 이사벨라를 기리는 거대하고 꼴사나운 분수대를 만들었는데, 입체파 스타일의 코끼리들이 발레리나처럼 왼쪽 뒷다리로 우뚝 선 채 코끝에서 물줄기를 뿜어냈다. 이 분수대는 바스쿠의 이른바 '리틀 알람브라' 앞쪽의 광장 한복판에 설치됐고 이름도 '코끼리광장'으로 바뀌어 나이 많은 주민들의 원성을 샀다. 노인들은 근처 술집에 모여—죽은 독재자의 딸을 기리는 뜻으로 '라 카르멘시타'[20]라고 명명한 곳이다—옛일을 되새기며 그리움 가득한 분노를 콸콸 쏟아냈는데, 이번에 훼손된 이 광장은 일찍이 카우디요[21]의 아내 이름을 따서 카르멘폴로광장이라 불리던 곳으로, 그녀의 영광을 기리는 동시에 그녀의 후광을 누리는 이름이었건만 이제 저따위 후피동물과 엮이고 말았으니 실로 치욕적인 일이라는 얘기였다. 어쨌든 불만을 품은 늙은이들은 만장일치로 단언했다. 그들은 안달루시아 지방을 통틀어 총통께서 제일 좋아하신 마을이 바로 베넹헬리였다는 사실을 서로 상기시켰다. 그러나 그 시절은 지나가고 이제 건망증 심한 민주주의의 시대, 옛것이라면 모조리 쓰레기로 여겨 하루빨리 청산하려고만 하는 시대가 되었다. 그런 판국에 어디서 스페인 사람도 아니고 인도놈이 불쑥 나타나더니 코끼리 분수대 같은 흉물을 떡하니 만들어놨으니, 고아 지방 출신은 대대로 포르투갈을 동경한다던데 어차피 말썽을 부릴 바에는 스페인이 아니라 포르투갈 땅에서 그럴 일이지—나 원 참!—도저히 묵과할 수 없다. 그런데 저렇게 여자를 끌어들이고 방탕한 짓을 일삼고 낯선 신을 섬기며—사실 저 미란다라는 놈은 가톨릭교도를 자처하지만 누구나 알다시피 동양인은 한 꺼풀만 벗기면 속속들이 이교도라니까—베넹헬리의 빛나는 이름에 먹칠을 하는 저 예술가 나부랭이를 대체 어찌하면 좋을까?

이 노병들은 베넹헬리에 일어난 변화 대부분을 바스쿠 미란다 탓으

---

20) 스페인 독재자 프란시스코 프랑코 총통의 딸 카르멘 프랑코의 애칭.
21) 스페인과 라틴아메리카의 정치 및 군사 지도자를 일컫는 말.

로 돌렸는데, 그런 토박이들에게 마을이 망가지기 시작한 시점을 물어 보면 누구나 코끼리가 경사로를 올라간 그 우스꽝스러운 날이라고 대답하기 마련이었으니, 천박한 우스갯짓에 불과하던 이 사건이 널리 보도되는 바람에 베넹헬리가 전 세계 인간쓰레기의 눈에 띄었고, 서거하신 지도자께서 유난히 좋아하는 남부 휴양지이던 이 조용한 마을은 그로부터 불과 몇 년 사이에 온갖 뜨내기 부랑자, 조국에서 쫓겨난 인간기생충, 기타 어중이떠중이 인간망종의 소굴로 전락하고 말았기 때문이다. 베넹헬리의 민방위 대장 살바도르 메디나 상사는 새로 들어온 주민을 몹시 싫어해서 틈만 나면 아무나 붙잡고 목청껏 성토하기 일쑤였는데, 상대가 듣고 싶어하든 말든 아랑곳하지 않았다. "저 지중해가, 옛사람들이 마레 노스트룸[22]이라 부르던 저 바다가 온갖 쓰레기로 죽어간단 말이야. 이젠 테라 노스트라마저―우리 땅마저―저렇게 썩어 문드러지는구면."

바스쿠 미란다는 민방위 대장을 자기편으로 만들려고 분담금보다 두 배나 많은 돈과 술을 크리스마스 선물로 보냈지만 메디나는 조금도 누그러지지 않았다. 덤으로 받은 현금과 주류를 바스쿠의 대문 앞까지 몸소 가져다놓고 면전에서 말했다. "남녀노소를 불문하고 고향을 버린 자는 죄다 인간 이하요. 영혼에 뭔가 모자라거나 뱃속에 뭔가 남아돌기 마련인데―이를테면 악의 씨랄까." 그렇게 모욕을 당한 후 바스쿠 미란다는 요새와 다름없는 아방궁의 드높은 담벼락 안에 틀어박혀 은둔생활을 했다. 그때부터 베넹헬리 거리에서는 아무도 바스쿠의 모습

───────────────

22) 라틴어로 '우리 바다', 고대로마인들이 지중해를 일컫던 표현.

을 볼 수 없었다. 그가 고용한 하인들은—그 무렵 일자리가 부족한 라만차나 엑스트레마두라 등지에서 수많은 남녀 젊은이가 식당이나 호텔이나 가정집에 취직하려고 (이미 실업 문제가 심각한) 남부로 몰려들었으므로 봄베이처럼 베넹헬리에서도 하인이라면 얼마든지 구할 수 있었다—종종 바스쿠의 놀라운 언행에 대해 수군거렸다. 그는 오랫동안 방안에만 틀어박혀 조용히 지내다가도 느닷없이 횡설수설 장광설을 늘어놓기 일쑤였는데, 내용이 난해하다못해 한 마디도 알아들을 수 없는 경우도 많지만 파란만장한 과거의 남부끄러운 사연을 난처하리만큼 미주알고주알 털어놓기도 했다. 때로는 엄청나게 많은 술을 퍼마시고 극심한 우울증에 빠져 일찍이 자기가 겪은 이런저런 가혹한 시련을 회상하며 미치광이처럼 욕설을 퍼부었는데, 이를테면 '아우로라 조고이비'라는 여자를 향한 사랑, 그리고 꾸준히 심장에 가까워진다고 믿는 '잃어버린 바늘'에 대한 두려움 따위였다. 그래도 급료 하나는 후하게 주는 편이고 날짜도 꼬박꼬박 지켰으므로 하인이 나가는 일은 드물었다.

따지고 보면 바스쿠와 아브라함의 인생은 별반 다르지 않았는지도 모른다. 둘 다 아우로라 조고이비가 죽은 후 은둔자가 되었는데 아브라함도 바스쿠도 높은 탑에 올라갔고, 둘 다 그녀를 잃은 슬픔을 잊으려 새로운 활동이나 사업에 몰두했으며, 더러 터무니없는 계획도 마다하지 않았다. 그리고 나중에 알게 된 일이지만 둘 다 그녀의 유령을 보았다고 주장했다.

"이 근방에 네 엄마가 돌아다녀. 내가 봤다." 박제품 개가 있는 공중 정원에서 아브라함은 허깨비를 보았다고 고백했는데―그런 문제에 대해서는 한평생 회의적인 태도로 일관하던 그가 오죽 절박했으면 그 불경스러운 입으로 난생처음 사후세계의 존재 가능성을 들먹였을까. "나를 기다려주지도 않고 저 숲속으로 이리저리 달아나더라." 아이들처럼 유령도 숨바꼭질을 좋아하니까. "아직 영면에 들지 못했어. 내가 알아. 네 엄마는 아직 잠들지 못했어. 내가 어떻게 해줘야 네 엄마가 안식을 찾을까?" 그러나 내가 보기에는 오히려 아브라함이야말로 아내가 없는 현실에 적응하지 못해 전전긍긍하는 모습이었다. "네 엄마 작품이 안식할 곳을 찾아주면 될까." 그런 가정을 바탕으로 조고이비유증박물관이라는 어마어마한 기획이 탄생했다. 아우로라가 모아둔 작품 전체를―자그마치 수백 점을!―국가에 기증한다는 구상인데, 봄베이 시내에 미술관을 지어 모든 작품을 제대로 보관하고 전시해야 한다는 조건을 달았다. 그러나 메루트 대학살―올드델리를 비롯해 전국 각지에서 발생한 힌두-무슬림 폭동―의 여파로 예술이 정부의 최우선 과제에서 밀려나는 바람에 이 컬렉션은(당시 델리국립박물관에서 전시중이던 몇몇 걸작만 빼고) 모두 쓸쓸한 나날을 보내야 했다. 중앙정부 재무성도 예산편성을 거부했고 만둑이 장악한 봄베이시 당국도 자금을 내놓으려 하지 않았다. 아브라함이 외쳤다. "그렇다면 젠장, 정치가 나부랭이는 다 잊어버리자! 역시 스스로 해결하는 게 최선이지." 그는 이 사업에 동참할 투자자를 물색했다. 급성장을 거듭하는 카자나은행도, 거물급 증권중개인 V.V. 난디도 기꺼이 돈을 내놨다. 당시 난디는 조지 소로스와 맞먹는 자금력으로 전 세계 통화시장을 휩쓸어 전설적인 인물로 자리매김했는데, 제3세계 출신이라 더 큰 화제를 모았다. 아브라함은 그런 운명의 장난을 두고 히히 웃으며 내게 말했다. "그 악어 녀석이 젊은층에서 독립 이후의 새 영웅으로 떠올랐어. 영화로 치면 〈제국의 역습〉과 〈벼락부자 되는 법〉을 동시상영하는 셈이랄까." 그리하여 최적의 장소를 찾아낸 후—쿰발라언덕에 몇 채밖에 안 남은 오래된 파르시 저택 가운데 하나였다("얼마나 오래됐는데?"—"굉장히 오래됐죠, 까마득한 옛날에 지었거든요")—젊고 총명한 미술평론가인데다 아우로라의 작품을 열렬히 사랑하는 지나트 바킬을 관장으로 앉혀놓았다. 이미 무굴제국의 『함자나마』[23]에 실린 삽화에 관한 영향력 있는 연구서를 펴낸 바 있는 바킬 박사는 곧바로 작품 목록을 빠짐없이 작성하는 일에 착수하고 평론집 집필 작업도 병행했다. 『국가 의-인-화와 국가 분/절/화: A.Z.의 작품세계에 관한 절충주의 담론과 진정성 비판』은 장차 무어 연작을—일찍이 공개되지 않은 말년의 그림까지—작품 세계 중심부에 놓음으로써 올바른 제자리를 찾아줄 뿐 아니라 아우로라가 불멸의 화가로 자리매김하는 데에도 중요한 역할을 할 터였다. 조고이비박물관은 아우로라가 비극적 최후를 맞은 후 불과 삼 년 만에 대중에게 공개됐다. 그때부터 잠깐 동안이나마 불가피한 논쟁이 뒤따랐는데, 예컨대 무어 연작 중에서도 초기에 그려진 작품, 즉 보는 사람에 따라서는 근친상간으로 오해할 만한 몇몇 작품이 주로 입방아에 올

___

23) 선지자 무함마드의 숙부 아미르 함자의 일대기를 그린 책.

랐으니—오래전에 어머니가 사뭇 가벼운 마음으로 그려본 이른바 '무언극 그림'이었다. 어쨌든 카슌델리베리타워 꼭대기에는 아직도 어머니의 유령이 출몰했다.

바야흐로 아브라함은 아우로라의 죽음이 모두의 생각처럼 단순한 사고는 아니었다는 믿음을 내비치기 시작했다. 그는 질척거리는 눈을 닦아가며 떨리는 목소리로 살해당한 이의 원혼은 앙갚음을 해줘야만 안식을 얻는다고 말했다. 날이 갈수록 미신의 늪으로 점점 더 깊이 빠져드는 듯했는데, 아마도 아우로라의 죽음을 받아들이지 못하는 모양이었다. 평범한 상황이었다면 아버지가 평소 헛짓거리라고 부르며 비웃던 미신 따위에 그토록 사로잡힌 모습을 보고 적잖이 놀랐겠지만, 그 무렵에는 나도 강박관념이 점점 심해져 쩔쩔매고 있었다. 어머니는 이미 돌아가셨지만 어떻게든 우리 사이의 불화를 치유하고 싶었다. 어머니가 이대로 떠나버리면 영영 화해할 수 없으리라. 가슴에 사무친 이 갈망을 풀지 못하면 영원히 아물지 않는 상처로 남으리라. 그래서 아브라함이 공중정원에 귀신이 나타난다고 했을 때도 차마 반박할 수 없었다. 어쩌면 나도 불현듯—그렇다!—준주누산 발찌가 짤랑거리는 소리를 듣고 싶었는지도 모른다. 수풀 너머에 너울거리는 옷자락을 보고 싶었는지도 모른다. 아니, 기왕이면 내가 제일 그리워하는 그 시절의 모습으로 어머니가 돌아오시길 간절히 바랐는지도 모른다. 온몸에 물감을 잔뜩 묻힌 모습, 헝클어진 머리를 높이 틀어올리고 여기저기 붓을 꽂아 고정한 그 모습으로.

아브라함이 돔 민토에게—하고많은 사람 중 하필 그에게, 눈멀고 귀먹고 이도 다 빠신데다 휠체어 신세까지 지는 노인에게, 넬모레면 백

살이지만 그나마 투석기와 정기적 수혈 덕분에, 그리고 일찍이 그를 업계 정상에 올려놓은, 좀처럼 만족할 줄 모르는, 여전히 줄어들지 않은 호기심 덕에 간신히 목숨을 부지하는 민토에게!ㅡ아우로라가 추락한 정황을 은밀히 다시 조사하도록 지시했다고 했을 때도 나는 굳이 이의를 제기하지 않았다. 노친네가 번민을 달래는 데 필요하다면 그냥 내버려두자 생각했다. 무자비한 해골바가지 같은 아브라함 조고이비에게 어깃장을 놓기란 그리 만만한 일이 아니었다는 사실도 밝혀둬야겠다. 아버지는 내게 예금통장과 비밀 장부와 마음을 활짝 열고 속내를 솔직히 털어놨지만 그럴수록 점점 더 두려워졌기 때문이다.

그는 페이 공중정원에서 민토에게 고래고래 소리치며 의심스러운 인물을 지적했다. "보나마나 필딩이라니까! 모디는 그런 짓을 저지를 배짱도 없는 놈이야. 그러니 필딩 쪽을 캐보라고. 도움이 필요하면 우리 무어가 얼마든지 거들 테니까."

두려움이 점점 더 심해졌다. 내가 라만 필딩의 살인죄를 밝혀내려 염탐질을 한다는 사실을 당사자가 알게 된다면ㅡ유죄든 무죄든 간에ㅡ나도 결코 무사하지 못할 터였다. 그렇다고 겨우 되찾은 아버지의 부탁을 거절할 수도 없었다. 그러나 안절부절못하면서도 애써 용기를 내어 마침내 버르장머리 없는 질문을 던졌다. 만둑이 왜ㅡ무슨 이유로, 뭐가 못마땅해서……?

"이놈 봐라, 내가 그 개구리새끼를 의심하는 까닭이 뭐냐고 따지네!" 아브라함 조고이비가 섬뜩하게 낄낄거리며 소리치자 폐인과 다름없는 민토 노인도 덩달아 무릎을 치며 웃었다. "보아하니 제 어미는 천사 같은 여자였는데 이 못된 아비가 자꾸 밖으로만 나돌았다고 믿는 모양일세. 그럴지만 저놈 어미도 바지 걸친 것이라면 죄다 한 번씩 건드려봐야 직성이 풀리지 않았나? 다만 금방 흥미를 잃었을 뿐이지. 그렇게 냅다 퇴짜를 맞았으니 개구리새끼가 펄펄 뛸 수밖에. 염병할, 무슨 증거가 더 필요해."

섬뜩하게 웃어대는 두 늙은이, 불륜과 살인 의혹, 배회하는 유령, 그리고 나. 아무래도 내가 감당할 상황이 아니었다. 그러나 도망칠 곳도 없고 숨을 곳도 없었다. 해야 할 일이 있을 뿐이었다.

파란색 선글라스를 낀 민토가 아브라함의 떠들썩한 목소리와는 대조적으로 조용조용 말했다. "큰어르신, 걱정하지 마십쇼. 필딩 그 새끼는 벌써 각을 뜨고 가죽을 벗겨 널어놨다고 생각하시면 됩니다."

⌒

아이들은 필요에 따라 아버지를 미화해 전혀 다른 인물로 만들기 일쑤다. 아버지에 대한 진실의 무게를 감당할 수 있는 아들은 드물기 때문이다.

그 시절 사회적 통념에 의하면 봄베이의 조직범죄를 주도하는 몇몇(주로 무슬림) 갱단은 저마다 '어르신' 즉 두목이 따로 있었고, 지속적인 연합체나 공동전선을 형성하기 까다로운 전통 때문에 많이 약화된 상태였다. 그러나 나는 MA당 소속으로 이 도시의 극빈지역에서 아군을 규합하고 지지 기반을 다지는 일을 한 경험으로 조금 다른 생각을 하게 되었다. 뭔가 수상쩍은 일이 벌어진다는 징후가 여기저기서 눈에 띄었는데, 워낙 무시무시한 일이라 아무도 입에 올리지 못할 뿐이었다. 말하자면 겉으로 보이는 현실 이면에 또 한 겹의 현실이 숨어 있었다고나 할까. 이무튼 나는 만둑에게 드디어 여러 갱단이 통합됐는지도 모른다고, 어쩌면 마피아처럼 한 사람이 큰두령 자리를 차지하고 이 도시에서 벌어지는 온갖 불법 행위를 진두지휘하는지도 모른다고 말했지만 만둑은 한심하다는 듯이 웃으며 빈정거렸다. "쇠망치 너는 대갈통 깨부수는 일이나 열심히 해라. 그렇게 심오한 일은 심오한 사람한테 맡겨두란 말이야. 하나로 단결하려면 기강이 필요한 법인데, 그거라면 우리가 독점하다시피 했어. 그 너절한 새끼들은 하늘이 무너질 때까지 자기들끼리 아옹다옹하다 끝날 거라고."

그러나 방금 내가 두 귀로 똑똑히 들었듯 돔 민토는 우리 아버지를 어르신 중에서도 큰어르신이라고 불렀다. 모감보! 큰어르신이라는 호칭을 듣자마자 나는 그 말이 사실임을 깨달았다. 아브라함은 천부적 지도자이며 타고난 협상가로 그야말로 흥정의 천재였다. 그는 늘 어마어마한 도박을 감행했다. 젊은 시절, 아직 태어나지도 않은 아들까지 내건 사람이다. 그렇다, '최고 사령부'는 실제로 존재했고 무슬림 갱단 전체를 일통한 인물은 코친 유대인이었다. 진실은 거의 언제나 특이하고 야릇하고 신기하기 마련이다. 냉철한 계산으로 예측할 수 있는 평범한 진실은 별로 없다. 인간은 결국 자신에게 필요한 사람과 손을 잡는다. 자기가 원하는 방향으로 이끌어줄 사람을 따른다. 우리 아버지가 '칼자국' 패거리를 다스리는 위치에 올라선 것은 인도에 뿌리 깊은 세속주의의 어둡고 얄궂은 승리라는 생각이 들었다. 냉소적인 이해관계로 이뤄진 이 범종교적 동맹관계의 본성이야말로 만둑이 꿈꾸는 신권정치가 틀렸다는 증거였다. 힌두교의 특정 일파가 인도 전체를 지배하고 나머지 사람들은 모두 그들에게 공손히 머리를 조아려야 한다니 말이다.

오래전에 바스쿠가 이런 말을 했다. 이 나라에서 광신을 물리칠 만한 힘은 부정부패뿐이라고. 바스쿠가 말할 때는 주정뱅이의 헛소리에 불과했지만 아브라함 조고이비는 그 말을 엄연한 현실로 바꿨다. 판잣집 주민과 고층빌딩 주민을 하나로 결속시켰고, 그가 양성한 무신론자와 범죄자의 군대는 신의 군대와 대결해도 거뜬히 승리를 거둘 테니까.

아마도.

라만 필딩은 이미 상대를 경시하는 중대한 실수를 저질렀다. 그렇다면 아브라함 조고이비는 필딩보다 지혜롭게 처신할까? 처음에는 조짐이 그리 좋지 않았다. 아브라함은 만둑을 이렇게 평가했기 때문이다. "버러지 같은 놈. 개목걸이에 묶인 멍청한 개새끼."

그런데 만약 두 사람 모두 손쉽게 적을 쳐부수리라 믿고 전쟁을 일으킨다면? 만약 둘 다 틀렸다면? 그때는 어떻게 될까?

아마겟돈?

⌐

베이비 소프토 마약 스캔들 당시 아브라함 조고이비는—그가 '브리핑 시간'마다 뻔뻔스럽게 히죽거리며 말했듯—수사 당국으로부터 전면 무혐의 판정을 받았다. 아브라함은 자랑했다. "완벽한 건강증명서를 받은 셈이지. 내 손은 흠잡을 데 없이 깨끗해. 나를 끌어내리려 안달하는 놈들은 좀더 열심히 노력해야 될 게다." 소프토사의 탤컴파우더 수출 사업이 훨씬 더 수지맞는 흰색 가루를 해외로 내보내기 위한 눈속임으로 이용된다는 데는 의문의 여지도 없었지만, 마약 단속반이 초인적인 노력을 기울였는데도 아브라함이 이런저런 불법 행위에 대해 알고 있었다는 증거는 전혀 찾아내지 못했다. 소프토사의 몇몇 말단 직원이—포장이나 발송 담당자였다—마약 조직의 돈을 받은 사실이 드러나긴 했지만 그 이후에는 모든 수사가 벽에 부딪혔다. 아브라함은 구속된 직원의 가족을 보살피는 일에 돈을 아끼지 않았다. 그는 종종 말했다. "아버지가 저지른 일 때문에 아녀자들까지 고생할 필요는 없지 않겠나?" 결국 사건은 흐지부지 종결됐고, 라만 필딩의 MA당이 장악한 시정부를 비롯해 많은 사람이 처음에 떠들던 소리가 무색하게도 고위 간부는 한 명도 기소하지 못했다. 특히 '칼자국'이라는 마약 거물이 아직도 안 잡혔다는 사실은 정말 곤혹스러웠다. 그가 페르시아만 어딘가로 도피했다는 추측이 나돌기도 했다. 그러나 아브라함 조고이비는 내게 전혀 다른 소식을 들려줬다. 그가 외쳤다. "우리가 바보라면 또 모를까, 출입국 문제 하나도 제대로 처리하지 못하겠냐? 당연히 마음만 먹으면 언제든지 사람을 빼돌릴 수도 있고 불러들일 수도 있지. 그리고 마약 단속반도 어쩔 수 없는 인간이야. 그런 박봉으로 살아간다는 게 쉬운 일이 아니지. 뭐라고 설명해야 할까? 부자는 좀 너그러워질 의무가 있어. 박애정신이 필수란 말이야. 노블레스 오블리주랄까."

아브라함이 베이비 소프토 사업으로 거둔 성과는 필딩에게 타격을 입혔고, 그래서 필딩은 내게 아버지를 잘 구슬려 마약 관련 활동에 대한 정보를 알아내라고 독촉했다. 그러나 굳이 구슬릴 필요도 없었다. 아브라함은 이미 내게 마음을 활짝 열기로 마음먹었고, 소프토 덕분에 이득을 보긴 했지만 장기적인 손실도 없지 않았다고 솔직하게 밝혔다. 텔컴파우더 운송로가 막혔을 때는 경찰의 집중 수사를 피해가며 더욱 위험천만한 운반 체계를 조속히 마련해야 했다. 아브라함은 이렇게 털어놨다. "착수 비용이 터무니없이 많이 들었지. 그래도 어쩌겠나? 사업을 할 때는 약속을 반드시 지켜야 하니까 계약을 했으면 어떻게든 맞춰주는 수밖에." '칼자국'과 그 부하들은 밤낮없이 동분서주하며 새 운송로를 뚫었는데 막판에는 쿠치 습지에서 먼지로 뒤덮인 불모지를 지나는 노선이었다(그래서 마하라슈트라주뿐만 아니라 구자라트주의 관리에게도 뇌물을 바쳐야 했다). 작은 배에 '탤컴'을 싣고 나가 대기중인 화물선에 전달했다. 새 운송로는 예전보다 오래 걸리고 더 위험했다. 아브라함이 말했다. "임시방편일 뿐이야. 때가 되면 항공 화물 터미널에서 새 친구들을 찾아야겠지."

나는 밤마다 유리로 뒤덮인 고층 에덴동산을 찾았고 아버지는 그때마다 파란만장한 사연을 들려줬다. 어떤 면에서는 거짓말 같은 이야기였는데, 현대판 도깨비놀음이랄까, 지독히도 비현실적인 이야기였지만 아버지의 말투는 창고지기처럼 담담하고 따분하고 시종 예사로웠다(그래, 냉혹한 줄만 알았던 아버지가 상실감을 견디려고 그렇게 일에만 몰두했구나! 아픔을 덜어보려고 그랬구나!)…… 군수산업도 큰 몫을 차지했지만 이 사업은 아버지가 거느린 대기업에서 공개적으로 밝힌 활동 분야에는 포함되지 않았다. 북유럽의 유명한 군수회사가 다양한 제품을 인도에 공급하려 협상을 진행하는 중이었는데, 품질도 우수하고 디자인도 훌륭하지만 그야말로 치명적인 무기였다. 거론되는 금액도 어마어마해서 도저히 실감이 안 날 정도였는데, 그렇게 카라코람산맥 같은 거액이 움직일 때는 몸통 곳곳에서 떨어져나온 돈다발이 돌멩이처럼 산비탈로 굴러내리기 마련이다. 그렇게 떨어진 돌멩이를 주위 협상에 관련된 이들에게 골고루 나눠주려면 은밀한 방법이 필수다. 협상 관계자는 대단히 점잖고 고상한 사람들이므로 그까짓 부스러기를 모으는 짓은—설령 자신의 은행 계좌에 넣을 수 있다 해도—상상조차 못하기 때문이다. 비리 따위로 고귀한 이름에 오점을 남길 수는 없지 않은가! 아브라함은 흐뭇하다는 듯이 으쓱 어깻짓을 했다. "그렇게 부정한 일을 우리가 대신 해주면 우리 주머니에도 조약돌이 꽤 많이 들어오거든."

알고 보니 아브라함의 '시오디사'는—이제 그 이름이 보편적 명칭으로 굳어졌으니—카자나국제은행KBI을 움직이는 큰손이었다. 1980년대 말에 이 은행은 자산이나 거래 규모에서 제3세계 금융기관으로는 처음으로 막강한 서구 은행과 경쟁할 만큼 성장했다. 아브라함이 카숀 델리베리 형제로부터 인수할 당시 시오디사의 금융업 부문은 빈사 상태와 다름없었지만 놀라운 쇄신을 거쳐 거듭났는데, KBI와의 관계 때문에 봄베이시에서도 불가사의로 손꼽힐 정도였다. 아버지가 열변을 토했다. "다 죽어가는 경제를 달러화로 겨우겨우 살려내던 시절은 지나갔어! 남남협력[24]처럼 시시걸렁한 개수작도 필요 없단 말이야. 이젠 거물급이랑 맞붙어야지! 달러화, 독일 마르크화, 스위스 프랑화, 엔화—다 덤비라고 해! 그놈들이 차려놓은 판에서 당당히 꺾어줄 테니까." 그렇게 속내를 밝히기 시작하긴 했지만 아브라함 조고이비가 이 화려한 경제발전의 꿈 뒤에서 진행되는 은밀한 활동을 내게 털어놓은 것은 다시 여러 해가 지난 뒤였는데, 그때까지 내가 알던 모든 사실의 이면에

---

24) 개발도상국 간의 경제 기술 협력.

필연적으로 존재했던 비밀의 세계가 비로소 모습을 드러냈다—온갖 신비와 환상이 가득한 마야[25]의 베일 너머 온갖 진실이 숨어 있는 것이 우리네 삶의 현실이라면 천국과 지옥도 존재하지 않을까? 하느님과 악마도, 그 밖에 온갖 거룩하고 사악한 것도 존재하지 않을까? 그렇게 뜻밖의 일이 많은 세상이라면 묵시록도 진실이 아닐까?—그만. 지금은 신학 토론을 벌일 때가 아니다. 당면한 문제는 테러리즘이고 비밀 핵무기다.

KBI의 큰 고객 중에는 전 세계 자유 진영에서 가장 중요한 지명수배자나 위험인물로 손꼽는 인물도 여럿 있었는데—신기하게도 정작 당사자는 검문검색이나 구속 따위는 걱정하지 않고 민간항공기로 어디든 마음대로 드나드는 듯했으며, 자기가 원하는 나라에 가서 은행 지점을 방문하거나 병원 치료를 받기도 했다. 그들의 비밀계정은 별도의 파일로 특별히 관리했는데, 온갖 암호와 소프트웨어 '폭탄'을 비롯한 각종 방어장치로 철통같이 보호해 감탄을 자아낼 정도였고, 적어도 이론상으로는 메인 컴퓨터로도 접근할 방법이 없었다. 그러나 KBI의 최대 사업을 보호하려 마련한 보안 대책이나 관련 인원에 비하면 그 정도는 아무것도 아니고 불미스러운 고객조차 천사처럼 보일 지경인데, 요컨대 '몇몇 산유국과 그들의 사상적 동맹국을 위해' 비밀리에 자금을 조달해 대규모 핵무기를 제조하는 사업이었다. 아브라함의 영향력은 정말 대단했다. 어딘가에 적당한 농축우라늄이나 플루토늄이 쌓여 있다면 이 따끈따끈한 먹이가 식기 전에 카자나은행이 재빨리 낚아채기 마

---

25) 힌두신화에서 환상과 허위로 충만한 현상계를 상징하는 여신.

련이었다. 그리고 최근에 무너진 소비에트연방의 일부이던 나라에서 어쩌다 장거리 미사일 발사 시스템이 매물로 나오기라도 하면 KBI의 자금이 카펫 밑을 파고들거나 벽을 뚫어서라도 어떻게든 보이지 않게 교묘히 이동해 판매자의 손으로 들어가기 마련이었다. 그리하여 아브라함의 보이지 않는 도시가, 보이지 않는 일을 하기 위해 보이지 않는 사람들이 지은 이 도시가 드디어 절정에 이르렀다. 보이지 않는 폭탄을 만들고 있었다.

1991년 5월 타밀나두에서 너무나 잘 보이는 폭발이 일어나면서 라지브 간디 총리가 그 가문에서 암살당한 망자 목록에 추가됐고, 아브라함 조고이비는—때로는 이해하기 어려울 만큼 알쏭달쏭한 결정을 내렸으므로 본인은 장난이라고 생각한 게 아닐까 싶을 정도였는데—하필 그 처참한 날을 골라 비밀 수소폭탄 개발 계획에 대한 사실을 내게 '간략하게' 설명했다. 바로 그 순간 내 마음속에 어떤 변화가 일어났다. 내 의지나 선택이 아니라 내 자아의 더 깊고 무의식적인 기능에서 비롯된 본능적 변화였다. 아버지가 구체적인 이야기를 시작했을 때(현재 이 프로젝트가 직면한 최우선 과제는 복잡한 핵무기 발사 프로그램을 구동하는 데 필수적인 초고속 슈퍼컴퓨터를 확보하는 일인데, 그게 없으면 미사일을 목표물에 명중시킬 도리가 없고, 대략 초당 칠천육백만 번의 연산을 처리하는 VAX 접속장치를 갖춘 FPS 즉 '부동 소수점 방식Floating Point System' 컴퓨터는 전 세계에 스물네 대도 안 되고, 그중 스무 대는 미국에 있으므로 나머지는 서너 대뿐이고—그 중 한 대는 일본에 있는 것으로 확인됐다—따라서 그런 컴퓨터를 입수하려면 이런 거래에 수반되는 어마어마하게 복잡한 보안 체계를 거뜬히 속일 만큼 빈틈없는 유령 조직을 내세워 구입하거나 일단 훔쳐내서 안 보이도록 처리한 후 부패한 세무원, 위조 선하증권, 멍청한 검사관 등을 이용하는 터무니없이 복잡한 경로를 거쳐 최종 사용자에게 몰래 전달하는 수밖에 없다는 이야기였다) 나는 열심히 경청했지만 그 와중에도 내 마음속의 목소리는 절대로 안 된다, 타협의 여지도 없다고 속삭였다. 일찍이 우마 사라스바티가 내게 마련해준 죽음을 거부했듯 이번에도 가족애 때문에 감수할 만한 수준은 이미 넘어섰다고 생각했다. 놀랍게도 내게는 다른 사랑이 먼저였다. 내가 자란 엘레판타는 의도적으로 모든 종교적 유대관계를 끊어버린 곳이었기에 더욱더 놀라운 일이었다. 온 국민이 본능적으로 지연과 신앙에 충정을 바치는 이 나라에서 유독 나만은 지연도 신앙도 아랑곳하지 않는 사람으로 성장했는데—그 사실을 자랑스러워했다고 말해도 좋겠다. 그래서 악독하고 무시무시한 아버지를 향한 반감을 깨달았을 때 나는 천만뜻밖이라고 생각했다.

아버지가 말을 이었다. "……우리가 그런 컴퓨터를 밀반입하다 발각되면 원조 협정도, 최혜국 대우도, 정부 간 경제 협력안도 즉각 끝장날 게다."

나는 심호흡을 하고 질문을 던졌다. "그 폭탄이 언제 어디서 누구를 저 불쌍한 라지브처럼 산산조각낼지도 아시겠네요?"

아브라함은 석상처럼 굳어버렸다. 그는 얼음인 동시에 불꽃이었다. 그는 낙원의 하느님인데 그의 가장 중요한 창조물인 내가 방금 금단의 무화과 잎사귀로 치부를 가려 수치심을 드러냈기 때문이다. 아버지가 말했다. "나는 사업가다. 할일이 있으면 해야지." 야훼. 나는 스스로 있는 자니라.

나는 이 사이비 여호와에게, 가짜 하느님에게, 하늘에 뚫린 블랙홀에게, 내 아버지에게 말했다. "저도 놀랐는데요, 죄송하지만 이제 보니 제가 유대인이더군요."

～

그 무렵 나는 이미 만둑 밑에서 일하지 않았다. 결국 차간의 말이 옳았던 셈인데—우리가 함께 흘린 피보다 내 혈관에 흐르는 피가 더 진했다. 그 문제를 먼저 꺼낸 사람은 내가 아니라 필딩이었는데, 조금이나마 호의를 내비치며 이제 우리가 갈라설 때가 되었다고 말했다. 아마도 내가 그를 위해 아버지를 염탐할 생각은 없다는 사실을 알아차린 모양인데, 어쩌면 오히려 자신의 활동에 대한 정보를 반대쪽으로 유출할 가능성을 우려했는지도 모른다. 어차피 나도 사무직이 그리 마음에 들지 않았다는 사실을 덧붙여야겠다. 어릴 때부터 정리정돈이 습관이었고 남다르지 않게 살고 싶던 내게는 시시하고 기계적인 업무도 그럭저럭 해볼 만한 편이었지만 나의 '비밀 신분'이—즉 나의 참다운, 야성적인, 비도덕적인 자아가—따분한 나날을 견디지 못하고 거세게 반발했다. 늙어빠진 건달, 쓸모없는 깡패는 결국 은퇴하는 수밖에 없었다. 필딩이 내 머리에 손을 얹고 말했다. "가서 푹 쉬게. 자네는 그럴 자격이 있어." 그 말이 나를 죽이지 않기로 결심했다는 뜻인지 궁금했다. 아니면 그 반대일까, 머지않아 '양철 나무꾼'의 칼날이나 '다섯 발가락'의 이빨이 내 목을 어루만질 예정이라는 뜻일까. 나는 작별인사를 하고 그 자리를 떠났다. 자객이 나를 노리는 일은 없었다. 그때는 별일 없었다.

그러나 누군가에게 쫓기는 기분은 여전했다.

사실 1991년경 만둑은 처음에 권력을 거머쥐는 계기가 된 국지적 강령—봄베이는 마라타족의 땅!—보다 종교적 국수주의에 훨씬 더 가까운 전략을 세웠다. 필딩은 비슷한 생각을 가진 전국 규모의 정당이나 준군사 조직과도 동맹을 맺었는데, BJP, RSS, VHP[26] 등등 온갖 알파벳이 다 모인 권위주의 집단들이었다. 그렇게 새로운 국면을 맞이한 MA당의 활동에 내가 낄 자리는 전혀 없었다. 조고이비박물관의—나는 그곳에서 어머니의 꿈나라를 이리저리 거닐거나 그녀가 나를 위해 마련해놓은 온갖 모험을 통해 아우로라가 꿈꾸던 내 모습을 따라다니며 많은 시간을 보냈다—지나트 바킬에게, 똑똑한데다 좌파 성향인 지니에게 만둑과의 관계를 발설한 적은 없지만 그녀는 라마왕국론에 극심한 경멸을 드러냈다. 지니는 역설했다. "정말 어처구니가 없다니까요. 첫째, 힌두교는 무수히 많은 신을 모시는 종교인데 느닷없이 한 분만 중요하다잖아요. 가령 라마를 받들지 않는 캘커타 같은 곳은 어쩌라는 거죠? 이제 시바신전에서는 예배를 드리지 말라는 거예요? 멍청하긴. 둘째, 힌두교는 경전도 하나가 아니라 무수히 많은데 갑자기 라마야나, 라마야나 그렇게 호들갑을 떠네요. 그럼 바가바드기타는 어쩌죠? 각종 푸라나는 다 어쩌죠? 대체 왜 그렇게 모든 걸 왜곡시키죠? 웃기는 놈들. 그리고 셋째, 원래 힌두교도는 굳이 한자리에 모여 예배를 드리지 않아도 돼요. 그러니 그놈들이 애지중지하는 민중을 끌어모으기가 쉽지 않았겠죠? 그래서 갑자기 집단 푸닥거리를 급조해놓고 그것

---

26) 각각 인도인민당, 민족봉사단, 세계힌두협회의 약자.

만이 진정한 초특급 신앙심을 보여준다는 듯 떠들어대죠. 호전적인 신한 분, 경전 한 권, 군중이 지배하는 세상. 그놈들은 힌두문화를, 그 다채로운 아름다움을, 그 평화를 그렇게 망쳐놨어요."

내가 말했다. "지니, 당신은 마르크스주의자잖소. 실존적 타락상 때문에 참된 신앙이 무너졌다는 얘기는 당신들 애창곡 아니었나? 힌두교도, 시크교도, 이슬람교도가 예전에는 서로 죽이지 않은 줄 아시오?"

그녀가 내 말을 바로잡았다. "탈마르크스주의자예요. 그리고 사회주의에서 뭐가 옳든 그르든 이런 난장판은 정말 처음이라고요."

라만 필딩은 뜻밖의 협력자를 많이 얻었다. 알파벳 패거리뿐 아니라 말라바르언덕에서 디너파티를 열고 '소수집단에게 본때를 보여줘야' 한다느니 '분수를 알게 해줘야' 한다느니 농담을 주고받는 부유층도 있었다. 그러나 그들은 필딩이 예전부터 구워삶으려던 자들이었다. 예상치 못한 수확은 적어도 피임 문제에 대해서만큼은 무슬림의 지지를 얻는 데 성공했다는 사실일 텐데, 더욱더 놀라운 것은 마리아그라티아플레나의 수녀들까지 가세한 일이었다. 힌두교도, 무슬림, 가톨릭교도가 격렬한 종교적 갈등을 목전에 두고 잠시나마 단합한 까닭은 콘돔과 페서리와 피임약을 향한 공통적 증오심 때문이었다. 그리고 내 누이 미니도—플로리아스 수녀도—힘차게 싸움터로 뛰어들었음은 두말할 나위도 없다.

1970년대 중반에 강제로 산아제한 캠페인을 시행하려다 실패한 뒤로 인도에서 가족계획은 다소 거북한 문제였다. 그런데 최근에 홈 도 하마레 도('우리 둘 아이 둘')라는 표어를 내걸고 새로운 핵가족 캠페인이 시작됐다. 필딩은 이 상황을 이용해 불안을 조장했다. MA당 당원들이 공동주택과 빈민굴의 힌두교도를 찾아다니며 무슬림은 새 정책에 협조하지 않는다고 귀띔했다. "우리 둘이 아이 둘을 낳는데 그쪽 둘은 스물둘을 낳으면 금방 우리보다 많아져 우리를 바닷속으로 몰아넣을 겁니다!" 칠억 오천만 힌두교도가 일억 무슬림 아이들에게 패배할지도 모른다는 발상인데, 여러 무슬림 이맘[27]과 정치 지도자가 나서서 그런 걱정을 뒷받침해줬으니 자못 얄궂은 노릇이었다. 무슬림의 중요성을 강조하고 무슬림사회의 자신감을 북돋워주려 의도적으로 국내 무슬림 숫자를 부풀렸기 때문이다. 무슬림이 힌두교도보다 싸움을 훨씬 더 잘한다고 주장하기도 했다. 그들은 집회 때마다 고래고래 소리쳤다. "우리가 한 명이면 힌두교도는 여섯 명쯤 붙어야죠! 그 정도는 돼야 겨뤄볼 만하죠. 그래야 그 겁쟁이들이 잠시나마 정정당당히 싸우다 도망치겠죠." 그런데 이제 이 초현실적 숫자놀이에 뜻밖의 변화가 생겼다. 가톨릭 수녀들이 봄베이 중앙역 일대의 공동주택이나 다라비 빈민굴의 지저분한 뒷골목을 비집고 다니며 목청껏 산아제한을 반대하기 시작했다. 그중에서도 누구보다 늦게까지 누구보다 열심히 활동한 사람은 바로 우리의 플로리아스 수녀였다. 그러나 얼마 후 그녀는 일선에서 쫓겨나고 말았는데, 겁에 질린 빈민가 주민에게 하는 말을 다른 수녀가 엿들은 탓이었다. 플로리아스는 하느님이 당신만의 방법으로 인구를 조절하신다며 아주 가까운 시기에 폭력과 역병이 창궐하는 계시를 보았으니 어차피 수많은 사람이 죽는다고 설명했다. 그리고 명랑하게 덧붙였다. "저도 그때 천국으로 불려갈 거예요. 아, 그날을 손꼽아 기다

---

27) 무슬림 지도자.

려요."

⌒

1992년 새해 첫날, 나는 서른다섯 살 나이에 일흔 살이 되었다. 성경에 기록된 수명을 넘어서는 순간은 누구에게나 불길한 사건이겠지만 평균수명이 구약성서에서 약속한 나이에 훨씬 못 미치는 나라에서는 더욱더 불길할 수밖에 없거늘, 하물며 육 개월마다 꼬박꼬박 일 년 치 피해를 감수해야 하는 불초소생에게는 얼마나 더 아찔하고 암담한 순간이었으랴. 그러나 인간의 정신은 비정상을 얼마나 쉽게 '정상화'하는가! 정말 터무니없는 일마저 금방 '있을 법한 일'로 여기거나 더 나아가 평범한 일, 굳이 생각할 가치도 없는 일처럼 당연시하지 않던가!—그래서 내 '상황'의 경우에도 한때는 '불치'라느니, '불가피'라느니, 그 밖에도 지금은 기억조차 안 나는 온갖 '불—무엇무엇'이라는 진단을 받았지만 어느새 따분한 일이 되어버리는 바람에 나 자신조차 별로 신경을 안 쓰게 되었다. 내 인생이 반토막이 나버렸다는 이 악몽도 그저 주어진 '현실'에 불과했다. '현실'이 그렇다는데, 내 '현실'은 이러저러하다는 이야기 말고 더 무슨 말을 할 수 있으랴—아니, '현실'과 협상을 해볼 수도 있을까요?—말도 안 되지!—'현실'을 늘이거나 줄이거나 비난하거나 좀 봐달라고 부탁해볼 수 있을까요?—안 된다니까, 그런 시도조차 지극히 어리석은 짓이지—그렇다면 이토록 비타협적인, 이토록 절대적인 '존재'에게 어떻게 다가가야 할까요?—이보시오, '현실'은 당신이 다가오건 내버려두건 아랑곳하지 않소, 그러니 그냥 받아들이며 사는 게 상책이지 ―'현실'은 절대로 변하지 않나요? 가령 램프처럼, 신발이나 선박처럼, 그렇게 고마운 온갖 물건처럼 낡은 '현실'을 새로운 '현실'로 바꿔볼 수는 없을까요?―그렇소. 만약 그런 일이 가능하다면 결론은 하나뿐인데, 처음부터 '현실'이 아니라 '겉모습' '겉치레' '속임수'였다는 뜻이겠지. 진정한 '현실'은 당신이 말하는 그 불타는 '촛불'처럼 맥없이 녹아내려 촛농으로 굳어지는 것이 아니오. 그렇다고 연약한 필라멘트가 달린 '전구' 같은 것도 아니고, 그 불빛을 찾아 날아들어 명을 재촉하는 '불나방' 같은 것도 아니지. 흔해빠진 가죽 구두도 아니니까 물이 새는 일도 없고. '현실'이라면 번쩍번쩍 빛나야지! 잘 걸어다녀야지! 물에 떠야지!―맞습니다!―영구불변.

그러나 서른다섯번째 또는 일흔번째 생일이 지난 후 나는 내 인생의 중요한 '현실'이던 그 상황을 운명이나 숙명이나 업보 따위를 들먹이며 간단히 무시해버릴 수 없었다. 여러 차례 앓아눕거나 입원해야 했기 때문인데, 자초지종을 시시콜콜 늘어놓아 예민하고 조급한 독자를 괴롭힐 생각은 없고, 다만 그런 일 때문에 내가 오랫동안 외면했던 현실을 의식할 수밖에 없었다는 사실만 밝혀두겠다. 살날이 얼마 안 남았구나. 잠을 청할 때마다 이 명백한 사실이 횃불로 쓴 글씨처럼 선명히 떠올랐다. 깨어날 때마다 제일 먼저 드는 생각도 마찬가지였다. 그래, 용케 오늘까지 살아남았구나. 과연 내일도 살아 있을까? 사실입니다요, 예민하고 조급한 벗이여. 이런 말을 하면 창피스럽고 소심해 보이겠지만 소인은 시시각각 죽음의 공포를 느끼며 살게 되었습니다요. 정향유로도 달랠 수 없는 치통 같았습죠.

온갖 약물 실험의 부작용으로 나는 이미 오래전에 희망을 버린 일을 이제는 하고 싶어도 못하는 몸이 되고 말았는데, 나도 아버지가 되어 아들로서의 부담을—아주 벗어나지는 못할망정—조금이나마 덜어보는 일이 불가능해진 것이다. 벌써 아흔 살이지만 오히려 더 건강해진 아브라함 조고이비는 또다시 내게 실망했고, 겉으로는 안타까워하고 걱정해주는 체했지만 분노를 다 감추지는 못했다. 브리치캔디종합병원의 병상에 누운 내 머리맡에서 아버지가 내뱉듯 말했다. "네놈한테 기대한 건 하나뿐인데 이젠 그것마저 다 틀렸구나." 안 그래도 내가 카자나은행의 비밀공작, 특히 이른바 이슬람 폭탄을 만드는 일에 동참하기를 거절한 뒤로 부자지간에 다시 냉기가 감돌던 터였다. 아버지가 나를 비웃었다. "조만간 야물커[28]를 쓰겠다고 하겠구나. 성구함聖句函[29]도 차고, 히브리어도 배워 아예 예루살렘으로 가버리지 그러냐? 결심이 서면 언제든 얘기해라. 그건 그렇고, 우리 코친 유대인은 바다 건너 네 소중한 본향에서 인종차별을 당한다고 불평하더라." 아브라함, 민족의 배신자, 일찍이 어머니와 동족을 버리고 유대인 마을을 떠나 가톨릭교도 아우로라의 품에 안긴 죄를 이번에는 더욱더 무시무시하고 어마어마한 규모로 되풀이하려는 자. 아브라함, 봄베이의 블랙홀. 나는 어둠에 묻힌 그를 바라봤다. 그는 소멸해가는 별처럼 주변의 어둠을 빨아들여 질량을 늘려갔다. 어떤 빛도 그의 기운이 뿜어내는 '사상의 지평선'[30]을 벗어날 수 없었다. 그는 오래전부터 내게 두려움을 주는 존재였지만

---

28) 유대인 남자들이 사용하는 둥글납작한 모자.
29) 구약성서의 구절을 기록한 양피지를 담은 소형 가죽 상자 한 쌍으로, 아침기도 때 각각 이마와 왼팔에 동여맨다.
30) 블랙홀 가장자리.

지금은 공포와 연민을 동시에 불러일으켰다. 표현력이 부족해 더는 설명할 길이 없으니 안타까울 따름이다.

다시 말하건대, 나도 천사 같은 놈은 아니다. KBI의 사업에는 관여하지 않았지만 아브라함의 제국은 거대했고 그중 구 할은 수면 아래 감춰진 상태였다. 내가 할 만한 일은 얼마든지 있었다. 나도 카슌델리베리타워의 상층 거주자가 되었고 아버지의 후광을 누리며 적잖은 만족감을 얻었다. 그러나 나의 의학적 문제가 밝혀진 후 아브라함은 다른 사람으로부터 모종의 도움을 얻으려 하는 눈치가 분명했다. 그중에서도 아담 브라간사는 조숙한 열여덟 살 청년으로 아기코끼리 덤보나 스타 TV 위성안테나를 연상시킬 만큼 귀가 몹시 컸는데, 시오디사에서의 상승 속도가 너무 빨라 잠수병으로 죽지 않는 것이 신기할 정도였다.

밤늦도록 아버지와 대화를 나누는 과정에서—아버지는 여전히 나를 고해신부처럼 활용하며 기나긴 삶을 사는 동안 저지른 수많은 죄를 낱낱이 고백했으므로—차츰 알게 된 사실이지만 '아담 군'의 과거는 놀랍도록 파란만장했다. 원래는 어느 봄베이 불량배와 우타르프라데시주 샤디푸르 출신의 떠돌이 마술사 사이에서 사생아로 태어났지만 한동안은 비공식적으로나마 어느 봄베이 남자에게 입양된 모양이었다. 양부는 1974~1977년 비상사태 당시 정부 요원에게 가혹행위를 당했다는데, 그로부터 오래지 않은 십사 년 전 불가사의하게 사라진 후 행방이 묘연해 이미 사망했으리라 추정됐다. 그후 브리치캔디의 분홍색 고층빌딩에 사는 노부인 두 명이 아이를 맡아 길렀는데, 고아주 출신의 기독교인이었던 그들은 다양한 조미료로 인기가 높은 브라간사 피클 공장을 차려 큰돈을 벌었다. 아담은 두 노부인에게 브라간사라는 성을 물려받았고 그들이 세상을 떠난 뒤에는 공장도 물려받았다. 그리고 얼마 지나지 않았을 때, 겨우 열일곱 살인 녀석이 자기보다 갑절 이상의 나이를 먹은 간부들처럼 말쑥하고 반질반질한 차림새로 시오디사에 나타나 사업 확장 자금을 요구했다. 두 노부인이 개발한 전설적인 피클과 처트니소스에 한결 산뜻한 브랙스Brag's 상표를 붙여 세계시장으로 수출한다는 계획이었다. 그날 그가 가져와 아브라함의 임직원에게 보여준 현대식 포장재에는 이런 광고문이 찍혀 있었다. 자랑거리to Brag about가 참 많습니다.

그 말은 이 신동에게도 잘 어울리는 듯했다. 그는 거의 눈 깜짝할 사이에 자기 사업체를 아브라함에게 팔아넘겼다. 아브라함이 이 상표의 엄청난 수출 잠재력을 재빨리 간파한 덕분인데, 특히 해외 동포가 많이 사는 나라일수록 유망할 터였다. 그리하여 개구쟁이 소년은 한평생 다 쓰지도 못할 만큼 많은 돈을 벌었다. 그러나 위대한 조고이비 노인과 처음 만난 자리에서 그는 최신 경영 관리론뿐 아니라 당시 인도 아대륙에서 폭발적 인기를 끌기 시작한 첨단 정보통신 기술에 대한 해박한 지식을 과시해 우리 아버지에게 깊은 인상을 남겼고, 아브라함은 즉석에서 부사장급 대우를 약속하며 '시오디 가족'이 되기를 권하고 기술혁신과 사내 규범에 대한 특별 임무를 맡겨버렸다. 카숀델리베리타워 전체가 술렁거리기 시작했다. 소년이 '제3밀레니엄의 경제 중심지'라 불리는 일본, 싱가포르, 환태평양 일대의 사업 관행을 연구해 개발했다는 신개념 때문이었다. 그의 메모는 순식간에 전설로 떠올랐는데, 대표적인 예는 다음과 같다. '인력 활용도를 극대화하는 열쇠는 동료의식입니다.' 그래서 간부들에게 매주 적어도 이십 분쯤은 열 명이나 스무 명 정도의 소집단을 한자리에 모아놓고 서로 포옹하는 시간을 마련하라는 '권장 사항' 즉 명령이 하달됐다. 또다른 '권장 사항'은 모든 임직원이 매달 동료의 장단점에 대한 '평가서'를 제출해야 한다는 내용이었고— 그래서 빌딩 전체가 위선적인(앞에서는 다정다감하고 뒤에서는 배신을 일삼는) 밀고자 소굴이 되고 말았다. 아담은 우리 모두에게 통지했다. '귀담아들을 줄 아는 기업이 되어야 합니다. 여러분이 주시는 말씀도 빠짐없이 경청하겠습니다.' 그렇다, 그의 귀는 정말 잘 들었다. 사내에 돌아다니는 온갖 독설, 온갖 험담이 그 넓적하고 깊숙한 귓구멍 속으로 고스란히 흘러들었다. 아담의 메모에는 이런 말도 있었다. '대규모 조직은 말썽꾼과 해결사와 건전한 사람이 뒤섞인 혼성 집단입니다. 우리 경영진은 여러분의 도움으로 말썽꾼을 선발하게 되기를 기대합니다'(강조는 필자). 늙은 아브라함은 그런 상황을 즐겼다. 내게 이렇게 말하기도 했다. "지금은 현대야. 그러니 현대적인 말을 써야지. 정말 마음에 쏙 들어! 귓구멍에 피도 안 마른 애송이가 터프가이 행세를 하는구나. 역시 배짱 하나는 두둑한 놈이라니까."

터프가이 행세라면 나도 좀 해봤지만 방법은 달랐는데, 아브라함이 보기에는 구태의연했을 테고—어차피 내게는 이미 지나간 일이었다. 지금은 어린 아담 브라간사를 혼내줄 형편도 아니었다. 나는 입을 다물고 미소를 지었다. 에덴동산에 새로운 아담이 등장했다. 아버지는 그 소년을 옥상 아트리움으로 초대했고, 불과 몇 달—몇 주! 며칠!—사이에 시오디사는 송두리째 컴퓨터 속으로 이동했다. 케이블, 광섬유, 접시안테나, 인공위성, 통신 장비를 두루 갖춘 것은 두말할 나위도 없었다. 이 새로운 구경거리를 누가 주도했을까? "우리는 이 세상에 뚜렷한

발자취를 남길 게다." 요즘 세상의 유행어를 안다는 사실이 자랑스러
웠는지 활짝 웃으며 아브라함이 말했다. "라마의 왕국이 어쩌고저쩌고
떠들어대는 것들은 다 촌놈이야! 람Ram의 왕국이 아니라 램RAM의 왕
국—이거야말로 비장의 무기지."

람이 아니라 램. 나는 어린놈의 표어조 말버릇을 즉각 알아차렸다. 아
브라함의 말이 옳았다. 이미 미래가 당도했다. 벌써 이 세상을 물려받
을 준비를 하고 기다리는 세대가 있다. 늙은이의 우려 따위는 아랑곳하
지 않는 세대, 언제나 새로움을 추구하는 세대, 이진법으로 이뤄진 낯
설고 무미건조한—인도영화처럼 감상적으로 감탄사를 연발하는 우리
세대의 언어와는 전혀 다른—미래 언어를 사용하는 세대. 그러니 아브
라함이, 지칠 줄 모르는 아브라함이 아담에게 기대를 거는 것도 무리가
아니다. 어느새 인도에 새로운 시대가 열렸다. 돈도 종교도 제 욕망을
억압하던 모든 굴레를 벗어던지는 시대, 지치고 허탈한 패배자가 아니
라 원기왕성하고 야심만만하고 탐욕스럽게 삶을 갈망하는 자의 시대.

나는 구닥다리가 되어버린 기분이었다. 너무 일찍 태어났고, 불구
의 몸으로 잘못 태어났고, 너무 빨리 늙어버렸고, 그 과정에서 악랄해
졌다. 이제야 비로소 과거를 되돌아보며 잃어버린 사랑을 그리워한다.
앞날을 바라보면 나를 기다리는 저승사자가 보인다. 아브라함이 힘들
이지 않고 자꾸 저승사자를 따돌리니 불사신 아버지 대신 아들을 먼저
데려가려 하는지도 모른다.

아브라함 조고이비가 말했다. "그렇게 비참한 표정 짓지 마라. 너한
테는 마누라가 필요해. 좋은 여자라면 네 이마에 새겨진 근심을 씻어줄
게다. 그래서 말인데, 미스 나디아 와디아, 그 아가씨 어떠냐?"

나디아 와디아!

그녀가 미스 월드로 활동하는 한 해 동안 라만 필딩은 나디아를 졸졸 따라다녔다. 꽃다발, 무선전화기, 비디오카메라, 전자레인지 따위를 줄줄이 보내며 사랑을 호소했다. 그녀는 번번이 선물을 돌려보냈다. 필딩은 시청에서 연회가 열릴 때마다 나디아를 초청했지만 간파티 축제 때 그의 추태를 겪은 뒤로 그녀는 모든 초대를 거절했다. 필딩이 나디아 와디아에게 흑심을 품었다는 사실을 전국에 폭로한 사람은 〈미드데이〉의 유명한 가십 칼럼니스트 '말벌 선생'이었는데, 일찍이 똑같은 필명으로 〈봄베이 크로니클〉에 '가마 방사선'에 대한 기사를 실어 우리 외증조할아버지 프란시스쿠 다 가마의 찬란한 출세가도에 종지부를 찍은 바로 그 글쟁이의 후예다운 처사였다. 아무튼 만둑의 소유물이 되기를 거부한 나디아 와디아는 그날부터 일부 봄베이 시민들에게 더욱 거시적인 저항—즉 영웅적이며 정치적인 저항—의 상징으로 떠올랐다. 만평에서 여러 차례 다루기도 했다. 일찍이 필딩이 '내 자가용처럼 마음대로 몰고 다닌다'고 큰소리치던 이 도시에서 나디아 와디아의 거절은 또하나의 봄베이, 더 자유로운 봄베이가 아직 살아 있다는 증거였다. 그녀는 인터뷰 솜씨도 뛰어났다. 그분이 우리 도시에 남은 마지막 개구리라고 해도 입맞춤 따위는 안 하겠어요, 나디아가 단언했다…… 피해라, 만둑Duck, Mainduck! 나디아가 권투 연습을 시작했다!…… 그렇게 흥미진진한 사건이 끊이지 않았다.

두 가지 일이 있었다.

첫째, 인내심을 잃은 필딩이 말 안 듣는 미의 여왕을 겁박해 굴복시킬 궁리를 했다. MA당의 지도자로서 오랫동안 절대권력을 휘두르던 그가 처음으로 반란에 부딪혔다. 주동자는 새미 하자레였고 MA당 '특공대'의 '조장' 전원이 만장일치로 지지했다. '양철 나무꾼'은 무리를 이끌고 개구리 전화기가 있는 필딩의 집무실로 쳐들어가 간단명료한 비난을 던졌다. "비겁한 짓입니다, 주장님." 만둑은 어쩔 수 없이 계획을 취소했지만 그때부터 새미를 보는 시선이 달라졌다. 내가 가족과 화해했다고 말했을 때 나를 쳐다보던 바로 그 눈빛이었다. 만둑의 판단은 정확했다. 새미는 이미 변해버렸다. 머지않아 그는 한평생 차지했던 조연의 자리마저 빼앗긴 채 쫓겨날 테고, 이런저런 사건과 이런저런 번민에 시달리다 결국 목하 리허설이 한창인 장엄한 드라마의 주인공이 되어 영원히 잊지 못할 명연기를 선보일 터였다.

둘째, 나디아 와디아의 미스 월드 재위기간이 끝났다. 새로운 미스 인디아, 새로운 미스 봄베이가 탄생했다. 나디아 와디아는 옛날이야기가 되었다. 라디오에서도 그녀의 주제곡을 틀어주지 않고 새로 생긴 인도판 MTV '마살라 텔레비전'도 퇴위한 여왕을 무시했다. 나디아 와디아는 의대에 들어가지도 못했고, 언젠가 언급했던 남자친구도 어디론가 떠나버렸고, 연기자가 되려는 계획도 무산됐다. 봄베이에서는 돈이 금방 떨어지기 마련이다. 나디아 와디아는 겨우 열여덟 살에 벌써 퇴물에 빈털터리가 되어 정처 없이 방황했다. 바로 그때 아브라함 조고이비가 행동을 개시했다. 나디아와 홀어머니에게 콜라바 방죽길 남단의 호화로운 아파트와 넉넉한 생활비를 주겠다고 했다. 나디아 와디아는 이제 이것저것 따질 형편이 아니었지만 자존심마저 버리지는 않았다. 아브라함의 제안에 대해 의논하려고 엘레판타를 찾은 그녀는—이 소식은 우리집 대문을 지키는 이중간첩 람바잔 찬디왈라의 입을 거쳐 얼마나 빠르게 만둑의 귀로 들어갔던가! 성깔 사나운 두목은 또 얼마나 노발대발했던가!—당당하게 말했다. "이런 생각을 했어요. 나디아 와디아, 인정 많은 신사분이 그런 호의를 베푸는 대가로 무엇을 기대하실까? 아마도 나디아 와디아가 도저히 드릴 수 없는 것이겠지. 상대가 아브라함 조고이비 어르신일지라도."

아브라함은 감탄했다. 시오디사 같은 기업에는 대중에게 친근감을 주는 얼굴이 필요하다고 말했다. 그는 낄낄 웃으며 말을 이었다. "내 꼬락서니 좀 보려무나. 정말 흉측한 늙은이 아니냐? 지금은 사람들이 우리 회사를 생각할 때마다 이 못난 늙은이를 떠올리지. 아가씨만 승낙하면 앞으로는 다들 아가씨를 먼저 떠올리게 될 게야." 그리하여 나디아 와디아는 시오디사의 얼굴이 되어 각종 광고와 포스터에 등장하기도 하고 회사에서 협찬하는 주요 행사마다—패션쇼, 일일 크리켓 국제경기, 기네스 세계기록 보유자 총회, 제3밀레니엄엑스포, 세계 레슬링 선수권대회 등등—몸소 진행을 맡기도 했다. 그렇게 그녀는 곤궁한 처지를 벗어나 미모에 어울리는 유명인사로 부활했다. 그리하여 아브라함 조고이비는 또다시 라만 필딩을 꺾으며 승리를 거머쥐었고, 나디아 와디아의 주제곡도 쿵쾅거리는 댄스 리믹스로 재발매돼 마살라 텔레비전의 '뜨끈뜨끈' 차트에 진입한 후 결국 정상을 차지했다.

나디아 와디아와 모친 파디아 와디아는 콜라바 방죽길의 아파트로 이사했고, 아브라함 조고이비는 지나트 바킬이 여전히 쿰발라언덕의 박물관에 전시할 수 없는 아우로라 조고이비의 작품 한 섬을 그 집 기실 벽에 걸어줬는데, 아름다운 아가씨가 젊고 잘생긴 크리켓 선수에게 (그림 속에서나마) 열정적인 입맞춤을 퍼붓는 바람에 일찍이 큰 물의를 빚은 바로 그 작품이었다. 아브라함이 손수 포장을 벗겨 〈아바스 알리 베그의 입맞춤〉을 보여줬을 때 나디아 와디아는 손뼉을 치며 환호성을 질렀다. "아, 정말 멋있어요! 나디아 와디아랑 파디아 와디아도 크리켓을 너무너무 좋아하거든요. 정말이죠, 파디아 와디아?"

파디아 와디아가 대답했다. "정말이고말고, 나디아 와디아, 크리켓이야말로 제왕의 스포츠니까."

그러자 나디아 와디아가 핀잔을 놓았다. "에이, 파디아 와디아 바보! 제왕의 스포츠는 경마란 말예요. 파디아 와디아는 그것도 몰라. 나디아 와디아는 잘 아는데."

아브라함 조고이비는 떠나기 전에 나디아의 정수리에 입맞춤을 했다. "즐겁게 지내라, 꼬마 아가씨. 그런데 미안한 말이지만, 엄마한테는 조금만 더 공손하게 굴면 좋겠구나."

그는 나디아의 몸에 손끝 하나도 대지 않고 늘 완벽한 신사답게 행동했다. 그러더니 느닷없이 그녀를 내게 밀어줬다. 마치 자신의 소유물이라는 듯, 무슨 장난감이라도 건네듯 언제라도 선물로 줄 수 있다는 듯.

아브라함에게 나는 와디아 모녀를 찾아가 아버지의 제안에 대해 의논해보겠다고 대답했다. 콜라바의 고층 아파트에서 나를 맞이한 두 여인은 잔뜩 겁에 질린 표정이었다. 격식을 차리느라 코걸이까지 갖춰 정성껏 차려입은 나디아 와디아는 과연 크리스마스 선물처럼 화려했다.

파디아 와디아가 절박한 상황에서도 모성애를 발휘해 불쑥 말문을 열었다. "아버님은 우리한테 정말 잘해주셨어요. 그렇지만 도련님, 아무래도 우리 나디아 와디아는 좀더 어린…… 좀더 젊은 남자한테……"

나디아 와디아가 야릇한 표정으로 나를 쳐다보더니 물었다. "혹시 나디아 와디아가 어디서 뵌 분 아닌가요?" 간파티 축제가 어렴풋이 떠오른 모양이었다. 그러나 나는 이 질문을 무시하고 당면한 일에 대해 이야기했다. 지금 문제는 두 분이 하필 인도에서도 손꼽히는 권력자의 보호를 받는 처지라는 데 있다. 그런 사람이 하나뿐인 아들의 혼사를 제안했는데 만약 거절한다면 그 노인네가 두 분을 돌봐주겠다는 약속을 철회할 가능성이 높다. 그렇게 되면 다른 사람들도 위대한 조고이비의 심기를 건드릴까 두려워 감히 두 분에게 도움의 손길을 내밀지 못할 것이다. 그런 상황에서도 두 분에게 관심을 보일 만한 사람이라면 한때 만화가로 활동하며 작품마다 개구리 그림을 그려 서명을 대신한 어느 신사분밖에 없을 텐데……

그때 나디아 와디아가 버럭 소리쳤다. "싫어요! 만둑 부인이 되라고? 나디아 와디아는 절대 그럴 수 없어요. 차라리 파디아 와디아와 손을 맞잡고 저기 저 베란다에서 뛰어내리겠어요."

나는 그녀를 진정시켰다. "안심해요, 안심해요. 내 계획이 조금은 나을 듯싶으니까." 내 제안은 명목뿐인 약혼이었다. 아브라함의 비위도 맞춰주고, 홍보 효과도 탁월할 테고, 약혼기간이야 끝없이 연장하면 그만이니까. 나는 가속화된 인생에 얽힌 비밀을 털어놨다. 어차피 오래 살기는 틀렸다고 했다. 내가 죽으면 두 사람은 잠시나마 조고이비 가문과 인연을 맺은 대가로 적잖은 보상을 받으리라. 그 막대한 재산의 유일한 상속자가 바로 나니까. 설령 내가 상수하는 바람에 결혼을 피할 수 없게 되더라도 철저히 정신적인 관계를 유지하겠다고 약속했다. 내가 나디아 와디아에게 바라는 것은 우리 사이가 진짜처럼 보이게 해달라는 것뿐이었다. "나머지는 우리만 아는 비밀로 합시다."

그러자 파디아 와디아가 한탄하듯 말했다. "아, 나디아 와디아, 우리가 너무 무례했구나! 이렇게 잘생긴 약혼자가 왔는데 케이크 한 조각도 안 내놓다니."

⌣

내가 왜 그랬을까? 그 말이 사실이라는 걸 알았으니까, 만일 아브라함의 요구를 거절한다면 그는 자신에 대한 모욕으로 여겨 두 사람을 길거리로 내쫓고 말 테니까. 그리고 나디아 와디아가 필딩에게 당당히 맞서는 모습, 그리고 호색한으로 악명 높은 우리 아버지를 노련하게 다루는 모습을 보고 감탄했으니까. 아, 그리고 그녀는 그토록 젊고 아름답건만 나는 이미 산송장과 다름없었으니까. 그리고 어쩌면 오랫동안 폭력과 비리로 얼룩진 삶을 살아온 내가 지금이라도 구원받고 싶었으니까, 내가 지은 죄를 용서받고 싶었으니까.

구원받다니 무엇으로부터? 용서받다니 누구에게? 그렇게 어려운 질문은 하지 마시라. 어쨌든 나는 그런 제안을 했다. 그리하여 아브라함 조고이비 씨와 고 아우로라 조고이비 여사(혼전의 성은 다 가마)의 외아들 모라이시 조고이비, 그리고 작고한 카파디아 와디아 씨와 파디아 와디아 여사(둘 다 봄베이 토박이)의 외동딸 나디아 와디아 양, 두 사람은 곧 약혼을 발표했다. 시내 어디선가 '양철 나무꾼'도 이 소식을 들었고, 몹시 상심한 그의 냉혹한 가슴속에 무서운 악의가 싹텄다.

약혼식은 당연히 타지마할호텔에서 열렸고 당연히 봄베이 전체가 들썩일 만큼 호화로운 잔치였다. 앙심을 품은 하객이 천 명도 넘게 참석했는데, 저마다 아름다운 사람, 면도날 같은 독설을 내뱉는 사람, 미심쩍어하면서도 즐거워하는 이 낯선 손님들 사이에는 단 한 명 남은 누이인데도 날이 갈수록 낯설어지는 플로리아스 수녀도 끼어 있었고, 나는 사랑스러운 아가씨의 사랑스러운 손가락에 신문사마다 '어마어마한 다이아몬드'라고 보도한 반지를 끼워줬고, 그리하여 '말벌 선생'의 표현을 빌리자면 '어처구니없는, 차라리 희생에 가까운 황혼과 새벽의 약혼'이 성사됐다. 그러나 아브라함 조고이비는—누구보다 심술궂고 냉정한 이 늙은이는—그날 밤의 끝무리에 작은 독침을 달아 평소와 다름없는 블랙유머를 과시했다. 소문이 자자했던 약혼식이 끝나고, 과거 어느 때보다 아름다운 나디아의 모습에 흠뻑 취해버린 사진기자들도 마침내 흡족해하며 물러났을 때, 아브라함이 단상으로 올라가더니 발표할 일이 있다며 다들 조용히 해달라고 요청했다.

아브라함이 쉰 목소리로 말했다. "모라이시, 이 몸이 낳은 하나뿐인 아들, 그리고 사랑스러운 예비 며느리 나디아, 너무 쓸쓸해진 우리 집안에 너희 두 사람이 하루빨리 새 식구를 탄생시켜"—아, 표리부동한 아버지!—"이 늙은이를 즐겁게 해주면 좋겠구나. 그런데 그전에 내가 먼저 새 식구를 소개해야겠다."

모두가 어리둥절해하며 기대감에 부풀었을 때 아브라함이 낄낄거리며 고개를 끄덕였다. "그래, 무어, 내 아들아, 드디어 네게 동생이 생겼다."

그 말을 신호로 작은 연단 뒤쪽의 붉은 커튼이 마치 연극의 한 장면처럼 좌우로 갈라졌다. 아담 브라간사가—그 나팔귀 꼬맹이가!—나타났다. 많은 사람이 깜짝 놀라 헛숨을 들이켰고, 파디아 와디아도, 나디아 와디아도, 그리고 나도 예외가 아니었다.

아브라함이 아담의 양쪽 뺨에, 그다음에는 입술에 입맞춤을 했다. 그리고 그 자리에 모인 시내 명사들 앞에서 소년에게 말했다. "이 순간부터 네 이름은 아담 조고이비다, 사랑하는 아들아."

18

봄베이는 중심이었다. 처음 생겨날 때부터 그랬는데, 포르투갈과 영국의 결혼으로 탄생한 사생아였지만 인도 전역에서 가장 인도적인 도시이기도 했다. 봄베이에서는 인도 전체가 만나 하나로 어우러진다. 봄베이에서는 모든 인도와 모든 인도-아닌-것, 검푸른 물을 건너 우리 혈관으로 흘러든 것이 만나기도 한다. 봄베이 북쪽은 모두 북인도, 남쪽은 모두 남인도였다. 동쪽에는 동인도가 있고 서쪽에는 서양이 있었다. 봄베이는 그렇게 중심이었고, 그래서 모든 강줄기가 인간의 바다 봄베이로 흘러들었다. 봄베이는 이야기 바다이기도 했다. 우리는 모두 이야기꾼이었고 모두가 한꺼번에 지껄였다.

그런 인간잡탕에 대체 어떤 마법의 비약을 섞었기에 그런 불협화음 속에서 그토록 아름다운 화음이 태어났을까! 펀자브, 아삼, 카슈미르,

메루트 등지에서—델리에서도, 캘커타에서도—사람들은 시시때때로 이웃의 목을 따고 따끈따끈한 샤워를 즐기거나 부글거리는 핏물 속으로 뛰어들어 시뻘건 거품목욕을 한다. 할례를 받았다는 이유로 사람을 죽이기도 하고 포피를 남겨놨다는 이유로 죽이기도 한다. 장발 때문에 살해당하고 머리를 박박 깎이기도 한다. 밝은색 피부가 어두운색 피부를 홀라당 벗겨버리거나 다른 언어를 쓴다는 이유로 그 비뚤어진 혓바닥을 싹둑 잘라버리는 일도 흔하다. 그러나 봄베이에는 그런 일이 전혀 없다—전혀 없다고?—좋습니다요, 너무 단정적인 표현이었습죠. 봄베이도 다른 지방에 대한 예방접종을 받은 것은 아니고, 따라서 외부에서 벌어지는 일이, 예컨대 언어 문제 따위가 봄베이 시내로 전파되는 경우도 아주 없지는 않다. 그러나 봄베이로 가는 도중에 곳곳에서 다른 강물이 흘러들기 때문에 피의 강은 차츰차츰 맑아지기 마련이고, 마침내 시내로 들어올 무렵에는 이런저런 추태도 한결 가벼워지기 마련이다—내가 너무 감상적인가? 모든 걸 버리고 여기까지 달려온 내가, 지금까지 많은 걸 빼앗겨야 했던 내가 이번에는 분별력마저 잃은 걸까?—그럴 수도 있겠다. 그래도 말을 바꿀 생각은 없다. 아으, 봄베이를 미화하는 이들이여, 봄베이가 아름다운 까닭은 이 도시가 누구의 것도 아니며 또한 모두의 것이기 때문이라는 사실을 모르시는가? 저 혼잡한 길거리에서 날마다 일어나는 공존의 기적을 정녕 못 보셨는가?

봄베이는 중심이었다. 봄베이에서는 낡아빠진 건국신화가 시들고 재신財神이라는 새로운 신의 인도가 탄생하는 중이었다. 거래소와 항구마다 온 나라의 자원이 흘러들었다. 인도를 미워하는 자, 인도를 파멸시키려는 자는 봄베이부터 파멸시켜야 할 텐데, 바로 그것이 사태의 원인이라는 설명도 있었다. 그래, 그래, 어쩌면 그랬는지도 모른다. 그러나 어쩌면 북인도에서(아니, 꼭 밝혀야 하니까 밝히건대 아요디아에서) 확 쏟아져버린 그것 때문일 수도 있으니, 부식력 강한 정신적 산성 용액이랄까, 아무튼 바브리 마스지드[31]가 무너져버린 후 라마가 태어났다는 그곳에 거대한 라마신전을 지을 계획이라는 소문이 봄베이 극장가에서 흔히 쓰는 표현처럼 장안의 화제로 떠오르면서 무시무시한 원한이 온 나라의 핏줄로 흘러들었는데, 이번에는 농도가 너무 높아 대도시 봄베이조차 그 독성을 충분히 희석시키지 못한 탓인지도 모른다. 그래, 그래, 그런 주장에도 일리가 있음을 부정할 수 없다. 조고이비박물관의 지나트 바킬은 이 문제에 대해서도 평소처럼 냉소적인 반응을 보였다. "이게 다 거짓말 때문이에요. 한 가지 거짓말을 믿는 사람들이 또다른 사람들이 좋아하는 거짓말 한 토막을 무너뜨리면, 두두둥! 전쟁이 일어나죠. 다음에는 누군가 익발의 생가 지하에서 비아사의 요람을 찾아내고 또 누군가는 미르자 갈리브가 놀던 단골집 지하에서 발미키가 갓난아기 때 쓰던 딸랑이를 찾아내겠죠.[32] 그럼 좋겠네요. 신보다 차라리 위대한 시인을 위해 싸우다 죽고 싶으니까."

나는 우마에 대한 꿈을 자주 꿨는데―아으, 버르장머리 없는 잠재의식이여!―우마는 초창기 작품인 거대한 난디 황소를 조각하는 중이었다. 잠이 깼을 때 나는 생각했다. 그 황소처럼, 그리고 젖 짜는 아가씨와 피리에 얽힌 이야기로 유명한 저 푸르뎅뎅한 크리슈나처럼 라마도

---

31) 16세기 초 무굴제국 바부르황제의 명으로 건설한 이슬람 성원.
32) '익발'과 '갈리브'는 이슬람 시인. '비아사'와 '발미키'는 힌두 시인.

비슈누의 화신이었다. 비슈누는 누구보다 변신을 많이 한 신이다. 그러므로 진정한 '라마왕국'이라면 모름지기 인간성이란—아니, 인간성뿐 아니라 신성도—끊임없이 변화하고 둔갑하고 탈바꿈한다는 현실을 전제로 삼아야 옳다. 위대한 신의 이름을 내세우는 자들의 주장은 인간뿐 아니라 신의 본질마저 거역하는 것이었다—그러나 역사의 바윗돌이 구르기 시작하면 아무도 이렇게 힘없는 논리에 관심을 갖지 않는다. 이미 거대한 수레바퀴가 움직이기 시작했으니까.

……그리고 정말 봄베이가 중심이었다면 당시의 사태도 봄베이에서 벌어진 분쟁이 원인이었는지 모른다. 모감보 대 만둑. 오래전부터 예고된 대결, 이 도시를 어느 패거리가 다스릴 것인지(범죄형 사업가냐, 정치적 범죄자냐) 판가름할 헤비급 통합 챔피언 결정전. 나는 그런 일이 실제로 벌어지는 상황을 목격했으므로 내가 본 대로 기록하는 수밖에 없다. 숨겨진 요인? 예컨대 비밀/외국 세력의 개입? 그런 문제는 나보다 현명한 분석가의 몫으로 남겨두겠다.

이제 내 생각을 밝히겠는데—한평생 초자연적 현상을 믿지 않도록 길들여진 나조차 믿을 수밖에 없는 것은, 아우로라 조고이비가 추락하는 순간 무슨 일이 시작됐다는 사실이다—시시한 다툼 따위가 아니라 우리 모두의 삶을 피륙처럼 가르며 점점 길어지고 넓어지는 균열이었다. 아우로라는 안식하려 하지 않고 끊임없이 우리 앞에 나타났다. 아브라함 조고이비는 그녀의 모습을 점점 더 자주 목격했다. 아우로라는 공중정원 상공을 이리저리 떠다니며 복수를 요구했다. 나는 정말 그렇게 믿는다. 그후 벌어진 일은 그녀의 보복이었다. 육체를 벗어버린 그녀는 허공에 둥실둥실 떠 있었다. 그야말로 장엄한 아우로라 봄베이알리스였다. 우리에게 소나기처럼 쏟아진 것은 그녀의 분노였다. 무어 가라사대, 여인을 찾으라. 보라, 불길에 휩싸인 허공에 아우로라의 유령이 날아다닌다. 그리고 나디아도 보라―정녕 봄베이의 딸 나디아 와디아도―내 약혼녀 나디아 와디아도 봄베이처럼 이 이야기의 중심이었다.

그렇다면 이것은 『마하바라타』를 방불케 하는 싸움, 신들마저 편을 갈라 한몫 거드는 트로이전쟁 같은 싸움이 아닐까? 아니올시다. 아니고말고요. 여기 오래된 신은 아무도 없고, 다만 풋내기 신, 즉 인간 나부랭이뿐이니까요. 아브라함-모감보와 '칼자국' 패거리, 만둑과 '다섯 발가락' 패거리, 모두가 인간이었다. 아우로라, 민토, 새미, 나디아, 나. 우리는 비극의 주인공이 아니었고 감히 그렇게 불릴 자격도 없다. 일찍이 카르멘 로보 다 가마가, 불행했던 우리 사하라 외종조할머니가 언젠가 운명을 걸고 '항해 왕자 헨리'와 한바탕 도박을 했다고 해도 굳이 비운의 주사위 한판으로 왕국을 빼앗긴 유디스티라를 떠올릴 필요는 없다. 그리고 남자들이 나디아 와디아를 차지하려 싸운 것은 사실이지만 그녀는 헬레네도 아니고 시타도 아니었다. 분쟁에 휘말린 아름다운 소녀였을 뿐이다. 비극은 우리의 천성에 어울리지도 않았다. 물론 비극이 벌어진 것은 사실이지만, 어마어마한 국가적 비극이었지만, 당시 사건에 가담했던 우리 모두는―직설적으로 말하자면―광대에 불과했다. 광대! 해학극에나 등장하는 어릿광대 주제에 역사의 극장으로 차출된 까닭은 다만 위대한 배우들이 사라진 탓이었다. 한때는 우리 무대에도 거인이 있었지만 한 시대의 끝자락에 이르자 역사의 여신은 남은 찌꺼기를 가지고 그럭저럭 꾸려가는 수밖에 없었다. 요즘은 자와할랄이라는 이름마저 박제 개에게 붙여주는 시대니까.

⟜

　나는 친절을 베푼답시고 새로 생긴 '동생'에게 연락해 우애를 다지기 위한 점심식사를 제안했다. 그런데, 여러분도 그 호들갑을 함께 들었으면 좋았으련만. '아담 조고이비'는—그 이름을 떠올릴 때마다 인용부호를 붙이게 된다—갑작스러운 신분 상승에 당황해 극도로 흥분하고 말았다. 오베로이아우트리거호텔에 있는 폴리네시아 식당으로 갈까? 아니, 아니, 거긴 런천 뷔페만 하는데 나는 누가 시중을 들어주는 집이 좋더라. 차라리 타지마할호텔 해상라운지에서 간단히 먹을까? 아니, 다시 생각해보니 잘나가던 시절을 그리워하는 늙은이가 너무 많겠네. 그럼 '불가' 식당으로 할까? 집에서 가깝고 경치도 좋은데. 아니다, 형, 아무래도 주인 영감 잔소리를 참아내기가 고역이겠지? 차라리 이란 식당에서 뚝딱 먹어치우고 나와버릴까—플로라 분수대 앞에 있는 피르케나 봄베이 A1? 아니, 아무래도 조용한 곳이 나을 테고, 제대로 이야기를 나누려면 느긋하게 앉아 있을 만해야지. 그럼 중국 식당?— 그래, 좋은데, 난킹이랑 캄링 중에서 도저히 선택할 수가 없단 말이야. 그럼 빌리지? 일부러 시골티를 내서 꼴사납지. 너무너무 구닥다리야. 그렇게 갈팡질팡하며 한참 동안 혼잣말을 늘어놓더니(지금까지 옮긴 내용은 군데군데 흥미로운 부분만 발췌한 것이다) 결국 유럽식 요리로 유명한 소사이어티로 결정—아니, 아무렇게나 '찍어버렸다'. 그리고 그곳에 도착한 다음에는 거들먹거리며 딴청을 부렸다.

"딤플! 심플! 핌플!³³⁾ 우리 아가씨들, 다시 사이가 좋아져 참 다행이야—아, 안뇽, 칼리다사, 나는 평소처럼 클라레³⁴⁾ 한 잔, 술잔은 은도금으로—자, 그럼, 무어 형, 내가 '형'이라고 불러도 될까? 좋아, 좋아, 정말 고마워—하리시, 안녕! 누가 그러던데 OTCEI 주식을 사들인다면서? 잘했어! 굉장히 좋은 주식이지. 아직 좀 설익긴 했지만—무어 형, 미안해, 미안해. 이제 형한테만 집중할게, 정말이야—반가워, 프랑수아! 뽀뽀, 뽀뽀!—아, 우린 그냥 너한테 맡길 테니까 뭐든 네 마음대로 차려줘. 다만 버터는 빼고, 튀김류도 빼고, 기름진 살코기도 빼고, 탄수화물도 빼고, 가지도 피해주면 좋겠어. 몸매 관리를 해야 되잖아?—드디어 만났네, 형! 앞으로 잘 지내보자! 정말 신나게 놀아보자고, 응? ㅈ-ㅐ-ㅁ-ㅇ-ㅣ, 재미있게. 혹시 나이트클럽 좋아해? 미드나이트 컨피덴셜, 나인틴 헌드레드, 스튜디오 29, 캐번, 그따위 클럽은 이제 잊어버려. 다 한물갔어. 요즘 나도 투자자로 참여해서 끝내주는 업소 하나를 새로 만들기로 했거든. 이름은 '월드 와이드 웹'을 줄여 'W-3'라고 할 거야. 아니면 그냥 '웹'이라고 하든지. 흠뻑 젖은 사리를 걸친 디제이와 가상현실의 만남! 방그라머핀³⁵⁾에 어울리는 실내 장식과 사이버펑크의 만남! 그리고 온라인 재주꾼. 이 정도면 알 만하지? 그야말로 최첨단이란 말씀이야. ㅊ-ㅗ-ㅣ-ㄱ-ㅗ-ㅗ, 최고라니까."

그때 나는 얼굴이 좀 굳었지만, 그래서 좀 못마땅한 표정이 되었지만, 그게 무슨 상관이랴? 그럴 만하다고 생각했다. 나는 '아담 조고이

---

33) 각각 '보조개' '바보' '여드름'을 뜻하는 별명.
34) 보르도산 레드와인.
35) 인도 펀자브 지방의 민속음악 방그라에 레게음악의 일종인 라가머핀을 접목시킨 장르.

비'의 쉴새없는 공연을, 그 일곱 베일의 연극[36]을 지켜봤고 내 눈치를 살피는 모습도 빠짐없이 지켜봤다. 머지않아 쾌활한 청년 흉내가 안 먹힌다는 사실을 알아차렸는지 그는 목소리를 낮추고 공모하듯 속닥거렸다. "있잖아, 형도 전투 경력이 꽤 화려하다고 들었거든. 유대인 중에서는 굉장히 드문 일이지. 유대인이라면 다들 세계 정복을 꿈꾸는 안경잡이 책벌레인 줄 알았는데 말이야."

그 말도 그리 좋은 반응을 얻지 못했다. 나는 일찍이 유대인이 말라바르해안에서 입지를 다지는 데 크나큰 역할을 했던 유대인 용병에 대해 중얼중얼 몇 마디 내뱉었고, 아담은 내 싸늘한 말투를 듣고 이렇게 말했다. "에이, 그러지 마, 형, 우리끼리 농담도 못해? 에이, 나잖아, 나—마두, 메르, 루치, 안녕, 히야, 너희를 다 보다니 정말 반갑다. 우리 형한테 인사들 해. 자아, 정말 끝내주는 남자니까 누구든 얼른 낚아채라고—무어 형, 쟤들 어때? 방금 걔네들, 패션모델이나 표지 모델로 제일 잘나가는 애들이야. 안타깝게 세상을 떠난 이나 누님보다도 유명하다니까. 그거 알아? 내가 보기엔 쟤들 벌써 형한테 반했어. 정말 고상한 애들이라니까."

'아담 조고이비'를 향한 호감이 시시각각 사라져갔다. 그는 다시 전략을 바꿔 사무적이고 전문적인 태도를 취했다. "형도 재정 상태를 개선하는 게 좋을 거야. 서글픈 일이지만 이제 아버지도 청춘은 아니시잖아. 나도 요즘 아버지 아랫사람들을 만나서 나한테 필요한 것을 구체적으로 의논하고 차근차근 매듭짓는 중이거든."

바로 그 말 때문이었다. 아담을 보면서 왠지 기시감을 느꼈는데 이

---

36) 로마 황제 헤롯왕의 딸 살로메가 세례 요한의 머리를 요구하기 직전에 추었다는 '일곱 베일의 춤'에 빗댄 말.

제야 이유를 깨달았다. 자신의 과거에 대한 이야기를 피하는 버릇, 비위를 맞추거나 호감을 얻으려고 능수능란하게 태도를 바꾸는 재간, 일거수일투족 냉정한 계산에 따른 행동. 나는 전에도 그런 연기에 속아넘어간 적이 있었다. 그러나 카멜레온 같은 변신술이라면 그 여자 쪽이 아담보다 훨씬 더 능숙했고 실수도 훨씬 더 적은 편이었다. 나는 인간의 모습으로 둔갑해 불행을 먹고 사는 외계인에 대한 상상을 떠올리며 부르르 진저리를 쳤다. 지난번엔 암컷이었는데 이번엔 수컷이다. 괴물이 다시 나타났구나.

나는 아담에게 말했다. "너랑 비슷한 여자를 본 적이 있지. 그런데 아우야, 넌 아직 한참 더 배워야겠다."

그러자 아담이 발끈했다. "허어, 나 참. 누구는 이렇게 온갖 노력을 기울이는데 누구는 왜 이렇게 삐딱하게 구는지, 젠장, 알다가도 모르겠네. 형, 아무래도 그런 태도는 바람직하지 않아. 꼴불견이라고. 직업 면에서도 패착이고. 존경스러운 아버지한테까지 대들었다는 말도 들었어. 아버지 연세를 생각해야지! 그래도 아들 하나는 시건방진 말대꾸도 안 하고 그저 맡은 일만 열심히 하니 천만다행이지 뭐."

⌒

새미 하자레는 교외지역 안데리에 살았는데, 그곳엔 각종 경공업 공장이 뒤죽박죽 들어서고—나사렛인조가죽, 바조아유르베다[37] 연구소

---

37) 힌두교에 바탕을 둔 전통 의학.

(잇몸 치료용 바지라단티[38] 치약 전문), 섬즈업콜라병뚜껑, 클레놀라표 식용유, 심지어 소규모 영화 스튜디오까지 있었는데, 주로 광고를 찍는 이 스튜디오는—대문 옆에 걸린 간판에—'남녀 슈턴트맨 상시 대기' '슈동식 (6인조) 기중기 완비' 등을 자랑거리로 내세웠다. 새미의 집은 다 쓰러져가는 단층 목조 방갈로였는데 이미 오래전부터 철거 위기에 처했지만 봄베이의 실상이 흔히 그렇듯 철거팀의 눈에 띄지 않으려 최선을 다하겠다는 듯 악취가 진동하는 공장 뒷담과 땅딸막하고 누르스름한 저소득층 주택가 사이에 숨은 채 아직도 잘 버티고 있었다. 방충문 위에는 잡귀를 쫓는 라임과 청고추를 걸어놨다. 그것 말고는 선명하게 채색한 라마와 코끼리 머리 가네샤가 그려진 케케묵은 달력이 오랫동안 이 집의 유일한 장식품이었다. 그러나 지금은 잡지에서 뜯어낸 나디아 와디아의 사진을 청록색 벽면 곳곳에 스카치테이프로 덕지덕지 붙여놨다. 타지마할호텔에서 열린 와디아 양과 M. 조고이비 군의 약혼식 장면을 담은 사회면 사진도 몇 장 있었는데, 사진마다 펜으로 내 얼굴을 북북 그어놓거나 아예 칼끝으로 긁어냈다. 한두 장은 목을 싹둑 잘라버리기도 했다. 내 가슴에는 욕지거리를 휘갈겨썼다.

새미는 결혼한 적이 없었다. 코가 큰 대머리 난쟁이 디렌드라와 한 집에 살았는데, 삼백 편 이상의 영화에 출연했다고 주장하는 이 단역 배우가 품은 필생의 야망은 출연 작품 수로 기네스 세계기록 보유자가 되는 것이었다. 난쟁이 디렌은 난폭한 새미에게 요리를 해주고 청소를 도맡았으며 필요할 때마다 새미의 양철 손에 기름칠을 해주기도 했다.

---

38) 쥐꼬리망촛과 열대식물.

그리고 밤에는 파라핀 등불을 켜놓고 '양철 나무꾼'의 취미생활을 거들었다. 소이탄, 시한폭탄, 똑딱이 기폭장치[39], 동작감지 폭탄. 집안 전체가—집안 구석구석과 벽장뿐 아니라 단칸방 마룻장 밑에도 구덩이를 파고 잘 숨겨뒀으므로—비밀 무기고였다. 새미는 왜소한 친구 앞에서 무시무시하고 염세적인 만족감을 드러냈다. "누가 우리집을 부수러 오면, 젠장, 너랑 나랑 한바탕 놀아보는 거야."

한때 새미와 나도 친구 사이였다. 손의 생김새는 제각각이었지만 우리는 서로를 피를 나눈 형제처럼 여겼고, 그 몇 년 동안 함께 이 도시의 저승사자로 군림했고, 집에 남은 짜리몽땅한 디렌드라는 질투심 많은 아내처럼 음식을 만들었고, 일을 끝내고 녹초가 되어 집으로 돌아온 새미는 고맙다는 말 한마디도 없이 허겁지겁 먹어치운 후 곧바로 곯아떨어져 엄청난 트림소리와 방귀 소리로 집안을 뒤흔들었다. 그런데 이제 나디아 와디아가 등장했고, 어리석은 새미는 가질 수 없는 여인, 바로 내 약혼녀를 향한 슬픈 사랑에 빠져—적어도 벽면의 사진으로 미뤄 짐작하자면—지긋지긋하게 증오스러운 내 머리통을 송두리째 날려버릴 심산이었다.

한때 '양철 나무꾼'은 라만 필딩의 오른팔, 으뜸가는 조장, 누구보다 아끼는 부하였다. 그러나 나디아에게 반해버린 만둑이 하필 새미에게 그 계집을 조금만 괴롭혀주라는 명령을 내렸고 하자레는 대뜸 반란을 일으켰다. 만둑은 몇 달 동안 새미를 시야에 묶어둔 채 그 싸늘하고 흐리멍덩한 눈으로, 붕붕거리는 먹잇감을 노리는 개구리 같은 눈으로 지

---

39) 방아쇠 또는 기폭장치의 일종.

켜봤다. 이윽고 개구리 전화기가 있는 집무실로 '양철 나무꾼'을 불러 해고를 통지했다.

"널 방출할 수밖에 없겠다. 선수가 시합보다 중요할 순 없잖아. 그런 데 넌 멋대로 규칙을 무시했어."

"그건 아닙니다, 주장님. 여자나 아이는 전투병이 아니잖습니까, 주 장님."

그러자 만둑이 조용히 대답했다. "크리켓도 많이 달라졌어. 이제 보 니 '양철 나무꾼' 넌 좀 고리타분하게 신사적이더라. 그렇지만 새미, 이 제 전면전이 시작됐어."

안데라는 어둠을 뜻하는 말이다. 안데리로 돌아온 '양철 나무꾼' 새 미 하자레는 오랫동안 어둠 속에 우두커니 앉아 있었다. 나디아 와디아 에게 반한 후 처음에는 이따금 나디아 와디아의 전면 컬러사진을 가면 처럼 얼굴에 대고 춤을 추며 온 집안을 뛰어다녔는데, 나디아의 눈으로 세상을 보고 싶어 구멍을 뚫어놓은 사진이었다. 그는 상반신을 선정적 으로 흔들어대며 최신 영화 히트곡을 여자 가성으로 불렀다. "내 촐리[40] 속에 무엇이 있을까요? 내 블라우스 속에 무엇이 있을까요?" 그러던 어느 날, 친구의 끊임없는 집착과 섬뜩한 목소리 때문에 이성을 잃어버린 디 렌드라가 고래고래 소리쳤다. "젖통! 망할 놈의 촐리 속에 젖통 아니면 뭐 가 있겠나? 염병할 놈의 고무풍선!" 그러나 새미는 가녀린 목소리로 꿋 꿋하게 노래를 이어갔다. "사랑이랍니당. 내 블라우스 속에는 사랑이 있답니당."

---

40) 허리를 드러내는 여성복 상의. 보통 사리 속에 입는다.

그러나 이제 노래하는 단계는 지나간 모양이었다. 난쟁이 디렌은 부리나케 집안을 돌아다니며 요리를 하고 농담을 늘어놓고 잔재주를 선보이며—물구나무서기, 공중제비 돌기, 온몸 비틀기 등등—새미를 위로하려 노력했다. 심지어 나디아 와디아를 향한 분노마저 억누르고 지긋지긋한 블라우스 노래까지 불러줬다. 난데없이 나타나서 두 사람의 삶을 순식간에 망친 그 천박한 년. 난쟁이 디렌은 새미에게 그런 생각을 드러내지 않았지만 내심 나디아 와디아에게 몸소 해코지를 하고 싶었다.

마침내 디렌드라는 우울한 새미 하자레에게 생기를 불어넣을 마법의 주문 '열려라 참깨'를 생각해냈다. 식탁 위로 깡충 뛰어올라 정원용 석상 같은 자세를 취하며 신비로운 주문을 외웠다. "RDX[41]!"

새미에게 의리로 인한 갈등 따위는 없었다. 이미 오랫동안 우리 아버지의 돈을 받으며 만둑을 감시하지 않았던가? 가난한 자는 스스로 앞가림을 해야 하므로 양다리를 걸치는 것도 나쁘지 않다. 그래, 양쪽 모두에게 의리를 지킨다면 괜찮은 일이다. 그러나 의리를 아예 모른다면? 그건 좀 난처한 일이다. 게다가 나디아 와디아 문제로 '양철 나무꾼'의 유대관계는—필딩과도, '하자레 조원들'과도, MA당 전체와도, 아브라함과도, 그리고 나와도—모두 끊어졌다. 그는 이제 외톨이였다. 나디아를 차지할 길이 없다고 딴 놈에게 넘겨줄 필요는 없지 않은가? 그리고 내 집이 곧 무너질 판인데 다른 저택이나 고층빌딩을 부수거나 무너뜨리면 안 된다는 법은 또 어디 있는가? 그래, 바로 그거야. 난 온

---

41) 고성능 폭약의 일종.

갖 비밀을 알고 폭탄을 만드는 방법도 안다. 그게 내 적성이고 내가 아직 할 수 있는 일이다. 그는 소리 내어 말했다. "해치워버리자." 날 괴롭힌 놈들한테 '양철 나무꾼'의 매서운 손맛을 보여주리라.

디렌이 말했다. "스턴트맨 내외가 특급 품질을 보증한다더라. 단골한테는 할인도 해준대." 가까운 영화 스튜디오에서 액션 전문으로 활동하는—즉 안전한 섬광과 폭발음을 만들어내는—부부 이인조는 비밀리에 진짜 폭파 작업을 지원하는 일도 겸했다. 비록 조무래기 장사꾼에 불과했지만 '양철 나무꾼'에게는 오랫동안 젤리그나이트, TNT[42], 타이머, 기폭장치, 도화선 따위를 구해주던 가장 믿음직한 공급책이었다. 그러나 RDX 폭약이라니! 스턴트맨 내외가 출세한 모양이다. RDX를 구하려면 우선 주머니가 두둑해야 하고 꽤 대단한 연줄도 필요하다. 액션 전문 부부가 거물급 패거리에게 포섭된 것이 분명하다. RDX가 봄베이로 들어오는 상황이라면, 더구나 스턴트맨 내외가 그 일부를 떼어 남몰래 팔아먹을 정도의 분량이라면 곧 엄청난 사건이 벌어지리라.

새미가 물었다. "얼마래?"

디렌이 깡충깡충 뛰며 소리쳤다. "내가 알아? 어쨌든 취미로 써보려고 사기엔 좀 비싸겠지."

새미 하자레가 말했다. "내가 금을 좀 모아놨어. 현금도 있고. 너도 한밑천 장만했잖아."

난쟁이가 항변했다. "배우생활은 오래 할 수 없어. 늘그막에 쫄쫄 굶으라고?"

---

42) 둘 다 고성능 폭약의 일종.

그러자 '양철 나무꾼'이 대답했다. "우리한테 늘그막 따위는 없어. 머지않아 태양처럼 눈부신 불덩어리가 될 테니까."

↶

내 '동생'과 나는 두 번 다시 점심식사를 함께 하지 않았다. '우리' 아버지도 온 나라의 생혈을 빨아먹던 호시절은 거의 끝났다. 어머니는 일찌감치 세상을 등졌다. 이제 아버지가 추락할 차례였다.

아브라함 조고이비가 봄베이사회의 최고 정점에서 곤두박질친 사연은 이미 속속들이 알려졌다. 추락의 속도와 규모 때문에 더욱 큰 화제가 될 수밖에 없었다. 그런데 이 유감스러운 이야기에서 한 사람의 이름은 철저히 빠지고 다른 한 사람의 이름은 거듭거듭 끊임없이 등장한다.

빠진 이름은, 내 이름. 아버지의 하나뿐인 친아들.

되풀이되는 이름은, '아담 조고이비'. 예전 이름은 '아담 브라간사'. 더 옛날 이름은 '아담 시나이'. 그럼 그전에는? 언론이 고용한 민완 탐정이 열심히 파헤쳐 우리에게 알려준 정보대로 정말 그의 친부모 이름이 각각 '시바'와 '파르바티'였다면, 그리고—자꾸 되풀이해서 죄송하지만—그의 귀가 정말 무지막지하게 크다는 점을 감안한다면, 혹시 '가네샤'가 아니었을까?[43] 물론 이 혐오스러운 코끼리 소년에게는 차라리 '덤보' 같은 이름이—혹은 '구포' '무토' '크루코'가—아니, 그보다

---

43) 파괴의 신 시바와 모신 파르바티의 아들이 가네샤이기 때문이다.

'사부'로 할까—더 잘 어울리지만.[44]

아무튼 이 21세기 소년은, 이 정보고속도로 폭주족은, 내-인생은-내-맘대로라고 부르짖던 이 출세지상주의자는 교활한 찬탈자였을 뿐 아니라 얼간이였다. 그는 절대로 잡히지 않으리라 믿었고, 그래서 우스꽝스러울 만큼 간단히 잡히고 말았기 때문이다. 또한 그는 요나[45]이기도 했다. 모든 일이 그놈 때문에 벌어졌다. 그렇다, 아담이 우리 집안에 들어오는 바람에 연쇄반응이 일어났고, 결국 시오디사의 위대한 권력자가 드높은 권좌에서 떨어졌다. 이제부터 남의 불행을 기뻐하는 내색은 삼가고, 바야흐로 우리 가업의 어마어마한 붕괴 과정에서 중요한 하이라이트를 하나하나 설명할 테니 궁금하신 분은 들어보시라.

거물급 자본가 V.V. 난디, 일명 '악어'가 중앙정부 장관들을 매수해 어마어마한 액수의 나랏돈을 받아냈다는 놀라운 혐의로 구속돼 신문을 받았고, 이 돈으로 봄베이증권거래소를 '조작'할 계획이었다는 사실이 밝혀졌다. 앞에서 언급했던—이른바—'아담 조고이비 나리'도 난디와 동시에 구속됐는데, 사건 당시 '배달책' 역할을 맡았으리라 추정되는 그는 일련번호가 뒤죽박죽인 낡은 지폐로 거액이 담긴 여행가방을 국내에서 손꼽히는 몇몇 저명인사의 사택으로 가져간 것은 사실이지만 '깜박 잊고 그곳에 두고 나왔을 뿐'이라는 교묘한 증언을 변호인에게 남겼다.

---

44) '덤보'로부터 '크루코'까지는 각각 '바보' '멍청이' '얼간이' '사기꾼'을 뜻하며, '사부'는 영화 〈코끼리 소년〉에서 악역으로 데뷔한 인도계 배우의 이름이다.
45) 구약성서 「요나서」에 등장하는 이스라엘의 예언자로, '화를 부르는 사람'을 가리키기도 한다.

'아담 조고이비 나리'의 활동에 대한 폭넓은 수사가 진행됐고―각급 경찰과 사기전담반을 비롯해 여러 관련 기관이 정말 열심히 뛰었는데, 이래저래 스트레스가 많았지만 특히 이번 일로 곤경에 빠진 중앙정부가 몹시 닦달했고, MA당이 장악한 봄베이시 정부도 MA당 대표 라만 필딩의 말을 빌려 '독사 소굴은 신속하고 철저하게 소탕해야 한다'고 촉구했다―머지않아 아담이 더욱더 엄청난 추문에 관련됐다는 사실이 드러났다. 카자나국제은행 간부들이 광범위한 국제적 사기 행각을 일삼았다는 소식, 은행 자산이 이른바 '블랙홀'로 사라져버렸다는 소식, 테러리스트 조직과 손잡았다는 의혹에 대한 소식, 그리고 핵분열 물질, 미사일 발사 시스템, 최첨단 하드웨어와 소프트웨어를 불법 취득했다는 소식 등이 세간에 전해지기 시작하자 다들 귀를 의심할 정도였고, 위조된 선하증권 여러 장에서 아브라함 조고이비가 양자로 삼은 자의 이름이 발견됐는데, 일본에서 도난당한 슈퍼컴퓨터 한 대를 서류에 명시되지 않은 중동 모처로 밀반입하는 까다로운 절차와 관련된 것이었다. 결국 카자나은행은 폭삭 망했고, 이 은행에 차를 담보물로 잡힌 택시기사부터 신문 판매상이나 구멍가게 주인 등등 해외 동포가 많은 세계 각국의 평범한 시민까지 수만 명이 졸지에 파산했다는 사실을 알게 되었고, 시오디사의 금융업 부문 계열사인 카숀델리베리상사가 도산한 은행의 부도덕한―그래서 현재 상당수는 영국이나 미국에서 감옥살이를 하는―경영진과 밀접한 관계였다는 정황도 속속 드러났다. 시오디사의 주가는 끝없이 폭락을 거듭했다. 아브라함은―아브라함마저―거의 빈털터리가 되었다. 그러다 무기밀매 스캔들이 터지고 조직범죄에 직접 개입했다는 신빙성 있는 증언이 나오면서 조직폭력, 마약

밀매, '검은 돈' 대량 거래, 매춘 알선 등이 혐의로 형사소송을 받게 되어 법정으로 불려갈 무렵에는 아브라함이 다 가마가의 재산을 바탕으로 건설한 제국도 멸망해버린 뒤였다. 봄베이 사람들은 혐오감 섞인 경외심을 품고 카숀델리베리타워를 가리키며 조만간 저 빌딩도 어셔가[46]처럼 금이 가서 완전히 무너져버릴지 모른다고 했다.

벽널로 장식한 법정에서 아흔 살 아버지는 모든 혐의를 부인했다. "나는 〈대부〉를 리메이크한 마살라영화 따위에 동참하려고 나온 게 아니오. 인도 발리우드판 모감보 노릇을 할 생각은 전혀 없소." 그는 꼿꼿하고 도도한 자세로 우뚝 서서 만인을 사로잡을 만한 미소를 던졌는데, 오래전에 그의 어머니 플로리가 절망에 빠진 남자의 억지웃음임을 한눈에 알아본 바로 그 미소였다. "코친에서 봄베이까지 아무나 붙잡고 아브라함 조고이비가 어떤 사람이냐고 물어보시오. 후추와 향신료 사업을 하는 점잖은 신사라고 다들 말해줄 거요. 정말 진심으로 하는 말인데, 예나 지금이나 그게 내 참모습이오. 향신료 장사를 하면서 평생을 보냈소."

검찰이 격렬히 반대했지만 보증금 천만 루피로 보석 허가가 떨어졌다. "아직 유죄가 입증되지도 않았는데 이 도시에서 누구 못지않게 귀하신 분을 평범한 유치장으로 보낼 수는 없습니다." 재판장 카치라왈라가 말하자 아브라함은 판사석을 향해 고개를 숙였다. 아직은 그의 영향력이 미치는 곳이 더러 남아 있다는 증거였다. 보석금을 마련하느라 다 가마가가 원래 소유했던 향신료 농장의 토지 문서를 담보물로 내놓

---

46) 에드거 앨런 포의 「어셔가의 몰락」에 등장하는 가문 또는 그 저택.

아야 했다. 어쨌든 아브라함은 무사히 풀려나 엘레판타로, 이미 죽어가는 샹그릴라로 돌아올 수 있었다. 그리고 공중정원 옆의 캄캄한 집무실에 홀로 우두커니 앉아 있던 그는 일전에 새미 하자레가 조만간 철거될 안데리 방갈로에서 내린 결론과 똑같은 결론에 도달했다. 어차피 몰락할 바에는 신나게 싸움이라도 해보고 몰락하리라. 라디오와 텔레비전에서는 라만 필딩이 노인의 몰락을 기뻐했다. "이젠 텔레비전에 나오는 예쁜 아가씨도 조고이비를 구하지 못할 겁니다." 그러더니 느닷없이 꽥꽥거리며 노래를 불렀다. "크게 흥한 놈은 크게 망한다디아. 나디아 와디아, 망한다디아." 그 순간 아브라함은 불쾌하고 단호하고 못마땅한 감탄사를 내뱉으며 수화기를 집어들었다.

그날 밤 아브라함은 전화 두 통을 걸고 한 통을 받았다. 나중에 밝혀진 일이지만 전화회사의 기록에 따르면 첫번째 전화를 받은 곳은 포클랜드 로드의 갈봇집이었고 주인은 '칼자국'이라는 조폭 두목이었다. 그러나 아브라함의 집무실이나 말라바르언덕의 저택으로 여자를 보냈다는 증거는 없다. 아마도 다른 용건이었던 모양이다.

그날 밤, 더 늦은 시각—자정도 훌쩍 지났을 때—아브라함에게 연락한 사람은 이미 백 살도 넘은 돔 민토였다. 그들의 통화를 낱낱이 받아쓴 녹취록 따위는 존재하지 않지만 내가 아버지에게 직접 들은 이야기가 있다. 아브라함은 그날 민토의 음성이 평소처럼 까탈스럽거나 원기왕성하지 않더라고 했다. 시무룩하고 의기소침한 목소리로 대놓고 죽음을 들먹였다. 민토는 말했다. "올 테면 오라죠! 제 인생은 늘 포르노 같았습니다. 인간세상에서 제일 더럽고 지저분한 일을 정말 질리도록 봤습니다." 이튿날 아침, 늙은 탐정은 책상 앞에 앉은 시체로 발견됐다. 담당 수사관 싱 경감이 말했다. "살인사건으로 의심하진 않습니다."

아브라함의 두번째 전화를 받은 사람은 바로 나였다. 아버지의 요청에 따라 나는 한밤중에 텅 빈 카슌델리베리타워를 찾았고 마스터키로 아버지의 전용 엘리베이터를 작동시켰다. 그날 밤 캄캄한 방안에서 아버지의 이야기를 들은 후 나는 돔 민토의 사인에 대해 경감처럼 굳게 확신할 수 없었다. 아버지는 새미 하자레가—아마도 남의 눈에 띌까봐 아브라함이 평소 드나드는 곳은 꺼림칙했는지—민토를 찾아가 자기 어머니의 목을 걸고 아우로라 조고이비의 죽음은 라만 필딩의 명령을 받은 '다섯 발가락' 차간의 청부살인이었다고 증언했다는 이야기를 털어놨다.

"동기가 뭐랍니까?" 내가 외쳐 묻자 아브라함의 눈이 번뜩였다. "네 엄마에 대해서는 내가 얘기했잖냐. 맛만 보고 뱉어버리는 버릇 말이다. 음식이든 남자든 마찬가지였어. 그러다 만둑한테 된통 걸린 거지. 동기는 치정 문제였어. 치정관계. 치정…… 복수극." 그토록 냉혹한 목소리는 처음 들었다. 아우로라의 불륜 때문에 아직도 배알이 뒤틀리는 게 분명했다. 더구나 그런 이야기를 아들에게 털어놔야 한다는 무지막지한 괴로움.

"그럼 범행 수법은요?" 나는 꼭 알아야 했다. 아버지의 대답은 목에 박힌 소형 피하주사기, 비교적 작은 동물을—코끼리는 안 되고 들고양이 정도를—마취시킬 때 사용하는 크기였다. 간파티 축제로 광란이 한창일 때 초파티해안 쪽에서 화살이 날아왔고 어머니는 머리가 어지러워 추락하고 말았다. 조류가 넘실거리는 바위를 향해. 화살은 파도에 휩쓸려 사라졌을 테고, 여기저기 상처가 너무 많아 목 측면에 뚫린 작은 구멍은—찾으려 하지도 않았으므로—아무도 발견하지 못했다.

그날 새미와 필딩이 나와 함께 귀빈용 관람석에 있던 기억은 나지만 차간이 어디 있었는지는 모를 일이었다. 차간은 새미와 함께 만둑의 실내 올림픽에서 바람총[47] 공동 챔피언이기도 했다. 나는 속생각을 소리내어 말했다. "그렇지만 바람총이었을 리 없어요. 너무 멀었다고요. 더구나 밑에서 위로 쏴야 했잖아요."

아브라함은 으쓱 어깻짓을 했다. "그럼 화살총이었겠지. 새미가 구체적인 부분까지 다 설명했다. 아침에 민토가 진술서를 가져올 거야." 그러더니 덧붙였다. "그래 봤자 법정에서는 쓸모없겠지만."

"상관없어요." 내가 대답했다. "그 일은 어차피 판사나 배심원이 판단할 문제가 아니잖아요."

민토는 새미의 진술서를 아브라함에게 전달하기 전에 죽었다. 민토의 서류에서 그런 문서는 발견되지 않았다. 싱 경감은 살인사건으로 의심하지 않는다고 밝혔지만 그건 그의 생각일 뿐이었다. 내가 해야 할 일이 생겼다. 이미 오래전에 도저히 거역할 수 없는 임무가 내 몫으로 떨어졌기 때문이다. 뜻밖에도 어머니의 고뇌하는 망령이 내 어깨 언저리를 맴돌며 응징을 요구했다. 피는 피를 부른다. 나를 죽인 자들의 붉은 피로 내 몸을 씻어 편히 쉬게 해다오.

알겠습니다, 어머니.

---

47) 입으로 불어 화살을 쏘는 긴 나무 대롱.

아요디아의 이슬람 성원이 파괴됐다. 알파벳 패거리, '광신도' 혹은 '신앙심 깊은 성지 해방자'들이(취향대로 골라잡으시라) 17세기에 건설된 바브리 마스지드로 몰려들어 맨손으로, 이빨로, 자연력으로 성원을 조각조각 부숴버렸고, V. 나이폴 경은 이를 '역사에 대한 깨달음'이라고 부르며 느껴워했다. 언론사 사진이 보여주듯 경찰은 역사의 물결이 역사를 말살하는 이 사태를 수수방관했다. 진노랑[48] 깃발이 나부꼈다. 사람들은 끊임없이 힌두 민요를 불렀다. 〈라구파티 라가바 라자 람〉 기타 등등. 이율배반이라는 말이 무엇보다 잘 어울리는 순간이었는데, 기쁨인 동시에 슬픔이었고, 진실인 동시에 거짓이었고, 필연인 동시에 조작이었다. 이 사건은 문을 여는 동시에 닫아버렸다. 끝인 동시에 시작이었다. 카몽시 다 가마가 오래전에 예언했던 바로 그것, 파괴자 라마의 등장이었다.

몇몇 논객이 용감하게 지적했듯 오늘날의 우타르프라데시주 아요디아가 과연 신화 속 아요디아와 동일한 곳인지, 『라마야나』에 등장하는 라마의 고향이 맞는지는 아무도 확신할 수 없었다. 그리고 라마의 출생지 람잔마부미가 그곳에 있다는 믿음도 그리 오래된 것은 아니었으니―미처 백 년도 안 된 이야기였다. 사실 유서 깊은 바브리성원에서 라마의 현신을 보았다고 처음 주장한 사람들은 이슬람교도였고 그때부터 이 모든 일이 시작됐다. 종교적 관용과 다양성을 이보다 더 절묘

---

48) 힌두교의 상징 색.

하게 상징하는 이미지가 어디 있으랴? 그런 환상이 나타난 뒤에도 무슬림과 힌두교도는 한동안 별다른 다툼 없이 이 소중한 성지를 공유했건만…… 그렇게 케케묵은 이야기는 집어치워라! 시시콜콜 따져봤자 백해무익한 일이 아니더냐? 건물은 이미 무너졌다. 지금은 과거를 되돌아볼 때가 아니라 결과를 밝혀야 할 때, 예전에 이랬다면 저랬다면 따질 때가 아니라 그후 벌어진 일을 이야기할 때다.

그후 무슨 일이 벌어졌느냐면, 봄베이의 조고이비박물관에 밤손님이 들었다. 도둑은 솜씨 좋은 전문가였다. 박물관의 보안 시스템은 터무니없이 부실했고 아예 작동하지 않는 구역도 여럿이었다. 그림 넉 장이 사라졌는데 모두 무어 연작으로 미리 골라둔 게 분명했다. 주요한 세 시기의 작품 한 점씩, 그리고 마지막 한 점은 비록 미완성이지만 최고의 걸작인 〈무어의 마지막 한숨〉이었다. 박물관장 지나트 바킬 박사는 라디오와 텔레비전 방송국을 설득해 이 소식을 널리 알리려 했지만 헛수고였다. 아요디아에서 벌어진 일과 그 여파로 발생한 유혈 사태가 방송 전파를 독점해버렸기 때문이다. 라만 필딩이 아니었다면 그런 국보급 명작을 잃어버린 사건이 기사화되지도 못했으리라. 두르다르샨[49] 논평에서 MA당 대표는 성원 파괴와 그림 도난을 관련지었다. "거룩한 인도 땅에서 그렇게 이질적인 작품들이 사라졌다고 아쉬워할 필요는 없습니다. 어차피 새로운 나라가 탄생하면 침략자의 역사는 지워야 할 테니까요."

아니, 이제 우리를 침략자로 취급한단 말인가? 장장 이천 년 세월이

---

49) 인도 국영 방송사.

흘렸건만 여전히 우리를 인도인이 아니라고, 머지않아 '지워버려야' 할 존재라고 여기다니—그렇게 과거를 '말살'하면서 안타까워하거나 슬퍼하지도 않다니. 만둑이 그렇게 아우로라에 대한 추억을 모독한 덕에 나는 결심한 일을 한결 가벼운 마음으로 실행할 수 있었다.

나의 암살 충동을 격세유전으로 설명하는 것은 올바르지 않다. 비록 어머니의 죽음이 계기였지만 이런 특성은 몇 세대를 걸러 불쑥 다시 나타난 게 아니니까! 그보다는 일종의 인척유전이라고 불러야 정확하겠다. 누군가 결혼할 때마다 폭력성이 다 가마가로 유입되지 않았던가? 이피파니아는 흉악한 메네제스가를 불러들이고 카르멘은 살인적인 로보가를 불러들였다. 그리고 아브라함은 처음부터 살인본능을 타고났지만 남들에게 명령하는 방법을 선호했을 뿐이다. 그런 비난을 피할 수 있는 사람은 정말 자상했던 외조부모 카몽시와 벨밖에 없다.

나의 애정관계도 그리 보탬이 되지 않았다. 상냥했던 딜리를 헐뜯을 일은 없지만 우마는, 우리 어머니에게 내가 음욕을 품었다는 오해를 불러일으켜 모정을 빼앗은 우마는 어떨까? 살인을 저지르려 했으나 익살극의 한 장면처럼 머리를 맞부딪치는 바람에 실패한 우마는?

그러나 따지고 보면 군이 조상이나 연인을 원망할 필요도 없다. 내가 폭력배로 보낸 시간은—무엇이든 때려부수는 '쇠망치'였던 기간은—자연의 장난에서 기인했는데, 달리 쓸모가 없는 내 오른손에 엄청난 파괴력을 심어준 탓이었다. 사실 아직 사람을 죽여본 적은 없지만 내가 간혹 사람들을 얼마나 호되게, 얼마나 오랫동안 때렸는지 감안하면 요행이었다고 판단할 수밖에 없다. 라만 필딩에게 내가 판사 겸 배심원 겸 사형집행인을 자임한 까닭은 그것이 나의 본성이기 때문이었다.

문명이란 우리가 스스로에게 본성을 감추려는 속임수일 뿐이다. 너 그러운 독자여, 내 손은 비록 속임수 따위는 잘 몰랐지만 자신의 정체는 알고 있었다.

그러므로 폭력성은 내 개인사에, 내 뼛속에 깊이 박혀 있었다. 내 결심은 한순간도 흔들리지 않았다. 원수를 갚으리라―설령 목숨을 잃을지라도. 당시 나는 죽음에 대한 생각을 떨쳐버리지 못했다. 그런데 드디어 내 초라한 최후에 의미를 부여하는 길을 찾았다. 라만 필딩의 시체를 곁에 둘 수만 있다면 기꺼이 죽을 각오가 되었다는 사실을 깨닫자 막연하게나마 놀라웠다. 그래, 나도 흉악한 광신도가 되었구나. (혹은 정의의 사도, 골라잡으시라.)

폭력은 폭력, 살인은 살인, 두 가지 불의를 합쳐봤자 정의가 되지는 않는다. 나는 이 진리를 충분히 인식하고 있었다. 또한 적의 수준으로 떨어진 사람은 정당성을 잃기 마련이다. 바브리 마스지드가 파괴된 후 인도와 파키스탄 곳곳에서 '비분강개한 무슬림'/'광신적 살인마들'이 (여기서도 여러분의 마음이 가는 대로 파란 색연필을 사용하시라) 힌두교 사원을 때려부수고 힌두교도를 살해했다. 그렇게 집단 폭력이 난무할 때는 '누가 시작했나?'를 따지는 일조차 무의미하다. 죽음을 부르는 난장판에서는 정의는 고사하고 정당화조차 불가능하다. 그런 상황은 모두를 휩쓸어버린다. 좌충우돌, 힌두교도와 무슬림, 칼과 총, 죽이고 불사르고 약탈하고, 피투성이 주먹을 불끈 쥐고 연기 자욱한 허공을 휘젓는다. 그들의 행동으로 양 진영의 집이 차례로 무너진다. 어느 쪽이든 자기네가 옳다고 주장할 권리를 포기한 셈이다. 그들은 서로에게 역병과 다름없다.

나도 예외가 아니다. 너무 오랫동안 폭력을 일삼았고, 라만 필딩이 텔레비전에 출연해 우리 어머니를 모욕한 바로 그날 밤, 그의 가증스러운 목숨을 잔인하게 끊어버렸다. 그럼으로써 나 자신에게 재앙을 불러들였다.

〜

필딩의 저택에서는 밤마다 정예 요원이 두 명씩 여덟 개조로 담장 부근을 순찰하며 세 시간 동안 보초근무를 섰다. 나는 그들끼리 사용하는 별명까지 대부분 알고 있었다. 사납기 짝이 없는 셰퍼드 네 마리가(가바스카르, 벵사르카르, 만카드, 그리고—그들의 주인에게 편견이 없다는 표시로—아자루딘[50]) 정원을 지켰다. 그렇게 개로 둔갑한 크리켓 선수들이 쓰다듬어달라고 내게 다가와 꼬리를 살랑살랑 흔들었다. 집으로 들어가는 문 앞에도 경비원이 있었다. 역시 내가 잘 아는 깡패들인데도—각각 '오만상'과 '재채기'로 불리는 젊은 거한이었다—머리끝부터 발끝까지 내 몸을 샅샅이 검사했다. 나는 무기를 가져가지 않았다. 어쨌든 그들이 내게서 압수할 수 있는 무기는 아무것도 없었다. 두 문지기 중에서 더 어리고 늘 코가 막혀 고생하는, 그래서인지 오히려 더 수다스러운 '재채기'가 내게 말했다. "오드든 옛달로 도다간 기분이네오. 아까 양털 나부꾼 헉님도 인사타 들렀거덩요. 아바 다시 드더

---

50) 모두 인도의 유명 크리켓 선수로, 모함마드 아자루딘만 무슬림이다.

오고 싶은 모양인데, 두당님이 워낙 냉덩한 분이닿아요." 나는 새미를
못 만나 아쉽다고 말했다. 그런데 '다섯 발가락'은 잘 지내냐? 그러자
젊은 경비원이 중얼거렸다. "하다데 혁님이 안뜨러운가바오. 두 부디
한단하더 나가덨떠오." 그러다 동료가 뒤통수를 탁 때리자 입을 다물었
다. "쇠방티 혁님이닿아오." 그렇게 툴툴거리더니 엄지와 검지로 코를
팽 풀었다. 콧물이 사방으로 튀었다. 나는 황급히 물러섰다.

차간이 집을 비우다니 뜻밖의 행운이었다. 그는 말썽을 미리 알아차
리는 육감을 넘어 칠감까지 지녔는데, 내가 필딩뿐만 아니라 차간까지
제압해야 하는 상황에서 집이 떠나가라 소란을 피우지 않고 무사히 탈
출할 가능성은 조금도 없었기 때문이다. 애당초 기대하지도 않은 터였
다. 그런데 다행히 차간이 이곳에 없다니, 살아서 이 집을 빠져나갈 기
회가 생긴 셈이었다.

둘 중에서 과묵한 놈, 남의 뒤통수 때리기 좋아하는 놈, 즉 '오만상'
이 내게 용건을 물었다. 나는 아까 정문 앞에서 했던 대답을 되풀이했
다. "주장님한테만 말씀드릴 일이다." 그러자 '오만상'이 못마땅한 표정
을 지었다. "그건 안 됩니다." 나는 인상을 팍 썼다. "나중에 주장님이 아
시면 네가 다 책임져라." 그러자 녀석도 어쩔 수 없는지 퉁명스럽게 말
했다. "다행히 오늘은 주장님이 나랏일 때문에 밤늦도록 일하십니다.
제가 여쭤볼 테니 기다리십쇼." 잠시 후 녀석이 돌아오더니 성난 엄지
손가락으로 안쪽을 가리켰다.

만둑은 앵글포이즈 램프[51]의 누르스름한 불빛 아래서 일하는 중이

---

51) 탁상용 스탠드의 일종.

었다. 안경을 낀 커다란 머리통이 절반은 빛을 받고 절반은 어둠에 묻혀 있었다. 거대한 몸뚱이도 대부분 어두컴컴했다. 혼자 있나? 판단하기 힘들었다. 만둑이 꽥꽥거렸다. "쇠망치, 쇠망치, 오늘밤은 무슨 일로 왔나? 아버지 심부름인가, 아니면 그 영감탱이를 배신하는 일인가?"

"전할 말씀이 있습니다." 내가 말했다.

그러자 만둑이 고개를 끄덕였다. "그럼 전해."

나는 대답했다. "혼자만 들으셔야 합니다. 마이크는 좀 곤란합니다." 오래전 필딩은 미국 대통령 닉슨이 자기 집무실에 도청장치를 설치한 일에 대해 감탄한 적이 있었다. "역사의식이 있는 놈은 다르다니까. 배짱도 두둑하고. 그래서 모든 대화를 녹음한 거지." 그때 나는 바로 그 테이프 때문에 닉슨이 결국 대통령 자리에서 물러났다는 사실을 지적했다. 그러나 필딩은 코웃음을 치며 내 반론을 무시하고 단언했다. "내가 뱉은 말 때문에 내가 망할 일은 없잖아. 내 사상은 곧 내 운명이야! 언젠가는 꼬맹이들이 학교에서 내 연설문을 공부하게 될 거라고."

그래서, 마이크는 좀 곤란합니다. 필딩은 불빛 속에서 입이 찢어져라 헤벌쭉 웃었다. 개구리가 아니라 체셔고양이[52] 같은 표정이었다. 그러더니 다정하게 핀잔을 주었다. "쇠망치 자네는 기억력이 너무 좋아서 탈이야. 그럼 가까이, 이리 가까이 와. 어디 귓속말로 다정하게 속삭여봐."

나는 이미 늙어버렸다. 필딩에게 다가갈 때는 걱정이 끼쳤다. 혹시 예전의 KO 펀치가 사라졌으면 어쩌나. 힘을 주세요. 누군가에게 기도

---

52) 『이상한 나라의 앨리스』에 등장하는 고양이.

했다. 아우로라의 유령에게 하는 말이었는지도 모른다. 마지막으로 한 번만 더. 쇠망치 같은 주먹을 휘두르게 해주세요. 연두색 개구리 전화기가 책상 위에서 나를 쳐다봤다. 아, 나는 그 전화기를 몹시 싫어했다. 내가 만둑을 향해 고개를 숙이는 순간 만둑이 번개처럼 왼손을 들어 내 목덜미의 머리카락을 움켜쥐더니 내 입을 자신의 머리통 왼쪽에 밀어붙였다. 그 바람에 순간적으로 균형을 잃었고, 유일한 무기인 오른손을 표적에 명중시킬 수 없게 되었다는 사실을 깨닫고 흠칫 놀랐다. 그러나 내가 책상 모서리에 부딪힌 순간 왼손이―타고난 천성을 무시하고 한평생 억지로 사용법을 익혀야 했던 바로 그 왼손이―우연찮게 전화기를 건드렸다.

"우리 어머니의 전갈이다." 그렇게 속삭이며 연두색 개구리로 필딩의 면상을 찍어버렸다. 놈은 찍소리도 내지 못했다. 놈의 손가락이 내 머리카락을 놓았지만 개구리 전화기는 자꾸 놈에게 입맞춤을 하고 싶어했고, 그래서 기꺼이 입맞춤을 하게 해줬고, 있는 힘껏, 더 힘껏, 더욱더 힘껏, 마침내 손아귀에서 플라스틱이 깨져 전화기가 조각조각 부서졌다. '형편없는 싸구려였군.' 그런 생각을 하며 전화기를 내려놨다.

⌐

라마가 아름다운 시타를 납치한 랑카[53]의 왕 라바나를 죽이는 대목.

---

53) 힌두신화에 등장하는 섬나라로, 지금의 스리랑카.

승패를 가늠할 수 없는 싸움이 한창일 때

진노하신 라마께서 불현듯 천상의 불을 뿜는

브라흐마의 무서운 무기를 잡으셨더라!

일찍이 성자 아가스티아가 이 영웅에게 바쳤던

인드라의 번개처럼 재빠르고 벼락처럼 치명적인 무기가

연기와 불길에 휩싸인 채 둥그런 활을 박차고 날아가

라바나의 무쇠심장을 단숨에 꿰뚫자 호걸은 쓰러져 숨을 거두고⋯⋯

맑은 하늘에서 문득 라구의 용맹한 아들을 상찬하는 음성이 들렸더라.

"참되고 정의로운 용사여! 실로 위대한 과업을 이루었도다!"[54]

아킬레우스가 파트로클로스를 살해한 헥토르를 죽이는 대목.

그러자 빛나는 투구를 쓴 헥토르가

기진하여 가로되, "바라건대

네 목숨과 두 무릎과 양친을 생각해서라도

부디 아카이아 함대 앞에서

개들이 내 시체를 뜯어먹는 일은 없도록⋯⋯"

그러나 날랜 아킬레우스는 헥토르를 노려보며,

"내 무릎과 어버이를 들먹이며 애원치 마라.

네놈이 한 짓만 떠올리면

다만 네 살을 저며 날로 삼킬 만큼

---

54) 고대인도의 대서사시 『라마야나』에서 인용.

모질지 못하여 아쉬울 뿐,

개들로부터 네놈을 지켜줄 자 아무도 없으니……

……개떼와 새떼가 남김없이 먹어치우리."[55]

어떤 차이가 있는지 보라. 라마는 천상의 파멸병기를 사용했건만 나는 고작 원거리 통신용 개구리로 만족하는 수밖에 없었다. 그리고 일을 끝마친 뒤에도 하늘에서 내 과업을 칭찬하는 목소리는 들려오지 않았다. 아킬레우스와 비교하자면, 나는 창자를 뜯어먹을 만큼 잔인하지도 못했고(말하고 보니 먼 옛날 죽은 영웅 함자[56]의 심장을 씹었다는 메카의 힌드라는 여인이 떠오른다) 그렇게 시적인 명언을 남기지도 못했다. 그나마 아카이아의 개떼와 짝을 이룰 만한 놈들은 봄베이에도 얼마든지 있었지만……

……라바나를 죽인 후 라마는 쓰러진 적에게 성대한 장례식을 베풀어 영웅다운 면모를 보였다. 그러나 이 위대한 영웅 중에서도 너그러움으로 따지자면 한참 아랫길에 속하는 아킬레우스는 헥토르의 시체를 '전차 꽁무니'에 매달고 파트로클로스의 무덤 둘레를 세 바퀴나 돌았다. 나로 말하자면, 영웅호걸의 시대에 태어나지 못했으므로 희생자의 시신을 예우하지도, 모독하지도 않았다. 그저 내 안위에 대한 생각, 살아남아 탈출해야 한다는 생각뿐이었다. 필딩의 숨이 끊어진 후 얼굴이 문 반대쪽을 향하도록(어차피 얼굴 따위는 남아 있지도 않았지만) 의자를 돌려놨다. 놈의 두 발을 책꽂이에 올려놓고 두 팔을 포개어 너

---

55) 『일리아스』에서 인용

56) 선지자 무함마드의 숙부.

덜너덜한 상처를 가렸다. 마치 격무에 지쳐 잠들어버린 듯한 모습이었다. 그다음에는 조용하고 신속하게 돌아다니며 녹음기를 찾았다. 만일의 경우에 대비해 두 대를 설치했을 터였다.

둘 다 어렵잖게 찾아냈다. 필딩은 기록에 대한 열망을 굳이 감추려 하지도 않았거니와 집무실 벽장—잠가두지도 않았다—속에서 테이프가 원무를 추듯 서서히 돌아가는 소리가 어둠 속에서도 위치를 알려줬기 때문이다. 나는 테이프를 길게 뜯어내고 그대로 주머니에 쑤셔넣었다.

이제 이곳을 벗어나야 했다. 방을 나선 후 일부러 더욱더 조심스럽게 문을 닫고 '오만상'과 '재채기'에게 속닥거렸다. "주장님은 주무시니 깨우지 마라." 그것으로 위기는 넘겼지만 과연 이 집을 무사히 빠져나갈 수 있을까? 고함소리, 호루라기 소리, 총소리가 귓가에 쟁쟁하고, 탈바꿈한 크리켓 선수 네 마리가 내 목을 노리고 으르렁거리며 뛰어오르는 장면이 눈에 선했다. 발걸음이 저절로 빨라졌다. 나는 애써 속력을 늦추다 아예 걸음을 멈췄다. 가바스카르, 벵사르카르, 만카드, 아자루딘이 다가와 내 정상적인 손을 핥았다. 나는 무릎을 꿇고 그들을 안았다. 이윽고 일어나서 개와 뭄바데비상을 남겨둔 채 정문을 빠져나갔고, 카숀델리베리타워의 회사 차량 중에서 골라온 메르세데스벤츠에 올라탔다. 출발할 때 문득 궁금했다. 과연 누가 먼저 나를 잡을까. 경찰일까, '다섯 발가락' 차간일까. 나는 차라리 경찰이길 바랐다. 조고이비 선생, 벌써 두번째 시체잖아. 도무지 조심성이 없군. 너무 엉망이라 어처구니가 없어.

그때 뒤쪽에서 짐승이 울부짖는 소리가 들렸는데, 그렇게 큰 소리를 내는 짐승이 있을 리 없고, 다음 순간 거인의 손이 내 차를 휙휙 두 바퀴 돌리더니 뒷유리를 박살냈다. '머스디즈'의 시동이 꺼졌고 차는 반대쪽을 향하고 있었다.

어느새 해가 중천에 떴나? 제일 먼저 떠오른 생각은 「바다코끼리와 목수」[57]였다. "달님은 시무룩하게 빛났다네./아니, 어째서 해님이/아직도 버티고 있을까,/낮은 벌써 지나갔건만./그래서 달님은 중얼거렸네. '정말 무례하잖아./느닷없이 나타나 흥을 깨다니!'" 두번째로 떠오른 생각은, 비행기가 추락했나? 그때 불길이 하늘 높이 치솟고 비명이 터져나왔다. 나는 비로소 필딩의 집에서 무슨 일이 벌어졌음을 깨달았다. '재채기'의 목소리가 다시 들렸다. '아까 양털 나부꾼 헉님도 인사차 들렀거덩요.'

'양철 나무꾼'의 마지막 인사였다. 쫓겨난 늙은 투사의 작별인사였다. 폭파범 새미는 대체 어떤 방법으로 경비원의 몸수색을 따돌리고 폭탄을 집안으로 몰래 들였을까? 내가 생각해낸 해답은 하나뿐이었다. 양철 손에 감췄구나. 그렇다면 꽤 작은 폭탄이었으리라. 그 속에 다이너마이트 여러 개를 넣을 공간은 없을 테니까. 그렇다면 뭘까? 플라스틱 폭약, RDX, 셈텍스[58]? 나는 생각했다. '축하한다, 새미. 소형화에 성공했단 말이지? 와아와아. 만둑한테 최신 명품을 선물했구나.' 이제 만둑은 아무도 내쫓지 못하리라. 문득 내가 산송장을 죽였다는 생각이 들었다. 내가 들어갔을 때 만둑은 아직 살아 있었지만 새미가 나보다 먼저 KO 펀치를 먹인 뒤였기 때문이다.

---

57) 『거울 나라의 앨리스』에 실린 이야기시.
58) 체코슬로바키아에서 개발한 고성능 플라스틱 폭약.

조금 더 시간이 걸리긴 했지만 만둑의 시신이 별로 남아나지 못했겠다는 생각도 했다. 고맙게도 새미가 말끔히 처리해줬으니까. 그렇다면 십중팔구 나는 범죄를 저질렀다는 의심조차 받지 않을 터였다. 다만 살아 있는 라만 필딩을 마지막으로 목격했으니 이런저런 질문에 답해야겠지. 차는 처음 시도하자마자 고분고분 시동이 걸렸다. 사방에 연기가 자욱하고 너무나 익숙한 악취가 코를 찔렀다. 많은 사람이 갈팡질팡 뛰어다녔다. 이제 떠날 때였다. 후진으로 골목을 빠져나갈 때 어디선가 난데없이 고깃덩어리가—대부분 뼈째—후드득 쏟아지기라도 했는지 굶주린 개들이 컹컹 짖어대는 소리가 들리는 듯했다. 그리고 독수리떼가 일제히 퍼덕거리는 소리.

⌒

아브라함 조고이비가 말했다. "떠나라, 빨리 빠져나가. 돌아오지 마라."

공중 과수원에서 아버지와 마지막 산책을 할 때였다. 내가 반드라에서 일어난 살인사건에 대해 보고한 뒤였다. 아버지가 말했다. "그럼 이제 하자레가 어디로 튈지 모르겠구나. 상관없다. 대수롭지 않은 일이야. 어느 공급책이 몰래 뒷거래를 하는 모양이니 손을 좀 봐줘야겠지. 어쨌든 네 문제는 아니다. 넌 이제 아무것도 신경쓸 필요 없어. 그러니 잘 가라. 어서 가. 떠날 수 있을 때 떠나."

"여긴 어떻게 되는 거죠?"

"네 동생은 감옥에서 썩어야겠지. 다 끝날 거야. 나도 끝났어. 그렇지만 내 최후는, 아직 시작되지도 않았지."

나는 바구니에서 잘 익은 사과 한 알을 집어들고 마지막 질문을 던졌다. "언젠가 바스쿠 미란다가 아버지한테 이 나라는 우리가 살 곳이 아니라고 했죠. 아버지가 방금 하신 말씀은 그때 그 아저씨도 했던 얘기예요. '매콜리 떨거지들, 꺼져버려라.' 그럼 결국 아저씨 말이 옳았던 건가요? 떠나라, 서양으로 가라? 그래요?"

"서류는 다 유효하냐?" 권력을 빼앗긴 아브라함은 내가 보는 앞에서 시시각각 늙어가는 듯했다. 마치 불사신이던 사람이 샹그릴라의 마법 문을 빠져나와 걸음을 옮기는 것 같았다. 그러나 나는 고개를 끄덕였다. 내 서류는 모두 유효했다. 여러 차례 갱신해야 했지만 스페인으로 건너가는 통행권은 어머니가 내게 남겨주신 유산이었다. 다른 세계로 통하는 창.

"그럼 가서 직접 물어봐." 아브라함은 절망적인 미소를 지으며 내 곁을 떠나 나무 사이로 들어갔다. 나는 사과를 도로 내려놓고 돌아섰다.

"어이, 모라이시!" 등뒤에서 아버지가 불렀다. 뻔뻔스럽게 웃고 있었지만 패배자의 모습이었다. "에라이, 덜떨어진 놈아. 그 그림을 훔쳐간 놈이 미치광이 미란다가 아니면 누구겠냐? 가서 찾아봐, 이 녀석아. 네 소중한 팰림프스타인을 찾아봐. 무어리스탄을 찾으란 말이야." 그러더니 마지막 명령을 내렸는데 아버지로서는 최대한의 애정 표현을 한 셈이었다. "저 망할 놈의 똥개새끼도 데려가라." 나는 자와할랄을 겨드랑이에 끼고 천상의 정원을 빠져나갔다. 동트기 직전이었다. 지평선 주변이 붉게 물들어 지상과 하늘을 갈랐다. 마치 누군가 혹은 무엇인가가 울고 있는 듯했다.

봄베이가 산산이 부서졌다. 내가 들은 바에 따르면, RDX 300킬로그램이 사용됐다. 나중에 2500킬로그램이 더 발견돼 압류했는데 일부는 봄베이에서, 나머지는 보팔 근처에 있던 트럭에서 나왔다. 타이머와 기폭장치 따위도 있었다. 이 도시 역사를 통틀어 그런 일은 처음이었다. 이토록 냉혹하고 계획적이며 잔인한 일은 일찍이 없었다. 쾅! 초등학생이 가득 탄 버스. 쾅! 인도항공 건물. 쾅! 열차, 살림집, 공동주택, 선착장, 영화 스튜디오, 공장, 식당. 쾅! 쾅! 쾅! 상품거래소, 사무실 건물, 병원, 도심 한복판의 제일 붐비는 상점가. 육체 파편이 사방에 즐비했다. 사람과 동물의 피, 내장, 뼈. 지붕마다 고기를 실컷 뜯어먹고 나른해진 독수리가 기우뚱한 자세로 내려앉아 식욕이 돌아오기를 기다렸다.

누가 그랬을까? 아브라함의 적이던 자들도 많이 당했는데—경찰, MA당 간부, 경쟁 조직의 범죄자 등등. 쾅! 아버지는 죽기 직전 전화 한 통을 걸었고 그때부터 대도시 곳곳에서 폭발이 일어났다. 그러나 엄청난 능력을 가진 아브라함일지라도 과연 그렇게 많은 폭발물을 마련할 수 있었을까? 무고한 사람이 무수히 죽었는데 폭력 조직 사이의 충돌이었다는 말로 다 설명할 수 있을까? 힌두교도 거주지와 무슬림 거주지가 모두 공격을 당하고 남녀노소 모두가 목숨을 잃었건만 그들의 죽음에 숭고한 의미를 부여하는 사람은 아무도 없었다. 대체 어떤 마귀가 무슨 억하심정으로 이렇게 천지간을 휩쓸며 우리에게 불벼락을 퍼붓는가? 이 도시가 자살이라도 하려는 것일까?

아브라함이 전쟁을 일으켰고 닥치는 대로 재앙을 흩뿌렸다. 그것으로 어느 정도는 설명이 된다. 그러나 충분하지는 않다. 전부는 아니다. 나도 전부를 알지는 못한다. 아는 데까지만 이야기할 뿐이다.

그러나 내가 알고 싶은 건, 누가 엘레판타를 죽였나, 누가 우리집을 살해했나? 누가 그 집을, '람바잔 찬디왈라' 보르카르를, 미스 자야 헤를, 그리고 마법 요리책을 쓴 에제키엘을 벽돌과 모르타르와 더불어 한꺼번에 박살내버렸나? 내 손에 죽은 필딩의, 혹은 프리랜서 하자레의 복수였을까, 아니면 지하세계에서 오랜 세월을 보낸 우리 같은 사람도 알아차리지 못할 만큼 깊디깊은 곳에서 일어난 역사적 움직임이었을까?

봄베이는 중심이었다. 언제나 그랬다. 광신적인 '가톨릭 국왕'이 그라나다를 포위한 채 알람브라의 몰락을 기다렸듯 지금 우리 문밖에도 온갖 만행이 닥쳐왔다. 오, 봄베이! 인도의 으뜸! 인도의 관문이여! 서쪽을 바라보는 동방의 별이여![59] 그라나다처럼—아랍어로 알가르나타처럼—너도 네 시대의 자랑거리였다. 그러나 이제 암담한 시대가 찾아왔고, 나스르왕조의 마지막 술탄 보압딜이 소중한 보물을 지켜낼 힘이 없었듯 우리도 역부족이라는 사실이 밝혀졌다. 야만인은 우리의 문밖뿐 아니라 우리의 피부 속에도 있기 때문이다. 우리는 우리 자신의 목마였고 저마다 파멸의 씨를 품고 있었다. 도화선에 불을 붙인 사람은 아브라함 조고이비나 '칼자국', 혹은 이런저런 광신도, 혹은 이런저런 미치광이였는지 모르지만 정작 폭발은 우리 몸뚱이에서 터져나왔

---

59) 루슈디의 모교이자 뭄바이의 사립학교인 존커넌가톨릭학교의 교가 가사.

다. 우리는 폭파범인 동시에 폭탄이었다. 폭발한 것은 우리가 지닌 악이었으니—물론 예나 지금이나 우리 내부뿐 아니라 경계선 너머에도 악이 도사리고 있는 것이 사실이지만 군이 바깥에서 원인을 찾을 필요는 없다. 우리는 스스로 두 다리를 잘라버렸다. 몰락을 자초했다. 그리하여 이 마지막 순간에 우리는—너무 나약해서, 너무 부패해서, 너무 하찮아서, 너무 한심해서—지키지 못한 것을 생각하며 눈물을 흘릴 뿐이다.

　—흥분해서 죄송합니다요. 잠시 이성을 잃었습죠. 늙은 무어는 앞으로 한숨을 쉬지 않겠습니다—

　　　　　　　　⌒

　쿰발라언덕의 조고이비박물관이 소이탄으로 산산조각날 때 지나트 바킬 박사도 목숨을 잃었다. 그림은 단 한 점도 살아남지 못했고, 그리하여 우리 어머니 아우로라는 돌이킬 수 없는 과거의 왕국에 가까운 곳으로—평생의 업적을 잃어버린, 그래서 자신의 조각품처럼 머리도 없고 팔도 없는, 그렇게 무력한 유령이 모인 섬뜩한 정원의 변두리로—건너갔다. (나는 겨우 한 줌의 작품으로 우리에게 알려진 치마부에[60]를 떠올린다.) 〈추문〉은 살아남았다. 조고이비박물관측에서 영구임대 형식으로 델리국립박물관에 빌려준 이 그림은 지금도 그곳에서 암리타 셔길의 작품을 당당히 마주보고 있다. 그 밖에도 몇 작품이 남았다. 초

---

60) 13세기 이탈리아 화가·공예가. 피렌체화파의 시조로 불리지만 확인된 작품은 열 점 미만이다.

기 칩칼리 그림 넉 점, 〈검둥개는 꺼멍꺼멍……〉, 신랄하고 고통스러운 〈벌거숭이 무어〉. 모두 인도나 해외 각지에 대여된 덕분에 운좋게 살아남았다. 저 말썽 많은 크리켓 상상화 〈아바스 알리 베그의 입맞춤〉도 와디아 모녀의 거실 벽에 걸린 채 무사히 살아남았으니 얄궂은 일이다. 여덟 점. 그리고 암스테르담시립미술관 소장품, 테이트갤러리 소장품, 고블러 컬렉션. 개인이 소유한 '적색 시대' 그림 몇 점. (이 시대의 작품 대부분은 아우로라가 손수 없앴으니 이 얼마나 얄궂은 일인가!)

그래도 치마부에의 작품보다는 많이 남았다. 그러나 다작으로 유명한 여인이 생산한 작품 총량에 비하면 정말 한 줌에 지나지 않는다.

그리하여 이제 도둑맞은 아우로라의 작품 넉 점이 현존 작품에서 중요한 비중을 차지하게 되었다.

ᗐ

폭파사건이 일어나던 날 아침, 미스 나디아 와디아는 초인종소리를 듣고 몸소 문을 열었는데, 새벽녘에 장보러 나간 가정부가 아직 돌아오지 않은 탓이었다. 문 앞에는 만화 등장인물 두 명이 서 있었는데, 카키색 옷을 입은 난쟁이, 그리고 얼굴과 손이 양철로 된 사내였다. 비명과 폭소가 나디아의 목구멍에서 충돌을 일으켰다. 그러나 나디아가 미처 소리를 내기도 전에 새미 하자레가 단도를 휘둘러 그녀의 얼굴을 두 차례 그어버렸는데, 두 개의 평행선이 우측 상단에서 좌측 하단으로 이어지면서도 두 눈은 전혀 건드리지 않은 절묘한 솜씨였다. 그녀는 그대로 의식을 잃고 현관 매트 위에 쓰러졌는데, 이윽고 정신을 치러보니

걱정스러워 어쩔 줄 모르는 어머니의 무릎을 배고 누워 있고, 입가에
는 피가 흥건했고, 정체불명의 괴한은 이미 사라져 다시는 나타나지 않
았다.

⌣

　폭파사건 당시 마하구루 쿠스로도 목숨을 잃었다. '아담 조고이비'가
성장한 브리치캔디의 분홍색 고층빌딩도 파괴됐다. 반드라의 시궁창
에서 '다섯 발가락' 차간의 시체가 발견됐는데 목에 단도로 그은 깊은
상처 몇 개가 입을 쩍쩍 벌리고 있었다. 도비탈라오의 노변 식당, 오래
된 고전 〈가이왈라〉를 와이드스크린으로 리메이크한 작품을 상영하던
극장, '불가' 식당과 파이어니어카페 모두 사라졌다. 그리고 단 한 명
남은 친누이 플로리아스 수녀도 미래를 제대로 예견하지 못했다는 사
실이 밝혀졌다. 폭탄이 그라티아플레나 요양원과 수녀원을 덮쳤을 때
미니도 사망했기 때문이다.
　콰앙! 콰앙! 누이, 친구, 그림, 단골집뿐 아니라 감정도 산산이 날아
가버렸다. 목숨이 그토록 하찮아진 상황에서, 광장에 머리통이 통통 굴
러다니고 길거리에서 목 잘린 시체가 덩실덩실 춤을 추는 상황에서, 한
사람 한 사람의 때 이른 죽음을 일일이 슬퍼할 겨를이 있을까? 자신의
죽음이 임박했다고 한들 걱정할 겨를이 있을까? 참사 후에는 더 큰 참
사가 벌어졌다. 진짜 중독자처럼 우리는 점점 더 많은 양의 마약을 원
하는 듯했다. 재앙은 이 도시의 일상이 되었고 우리 모두는 재앙의 소
비자, 좀비, 언데드였다. 넌더리를 내면서, 그리고―너무 자주 사용되

는 낱말을 모처럼 올바르게 사용하자면―충격에 휩싸인 채 나는 오히려 초연하고 고고한 경지로 접어들었다. 내가 아는 도시가 죽어갔다. 내 육신도 마찬가지였다. 아무러면 어떠랴? 케 세라 세라……

그리고 불가피한 일이 결국 일어났다. '양철 나무꾼' 새미 하자레와 그 옆에서 결연히 종종걸음을 치는 난쟁이 디렌드라가 보무당당하게 카숀델리베리타워 로비로 쳐들어갔다. 둘 다 몸통과 다리와 등에 폭탄을 주렁주렁 매달고 있었다. 디렌드라는 기폭장치 두 개를 들었고 새미는 검을 휘적휘적 휘저었다. 빌딩 경비원들은 폭파범이 용기를 내려고 헤로인을 들이마셔 눈꺼풀이 무겁게 내려앉고 온몸이 근질거리는 상태라는 사실을 한눈에 알아차리고 겁에 질려 주춤주춤 물러났다. 새미와 디렌은 전용 엘리베이터를 타고 31층으로 올라갔다. 경비실장은 아브라함 조고이비에게 연락해 빽빽거리는 목소리로 위험을 알리며 이런저런 변명을 늘어놨다. 아브라함이 퉁명스럽게 말을 끊었다. "전원 대피시켜." 알려진 바에 따르면 그것이 그의 마지막 말이었다.

타워 직원들은 미친듯이 길거리로 뛰쳐나갔다. 그러나 불과 육십 초 후 카숀델리베리타워 꼭대기의 거대한 아트리움이 폭죽처럼 터지며 무수한 유리 칼날이 소나기처럼 쏟아져 도망치는 직원들의 목 등 허벅지를 찌르고 그들의 꿈과 사랑과 희망을 꿰뚫었다. 유리 칼날 다음에는 장맛비가 쏟아졌다. 폭발 때문에 건물에 갇혀버린 직원도 많았다. 엘리베이터도 움직이지 않고, 계단도 무너지고, 사방에서 불길이 치솟더니 시꺼멓고 탐욕스러운 연기가 구름처럼 피어올랐다. 자포자기한 사람들은 유리창을 부수고 뛰어내려 허우적거리다 목숨을 잃었다.

마지막으로 아브라함의 정원이 축복처럼 쏟아졌다. 외국에서 들여

온 흙, 영국산 잔디, 낯선 꽃들이―크로커스, 수선화, 장미, 접시꽃, 물 망초 등등―백 베이 간척지 쪽으로 우수수 떨어졌다. 외국 과일도 많 았다. 나무가 통째로 날아올라 우아하게 하늘 높이 솟구쳤다 거대한 포 자처럼 너울너울 지상으로 내려앉기도 했다. 허공에는 인도 토종이 아 닌 새의 깃털이 며칠 동안이나 날아다녔다.

후추알, 온갖 커민, 계피 막대, 카르다몸 등이 수입종 식물이나 조류 와 뒤섞여 향기로운 우박처럼 차도와 인도를 투닥투닥 두드리며 춤을 췄다. 아브라함이 각종 코친산 향신료가 담긴 자루를 늘 가까이 두었기 때문이다. 혼자 있을 때는 자루를 열고 향긋한 향신료에 두 팔을 깊이 묻은 채 그리움에 빠져들기도 했다. 호로파와 니겔라, 고수풀 씨앗과 아위[61]가 봄베이 땅에 후드득 떨어졌다. 그러나 무엇보다 많은 것은 까 마득히 먼 옛날 젊은 창고지기와 열다섯 살 소녀가 후추 향 사랑에 빠 졌을 때 깔고 앉았던 말라바르의 검은 황금, 후추였다.

1835년 매콜리는 '교육 지침'에서 이렇게 말했다. ……특정 부류의 사 람들, 혈통과 피부색은 인도인이지만 의견과 윤리관과 지성은 영국인과 다 름없는 사람들을 양성해야 한다. 그런데 이유는? 아, 그야 물론 우리가 다 스리는 수많은 백성과 우리 사이에서 통역 노릇을 해야 하니까. 그런 사람 들은 얼마나 고마워할까, 아니, 당연히 고마워해야지! 인도의 각종 언

---

61) 산형과 식물의 줄기에서 추출한 수지.

어는 조악하고 천박하다. 게다가 웬만한 유럽 도서관의 책꽂이 한 칸의 가치가 원주민의 문헌 전체와 맞먹는다. 매콜리는 인도의 역사학, 과학, 의학, 천문학, 지리학, 종교학 등을 싸잡아 조롱했다. 영국에서라면 돌팔이 마의(馬醫)조차 부끄러워하고…… 기숙학교 여학생들이 폭소를 터뜨릴 만한 수준이다.

그러므로 '매콜리 떨거지'는 인도 최고의 문물마저 혐오할 터였다. 바스쿠의 생각은 틀렸다. 우리는 그런 부류가 아니고 그런 부류였던 적도 없다. 우리의 마음속에도 선과 악이 공존하며 전국 방방곡곡에서 그렇듯 두 양면은 늘 티격태격 싸운다. 악이 승리하는 경우도 더러 있다. 그래도 우리는 선을 더 사랑했다고—진심으로—말할 수 있다.

내가 탄 비행기가 봄베이 상공을 선회할 때 나는 여기저기서 치솟는 연기 기둥을 보았다. 이제 나를 이 도시에 붙잡아둘 것은 아무것도 없었다. 그곳은 이미 나의 봄베이가 아니고 그리 특별하지도 않았다. 다양하고 복잡다단한 즐거움을 주던 그 도시가 아니었다. 무언가(세계가?) 끝나버렸고 남은 것이라고는 내가 모르는 것뿐이었다. 차라리 스페인으로—어디든 '다른 곳'으로—빨리 가버리고 싶었다. 나는 몇 세기 전 우리를 추방한 그곳으로 돌아가는 길이었다. 그곳이야말로 나의 잃어버린 고향, 안식처, 약속의 땅이 아닐까? 나의 예루살렘이 아닐까?

"안 그러냐, 자와할랄?" 그러나 내 무릎에 올라앉은 박제 똥개는 아무 말도 없었다.

그런데 한 가지는 내 생각이 틀렸다. 세계 종말은 세계 종말이 아니었다. 폭파사건이 일어나고 며칠 후 내 약혼녀 나디아 와디아가 텔레비전에 출연했는데, 얼굴을 긁고 지나간 상처가 아직도 시뻘겋고 영원히 흉터가 남을 것이 분명했다. 그런데도 아름다움은 더욱더 애처롭고 용기는 더욱더 꿋꿋해서 어떤 면에서는 전보다 더 사랑스러웠다. 앵커는 자꾸 그녀의 시련에 대해 물었다. 그런데 한순간 감동적인 장면이 펼쳐졌다. 그녀가 앵커를 외면하고 카메라를 똑바로 바라보며 모든 시청자의 심금을 울렸다. "그래서 나 자신에게 물었어요. 나디아 와디아, 넌 이제 끝난 거니? 이렇게 막을 내리는 거니? 한동안은 이런 생각도 했죠. 아이고, 그래, 다 끝났지, 난 이제 끝장이야. 그러다 문득 이런 생각이 들더군요. 나디아 와디아, 그게 무슨 소리야? 겨우 스물세 살인데 벌써 인생이 끝났다고? 그게 무슨 헛소리, 무슨 망발이야, 나디아 와디아! 얘, 정신 좀 차려, 응? 이 도시는 다시 살아날 거야. 새 건물이 줄줄이 들어설 거야. 더 좋은 날이 올 거야. 이젠 날마다 이렇게 다짐해요. 나디아 와디아, 미래가 널 부른다. 저 목소리를 들어봐."

제4부

'무어의 마지막 한숨'

19

내가 베넹헬리로 향한 까닭은 십사 년—나만의 2배속 달력에 의하면 이십팔 년—동안이나 만나지 못한 바스쿠 미란다가 돌아가신 우리 어머니를 그곳에 가둬놨다는 말을 아버지에게 들었기 때문이다. 아니, 딱히 어머니라고 할 수는 없겠지만 어머니가 남긴 최고의 유산이 그곳에 있을 터였다. 아마도 나는 도둑맞은 작품을 돌려받기를, 그리하여 최후를 맞이하기 전 내 마음속의 어떤 상처가 아물기를 기대했던 모양이다.

비행기는 난생처음 타봤는데, 구름을 뚫고 날아오를 때—내가 봄베이를 떠나던 그날은 보기 드물게 날씨가 흐렸으므로—영화나 그림이나 동화책에서 보던 사후세계를 보는 듯 으스스해서 부르르 몸서리를 쳤다. 혹시 이대로 망자의 나라로 날아가는 건 아닐까? 창밖에 보이는 저 폭신폭신한 뭉게구름 들판에 금방이라도 천국의 문이 나타나지 않을까, 그곳에 한 남자[1]가 잘잘못을 일일이 기록한 복식부기 장부를 들고 우뚝 서 있지 않을까, 그런 생각이 들 정도였다. 졸음이 밀려왔고, 난생처음으로 고공을 날며 꾼 꿈속에서 내가 이미 산 자들의 땅을 떠났다는 사실을 깨달았다. 폭파사건 당시 내가 좋아하는 이들과 즐겨 찾던 단골집이 산산이 날아갈 때 나도 함께 죽어버린 모양이었다. 이윽고 잠이 깼지만 어떤 장막을 통과한 듯한 기분은 여전했다. 젊고 상냥한 여자가 음식과 음료를 권했다. 둘 다 받았다. 작은 병에 담긴 리오하 레드와인은 맛은 좋은데 양이 너무 적었다. 더 달라고 부탁했다.

얼마 후 상냥한 스튜어디스에게 말했다. "다른 시간으로 건너온 듯한 기분이오. 여기가 미래인지 과거인지는 모르겠지만."

"그런 기분을 느꼈다는 손님이 많아요." 그녀가 나를 안심시켰다. "그때마다 저는 둘 다 아니라고 말씀드리죠. 우리는 인생의 대부분을 과거나 미래 속에서 보내거든요. 사실 우리가 있는 이 작은 우주에서 손님이 경험하신 그 기분은 몇 시간 동안이나마 현재를 다녀와 좀 얼떨떨해지는 현상 때문이에요." 그녀의 이름은 에두비히스 레푸히오였고 마드리드 콤플루텐세대학교의 심리학도였다. 다만 자유분방한 기질 때문에 공부를 접고 이렇게 방랑생활을 하게 되었다고 한다. 그녀는 잠시 내 곁의 빈자리에 앉아 자와할랄을 자기 무릎으로 옮겨놓고 스스럼없이 이런저런 이야기를 털어놨다. "상하이! 몬테비데오! 앨리스스프링스! 잠깐 머물렀다 가는 사람한테만 도시가 제 비밀을 알려준다는 거,

---

1) 천국의 문을 지킨다는 성 베드로.

가장 신비로운 모습을 보여준다는 거 혹시 아세요? 가령 버스정류장에서—아니면 비행기에서—처음 만난 사람한테 속마음을 드러내듯, 늘 같이 지내는 사람들한테는 넌지시 귀띔만 해도 얼굴이 붉어질 만큼 은밀한 이야기도 낯선 사람한테는 다 털어놓듯 말예요. 그건 그렇고, 박제 개가 정말 잘생겼어요! 저도 작은 박제 새를 몇 마리 모았고, 남태평양에서 구한 진짜 수축 인두[2]도 하나 있어요. 그렇지만 제가 여행을 좋아하는 진짜 이유는……" 이때 내 쪽으로 고개를 기울였다. "난교를 즐기기 때문인데, 스페인 같은 가톨릭국가에서는 마음껏 즐기기가 쉽지 않거든요." 그런 말을 듣고도 나는—비행하는 동안 경험한 내면적 난기류 때문에—그녀가 나를 유혹하려 한다는 사실을 알아차리지 못했다. 결국 그녀가 다시 설명해야 했다. "비행중에는 서로서로 돕거든요. 제 동료들이 망을 봐줄 테니 아무도 방해하지 않을 거예요." 그녀는 작은 화장실로 나를 데려갔고 그곳에서 우리는 아주 짧은 정사를 나눴다. 그녀는 몇 차례 빠르게 움직이다 금방 절정에 도달했지만 나는 절정 근처에도 못 갔는데, 그녀가 욕구를 채우자마자 내게 관심조차 없는 듯한 태도를 보여 더욱더 어려울 수밖에 없었다. 결국 그런 상황을 수동적으로 받아들였고—그때 나는 수동적인 상태였으니까—둘 다 옷매무시를 가다듬고 재빨리 헤어졌다. 얼마 후 나는 그녀와 더 이야기하고 싶다는 강렬한 충동을 느꼈는데, 다른 것은 몰라도 벌써 희미해져가는 얼굴과 목소리를 다시 기억에 새겨두고 싶었다. 그러나 사람의 모습을 간략하게 표시한 버튼을 눌러 작은 불을 켰을 때 나타난 사람은 다

---

[2] 사람의 머리에서 두개골을 제거한 후 원형 그대로 가공한 유물.

른 여자였다. "에두비히스를 만나고 싶었는데요." 내가 그렇게 설명하자 새로 온 젊은 여자가 눈살을 찌푸렸다. "뭐라고 하셨죠? '리오하'라고 하셨나요?" 기내에서는 소리가 변하기 마련이고 내가 잘못 발음했을 가능성도 있으므로 아주 또박또박 다시 말했다. "에두비히스 레푸히오, 심리학과 학생."

그러자 젊은 여자가 야릇한 미소를 지었다. "꿈을 꾸신 모양입니다, 손님. 이 비행기에 그런 스튜어디스는 없어요." 나는 분명히 있다고 단언했는데, 언성이 조금 높았는지 재킷 소맷부리에 금색 띠를 두른 남자가 재빨리 다가왔다. 그는 내 어깨를 찍어누르며 험악하게 명령했다. "조용히 하고 점잖게 앉아 계시죠, 할아버지. 그 연세에, 더구나 몸도 성치 않으신 분이! 얌전한 아가씨한테 수작을 걸다니 부끄러운 줄 아세요. 인도 남자는 할아버지처럼 하나같이 우리 유럽 여자를 매춘부처럼 생각하더군요." 기가 막혔다. 그러나 새로 나타난 젊은 여자를 보니 손수건으로 눈가를 톡톡 두드리고 있었다. 사과할 수밖에 없었다. "속상하게 해서 미안합니다. 이 자리에서 분명히 말하겠는데, 방금 부탁한 일은 모두 취소하겠소."

소맷부리에 띠를 두른 남자가 고개를 끄덕였다. "진작 그러셨어야죠. 잘못을 인정하셨으니 더는 추궁하지 않겠습니다." 그러더니 표정이 훨씬 밝아진 여자와 함께 가버렸는데, 통로를 따라 멀어지는 두 사람의 뒷모습이 어쩐지 신나게 웃어대는 듯했고, 나를 비웃는 게 분명하다는 인상을 받았다. 어찌된 영문인지 알 수 없었다. 나는 다시 깊은 잠에 빠져들었고 이번에는 꿈도 꾸지 않았다. 에두비히스 레푸히오는 다시 만나지 못했다. 내 욕망이 불러낸 환상이었다고 생각하기로 마음먹었다.

구름 위에는 그런 선녀들이 날아다니는 모양이구나. 비행기의 벽쯤은 언제든 마음대로 드나들겠지.

여러분도 짐작하셨겠지만 그때 나는 심리적으로 아주 이상한 상태였다. 이 날아다니는 탈것을 탔을 뿐인데도 마치 내가 아는 장소, 언어, 사람, 관습을 모두 빼앗긴 듯한 기분이었다. 대부분의 사람들에게 이 네 가지는 영혼을 지탱하는 닻과 같다. 게다가 지난 며칠 동안 목격한 온갖 참사의 영향까지 감안한다면—더러는 뒤늦게 충격이 밀려왔다—마치 아브라함의 아트리움에서 날아오른 나무처럼 뿌리째 뽑혀버린 듯한 내 심정을 헤아리고도 남으리라. 내가 들어선 이 낯선 세계는 내게 알쏭달쏭한 경고를 던졌다. 조심해라. 나는 아무것도 모르고, 아무것도 이해하지 못하고, 이 수수께끼 속에 혈혈단신이라는 사실을 명심해야 한다. 그러나 이는 탐험이기도 하다. 잊지 말자. 그것이 내가 가야 할 길이고, 그 길을 열심히 걷다보면 언젠가는 이 낯설고 초현실적인 세계를 이해하게 되리라. 비록 지금은 아무것도 모르지만.

마드리드에서 비행기를 갈아탔는데, 그 이상한 승무원들과 헤어지자 마음이 한결 가벼워졌다. 훨씬 작은 비행기를 타고 남쪽으로 내려가는 동안 나는 자와할랄을 끌어안은 채 가급적 혼자 시간을 보냈고, 음식이나 와인을 원하느냐는 질문을 받을 때마다 간단히 고개만 가로저었다. 안달루시아에 도착할 때쯤에는 대륙 횡단 비행의 기억이 벌써 어렴풋했다. 세 승무원의 얼굴이나 목소리조차 생각나지 않을 정도였다. 이제야 깨달았지만 그들은 미리 작당하고 나를 골탕 먹인 것이 분명했다. 나를 선택한 이유는 아마도 내가 에두비히스 레푸히오에게 비행기를 처음 타본다고 말했기 때문이 아닐까—그래, 생각해보니 틀림없이 그런 이야기를 했다. 어쨌든 비행은 에두비히스의 말처럼 흥미진진한 일이 아니었다. 어쩔 수 없이 시간대를 가로지르며 하늘에서 기나긴 시간을 보내는 사람들은 나 같은 무경험자에게 그런 장난을 치면서 약간의 성적 자극과 더불어 인생의 활력소를 얻으리라. 그래, 행운을 빈다! 그들은 내게 언제나 땅을 밟고 살라는 교훈을 남겼고, 더욱이 이유 여하를 막론하고 나 같은 늙은이에게 살맛을 보여주었으니 그야말로 적선을 베푼 셈 아닌가.

두번째 비행기에서 내리자 눈부신 햇빛과 강렬한 열기가 쏟아졌다. 내 고향처럼 눅눅하고 답답한 '무더위'가 아니라 건조하고 상쾌해서 내 망가지고 허약한 허파가 견디기에는 훨씬 편한 더위였다. 나는 꽃이 만발한 자귀나무와 군데군데 올리브 과수원이 있는 언덕을 보았다. 그래도 낯설다는 느낌은 여전했다. 아직 목적지에 도착하지 못한 기분, 혹은 내 일부를 두고 온 기분, 혹은 엉뚱한 장소에—비슷하지만 바로 그곳은 아닌 곳에—내린 기분이랄까. 어질어질하고 귀가 멍멍해서 폭삭 늙어버린 기분이었다. 머리도 아팠다. 나는 무거운 가죽 외투를 입은 채 땀을 뻘뻘 흘렸다. 비행기에서 미리 물을 좀 마셔뒀어야 했는데.

"휴가차 오셨습니까?" 내 차례가 되자 제복을 입은 남자가 물었다.

"그렇소."

"뭘 보실 거죠? 여기 계시는 동안 이 나라 명승지는 두루 구경하셔야죠."

"어머니 그림을 보고 싶소."

"뜻밖의 바람이군요. 그 나라에는 어머니를 그린 그림이 별로 없나 보죠?"

"어머니'를'이 아니고 어머니'가'."

"무슨 말씀인지 모르겠네요. 어머님은 어디 계십니까? 이 나라에 계신가요? 여기나 다른 지방에? 친척을 만나러 오신 겁니까?"

"돌아가셨소. 사이가 좀 멀어졌는데 이젠 돌아가시고 말았소."

"어머니의 죽음은 고통스럽죠. 고통스럽고말고. 그래서 이제 이국에서 어머니를 찾으려 하시는군요. 특이한 일이네요. 관광을 다닐 시간은 별로 없겠군요."

"아마 그럴 거요."

"그래도 시간을 내셔야죠. 이 나라 명승지를 구경하세요. 아무렴! 꼭 보셔야 합니다. 아시겠어요?"

"그래, 알았소."

"그 개는 뭡니까? 왜 가져오셨죠?"

"전직 인도 총리인데 개로 둔갑했소."

"됐습니다."

나는 스페인어를 몰라 택시기사와 흥정할 수 없었다. "베넹헬리." 행선지를 밝히자 첫번째 기사는 고개를 가로젓고 침을 퉤퉤 뱉으며 가버렸다. 두번째 기사는 금액을 불렀지만 내게는 아무 의미도 없었다. 이곳에서 나는 사물의 이름도 모르고 사람들이 어떤 행동을 하는 이유도 짐작할 수 없었다. 터무니없는 세계였다. 나는 '개' '어디?' '나는 사람이다' 같은 말조차 할 수 없었다. 게다가 머릿속마저 흐리멍덩했다.

"베넹헬리." 나는 다시 그렇게 말하며 세번째 택시 뒷좌석에 가방을 던져놓고 자와할랄을 옆구리에 낀 채 뒤따라 올라탔다. 운전사는 황금빛 이를 드러내며 활짝 웃었다. 진짜 금니는 아니지만 모두 삼각형으로 뾰족하게 갈아놓아 무시무시했다. 그러나 성격은 쾌활한 편인 듯했다. 그가 자신을 가리켰다. "비바르." 산맥 쪽을 가리켰다. "베넹헬리." 자기 차를 가리켰다. "좋습니다요, 손님아, 어디 신나게 달려보세." 나는 우리가 둘 다 세계인이라는 사실을 깨달았다. 우리의 공용어는 형편없는 미국영화의 엉터리 언어였다.

베넹헬리 마을은 안달루시아와 라만차 사이를 가로막은 시에라모레나산맥의 지맥 알푸하라스산맥에 있다. 오르막길을 달려 산속으로 들어가는 동안 나는 곳곳에서 도로를 건너는 개를 많이 보았다. 나중에 알게 된 일이지만 외국인이 가족과 반려동물을 데리고 한동안 이곳에 정착했다가도 본래 뿌리도 없고 변덕스러운 족속인지라 걸핏하면 개를 버리고 떠나버린다고 했다. 그래서 이 일대에는 낙심하고 굶주린 안달루시아 개가 수두룩했다. 그 이야기를 듣고 나는 개를 가리키며 자와할랄에게 말했다. "넌 운좋은 줄 알아. 여차하면 너도 저런 꼴이 됐을 테니까."

우리는 아베야네다라는 소도시로 접어들었다. 삼백 년 묵은 투우장으로 유명한 곳이지만 운전사 비바르는 오히려 속력을 높이며 설명했다. "도둑 많다. 개판입죠." 다음 도시 에라스모는 아베야네다보다 더 작은 곳이지만 제법 큰 학교가 있었는데 교문 위에 렉투라-로쿠라라는 말을 새겨놨다. 운전사에게 무슨 뜻인지 번역해달라고 했더니 잠시 머뭇거리다 적당한 낱말을 생각해내고 자랑스러운 듯 말했다. "읽기, 렉투라. 렉투라, 읽기."

"그럼 로쿠라는?"

"광기란다, 손님아."

에라스모의 자갈포장길을 따라 덜컹덜컹 달려가는데 검은 옷에 레보소[3]를 두른 여자가 의심쩍은 눈초리로 우리를 지켜봤다. 광장 한곳의 넓게 펼쳐진 나무 밑에서 열띤 집회가 한창이었다. 온갖 구호와 현수막이 사방에 즐비했다. 나는 그중 몇 개를 베꼈다. 정치적 발언으로 짐작했지만 알고 보니 매우 특이한 내용이었다. 어떤 현수막에는 이런 말이 있었다. '모든 인간은 필연적으로 광인이므로 광기를 더 왜곡시켜 광기를 벗어나려 하는 것은 미친 짓이다.' 또 어떤 현수막은 이렇게 단언했다. '인생만사는 지극히 다양하고 대조적이고 모호하므로 어떤 진리에 대해서도 확신할 수 없다.' 세번째는 매우 간결했다. '무슨 일이든 가능하다.' 보아하니 이 도시의 이름 때문에 인근 대학의 철학과 학생들이 이곳에 모여 블레즈 파스칼, 우신예찬자 에라스뮈스, 마르실리오 피치노 등의 파격적이고 회의론적인 사상에 대한 토론을 하는 모양이었다. 철학도의 열변과 열정이 구경꾼을 불러모았다. 에라스모 주민들은 편을 갈라 이 거창한 논쟁을 함께 즐겼다―그래, 세상은 저 친구 말대로야!―아니, 그건 아니지!―아니, 누가 지켜보지 않더라도 그 소는 들판에 있는 게 맞잖아![4]―아니, 누가 문을 열어놨는지도 모르잖아!―그리고 인격은 동질적이니 사람은 자기 행동에 책임을 져야지!―천만에, 우리는 모순적인 존재니까 엄밀히 말하자면 인격이라는 개념은 아무 의미도 없다고!―신은 있어!―신은 죽었어!―불변의 진리는 불변이라고, 절대적 진리는 절대적이라고 자신 있게 말할 권리가, 아니, 의무가 있어!― 맙소사, 그렇게 터무니없는 소리는 처음 듣

3) 스페인과 중남미 여성이 사용하는 긴 스카프.
4) 미국 철학자 에드먼드 게티어의 사유 실험 '들판의 소'.

네, 물론 비교적 그렇다는 얘기지만!—그래서 남자가 속옷을 입을 때 거시기를 어느 쪽으로 보내야 하느냐는 문제라면 왼쪽이 옳다고 유명한 권위자들이 벌써 결론을 내렸다니까!—웃기는 소리! 누구나 알다시피 진짜 철학자들은 오른쪽으로 보내야 옳다고 했어—달걀은 둥근 쪽이 맛있어!—헛소리 좀 작작 해라! 뾰족한 쪽이 더 맛있지!—'위'가 맞소—이보시오, 선생, 정확한 답은 '아래'가 분명하잖소—거참, 그럼 '안'—'밖!'—그래, '밖!'—'안!'……

도시를 벗어날 때 비바르가 말했다. "이 동네 사람들 좀 이상하단다."

내가 가진 지도에 따르면 베넹헬리는 바로 다음 마을이었다. 그런데 에라스모를 벗어나자 도로는 오르막길이 아니라 내리막길로 바뀌었다. 비바르에게 설명을 들었는데, 프랑코 치하에서 에라스모는 공화국을 지지하고 베넹헬리는 팔랑헤당[5]을 지지하면서부터 에라스모 주민과 베넹헬리 주민은 서로를 증오하게 되었고 지독한 적개심 때문에 두 마을을 잇는 도로조차 건설하지 못하게 했다. (프랑코가 죽었을 때 에라스모 사람들은 잔치를 열고 베넹헬리는 깊은 슬픔에 빠졌는데, 다만 '기생충' 즉 외국인들은 해외에 거주하는 친구들이 걱정스러워 연락하기 전에는 무슨 일이 생겼는지 알지도 못했다.)

그래서 우리는 에라스모가 있는 언덕을 한참 내려갔다 건너편 언덕으로 다시 한참 올라가야 했다. 에라스모에서 달려온 길이 베넹헬리로 들어가는 훨씬 더 근사한 사차선 고속도로와 만나는 지점에 꽃이 만발한 재스민과 석류나무로 둘러싸인 넓고 아름다운 영지가 있었다. 출입

---

5) 스페인의 우익 정당.

구 부근에 벌새가 날아다녔다. 멀리서 테니스공을 때리는 경쾌한 소리가 들렸다. 아치문에 간판이 걸려 있었다. 판초 비알락타다 테니스장.

비바르가 엄지손가락으로 그쪽을 가리켰다. "저 판초 말인뎁쇼, 허어, 정말 대단한 친구였단다."

멕시코 태생인 비알락타다는 프리오픈 시대부터 활약한 위대한 선수로 호드, 로즈월, 곤살레스 등과 함께 프로 연맹전을 뛰었고, 그래서 보나마나 우승할 것이 뻔한 그랜드슬램 대회에는 참가할 수 없었다. 비알락타다는 자기보다 기량이 부족한 선수들이 거대한 트로피를 높이 치켜들 때 스포트라이트 주변을 맴도는 명예로운 유령 같은 존재였다. 그러다 몇 년 전 위암으로 사망했다.

나는 생각했다. 그래, 결국 그렇게 살았구나, 여기서 부잣집 마나님에게 서브와 발리를 가르쳤구나, 이 또한 연옥과 다름없는 생애였구나. 세계를 휩쓸던 그의 인생이 여기서 최후를 맞이했다. 나의 최후는 어떨까?

테니스공을 때리는 소리는 들렸지만 붉은 클레이코트에는 아무도 없었다. 아마도 보이지 않는 곳에 다른 코트가 있으리라 짐작했다. "지금은 누가 이 클럽을 운영하지?" 그렇게 묻자 비바르는 열심히 고개를 끄덕이며 그 무시무시한 미소를 다시 보여줬다.

"그야 당연히 비알락타다가 합죠. 판초가 만들었으니까. 지금도 마찬가지란다."

⌒

주변 경관을 둘러보며 우리 집안의 까마득한 조상이 이곳에 살 때는 어떤 모습이었을까 상상했다. 지금의 경치에서 빼야 할 요소는 많지 않았는데―이 도로, 언덕 위에서 나를 내려다보는 오스본 황소[6]의 검은 실루엣, 송전탑과 전봇대, 세아트 승용차와 르노 승합차 몇 대가 고작이었다. 저 위쪽 산중턱에 하얀 담벼락과 붉은 지붕이 길게 늘어선 베넹헬리의 모습은 수백 년 전에도 그대로였을 듯했다. 철학자 마이모니데스처럼 나도 스페인계 유대인이다. 그럴싸하게 들리는지 확인하려 중얼거렸지만 왠지 공허하게 들릴 뿐이었다. 다시 시험해봤다. 나는 가톨릭교회로 변신한 코르도바 모스크와 같다. 한복판에 바로크식 성당이 들어선 동양식 건축물이다. 역시 어울리지 않았다. 나는 출신도 모르는 보잘것없는 놈이고, 아무도 닮지 않았고, 어디에도 속하지 않는다. 이제야 좀 그럴싸했다. 그것이 진실이라는 느낌이 들었다. 모든 인연이 끊어졌다. 나는 반反예루살렘에 도달했다. 이곳은 고향이 아니라 타향이다. 나를 붙잡는 곳이 아니라 밀어내는 곳이다.

바스쿠의 아방궁도 보였다. 마을 위로 치솟은 언덕 꼭대기에 우뚝 선 붉은 담벼락이 위압적이었다. 특히 인상적인 것은 높디높은 탑이었는데 마치 동화책에서 튀어나온 듯했다. 탑 꼭대기에는 어마어마하게 거대한 왜가리 둥지가 있었지만 그 도도하고 위풍당당한 새는 한 마리도 보이지 않았다. 그 일대의 집은 모두 나직나직한데다 흰색으로 칠해서 차분해 보이는데 바스쿠는 다른 집과는 전혀 어울리지 않는 건물을 세웠으니 보나마나 건축 허가 담당자를 매수했을 터였다. 건물은 베넹헬리성당에 딸린 쌍둥이 탑과 맞먹는 높이였다. 바스쿠는 그렇게 감

___
6) 스페인 양조회사 오스본그룹이 1956년부터 제작한 광고용 입간판.

히 하느님과 경쟁하려 들었는데, 그 일로 이 마을에 적이 더 늘어났다는 얘기도 들었다. 나는 비바르에게 '리틀 알람브라'로 가자고 했다. 그는 구불구불한 마을길을 따라 달렸는데, 낮잠시간인지 거리가 한산했다. 그런데 어디선가 자동차와 행인의 떠들썩한 소음이 들렸다. 고함소리, 경적소리, 브레이크 밟는 소리. 그래서 길모퉁이를 돌 때마다 마구 뒤엉킨 사람들이나 자동차 행렬이나 두 가지 모두를 만나게 되리라 짐작했다. 그러나 우리는 용케도 그 구역을 잘도 피해가는 듯했다. 아니나다를까, 길을 잃은 탓이었다. '라고베르나도라'라는 술집 앞을 세 번이나 지나친 후 나는 차라리 택시에서 내려 걸어가기로 마음먹었다. 몹시 피곤한데다 '시차' 때문에 머리가 어질어질하고 지끈거렸지만 어쩔 수 없었다. 갑자기 내리겠다고 하자 택시기사가 언짢아했는데, 어쩌면 그 나라 화폐가치와 관례를 잘 몰라 팁을 적게 준 탓일지도 모른다.

그는 왼손으로 뿔 모양[7]을 만들며 완벽한 영어로 소리쳤다. "뭘 찾는지 모르지만 영원히 못 찾아라! 개망나니만 사는 이 동네, 이 지긋지긋한 미궁에서 천년만년 헤매라!"

나는 길을 물어보려 라고베르나도라로 들어갔다. 베넝헬리의 흰색 담장에 반사돼 칼날처럼 눈을 찌르는 햇빛 때문에 눈을 가늘게 뜨고 있던 터라 술집 안의 어둠에 적응하기까지 잠시 시간이 걸렸다. 흰색 앞치마를 두른 바텐더가 유리잔을 닦고 있었다. 실내는 좁고 긴 형태였고 안쪽 깊숙한 곳에 몇몇 노인의 모습이 어렴풋이 보였다. "혹시 영어 아는 분 계십니까?" 그렇게 물었지만 아무도 대답하지 않았다. 나는 바

---

7) 집게손가락과 새끼손가락을 세워 앞뒤로 흔들며 상대를 모욕하는 동작.

텐더 쪽으로 다가가며 다시 말했다. "실례합니다." 그는 멍하니 내 쪽을 바라보다 고개를 돌렸다. 내가 투명 인간이 되었나? 아니, 그럴 리 없다. 심술궂은 비바르는 분명히 나를 보았고 내가 준 돈도 보았으니까. 슬슬 화가 치밀어 카운터 너머로 팔을 뻗어 바텐더의 등을 툭 쳤다. 그리고 또박또박 말했다. "세뇨르 미란다 집. 어느 쪽?"

허리가 굵은 몸통에 흰색 셔츠와 녹색 조끼를 걸치고 검은 머리에 기름을 발라 빗어넘긴 남자 바텐더가 신음 비슷한 소리를 내더니—경멸? 귀찮음? 혐오감?—카운터에서 나왔다. 문간에 서서 한 쪽을 가리켰다. 술집 건너편의 두 집 사이로 들어가는 좁다란 골목이 보이고 골목 끝에는 많은 사람이 바삐 돌아다녔다. 바로 그곳이 아까 들은 사람들 소리의 출처일 텐데 어째서 이제야 저 골목을 발견했을까? 내 상태가 생각보다 더 심각한 것이 분명했다.

시시각각 무거워지는 여행가방을 들고 목줄로 묶은 자와할랄을 질질 끌며 비좁은 골목을 빠져나가자(자갈포장길이 울퉁불퉁해서 바퀴가 자꾸 덜컹덜컹 튀었다) 전혀 스페인 같지 않은 길이 나타났다. 스페인 사람이 아닌 이들만 잔뜩 돌아다니는 '보행자 전용 도로'였는데—행인 대다수는 흠잡을 데 없이 말쑥하게 차려입은 노인이었고, 얼마 안 되는 젊은이들은 유행에 민감한 부류답게 일부러 허름한 차림새를 하고 있었다—낮잠시간 같은 현지 풍습은 다들 아랑곳하지 않는 듯했다. 나중에 알게 된 일이지만 이곳 사람들은 이 번화가를 '기생충 거리'라고 불렀다. 양쪽 길가에는 값비싼 상점이 즐비하고—구찌, 에르메스, 아쿠아스큐텀, 카르댕, 팔로마 피카소 등등—스칸디나비아식 미트볼 노점상에서 성조기 문양으로 꾸민 시카고갈빗집에 이르기까지 식당도 다양했다. 나는 이리저리 밀치고 지나가는 군중 속에 우두커니 서 있었다. 나를 철저히 무시하는 태도는 시골 사람이 아니라 영락없는 도시인이었다. 나는 영국식 영어, 미국식 영어, 프랑스어, 독일어, 스웨덴어, 덴마크어, 노르웨이어 등을 들었고 그중에는 네덜란드어 아니면 아프리칸스어인 듯한 언어도 있었다. 그러나 그들은 관광객이 아니었다. 카메라를 지니지도 않았고 마치 제 고장인 양 스스럼없이 행동했다. 베넹헬리에서도 이 구역은 이미 그들이 차지했다. 스페인 사람은 눈에 띄지 않았다. 나는 생각했다. '어쩌면 저 외국인들은 새로운 무어인인지도 모른다. 따지고 보면 나도 저들 가운데 한 명이다. 이렇게 내게만 중요한 뭔가를 찾으러 여기까지 왔고 아마도 여기서 죽을 테니까. 지금도 다른 거리에서는 스페인 사람들이 이곳을 되찾을 계획을 세울 테고, 우리보다 먼저 온 사람들이 그랬듯 우리도 결국 카디스항구에서 배에 실려 쫓겨나겠지.'

그때 내 어깨 부근에서 누군가 말했다. "길거리는 이렇게 붐비지만 다들 눈빛이 얼마나 공허한지 보시오. 젖꼭지에 악어 상표가 달린 스포츠셔츠를 입고 악어가죽 구두를 신은 죄인한테 연민을 느끼기는 쉽지 않겠지만 부디 동정심을 가지시오. 저 사람들의 죄를 용서하시오. 저 흡혈귀들은 이미 지옥에 떨어졌으니까."

크림색 리넨 정장 차림에 키 크고 기품 있는 은발 신사였는데 냉소적인 표정이 아주 굳어져버린 얼굴이었다. 제일 먼저 눈에 띈 것은 입속에 넣어두기도 버거워 보일 만큼 거대한 혓바닥이었다. 마치 야유하듯 그런 혀를 끊임없이 날름거리며 입술을 핥았다. 파랗고 아름답고 반짝거리는 두 눈은 공허하기는커녕 온갖 지식과 장난기가 가득했다. 그가 정중하게 말했다. "좀 피곤해 보이십니다. 제가 커피 한잔 사드리죠. 원하신다면 말벗 겸 안내인도 해드릴게요." 그의 이름은 고트프리트 헬징, 열두 개 언어에 능통하고—그는 대수롭지 않다는 듯 "아, 흔히들 하는 열두 개요" 하고 쾌활하게 말했다—행동거지가 독일 대공처럼 점잖지만 양복에 묻은 얼룩을 지울 만큼 넉넉한 형편은 아닌 듯했다. 어쨌든 기진맥진한 나는 그의 초대를 받아들였다.

파라솔을 친 카페 테이블에서 진한 블랙커피와 푼다도르[8] 한 잔씩을 앞에 놓고 마주앉았을 때 헬징이 담담하게 말했다. "현실이라는 거대한 기계가 사람의 영혼을 마구 짓누르는 상황에서 인생을 용서하기란 쉬운 일이 아니지. 아름답다는 이유로 세상을 용서할 수 있겠소? 이 세상의 아름다움은 추악한 면을 감춰줄 뿐이고, 친절은 잔인성을 은폐할 뿐인데 말이오. 낮이 지나면 밤이 오듯 인생도 매끄럽게 이어진다는 생각은 큰 착각이지. 사실 인생은 무방비 상태인 우리 머리통을 나무꾼의 도끼처럼 내리찍는 가혹한 단절의 연속이 아니겠소?"

나는 불쾌감을 주지 않으려 신중하게 말을 골라가며 대답했다. "이거 죄송합니다. 명상생활을 즐기는 분이셨군요. 그런데 저는 방금까지 기나긴 여행을 했고 이 여행은 아직도 끝나지 않았습니다. 그래서 지금 당장은 편안하게 담소를 나눌 여유가……"

마치 내가 사라진 듯한 그 느낌이 다시 찾아왔다. 헬징이 내 말을 들은 내색도 없이 그대로 말을 이었기 때문이다. "저 사람 보셨소?" 그는 길 건너 술집에서 맥주를 마시는 노인을 가리켰는데, 뜻밖에도 스페인

---

8) 안달루시아산 브랜디.

사람인 듯했다. "전직 베넹헬리 촌장이오. 그런데 스페인내전 당시 에라스모 주민처럼 공화국을 지지해서—에라스모 아시오?" 그는 내 대답을 기다리지 않았다. "전쟁이 끝난 후 저런 사람들, 즉 프랑코를 반대했던 유명인사는 모두 에라스모의 학교나 아베야네다의 투우장으로 끌려가 총살됐소. 그래서 저 사람은 피신하기로 마음먹었지. 그때부터 자기 집 옷장 뒤에 감춰진 작은 골방에 숨어 하루하루를 보냈소. 밤마다 부인이 덧문을 닫은 후에만 골방에서 나왔지. 이 비밀을 아는 사람은 부인과 딸, 그리고 남동생뿐이었고. 부인은 언덕 아래까지 걸어내려가 음식을 샀소. 매번 2인분을 사다 동네 사람들 눈에 띄면 곤란하니까. 두 사람은 부부관계도 할 수 없었지. 독실한 가톨릭이라 피임도 못하는데 부인이 덜컥 임신해버리면 둘 다 끝장이잖소. 그렇게 꼬박 삼십 년을 보낸 뒤에야 일반 사면령이 선포됐소."

나는 몹시 피곤한데도 흥미진진하게 이야기를 듣다 외쳤다. "삼십 년 동안이나 숨어살다니! 얼마나 괴로웠을까!"

"그래도 골방을 벗어난 후 겪은 일에 비하면 아무것도 아니지." 헬징이 말했다. "자기가 사랑하는 베넹헬리에 전 세계 어중이떠중이가 다 모여들었으니까. 게다가 자기 세대 중 아직 살아 있는 사람은 모두 팔랑헤당 지지자였고 다들 예전에 반대파였던 사람과는 한 마디도 섞지 않았소. 마누라는 독감에 걸려 죽고, 동생은 종양이 생겨 죽고, 딸내미는 결혼해서 세비야로 가버렸지. 그래서 동족에 끼지 못하고 결국 저렇게 '기생충' 틈에서 지내게 됐소. 그러니 보다시피 저 사람도 뿌리 없는 외국인과 다름없지. 신념을 지킨 보답이 저런 꼴이오."

헬징은 촌장의 사연을 비웃느라 잠시 독백을 멈췄고, 나는 그 틈을 타서 바스쿠 미란다의 집으로 가는 길을 물었다. 그는 내 말을 전혀 못 알아들었다는 듯 조금 어리둥절한 눈으로 나를 보더니 가벼운 어깻짓으로 무시해버리고 다시 이야기를 이어갔다.

"나도 비슷한 보답을 받았소." 그가 생각에 잠긴 채 중얼거렸다. "나치가 집권했을 때 조국을 떠나 남미에서 오랫동안 떠돌아다녔지. 직업이 사진가였거든. 볼리비아에 있을 때는 주석 광산의 참상을 담은 책을 냈소. 아르헨티나에서는 에바 페론을 촬영했소. 살아 있을 때 한 번, 죽은 다음에 한 번. 독일로 돌아간 적은 없는데, 거기서 벌어진 일 때문에 오염된 문화를 보기가 너무 고통스러웠소. 유대인이 사라지면서 크나큰 공백이 생겼다는 느낌이 들었소. 나는 유대인도 아닌데 말이오."

"저는 유대인 혼혈입니다." 내가 어리석은 말을 꺼냈지만 헬징은 들은 체도 하지 않았다.

"그러다 주머니 사정이 어려워졌을 때 베넹헬리로 건너왔는데, 여기서는 얼마 안 되는 연금으로도 소박하게나마 그럭저럭 살아갈 만하거든. 그런데 내가 독일인이고 한때 남미에 살았다는 사실을 알게 된 '기생충'들이 나를 '나치'라고 부르기 시작했소. 이젠 다들 그렇게 부르지. 못돼먹은 사상을 반대하며 일생을 보낸 대가로 늘그막에 그런 오명을 뒤집어썼소. 이제 '기생충'들한테는 말도 안 붙여. 요즘은 아무에게도 말을 안 걸지. 그러다 선생을 만나 이렇게 이야기를 나누게 됐으니 정말 오랜만에 호강하는구려! 여기 사는 늙은이는 왕년에 세계 각지에서 활동했던 어중간한 범죄자들이오. 이류 마피아 두목, 삼류 노동조합 파괴자, 사류 민족주의자 등등. 여자는 억압을 당하면 오히려 흥분하고 민주주의가 찾아오면 실망하는 부류요. 젊은 건 다 쓰레기지. 중독자,

610

부랑자, 표절자, 창녀. 늙은이건 젊은이건 모조리 산송장인데 아직은 연금이나 수당이 나오니 무덤으로 들어가지 않았을 뿐이오. 그래서 저렇게 이 거리에서 오락가락하며 먹고 마시고 자기 인생에 대해 이러쿵저러쿵 가증스러운 이야기를 늘어놓지. 자, 둘러보시오. 이곳에는 거울이 하나도 없잖소. 혹시 있더라도 여기 갇힌 저 유령들은 거울에 비치지도 않겠지만. 저것들이 내 지옥이듯 저것들에게는 바로 이곳이 지옥이라는 사실을 깨달았을 때 나도 연민을 느끼게 됐소.

내가 사는 베넹헬리는 그런 곳이오."

나 자신의 남부끄러운 과거에 대해서는 너무 자세히 얘기하지 않는 편이 낫겠다 생각하며 조심스럽게 다시 말문을 열었다. "그런데 미란다는……"

그때 헬징이 상냥하게 웃으며 말했다. "선생이 세뇨르 바스쿠 미란다를, 이 동네에서 누구보다 유명하고 누구보다 흉악한 그 인간을 만나볼 가능성은 조금도 없소. 아까부터 집요하게 묻는데도 내가 대답을 안 하는 걸 보고 낌새를 알아차리길 바랐는데, 계속 그러시니 아무래도 단도직입적으로 말해야겠소. 선생은 헛걸음을 하신 거요. 돈키호테가 말했듯 작년 둥지에서 올해 태어난 새를 찾는 격이란 말이오. 벌써 몇 달째 아무도 미란다를 본 적이 없고 그 집 하인들도 마찬가지요. 최근에 어떤 여자가 그 인간에 대해 수소문했지만—조그맣고 예쁘장한 아가씨였지!—결국 빈손으로 어디론가 사라졌소. 사람들이 그러는데……"

그때 내가 말을 가로챘다. "여자라뇨? 언제쯤이었죠? 그 여자가 그 집에 들어갔는지도 모르잖아요?"

헬징은 입술을 핥으며 대답했다. "그냥 어떤 여자였소. 언제쯤?—오래되진 않았소. 그냥 얼마 전이었지―어쨌든 그 집은 아무도 못 들어가니 그 여자도 못 들어갔을 거요. 내 말 못 알아듣겠소? 사람들이 그러는데, 그 집에 있는 건 모조리 죽었다고 합디다. 시계태엽을 감아줘도 시간이 안 간다나. 높다란 탑도 몇 년째 잠겨 있소. 그 미친 늙은이라면 모를까, 거기 올라가는 사람은 아무도 없소. 사람들이 그러는데, 하인이 청소를 하고 싶어도 그 늙은이가 못 들어오게 해서 방마다 먼지가 무릎까지 쌓였다더군. 그 거대한 아방궁에서 한쪽 건물은 라고베르나도라 즉 크레오소트나무 덤불이 통째로 삼켜버렸다는 말도 들었소. 또 사람들이 그러는데……"

나는 더 단호한 태도를 보여야겠다는 생각으로 외쳤다. "남들이 뭐라고 하든 상관없습니다! 전 그 사람을 꼭 만나야 해요. 카페에 들어가 전화를 걸어보겠습니다."

"소용없는 짓이오." 헬징이 말했다. "미란다는 오래전에 전화선을 끊어버렸으니까."

⌐

마흔 살 안팎으로 보이는 반반한 스페인 여자 두 명이 검은색 옷에 흰색 앞치마 차림으로 어느새 내 곁에 서 있었다. "본의 아니게 두 분 이야기를 엿들었어요." 첫번째 종업원이 꽤 능숙한 영어로 말했다. "이렇게 느닷없이 끼어들어 죄송하지만, 저 나치가 하는 말은 전혀 사실이 아니라는 말씀을 드려야겠네요. 바스쿠는 전화선을 끊지 않았을 뿐 아니라 자동응답기와 팩스까지 갖춰놨거든요. 메시지를 받아도 회답을 안 할 뿐이죠. 다만 이 카페 주인 올레는 덴마크 사람인데 성격이 워낙 옹졸해서 무슨 일이 있어도 손님한테 전화기를 빌려주지 않아요."

"못돼먹은 년! 흡혈귀 같은 년!" 헬징이 갑자기 노발대발 소리쳤다. "심장에 말뚝을 박아 마땅한 년!"

"저 늙은이는 사기꾼인데다 얼간이니까 괜히 시간낭비하지 마세요." 두번째 종업원이 말했다. 그녀의 영어 실력은 동료보다 더욱더 뛰어났고 얼굴도 한층 더 예뻤다. "이 동네에는 저 인간이 아주 독살스럽고 비뚤어진 몽상가라는 사실을 모르는 사람이 거의 없어요. 한평생 파시스트로 살아온 주제에 이제 와서 파시즘을 반대하는 체하고, 여자한테 자꾸 치근덕거리고, 그래서 다들 싫어하니까 틈만 나면 저렇게 욕지거리를 내뱉거든요. 보나마나 손님한테도 자신이나 이 아름다운 마을에 대해 별의별 헛소리를 다 늘어놨겠죠. 원하시면 우리랑 같이 가시죠. 이제 근무시간도 끝났으니 저 인간 때문에 생긴 오해를 말끔히 풀어드릴게요. 아, 정말 베넹헬리에는 몽상가가 너무 많아서 탈이에요. 겨울철에 목도리 두르듯 온몸에 거짓말을 휘감고 다닌다니까요."

"저는 펠리시타스 라리오스, 얘는 이복동생 레네가다예요." 다시 첫번째 종업원이 말했다. "바스쿠 미란다를 찾으신다면 그 사람이 처음 이곳에 나타났을 때부터 우리가 그 집 가정부로 일했다는 사실을 알아주세요. 사실 우린 올레의 술집에서 일하는 종업원이 아니에요. 여기 종업원들이 앓아눕는 바람에 도와달라고 부탁해서 오늘만 나왔거든요. 바스쿠 미란다를 우리만큼 잘 아는 사람은 없어요."

"집년! 쌍년!" 헬징이 고래고래 외쳤다. "저것들은 지금 선생을 골탕먹일 속셈이란 말이오. 아주 오래전부터 이 집에서 일하는 년들, 날마다 굽실거리며 여기저기 쓸고 닦고 문질러 푼돈이나 받아먹는 년들이라니까. 그리고 이 집 주인은 덴마크인도 올레도 아니고 도나우강에서 뱃사공 노릇을 하던 울리라는 사람이오."

나는 헬징이 지겨워졌다. 바스쿠의 가정부들이 앞치마를 벗어 각자 들고 있던 큼직한 밀짚 바구니에 담았다. 어서 떠나고 싶어하는 기색이 역력했다. 내가 자리에서 일어나 작별인사를 건네자 그 지긋지긋한 노인이 말했다. "지금껏 선생을 도와주려 애썼는데 아무짝에도 쓸모없었단 말이오? 기껏 열심히 조언해줬더니 이런 식으로 보답하는구려."

"아무것도 주지 마세요." 레네가다 라리오스가 충고했다. "낯선 사람을 만날 때마다 돈을 뜯어내려 안달인 사람이에요. 거지와 다름없어요."

"그래도 우리가 마신 술값은 내야겠소." 나는 말하고 지폐 한 장을 내려놨다.

"저년들이 선생 심장을 뜯어먹고 영혼마저 유리병에 가둬버릴 거요." 헬징이 사나운 어조로 경고했다. "분명히 경고했으니 나중에 딴소리하지 마시오. 바스쿠 미란다는 악령이고 저년들은 그놈의 졸개요. 조심하시오! 저년들이 박쥐로 둔갑하는 장면을 본 적도 있고……"

혼잡한 거리에서 그렇게 큰 소리로 떠드는데도 고트프리트 헬징의 말을 귀담아듣는 사람은 아무도 없었다. "여기 사람들은 저 사람이 저러는 거 많이 봤거든요." 펠리시타스가 말했다. "혼자 횡설수설하게 내버려두고 다들 멀찌감치 지나가죠. 이따금 민방위 대장 살바도르 메디나 상사가 유치장에 하룻밤 가둬두면 조금 정신을 차리기도 해요."

박제 개 자와할랄의 꼬락서니가 엉망이었다는 사실을 인정해야겠다. 내가 이리저리 끌고 다니기 시작한 후로 한쪽 귀가 거의 다 떨어져 나가고 이빨도 두어 개 빠졌다. 그런데도 레네가다는, 새로 안면을 튼 두 여자 가운데 좀더 날씬한 그녀는 자와할랄을 입이 닳도록 칭찬했고, 기회가 있을 때마다 내 팔이나 어깨를 만지며 호감을 드러냈다. 펠리시타스 라리오스는 아무 말도 안 했지만 어쩐지 그런 신체 접촉을 못마땅하게 여기는 듯했다.

우리는 가파른 비탈길에 늘어선 작은 2층짜리 연립주택 중 한 집으로 들어갔다. 도로명은 '카예 데 미라도레스[9)]'였지만 유리 전망대를 자랑하기에는 건물이 너무 허름해서 전혀 어울리지 않았다. 그런데도 도로 표지판은(감청색 바탕에 흰색 글자) 뻔뻔스럽기 짝이 없었다. 베냉 헬리가 온갖 비밀뿐 아니라 허풍선이도 수두룩한 마을이라는 또하나의 증거였다. 저멀리 비탈길 꼭대기에 거대하고 흉물스러운 분수대의 윤곽이 보였다. "저기가 코끼리광장이에요." 레네가다가 사랑스럽다는 듯 말했다. "미란다 저택 정문이 거기 있어요."

"그렇지만 문을 두드리거나 초인종을 눌러도 소용없어요." 펠리시타스가 걱정스러운 듯 얼굴을 찡그리며 끼어들었다. "아무도 열어주지 않거든요. 일단 들어가서 좀 쉬세요. 너무 피로해 보이기도 하고, 죄송하지만 좀 편찮아 보이시네요."

---

9) 스페인어로 '전망대 길'.

레네가다가 말했다. "신발은 벗어주세요." 종교를 연상시키는 요청이라 어리둥절했지만 순순히 따랐다. 레네가다는 바닥과 천장과 벽면이 온통 도제 타일로 뒤덮인 작은 방으로 나를 안내했다. 델프트블루색 타일마다 이런저런 장면을 조그맣게 그려놨다. "똑같은 그림은 하나도 없어요." 레네가다가 자랑스럽게 말했다. "유대인 추방이 끝난 후 오래된 베넹헬리의 유대교당을 허물 때 나온 타일을 전부 옮겨놨대요. 눈 밝은 사람한테는 미래를 보여준다는 말도 있어요."

"말도 안 되는 소리." 펠리시타스가 웃으며 말했다. 그녀는 둘 중 몸집도 더 크고 얼굴도 한결 아랫길인데다 턱에는 큼직하고 꼴사나운 사마귀가 있고 사뭇 덜 낭만적인 편이었다. "싸구려 타일이고 별로 오래된 물건도 아니야. 이런 네덜란드풍 파란색은 이 근방에서도 옛날부터 두루 썼거든. 그리고 길흉화복을 알려준다는 얘기도 말짱 헛소리야. 그러니까 레네가다, 허무맹랑한 소리 좀 그만하고 이 지친 신사분이 좀 주무시게 해드려."

굳이 권하지 않아도 휴식이 절실했던 나는—최악의 상황에서도 불면증에 시달린 적은 한 번도 없었으니까!—타일로 뒤덮인 그 방에서 옷을 다 입은 채 비좁은 간이침대에 털썩 쓰러졌다. 곯아떨어지기 직전, 머리맡에 붙은 타일 한 장이 우연히 눈에 띄었는데, 거기에 짓궂은 미소를 머금은 채 나를 빤히 마주보는 어머니의 초상화가 있었다. 그러나 곧 졸음이 쏟아져 까무룩 의식을 놓쳐버렸다.

이윽고 잠이 깼을 때는 어느새 옷이 다 벗겨지고 머리부터 넣어야 하는 긴 잠옷으로 갈아입은 상태였다. 잠옷 속도 완전히 알몸이었다. 두 가정부가 꽤나 되바라졌다는 생각이 들었다. 얼마나 깊이 잠들었기에 까맣게 몰랐을까!─잠시 후 그 놀라운 타일이 생각났지만 아무리 찾아도 내가 잠들기 직전 분명히 본 그 그림과 비슷한 그림조차 발견하지 못했다. '잠에 빠져들 때는 온갖 희한한 망상이 떠오르지.' 그렇게 생각하며 침대에서 빠져나왔다. 벌써 대낮이었고 이 작은 집의 큰방 쪽에서 못 견디게 구수한 렌틸콩수프 냄새가 물씬 풍겼다. 펠리시타스와 레네가다는 이미 식탁 앞에 앉아 있고 세번째 자리에는 김이 무럭무럭 피어오르는 큼직한 사발 하나가 놓여 있었다. 내가 허겁지겁 수프를 떠먹는 동안 두 사람은 흐뭇한 표정으로 지켜봤다.

"내가 얼마나 오래 잤소?" 내가 묻자 그들은 잠시 눈길을 주고받았다.

"꼬박 하루요." 레네가다가 대답했다. "벌써 다음날이에요."

"쓸데없는 소리." 펠리시타스가 반박했다. "겨우 몇 시간 눈만 붙이셨어요. 아직 오늘이에요."

"언니가 괜히 놀리는 거예요. 사실을 알면 놀라실까봐 제가 줄잡아 말씀드렸어요. 실제로는 적어도 마흔여덟 시간 이상 주무셨어요."

"차라리 사십팔 분이 더 가깝겠다. 레네가다, 괜히 당황해서 쩔쩔매시잖니."

"우리가 옷을 다 빨아서 다려놨어요." 동생 쪽이 화제를 돌렸다. "언짢아하지 마세요."

웬만큼 쉬었는데도 여독이 덜 풀린 상태였다. 내가 쿨쿨 자는 사이에 벌써 모레가 되었다면 좀 얼떨떨한 느낌이 드는 것도 무리가 아닐 터였다. 내 용건이나 생각하기로 했다.

"두 분, 정말 고맙소." 나는 정중히 말했다. "그런데 급히 조언을 청할 일이 있소. 바스쿠 미란다는 우리 집안의 오랜 친구인데, 중요한 집안

일로 꼭 만나야 하오. 우선 내 소개부터 하리다. 모라이시 소고이비, 인도 봄베이 출신이오. 반갑소."

두 사람은 깜짝 놀랐다.

"조고이비!" 펠리시타스가 중얼거리며 어처구니없다는 듯 고개를 절레절레 저었다.

"누군가의 입에서 그 가증스러운 이름을 또 듣게 될 줄은 몰랐는데." 레네가다 라리오스가 말하며 얼굴을 붉혔다.

나는 두 사람을 살살 구슬려 다음과 같은 이야기를 들었다.

세계적인 명성을 자랑하는 바스쿠 미란다 화백이 베넹헬리에 처음 나타났을 때 이들 이복자매는(당시에는 둘 다 이십대 중반의 아가씨였다) 가정부가 되기를 자청했고 즉석에서 채용됐다. "우리가 영어도 잘하고 살림살이도 잘하지만 무엇보다 집안이 마음에 든다고 하셨어요." 레네가다가 뜻밖의 말을 꺼냈다. "우리 아버지 후안 라리오스는 선원이었는데, 펠리시타스 어머니는 모로코인, 제 어머니는 팔레스타인 출신이었거든요. 그러니까 펠리시타스 언니는 아랍계 혼혈이고 저는 외가쪽이 유대인이죠."

"그렇다면 나랑 공통점이 있구려." 내가 말했다. "나도 절반은 그쪽이니까." 레네가다는 지나칠 정도로 기뻐하는 눈치였다.

그들에게 바스쿠는 자신의 '리틀 알람브라'에서 옛 알안달루스의 경이롭고 복합적인 문화를 재현하자고 말했다. 주종관계보다 가족 같은 관계를 원한다고 했다. 펠리시타스는 말했다. "물론 우리도 그 사람이 살짝 돌았다고 생각했지만 원래 예술가는 다 그렇잖아요. 더구나 월급도 시세보다 훨씬 더 많이 준다고 했거든요." 레네가다도 고개를 끄덕였다. "어차피 다 터무니없는 소리였어요. 말뿐이었죠. 우리 사이는 처음부터 끝까지 노사관계였거든요. 주인과 일꾼이라는 선이 분명히 있었으니까요. 그러다 광기가 점점 더 심해지면서 옛날 술탄처럼 차려입더니 정말 무어인 왕국의 이교도 폭군보다 더 지독하게 굴더라고요." 요즘도 그들은 아침마다 그 집에 들어가 정성껏 청소를 했다. 그러나 정원사는 모두 해고됐고 축소판 헤네랄리페[10]처럼 아름다웠던 수중정원도 거의 다 시들었다. 주방 일꾼도 오래전에 그만뒀고, 바스쿠는 종종 라리오스 자매에게 쇼핑 목록과 돈을 남겼다. 펠리시타스가 말했다. "치즈, 소시지, 와인, 케이크 따위죠. 올해 그 집에서는 하다못해 달걀 하나도 요리한 적이 없을 거예요."

오 년 전 살바도르 메디나에게 모욕을 당한 후 바스쿠는 줄곧 은둔 생활을 했다. 높은 탑에 틀어박혀 하루하루를 보냈는데, 발을 들여놓기만 하면 당장 해고하겠다는 위협 때문에 두 자매도 그의 거처에는 들어갈 수 없었다. 다만 레네가다는 그의 화실에서 캔버스 두어 개를 보았다고 했다. 예수가 아니라 유다가 십자가에 매달린 불경스러운 작품이었다. 그러나 이 '유다 그리스도' 그림은 몇 달째 미완성 상태로 방치됐으니 아마도 포기한 모양이었다. 그렇다고 다른 그림을 그리지도 않는 듯했다. 예전처럼 세계 각국의 공항 탑승장이나 호텔 로비에 벽화를 그려달라는 의뢰를 받고 여행을 떠나는 일도 없었다. 레네가다는 이런 말도 털어놨다. "첨단 장비를 잔뜩 사들였어요. 각종 기록장치였는데, 엑스선 촬영기까지 있었다니까요. 녹음기를 가지고 괴상한 테이프

---

10) 나스르왕조의 여름 궁전.

를 만드는데, 온통 찍찍거리는 소리, 쿵쾅거리는 소리, 울부짖는 소리, 두드리는 소리뿐이에요. 아방가르드 허접쓰레기죠. 탑 위에서 그런 테이프를 최대 음량으로 틀어놓으니 왜가리도 놀라서 둥지를 버리고 날아가버렸어요." 그럼 엑스선 촬영기는? "그건 저도 몰라요. 엑스선 사진을 가지고 무슨 예술작품을 만들려는 거겠죠."

"아무튼 건전한 생활은 아니에요." 펠리시타스가 말했다. "아무도, 정말 아무도 안 만나거든요."

펠리시타스도 레네가다도 벌써 일 년이 넘도록 고용주를 본 적이 없었다. 다만 달 밝은 밤이면 간혹 망토를 두르고 아방궁의 높다란 성가퀴를 따라 뚱뚱한 유령처럼 느릿느릿 거니는 그의 모습을 마을에서도 볼 수 있었다.

"그런데 '가증스러운 이름'이라는 말은 무슨 뜻이오?" 내가 물었다.

"어떤 여자가 있었대요." 결국 레네가다가 입을 열었다. "실례지만 혹시 숙모님 아닌가요?"

"어머니요." 내가 대답했다. "화가였소. 지금은 돌아가셨지만."

"고인의 명복을 빕니다." 펠리시타스가 끼어들었다.

"바스쿠 미란다는 그 여자분한테 원한이 많아요." 레네가다가 불쑥 말했다. "그분을 깊이 사랑했나보다 짐작했는데, 아닌가요?" 마치 한꺼번에 쏟아내지 않으면 차마 말할 수 없다는 듯 말이 빨랐다.

나는 아무 말도 하지 않았다.

"죄송해요. 말하기 어려운 일이라는 건 알아요. 어려운 일이죠. 아들이고 어머니니까. 차마 어머님의 비밀을 누설할 수 없겠죠. 어쨌든 제 생각에 바스쿠는 아마 그분의, 그분의, 그분의."

620

"애인." 펠리시타스가 모질게 말해버리자 레네가다는 얼굴을 붉혔다.

"혹시 모르셨다면 죄송해요." 레네가다가 말하며 내 왼팔에 손을 얹었다.

"말씀 계속하시오." 내가 말했다.

"그런데 그분이 바스쿠한테 잔인한 짓을 했어요. 냅다 차버렸거든요. 그때부터 마음속에서 원한이 자랐어요. 날이 갈수록 심해지더군요. 지독한 집착이에요."

"건전하지 않다니까요." 펠리시타스가 다시 말했다. "증오심은 영혼을 태워버리죠."

"그런 판국에 선생님이 오셨어요." 레네가다가 말했다. "제 생각이지만 바스쿠는 그분의 아드님을 절대로 만나주지 않을 거예요. 저는 바스쿠가 선생님 이름만 들어도 못 견딜 거라고 믿거든요."

"우리 육아실 벽에 만화영화에 나오는 동물이나 영웅을 그려준 분이오." 내가 말했다. "꼭 만나야겠소. 만나주실 거요."

펠리시타스와 레네가다가 다시 눈길을 주고받았다. 다 안다는 표정, 도저히 못 말리겠다는 표정이었다.

내가 말했다. "나도 두 분께 들려드릴 이야기가 있소."

⌒

이윽고 내 이야기가 끝났을 때 레네가다가 말문을 열었다. "얼마 전에 소포 하나가 오긴 했어요. 어쩌면 그림이 들었을지도 몰라요. 어쩌면 어머님의 초상화가 숨겨진 바로 그 그림일 수도 있겠네요. 어쨌든 그 소포는 바스쿠가 탑 안에 들여놨을 거예요. 그렇지만 커다린 그림 널 장? 그건 아니에요. 그런 물건은 온 적이 없어요."

"아직 안 왔을 수도 있소. 아주 최근에 도난당했으니까. 잘 지켜봐주시오. 이제야 깨달았지만 상황을 보아하니 아무래도 내가 너무 성급히 찾아가면 안 되겠소. 섣불리 건드리면 그림을 다른 곳으로 빼돌릴 테니. 그러니 두 분이 지켜봐주시오. 나는 좀더 기다리겠소."

그러자 펠리시타스가 말했다. "우리집에 묵으신다면 어떻게 해볼게요. 원하신다면." 레네가다가 그 말을 듣고 고개를 돌렸다.

"선생님은 긴 여행을 하셨어요." 레네가다가 여전히 나를 외면한 채 말했다. "돌아가신 어머님의 유산을 되찾으려는 아들, 마음의 평안과 치유를 위한 여행. 그런 분이라면 소원을 이루실 때까지 도와드리는 게 여인의 도리죠."

그때부터 한 달이 넘도록 그 집에 머물렀다. 그 기간 동안 정성어린 보살핌을 받았고 그들과 함께 보내는 시간이 즐겁기도 했다. 그러나 그들의 삶에 대해서는 별로 알지 못했다. 부모는 이미 세상을 떠난 듯했지만 두 사람이 그 얘기를 꺼리는 듯싶어 당연히 덮어둘 수밖에 없었다. 다른 형제자매나 친구는 없는 듯했다. 연인도 없었다. 그래도 두 사람은 더 바랄 나위 없이 행복해 보였고 한시도 떨어지려 하지 않았다. 아침마다 손을 잡고 일하러 나갔다 함께 돌아왔다. 어떤 날은 왠지 쓸쓸해서 레네가다 라리오스에게 설익은 욕망을 느끼기도 했지만 단둘이 만날 기회가 전혀 없으니 일을 진척시킬 도리가 없었다. 밤마다 저녁식사만 끝나면 이복자매는 위층으로 올라갔는데, 두 사람이 함께 쓰는 침대에서 그들이 중얼거리는 소리와 몸을 움직이는 소리가 밤늦도록 계속됐다. 그러나 매번 그들이 나보다 먼저 일어났다.

나는 호기심을 이기지 못하고 결국 어느 날 저녁식사 때 그들에게 왜 결혼하지 않았느냐고 물었다. "그야 이 동네 남자들이 모가지 위쪽으로는 다 죽었기 때문이죠." 레네가다가 언니를 매섭게 노려보며 쏘아붙였다. "모가지 아래쪽도 마찬가지예요."

"제 동생이 평소처럼 쓸데없는 상상을 하네요." 펠리시타스가 말했다. "어쨌든 우리가 이 동네 사람들과 좀 다른 건 사실이에요. 우리 집안은 다 그랬어요. 다른 식구들이 모두 세상을 등진 마당에 고작 남편 때문에 서로를 잃긴 싫어요. 우리 사이가 더 가까우니까요. 베넹헬리 사람들은 우리 생각을 잘 이해하지 못해요. 예를 들자면 우리는 프랑코 정권이 끝나고 민주주의가 회복돼서 기뻐요. 더 사적인 이야기를 하자면 우리는 담배도 싫어하고 아기도 싫어하는데 여기 사람들은 둘 다 좋아서 어쩔 줄 모르죠. 흡연자들은 걸핏하면 포르투나나 두카도스 같은 담배로 친목을 다진다느니, 친구한테 담뱃불을 붙여줄 때 관능적 친밀감을 느낀다느니 떠들어대죠. 그런데 우리는 잠이 깼을 때 옷에서 그 지긋지긋한 냄새가 나는 것도 싫고, 자려고 할 때 머릿결에 밴 퀴퀴한 연기 냄새를 맡는 것도 싫어요. 아이 문제도 마찬가진데, 아이는 많을수록 좋다고들 하지만 우리는 이리저리 뛰며 빽빽거리는 꼬마 간수 때문에 오도 가도 못하는 신세가 되긴 싫거든요. 그리고 죄송한 말씀이지만 우리가 선생님 개를 좋아하는 이유도 사실은 박제한 녀석이라 신경을 안 써도 되기 때문이에요."

내가 반론을 냈다. "지금까지 나를 정성껏 보살펴줬잖소."

"그거야 일이니까요." 펠리시타스가 말했다. "선생님은 돈을 내는 손님이잖아요."

나도 물러서지 않았다. "두 분을 있는 그대로 사랑하고 굳이 자식을 낳으려 하지 않는 남자도 있을 거요. 그리고 베넹헬리 남자들의 정치관이 문제라면 가령 에라스모로 건너가는 방법도 있잖소? 거기 사람들은 좀 다르다던데."

"굳이 대답을 원하시니 말씀드리죠." 펠리시타스가 대꾸했다. "저는 여자를 있는 그대로 볼 줄 아는 남자는 본 적이 없어요. 그리고 에라스모 얘기라면, 여기서 에라스모까지는 길도 없거든요."

나는 레네가다의 눈에서 야릇한 표정을 발견했다. 언니의 말에 모두 동의하지는 않는 듯했다. 그날의 대화 이후로 나는 홀로 보내는 밤마다 금방이라도 문이 열리고 레네가다 라리오스가 살며시 들어와 내 곁에 눕는 상상을 했다. 길고 하얀 잠옷 속에는 실오라기 하나 걸치지 않고…… 하지만 그런 일은 없었다. 나는 혼자 누워 잠들지 못하고 머리 위에서 두 여자가 뒤척이거나 중얼거리는 소리를 들을 뿐이었다.

그렇게 기다리는 한 달 동안 베넹헬리 거리 곳곳을 배회했는데—때로는 자와할랄을 덜컹덜컹 끌고 다녔지만 혼자일 때가 더 많았다—그때마다 너무 따분해서 멍한 상태였으므로 지난 일을 골똘히 생각하기는 불가능했다. 혹시 저 수많은 이른바 '기생충'처럼 내 눈빛도 흐리멍덩해지지 않았을까 싶었다. 그들은 하루종일 '기생충 거리'에서 이리저리 몰려다니며 시간을 보내는 듯했는데, 옷도 사고 식당에서 먹고 술집에서 마시며 쉴새없이 지껄였지만 대화 내용에는 아무 관심도 없는 듯 늘 야릇하게 몽롱한 표정이었다. 그러나 베넹헬리는 눈빛이 흐려지지 않은 사람마저 사로잡는 마력을 지닌 듯했는데, 왜냐하면 징징거리는 늙은이 고트프리트 헬징도 어쩌다 마주칠 때마다 마치 절친한 친구를 만난 듯 반갑게 눈빛을 반짝이며 힘차게 손을 흔들고 다 안다는 듯 윙크를 던지면서 소리쳤기 때문이다. "조만간 지난번처럼 즐거운 대화를 나눠봅시다!" 내가 도착한 이곳은 사람들이 자신을 잊으려고—아니, 더 정확히 말하자면 자신에게만 몰두하려고, 자기가 될 수 있었거나 되고 싶었던 어떤 꿈속에서 살아가려고, 혹은 예전의 모습을 잃어버린 후 지금의 모습에서 조용히 도망치려고—찾아오는 곳이 아닐까 싶었다. 그러므로 그들은 헬징처럼 거짓말쟁이일 수도 있고, '명예 기생충'으로 불리는 전직 촌장처럼 긴장병 환자에 가까울 수도 있다. 그 사람은 아침부터 저녁까지 노천 주점 걸상에 우두커니 앉아 한 마디도 안 하는데, 죽은 아내가 살던 집의 커다란 목재 옷장 뒤에 감춰진 그 골방 속의 어둑어둑한 고독을 아직도 벗어나지 못한 듯했다. 그리고 이 거리를 둘러싼 신비로운 기운도 사실은 무지에서 비롯된 분위기였다. 수수께끼처럼 보인 것이 사실은 공허에 불과했기 때문이다. 뿌리를 잃은 이 떠돌이들은 스스로 로봇인간이 되기를 선택했다. 인간의 삶을 흉내낼 수는 있지만 실제로 살기는 불가능했다.

현지인은—적어도 내가 짐작하기에는—이 마을의 최면 효과에 '기생충'들만큼 심하게 취해버리지는 않았다. 그래도 이곳에 만연한 거리감과 무관심의 분위기에 어느 정도는 영향을 받는 듯했다. 가령 펠리시타스와 레네가다도 일찍이 고트프리트 헬징이 얘기했던 젊은 여자, 얼마 전 베넹헬리를 찾아와 바스쿠 미란다에 대해 수소문했다는 그 여자에 대해 세 번이나 물어본 뒤에야 겨우 대답해줬다. 처음 두 번은 둘 다 으쓱 어깻짓을 하며 헬징은 믿을 만한 사람이 아니라는 말만 되풀이했는데, 어느 날 저녁때 내가 다시 그 문제를 꺼내자 레네가다가 바느질을 하다 말고 고개를 들더니 불쑥 외쳤다. "아, 맞다, 맙소사, 이제야 생각났는데 어떤 여자가 오긴 했어요. 보헤미안 타입이던데, 바르셀로나에서 온 무슨 예술 전문가라던가, 그림 복원가라던가, 뭐 그런 직업이었어요. 그런데 아무리 애교를 떨어도 소용이 없었으니 지금쯤 고향 카탈루냐로 돌아갔을 거예요." 나는 다시 펠리시타스가 동생의 경솔한 언동을 못마땅해한다는 느낌을 강하게 받았다. 그러나 펠리시타스는 사마귀를 긁으며 입술을 삐죽거릴 뿐 아무 말도 하지 않았다. "그럼 그 카탈루냐 여자가 바스쿠를 만났다는 뜻 아니겠소?" 내가 그런 결론을 내리고 들뜬 어조로 말했을 때 펠리시타스가 톡 쏘아붙였다. "우린 그런 말 안 했어요. 이 문제는 더 얘기해봤자 의미가 없어요." 레네가다도 수긍한다는 듯 고개를 숙이고 다시 바느질을 시작했다.

이리저리 돌아다니다보면 땀을 뻘뻘 흘리는 민방위 대장 살바도르 메디나와 종종 마주쳤는데, 그때마다 그는 나를 보고 눈살을 찌푸렸고, 모자를 벗고 땀에 젖은 머리를 긁적거리며 내가 누구인지 생각해내려 애쓰는 듯했다. 대화를 나눈 적은 없는데, 나는 아직 스페인어에 서툴렀고—밤에는 책으로 공부하고 낮에는 매주 지불하는 숙식비에 웃돈을 얹어준다는 조건으로 라리오스 자매에게 배우면서 조금씩 나아지기는 했다—살바도르 메디나는 영어를 배우려 노력했지만 그에게 영어는 늘 한두 걸음 앞에서 법망을 따돌리는 교활한 범죄자 같아서 도

무지 잡히지 않았기 때문이다.

나는 메디나가 나를 쉽게 잊어버릴 만큼 무관심해서 다행이라고 생각했다. 인도 당국이 내 행방을 탐문하지 않는다는 뜻이었기 때문이다. 내가 최근에 살인죄를 저질렀다는 사실을 돌이켜봤는데, 피살자의 집이 폭발할 때 내 범행의 흔적도 깨끗이 지워졌으리라 짐작했다. 폭탄은 나보다 더 큰 힘으로 범행 현장을 휘저어 수사관의 눈에 띌 만한 증거를 영원히 감춰버렸다. 내가 의심을 받지 않는다고 믿는 또하나의 근거는 은행 계좌였다. 아버지의 타워에 머물던 몇 년 동안 나는 꽤 많은 돈을 외국의 은행으로 빼돌렸고 스위스 무기명 계좌도 여럿이었다(보시다시피 이 몸은 '아담 조고이비'의 생각과 달리 한낱 깡패나 '얼간이' 따위가 아니었소이다!). 파산한 시오디사에 대해서는 당시 철저히 조사중이었고 수많은 은행 계좌가 파산관재인에게 넘어가거나 동결됐지만 내가 아는 한 최근에 내 은행거래를 제한하려는 움직임은 전혀 없었다.

그러나 내가 저지른 범죄를—어쨌든 살인이었건만, 지극히 참혹한 살인이었건만, 내가 저지른 유일무이한 살인이었건만—나 자신마저 금방 잊어버리다니 신기한 일이었다. 어쩌면 폭탄이라는 막강한 권력 앞에서, 그 압도적이고 효과적인 현실 앞에서 내 무의식이 죄책감을 씻어버렸는지도 모른다. 혹은 이렇게 죄의식을 느끼지 못하는 상태, 이 윤리적 불감증은 베넹헬리가 내게 준 선물이었는지도 모른다.

육체적으로도 일종의 휴지기로 접어들었다는 느낌이었다. 마치 모래알이 떨어지지 않는 모래시계처럼, 혹은 수은이 흐르지 않는 물시계처럼 나는 시간이 멈춰버린 듯한 상태를 유지했다. 전식 증상까지 호전됐다. 이 마을에 두 명뿐인 비흡연자를 만났으니—실제로 내가 가는 곳마다 다들 미친듯이 담배 연기를 내뿜었으니까—내 허파를 위해서는 참으로 다행스러운 일이라고 생각했다. 담배 냄새를 피하려 소시지가 주렁주렁 걸린 빵집이나 계피 상점이 모인 골목을 배회했다. 그곳에는 늘 육류와 과자류와 갓 구운 빵 냄새가 감미롭게 감돌았고, 나는 이 마을의 신비로운 규칙에 몸을 맡겼다. 아베야네다의 감옥에서 쓰는 쇠사슬이나 족쇄 따위를 주로 만드는 마을 대장장이가 나를 보더니 다른 행인에게 하듯 고개를 끄덕이며 그 일대에서 사용하는 심한 스페인어 사투리로 소리쳤다. "아직꺼정 자유롭게 활보헌단 말이지? 다 시간 문제여, 시간 문제!" 그러더니 무거운 쇠사슬을 철컹철컹 흔들어대며 폭소를 터뜨렸다. 스페인어 실력이 차츰 나아질수록 나는 '기생충 거리'에서 점점 더 멀리까지 나아갔고, 그래서 베넹헬리의 다른 모습도 더러 볼 수 있었다. 역사에 패배한 이 마을에서 질투심 많은 남자들은 뻣뻣한 양복을 입고 약혼녀를 몰래 따라다니며 이 정숙한 처녀들이 바람을 피우는지 감시했고, 밤이 오면 오래전에 죽은 난봉꾼들이 자갈포장길을 달리는 말발굽 소리가 다가닥다가닥 울려퍼지기도 했다. 나는 펠리시타스와 레네가다가 밤마다 덧문을 닫아걸고 집안에만 머무는 까닭을 어렴풋하게나마 이해하게 되었다. 내가 작고 편안한 방에서 스페인어 공부를 하는 동안 그들은 나직한 소리로 도란도란 이야기를 나눴다.

〜

베넹헬리에 온 지도 벌써 오 주째로 접어든 어느 수요일, 내가 산책을 하다 하숙집으로 돌아갈 때 젊고 꾀죄죄한 여자가 나타나 헐값으로 제작한 팸플릿 한 장을 억지로 내 손에 쥐어주며—'SYLC(아이들을 내버려두라Suffer Ye Little Children), 미래의 기독교인을 지키는 혁명 십자군'의 낙태반대론을 설명한 내용이었다—모임에 나오라고 권했다. 나는 딱 잘라 거절했지만 그 순간 플로리아스 수녀에 대한 추억이 왈칵 밀려들었다. 봄베이에서도 인구밀도가 제일 높은 지역만 찾아다니며 낙태반대운동을 벌이던 미니, 지금은 원치 않는 임신도 문제가 되지 않을 곳으로 가버린 미니, 다정하고 광신적인 미니, 부디 이제는 행복하기를…… 그리고 그 여자처럼 의족을 달고 내게 권투를 가르쳐주던 람바잔 찬디왈라 보르카르와 토타도 떠올랐다. 내가 늘 싫어했던 이 앵무새는 봄베이 폭발 이후 행방이 묘연했다. 사라져버린 그 새를 생각하자 문득 견딜 수 없는 그리움과 슬픔이 밀려왔고 나는 길거리에서 울음을 터뜨렸다. 놀라고 당황한 여전사는 동지들이 기다리는 SYLC 소굴로 황급히 떠나버렸다.

이윽고 카예데미라도레스에 있는 라리오스 자매의 작은 집으로 돌아왔을 때 무어는 이미 나갈 때와는 전혀 다른 사람이었다. 우연한 일을 계기로 다시 감정과 고통이 있는 세계로 돌아온 것이었다. 오랫동안 마비됐던 희로애락의 감정이 홍수처럼 나를 휘감았다. 그러나 내가 미처 그런 변화를 설명하기도 전에 하숙집 주인들이 열심히 떠들기 시작했는데, 서로 말을 가로채며 다급하게 알려준 소식은 도둑맞은 그림이 드디어 예상대로 '리틀 알람브라'에 도착했다는 이야기였다.

"승합차 한 대가 나타났는데……" 레네가다가 말문을 열었다.

"—한밤중에 우리집 앞을 지나가기에—" 펠리시타스가 말을 이었다.

"─얼른 레보소를 두르고 뛰쳐나갔더니─"

"─저도 뛰쳐나갔는데─"

"─저택 문이 열리고 승합차가─"

"─안으로 들어가고─"

"─오늘 보니 벽난로에 싸구려 널빤지가 잔뜩─"

"─아시죠, 포장용 상자에서 나온─"

"─아마 밤새도록 상자를 쪼갰을 텐데!─"

"─쓰레기통에도 그 비닐 거시기가 수북수북─"

"─애들이 터뜨리기 좋아하는 그거─"

"─그래, 비닐 완충재─"

"─맞다, 완충재, 그리고 골판지랑 쇠고리도 수두룩하고─"

"─승합차에 큼직큼직한 소포 몇 개를 싣고 온 모양인데 그림이 아니면 뭐겠어요?"

꼭 그렇다고 할 수는 없겠지만 불확실성이 지배하는 이 마을에서 이보다 뚜렷한 증거를 찾기는 쉽지 않을 터였다. 나는 처음으로 바스쿠 미란다와의 만남을 상상했다. 어렸을 때는 그의 발치에 앉아 있기를 좋아했지만 지금은 둘 다 노인이 되었고, 굳이 말하자면 한 여인을 두고 싸우는 사이인데 문제의 그 여인이 죽었다고 해서 이 싸움이 덜 치열하지는 않을 터였다.

이제 다음 계획을 세워야 할 때였다. 나는 라리오스 자매에게 말했다. "바스쿠가 만나주지 않으면 두 분이 나를 몰래 들여보내주는 수밖에 없겠소."

이튿날 이른새벽, 아직도 태양은 먼 산꼭대기 너머를 어렴풋이 물들인 풍문에 불과할 때, 나는 일하러 나가는 레네가다 라리오스를 따라나섰다. 두 여자 중에서 한결 뼈대가 굵고 몸집이 큰 펠리시타스가 제일헐렁한 검정 스커트와 블라우스를 빌려줬다. 발에는 스페인 사람들이 사는 지역에서 샀다는 평범한 고무 샌들을 신었다. 오른팔에는 바구니를 걸었는데 그 속에 내 옷을 넣고 먼지떨이와 스펀지와 분무기 따위로 감췄다. 머리뿐 아니라 오른손도 레보소로 가리고 흘러내리지 않도록 왼손으로 단단히 붙잡았다. 트집잡기 좋아하는 펠리시타스 라리오스가 나를 훑어보며 말했다. "아무리 봐도 여자 같진 않네요. 아직은 어둡고 거리도 멀지 않아 그나마 다행이죠. 몸을 좀 웅크리고 종종걸음을 치세요. 어서 가요! 우리가 선생님을 위해 생계까지 걸었다는 사실을 알아주시면 좋겠네요."

"돌아가신 어머님을 위해서예요." 레네가다가 이복언니의 말을 정정했다. "우리 어머니도 두 분 다 돌아가셨으니까. 그래서 그 심정을 이해해요."

"개는 두고 가겠소." 내가 펠리시타스에게 말했다. "성가시게 굴진 않을 거요."

"그야 당연하죠." 그녀가 퉁명스럽게 대꾸했다. "선생님이 떠나자마자 벽장에 처박아버릴 테니까. 돌아오시기 전에는 꺼내주지도 않을 테니 걱정 마세요. 우리처럼 분별 있는 사람은 박제한 개를 산책시키지 않거든요."

나는 자와할랄에게 작별인사를 했다. 그 녀석도 기나긴 여행을 했는데 이국땅에서 고작 청소 도구를 넣어두는 벽장에 처박히다니 안타까운 노릇이었다. 그러나 벽장 신세를 모면할 방법은 없었다. 그리하여 나는 바스쿠 미란다와 대결하기 위해 길을 나섰고, 이제 자와할랄은 안달루시아에서 버림받는 수많은 개와 다름없는 처지였다.

난생처음 여장을 하면서 나는 일찍이 아이리시 다 가마가 아내의 웨딩드레스를 입고 '항해 왕자 헨리'와 함께 환락의 밤을 즐기러 나갔다는 이야기를 자연스레 떠올렸다. 그러나 이 얼마나 초라한 꼬락서니인가, 아이리시의 화려한 드레스에 비하면 이 시커먼 헝겊 쪼가리는 천박하기 짝이 없고 나 역시 이런 옷은 전혀 안 어울리지 않나! 집을 나선 후 레네가다 라리오스는 이 마을의 전직 촌장도—지금은 이름도 없고 친구도 없이 '기생충 거리'에서 혼자 커피를 홀짝거리는 바로 그 노인 말이다—언젠가 할머니로 변장하고 이 거리를 지나갔다는 이야기를 들려줬다. 감금생활이 끝나갈 무렵 그의 집이 철거 예정지에 포함되는 바람에 온 가족이 떠나야 했기 때문이다. 그렇다면 우리 집안뿐 아니라 이 동네에도 나의 변장을 예고하는 선례가 있었던 셈이다.

레네가다와 내가 펠리시타스의 감시를 받지 않고 단둘이 있기는 처음이었다. 레네가다가 노골적으로 추파를 던졌지만 나는(여자 옷 때문에, 그리고 앞일을 예측할 수 없다는 불안감 때문에) 흔쾌히 호응할 만한 여유가 없었다. 이윽고 우리는 '리틀 알람브라'의 하인용 출입구에 무사히 도착했는데, 내가 아는 한 그때까지 아무에게도 들키지 않은 듯했지만 확신할 수는 없다. 우리가 바스쿠의 꼴사나운—누구나 싫어하는—코끼리 분수대를 향해 비탈길을 올라갈 때 카예데미라도레스의 어느 불 꺼진 창가에서 누군가 호기심 가득한 눈으로 지켜봤는지도 모르니까. 나는 아방궁의 담장 위로 펄펄 날아다니는 연두색 물체를 얼핏 보았다. "스페인에도 앵무새가 있소?" 레네가다에게 귓속말로 물었지만 대답은 듣지 못했다. 모처럼 연애질을 할 기회가 생겼는데 내가 받아주지 않아 토라졌는지도 모른다.

문 옆의 적갈색 벽면에 작은 전자식 키패드가 있었고 레네가다가 숫자 네 개를 재빨리 입력하자 문이 찰칵 열렸다. 우리는 미란다의 소굴로 들어섰다.

나는 곧바로 강렬한 기시감에 사로잡혔다. 머리가 어질어질했다. 이윽고 마음을 조금 가라앉힌 후 나는 바스쿠 미란다가 아방궁 내부에 아우로라 조고이비의 무어 연작을 재현한 솜씨에 감탄했다. 내가 있는 곳은 탁 트인 안뜰이었는데 한복판에 체스판무늬로 타일을 붙인 광장이 있고 사방이 아치형 회랑이었다. 건너편 창문 너머로는 새벽빛에 반짝이는 들판이 넓게 펼쳐져 마치 바다를 보는 듯했다. 환상의 바다로 둘러싸인 궁전, 아랍양식과 무굴양식을 결합하고 키리코화풍을 가미한 곳, 언젠가 아우로라가 내게 설명했던 바로 그곳이었다. '두 세계가 충돌하는 곳, 서로 이리저리 넘나들며 서로를 지워가는 곳. 뭍에 사는 사람이 물에 빠지면 익사하거나 아가미가 돋아나는 곳, 수중생물이 공기를 마시면 취하거나 숨이 막혀 죽는 곳.' 비록 지금은 좀 허름하고 정원도 쇠락했지만 내가 찾은 그곳은 무어리스탄이 분명했다.

아무도 없는 방을 차례차례 지나가면서 나는 아우로라의 그림에서 본 풍경을 실물로 구현한 장면들을 보았다. 금방이라도 그녀가 그려 인물들이 나타날 듯, 그리고 눈을 의심하는 내 앞에서 그들의 슬픈 이야기를 펼쳐 보일 듯했다. 내 몸도 알록달록한 마름모꼴로 뒤덮인 무어로 변해버릴 듯했다. 무어 연작의 공통 주제는 무어의 비극—즉 다양성이 통일성 때문에 파멸하는 비극, '여럿'이 '하나'에게 패배하는 비극—이 었으니까. 내 뭉개진 손이 금방이라도 꽃이나 빛이나 불덩이로 변해버릴지 몰라! 옛날부터 바스쿠는 말을 타고 눈물을 흘리는 남자를 묘사했던 자신의 천박한 그림에서 아우로라가 무어 연작의 아이디어를 훔쳤다고 믿었는데, 이번에는 그가 극심한 집착에서 비롯된 정력과 막대한 재산을 쏟아가며 아우로라의 상상력을 표절했다. 이 집을 지은 힘은 사랑일까, 증오일까? 내가 들은 이야기가 사실이라면 이곳이야말로 진정한 펠림프스타인이다. 오래전에 잃어버린 감미로운 사랑의 추억 위에 지금의 쓰디쓴 원한을 덕지덕지 발라놓은 덧칠그림 같은 곳이니까. 이곳은 왠지 못마땅하다. 훌륭한 모방이지만 시기심이 깃들었다. 처음에 이 집의 정체를 알아차리고 느꼈던 충격이 차츰 가라앉고 날이 점점 밝으면서 이 장관 속에 감춰진 결점이 하나둘씩 눈에 띄었다. 역시 바스쿠 미란다는 예나 지금이나 변함없는 속물이었다. 아우로라는 모든 것을 생생하고 정교하게 표현했지만 바스쿠는 조금씩 다른 색채를 사용했는데, 밝기 차이는 그리 크지 않았지만 햇빛 아래서 보니 상쾌하고 조화로운 느낌이 아니라 불쾌하고 조잡한 느낌이었다. 건물의 비례도 형편없고 선의 흐름도 엉터리였다. 그래, 이 집은 놀라운 걸작이 아니구나. 첫인상은 착각에 불과했고 환상은 이미 사라져버렸다. '리틀 알람브라'는 크고 화려하지만 겉만 번지르르할 뿐, 알고 보니 무어의 새 예루살렘이 아니라 흉측한 건물에 불과했다.

도난당한 그림은 보이지 않고 레네가다와 펠리시타스가 말했던 장비들도 눈에 띄지 않았다. 높은 탑으로 들어가는 문은 굳게 잠긴 상태였다. 바스쿠는 그 탑 안에 있을 테고 각종 장비와 도둑질한 비밀도 모두 그곳에 있을 터였다.

나는 레네가다에게 말했다. "옷 좀 갈아입어야겠소. 이런 꼬락서니로 그 늙은이를 만나긴 싫소."

"그럼 어서 갈아입어요." 그녀가 뻔뻔스럽게 대꾸했다. "어차피 구석구석 안 본 데가 없으니까." 레네가다가 변했다. '리틀 알람브라'에 들어선 다음부터 마치 자기가 주인인 양 거만했다. 내가 처음에는 이 집을 둘러보며 몇 번이나 탄성을 질렀지만 시간이 갈수록 혐오감만 느낀다는 것을 알아차렸으리라. 어쨌든 그녀가 오랫동안 보살피던 집이 아닌가. 내가 열광적인 반응을 보이지 않으니 언짢아하는 것도 무리가 아니다. 그래도 그렇지, 그토록 파렴치하고 노골적인 말을 내뱉다니 도저히 묵과할 수 없었다.

"함부로 말하지 마시오." 그렇게 경고한 후 그녀의 성난 눈초리를 무시하며 나 혼자 옆방으로 들어갔다. 옷을 갈아입는 동안 멀리 어딘가에서 들려오는 소리를 의식했다. 정말 지독한 소음이었다. 여자의 비명소리, 삐익 하는 되먹임소리, 성별을 알 수 없는 괴성, 컴퓨터로 합성한 고음과 폭음, 달그락거리거나 철커덩거리는 배경음 따위가 마구 뒤섞인 이 불협화음을 듣고 있자니 마치 지진으로 흔들리는 부엌 한복판에 서 있는 듯한 기분이었다. 일전에 언급한 '아방가르드 음악'이 틀림없다. 바스쿠 미란다가 깨어난 모양이었다.

레네가다와 펠리시타스는 고용주가 은둔생활을 하기 때문에 벌써 일 년이 넘도록 못 만났다고 분명히 말했다. 그런데 내가 탈의실을 나서자 늙고 뚱뚱한 바스쿠가 체스판무늬 광장에서 나를 기다리고 있었으니 나는 몹시 놀랄 수밖에 없었다. 그의 곁에는 가정부도 함께 있었는데 그냥 서 있는 것도 아니고 깃털 먼지떨이로 간지럽히며 장난을 치고 바스쿠는 낄낄거리거나 외마디 소리를 지르며 즐거워했다. 이복자매가 말한 대로 그는 화려한 무어풍 차림새였는데, 헐렁한 나팔바지와 목깃 없는 풍성한 셔츠를 입고 그 위에 단추를 풀어헤친 자수 조끼를 걸친 모습이 마치 터키의 라하트 로쿰[11] 한 무더기가 출렁거리는 듯했다. 콧수염은 전보다 짧아지고―왁스를 발라 석순처럼 빳빳하게 세운 부분은 다 없어졌다―머리통은 달 표면처럼 민둥민둥한데다 곰보자국투성이였다.

"히이, 히이!" 바스쿠가 레네가다의 먼지떨이를 탁 쳐내며 웃음을 터뜨렸다. "올라, 나마스카르, 살람,[12] 우리 무어 꼬맹이. 몰골이 참담한데. 금방이라도 꼴까닥 꼬꼬닭 숨넘어가겠어. 우리 두 숙녀분이 제때 밥상도 안 차려줬나? 모처럼 즐기는 휴가가 마음에 안 들었나? 이게 얼마만이지? 이런, 이런―벌써 십사 년이라. 이것 참! 그동안 고생을 많이 한 모양이네."

나는 가정부를 무섭게 노려보며 입을 열었다. "아저씨를 만나기가 이렇게…… 간단할 줄 알았으면 우스꽝스러운 변장 따위는 안 했을 텐데. 이제 보니 아저씨가 은둔생활을 한다는 소문은 과장이었군요."

"뭔 소문?" 그렇게 의뭉스럽게 묻더니 말했다. "글쎄, 그럴지도 모르

---

11) 젤리 형태의 디저트.
12) 각각 스페인어, 힌디어, 아랍어 인사말.

지만 몇몇 사소한 부분만 과장했을 거야." 위로하듯 말하면서 손을 내
저어 레네가다를 멀찌감치 물렸다. 그녀는 말없이 먼지떨이를 내려놓
고 안뜰 한구석으로 물러섰다. "우리 베넹헬리 사람들이 사생활을 중요
시하는 건 사실이지만—그건 자네도 마찬가지지. 방금 전에도 혼자 옷
을 갈아입겠다고 한바탕 소란을 피웠잖아! 레네가다가 아주 재미있어
하더군—내가 무슨 말을 하려고 했더라? 아, 그래. 자네도 알다시피 베
넹헬리의 특징은 이곳에 몇 가지가 빠졌다는 사실인데—이 부근에도
이런 곳은 별로 없고 코스타[13] 쪽에는 당연히 없지. 베넹헬리에는 코코
로코 나이트클럽도 없고, 안내원이나 졸졸 따라다니는 단체 관광객도
없고, 당나귀가 끄는 달구지나 환전소나 솜브레로 밀짚모자 장사꾼처
럼 쓸모없는 것은 하나도 없거든. 어쩌다 어느 사업가가 그런 무용지
물을 들여오기라도 하면 우리 멋쟁이 살바도르 메디나 상사가 한밤중
에 신나게 두들겨패서 내쫓아버리지. 이 마을에는 어두컴컴한 뒷골목
도 꽤 많으니까. 그건 그렇고, 살바도르 메디나는 이 마을에 새로 온 사
람을 다 싫어하고 특히 나를 끔찍이도 싫어하지만 나처럼 웬만큼 자리
잡은 사람은—다시 말해서 '기생충' 대다수는—요즘 몰려드는 침략자
를 물리치겠다는 폐쇄 정책에 박수갈채를 보낸다네. 우리야 벌써 들어
왔으니 누군가 그렇게 문을 닫아주면 고마운 일이지."

"우리 베넹헬리, 정말 멋지지 않나?" 바스쿠가 팔을 내저어 창문 너
머 환상의 바다 쪽을 막연히 가리키며 말을 이었다. "잘 가라, 쓰레기
야, 질병아, 부정부패야, 광신도야, 카스트제도야, 만화가야, 도마뱀아,

---

13) 안달루시아 지방의 관광지 코스타델솔해안.

악어새끼야, 영화음악아, 그리고 무엇보다 조고이비 떨거시야! 잘 가
시오, 위대하고 잔인한 아우로라여 ― 꺼져라, 심통 사납고 썩어빠진 아
비여!"

"말은 똑바로 합시다." 내가 어깃장을 놓았다. "보아하니 우리 어머니
가 창조한 상상의 세계를 재현해 재능 부족을 감추는 무화과 잎사귀처
럼 써먹으려 한 모양인데 아무래도 완벽한 성공은 아닌 듯싶고, 게다가
조고이비 떨거지는 아직도 이렇게 살아남았고, 사소한 일이지만 도둑
맞은 그림 문제도 해결해야 하잖소."

"그림은 저 위에 있어." 바스쿠가 으쓱 어깻짓을 하며 말했다. "내가
훔쳐서 다행이라고 생각해야지. 그림이 무사하니까 참 ― 재수잖아! 어
서 무릎 꿇고 고맙다고 해. 내가 그 방면 전문가를 고용하지 않았으면
깡그리 새까맣게 타버렸을 테니까."

"당장 봐야겠소." 내가 단호하게 말했다. "그러고 나면 살바도르 메디
나한테 좀 와달라고 해볼까. 이 집 가정부 레네가다한테 심부름을 시키
든지, 아니면 전화로 불러도 되고."

"안 말릴 테니 나랑 같이 올라가서 실컷 봐." 바스쿠는 태평한 표정이
었다. "다만 이렇게 뚱뚱한 내 처지를 감안해서 천천히 올라가자고. 그
리고 법대로 하겠다는 얘기 말인데, 자네가 부랴부랴 나를 고발할 리가
없지. 자네 입장에서 어느 쪽이 낫겠나? 익명인사가 될래, 악명인사가
될래? 보나마나 익명이겠지. 더구나 내 사랑 레네가다는 절대로 날 배
신하지 않아. 그리고 ― 아무도 말해주지 않았나? ― 전화선은 오래전에
끊어버렸다네."

"방금 '내 사랑 레네가다'라고 했소?"

"내 사랑 펠리시타스도 있지. 둘 다 무슨 일이 있어도 나한테 해로운 짓은 절대 안 해."

"저 이복자매가 나를 제멋대로 놀려먹었군."

"불쌍한 무어, 쟤들은 이복자매가 아니야. 애인이지."

"둘이 애인 사이라고?"

"벌써 십오 년째야. 그중 십사 년 동안은 내 애인이기도 했지. 자네 집안 떨거지들이 다양성 속의 통일성이니 뭐니 고래고래 새우새우 떠드는 소리를 너무 오래 들었더니 귓구멍에 딱지가 앉았어. 그런데 이제 이 바스쿠가 여자들을 데리고 새로운 사회를 창조했단 말씀이야."

"이불 속 사정은 관심도 없소. 두 여자가 아저씨를 물렁물렁한 매트리스처럼 깔아놓고 널뛰기를 하건 말건! 그게 나랑 무슨 상관이겠소? 내가 화를 내는 이유는 다들 나를 속였기 때문이오."

"어차피 그림이 도착할 때까지 기다릴 수밖에 없었잖아? 그건 속임수가 아니었다고. 게다가 아무도 모르게 자네를 이리 데려와야 했거든."

"이유가 뭐요?"

"글쎄, 왜 그랬을까? 그야 조고이비 떨거지라면 닥치는 대로 없애버리고 싶어서지. 그림 넉 장에 인간 한 놈—어쩌다보니 그 지긋지긋한 핏줄에서 남은 거라곤 이게 전부니까—빵-빵-빠방! 한입에 다섯 발가락이라고나 할까."

"권총? 바스쿠 아저씨, 지금 제정신이오? 아저씨가 나한테 권총을 들이대?"

"작은 놈이지. 그래도 내 손아귀에 들었잖아. 나한테는 참-재수, 너한테는 개-재수지."

⤶

나는 미리 경고를 받았다. 바스쿠 미란다는 악령이고 저년들은 그놈의 졸개요. 저년들이 박쥐로 둔갑하는 장면을 본 적도 있소.

그러나 그때는 이미 바스쿠의 거미줄에 걸려든 뒤였다. 마을 사람 중에서 대체 몇 명이 그와 한패인지 궁금했다. 살바도르 메디나는 아닌 것이 분명하다. 그렇다면 고트프리트 헬징은? 전화선에 대한 이야기는 사실이었지만 나머지는 알쏭달쏭하다. 다른 사람들은? 다들 바스쿠의 오만한 명령에 따라 무언극을 공연하며 나를 감쪽같이 속였을까? 얼마나 많은 돈이 오갔을까? 그들 모두가 프리메이슨 같은―혹은 오푸스 데이 같은―비밀 조직의 일원일까?―이 음모는 언제부터 시작됐을까?―택시기사 비바르, 혹은 출입국 심사관, 혹은 봄베이를 떠날 때 탄 비행기의 이상야릇한 승무원?―바스쿠는 한입에 다섯 발가락이라고 했다. 분명히 그렇게 말했다. 그렇다면 이 사건의 촉수는 머나먼 반드라의 폭파된 저택에서 출발했고 이 모든 상황은 그날 희생된 자들의 보복이란 말인가? 나는 문득 이성의 끈이 풀리려는 기미를 알아차리고 생각의 고삐를 다잡았다. 모두 근거도 없고 쓸모도 없는 억측에 불과하니까. 어차피 세상은 아무도 이해할 수 없는 요지경이다. 지금은 눈앞에 닥친 수수께끼부터 풀어야 한다.

⌒

"론 레인저와 톤토[14]가 사나운 인디언한테 쫓기다 막다른 골짜기에 갇혔어." 바스쿠 미란다가 나를 따라 헐떡헐떡 계단을 오르며 주절거렸다. "론 레인저가 말했지, '다 틀렸어, 톤토. 우린 완전히 포위됐어.' 그러자 톤토가 대답했어. '우리라니, 그게 무슨 소리지, 백인 친구?'"

아까부터 들리는 시끌벅적한 소음의 근원지가 저 위층이었다. 무시무시한 고통에 시달리는 듯한 소리, 아니, 듣기만 해도 고통스러운 소리, 정말 냉혹하고 무자비하고 가학적인 소리였다. 계단을 오르기 시작할 때 그 소음에 대해 불평했지만 바스쿠는 내 항의를 묵살해버리고 말했다. "극동 어느 나라에서는 저런 음악이 대단히 관능적이라고 생각하지." 위로 올라갈수록 음악소리가 커지자 바스쿠는 점점 더 목청을 높였다. 머리가 지끈거리기 시작했다.

"어느 날 론 레인저와 톤토가 야영을 했어!" 바스쿠가 고래고래 소리쳤다. "론 레인저가 말했지. '불 좀 피워, 톤토.' '알았어, 키모사비.' '냇물 좀 떠와, 톤토.' '알았어, 키모사비.' '커피 좀 끓여, 톤토.' 계속 그런 식이었지. 그런데 톤토가 갑자기 버럭 짜증을 내는 거야. 론 레인저가 물었어. '왜 그래?' 톤토가 모카신 밑창을 내려다보며 대답했어. '염병할, 방금 키모사비 한 무더기를 밟았나봐.'"

---

14) 미국 텔레비전 시리즈 및 영화 〈론 레인저〉의 등장인물. 전자는 텍사스 레인저 출신의 백인, 후자는 동료 원주민이다.

나는 택시기사 비바르를 어렴풋이 떠올렸다. 서부영화를 좋아하는 그가, 이름까지 갑옷 차림의 중세 카우보이와 똑같은—돈키호테에 이어 스페인에서 두번째로 위대한 방랑기사 엘시드 즉 로드리고 데 비바르 말이다—그가, 영화마다 한결같던 존 웨인과 〈황야의 7인〉에 출연한 엘리 월락을 반반씩 섞어놓은 듯 느릿느릿한 말투로 이렇게 경고했었다. "조심하세요, 손님아—저 윗동네는 인디언[15]이 판치는 세상이란다."

그런데 비바르가 정말 그렇게 말했나? 혹시 잘못된 기억이나 반쯤 잊어버린 꿈이 아닐까? 나는 이제 아무것도 확신할 수 없었다. 다만 이곳은 인디언 세상이 분명하고, 나는 이미 포위됐고, 내가 밟은 키모사비 무더기는 깊디깊었다.

어떤 면에서는 나 역시 인디언 세상에서 한평생을 보냈다. 그곳에서 이런저런 흔적을 읽어 길을 찾는 요령을 익혔고, 그곳의 광활함과 끝없는 아름다움을 즐겼고, 내 영토를 지키기 위해 싸웠고, 연기 신호를 보내거나 북을 치거나 변경을 개척하며 온갖 위험을 이겨냈고, 그 와중에도 친구를 만나기를 기대하고 잔인성을 두려워하고 사랑을 갈망했다. 그러나 인디언 세상에서는 인디언조차 안전하지 않다. 특히 남다른 인디언에게는—즉 남다른 머리장식을 달거나 남다른 언어를 쓰거나 남다른 춤을 추거나 남다른 신을 섬기거나 남다른 친구와 어울려 다니는 인디언에게는—위험천만한 세상이다. 복면을 쓰고 은총알을 사용하는 사나이와 머리에 깃털을 달고 다니는 동료, 이 두 사람을 포위한 인디

---

15) '인도인'과 '아메리카 원주민'을 모두 일컫는 중의적 의미.

언 전사들은 과연 톤토에게 얼마나 인정을 베풀었을까. 어느 부족에도 속하지 않으려 하는 자, 울타리 너머로 나아가기를 꿈꾸는 자, 제 살가죽을 벗겨내고 비밀 신분을—즉 모든 인간은 똑같다는 비밀을—드러내려 하는 자, 울긋불긋 색칠한 용사들 앞에서 낡은 허물을 벗고 육체의 동질성을 적나라하게 내보이려 하는 자는 인디언 세상에서 살아남지 못한다.

⌒

레네가다는 우리와 함께 탑으로 들어오지 않았다. 아마도 이 배신자는 무사히 나를 함정에 빠뜨렸다고 희희낙락하며 얼굴에 사마귀가 있는 애인의 품속으로 바삐 돌아갔으리라. 홈통처럼 좁다란 창으로 희미한 빛이 스며들어 나선형 계단을 비췄다. 벽이 1미터도 넘을 만큼 두꺼웠으므로 탑 안의 기온은 선선하다못해 싸늘했다. 등골을 타고 흐르는 땀이 증발하면서 몸이 가볍게 떨릴 정도였다. 바스쿠는 헉헉거리고 씩씩거리며 둥실둥실 올라왔다. 마치 두루뭉술한 유령이 권총을 들고 따라오는 듯했다. 고향을 떠난 두 망령, 즉 조고이비가의 마지막 후예와 미치광이 적수가 이 미란다 성에서 바야흐로 교령춤의 대미를 선보일 터였다. 모두가 죽고 모든 것을 잃어버린 지금, 이 황혼기에 남은 시간으로는 이렇게 최후의 유령 이야기를 털어놓는 정도가 고작이다. 바스쿠 미란다의 권총에도 은총알이 들었을까? 은총알은 초자연적 존재를 죽일 때 쓴다고 한다. 나도 이미 유령이 되었다면 내게도 효과가 있겠지.

바스쿠의 화실로 보이는 방을 지나갈 때 미완성 작품을 얼핏 보았는데, 한 여자가 십자가형을 당한 남자를 십자가에서 내려 무릎 위에 눕혀놓고 눈물을 흘리는 장면이었다. 못자국이 선명한 남자의 손에서 은화 한 줌이—세어보나마나 서른 개일 터—쏟아졌다. 이 반反피에타가 바로 일전에 들은 바 있는 '유다 그리스도' 연작의 일부일 터였다. 아주 잠깐 보았을 뿐이지만 엘 그레코를 모방한 이 섬뜩한 그림은 불쾌하기 짝이 없어 바스쿠가 이 작품을 완전히 포기했기를 바랐다.

다음 층으로 올라가자 그가 내게 어떤 방으로 들어가라고 손짓했는데, 그곳에서 수준이 전혀 다른 미완성작을 보는 순간 가슴이 두근거렸다. 아우로라 조고이비의 마지막 작품, 사랑하는 자식이 저지른 죄악을 극복하고 기꺼이 용서하는 애절한 모성애를 표현한 작품, 〈무어의 마지막 한숨〉이었다. 방안에는 엑스선 촬영기로 보이는 커다란 기계도 있고, 한쪽 벽면에 설치한 대형 라이트박스에는 엑스선 사진 여러 장이 꽂혀 있었다. 바스쿠가 훔친 그림을 구석구석 살펴본 모양이었다. 마치 그림의 표층에서 아우로라의 천재성에 얽힌 비밀을 밝혀내기만 하면 뒤늦게나마 자기가 차지할 수 있다는 듯. 마치 마법의 램프라도 찾으려는 듯.

바스쿠가 문을 닫은 순간 귀청이 떨어질 듯한 음악소리가 싹 사라졌다. 값비싼 방음 시설을 해놓은 것이 분명했다. 그러나 이 방의 조명은—좁다란 창문마저 모두 검은 천으로 가려 벽면의 라이트박스가 뿜어내는 눈부신 백색광뿐이었다—음악 못지않게 폭력적이었다. 나는 일부러 한껏 오만방자한 말투로 말했다. "이 방에서 뭘 하시오? 그림을 배우시나?"

"자네도 조고이비가의 독설을 물려받았군." 바스쿠가 대답했다. "그래도 그렇지, 장전한 총을 든 사람을 놀리다니 경솔하군. 더구나 자네 어머니의 죽음에 얽힌 수수께끼를 풀어낸 사람인데 말이야."

"그 문제라면 나도 정답을 알고 있소." 내가 말했다. "이 그림은 아무 상관도 없소."

"너희 조고이비가는 정말 교만한 족속이야." 바스쿠 미란다는 내 말을 무시하고 말을 이었다. "남을 그렇게 함부로 취급하고도 그 사람이 변함없이 자기를 좋아할 줄 알거든. 자네 어머니도 나를 그렇게 봤어. 나한테 편지까지 보낸 거 알아? 죽기 얼마 전이었지. 십사 년 동안 감감무소식이더니 느닷없이 도와달라고 애원하더군."

"거짓말 마시오. 아저씨가 도와줄 수 있는 일이 아니었소."

"겁에 질렸더라고." 바스쿠는 다시 내 말을 무시했다. "누군가 자기를 죽이려 한다면서. 분노와 질투심에 사로잡힌데다 암살 명령을 내릴 만큼 무자비한 사람이라나. 그래서 당장 죽을지도 모른다더라."

나는 애써 비웃는 표정을 유지하려 했지만 어찌 태연할 수 있으랴. 어머니가 그토록 두려워하면서도 의지할 데 없는 처지였다니, 저런 인간쓰레기에게, 이미 오래전에 사이가 벌어진 저 미치광이에게 도움을 청할 만큼 절박했다니. 공포로 일그러진 어머니의 얼굴이 눈앞에 생생히 떠올랐다. 어머니는 당신의 화실에서 이리저리 서성거리며 두 손을 쥐어짜다 무슨 소리가 들릴 때마다 저승사자라도 만난 듯 깜짝깜짝 놀랐으리라.

나는 조용히 말했다. "어머니가 당한 일은 나도 잘 알고 있소." 그러자 바스쿠가 버럭 화를 냈다.

"너희 조고이비 떨거지는 뭐든지 다 안다고 큰소리치지! 사실은 아무것도 모르면서! 정말 쥐뿔도 모르면서! 상황을 다 아는 사람은 바로 나 바스쿠─너희가 늘 조롱하던 이 바스쿠, 너희 위대한 어머니의 옷자락에 입맞춤할 자격도 없는 이 공항예술가, 돈벌이에 급급한 삼류 화가 바스쿠, 형편없는 웃음거리 바스쿠─바로 나라고."

라이트박스 앞에 서 있는 그의 실루엣을 중심으로 좌우에 엑스선 사진이 즐비했다. "혹시 자기가 죽으면 살인자를 처벌해달라고 하더라. 작업중인 작품 속에 살인자의 초상화를 감춰놨다면서. 그 그림을 엑스레이로 촬영하면 살인자의 얼굴이 보일 거라고 했어." 바스쿠는 한 손에 편지를 들고 있었다. 그래, 드디어, 이 신기루의 시간에, 이 속임수의 공간에서, 단순명료한 사실이 드러나는구나. 내가 편지를 받아들자 저승에 계신 어머니가 내게 말씀하셨다.

이윽고 바스쿠가 권총으로 엑스선 사진을 가리키며 말했다. "자, 봐라." 나는 말없이, 겸연쩍어하며, 시키는 대로 했다. 의문의 여지도 없는 덧칠그림이었다. 사진은 겉으로 드러난 작품에 감춰진 전신 초상화를 여러 부분으로 나누어 찍은 음화陰畫였다. 그러나 라만 필딩은 바스쿠처럼 뚱뚱한데 유령처럼 흐릿한 이 남자는 호리호리하고 키가 컸다.

나도 모르게 중얼거렸다. "만둑이 아니잖아."

"맞았어! 확실한 참-판단이야. 개구리는 악독한 놈이 아니지. 그런데 이 사람은 어떨까? 이 사람 몰라? 육감이든 칠감이든 다 동원해봐! 지금은 그림 속에 숨어 있지만 그림 바깥에서도 만나본 사람이니까! 잘 봐, 잘 봐─악당 두목이잖아. 블로펠드, 모감보, 돈 비토 코를레오

네[16]. 못 알아보겠나?"

내가 말했다. "아버지였어." 사실이었다. 나는 차가운 돌바닥에 털썩 주저앉았다.

〰

냉혈 인간. 아브라함 조고이비만큼 이 말이 잘 어울리는 사람은 없으리라—그의 시작은 초라했으나 (항해를 꺼리는 선장을 설득함으로써) 에덴동산만큼이나 높이 올라갔고, 그곳에서 냉담한 신처럼 군림하며 하계의 하찮은 인간에게 온갖 재앙을 내렸다. 그러나 여느 신과 달리 그는 자신의 가족에게도 가혹했다—혼란스러운 온갖 정보가 내게 인정받고 싶어했다. 아니, 심사숙고해주기를 요구했다고나 할까—나는 슈퍼맨처럼 엑스선 투시력을 얻었다. 그러나 슈퍼맨과 달리 내 경우에는 아버지가 인류 역사상 가장 악독한 인간이었다는 사실을 알게 되었을 뿐이다—그건 그렇고, 레네가다와 펠리시타스가 이복자매가 아니라면 그들의 성은 무엇일까? 로렌초, 델 토보소, 데 말린드라니아, 카르쿨리암브로?—아니, 아버지, 나는 지금 아버지 아브라함에 대해 이야기하는 중이다. 애당초 아우로라의 죽음에 얽힌 수수께끼를 파헤치게 했던 사람은 바로 아버지였다. 아내를 끝내 놓아줄 수 없었던 그는 공중정원에서 돌아다니는 그녀의 유령을 보았는데—그것은 죄의식의 발로였을까, 아니면 더욱 광범위하고 냉혹한 계획의 일부였을까? 아브

---

16) 마리오 푸조의 소설 『대부』의 등장인물.

라함은 새미 하자레가 돔 민토에게 진술서를 넘기기로 약속했다고 말했는데, 그 진술서는 끝내 나타나지 않았지만 나는 그것을 근거로 다짜고짜 사람을 때려죽였다—그런데 고트프리트 헬징은? 과연 그가 자칭 '라리오스 자매'의 정체를 몰랐을까?—아니면 워낙 무심한 성격이라 굳이 내게 알려주지 않은 걸까? 베넹헬리의 '기생충'들에게 인류애 따위는 이미 흔적도 없이 사라져 다른 사람의 운명에 전혀 책임감을 못 느끼기 때문일까?—그래, 때려죽였다, 정말 때려죽였다. 얼굴을 마구 때려 아예 없애버렸다. 차간도 시궁창에서 발견됐다. 새미 하자레가 용의자로 지목됐지만 보이지 않는 손이 저지른 짓인지도 모른다—그런데 복면 사나이와 인디언 역할을 맡은 배우가 누구였더라? A-B-C-D-E-F-Jay, 바로 그거다, 제이, 성은 실버불리츠가 아니라 실버힐스.[17] 제이 실버힐스 추장과 클레이턴 무어[18]—오, 아브라함! 당신은 친아들마저 기꺼이 분노의 제단에 바치셨군요! 독화살을 쏘는 일은 누구에게 시켰습니까? 정말 독화살을 쏜 겁니까, 아니면 더욱 교활한 방법을 썼습니까?—바셀린만 조금 있어도 흉계를 성사시킬 수 있었을 텐데, 적절한 위치에 조금만 발라놓으면, 흘리기도 쉽고 치우기도 쉽고. 따지고 보면 민토에 대한 이야기를 믿을 이유도 없지 않은가? 아, 나는 거짓말 속에서 길을 잃었고 여기저기서 살인이 벌어졌다—나의 세계는 미쳐버렸고 그 속에 사는 나도 미쳐버렸다. 조고이비가가 서로에게, 그리고 그 불행한 시대에 온갖 광기를 부렸으니 내 어찌 바스쿠를 원망할 수 있으랴?—마이나는, 내 누이 마이나는 일찌감치 폭발 사

---

17) 각각 '은총알'과 '은뒤축'을 뜻한다.
18) 〈론 레인저〉에서 각각 톤토와 론 레인저 역을 맡은 배우.

고로 죽어버렸다. 마이나는 부패한 정치가를 감옥으로 보내고 아버지에게도 꽤 많은 손해를 입히지 않았던가! 혹시 아버지가 친딸까지 죽였을까?―아내를 처단하기 위한 예행 연습이었을까?―그리고 아우로라. 그녀는 무죄일까 유죄일까? 어머니는 내가 유죄라고 믿었지만 사실 나는 결백했다. 나도 같은 함정에 빠지는 일은 피해야 하지 않을까? 어머니는 정말 불륜을 저질러 아브라함에게 질투와 분노를 느끼게 했을까―그래서 한평생 그녀의 그늘에 머물며 그녀의 온갖 변덕에 고분고분 따르던(그러나 바깥에서는 점점 흉악해지고 전능해지고 잔인해지던) 아버지가 결국 그녀를 죽였고, 그 죽음에 얽힌 수수께끼로 내 마음을 조종해 당신의 연적마저 살해하게 만들었을까?―아니면 어머니는 변함없이 정숙했는데, 인도의 어머니라면 으레 그래야 하듯 늘 순수하고 반듯했는데, 그런 미덕을 악덕으로 오해하고 질투심에 사로잡힌 아버지가 바보짓을 해버린 것일까?―과거는 이미 지나갔건만, 모든 것이 폭발해 산산조각나버렸건만, 이제 와서 어떻게 잘잘못을 따질 수 있으랴? 이미 폐허가 되어버린 인생에서 무슨 의미를 찾을 수 있으랴?―한 가지는 확실했다. 나는 운명과 부모의 손에 놀아난 바보였다―돌바닥이 차디차다. 어서 이 돌바닥에서 일어나야 한다. 저쪽에는 뚱뚱한 사내가 여전히 우뚝 서 있고, 그는 권총으로 내 심장을 겨누고 있다.

20

안달루시아의 산골 베넹헬리, 바스쿠 미란다의 꼴사나운 성채, 그 곳의 탑 꼭대기 방에 갇혀 징역살이를 시작한 후 대체 며칠이 흘렀는지 나도 알 길이 없다. 어쨌든 그 일도 다 끝났으니 이제 그 끔찍한 감금생활에 대한 기억을 기록해야겠다. 나처럼 포로인 누군가가 보여준 영웅적인 모습을 기리기 위해서라도. 확신하건대 그 사람의 용기와 임기응변과 침착성이 없었다면 내가 이렇게 살아남아 이런 이야기를 남기지도 못했으리라. 수많은 사실을 한꺼번에 알게 되었던 그날, 나는 돌아가신 우리 어머니를 향한 바스쿠 미란다의 광기와 집착에 휘말린 피해자가 나뿐만은 아니라는 사실도 함께 알았다. 인질이 한 명 더 있었다.

엑스선 촬영실에서 밝혀진 비밀이 내 삶을 뿌리째 뒤흔들었건만, 그 충격에서 미처 벗어나기도 전에 바스쿠는 다시 계단을 올라가라고 명령했다. 그리하여 원형 감방에 발을 들였고, 그때부터 그곳에 갇혀 기나긴 시간을 보내야 했다. 날마다 벽면에 높이 설치한 스피커에서 쏟아지는 지독한 소음과 죽음이 임박했다는 확신에 시달렸다. 그렇게 암담했던 시기에 유일한 위안이 되어준 것은 어둠 속의 등대처럼 밝게 빛나던 놀라운 여인이었다. 나는 죽자사자 그녀에게 매달린 덕분에 절망하지 않았다.

그 방 한복판에도 이젤에 놓인 그림이 있었는데, 바스쿠가 그린 울보 보압딜도 눈물을 흘리며 말을 달려 스페인으로 건너온 것이다. 이 그림은 구매자 C.P. 바바의 집을 떠나 화가의 품으로 돌아왔다. 엘레판타에서 그린 그림이 결국 베넹헬리에 안착했으니—살인과 원한과 예술. 이 그림은 바스쿠가 캔버스에 그린 첫 작품인 동시에 아우로라의 모습을 담은 마지막 작품으로, 그에게는 새로운 시작이었지만 그녀에게는 슬픈 결말이었다. 도난당한 그림 두 점은 같은 주제를 다뤘고 각각 우리 어머니와 아버지의 모습을 감추고 있었다. (당시 함께 도둑맞은 다른 무어 연작은 끝내 보지 못했다. 바스쿠는 그 그림들을 갈가리 찢어 상자와 함께 태워버렸다면서 〈무어의 마지막 한숨〉을 노린 사실을 감추려 함께 훔쳤을 뿐이라고 설명했다.)

층층이 쌓아올린 이 원형 지옥의 아래층에서 엑스선 사진이 이미 아브라함 조고이비를 범인으로 지목했지만 아우로라의 모습을 드러내는 일은 사진으로 해결할 수 없었다. 그래서 바스쿠가 그린 무어를 훼손해가며 조각조각 벗겨내는 중이었다. 가슴을 드러낸, 마치 아기를 잃은 마돈나 같은 젊은 시절의 어머니, 옛날옛날 한 옛날에 아브리함을 그토록 화나게 했던 그 모습이 기나긴 감금생활을 끝내고 서서히 나타났다. 그러나 아우로라에게 자유를 주기 위해서는 그녀를 해방시키려는 사람이 대가를 치러야 했다. 이젤 앞에 서서 캔버스의 물감을 조금씩 긁어 접시에 털어내는 그 여인을—그녀의 발목을!—붉은 돌벽에 묶어놓은 쇠사슬이 한눈에 들어왔다.

그녀는 일본 태생이지만 주로 유럽 유수의 박물관에서 미술품 복원전문가로 활동했다. 그러다 베넷이라는 스페인 외교관과 결혼한 뒤에는 파경에 이를 때까지 남편과 함께 세계 각지를 돌아다녔다. 그런데 바르셀로나의 호안미로미술관에 근무할 때 바스쿠 미란다가 느닷없이 연락하더니—누군가 그녀를 '적극 추천'하더라는 말만 하면서—곧 베넹헬리로 건너와 자기가 최근에 입수한 덧칠그림 몇 점을 살펴보고 조언을 해달라고 부탁했다. 그녀는 바스쿠의 작품을 그리 높이 평가하지 않았지만 모욕감을 줄까봐 차마 거절하지 못했고, 이미 전설이 되어버린 아방궁의 높디높은 담장 너머를 구경하고 싶다는 호기심도 있었고, 악명 높은 은둔자의 가면 속에 무엇이 도사리고 있는지 밝혀내고 싶기도 했다. 아무튼 그녀는 바스쿠가 간곡히 당부한 대로 각종 작업 도구를 챙겨 '리틀 알람브라'에 도착했고 바스쿠는 자기가 그린 〈무어〉와 그 밑의 초상화가 찍힌 엑스선 사진을 모두 보여줬다. 그리고 겉칠을 벗겨내 그 아래 묻힌 그림을 발굴하는 게 가능하겠느냐고 물었다.

"네, 좀 위험하지만 가능하긴 하겠어요." 첫 검사를 마친 후 그녀가 대답했다. "그렇지만 본인의 작품을 망가뜨리긴 싫으실 텐데요."

"바로 그 일을 해달라고 선생을 불렀소."

그녀는 거절했다. 바스쿠의 〈무어〉는 별다른 매력이 없어 마음에 들지 않았지만, 예술작품을 보존하는 일도 아니고 파괴하는 일을 하면서 몇 주, 어쩌면 몇 달에 걸쳐 고달픈 작업을 계속하기는 그리 내키지 않았기 때문이다. 그래도 사뭇 정중하고 상냥하게 사양했건만 미란다는 벌컥 화부터 냈다. "떼돈을 벌고 싶다는 거요?" 그러더니 거액을 제시했는데, 안 그래도 그의 정신 상태를 걱정하던 그녀에게 확신을 심어줄 만큼 터무니없는 액수였다. 그래서 이번에도 거절했더니 그는 다짜고짜 권총을 꺼냈고, 그때부터 그녀의 감금생활이 시작됐다. 일을 다 끝내기 전에는 절대로 풀어주지 않겠다고, 작업을 거부하면 '개처럼' 쏘아죽이겠다고 했다. 그리하여 그녀의 노동이 시작됐다.

그녀가 있는 감방에 들어갔을 때 나는 그녀의 쇠사슬을 보고 적잖이 놀랐다. 대체 대장장이가 얼마나 고지식한 자이기에 아무런 의심도 없이 개인의 집에 이런 시설을 해줬을까. 그때 문득 대장장이의 말이 떠올랐고—아직꺼정 자유롭게 활보헌단 말이지? 다 시간 문제여, 시간 문제!—거대한 음모에 휘말렸다는 생각이 다시금 나를 괴롭혔다.

"말동무를 데려왔소." 바스쿠가 여인에게 말하더니 나를 돌아보고 자기가 워낙 너그럽고 변덕스러운 성격인데다 옛정을 생각해 당분간 처형을 미루겠다고 말했다. 사뭇 명랑한 목소리였다. "한집에 살던 시절을 되살려보자고. 어차피 조고이비가는 지구상에서 사라질 테니—아비 잘못 때문에, 그래, 또한 어미 잘못 때문에 아들이 죗값을 치르게 됐으니—조고이비 일족의 마지막 후손이 그 썩어빠진 집구석의 역사를 고백할 기회는 줘야겠지." 그때부터 그는 날마다 종이와 연필을 가져다줬다. 그는 나를 세에라자드로 만들었다. 내 이야기에 흥미를 잃기 전에는 죽이지 않을 터였다.

함께 갇힌 동료가 유익한 조언을 해줬다. "최대한 시간을 끄세요. 저도 그러고 있어요. 하루라도 더 살면 그만큼 구조될 가능성이 커지니까요." 그녀에게는 인생이—일과 친구와 집이—있고, 그녀가 실종됐으니 언젠가는 의혹이 제기될 수밖에 없다. 바스쿠도 그 사실을 알기에 편지나 엽서를 쓰라고 강요했다. 직장에는 휴가 신청을 하고, 친지들에게는 저 유명한 V. 미란다의 비밀세계에 들어온 후 하루하루가 '흥미진진'해서 도저히 떠날 수 없다고 설명했다. 그러므로 한동안은 아무도 찾지 않겠지만 영원히 그럴 리는 없다. 편지를 쓸 때마다 일부러 이런저런 실수를 했기 때문이다. 예컨대 친구의 애인이나 반려동물의 이름을 엉뚱하게 써놨으니 조만간 누군가는 수상쩍게 여길 것이다. 그 말을 들었을 때 나는 몹시 흥분했다. 바스쿠의 엑스선 사진에서 드러난 비밀 때문에 낙심한 나머지 구조의 희망마저 포기해버린 터였다. 이제 희망이 되살아났으니 기대감에 부풀어 제정신이 아니었다. 그러나 그녀는 곧바로 나를 지상으로 끌어내렸다. "가능성은 희박해요. 사람들은 대체로 주의력이 부족하거든요. 꼼꼼하게 읽기보다 대충 훑어보고 지나가죠. 편지 속에 숨은 뜻이 있는 줄 모르니 아무것도 알아차리지 못할 가능성이 높아요." 그녀는 자신의 말을 뒷받침하는 일화를 들려주었다. 1968년, 이른바 '프라하의 봄' 당시 그녀의 미국인 동료 한 명이 미술 학도들을 인솔해 체코슬로바키아로 건너갔다. 소련군 탱크가 처음 프라하 시내로 쳐들어올 때 그들 일행도 바츨라프광장에 있었다. 그후 벌어진 혼란 속에서 고삐 풀린 폭동 진압대가 닥치는 대로 사람들을 연행할 때 미국인 선생도 함께 끌려갔고, 나중에 미국 영사가 석방시켜줄 때까지 감옥에서 이틀을 보냈다. 그사이 그는 감방 벽에 새겨진 모스부호를 발견하고 벽 너머에 있을 누군가에게 열심히 메시지를 보냈다. 그렇게 한 시간쯤 벽을 두드리자 감방 문이 벌컥 열리고 교도관 하나가 싱글벙글 웃으며 들어오더니 상소리 섞인 엉터리 영어로 옆방 죄수의 말을 전했다. "개지랄 쫌 고만 떨란다. 염병할 노무 몰스부호 자기는 몰른다고."

여인은 담담하게 말을 이었다. "더구나 혹시 누가 구해주러 오더라도—가령 경찰이 이 끔찍한 집 대문을 때려부숴도—미란다가 우릴 산 채로 넘겨주리라는 보장이 있을까요? 지금 그 인간은 철저히 현재에만 골몰하는데—미래의 속박 따위는 이미 벗어던졌거든요. 그런데 내일이라도 그런 일이 벌어진다면, 그래서 미래를 직시해야 하는 상황이 온다면, 그 인간은 차라리 죽음을 선택할지도 몰라요. 요즘 날이 갈수록 늘어나는 사이비 교주처럼 보나마나 우리 모두를 길동무로 데려가려 하겠죠—미스 레네가다, 미스 펠리시타스, 나, 당신까지."

우리는 이 이야기가 막바지로 치달을 때 만났으므로 그녀에게 정당한 대우를 해주기는 어렵다. 요컨대 그녀에 대해 자세히 이야기하는 것으로 보답하고 싶지만 그럴 만한 시간도 공간도 없다. 물론 그녀도 이런저런 과거가 있었고, 누군가를 사랑하거나 사랑받았고, 아무튼 그 지긋지긋한 곳에 갇혀버린 한낱 포로가 아니라 엄연한 인간이었다. 그곳에서 우리는 몸을 맞대어 체온을 나누고 내 가죽 코트를 함께 덮었는데도 두꺼운 벽이 뿜어내는 냉기 때문에 밤새도록 덜덜 떨었다. 그런데도 그녀의 사연을 낱낱이 이야기할 수는 없고—다만 끝없이 기나긴 밤, 내가 저승사자의 숨결을 느낄 때마다 밤새도록 나를 안아주던 그녀의 강인함과 너그러움에 감사할 따름이다. 그리고 그녀가 내 귓가에 속삭이거나 노래를 불러주거나 농담을 해줬다는 사실을 기록할 따름이다. 그녀는 이 감방보다 따뜻한 방, 이곳과는 전혀 다른 창문에 대해 이야기했다. 그러나 이 붉은 돌벽에 뚫린 창은 면도날자국처럼 가늘어 대낮에도 감옥 쇠창살 같은 빛줄기가 스며들 뿐이고 아무리 소리쳐도 도와줄 사람은 없었다. 언젠가, 그녀가 지금보다 행복했던 시절, 어느 창가에서 가족이나 친구를 소리쳐 부른 적도 있겠지만 여기서는 그것조차 불가능한 일이었다.

내가 말할 수 있는 것은 이것뿐이다. 그녀의 이름은 모음이 이룩한 기적이었다. 아오이 우에. 언어를 이루는 다섯 개의 소리가 그렇게 모여('아-오-이 우-에') 그녀를 구성했다. 조그맣고 날씬하고 창백한 여자였다. 얼굴은 주름살 하나 없이 매끄러운 계란형이고, 어렴풋한 두 눈썹은 남달리 높이 올라붙어 늘 조금 놀란 듯한 표정이었다. 나이를 가늠하기 어려운 얼굴이었다. 서른에서 예순 사이겠지만 정확히 몇 살인지는 나도 모른다. 고트프리트 헬징은 그녀를 가리켜 '조그맣고 예쁘장한 아가씨'라 했고, 레네가다 라리오스는 —본명이 무엇이든 간에— '보헤미안 타입'이라고 했다. 둘 다 터무니없는 소리였다. 그녀는 애송이 계집애가 아니라 대단히 침착한 여인이었는데 —바깥세상에서 만났다면 그렇게 냉철한 태도에 조금은 위화감도 느꼈겠지만 우리를 가둔 원형 감방에서는 든든한 버팀목이었다. 낮에는 나의 자양분, 밤에는 나의 베개였다. 바람기 많은 여자도 아니고 오히려 지극히 올곧은 성격이었다. 흠잡을 데 없이 깍듯한 예의범절은 예전의 나를 다시 눈뜨게 할 정도였다. 어린 시절, 즉 망가진 주먹에서 잔인한 충동이 깨어나기 전에 늘 바르고 단정한 모습을 유지하는 데 집착했던 일이 떠올랐다. 쇠사슬에 묶인 채 살아가는 비참한 상황에서도 그녀는 우리에게 필요한 자제심을 가르쳤고, 나는 군말 없이 그녀에게 순종했다.

그녀는 우리의 하루하루를 설계했다. 우리는 그녀가 짠 시간표를 철저히 지켰다. 날마다 한 시간씩 흘러나오는 이른바 '음악소리' 때문에 아침 일찍 눈을 떴다. 미란다는 한사코 '동양음악'이나 심지어 '일본음악'이라고 주장했는데, 그의 포로가 된 일본 여인은 그런 궤변에 모욕감을 느꼈겠지만 굳이 불쾌감을 표출해 바스쿠에게 만족감을 주지 않았다. 소음은 섬뜩하고 고통스러웠지만 아오이의 제안에 따라 우리는 그 소리가 이어지는 동안 용변 문제를 해결했다. 한 명이 벽을 바라보고 누워 외면하는 사이에 다른 한 명은 악독한 간수 바스쿠가 가져다 놓은 똥통 두 개 중 하나에 볼일을 보았다. 송곳처럼 귀를 찌르는 소음 덕에 상대방이 내는 소리는 전혀 들리지 않았다. (뒤를 닦는 용도로 이따금 거칠거칠하고 네모난 갈색 종이를 몇 장씩 나눠줬는데, 우리는 마치 용이 보물더미를 지키듯 자기 몫의 종이를 애지중지하며 사수했다.) 용무가 끝나면 알루미늄 대야로 세수를 했다. 물은 '라리오스 자매'가 매일 한 번씩 주전자로 떠다줬다. 그렇게 찾아올 때마다 펠리시타스와 레네가다는 돌처럼 무표정했다. 그들은 모든 하소연을 거절하고 설득도 욕설도 무시했다. 나는 그들에게 버럭버럭 소리쳤다. "어디까지 갈 작정이오? 그 미친 뚱보를 따라 어디까지 갈 셈이지? 살인도 마다하지 않으려나? 종점까지 가겠소? 아니면 중간에 내릴 생각이오?" 아무리 다그쳐도 그들은 꿈쩍도 하지 않고 그저 무심하고 냉담할 뿐이었다. 아오이 우에는 이런 상황에서 최소한의 사존심을 지키려면 침묵하는 수밖에 없다고 타일렀다. 그때부터는 나도 미란다의 여자들이 드나들 때 한 마디도 하지 않았다.

이윽고 음악이 그치면 일을 시작했는데, 그녀는 물감을 긁어내고 나는 이 글을 썼다. 그러나 각자 맡은 일을 하면서도 틈틈이 짬을 내서 대화를 나눴는데, 무엇이든 솔직하게 말하되 우리가 처한 상황에 대한 이야기만은 피하기로 약속했다. 그리고 날마다 잠깐씩 '회의시간'을 정해놓고 대책을 궁리하거나 이런저런 탈출계획을 의논했다. 운동시간도 있었다. 혼자만의 시간도 있었는데, 그때는 아무 말도 하지 않고 따로 앉아 풀죽은 자아를 다독였다. 감금생활의 노예가 되지 않고 인간성을 지키려는 노력이었다. 아오이는 말했다. "우리는 이 감옥보다 위대한 존재예요. 이렇게 좁은 방에 갇혔다고 위축되면 안 돼요. 이 우스꽝스러운 성에서 유령이 되진 말아야죠." 우리는 게임도 했는데ー 낱말놀이, 기억력놀이, 짝짜꿍놀이. 성적 동기와는 무관하게 서로를 껴안는 일도 많았다. 가끔은 그녀가 부들부들 떨며 흐느끼기도 했지만 나는 그냥, 그냥 실컷 울게 내버려뒀다. 그러나 그런 배려는 그녀가 내게 베푸는 경우가 더 흔했다. 당시 나는 늙고 지친 상태였기 때문이다. 호흡곤란증이 예전보다 더 심하게 다시 나타났다. 약을 가져오지 않았건만 사다주는 사람도 없었다. 어질어질하고 온몸이 욱신거렸다. 나는 육체가 보내오는 이 간단명료한 메시지를 알아들었다. 최후가 멀지 않도다.

하루 일과 중에서 한 가지만은 예측할 길이 없었다. 미란다는 아무 때나 불쑥 나타나 아오이의 작업 진도를 확인했고, 그날그날 내가 쓴 원고를 빼앗고 필요에 따라 새 종이와 연필을 가져다줬다. 그때마다 재미삼아 온갖 수작으로 우리를 괴롭혔다. 예컨대 우리가 반려동물과 다름없으니 애칭을 지어왔다고 말하기도 했다. 개줄에 묶여 개장에 갇혔으니 영락없는 암캐와 수캐 아닌가? "음, 무어는 당연히 무어라고 불러야지. 너는 이제부터 저 녀석의 암캐 시멘이고."

나는 아오이 우에에게 그녀가 저승에서 불러내려 하는 우리 어머니에 대해 이야기했고—다른 시멘이 다른 무어를 만나고 사랑하고 배신하는 과정을 그린 연작에 대해서도 이야기했다. 그녀가 말했다. "나도 한 남자를 사랑했어요. 남편 베넷이었죠. 그런데 그 사람이 바람을 피웠어요. 여러 나라에서 자주 그랬죠. 자기도 어쩔 수 없었던 거예요. 그이도 나를 사랑했지만, 변함없이 사랑하면서도 자꾸 배신했거든요. 결국 내 쪽에서 먼저 사랑을 끝내고 헤어졌어요. 그이를 사랑하지 않게 된 이유는 바람을 피웠기 때문이 아니라—그거라면 이미 익숙해졌으니까—이런저런 버릇 때문이었어요. 처음부터 못마땅했던 버릇이 조금씩 사랑을 갉아먹은 거죠. 아주 사소한 것이었어요. 가령 즐겁다는 듯 콧구멍을 후비는 버릇. 내가 침대에서 기다리는데도 화장실에서 마냥 시간을 끄는 버릇. 남들 앞에서는 좀처럼 내 눈을 마주보거나 다정하게 웃어주지 않는 버릇. 그렇게 시시한 것들이죠. 아니, 시시한 건 아닐까요? 어떻게 생각하시는지—혹시 내가 그이보다 더 중대한 배신 행위를 저질렀거나 막상막하였을까요? 대답하지 않아도 괜찮아요. 어쨌든 우리 부부의 사랑은 지금까지도 내 인생에서 제일 중요한 사건이에요. 실패한 사랑도 소중하니까, 사랑 없이 살아가는 사람은 작은 승리조차 맛보지 못하니까."

실패한 사랑이라…… 과거의 메아리가 가슴을 저미는구나! 이 죽음의 감방에 놓인 작은 탁자 위에서는 젊은 아브라함 조고이비가 향신료 제국의 어린 상속녀에게 한창 구애하는 중이었다. 그는 사랑과 아름다움의 편에 서서 추악한 증오의 세력과 싸우기로 마음먹었다. 그런데 이 내용이 과연 진실일까, 혹시 아오이가 한 말을 아버지의 말풍선 속에 써버린 것은 아닐까?—나는 여전히 밤마다 껍질을 벗는 꿈을 꿨는데, 그렇다면 올리버 다이스의 비슷한 꿈이나 오래전 카르멘 다 가마가 자위할 때 했던 생각에 대한 기록도 마찬가지가 아닐까? 살가죽을 벗겨서라도 자신을 지워버리고 싶어한 카르멘의 은밀한 소망이 사실은 내 뜻에 따른 것이었다면 그녀는 결국 내 상상의 산물에 불과하지 않겠는가?—이 글 전체가 그렇다. 그럴 수밖에 없다. 내가 이렇게 써주지 않으면 아무것도 존재하지 못할 테니까. 그리고 실패한 사랑이라면 나도 잘 안다. 한때는 바스쿠 미란다를 사랑했으니까. 그래, 사실이다. 나를 죽이려 하는 저 남자도 내가 사랑했던 사람인데…… 그러나 나는 그것보다 훨씬 더 뼈아픈 실패도 경험했다.

우마, 우마. "내가 사랑하는 누군가가 실제로는 존재하지 않는 사람이었다면 어떨까요?" 아오이에게 물었다. "가령 그 여자가 내가 어떤 여자를 원하는지 알아내서 그렇게 가장했다면—내가 도저히 저항할 수 없는, 절대로 저항할 수 없는, 그야말로 꿈속의 연인 같은 여자로 보이려 연극을 했을 뿐이라면, 그렇게 사랑에 빠지게 만든 후 결국 나를 배신할 속셈이었다면—그래서 배신 행위가 사랑에 실패한 결과가 아니라 오히려 그 모든 수작의 목적이었다면?"

아오이가 대답했다. "그래도 그 여자를 사랑했잖아요. 당신은 연극을 한 게 아니잖아요."

"그야 그렇지만—"

"그렇다면 마찬가지예요." 그녀가 딱 잘라 말했다. "그런 경우에도 달라질 건 없어요."

╰┐

바스쿠가 말했다. "어이, 무어, 방금 신문에서 봤는데 프랑스놈들이 놀라운 약을 개발했더라. 노화를 지연시키는 약이라니 굉장하잖아! 피부도 더 탱탱해지고, 뼈도 더 튼튼해지고, 내장 기능도 더 오래가고, 노인도 전체적으로 건강해지고 정신이 맑아진대. 지원자를 모아서 곧 임상 실험을 시작한다는군. 정말 안됐어. 너한테는 너무 늦어버렸으니."

"그래, 그래, 위로해줘서 고맙소."

그는 오려낸 신문기사를 내게 건넸다. "직접 읽어봐. 불로장생의 영약 같잖아. 아이고, 네 기분은 얼마나 비참할까."

╰┐

그리고 밤에는 바퀴벌레가 들끓었다. 우리는 짚자리로 채운 마대 자루를 깔고 잤는데, 어둠이 내리면 그 밑에서 바퀴벌레가 슬금슬금 기어나왔다. 우주의 가느다란 틈새마저 비집고 나오는 놈들이 더러운 손가락처럼 우리 몸을 더듬었다. 처음에는 몸서리를 치며 벌떡 일어나 경중경중 뛰거나 도리깨질하듯 팔다리를 내둘렀다. 혐오감을 견딜 수 없어 뜨거운 눈물을 흘렸다. 그렇게 흐느낄 때면 숨소리가 당나귀 울음소리처럼 터져나왔다. "자아, 자아." 내가 그녀의 품에 안겨 부들부들 떨면 아오이가 달래줬다. "자아, 자아. 이런 일도 대수롭지 않게 넘길 줄 알아야 해요. 두려움도 수치심도 벗어버려요." 누구보다 깔끔한 그녀가 몸소 시범을 보였다. 움찔거리지도 투덜거리지도 않고 강철 같은 자제력을 발휘했다. 바퀴벌레가 머리카락 속으로 파고들어도 아랑곳하지 않았다. 나도 서서히 그녀를 본받았다.

아오이는 스승 노릇을 할 때면 딜리 호르무즈 같았고 일에 몰두할 때면 지나트 바킬의 환생 같았다. 그녀는 광택제 덕분에 그런 작업이 가능하다고 설명했다. 광택제는 첫번째 그림과 두번째 그림을 가르는 얇은 막을 형성한다. 그녀의 이젤 위에는 두 세계가 이 투명한 막으로 분리된 채 공존하므로 결국 완전히 분리시킬 수도 있다. 그러나 분리 과정에서 한 세계는 남김없이 지워지고 다른 세계도 손상되기 쉽다. 아오이는 말했다. "아, 정말 쉽게 손상되죠. 두려움 때문에 손이 떨리기만 해도 끝장이니까." 두려움을 떨쳐버려야 하는 실용적 이유를 찾는 데도 유능한 여자였다.

내가 살던 세계는 불지옥 같은 곳이었다. 뛰쳐나오려 해봤지만 이렇게 다시 불구덩이에 떨어지고 말았다. 그러나 아오이는 이런 클라이맥스를 맞이할 만한 인생을 살지 않았다. 그녀는 방랑자였고 이미 누구 못지않은 고통을 겪었지만, 그렇게 뿌리 없이 살았음에도 얼마나 느긋하고 편안해 보이는가! 그러므로 자아란 결국 독립적인 존재라는 결론을 내릴 만하다. 역시 수병 뽀빠이의—그리고 여호와의—말이 옳았다. 나는 나일 뿐이얌, 이게 나란 말이얌. 뿌리 따위가 무슨 상관이랴. 신의 이름은 곧 우리의 이름이기도 하다. 나는 나, 나는 나, 나는 나. 나는

나다. 나는 나다. 그들에게 가거든 스스로 있는 자가 보냈다 이르거라.[19)]

그녀는 부당한 운명에 용감하게 맞섰다. 그리고 오랫동안 바스쿠에게 두려움을 내색하지 않았다.

아오이 우에는 무엇을 무서워했을까? 독자여, 나였다. 내가 문제였다. 내 외모 때문도, 내 행동 때문도 아니다. 내 이야기 때문에, 내가 종이에 써내려가는 이 글 때문에, 내가 목숨을 부지하려고 날마다 불러대는 이 소리 없는 노래 때문에 겁을 먹었다. 그녀는 날마다 내가 쓴 글을 바스쿠가 빼앗아가기 전에 읽었고, 억울한 자신을 덫에 빠뜨린 이 이야기의 진실을 낱낱이 확인하며 부들부들 떨었다. 오랜 세월에 걸쳐 우리가 서로에게 저지른 짓을 보고 경악하기도 했지만, 앞으로도 무슨 짓을—우리끼리 그랬듯 그녀에게도—저지를지 모르니 더욱더 무서울 수밖에 없었다. 이야기가 최악의 순간을 지날 때마다 그녀는 두 손으로 얼굴을 감싸고 머리를 마구 흔들었다. 그녀의 평상심과 인내심을 구명대처럼 믿고 의지하던 나는 그렇게 나 때문에 무너지는 그녀를 볼 때마다 몹시 당황스러웠다.

교장 선생님에게 애원하는 아이처럼 측은하게 물었다. "내 인생이 그렇게 비참한가요? 정말 지긋지긋하게 비참해요?"

나는 이런저런 일화를 차례로 떠올리는 그녀의 눈빛을 지켜봤다. 불타는 향신료 농장, 가족 예배실에서 죽어가는 이피파니아, 구경만 하는 아우로라, 탤컴파우더, 온갖 악행, 그리고 살인. 그녀는 매서운 눈초리로 쏘아보며 대답했다. "물론이죠. 당신들은 정말…… 끔찍하네요, 끔

---

19) 「출애굽기」 3장 14절.

찍해요." 그러더니 잠시 뜸을 들이다 말했다. "다들 조금만…… 조금만 참을 수는 없었나요?"

그 말은 어릿광대가 공연하는 비극 같은 우리 이야기의 골자였다. 우리의 묘비에 그렇게 새겨놓고, 지나가는 바람에게도 속삭이라. 다 가마가! 조고이비가! 그들은 참을성이 조금도 없었노라.

우리는 모음이 다 빠지고 자음만 남은 꼴이었으니, 저마다 울퉁불퉁하고 제멋대로였다. 만약 그때 모음만으로 이루어진 그녀가 우리를 이끌어줬다면 얼마나 좋았을까. 정말 그랬다면. 언젠가 내세의 어느 갈림길에서나마 그녀가 우리 앞에 나타난다면 우리는 모두 구원받을지도 모른다. 우리에게도, 우리 모두에게도 일말의 빛, 일말의 가능성은 있으니까. 그 빛, 그리고 상반되는 어둠. 누구나 그렇게 시작한다. 두 세력은 우리의 삶을 소모하며 맹렬히 싸우고, 운이 좋으면 무승부로 끝난다.

나? 나는 끝내 적절한 도움을 받지 못했다. 그리고 지금까지 나만의 시멘을 찾지 못했다.

막판에 접어들 무렵 그녀는 나를 멀리했다. 내 이야기를 더는 읽고 싶지 않다고 했다. 그러면서도 결국 읽었고, 날마다 조금 더 경악하고 조금 더 역겨워했다. 나는 그녀에게 용서를 빌며(마지막 순간까지도 얼빠진 천대교인cathjew의 망상을 떨쳐버리지 못했으니까!) 내 죄를 사면해달라고 부탁했다. 그녀는 대답했다. "그건 내 분야가 아니에요. 성직자한테 가셔야죠." 그때부터 우리 사이에 거리감이 생겼다.

그리고 우리 작업이 끝나는 날이 다가올수록 점점 더 무거운 두려움이 우리 눈빛에 스며들었다. 나는 걸핏하면 발작성 기침에 시달리며 한

참 동안 구역질을 하고 눈물을 줄줄 흘리기 일쑤였는데, 그럴 때는 차라리 이대로 숨이 끊어져 미란다의 기쁨을 빼앗아버렸으면 좋겠다는 생각이 들 정도였다. 글을 쓸 때도 손이 덜덜 떨렸다. 아오이도 자주 일손을 멈춰야 했다. 그녀는 쇠사슬을 쩔렁거리며 느릿느릿 걸어가 벽에 기대고 웅크린 채 마음을 가다듬었다. 그래서 나까지 무서웠다. 그토록 강인하던 여자가 점점 약해지는 모습은 정말 끔찍했기 때문이다. 그러나 최후가 멀지 않은 그 시기에 그녀는 내가 위로해주려고 할 때마다 내 팔을 밀어냈다. 물론 미란다도 모든 상황을, 즉 그녀가 약해졌고 우리 사이가 서먹해졌다는 사실을 알아차렸다. 그는 우리가 무너져가는 모습을 즐기며 우리를 조롱했다. "그냥 오늘 끝내버릴까—그래, 그래야겠다!—아니, 다시 생각해보니 내일이 낫겠네." 그는 내가 묘사한 자신의 모습을 좋아하지 않았고, 그래서 두 번이나 내 관자놀이에 총구를 들이대고 방아쇠를 당겼다. 그러나 약실은 매번 비어 있었고 다행히 내 창자도 비어 있었다. 그렇지 않았다면 바지를 더럽혀 굴욕감을 맛볼 뻔했다.

나도 모르게 중얼거렸다. "설마 죽이진 않겠지. 못 죽여, 못 죽여, 못 죽일 거야."

그 순간 아오이 우에가 이성을 잃고 말았다. "못 죽이긴 왜 못 죽여, 이 한심한 인간아!" 그녀는 공포와 분노를 못 이겨 딸꾹질까지 하면서 고래고래 소리쳤다. "꼬리 잘린 뱀처럼 휙, 회까닥 돌아버린데다 팔뚝에 주삿바늘까지 끅, 꽂는 놈이잖아!"

물론 그녀의 말이 옳았다. 말년에 이르러 미치광이가 되어버린 바스쿠는 심각한 마약중독자이기도 했다. 예전에 바늘 하나를 잃어버린 바스쿠 미란다가 수많은 새 바늘을 발견했다. 그러므로 최후의 순간에 우리 앞에 나타날 때도 그의 핏줄에는 독한 악기운이 감돌 티였다. 나는 별안간 심하게 쌕쌕거리며 부르르 진저리를 쳤다. 아브라함 조고이비가 육아용품 사업을 시작하는 대목을 읽은 다음날 바스쿠가 보인 표정이 문득 떠올랐기 때문이다. 우리를 바라보며 히죽거리던 능글맞은 미소가 눈에 선하고, 계단을 내려가며 부르던 노랫소리가—무시무시한 깨달음과 함께—귀에 쟁쟁했다.

> 베이비 소프토, 더 크게 노래해요,
> 소프토 포프토 탤컴파우더,
> 귀여운 아기의 필수품
> 더욱더 순한 베이비 소프토.

바스쿠는 당연히 우리를 죽일 터였다. 나는 그가 우리 두 사람의 시체 사이에 우두커니 앉아 있는 장면을 상상했다. 폭력으로 원한을 털어낸 그는 마침내 모습을 드러낸 우리 어머니의 초상화를 물끄러미 쳐다보리라. 드디어 사랑하는 사람을 다시 만났으니까. 그는 그렇게 아우로라와 함께 기다릴 것이다. 그러다 경찰이 들이닥치면 마지막 은총알로 자살해버릴지도 모른다.

⌐

구조대는 오지 않았다. 비밀 메시지는 아무도 알아보지 못했고, 살바도르 메디나는 아무것도 알아차리지 못했고, '라리오스 자매'는 변함없이 주인에게 충성을 바쳤다. 그들의 충성심은 혹시 탤컴파우더 때문이 아니었을까? 그들도 바느질보다 바늘질을 더 즐기지 않았을까?

내 이야기는 이미 베넹헬리에 이르렀고, 이젤 위에서는 어머니가 허공을 감싸안은 자세로 나를 바라봤다. 아오이와 나는 이제 좀처럼 입을 열지 않았다. 그리고 날마다 최후의 순간을 기다렸다. 그렇게 기다리는 동안 나는 이따금 어머니의 초상화를 바라보며 내 인생에서 가장 중요한 몇몇 의문점을 밝혀달라고 부탁했다. 어머니가 정말 미란다의, 혹은 라만 필딩의, 혹은 다른 누군가의 연인이었느냐고 물었다. 사랑의 증거를 보여달라고 했다. 그러나 어머니는 빙그레 웃을 뿐 아무 대답도 하지 않았다.

나는 일에 몰두한 아오이 우에를 자주 훔쳐봤다. 가깝고도 먼 여인이었다. 만일 우리가 이런 운명에서 벗어난다면 언젠가 어느 외국 도시의 갤러리 개관식에서 그녀를 다시 만났으면 좋겠다고 생각했다. 그때 우리는 와락 얼싸안을까, 아니면 서로 모르는 사람처럼 지나칠까? 서로 부둥켜안고 와들와들 떨며 수많은 밤을 보내고 바퀴벌레 등쌀에 함께 시달렸던 우리는 서로에게 가장 소중한 사람일까, 아니면 남남일까? 어쩌면 남남만도 못한 사이가 되어버린 건지도 모른다. 둘 다 서로에게 자기 인생에서 가장 괴로웠던 시기를 상기시킬 테니까. 그러니 서로를 증오하며 매몰차게 돌아서겠지.

$$\backsim$$

아, 나는 지금 피투성이다. 떨리는 두 손도, 옷도 온통 피범벅이다. 지금 써내려가는 이 글도 핏물로 얼룩진다. 아, 저속하고 직나라하고 자극적인 피. 이 얼마나 천박하고 진부한지…… 나는 폭력사건을 다룬 신문기사를 떠올린다. 얌전한 공증인이 알고 보니 살인자였다느니, 침실 마룻장 밑이나 정원 잔디밭에서 썩어가는 시체를 찾았다느니. 내가 기억하는 것은 살아남은 사람들의 얼굴이다. 아내, 이웃, 친구. 그들의 얼굴은 말한다. '어제까지만 해도 우리 인생은 풍요롭고 다채로웠어. 그런데 이런 참사가 벌어졌지. 이제 우리는 이 사건의 한 부분일 뿐이야. 우리와는 무관한 이야기 속에서 졸지에 단역배우 노릇을 하게 됐다고. 이런 일에 휘말릴 줄은 꿈에도 몰랐어. 이렇게 시시하고 초라한 존재가 돼버리다니.'

십사 년이면 한 세대generation라고 할 만하다. 적어도 갱생regeneration을 도모하기에는 충분한 세월이다. 그 십사 년 동안 바스쿠는 마음속 원한을 서서히 배출할 수도 있었다. 오염된 토양을 정화해 새로운 농작물을 재배할 수도 있었다. 그러나 그는 이미 지나가버린 과거에서 헤어나지 못했다. 자신을 따돌렸던 것을 향한 앙심을 끝내 버리지 못했다. 그러므로 바스쿠도 이 집에—자신의 가장 큰 우행에—갇힌 죄수와 다름없었다. 그곳에서 그는 재능이 부족하다는 자괴감, 아우로라와 같은 경지에 이르지 못했다는 패배감의 덫에 빠져 허우적거렸다. 온갖 추억이 울부짖고 온갖 기억이 비명을 지르며 메아리치는 악순환 과정에서 소음은 점점 더 커져만 갔고, 결국 모든 것을 깨뜨리기 시작했다. 고막을, 유리를, 생명을.

우리가 두려워하던 일이 일어났다. 우리는 쇠사슬에 묶인 채 기다렸다. 마침내 때가 왔다. 내 이야기가 엑스선 촬영실에 이른 후, 그리고 아우로라가 울보의 기마 초상화를 뚫고 나온 후, 정오 무렵에 그가 나타났다. 술탄의 옷을 입고, 머리에 검은색 모자를 쓰고, 허리띠에 짤랑거리는 열쇠고리를 달고, 한 손에 리볼버를 들고, 탤컴파우더 광고음악을 흥얼거리면서. 나는 카우보이영화를 리메이크한 봄베이영화의 한 장면 같다고 생각했다. 정오의 결투. 그러나 무기를 가진 사람은 한 명뿐이다. 다 틀렸어, 톤토. 우린 완전히 포위됐어.

바스쿠의 표정은 어둡고 낯설었다. 아오이가 말했다. "제발 이러지 마요. 나중에 후회할 거예요. 제발."

그가 나를 돌아봤다. "무어, 시멘 아가씨께서 살려달라고 애원하시잖냐. 냉큼 나서서 구해드리지 않을래? 숨이 끊어질 때까지 지켜드려야 하는 거 아냐?"

가느다란 햇살이 그의 얼굴을 비췄다. 두 눈이 불그레하고 팔도 후들거렸다. 나는 그의 말을 이해할 수 없었다.

"나는 무방비 상태요. 쇠사슬을 풀어주고 권총을 치우시오. 그러면 우리 두 사람의 목숨을 걸고 싸우겠소." 호흡이 거칠어져 다시 당나귀 울음소리가 흘러나왔다.

바스쿠가 말했다. "진정한 무어인이라면 자기 여자를 해치려는 놈한테 다짜고짜 덤벼야지. 죽을 게 뻔하더라도 말이야." 그러더니 권총을 겨눴다.

아오이가 붉은 돌벽에 등을 붙인 채 말했다. "제발. 무어, 제발."

예전에도 한 여자가 자신을 위해 죽어달라고 애원했지만 나는 삶을 선택했다. 이제 다른 여자가 같은 애원을 한다. 더 착한 여자, 그러나 덜 사랑하는 여자. 우리는 얼마나 삶에 집착하는가! 내가 바스쿠에게 몸을 던지더라도 그녀의 목숨은 고작 한순간 연장될 뿐이겠지만, 이 얼마나 소중한 한순간인가! 그녀는 끝없이 길게 느껴지는 그 한순간을 간절히 원했고, 그 무한한 순간을 선뜻 허락하지 않는 나를 원망했다.

"무어, 제발, 부탁이에요."

나는 생각했다. 안 돼, 싫어, 못해.

바스쿠 미란다가 명랑하게 말했다. "이미 늦었다. 교활하고 비겁한 무어."

아오이가 부질없이 비명을 지르며 감방 저쪽으로 도망쳤다. 그녀의 상체가 순간적으로 그림에 가려졌다. 그때 바스쿠가 한 발을 쐈다. 캔버스에 구멍이 뚫렸다. 아우로라의 가슴 부위였지만 총탄이 꿰뚫은 것은 아오이 우에의 심장이었다. 그녀는 이젤에 호되게 부딪히며 이젤을 붙잡았고, 그 순간—상상해보라—어머니의 가슴에 뚫린 상처에서 아오이의 피가 솟구쳤다. 곧이어 초상화가 앞으로 쓰러지더니 우측 상단 모서리로 바닥을 찍은 후 공중제비를 돌아 다시 바닥에 떨어졌다. 아오이의 피로 얼룩진 그림이 천장을 향하고 있었다. 그러나 아오이 우에는 바닥에 엎어진 채 움직이지 않았다.

그림이 망가졌다. 여자도 죽었다.

덕분에 내 목숨이 한순간 연장됐다. 기다릴 때는 한없이 긴 듯했지만 지금 돌이켜보니 너무 짧았다. 나는 눈물에 젖은 채 아오이의 시신을 바라보다 고개를 돌렸다. 살인자를 똑바로 노려보며 죽음을 맞이하리라.

미란다가 내게 말했다. "'사내답게 지켜내지 못했으니 계집처럼 울어야 겠지.'"

그러더니 느닷없이 터져버렸다. 몸속 어딘가에서 꾸르륵거리는 소리가 들리고 마치 눈에 보이지 않는 끈을 당긴 듯 몸이 움찔거리더니 피를 왈칵 뿜어냈다. 눈, 코, 입, 귀에서 피가 마구 쏟아지고―맹세코 사실이다!―무어풍 나팔바지의 앞섶과 엉덩이에도 핏자국이 번졌다. 그가 털썩 무릎을 꿇는 순간 치사량의 피가 이리저리 튀었다. 사방이 온통 피투성이였다. 바스쿠의 피와 아오이의 피가 하나로 뒤섞이고, 내 발을 적시고, 문틈을 지나 아래층으로 내려가 아브라함의 엑스선 사진에 이 소식을 전했다―여러분은 약물 과용이라고 짐작하시리라―팔뚝에 주삿바늘을 너무 많이 꽂는 바람에 결국 모욕감을 견디지 못한 육체가 곳곳으로 피를 토한 거라고 말이다―그러나 아니다. 이것은 훨씬 더 오래된 일, 훨씬 더 오래된 바늘이다. 바스쿠가 죄를 짓기 전부터 그의 몸속에 박혀 있던 인과응보의 바늘이다. 어쩌면 동화에 나오는 그 바늘인지도 모른다. '눈의 여왕', 즉 우리 어머니를 만난 후 그의 핏줄 속에 남아 있던 얼음조각인지도 모른다. 그는 그녀를 사랑했지만 그녀는 그를 미쳐버리게 만들었으니까.

바스쿠는 자기가 그린 아우로라의 초상화 위로 쓰러진 채 숨을 거뒀고, 그의 마지막 생혈이 캔버스를 검게 물들였다. 어머니도 돌아올 수 없는 곳으로 떠나버렸고, 끝내 내게 아무 말도 하지 않았고, 끝내 고백하지 않았고, 내게 절실한 것 즉 그녀의 사랑에 대한 확신을 심어주지도 않았다.

이윽고 나는 내 탁자로 돌아가 이 이야기의 결말을 써내려갔다.

공동묘지의 억센 풀은 삐죽삐죽 높이도 자랐고, 그래서 묘석에 걸터앉은 내 모습은 마치 누런 풀줄기 끝에 사뿐히 올라앉은 듯, 모든 짐을 내려놓고 허공에 둥실둥실 떠 있는 듯, 빽빽이 우거져 조금도 휘어지지 않는 신기한 풀잎이 내 몸을 거뜬히 지탱하는 듯하다. 이제 시간이 별로 없다. 몇 번이나 더 숨을 쉴 수 있을까. 기원전의 연도처럼 시간이 갈수록 숫자가 줄어들 텐데, 이제 이 카운트다운도 0에 도달할 때가 멀지 않았다. 이번 순례를 하느라 마지막 남은 힘마저 다 써버렸는데, 왜냐하면 그날 내가 정신을 차렸을 때, 그리고 바스쿠의 열쇠고리에 달린 열쇠로 족쇄를 풀었을 때, 그리고 죽은 두 사람의 잘잘못을 기록하며 이 글을 끝마쳤을 때—그때 내 인생의 마지막 목표가 분명해졌기 때문이다. 그래서 코트를 걸치고, 바스쿠의 화실에서 나머지 원고를 찾아내고, 그 두툼한 종이뭉치를 주머니에 쑤셔넣고, 망치와 못을 챙겼다. 머지않아 가정부들이 두 사람의 시신을 발견할 테고, 그때부터 메디나가 나를 뒤쫓기 시작하리라. 나는 그가 나를 찾아내게 하기로 마음먹었다. 잡히지 않으려 노력한다는 생각조차 못하게 하자. 알아야 할 일은 모두 알려 누구에게든 그 사실을 전하게 하자. 그래서 가는 곳마다 이 이야기를 못질해 내걸었다. 도로는 피했다. 이제 허파가 내 뜻대로 움직여주지 않는데도 험한 산비탈을 기어오르거나 말라버린 물길을 따라 걸었다. 목적지에 도착하기 전에는 붙잡히지 않겠다고 굳게 결심했기 때문이다. 가시와 나뭇가지와 돌부리에 걸려 살갗이 찢어지기 일쑤였다. 그러나 상처 따위는 아랑곳하지 않았다. 마침내 살가죽이 떨어져나가면 기꺼이 그 짐을 벗어놓았다. 그리하여 마지막 여명을 받으며 이렇게 올리브나무로 둘러싸인 묘석에 올라앉아 골짜기 너머 아득한 언덕을 바라본다. 그곳에는 무어인의 자랑거리, 그들의 위풍당당한 걸작, 그들의 마지막 보루가 우뚝 서 있다. 알람브라. 이 궁전은 유럽판 붉은 요새랄까, 다시 말해 델리 요새와 아그라 요새의 자매랄까—여러 형식이 어우러지고 신비로운 지혜가 깃든 곳, 여기저기 놀이마당과 수중정원이 있는 곳. 일찍이 그곳을 정복한 자들이 모두 쓰러진 뒤에도 변함없이 버티고 있는 저 궁전은 사라져버린 가능성을 기리는 기념비다. 그곳은 이미 잃어버렸으나 무엇보다 감미로운 사랑을, 실패와 소멸과 절망 뒤에도 꿋꿋이 살아남은 사랑을, 비록 패배로 끝났으나 그것을 패배시킨 것보다 위대한 사랑을, 그리고 우리의 깊디깊은 욕구를, 자아의 경계마저 허물어버리고 서로의 영토를 넘나들며 한줄기 강물처럼 흐르고 싶은 욕구를 말없이 증언한다. 그렇다, 비록 그 아름다운 정원을 거닐지는 못했지만 바다처럼 드넓은 들판 너머로 이렇게 멀리서나마 그곳을 보았다. 황혼에 물든 채 사라져가는 궁전을 물끄러미 바라보는데 그 모습이 자꾸 희미해져 눈물이 난다.

이 묘석 상단에는 비바람에 스러져가는 세 글자가 새겨져 있다. 손끝으로 더듬어 읽어본다. 편히 잠드소서, 그래, 좋다. 나도 쉬고 싶다. 나도 편해지고 싶다. 이 세상에는 다시 돌아올 날을 기약하며 잠든 자가 수두룩하다. 아서왕은 아발론에서 잠들고, 바르바로사는 동굴에서 잔다. 핀 맥쿨은 아일랜드 산비탈에 눕고, 거대한 뱀 우로보로스는 사나운 바다 밑바닥에 눕는다. 오스트레일리아의 조상신 완드지나는 지하에서 쉬고, 어딘가의 가시덤불 너머에선 한 미녀가 유리관에 누워 왕자의 입맞춤을 기다린다. 보라, 여기 내 술병이 있다. 이제 와인을 조금 마셔야겠다. 그다음에는 현대판 립 밴 윙클처럼 이 무덤 위에 드러누워, 편히 쉬려는 이 금귀 아래 머리를 두고, 힘든 일이 있을 때마다 잠들어버리는 우리 집안의 오랜 전통에 따라 스르르 눈을 감으리라. 더 좋은 시절이 오면 새로운 모습으로 기뻐하며 깨어나길 바라며.

65~67쪽에서 총독대리의 말은 대부분 러디어드 키플링의 단편집 『흑과 백』(1993년 펭귄출판사 재발행판)에 실린 「성벽 위에서」에서 인용했다.

55~88쪽의 고딕체 문단은 대부분 R.K. 나라얀의 장편소설 『마하트마를 기다리며』(1955년 하이네만출판사)에서 인용했다.

187쪽에서 자와할랄 네루가 아우로라 조고이비에게 보낸 편지는 1945년 7월 1일 네루 총리가 인디라 간디에게 보낸 실제 편지를 인용한 것으로, 소니아 간디가 편집한 『홀로 둘, 함께 둘: 인디라 간디와 자와할랄 네루의 1940~1964년 서한집』(1992년 호더앤드스토턴출판사)에 수록되어 있다.

360쪽의 '보통 사람'은 R.K. 락슈만의 그림이다.

576쪽의 『라마야나』 인용문은 로메시 C. 두트의 운문 번역으로, 1944년에 초판이 나왔고 1966년에 자이코출판사에서 재발행되었다.

같은 페이지의 『일리아스』 인용문은 1934년에 옥스퍼드대학출판부가 출간한 윌리엄 매리스 경의 운문 번역에서 발췌했다.

혼종성의 세계, 그리고 덧칠한 그림

살만 루슈디는 1947년 6월 인도 뭄바이(옛 이름 봄베이)에서 출생했다. 그가 태어나고 얼마 지나지 않은 8월에 인도는 영국으로부터 독립했다. 그는 인도 서북부 카슈미르 지역 출신의 무슬림 가정에서 태어났으며, 아버지 아메드 루슈디는 케임브리지대학교에서 교육받은 법률가이자 사업가였고, 어머니 네긴 바트는 교사였다. 루슈디는 봄베이 남부의 존코넌대성당학교에 다녔는데, 이곳은 성공회와 스코틀랜드계 학교가 병합되어 만들어진 학교로서, 유치원부터 고등학교 과정까지를 영어로 교육했다. 후에 그는 영국의 퍼블릭 스쿨인 럭비중등학교에서 수학하고 케임브리지대학교 킹스 칼리지에서 대학교육을 받았다. 그는 인도를 떠나 영국으로 이주했고, 후에는 미국에 정착했다.

2022년 8월 12일 루슈디는 뉴욕주에서 강연하던 중 한 무슬림 극단주의자 남성이 휘두른 칼에 10회 정도 찔리는 사건으로 다시 한번 언론의 주목을 받았다. 1988년 출간된 그의 작품 『악마의 시』기 무함마드를 풍자하고 모독했다는 이유로 1989년 당시 이란의 이슬람혁명 지도자 아야톨라 호메이니는 그에게 '종교적 판결에 의한 살해 명령'(파트와fatwa)을 내렸다. 이에 도피와 은둔 생활을 계속하던 중 영국 정부의 외교적 노력으로 1998년 이란 지도자 모하마드 카타미는 이란 정권이 더이상 살해 명령 선고를 지지하지 않는다고 발표했다. 그후 루슈디는 비교적 자유로운 생활을 영위할 수 있었다. 그러나 2017년 이란 최고 지도자 아야톨라 카메네이는 다시 태도를 바꿔 호메이니의 선고가 유효하다는 입장을 발표했다.

그는 두번째 소설인 『한밤의 아이들』(1981)로 국제적인 명성을 떨치기 시작했다. 이 작품은 1981년에 부커상을 받았으며, 1993년에는 '부커 25주년 기념 부커 오브 부커스' 특별상을, 그리고 2008년에는 '부커 40주년 기념 베스트 오브 더 부커' 특별상을 수상했다. 이 소설은 동파키스탄이 방글라데시로 독립하는 과정에서 일어난 인도-파키스탄 전쟁을 포함하여 인도 독립 후 펼쳐지는 격랑의 역사를 다룬다. 그후 1983년에 발표한 『수치』에서는 파키스탄의 제4대 대통령이자 제9대 총리였던 줄피카 알리 부토와 그를 사형에 처한 독재자 무함마드 지아 울 하크가 등장하며 파키스탄의 정치적 격동기를 다룬다.

루슈디의 가족은 1971년 시작된 인도-파키스탄 전쟁의 결과로 야기된 힌두·이슬람 갈등의 심화로 파키스탄으로 삶의 터전을 옮겨야 했다. 그의 가족은 인도 내 힌두·이슬람 갈등의 희생자였으며, 그가 평생 극단주의자들의 독단에 대해 날선 비판과 풍자를 퍼부은 것은 인도 독립 후 그들의 갈등이 삶의 터전을 파괴하고 황폐화하는 과정을 보았기 때문일 것이다. 그는 인간사회의 현실과 문제들을 지속적인 관심으로 그려내지만 그 기법에서는 환상적인 장치들을 마음껏 동원하므로 흔히 마술적 사실주의를 구사하는 작가로 분류된다. 또한 그는 식민지 독립 후 식민종주국의 언어로 작품활동을 하는 작가들을 일컫는 탈식민주의 작가로 분류되기도 한다.

1995년 출간된 『무어의 마지막 한숨』은 루슈디가 파트와 선고 후 6년간 도피생활을 지속하던 중 쓴 소설로 이 소설에 등장하는 단죄와 감금의 악몽 같은 장면들, 그리고 그 속에서 그림이나 글을 통해 스스로를 구원하는 수인의 모습은 루슈디 자신의 삶을 연상시킨다. 이 소설에서 그는 줄곧 배타적인 정체성의 불가능성을 이야기하며, 혼종화와 잡종화의 아름다움과 경계선의 투과가 가져오는 삶의 풍요로움을 노래한다.

제목 '무어의 마지막 한숨'에는 겹겹의 의미가 있다. 그 일차적인 의미는 1492년 스페인의 마지막 무어인 왕 아부 압달라(일명 보압딜)가 알람브라 성채의 열쇠를 가톨릭 정복자들인 페르난도와 이사벨라에게 양도하고, 그의 어머니와 시종들과 함께 망명을 떠나는 장면에 대한 언급이다. 그는 마지막으로 눈물의 언덕에서 자신이 상실한 궁전과 기름진 평야와 안달루시아의 영광을 뒤돌아보면서 눈물을 흘렸다고 한다. 756년 스페인 남부 안달루시아를 정복한 우마이야왕조의 알라흐만 1세는 종교가 다른 정복지 주민들을 억압하지 않는 관용적인 통치를 펼쳤다. 또한 종교와 부족의 경계를 넘어 인재를 채용했다. 이러한 전통은 그후로도 계속되어 안달루시아는 이슬람교, 기독교, 유대교가 서로를 인정하고 협력하는 '공존의 문명'을 꽃피웠고, 수도 코르도바에는 유럽 각지의 학자와 학생들이 찬란한 이슬람문화를 배우기 위해 몰려들었다. 코르도바는 그렇게 인구 수십만의 거대도시를 형성했고 유럽에서 가장 강성한 도시가 되었다. 이 작품에서 무어의 한숨이란 권력과 영화를 잃은 왕의 한숨이라기보다는, 다양성과 공존의 철학으로 번영하던 문명이 단일성을 강요하는 문명에게 패퇴한 사건에 대한 회한을 담은 한숨이라고 볼 수 있다.

작품의 화자인 인도 태생의 모라이시를 그의 어머니이자 당대 최고의 화가인 아우로라는 '무어'라고 부른다. 부계 쪽에 전해내려오는 전설에 의하면 그는 패배한 왕 보압딜과 그의 유대인 후궁 사이에서 태어난 조상의 후손이기 때문이다. 모계 쪽으로는 포르투갈 출신의 탐험가 바스쿠 다 가마의 사생아를 조상으로 두었다. 이러한 그의 다채로운 가계도는 코친이라는 그의 출생지로 설명된다. 코친은 인도 남부 케랄라주의 항구도시인데, 14세기 이후 아라비아해의 주요 향신료 무역항이었다. 오래전부터 아랍 상인들이 드나들던 곳으로 인도에서 유일하게 유대인 마을이 남아 있다. 또한 1505년 포르투갈인들이 이곳에 교역소를 세워 캘리컷과 함께 인도에서 처음으로 유럽문화가 유입된 현장이기도 하다. 코친은 한때 포르투갈령 인도의 수도이기도 했으나, 인도가 독립할 무렵 포르투갈의 영향력은 축소될 대로 축소되어 있었다.

모라이시의 어머니 아우로라의 다 가마 집안은 향신료 무역으로 거대한 부를 축적했다. 아우로라의 할아버지 프란시스쿠 다 가마는 진보적 정치사상과 문화 취향을 가진 인사였다. 그는 모더니스트 건축가를 동원해 코친의 카브랄섬에 있는 그의 저택에 두 채의 새 건물을 지었고, 그의 집에는 모더니스트 화가들이 드나들며 전위적인 그림들과 조각들을 남겼다.

아우로라의 아버지 카몽시는 프란시스쿠와 이피파니아의 둘째 아들로 열여덟 살에 독립적이고 의지가 강한 고아 소녀 이사벨라 시메나 수자와 결혼하고 자신의 보수적인 어머니 이피파니아와 대립한다. 그역시 아버지 프란시스쿠처럼 진보적 정치사상과 인도의 독립을 추구하는 인물이다. 카몽시의 형인 아이리시와 형수 카르멘은 영국의 지배가 지속되기를 바라는 보수파다.

나중에 폐암으로 일찍 생을 마감하는, 아우로라의 어머니 이사벨라는 항상 신선한 공기를 필요로 하여 창문을 열어젖히는 것을 좋아했는데, 차단과 배제로 일관하는 삶의 방식을 수호하는 시어머니 이피파니아는 창밖에서 들려오는 세상의 소리를 차단하기 위해 창문을 닫아둘 것을 고집했다. 단명한 어머니의 사후에 어린 아우로라가 모기를 질색하는 할머니의 금지에도 불구하고 창문을 열어젖히는 것은 그녀가 아버지나 할아버지 그리고 어머니와 마찬가지로 개방성과 경계의 침투를 두려워하지 않는, 아니 오히려 사랑하는 성격임을 말해준다.

자유로운 호흡이라는 행위는 이 가문 사람들에게 중요한 행위이다. 화자 모라이시는 "우리는 세상을 들이마시고 의미를 내쉰다"(87쪽)고 말한다. 세상은 언제나 우리에게 들이쉴 만한 공기를 공급하지 않아 우리의 호흡을 방해하고 어렵게 하지만 우리는 세상에서의 좌절을 한숨(의미의 생산)으로 극복하는 선택지를 가지고 있다고 그는 말한다. 이 한숨은 아우로라에게서는 그림으로, 무어에게서는 글의 형태로 표출된다. 그리하여 한숨은 때때로 단순한 슬픔이나 좌설을 표현하는 행위가 아니라, 그것을 극복하는 행위로서의 의미를 지닌다.

아우로라의 아버지 카몽시는 가업의 경영권을 둘러싼 집안싸움으로 일어난 화재와 살인사건에 대한 책임을 지고 형과 함께 9년간 감옥살이를 하게 되고, 이사벨라는 젊은 나이에 어려워진 가업을 다시 일으키지만 남편이 돌아온 지 3년 만에 세상을 떠난다. 죽어가는 이사벨라를 간호하며 카몽시는 그가 꿈꾸는 세계, 그들이 자유로이 호흡할 수 있는 신선한 공기의 세계를 그녀에게 속삭인다. "새 세상이 열릴 거야, 벨. 자유국가 말이야, 벨, 정교분리로 종교를 극복한 나라, (⋯) 사랑으로 증오를 극복한 나라, (⋯) 슬기로 어리석음을 극복한 나라, 자유 말이야, 벨⋯⋯"(83쪽)

아우로라는 어머니 사후에 집안의 창문을 모두 열어젖히고, 백부인 아이리시가 모아놓은 코끼리상과 상아 공예품을 밖으로 던져버린다. 코끼리는 힌두교도가 숭배하는 가네샤신의 표상인데, 아이리시는 가톨릭교도임에도 불구하고 그런 것들을 모은다. 코끼리는 모든 것을 짓밟고 파괴해버리는 다수파 세력을 상징한다. 다수파는 힌두교도만이 아니다. 소수파 내의 다수파인 무슬림도 그 위세를 몰아 횡포를 부린다면 코끼리로 표상될 수 있다. 가톨릭교도이지만 집안을 보수적 횡포로 다스린 할머니 이피파니아도 코끼리로 표상될 수 있고, 코끼리상을 수집하는 백부 아이리시의 취향은 권력이라는 다수파의 편에 서서 영국 지배의 존속을 주장하는 모습으로 설명된다.

코끼리상을 던져버린 것에 대한 벌로 아우로라는 일주일 동안 자신의 방에 감금당하는 벌을 받는다. 아버지는 감옥에 가 있고, 어머니는 가업을 일으키기 위해 바쁜 동안 그림으로 무료함을 달래던 그녀는 감금의 기회를 이용하여 방의 벽 가득히 그림을 그려 생애 최초의 걸작품을 만들어낸다. 그녀는 인도의 역사와 정치적 상황, 상상적 존재들, 그리고 가족들의 상상적인 미래까지 그림에 담았다. 가족들은 빽빽하게 모인 다양한 군상들과 함께 있었는데, "카브랄섬에서 개인적인 삶 따위는 환상에 불과하며 끊임없이 변화하는 선이 그려내는 이 다수, 이 무리, 이 인간들이야말로 진실임을 암시했다."(97쪽) 그녀는 부유한 상류층 집안에서 자란 아가씨지만, 그녀의 상상력은 창밖으로 뚫고 나가 국가적 차원으로 확장하며 인도의 과거와 미래까지 담아낸다. 아우로라의 그림은 과거와 현재, 그리고 다양한 공간을 넘나들며, 때로는 사실적으로 때로는 상상적으로 수많은 군상을 그려내는 작가 루슈디 자신의 소설적 화폭과 닮아 있다.

아우로라가 평생 일관성 있게 추구한 그림의 주제는 경계선의 파괴와 상호 간섭과 유입이다. 그녀의 절정기에 그려진 최고의 작품은 〈추문〉인데, 다 가마가의 열다섯 살짜리 상속녀 아우로라가 스무 살 연상의 가난한 유대인이자 창고지기인 아브라함 조고이비를 집안 별채로 끌어들여 어른들이나 교회의 허락도 없이 첫날밤을 치르는 장면이 담겼다. 아브라함의 어머니는 기독교 가문이자 사생아 혈통을 자랑처럼 여기는 다 가마가의 며느릿감을 못마땅하게 생각하지만, 그녀의 집안도 사실은 무어인과 유대인의 혼혈로 이뤄진 집안이며 그녀 역시 첩의 후손이니 사생아의 후손을 업신여길 처지가 못 된다. 사람들이 고집하는 배제와 경계선은 많은 경우 이와 같은 자기모순을 안고 있다.

〈추문〉은 유대교인과 기독교인의 결합이자, 부자와 가난한 자의 결합이며, 어린 여자와 아버지뻘 되는 남자의 결합, 양가의 반대를 불사한 남녀의 결합으로 무수한 금기를 깨고 이루어지는 결합을 그린다. 그들의 결혼은 가톨릭교의 허락도 이슬람교의 허락도 받을 수 없어, 예식을 거행하지 못한 채 성사된다.

사실 아우로라와 아브라함은 집안에서 첫날밤을 치르기 전에 동서교역의 동인이자 바스쿠 다 가마로 하여금 인도항로를 찾게 한 향신료가 가득 쌓인 창고에서 처음 사랑을 나누는데, 이 장면은 코친 지방이 상징하는 혼종성의 풍요로움과 아름다움의 절정을 보여준다.

그러나 사랑은 식어버리고, 그들은 서로 멀어져 다른 이들에게서 위안을 찾는다. 그리고 아브라함은 부패와 폭력이 결합된 방식을 마다않고 사업을 확장해나간다. 그것은 아우로라가 예술에 전념할 수 있도록 나머지 시시한 일들은 자신이 처리하겠다고 한 아브라함의 약속의 실천 과정이기도 했지만, 이후 두 사람은 돌이킬 수 없는 길을 가고 만다. 젊은 시절 불붙은 아름다운 사랑의 불씨를 되살리지 못한 그들의 결혼은 두 사람 모두의 타락으로 이어진다.

아우로라는 그림 판매 혹은 정치활동을 위해 봄베이를 자주 찾고, 아브라함 또한 코친의 전성기가 지나가고 사업 전망도 봄베이 쪽이 좋다고 판단한다. 그래서 부부는 1945년 봄베이의 말라바르언덕에 새 보금자리를 마련한다. 봄베이도 코친과 마찬가지로 인도 서해안의 항구 도시로 일찌감치 동서교역의 중심이 되어 새로운 문화의 유입을 경험한 혼종성의 도시다. 봄베이에서 태어난 주인공이자 화자인 모라이시는 하녀 자야의 손에 이끌려 봄베이의 시장이며 술집이 즐비한 거리,

가난한 사람들이 사는 거리를 구경하며 "그렇게 여기저기서 떠들썩한 사람들을 만날 때마다, 이런저런 상품과 먹거리와 끈질긴 장사꾼을 볼 때마다, 나는 모든 것이 너무 많은 이 무궁무진한 봄베이를 깊이, 영원히 사랑하게 되었다"(306쪽)고 고백한다.

아우로라는 코친에서 인도 역사와 가족사, 개인사, 그리고 주변 공동체가 혼재하는 상황을 그렸다면, 봄베이로 이사한 후에는 사회문제의 현장을 그렸다. 해군과 뱃사람들이 영국 당국에 반해 총파업을 벌이자 스물한 살의 아우로라는 겁도 없이 슬럼가, 유흥가, 홍등가를 돌아다니며 파업 참가자들의 모습을 그렸다.

아우로라와 아브라함이 세 딸을 낳고 얻은 아들 모라이시는 오른손이 조막손인데다 남들보다 두 배의 속도로 자라는 특성을 가지고 태어난다. 그러니까 어머니가 임신한 지 넉 달 반 만에 태어나고, 열 살 때 이미 스무 살 청년과 같은 모습이지만 마음은 열 살 소년이고, 서른다섯 살에 몸은 이미 칠십 노인이 되어 죽음을 기다린다. 이것은 독립 후 혼란 속에서 급성장한 인도에 대한 은유로 해석된다. 또한 조고이비 가문의 새로운 삶의 터전인 봄베이에 대한 은유로 보이기도 하는데, 봄베이는 간척지 위에 건설된 도시라 그곳에 거주할 수 있는 인구의 수나 지을 수 있는 건축물의 수에 한계가 있다. 아브라함은 통계 수치를 조작해 숫자로만 존재하는 가상의 인구와 건물을 만들어냄으로써 도시를 무모하게 확장해나가고, 이를 통해 부를 축적한다. 나이와 체구가 일치하지 않는 모라이시는 통계상 숫자와 현실이 일치하지 않는 봄베이의 모습을 닮았다. 또 한편 화자는 그의 기형이 이미 각자의 외도로 사이가 멀어진 부모의 온전치 못한 결혼생활이 탄생시킨 반쪽짜리 인생이라는 의미를 담고 있는 것이 아닌가 추측해보기도 한다.

아브라함과 아우로라의 봄베이 저택은 '엘레판타'라는 이름으로 불리는데, 하필이면 아우로라가 혐오하던 엘레판타 즉 '코끼리'라는 이름이 이 저택에 붙여진 까닭은 수수께끼로 남는다. 여기에서 코끼리는 힘을 가진 자가 사용하는 배제의 원리를 상징한다. 결혼과 동시에 아우로라는 예술을, 아브라함은 현실적 문제 해결이라는 배타적 영역에 머문다. 아우로라가 거하는 공간은 그녀가 자신을 숭배하는 바스쿠 미란다를 시켜 유아실 벽에 그리게 한 만화의 세계와 유사하다. 그녀는 바스쿠 미란다에게 미키마우스와 미니마우스, 도널드덕, 뽀빠이와 슈퍼맨, 배트맨 등을 그려달라고 주문하면서 "사람 머리에 떨어져도 잠깐 동안만 납작해지게 하는 바위도, 펑 터져도 얼굴만 까매지고 끝나는 폭탄도, 허공을ㅡ막ㅡ달려가다ㅡ아래를ㅡ내려다보면ㅡ뚝ㅡ떨어지는ㅡ장면도 그려줘요"라고 요청한다. 진정한 위험이 존재하지 않는 이 세계는 어머니가 사랑하는 자녀들을 위해 마련하고 싶은 세계일 것이다. 또한 이 만화의 세계는 남편의 관리 덕에 현실의 원리가 침투하지 못하는 아우로라만의 세계에 대한 비유일 수도 있다.

나중에 이 세계 밖으로 쫓겨난 모라이시는 엘레판타 안의 세계가 천국이라면, 그 밖의 세계는 지옥임을 인지하게 된다. 어린 시절의 아우로라가 창문을 열어젖혀 바깥세계를 들어오게 했고, 젊은 시절의 아우로라는 험한 뒷골목의 세계를 마다않고 뛰어들었지만, 이제 그녀는 문지기가 지키는 천국 안의 예술세계에 고립되어 있다. 그럼에도 그녀의 예술세계는 여전히 바깥의 세계를 반영하고 있으며, 이런 고립의 한계 속에서도 거친 세상을 극복할 수 있는 동력이 만들어지는 장면을 우리는 목격한다. 예술의 역설적 작용 방식이라고나 할까.

그녀는 이 시기에 아브라함이 선호하는 사실의 예술과, 바스쿠 미란다가 선호하는 환상의 예술 사이에서 갈등하는데, 화자는 사실주의 작가들도 환상적인 요소를 사용해 뛰어난 현실 묘사를 할 수 있음을 지적하여, 사실과 환상은 이 소설에서 제기되는 많은 문제와 마찬가지로 양자택일의 문제가 아님을 보여준다. 이런 원리는 루슈디의 창작세계를 지배하는 것이기도 하다.

모라이시가 태어나기 아홉 달 전에 아우로라는 델리에서 네루 수상의 연인으로 알려진 총독 부인 에드위나 마운트배튼에게 독설을 퍼붓고, 이 일로 그녀에게 비난이 쏟아진다. 예술계에 대한 공로로 대통령상을 받으러 델리에 가 있던 그녀는 수상도 마다한 채 봄베이로 돌아왔다. 그러나 모라이시는 엘레판타의 숙수가 기록한 요리 일지를 통해, 그녀가 당시에 봄베이로 곧바로 돌아오지 않고 아무도 설명할 수 없는 이유로 델리에 하루 더 체류했다는 사실을 발견한다. 모라이시가 넉 달 반 만에 세상에 태어난 기형적 존재가 아니고 사실은 어머니와 네루 총독 사이에서 태어난 정상적 존재일 수도 있음을 암시하는 발견이다. 그러나 이것은 하나의 가능성으로 제시될 뿐, 서사의 다른 부분들과 마찬가지로 결정적 진실로 자리를 굳히지는 못한다.

이후 아우로라는 추문과 일부 사람들의 외면으로부터 자신을 지키기 위해, 개인적 낙원의 울타리를 벗어나지 않고 내면으로 침잠하여 꿈속의 현실을 들여다보며 자신의 예술세계를 펼쳐간다. 이 시기에 그녀는 무어의 성장 과정을 어린 시절의 사진첩처럼 그림으로 기록해 '무어 연작'이라는 대표작 시리즈를 만들어낸다.

아우로라의 무어 연작은 '초기' '성숙기' '암흑기' 세 시기로 구분되는데, '초기'는 1957년부터 1977년까지 그러니까 모라이시가 태어난 후부터 간디 여사가 권좌에서 물러나게 된 총선이 있던 해까지 그린 작품들이고, 1977년부터 1981년까지는 강렬하고 심오한 작품을 많이 그린 '성숙기' 혹은 '절정기'이며, 마지막은 무어가 집에서 쫓겨나고, 인도의 정치는 극단적 분열로 치닫던 '암흑기'다. 연작 그림들의 중심은 무어이고 바깥세상의 일들이 직접 그려지지는 않지만, 그림의 배경과 주제에는 변해가는 사회상이 녹아 있다.

무어 연작 '초기'에 무어는 아우로라의 젖을 물고 있는 모습으로 그려지는데, 그녀는 기형으로 태어난 아들에 대한 안타까움에 이것을 성화와 같이 초월적이고 아름답고, 고상한 빛과 색을 사용해 허구적으로 그렸다. 과속으로 먹는 나이와 조막손 때문에 외로움에 시달리던 무어는 낙원과 같은 환경에서 어머니와의 결속을 느끼고 어머니의 위로를 받으며 행복한 어린 시절을 보냈다. 그림의 모델 노릇을 하는 동안 어머니에게서 그녀의 삶에 대한 솔직한 이야기들을 듣기도 했다.

이 '초기' 무어 연작 작품들에서 아우로라는 인도 무굴제국의 붉은 요새와 스페인에 있는 무어 건축의 금자탑인 알람브라가 하나로 섞인 장면 속에 무어를 그려넣었다. 19세기까지 인도를 지배한 무굴제국 역시 스페인의 무어인들처럼 그 전성기에는 종교에 대한 관용을 보였었다. 티무르제국의 후예인 이들은 아랍 지역과 문화적, 건축적 유사성을 보였다. 이 그림 속의 혼종지를 그녀는 '무어리스탄'이라 불렀다. 그녀는 "두 세계가 충돌하는 곳, 서로 이리저리 넘나들며 서로를 지워가는 곳…… 두 세계가, 두 차원이, 두 나라가, 두 꿈이, 서로 부딪치다 스며들기도 하고 깔리기도 하고 올라타기도 하"(356쪽)는 장소를 묘사했다. 그녀의 상상력은 뒤섞임의 상상력이었으며, 그녀는 그림의 배경을 통해 복합적인 혼성국가라는 낭만적 신화를 창조해낸다.

바스쿠 미란다는 자신이 숭배하는 여신 아우로라 곁에 머물며 화실까지 얻어 창작생활을 계속하지만, 그의 그림은 진정한 예술성을 획득하지 못한다. 그가 그린 아우로라의 초상화가 너무 선정적이란 이유로 그는 아브라함의 분노를 사고 엘레판타에서 쫓겨날 위기에 처한다. 이때 바스쿠 미란다는 아우로라의 초상화 위에 자신의 처지를 보압딜에 빗대어, 자신을 닮은 보압딜이 눈물을 흘리며 알람브라를 돌아보는 감상적인 그림을 그리는데, 이 그림의 제목도 '무어의 마지막 한숨'이다. 이 그림은 봄베이의 백만장자에게 거액에 팔리고, 이후 바스쿠 미란다는 현란한 상업적 성공을 거둔다. 그러나 아우로라는 그의 예술의 저급함을 조롱하며 그에게 결별을 선언한다. 바스쿠 미란다는 조고이비 가문에 대한 한을 품고 유럽으로 떠나, 스페인 안달루시아의 베넹헬리라는 마을에 정착해 '리틀 알람브라'라는 성채를 짓고 산다. 이 성채는 아우로라가 배경으로 사용한 무어리스탄을 닮았으나, 그 색채나 선이 아우로라의 수준을 따라가지 못하는 치졸한 모습이다.

'초기' 무어 연작에서는 보압딜이 아직 권력을 빼앗기기 이전의 모습이 그려지는데, 그의 가장 무도회에서는 "유대인, 기독교인, 무슬림, 파르시, 시크교도, 불교도, 자이나교도"가 한자리에 모여 즐긴다. 보압딜은 가면을 쓰고 조각보 이불처럼 알록달록한 옷을 입은 어릿광대의 모습으로 등장해 혼성성, 다문화성의 상징으로 재현된다.

이 무렵 아우로라가 과거(1960년)에 그린 그림—베그라는 유명한 크리켓 선수가 상류층 아가씨와 만인이 보는 경기장에서 키스를 하는 충격적인 장면을 그린 그림—이 외설성 시비에 휘말린다. 무슬림인 베그가 힌두교도 아가씨를 농락하는 장면으로 해석되어 힌두국수주의자들에게 거친 항의를 받은 것이다. 이는 종교적 갈등이 심해져 배타성의 원리가 지배해가는 사회의 분위기를 반영하는 사건이다. 이 무렵 아우로라의 그림에서는 서로 섞이고 넘나들던 해변의 육지와 바다가 뚜렷이 균열을 보이며, 균열의 틈새로 육지와 바다가 마구 쏟아져들어가는 모습이 그려진다. 그리고 파멸의 시작을 알리듯 언덕 위에는 폭삭 늙은 모습으로 한숨을 쉬는 무어와 최근 세상을 떠난 첫째 누이의 유령이 보인다. 무어 연작 '성숙기'의 첫번째 작품으로 꼽히는 이 작품은 예언적 근심과 우국지심, 사탕수수즙처럼 달콤하던 것들이 변질되고 만 현실에 대한 격렬한 슬픔을 담고 있다.

이 무렵 운명의 여인 우마가 나타난다. 우마는 외견상으로는 출중한 미술학도이며 매혹적인 외모의 소유자이자, 유명한 평론가들의 열렬한 찬사를 받는 재원으로 이미 국제적 명성을 누리고 있다. 그녀는 억만장자 증권중개인의 의뢰를 받아 힌두신화에 등장하는 황소 난디의 거대한 석상을 제작하기도 했다. 그녀는 진보적 여성단체에 드나들며 자신의 열정과 박식함을 과시하고, 관용적 종교관으로 자신을 포장한다. 그러나 기실 그녀는 다중인격자로서 상대에 따라 자신의 정체성을 바꾸는 정신병자였다. 아우로라는 처음부터 그녀에게 거부감을 느낀다. 그녀는 모라이시의 영원한 콤플렉스인 기형의 오른손을 오히려 자신을 보호해주는 손으로, 조로한 외모를 지긋해 보이는 나이 속에 든 매력적인 젊은 정신으로 변형시켜 칭찬함으로써 모라이시를 사로잡아버린다. 그녀는 종종 여론의 변덕에 시달리긴 해도 여전히 정상급의 평가를 받는 아우로라의 지위를 위협할 정도의 위치까지 오른다.

무어 연작 '성숙기'의 작품들은 주로 무어가 우마를 만난 뒤 그려진 작품들이다. 아들을 자신의 적수에게 빼앗긴 아우로라는 박탈감을 이기지 못하고 그림에 무채색만 사용할 뿐 아니라 무어는 추상적 형태로 바뀌어 머리끝부터 발끝까지 흑백의 마름모꼴로 채워진다. 그림 속의 새하얀 연인 시멘은 검은 어머니로부터 흑백이 섞인 무어를 떼어내려 잡아당기고, 그의 몸은 찢어지고 만다. 또한 검은색 망토를 입은 여인이 성채의 열쇠를 적군에게 갖다주는데, 망토 속의 여인은 눈부신 흰색이다. 이 그림은 우마의 배신과 무어의 갈등, 그리고 무어의 몰락을 예견한다. 초기의 다채로운 혼종성은 균열을 보이다 이 시기에 이르러서는 흑백으로 상징되는 극단적 양극화 현상을 보이고, 무어 자신은 두 진영의 다툼의 장이 되어 파열되고 만다.

아우로라의 회고전을 보고 비평가들은 그녀의 시대는 이미 지나갔다는 평가를 내린다. 반면에 독재자이자 아우로라의 라이벌 인디라 간디에 반대하는 연립정부가 무너지고 간디의 정치적 운이 상승곡선을 그린다. 인디라 간디는 처음에는 민주주의적 원칙을 내세웠지만, 후에는 야당과 언론 탄압, 빈민가 강체 철거, 빈민가 주민들의 강제 불임 수술 등을 자행했고 국민 결속을 위해 적대 국가와 근본주의적 종교를 이용한 선동을 수단으로 삼는 독재자로 변신했다. 우마는 이때 간디 일가가 운영하는 케몰드갤러리에서 교조적 힌두주의와 국가주의를 표방하는 작품들을 전시해 격찬을 받았다. 이것이 우마의 예술가로서의 진정한 정체성이었다.

한편 우마의 이간질로 모라이시는 부모에게 버림받고 엘레판타에서 쫓겨나고, 그후 무어 연작은 그의 암흑기를 기록한다. 아버지의 사업을 돕다가 불법적 마약거래에 연루된 모라이시는 마약밀매에 우마를 살해했다는 누명까지 쓰고 지옥 같은 봄베이 중앙역 구치소에서 일주일가량을 보낸다. '무어의 마지막 한숨'이란 보압딜이 잃어버린 안달루시아를 돌아보며 내쉬는 눈물어린 한숨인 동시에, 매혹적인 예술가 우마의 유혹에 빠져 가족들에게서 내쳐진 모라이시가 엘레판타의 세계를 향수에 젖어 바라보며 뱉어내는 고별의 한숨이기도 하다.

이 감옥에서 모라이시를 구출해낸 것은 뜻밖에도 어머니가 운전하는 차에 치여 다리를 잃은 후 엘레판타의 문지기 노릇을 하던 람바잔 찬디왈라였다. 그는 자신이 전직 만화가이자 현재 정치가인 라만 필딩이 이끄는 힌두국수주의 단체의 일원이라는 사실을 감추었다. 모라이시가 아직 엘레판타에 살던 시절 람바잔은 그의 오른손에 남다른 힘이 있음을 발견하고 그에게 권투를 가르쳤다. 람바잔은 모라이시를 라만 필딩에게 데려가고, 모라이시는 괴력을 가진 오른손 주먹을 이용해 극우파 폭력 조직원으로 일하게 된다. 그의 조직원들은 방직공장 파업을 해결한다든지, 여자 일꾼들이 지주에게 대항해 일으킨 반란을 진압한다든지, 불가촉천민이 이슬람교도로 개종해 카스트제도를 벗어나보겠다며 꾸는 헛꿈을 뭉개버린다든지, 젊은 과부를 설득해 남편의 시신을 화장하기 위한 장작더미에 스스로 올라가게 만든다든지, 등의 일을 했다(484쪽). 라만 필딩은 '침략 이전'의 황금시대에 대한 향수를 지니고 있으며 "우리는 제국들이 겹겹이 쌓아올린 것들을 파헤치고 참된 조국을 되찾아야"(470쪽) 한다고 주장한다. 무어는 끔찍하고 구역질나는 일을 하면서도 그 단체에서 자신의 쓰임을 발견하고, 지금껏 경험한 소외감을 극복하고 동료애까지 느낀다.

인디라 간디의 재집권 후 힌두국수주의는 날로 극성을 부리고 사회는 양극화로 치닫는다. 이 사태는 1984년 인디라 간디 여사 살해로 종결되지 않고 오히려 악화된다. 간디 여사는 시크교도에게 살해되는데, 이 사건 이후 시크교도처럼 터번을 쓴 사람들이 학살되기도 하고, 라만 필딩처럼 국내 소수집단을 길들이고 힌두교 라마 신의 엄격한 사랑으로 만백성을 다스려야 한다고 주장하는 사람들이 득세한다. 공장 노동자 단체는 자신들을 폭력으로 다스리던 라만 필딩의 MA당 후보들을 지지하고, 필딩은 마침내 봄베이 시장 자리에까지 오른다.

무어 연작 '암흑기'의 그림은 잡동사니 콜라주의 요소를 도입해 빈민가에서 일어나는 온갖 참상 속의 무어를 그린다. 즉 급수관 쟁탈전, 분신자살, 깡패의 지독한 폭력과 수탈을 배경으로 무어는 이제 어머니를 잃고 악행의 구렁텅이에 빠져 환락과 범죄를 일삼는 악인의 모습이다. 이련판 형식의 이 그림에서 두번째 화폭에 그려진 이 우로라의 자화상은 아들의 타락상 앞에서 냉혹한 얼굴로, 눈에는 형언할 수 없는 공포를 담은 모습으로 그려진다. 그의 아버지는 이 시기에도 탐정 민토를 통해 아들의 행적을 탐문했으며, 따라서 아우로라도 아들의 행적을 전부 알고 있었다.

1987년 간파티 축제가 열린 날 아우로라는 절벽 위에서 신들에게 대항하는 춤을 추다 추락사한다. 그 춤은 그녀가 42년 동안 매해 해오던 의식이었다. 해마다 가네샤상을 바닷물에 담그는 의식을 치르려 밟혀죽을 각오를 하고 축제에 참가하는 인간의 도착성에 항의하는 춤이었다. 그러던 그녀가 예순세 살 되던 해의 축제날 절벽 아래로 추락해 사망한 것이다.

이 사건 이후 아브라함은 쪽지를 보내 무어를 라만 필딩의 소굴에서 불러내고, 이제 자기 나이보다 두 배로 빨리 늙은 무어는 폭력배로서 더이상 쓸모가 없게 되었으므로 필딩은 그를 순순이 놓아준다. 모라이시는 아버지에게서 어머니를 암살한 것이 한때 어머니를 연모한 라만 필딩의 소행이라는 얘기를 듣고, 필딩을 찾아가 그를 살해한다.

필딩이 있던 건물에 때마침 일어난 폭발 사고 때문에 그의 살인은 가려지지만, 그는 아버지의 조언에 따라 고국을 떠난다. 같은 날 봄베이 사방에서 일어난 폭발 사고로 아버지 아브라함 역시 사망하고, 조고이비 가문의 저택 엘레판타도 파괴된다. 무어는 엘레판타에서 추방되던 때처럼 다시 한번 보압딜의 최후를 연상하며 비행기에 오른다. 그는 보압딜이 외부의 적에게 멸망당했다면, 봄베이는 우리 내부에 있는 악에 의해 파괴되었다고 결론내린다(583쪽). 관용을 모르는 증오, 배제, 폭압의 원리가 결국 사회의 융합을 파괴해버린 것이다. 그 와중에 아우로라의 작품이 보존되어 있던 조고이비박물관도 산산조각난다. 다른 미술관에 대여되었거나 개인이 소장하고 있던 소수의 작품, 그리고 최근 도난당한 네 점의 작품을 제외하고는 다작 작가 아우로라의 작품은 몇 점 남지 않게 되었다.

무어는 어머니의 작품을 훔쳐간 자가 바스쿠 미란다일 거라는 아버지의 추측에 따라 바스쿠 미란다가 사는 스페인의 베넹헬리로 향한다. 베넹헬리는 아우로라가 꿈꾸던 무어리스탄, 다양성이 조화롭게 공존하는 그런 장소는 아니었다. 무어가 스페인에 도착한 것은 1993년으로 추정되는데, 아직도 그 주변 마을들은 스페인 내전 때 프랑코를 지지했는가 공화파를 지지했는가에 의해 갈려 있었다. 정치적 견해가 다른 사람들이 사는 마을들 사이에는 도로도 만들지 않는 지역이었다.

어렵게 바스쿠 미란다의 저택에 잠입한 무어는 그곳에서 아우로라가 마지막으로 그린 〈무어의 마지막 한숨〉을 발견한다. 이 그림에서 무어는 추상적인 어릿광대도 아니고, 고물 콜라주도 아니다. 그림자처럼 림보에서 길을 잃은 아들의 모습, 지옥에 갇혀버린 한 영혼의 모습이고, 아우로라는 별도의 화폭이 아닌 한 화폭 안에서 괴로워하는 그를 꾸짖는 게 아니라 걱정스러운 표정으로 손을 내밀고 있다. 어머니가 때늦은 사과와 용서의 몸짓을 보낸 것이다. 어머니 아우로라는 사랑스럽고 용맹하고 재능 있는 사람이었지만 동시에 상대에게 언제든 가슴 아픈 비난을 퍼부을 수도 있는 여인이었다. 눈물을 흘리는 보압딜에게 "사내답게 지켜내지 못했으니 계집처럼 울어야겠지"라고 조롱하던 모후처럼 공격적인 어머니이기도 했다. 그러나 이런 어머니가 결국 자신에게 화해의 손길을 내밀었음을 무어는 마침내 알게 된다.

바스쿠 미란다는 엑스선 기계를 구해 아우로라가 마지막 그린 〈무어의 마지막 한숨〉 뒤에 숨겨진 그림을 투시하려 했다. 그에 의하면 아우로라는 말년에 살해의 공포에 시달렸고, 바스쿠 미란다에게 도움을 청했다고 한다. 이 그림의 밑에 살인자의 모습을 감춰놓았으니 자신이 죽으면 원수를 갚아달라고 했다는 것이다. 모라이시가 엑스선 기계가 촬영한 영상들을 보니, 그림 속에 숨겨진 것은 뚱뚱한 라만 필딩의 모습이 아니라 호리호리하고 키가 큰 자신의 아버지의 모습이었다.

덧칠그림의 이미지는 혼종적 세계의 평화로운 공존 혹은 그 균열의 이미지와 함께 세상의 모습을 그리기 위해 루슈디가 사용하는 또하나의 은유다. 시간이 흐르면서 현실은 항상 겹겹의 모습을 드러낸다. 이것은 현실의 궁극적 본성을 파악하기 어렵다는 모더니스트적 인식의 표현이기도 하다. 한때 어머니의 열렬한 연인이었으며 어머니를 보호하고 그녀의 명령을 고분고분 따르던 아버지의 온순한 외양 아래에는 폭력, 불법 등을 가리지 않고 사업을 확장해가며 매춘에까지 손을 대고 또한 거기서 거래되는 여자들에게서 욕망을 채우기도 하는 거친 모습이 있었고, 또 그 아래에는 아들을 이용해 연적을 살해할 뿐 아니라 사랑하는 아내까지도 살해한 모습이 발견된다.

화려하고 당당했던 어머니의 외양 아래는 바스쿠 다가마, 미술판매상 케쿠 모디, 네루 수상, 라만 필딩의 연인이었을 수도 있는 어머니가 존재했다. 아우로라에게 충직했던 문지기 찬디왈라 역시 그 이면에는 힌두국수주의 단체의 단원이라는 신분을 감추고 있었다. 모라이시는 아우로라와 아브라함 사이에서 태어난 아이로 보이지만, 네루 총독과 아우로라 사이에서 잉태되었을 수도 있음이 희미한 밑그림으로 암시된다.

모라이시의 가계에서 내려오는 전설, 유대인이라는 겉그림 속에 감춰진 밑그림은 그가 보압딜의 후손이며 그의 어머니가 간직한 비밀 상자 속에는 에메랄드가 주렁주렁 달린 보압딜의 터번, 유대인 첩이 훔친 터번이 들어 있다고 말해준다. 또 그 밑에 있는 그림은 사실 아브라함의 어머니 플로리가 에메랄드 도둑 패거리의 장물 보존책이었을 수도 있다는 가능성을 제시한다.

한때 이피파니아와 함께 아우로라와 그의 어머니 이사벨라에게 적대적이던 백부 아이리시와 백모 카르멘은 세월이 흐르면서 아우로라의 도움으로 살아가고, 카르멘은 한때 동성애자인 남편의 연인으로 자신의 라이벌이던 '항해 왕자 헨리'와 우호적인 관계가 되어, 3인 공동체를 이루고 산다. 카르멘이 죽자 아이리시는 아우로라의 집에서 생애를 마친다.

덧칠그림의 극단적인 예는 우마일 것이다. 진취적 여성의 모습으로 위장한 그녀는 사실 힌두국수주의자였고, 무어를 향한 그녀의 사랑은 정신병자의 파괴적 집착일 뿐이었다. 고아라던 그녀에게는 절연한 부모가 있었고, 미혼이라던 그녀는 사실 유부녀로 병든 남편의 재산을 가로채 쓰고 있었다. 그녀는 또한 무어를 사랑하는 척하며, 무어의 누나 이나의 전남편 지미 카숀델리베리, 그리고 무어의 아버지 아브라함과 놀아났다. 번지르르한 외양으로 남들을 기만하던 그녀는 결국 외양이 똑같은 독약과 위약을 구별하지 못하고, 무어를 위해 준비한 독약을 복용함으로써 죽음에 이르게 되는 반어적 운명에 처하고 만다.

사람에게는 누구나 어려운 인생길을 가다 좌절된 희망을 보상하기 위해 생긴 어두운 그림자가 있을 수 있으며, 그것은 이해와 용서가 가능한 인간적 결점이지만, 우마와 같은 병적인 다중성은 사회를 파괴하는 독소가 된다.

자신의 좌절된 사랑을 되살려보기 위해, 한 여자를 감금해 젊은 시절 아우로라의 모습을 복원하게 하고 결국은 그녀를 죽이는 바스쿠 미란다의 행동까지도 인간적 약점에 대한 이해로 용납할 수 있는지는 의문으로 남는다.

바스쿠 미란다는 자신의 사랑을 짓밟아버린 조고이비 가문에 대한 복수를 위해 무어마저 죽여버릴 계획이었으며, 죽기 전에 무어에게 조고이비 가문의 일들을 기록하게 한다. 그러나 무어의 글이 완성되어가고 바스쿠 미란다가 그를 죽이려는 순간, 약물 과다복용으로 인한 혈관 파열로 바스쿠 자신이 죽고, 무어는 원고를 챙겨 '리틀 알람브라'를 탈출한다. 바스쿠의 시체가 발견되면 마을의 민방위 대장 메디나가 무어를 뒤쫓을 것이 분명하고, 언젠가는 따라잡을 것이다. 그는 자신의 흔적을 굳이 지우려 하지 않고 지나가는 길마다 자신이 쓴 가족의 내력을 문에 못질해 걸어놓는다. 그의 사명은 모든 사람이 알아야 할 일을 알리는 것이다. 이 장면은 죽음의 공포 속에 도피생활을 하며, 세상을 향해 알려야 할 일들을 알리려 필사적으로 집필하는 루슈디 자신의 모습을 상기시킨다.

모라이시는 죽어가지만, 더 좋은 시절이 오면 새로운 모습으로 기뻐하며 깨어나리라는 희망 속에 자신의 이야기를 남긴다. 이야기를 남기는 것만이 현실의 절망을 구원과 희망의 발판으로 변화시키는 작업이라는 주장은 그의 작품 곳곳에서 발견되는 주제다. 『한밤의 아이들』에서 주인공 살림 시나이는 절임공장에서 글을 쓴다. 인도 해방 후 역사의 질곡을 살아오며 부서진 자신의 삶을 글을 통해 보존하는 것이다. 마치 절임으로 음식을 보존하듯이.

모라이시는 이제 언덕 위 공동묘지의 묘석에 앉아 알람브라궁전을 바라보고 있다. 인도의 붉은 요새들, 델리 요새와 아그라 요새를 닮은 이 요새는 "여러 형식이 어우러지고 신비로운 지혜가 깃든 곳, 여기저기 놀이마당과 수중정원이 있는 곳, 일찍이 그곳을 정복한 자들이 모두 쓰러진 뒤에도 변함없이 버티고 있는 저 궁전은 사라져버린 가능성을 기리는 기념비다. 그곳은 이미 잃어버렸으나 무엇보다 감미로운 사랑을, 실패와 소멸과 절망 뒤에도 꿋꿋이 살아남은 사랑을, 비록 패배로 끝났으나 그것을 패배시킨 것보다 위대한 사랑을, 그리고 우리의 깊디깊은 욕구를, 자아의 경계마저 허물어버리고 서로의 영토를 넘나들며 한줄기 강물처럼 흐르고 싶은 욕구를 말없이 증언한다"는 모라이시의 독백으로 루슈디는 자신의 소설의 의미를 간추린다. 교조주의적 이슬람교에 의해 살해 명령 대상이 되었지만, 그는 알람브라에서 융성했던 관용적인 이슬람문화에서 구원의 희망을 본다. 아니, 그 관용성을 루슈디는 굳이 이슬람문화에서만 찾지는 않을 것이다. 실패로 끝난 모라이시 부모의 사랑도 위대한 가능성을 가졌던 사랑이었을 수 있다. 어쨌든 이 아름다운 이슬람문화에 대한 향수와 애착의 표현을 읽으며 루슈디의 글들이 정말로 반이슬람적인지 다시 생각해보게 된다.

전수용(이화여대 명예교수·영문학)

1947년	6월 19일, 인도 봄베이(지금의 뭄바이)의 무슬림 가정에서 태어남. 그로부터 두 달 후 인도는 영국으로부터 독립하는 동시에 두 나라로 분열되었으며 파키스탄은 8월 14일, 인도는 15일에 각각 독립국이 됨.
1961년	봄베이 명문 사립 존코넌대성당학교를 거쳐 영국 명문 기숙학교인 럭비중등학교로 유학하며 영국 생활이 시작됨.
1964년	루슈디의 가족이 파키스탄 카라치로 이주함.
1965년	제2차 인도-파키스탄 전쟁 발발. 당시 파키스탄에 머물던 루슈디도 전쟁을 목격함. 그해 가을 케임브리지대학교 킹스 칼리지에 입학해 아랍과 이슬람 역사를 전공.
1968년	대학 졸업 후 파키스탄 텔레비전 방송국에서 방송작가로 일하나 그해 말 런던으로 다시 돌아옴.
1970년	광고 카피라이터로 일하면서 이후 십 년간 창작활동을 병행함.
1975년	첫 장편 『그리머스*Grimus*』 출간.
1976년	클래리사 루어드와 결혼(1987년 이혼).
1979년	장남 자파르 출생. 봄베이에서 보낸 어린 시절 등 자전적 경험을 바탕으로 한 장편소설 『한밤의 아이들*Midnight's Children*』 초고를 완성함.
1981년	『한밤의 아이들』 출간. 이 작품으로 부커상과 제임스 테이트 블랙 메모리얼상 등을 수상하고 국제적 명성을 얻음.
1983년	파키스탄의 정치적 혼란을 묘사한 장편소설 『수치*Shame*』

를 출간해 또다시 부커상 최종 후보에 오름. 1984년 프랑스 최우수 외국도서상 수상.

1984년   『한밤의 아이들』에서 서술된 내용을 두고 인디라 간디는 명예훼손죄로 루슈디와 조너선케이프출판사를 고소함. 해당 문장을 본문에서 삭제하고 공개 사과를 함. 그해 10월 인디라 간디는 자신의 경호원들 손에 암살당함.

1987년   니카라과 여행기 『재규어의 미소 The Jaguar Smile』 출간.

1988년   장편소설 『악마의 시 The Satanic Verses』 출간. 휫브레드 최우수 소설상 수상. 미국 소설가 메리앤 위긴스와 결혼(1993년 이혼).

1989년   2월 14일, 이란 지도자 아야톨라 호메이니는 『악마의 시』가 이슬람교와 예언자 무함마드를 모독했다는 이유로 신도들에게 루슈디를 처단하라는 종교 법령인 '파트와'를 발표, 이 사건으로 '표현의 자유'를 상징하는 인물로 전 세계 언론의 주목을 받게 됨. 영국 정부의 보호 아래 도피생활을 시작함. 독일 올해의 작가상 수상.

1990년   장편동화 『하룬과 이야기 바다 Haroun and the Sea of Stories』 출간. 이 작품으로 1992년 영국작가협회 최우수 아동문학상 수상.

1991년   수필집 『가상의 조국 Imaginary Homelands』 출간.

1992년   스웨덴 투홀스키 문학상 수상.

1993년   『한밤의 아이들』로 부커상 25주년 기념 역대 수상작 중 최고의 작품을 뽑는 '부커 오브 부커스' 특별상 수상. 오스트리아 정부가 수여하는 유럽문학상 수상. 스위스 콜레트 문학상 수상. 매사추세츠공과대학(MIT) 명예교수로 추대.

1994년   단편집 『이스트, 웨스트 East, West』 출간.

1995년   인도 근대사와 가족사를 다룬 장편소설 『무어의 마지막 한숨*The Moor's Last Sigh*』출간. 횟브레드 최우수 소설상 수상. 영국 올해의 작가상 수상.

1996년　파트와가 선언된 지 칠 년째 되던 날, 도피생활 종언을 공언함. 유럽연합 아리스테이온상 수상.

1997년　엘리자베스 웨스트와 결혼(2004년 이혼). 차남 밀란 출생. 이탈리아 만토바 문학상 수상.

1998년　헝가리 부다페스트 문학대상 수상. 이란 정부가 루슈디의 사형선고를 철회함.

1999년　장편소설『그녀가 밟은 땅*The Ground Beneath Her Feet*』출간. 프랑스 '레지옹 도뇌르 코망되르 훈장'을 받음.

2000년　미국 뉴욕으로 이주.

2001년　장편소설『분노*Fury*』출간.

2002년　수필집『이 선을 넘어라*Step Across This Line*』출간. 로열셰익스피어극단이『한밤의 아이들』연극 초연.

2004년　국제펜클럽 미국본부장에 취임해 2006년까지 재임. 인도계 배우 겸 모델 파드마 락슈미와 결혼(2007년 이혼).

2005년　장편소설『광대 샬리마르*Shalimar the Clown*』출간. 인도 크로스워드 소설상 수상.

2007년　애틀랜타 에모리대학교에서 문학 강의 시작. 영국 왕실로부터 기사 작위를 받음.

2008년　『한밤의 아이들』로 부커상 40주년을 기념해 일반 독자들이 가장 사랑하는 역대 수상작을 뽑은 '베스트 오브 더 부커' 특별상 수상. 장편소설『피렌체의 여마법사*The Enchantress of Florence*』출간.

2010년　장편동화『루카와 생명의 불*Luka and the Fire of Life*』출간.

2012년　회고록『조지프 앤턴*Joseph Anton*』출간.

2015년　장편소설『2년 8개월 28일 밤*Two Years Eight Months and*

Twenty-Eight Nights』 출간.

2019년   장편소설 『키호테*Quichotte*』 출간.

2021년   산문집 『진실의 언어*Languages of Truth: Essays 2003-2020*』 출간.

2022년   미국 뉴욕주 셔터쿼연구소 강연장에서 시아파 무슬림 청년에게 피습당함.

문학동네 세계문학전집 발간에 부쳐

세계문학은 국민문학 혹은 지역문학을 떠나 존재하는 문학이 아니지만 그것들의 총합도 아니다. 세계문학이라는 용어에는 그 나름의 언어와 전통을 갖고 있는 국민문학이나 지역문학의 존재를 인정하면서 그것을 넘어서는 문학의 보편적 질서에 대한 관념이 새겨져 있다. 그 용어를 처음 고안한 19세기 유럽인들은 유럽 문학을 중심으로 그 질서를 구축했지만 풍부한 국민문학의 전통을 가지고 있는 현대의 문학 강국들은 나름의 방식으로 세계문학을 이해하면서 정전(正典)의 목록을 작성하고 또 수정한다.

한국에서도 세계문학 관념은 우리 사회와 문화의 변화 속에서 거듭 수정돼왔다. 어느 시기에는 제국 일본의 교양주의를 반영한 세계문학 관념이, 어느 시기에는 제3세계 민족주의에 동조한 세계문학 관념이 출현했고, 그러한 관념을 실천한 전집물이 출판됐다. 21세기 한국에 새로운 세계문학전집이 필요하다는 것은 명백하다. 우리의 지성과 감성의 기준에 부합하는 세계문학을 다시 구상할 때가 되었다.

문학동네 세계문학전집은 범세계적으로 통용되는 고전에 대한 상식을 존중하면서도 지난 반세기 동안 해외 주요 언어권에서 창작과 연구의 진전에 따라 일어난 정전의 변동을 고려하여 편성되었다. 그래서 불멸의 명작은 물론 동시대 세계의 중요한 정치·문화적 실천에 영감을 준 새로운 작품들을 두루 포함시켰다.

창립 이후 지금까지 한국문학 및 번역문학 출판에서 가장 전문적이고 생산적인 그룹을 대표해온 문학동네가 그간 축적한 문학 출판 경험을 바탕으로 새로운 세계문학전집을 펴낸다. 인류가 무지와 몽매의 어둠 속을 방황하면서도 끝내 길을 잃지 않은 것은 세계문학사의 하늘에 떠 있는 빛나는 별들이 길잡이가 되어주었기 때문이다. 우리가 자부심과 사명감 속에서 그리게 될 이 새로운 별자리가 독자들의 관심과 애정에 힘입어 우리 모두의 뿌듯한 자산이 되기를 소망한다.

문학동네 세계문학전집 편집위원
민은경, 박유하, 변현태, 송병선, 이재룡, 홍길표, 남진우, 황종연

지은이 **살만 루슈디**

1947년 인도에서 태어났다. 케임브리지대학교에서 역사학을 전공했고 영국 광고회사에서 일하며 1975년 첫 소설 『그리머스』를 발표했다. 1981년 출간한 두번째 소설 『한밤의 아이들』로 부커상을 수상했다. 1988년 출간한 『악마의 시』로 이슬람교단의 처단 명령 '파트와'가 내려져 1995년까지 영국 정부의 보호 아래 도피생활을 하면서도 다양한 작품을 발표해 전 세계 유수의 문학상을 수상했다. 2000년 미국으로 이주했고 2012년 자서전 『조지프 앤턴』을 출간했다. 최신작으로 『키호테』 『진실의 언어』가 있다.

옮긴이 **김진준**

연세대학교 사회학과 및 영문학과를 거쳐 마이애미대학교 대학원에서 영문학을 전공했다. 살만 루슈디의 『분노』 번역으로 제2회 유영번역상을 수상했고, 『한밤의 아이들』 『악마의 시』 『조지프 앤턴』(공역) 및 『롤리타』 『오늘을 잡아라』 등을 번역했다.

세계문학전집 222

무어의 마지막 한숨

초판 인쇄 2022년 12월 28일
초판 발행 2023년 1월 13일

지은이 살만 루슈디 ┃ 옮긴이 김진준

책임편집 정혜림 ┃ 편집 류현영 오동규
디자인 신선아 최미영 ┃ 저작권 박지영 형소진 이영은 김하림
마케팅 정민호 이숙재 박치우 한민아 이민경 안남영 왕지경 김수현 정경주 김혜원
브랜딩 함유지 함근아 김희숙 고보미 박민재 박진희 정승민
제작 강신은 김동욱 임현식 ┃ 제작처 영신사

펴낸곳 (주)문학동네 ┃ 펴낸이 김소영
출판등록 1993년 10월 22일 제2003-000045호
주소 10881 경기도 파주시 회동길 210
전자우편 editor@munhak.com ┃ 대표전화 031)955-8888 ┃ 팩스 031)955-8855
문의전화 031)955-3578(마케팅), 031)955-8861(편집)
문학동네카페 http://cafe.naver.com/mhdn
인스타그램 @munhakdongne ┃ 트위터 @munhakdongne
북클럽문학동네 http://bookclubmunhak.com

ISBN 978-89-546-9048-5 04840
      978-89-546-0901-2 (세트)

www.munhak.com

문학동네 세계문학전집

1, 2, 3 안나 카레니나 레프 톨스토이 | 박형규 옮김

4 판탈레온과 특별봉사대 마리오 바르가스 요사 | 송병선 옮김

5 황금 물고기 르 클레지오 | 최수철 옮김

6 템페스트 윌리엄 셰익스피어 | 이경식 옮김

7 위대한 개츠비 F. 스콧 피츠제럴드 | 김영하 옮김

8 아름다운 애너벨 리 싸늘하게 죽다 오에 겐자부로 | 박유하 옮김

9, 10 파우스트 요한 볼프강 폰 괴테 | 이인웅 옮김

11 가면의 고백 미시마 유키오 | 양윤옥 옮김

12 킴 러디어드 키플링 | 하창수 옮김

13 나귀 가죽 오노레 드 발자크 | 이철의 옮김

14 피아노 치는 여자 엘프리데 옐리네크 | 이병애 옮김

15 1984 조지 오웰 | 김기혁 옮김

16 벤야멘타 하인학교—야콥 폰 군텐 이야기 로베르트 발저 | 홍길표 옮김

17, 18 적과 흑 스탕달 | 이규식 옮김

19, 20 휴먼 스테인 필립 로스 | 박범수 옮김

21 체스 이야기·낯선 여인의 편지 슈테판 츠바이크 | 김연수 옮김

22 왼손잡이 니콜라이 레스코프 | 이상훈 옮김

23 소송 프란츠 카프카 | 권혁준 옮김

24 마크롤 가비에로의 모험 알바로 무티스 | 송병선 옮김

25 파계 시마자키 도손 | 노영희 옮김

26 내 생명 앗아가주오 앙헬레스 마스트레타 | 강성식 옮김

27 여명 시도니가브리엘 콜레트 | 송기정 옮김

28 한때 흑인이었던 남자의 자서전 제임스 웰든 존슨 | 천승걸 옮김

29 슬픈 짐승 모니카 마론 | 김미선 옮김

30 피로 물든 방 앤절라 카터 | 이귀우 옮김

31 숨그네 헤르타 뮐러 | 박경희 옮김

32 우리 시대의 영웅 미하일 레르몬토프 | 김연경 옮김

33, 34 실낙원 존 밀턴 | 조신권 옮김

35 복낙원 존 밀턴 | 조신권 옮김

36 포로기 오오카 쇼헤이 | 허호 옮김

37 동물농장·파리와 런던의 따라지 인생 조지 오웰 | 김기혁 옮김

38 루이 랑베르 오노레 드 발자크 | 송기정 옮김

39 코틀로반 안드레이 플라토노프 | 김철균 옮김

40 어두운 상점들의 거리 파트릭 모디아노 | 김화영 옮김

41 순교자 김은국 | 도정일 옮김

42 젊은 베르테르의 슬픔 요한 볼프강 폰 괴테 | 안장혁 옮김

43 더블린 사람들 제임스 조이스 | 진선주 옮김

44 설득 제인 오스틴 | 원영선, 전신화 옮김

45 인공호흡 리카르도 피글리아 | 엄지영 옮김

46 정글북 러디어드 키플링 | 손향숙 옮김

47 외로운 남자 외젠 이오네스코 | 이재룡 옮김

48 에피 브리스트 테오도어 폰타네 | 한미희 옮김

49 둔황 이노우에 야스시 | 임용택 옮김

50 미크로메가스·캉디드 혹은 낙관주의 볼테르 | 이병애 옮김

51, 52 염소의 축제 마리오 바르가스 요사 | 송병선 옮김

53 고야산 스님·초롱불 노래 이즈미 교카 | 임태균 옮김

54 다니엘서 E. L. 닥터로 | 정상준 옮김

55 이날을 위한 우산 빌헬름 게나치노 | 박교진 옮김

56 톰 소여의 모험 마크 트웨인 | 강미경 옮김

57 카사노바의 귀향·꿈의 노벨레 아르투어 슈니츨러 | 모명숙 옮김

58 바보들을 위한 학교 사샤 소콜로프 | 권정임 옮김

59 어느 어릿광대의 견해 하인리히 뷜 | 신동도 옮김

60 웃는 늑대 쓰시마 유코 | 김훈아 옮김

61 팔코너 존 치버 | 박영원 옮김

62 한눈팔기 나쓰메 소세키 | 조영석 옮김

63, 64 톰 아저씨의 오두막 해리엇 비처 스토 | 이종인 옮김

65 아버지와 아들 이반 투르게네프 | 이항재 옮김

66 베니스의 상인 윌리엄 셰익스피어 | 이경식 옮김

67 해부학자 페데리코 안다사시 | 조구호 옮김

68 긴 이별을 위한 짧은 편지 페터 한트케 | 안장혁 옮김

69 호텔 뒤락 애니타 브루크너 | 김정 옮김

70 잔해 쥘리앵 그린 | 김종우 옮김

71 절망 블라디미르 나보코프 | 최종술 옮김

72 더버빌가의 테스 토머스 하디 | 유명숙 옮김

73 감상소설 미하일 조센코 | 백용식 옮김

74 빙하와 어둠의 공포 크리스토프 란스마이어 | 진일상 옮김

75 쓰가루·석별·옛날이야기 다자이 오사무 | 서재곤 옮김

76 이인 알베르 카뮈 | 이기언 옮김

77 달려라, 토끼 존 업다이크 | 정영목 옮김

78 몰락하는 자 토마스 베른하르트 | 박인원 옮김

79, 80 한밤의 아이들 살만 루슈디 | 김진준 옮김

81 죽은 군대의 장군 이스마일 카다레 | 이창실 옮김

82 페레이라가 주장하다 안토니오 타부키 | 이승수 옮김

83, 84 목로주점 에밀 졸라 | 박명숙 옮김

85 아베 일족 모리 오가이 | 권태민 옮김

86 폭풍의 언덕 에밀리 브론테 | 김정아 옮김

87, 88 늦여름 아달베르트 슈티프터 | 박종대 옮김

89 클레브 공작부인 라파예트 부인 | 류재화 옮김

90 P세대 빅토르 펠레빈 | 박혜경 옮김

91 노인과 바다 어니스트 헤밍웨이 | 이인규 옮김

92 물방울 메도루마 슌 | 유은경 옮김

93 도깨비불 피에르 드리외라로셀 | 이재룡 옮김

94 프랑켄슈타인 메리 셸리 | 김선형 옮김

95 래그타임 E. L. 닥터로 | 최용준 옮김

96 캔터빌의 유령 오스카 와일드 | 김미나 옮김

97 만(卍)·시게모토 소장의 어머니 다니자키 준이치로 | 김춘미, 이호철 옮김

98 맨해튼 트랜스퍼 존 더스패서스 | 박경희 옮김

99 단순한 열정 아니 에르노 | 최정수 옮김

100 열세 걸음 모옌 | 임홍빈 옮김

101 데미안 헤르만 헤세 | 안인희 옮김

102 수레바퀴 아래서 헤르만 헤세 | 한미희 옮김

103 소리와 분노 윌리엄 포크너 | 공진호 옮김

104 곰 윌리엄 포크너 | 민은영 옮김

105 롤리타 블라디미르 나보코프 | 김진준 옮김

106, 107 부활 레프 톨스토이 | 박형규 옮김

108, 109 모래그릇 마쓰모토 세이초 | 이병진 옮김

110 은둔자 막심 고리키 | 이강은 옮김

111 불타버린 지도 아베 고보 | 이영미 옮김

112 말라볼리아가의 사람들 조반니 베르가 | 김운찬 옮김

113 디어 라이프 앨리스 먼로 | 정연희 옮김

114 돈 카를로스 프리드리히 실러 | 안인희 옮김

115 인간 짐승 에밀 졸라 | 이철의 옮김

116 빌러비드 토니 모리슨 | 최인자 옮김

117, 118 미국의 목가 필립 로스 | 정영목 옮김

119 대성당 레이먼드 카버 | 김연수 옮김

120 나나 에밀 졸라 | 김치수 옮김

121, 122 제르미날 에밀 졸라 | 박명숙 옮김

123 현기증. 감정들 W. G. 제발트 | 배수아 옮김

124 강 동쪽의 기담 나가이 가후 | 정병호 옮김

125 붉은 밤의 도시들 윌리엄 버로스 | 박인찬 옮김

126 수고양이 무어의 인생관 E. T. A. 호프만 | 박은경 옮김

127 맘브루 R. H. 모레노 두란 | 송병선 옮김

128 익사 오에 겐자부로 | 박유하 옮김

129 땅의 혜택 크누트 함순 | 안미란 옮김

130 불안의 책 페르난두 페소아 | 오진영 옮김

131, 132 사랑과 어둠의 이야기 아모스 오즈 | 최창모 옮김

133 페스트 알베르 카뮈 | 유호식 옮김

134 다마세누 몬테이루의 잃어버린 머리 안토니오 타부키 | 이현경 옮김

135 작은 것들의 신 아룬다티 로이 | 박찬원 옮김

136 시스터 캐리 시어도어 드라이저 | 송은주 옮김

137 고독한 산책자의 몽상 장자크 루소 | 문경자 옮김

138 용의자의 야간열차 다와다 요코 | 이영미 옮김

139 세기아의 고백 알프레드 드 뮈세 | 김미성 옮김

140 햄릿 윌리엄 셰익스피어 | 이경식 옮김

141 카산드라 크리스타 볼프 | 한미희 옮김

142 이 글을 읽는 사람에게 영원한 저주를 마누엘 푸익 | 송병선 옮김

143 마음 나쓰메 소세키 | 유은경 옮김

144 바다 존 밴빌 | 정영목 옮김

145, 146, 147, 148 전쟁과 평화 레프 톨스토이 | 박형규 옮김

149 세 가지 이야기 귀스타브 플로베르 | 고봉만 옮김

150 제5도살장 커트 보니것 | 정영목 옮김

151 알렉시 · 은총의 일격 마르그리트 유르스나르 | 윤진 옮김

152 말라 온다 알베르토 푸겟 | 엄지영 옮김

153 아르세니예프의 인생 이반 부닌 | 이항재 옮김

154 오만과 편견 제인 오스틴 | 류경희 옮김

155 돈 에밀 졸라 | 유기환 옮김

156 젊은 예술가의 초상 제임스 조이스 | 진선주 옮김

157, 158, 159 카라마조프가의 형제들 표도르 도스토옙스키 | 김희숙 옮김

160 진 브로디 선생의 전성기 뮤리얼 스파크 | 서정은 옮김

161 13인당 이야기 오노레 드 발자크 | 송기정 옮김

162 하지 무라트 레프 톨스토이 | 박형규 옮김

163 희망 앙드레 말로 | 김웅권 옮김

164 임멘 호수 · 백마의 기사 · 프시케 테오도어 슈토름 | 배정희 옮김

165 밤은 부드러워라 F. 스콧 피츠제럴드 | 정영목 옮김

166 야간비행 앙투안 드 생텍쥐페리 | 용경식 옮김

167 나이트우드 주나 반스 | 이예원 옮김

168 소년들 앙리 드 몽테를랑 | 유정애 옮김

169, 170 독립기념일 리처드 포드 | 박영원 옮김

171, 172 닥터 지바고 보리스 파스테르나크 | 박형규 옮김

173 싯다르타 헤르만 헤세 | 권혁준 옮김

174 야만인을 기다리며 J. M. 쿳시 | 왕은철 옮김

175 철학편지 볼테르 | 이봉지 옮김

176 거지 소녀 앨리스 먼로 | 민은영 옮김

177 창백한 불꽃 블라디미르 나보코프 | 김윤하 옮김

178 슈틸러 막스 프리슈 | 김인순 옮김

179 시핑 뉴스 애니 프루 | 민승남 옮김

180 이 세상의 왕국 알레호 카르펜티에르 | 조구호 옮김

181 철의 시대 J. M. 쿳시 | 왕은철 옮김

182 카시지 조이스 캐럴 오츠 | 공경희 옮김

183, 184 모비 딕 허먼 멜빌 | 황유원 옮김

185 솔로몬의 노래 토니 모리슨 | 김선형 옮김

186 무기여 잘 있거라 어니스트 헤밍웨이 | 권진아 옮김

187 컬러 퍼플 앨리스 워커 | 고정아 옮김

188, 189 죄와 벌 표도르 도스토옙스키 | 이문영 옮김

190 사랑 광기 그리고 죽음의 이야기 오라시오 키로가 | 엄지영 옮김

191 빅 슬립 레이먼드 챈들러 | 김진준 옮김

192 시간은 밤 류드밀라 페트루솁스카야 | 김혜란 옮김

193 타타르인의 사막 디노 부차티 | 한리나 옮김

194 고양이와 쥐 귄터 그라스 | 박경희 옮김

195 펠리시아의 여정 윌리엄 트레버 | 박찬원 옮김

196 마이클 K의 삶과 시대 J. M. 쿳시 | 왕은철 옮김

197, 198 오스카와 루신다 피터 케리 | 김시현 옮김

199 패싱 넬라 라슨 | 박경희 옮김

200 마담 보바리 귀스타브 플로베르 | 김남주 옮김

201 패주 에밀 졸라 | 유기환 옮김

202 도시와 개들 마리오 바르가스 요사 | 송병선 옮김

203 루시 저메이카 킨케이드 | 정소영 옮김

204 대지 에밀 졸라 | 조성애 옮김

205, 206 백치 표도르 도스토옙스키 | 김희숙 옮김

207 백야 표도르 도스토옙스키 | 박은정 옮김

208 순수의 시대 이디스 워턴 | 손영미 옮김

209 단순한 이야기 엘리자베스 인치볼드 | 이혜수 옮김

210 바닷가에서 압둘라자크 구르나 | 황유원 옮김

211 낙원 압둘라자크 구르나 | 왕은철 옮김

212 피라미드 이스마일 카다레 | 이창실 옮김

213 애니 존 저메이카 킨케이드 | 정소영 옮김

214 지고 말 것을 가와바타 야스나리 | 박혜성 옮김

215 부서진 사월 이스마일 카다레 | 유정희 옮김

216 사람은 무엇으로 사는가 레프 톨스토이 | 이항재 옮김

217, 218 악마의 시 살만 루슈디 | 김진준 옮김

219 오늘을 잡아라 솔 벨로 | 김진준 옮김

220 배반 압둘라자크 구르나 | 황가한 옮김

221 어두운 밤 나는 적막한 집을 나섰다 페터 한트케 | 윤시향 옮김

222 무어의 마지막 한숨 살만 루슈디 | 김진준 옮김

● 문학동네 세계문학전집은 계속 출간됩니다